Jean-Baptiste Andrea

Was ich von ihr weiß

Jean-Baptiste Andrea

Was ich von ihr weiß

Roman

Aus dem Französischen
von Thomas Brovot

Luchterhand

Für Berenice

Zweiunddreißig sind es. Zweiunddreißig, die an diesem Tag im Herbst 1986 die Abtei noch bewohnen, am Ende einer so steilen Straße, dass blass um die Nase wird, wer sie befährt. In tausend Jahren hat sich nichts geändert. Nicht das Abschüssige, nicht das Schwindelgefühl. Zweiunddreißig robuste Herzen – so muss es sein, wenn man am Rand des Abgrunds lebt –, zweiunddreißig Staturen, die robust einmal waren, in ihrer Jugend. In ein paar Stunden werden sie einer weniger sein.

Die Brüder bilden einen Kreis um den, der nun geht. Es hat schon viele Kreise gegeben, viele Abschiede, seit sich die Mauern der Sacra über ihnen erheben. Momente der Gnade, des Zweifels, der Körper, die sich gegen das nahende Dunkel stemmen. Es hat sie gegeben, weitere Abgänge werden folgen, und so warten sie geduldig.

Der heute im Sterben liegt, ist nicht wie die anderen. Als Einziger hat er kein Gelübde abgelegt. Trotzdem durfte er vierzig Jahre an dieser Stätte bleiben. Wann immer es Diskussionen gab, Fragen, kam ein Mann im purpurnen Gewand, nie derselbe, und entschied. *Er bleibt.* Er ist Teil dieses Ortes, so selbstverständlich wie der Kreuzgang mit seinen Säulen und romanischen Kapitellen, deren restaurierter Zustand sich in hohem Maße seinem Talent verdankt. Klagen wir also nicht, er bezahlt seinen Aufenthalt in natura.

Nur seine Fäuste schauen unter der braunen Wolldecke

hervor, beiderseits des Kopfes, ein zweiundachtzigjähriges Kind in den Fängen eines Albtraums. Die Haut ist gelb, kurz vorm Reißen, ein über scharfe Kanten gespanntes Pergament. Auf der Stirn der ölige Glanz des Fiebers. Eines Tages mussten seine Kräfte ihn ja verlassen. Schade, dass er nicht auf ihre Fragen geantwortet hat. Jeder Mensch hat ein Recht auf seine Geheimnisse.

Ohnehin ist ihnen, als wüssten sie es längst. Nicht alles, aber das Wesentliche. Die Meinungen gehen mitunter auseinander. Um sich die Langeweile zu vertreiben, legen sie den Eifer eines Klatschweibs an den Tag. Ein Krimineller sei er, ein ehemaliger Geistlicher, ein politischer Flüchtling. Manche sagen, er werde gegen seinen Willen festgehalten – eine abwegige Theorie, man hat gesehen, wie er gegangen und zurückgekommen ist –, andere behaupten, er sei zu seiner eigenen Sicherheit da. Dann die beliebteste Version, umgeben auch vom größten Geheimnis, denn Romantisches schafft es allenfalls als Konterbande herein: Er sei da, um über *sie* zu wachen. Sie, die in ihrer marmornen Nacht wartet, nur ein paar hundert Meter von der kleinen Zelle entfernt. Sie, die sich seit vierzig Jahren geduldet. Alle Mönche der Sacra haben sie einmal gesehen. Alle würden sie gern ein weiteres Mal sehen. Sie müssten nur Padre Vincenzo um Erlaubnis bitten, den Superior, aber die wenigsten trauen sich. Vielleicht aus Angst vor unfrommen Gedanken, die angeblich denen zufliegen, die ihr zu nahe kommen. Und unfromme Gedanken haben die Mönche schon reichlich, wenn sie des Nachts verfolgt werden von Träumen mit dem Gesicht eines Engels.

Der Sterbende kämpft, öffnet die Augen, schließt sie wieder. Einer der Brüder könnte beschwören, darin Freude erkannt zu haben – ein Irrtum. Man legt ihm behutsam ein kühles Tuch auf die Stirn, auf die Lippen.

Der Kranke regt sich, und zumindest diesmal sind sich alle einig.

Er will etwas sagen.

Natürlich will ich etwas sagen. Ich habe den Menschen fliegen sehen, immer schneller, immer weiter. Habe zwei Kriege erlebt und wie Nationen untergehen, habe auf dem Sunset Boulevard Orangen gepflückt, glaubt ihr, ich hätte nichts zu erzählen? Bitte um Verzeihung, ich bin undankbar. Ihr habt mich gekleidet, habt mir zu essen gegeben, obwohl ihr selber nichts oder nur sehr wenig hattet, als ich beschloss, mich bei euch zu verstecken. Aber ich habe zu lange geschwiegen. Schließt die Fensterläden, das Licht tut weh.

Er regt sich. Schließen Sie die Fensterläden, Bruder, das Licht scheint ihn zu stören.

Die Schatten, die im Gegenlicht, vor einer piemontesischen Sonne, bei mir Wache halten, die Stimmen, die mit dem herannahenden Schlaf schwinden. Alles ging so schnell. Vor nicht mal einer Woche konnte man mich noch im Küchengarten sehen oder auf einer Leiter, irgendwas war immer auszubessern. Langsamer, wegen des Alters, aber da bei meiner Geburt niemand etwas auf mich gegeben hätte, nötigte es sehr wohl Bewunderung ab. Und dann konnte ich eines Morgens nicht mehr aufstehen. In den Augen der anderen las ich, dass die Reihe nun an mir war, dass man bald die Totenglocke läuten und mich in den kleinen Garten mit Blick auf die Berge tragen würde, dorthin, wo der Klatschmohn wächst über einem jahrhundertealten Reigen von Äbten und Illuminatoren, Küstern und Kantoren.

Es steht schlecht um ihn.

Die Fensterläden knarren. Seit vierzig Jahren bin ich hier, sie haben immer geknarrt. Endlich die Dunkelheit. Dunkel wie im Kino – ich habe gesehen, wie der Film aufkam. Am Anfang nichts, nur ein leerer Horizont. Eine blendende Ebene, die mein Gedächtnis, je länger ich hinschaue, mit Schatten bevölkert, mit Schemen, die zu Städten werden, Wäldern, Menschen und Tieren. Sie rücken vor, nehmen Aufstellung im Vordergrund, meine Akteure. Einige erkenne ich wieder, sie haben sich nicht verändert. So erhaben wie lächerlich, geschmolzen im selben Tiegel, untrennbar miteinander verbunden. Die Münze der Tragödie ist eine seltene Legierung aus Talmi und Gold.

Eine Frage von Stunden nur.

Eine Frage von Stunden? Dass ich nicht lache. Ich bin schon lange tot.

Noch eine kalte Kompresse. Er scheint sich zu beruhigen.

Aber seit wann können die Toten ihre Geschichte nicht mehr erzählen?

Il Francese. Was habe ich den Spitznamen gehasst, auch wenn man mir noch schlimmere angehängt hat. All meine Freuden, all meine Leiden haben ihren Ursprung in Italien. Ich komme aus einem Land, wo die Schönheit immer bedrängt ist. Schlummert sie auch nur fünf Minuten, geht ihr die Hässlichkeit gnadenlos an die Kehle. Genies sprießen hier wie Unkraut. Gesungen wird, wie man tötet, gemalt, wie man betrügt, die Hunde lässt man an die Mauern der Kirchen pinkeln. Nicht umsonst war es ein Italiener, Mercalli, der seinen Namen einer Skala der Zerstörung gab, der Skala für die Stärke von Erdbeben. Was die eine Hand aufbaut, reißt die andere ein, und die Empfindungen sind die gleichen.

Italien, Reich des Marmors und des Unrats. Mein Land.

Tatsache ist, dass ich 1904 in Frankreich auf die Welt gekommen bin. Fünfzehn Jahre zuvor hatten meine Eltern, kaum verheiratet, Ligurien verlassen, um ihr Glück zu machen. Doch das Glück war ihnen nicht hold, die Leute beschimpften sie als Makkaronis, bespuckten sie und verlachten sie wegen ihrer Art, das *r* zu rollen. Mein Vater konnte den blutigen rassistischen Ausschreitungen in Aigues-Mortes 1893 nur knapp entrinnen, zwei seiner Freunde waren umgekommen: der tapfere Luciano und der alte Salvatore. Ohne diese Adjektive wurden ihre Namen fortan nie erwähnt.

Viele Familien verboten ihren Kindern, die Sprache der Heimat zu sprechen, um nicht »wie ein Makkaroni« zu klingen. Sie schrubbten sie mit Kernseife in der Hoffnung, sie ein wenig heller zu machen. Nicht so die Vitalianis. Wir sprachen italienisch, aßen italienisch. Wir dachten italienisch, das heißt in Superlativen, wobei oft der Tod beschworen wurde, mit reichlich Tränen, die Hände selten in Ruhestellung. Wir schimpften vor uns hin, wie man bei Tisch das Salz reicht. Unsere Familie war ein Zirkus, und wir waren stolz darauf.

1914 erklärte der französische Staat, der so wenig Eifer an den Tag gelegt hatte, um Luciano, Salvatore und die anderen zu schützen, dass mein Vater zweifelsohne ein guter Franzose sei und somit der Einberufung würdig, zumal ein Beamter ihn, ob irrtümlich oder spaßeshalber, beim Abschreiben der Geburtsurkunde zehn Jahre jünger gemacht hatte. So zog er los, mit langem Gesicht und ohne Blume im Gewehr. Sein eigener Vater hatte 1860 beim Zug der Tausend sein Leben gelassen. Mit Garibaldi hatte Nonno Carlo Sizilien erobert. Aber nicht eine bourbonische Kugel hatte ihn getötet, sondern, im Hafen von Marsala, eine Prostituierte von zweifelhafter Hygiene, was man in der Familie stillschweigend überging. Er war tot, und die Botschaft war klar: Krieg tötet.

Er hat meinen Vater getötet. Eines Tages erschien ein Gendarm in der Werkstatt, über der wir wohnten, unten im Tal der Maurienne. Meine Mutter öffnete jeden Tag, für den Fall, dass ein Auftrag hereinkam, den ihr Mann nach seiner Rückkehr würde ausführen können, früher oder später würde er sich wieder ans Behauen des Steins machen müssen, Wasserspeier restaurieren, Brunnen bauen. Der

Gendarm setzte eine den Umständen angemessene Miene auf, und bei meinem Anblick schien er noch untröstlicher zu sein, er hüstelte und sagte, eine Granate sei eingeschlagen, tja. Als meine Mutter mit stoischer Würde fragte, wann der Leichnam überführt werde, geriet er ins Stammeln und erklärte, auf dem Schlachtfeld gebe es Pferde, auch andere Soldaten, und eine Granate, die richte großen Schaden an, also, da wisse man nicht immer, wer wer sei, nicht einmal, was ein Mensch sei und was ein Pferd. Meine Mutter dachte schon, er würde anfangen zu weinen, und schenkte ihm ein Glas Amaro Braulio ein – ich habe nie gesehen, dass ein Franzose diesen Kräuterbitter trinkt, ohne das Gesicht zu verziehen –, sie selbst weinte erst viele Stunden später.

Natürlich kann ich mich an all das nicht erinnern, oder nur sehr schlecht. Aber ich kenne die Fakten, und ich frische sie ein wenig auf, mit ebenjenen Farben, die mir jetzt in der Zelle, in der ich seit vierzig Jahren auf dem Monte Pirchiriano wohne, zwischen den Fingern zerrinnen. Bis heute – oder zumindest bis vor ein paar Tagen, als ich noch dazu imstande war – spreche ich schlecht Französisch. Seit 1946 hat mich niemand mehr *il Francese* genannt.

Ein paar Tage nach dem Besuch des Gendarmen sagte mir meine Mutter, in Frankreich könne sie mir nicht die Ausbildung bieten, die ich benötigte. Ihr Bauch rundete sich bereits über einem Brüderchen oder einem Schwesterchen – das nie auf die Welt kam, zumindest nicht lebend –, und während sie mich unter Küssen begrub, erklärte sie, dass sie mich zu meinem eigenen Wohl fortschicke, zurück in die Heimat, weil sie an mich glaube, weil sie sehe, wie groß meine Liebe zum Stein sei, trotz meiner jungen Jahre, weil sie wisse, dass ich zu Großem bestimmt sei, deshalb habe sie mir auch diesen Vornamen gegeben.

Von den beiden Päckchen, die ich in meinem Leben zu tragen hatte, war mein Vorname wahrscheinlich das leichtere. Trotzdem habe ich ihn aus tiefster Seele gehasst.

Meine Mutter kam oft hinunter in die Werkstatt, um ihrem Mann bei der Arbeit zuzusehen. Dass sie schwanger war, wurde ihr klar, als sie spürte, wie ich bei einem Schlag mit dem Meißel in ihrem Bauch zuckte. Bis dahin hatte sie sich nicht geschont und meinem Vater geholfen, riesige Blöcke zu verschieben, was vielleicht das Weitere erklärt.

»Er wird einmal Bildhauer«, verkündete sie.

Mein Vater grummelte und meinte, das sei ein schmutziger Beruf, bei dem die Hände, der Rücken und die Augen sehr viel schneller verschlissen als der Stein, und wenn man kein Michelangelo sei, könne man sich das auch ersparen.

Meine Mutter stimmte ihm zu und beschloss, mir einen Vorsprung zu verschaffen.

Mein Name ist Michelangelo Vitaliani.

Mein Heimatland lernte ich im Oktober 1916 kennen, in Begleitung eines Säufers und eines Schmetterlings. Der Säufer hatte meinen Vater gekannt und war dank des Zustands seiner Leber der Einberufung entgangen, doch so wie die Dinge sich entwickelten, stand zu vermuten, dass seine Zirrhose ihn nicht länger würde schützen können. Kinder, Alte, Lahme wurden eingezogen. In den Zeitungen hieß es, wir würden das Spiel gewinnen, die Boches wären bald Geschichte. In unserer Gemeinde hatte man im Jahr zuvor die Nachricht, dass Italien sich den Alliierten angeschlossen hatte, wie eine Siegesverheißung aufgenommen. Doch all jene, die von der Front zurückkehrten, sangen ein anderes Lied, sofern sie noch Lust hatten zu singen. Der *ingegnere* Carmone, der wie die anderen Makkaronis in Aigues-Mortes Salz geerntet und dann in Savoyen einen Lebensmittelladen aufgemacht hatte, wo er seinen Weinvorrat zum großen Teil selbst konsumierte, hatte also beschlossen, zurückzukehren. Wenn schon sterben, dann lieber in der Heimat, die Lippen rot vom Montepulciano, so ließ sich die Angst vertreiben.

Seine Heimat waren die Abruzzen. Er war sehr nett und auch bereit, mich auf dem Weg bei Zio Alberto abzusetzen. Er tat es, weil er ein wenig Mitleid mit mir hatte, aber auch, denke ich, wegen der Augen meiner Mutter. Die Augen von Müttern haben es oft in sich, aber bei meiner war die Iris von einem sonderbaren Blau, fast violett. Mehr als eine Schlägerei hatten sie ausgelöst, bis mein Vater Ordnung in die Sache brachte. Ein Steinmetz hat gefährliche Hände, dem würde ich gewiss nicht widersprechen. Die Konkurrenten hatten es bald aufgegeben.

Am Bahnhof von La Praz vergoss meine Mutter dicke violette Tränen. Mein Onkel Alberto, Steinbildhauer auch er, würde sich meiner annehmen. Sie versprach, bald nachzukommen, sobald sie die Werkstatt verkauft und etwas Geld verdient hätte. Eine Sache von Wochen, höchstens ein paar Monaten – sie brauchte zwanzig Jahre. Der Zug schnaufte, stieß einen schwarzen Qualm aus, den ich noch heute auf der Zunge schmecke, und nahm den beschwipsten Ingegnere und ihren einzigen Sohn mit.

Was immer die Leute sagen, mit zwölf Jahren hält die Traurigkeit nicht lange an. Ich wusste nicht, wohin der Zug mit uns schwankte, sehr wohl aber, dass ich noch nie Eisenbahn gefahren war – oder ich erinnerte mich nicht. Die Aufregung kippte bald ins Unwohlsein. Alles ging viel zu schnell. Kaum hatte ich etwas in den Blick genommen, eine Tanne, ein Haus, war es schon wieder weg. Eine Landschaft ist nicht dazu da, sich zu bewegen. Ich fühlte mich elend und wollte mich dem Ingegnere anvertrauen, aber der schlief und schnarchte mit offenem Mund.

Zum Glück hatte ich den Schmetterling. Er kam in Modane hereingeflogen und setzte sich an die Fensterscheibe zwischen mir und den vorbeiziehenden Bergen. Nach einem kurzen Kampf gegen das Glas gab er auf und rührte sich nicht länger. Ein schöner Schmetterling war das nicht, nicht diese bunte und goldene Pracht, die ich später, im Frühling, sehen würde. Nur ein nichtssagender Schmetterling, grau, ein wenig bläulich, wenn man die Augen fest zusammenkniff, ein vom Tag benommener Falter. Für einen Moment dachte ich daran, ihn zu quälen, so wie alle Jungs in meinem Alter, aber dann merkte ich, dass meine Übelkeit verging, wenn ich ihn fest ansah, er war der einzige Ruhepol in einer Welt im Aufruhr. Stundenlang blieb der Schmetterling dort sitzen, gesandt von einer befreundeten Macht, um mich zu beruhigen, und so bekam ich vielleicht zum ersten Mal eine Ahnung davon, dass nichts wirklich ist, was es zu sein scheint, dass ein Schmetterling nicht nur ein Schmetterling ist, sondern eine Geschichte, etwas gewaltig Großes auf allerkleinstem Raum, was die erste Atombombe ein paar Jahrzehnte später bestätigen sollte und was ich, vielleicht mehr noch, hinterlasse, wenn ich im Unterbau der schönsten Abtei des Landes sterbe.

Als der Ingegnere Carmone aufwachte, schilderte er mir sein Projekt, denn ein solches hatte er. Er war Kommunist. *Du weißt, was das ist?* In unserer Gemeinde in Frankreich hatte ich das Schimpfwort etliche Male gehört, die Leute fragten sich ständig, ob dieser oder jener einer war. Ich antwortete: »Pfff, klar, das ist ein Mann, der Männer und Frauen liebt.«

Der Ingegnere lachte. Ja, in gewisser Weise sei ein Kommunist ein Mann, der Männer und Frauen liebe. »Eine falsche Art, die Menschen zu lieben, gibt es auch gar nicht, das verstehst du doch, oder?« Ich hatte ihn noch nie so ernst gesehen.

Die Familie Carmone besaß ein Grundstück in L'Aquila, einer Provinz, der die Geografie ein zweifaches Unrecht angetan hatte. Zum einen war es die einzige Provinz in den Abruzzen ohne Zugang zum Meer. Zum anderen wurde sie in regelmäßigen Abständen von Erdbeben heimgesucht, genau wie das Ligurien meiner Vorfahren, mit dem Unterschied, dass Ligurien, dieses Luder, sich am Meer aalte.

Das Grundstück bot einen hübschen Blick auf den Lago di Scanno. Der Ingegnere beabsichtigte, dort auf einem riesigen Kugellager einen Turm zu errichten, wo er die Proletarier aus der Gegend unterzubringen gedachte, das alles zu einem moderaten Mietpreis, von dem er angemessen würde leben können – zumal er als guter Kommunist die oberste Etage für sich reservierte. Dank zweier Pferdegespanne, die alle zwölf Stunden wechselten, würde sich das Gebäude im Laufe des Tages um die eigene Achse drehen. So kämen ausnahmslos alle Bewohner, ohne Profiteure oder Ausgebeutete, einmal am Tag in den Genuss eines Seeblicks. Vielleicht würde die Elektrizität eines Tages die Pferde ersetzen, auch wenn Carmone zugab, dass sie wohl nie bis dorthin käme. Aber er träume gern.

Die Kugeln hätten darüber hinaus den Vorteil, die Konstruktion bei einem Erdbeben vom Boden abzukoppeln. Bei einem Beben der Stärke 12 auf der Skala von Mercalli – aus dem Mund des Ingegnere hörte ich zum ersten Mal den Namen – habe sein Haus im Vergleich zu einem normalen Gebäude eine um dreißig Prozent höhere Chance standzuhalten. Dreißig Prozent klinge vielleicht nach nicht viel, aber mit Stärke 12 sei nicht zu spaßen, erklärte er und verdrehte die Augen, das sei gewaltig.

Dann döste ich vor mich hin, die Augen fest auf meinen Schmetterling gerichtet, während wir nach Italien hineinfuhren und der Ingegnere mir mit innigen Worten von Zerstörung erzählte.

Gleich bei der ersten Begegnung fielen Italien und ich uns wie alte Freunde in die Arme. Ich hatte es so eilig, in Turin aus dem Zug zu kommen, dass ich auf dem Trittbrett stolperte und mit ausgestreckten Armen auf dem Bahnsteig landete. Ich blieb einen Moment liegen, dachte nicht einmal daran zu weinen, selig wie ein Priester bei der Weihe. Italien roch nach Flintenstein. Italien roch nach Krieg.

Der Ingegnere beschloss, eine Droschke zu nehmen. Es war teurer, als zu Fuß zu gehen, aber meine Mutter hatte ihm in einem Umschlag Geld zugesteckt, und so wie der Wein zum Trinken da sei, machte er klar, müsse auch das Geld ausgegeben werden, also, wenn du nichts dagegen hast, kaufen wir uns vor der Weiterfahrt ein Viertelchen Roten vom Po.

Ich hatte nichts dagegen, und ich staunte nicht schlecht über das Gewimmel ringsum: Soldaten auf Urlaub, Soldaten im Aufbruch, Träger, Lokführer und Scharen von zwielichtigen Gestalten, deren Funktion oder Ansinnen dem Jungen, der ich war, rätselhaft erschienen. Zwielichtige Gestalten hatte ich in meinem Leben noch keine gesehen, und ich hatte das Gefühl, dass sie meine eindringlichen Blicke mit Wohlwollen erwiderten, wie um zu sagen, *du bist einer von uns.* Vielleicht starrten sie auch nur auf die blaue Beule, die auf meiner Stirn wuchs. Ich ging durch einen Wald von Beinen, glückselig, überwältigt von all den Gerüchen: Teeröl und Leder, Pulver und Metall, ein Geschmack von Dämmerlicht und Schlachtfeld. Und dann die Geräusche, der Lärm einer Schmiede. Es knirschte, quietschte, krachte, eine von Analphabeten gespielte konkrete Musik weit abseits der Säle, in denen blasierte Honoratioren sich einmal drängen sollten, um so zu tun, als würden sie die Klänge schätzen.

Ohne dass ich es wusste, war ich im schönsten Futurismus gelandet. Die Welt war nichts als Geschwindigkeit, mit der Schritte, Züge, Kugeln dahinschossen, Schicksale umschlugen oder Bündnisse wechselten. Nur schienen all diese Menschen, all diese Massen es nicht wahrhaben zu wollen. Mit Hurra stürzten sie zu den Waggons, den Schützengräben, einem Horizont aus Stacheldraht, und doch war da etwas, zwischen zwei Bewegungen, zwei Schwüngen, das schrie, *ich will noch ein bisschen leben*.

Als ich später Karriere zu machen begann, zeigte mir ein Sammler stolz seine jüngste Erwerbung, das futuristische Gemälde *Die Revolte* von Luigi Russolo. Das war in Rom, um das Jahr 1930, glaube ich. Der Mann hielt sich für einen Kenner mit einer Leidenschaft für abstrakte Kunst. Ein Narr war er. Wer an diesem Tag nicht am Bahnhof Porta Nuova gewesen ist, wird das Werk nicht verstehen. Wird nicht verstehen, dass nichts Abstraktes daran ist. Es ist ein gegenständliches Bild. Russolo hat gemalt, was uns ins Gesicht explodiert ist.

Natürlich würde kein Zwölfjähriger es so formulieren. In dem Moment schaute ich mich lediglich um, mit weit aufgerissenen Augen, während der Ingegnere in einer Kaschemme am Ende des Bahnsteigs seinen Durst löschte. Aber all das habe ich *gesehen*. Ein Zeichen, wenn es denn noch eines bedurfte, dass ich nicht so war wie die anderen.

Als wir den Bahnhof verließen, schneite es leicht. Wir waren kaum draußen, da trat uns ein Carabiniere in den Weg und verlangte meine Papiere. Nicht die meines Begleiters, nur meine. Mit klammen Fingern, steif von der Kälte und dem Viertelchen Roten vom Po, gab ihm der Ingegnere Carmone die Genehmigung für mich. Der Polizist sah mich misstrauisch an, mit einer Miene, die er jeden Morgen vor der Arbeit aufsetzen und am Abend wieder ablegen musste, sofern sie ihm nicht angeboren war.

»Du bist ein kleiner *francese*?«

Ich mochte es nicht, dass man mich Franzose nannte. Und noch weniger, dass man mich als klein bezeichnete.

»Selber kleiner *francese*, *cazzino*.«

Der Carabiniere hätte fast keine Luft mehr bekommen, *cazzino* war die beliebteste Beleidigung hinter den Häusern meiner Kindheit, und wer ergreift schon einen Beruf, der mit einer so schönen Uniform aufwartet, wenn er dann verhöhnt wird ob der Größe seiner Männlichkeit.

Als guter Ingenieur zog der Ingegnere den Umschlag meiner Mutter hervor und schmierte die klemmenden Rädchen im Getriebe. Bald konnten wir weitergehen. Ich wollte auf keinen Fall in eine Droschke steigen und deutete auf eine Straßenbahn. Carmone grummelte, schaute auf eine Karte, stellte ein paar Fragen und kam zu dem Schluss, dass die Tram uns nicht weit von dem Ort absetzen würde, wo wir hinmussten.

Mit dem Hintern auf einer Holzbank fuhr ich durch die erste Großstadt meines Lebens. Ich war glücklich. Ich hatte meinen Vater verloren, wusste nicht, wann ich meine Mutter wiedersehen würde, aber ich war glücklich, ja, trunken von all dem, was noch vor mir lag, diesem Berg an Zukunft, den ich zu besteigen und nach meinem Maße zu behauen hatte.

»Sagen Sie, Signor Carmone …«

»Ja?«

»Elektrizität, was ist das?«

Er sah mich verblüfft an, und dann schien er sich zu erinnern, dass ich das erste Jahrzehnt meines Lebens in einem Dorf in Savoyen verbracht und es nie verlassen hatte.

»Das da, mein Junge.«

Er deutete auf eine Straßenlaterne, hoch oben thronte eine schöne goldene Kugel.

»So etwas wie eine Kerze also?«

»Die aber nie ausgeht. Das sind Elektronen, sie bewegen sich zwischen zwei Stückchen Kohle.«

»Was sind das, Elektronen? So eine Art Feen?«

»Nein, die sind Wissenschaft.«

»Was ist das, Wissenschaft?«

Ringsum wirbelten die Flöckchen, leicht wie ein Mädchenkleid. Der Ingegnere antwortete auf meine Fragen ohne Herablassung oder Ungeduld. Bald kamen wir an einem riesigen Gebäude vorbei, es war noch im Bau: das Lingotto. Ein paar Jahre später sollten dort die Fiats über eine gewundene Rampe zum Dach hinaufbefördert werden, wo sich ihre Räder nach der fertigen Montage zum ersten Mal drehten – eine mechanische Sacra di San Michele. Die Vororte wurden spärlicher, die Straßen wichen holprigen Pisten, und die Tram hielt inmitten von etwas, was wie ein Feld aussah. Die letzten drei Kilometer mussten wir zu Fuß gehen. Ich bin diesem Carmone dankbar, dass er mich so weit begleitet hat, trotz der Kälte, trotz der Zeiten. Wir liefen durch den Matsch, und ich stellte mir vor, wie in seiner Erinnerung die Augen meiner Mutter schon verblassten und ihm weniger violett vorkamen. Aber er führte mich sicher bis an die Tür von Zio Alberto.

Wir mussten Sturm läuten und mehrmals ans Türholz klopfen, ehe Alberto zu öffnen geruhte, er trug nur ein schmutziges Unterhemd. Die gleichen trüben Augen wie der Ingegnere, durchzogen von roten Äderchen – beide Männer teilten eine maßlose Liebe zum Rebensaft. Meine

Mutter hatte geschrieben und mein Kommen angekündigt, es gab also nicht viel zu erklären.

»Das ist Ihr neuer Lehrling, Michelangelo, der Sohn von Antonella Vitaliani. Ihr Neffe.«

»Ich mag es nicht, wenn man mich Michelangelo nennt.«

Zio Alberto schaute zu mir hinunter. Ich dachte, er würde mich fragen, wie ich am liebsten genannt werden wollte, dann hätte ich gesagt: »Mimo.« Der Spitzname, mit dem meine Eltern mich seit jeher gerufen hatten, der Spitzname, den ich noch siebzig Jahre hören sollte.

»Ich kann ihn nicht brauchen«, sagte Alberto.

Ein weiteres Mal hatte ich eine Kleinigkeit vergessen. Denn das ist es, ja, eine Kleinigkeit.

»Ich verstehe nicht recht. Ich dachte, Anto… die Signora Vitaliani hätte Ihnen geschrieben, und es wäre abgemacht.«

»Geschrieben hat sie. Aber so einen nehme ich nicht als Lehrjungen.«

»Wieso das?«

»Weil mir niemand gesagt hat, dass das ein Zwerg ist.«

C'è un piccolo problema, hatte die alte Rosa gesagt, die Nachbarin, die meine Mutter in einer stürmischen Nacht entband. Der Ofen klapperte, so heftig fegte der Wind durch den Kamin herein und schürte ein höllisches Feuer, die Wände leuchteten rot auf. Ein paar Matronen aus der Nachbarschaft, die gekommen waren, um dem Ereignis beizuwohnen und einen neugierigen Blick auf diesen strammen Körper zu werfen, der ihre Ehemänner zum Träumen brachte, hatten sich längst davongemacht, sich bekreuzigend und mit einem *il diavolo* auf den Lippen. Furchtlos summte die alte Rosa vor sich hin, wischte ab, munterte auf. Die Cholera, die Kälte, schlichtweg das Pech, ein Messer, das man nicht gezogen hätte, wäre man weniger betrunken gewesen, es hatte ihr Kinder, Freunde, Ehemänner genommen. Sie war alt, war hässlich, hatte nichts zu verlieren. Und so ließ der Teufel sie in Ruhe, er sah genau, wo er sich nur Ärger einhandelte. Es gab leichtere Beute.

C'è un piccolo problema, sagte sie also und zog mich aus Antonella Vitalianis Schoß heraus. Alles hing an diesem Wort, *piccolo*, klein, und wer immer mich sah, für den war klar, dass ich mein Leben lang mehr oder weniger *piccolo* bleiben würde. Rosa legte mich auf meine erschöpfte Mutter. Mein Vater kam die Treppe heraufgestürzt, Rosa erzählte später, er habe bei meinem Anblick die Stirn gerunzelt, habe sich umgeschaut, als würde er nach anderem suchen, nach seinem richtigen Sohn, nicht nach diesem unfertigen Etwas, und dann habe er genickt, *verstehe, kann passieren*, so wie es passieren konnte, dass er auf einen in den Tiefen eines Steinblocks verborgenen Riss schlug, und die Arbeit von Wochen war zunichte. Wer wollte es dem Stein verübeln.

Just dem Stein schrieb man mein Anderssein zu. Meine Mutter hatte es nicht verstanden, sich auszuruhen, und so große Blöcke in die Werkstatt geschleppt, dass die Muskelmänner im Ort erröteten. Der arme Mimo hatte, glaubte man den Nachbarinnen, dafür büßen müssen. Achondroplasie sollte man es später nennen und mich als kleinwüchsig bezeichnen, was, ehrlich gesagt, nicht besser war als Zio Albertos »Zwerg«. Und dann hieß es, meine Größe definiere mich nicht. Aber wenn das stimmte, warum dann von meinem Wuchs sprechen? Ich habe noch nie gehört, dass von einer »mittelwüchsigen Person« die Rede ist.

Ich war meinen Eltern deswegen nie böse. Wenn mich der Stein zu dem gemacht hat, der ich bin, wenn schwarze Magie am Werk war, dann hat er mich mit dem, was er mir genommen hat, auch beschenkt. Der Stein hat immer zu mir gesprochen, alle Steine, Kalksteine, metamorphe Gesteine, selbst Grabsteine, ebenjene, auf die ich mich bald legen sollte, um mir die Geschichten der dort Ruhenden anzuhören.

»So war das nicht gedacht«, murmelte der Ingegnere und tippte sich mit dem Finger im Handschuh an die Lippen. »Das ist ärgerlich.«

Inzwischen schneite es heftig. Zio Alberto zuckte die Achseln und wollte uns schon die Tür vor der Nase zuschlagen. Der Ingegnere ging mit dem Fuß dazwischen. Er zog den Umschlag meiner Mutter aus der Innentasche seines alten Pelzmantels und gab ihn meinem Onkel. Darin steckten fast die gesamten Ersparnisse der Vitalianis. Jahre des Exils, des Schuftens, der von Salz und Sonne verbrannten Haut, des ständigen Neubeginns, Jahre des Marmors unter den Nägeln, manchmal mit einem Hauch von dieser Zärtlichkeit, die mich auf die Welt gebracht hatte. Deshalb waren die schmutzigen und knittrigen Geldscheine so wertvoll. Deshalb öffnete Zio Alberto die Tür wieder ein Stück.

»Der Betrag war für den Kleinen. Für Mimo, meine ich«, korrigierte er sich und wurde rot. »Wenn Mimo einverstanden ist, es Ihnen zu geben, wäre er kein Lehrling mehr, sondern Ihr Partner.«

Zio Alberto nickte bedächtig.

»Hmm, ein Partner.«

Er zögerte noch. Carmone wartete so lange wie möglich, dann seufzte er und nahm ein Ledertäschchen aus seinem Gepäck. Alles am Ingegnere zelebrierte den Verschleiß, das Geflickte, eine Ästhetik der vergehenden Zeit. Das Leder des Täschchens aber war neu und weich. Mit seinem rissigen Handschuh strich Carmone darüber, öffnete es und nahm widerstrebend eine Pfeife heraus.

»Für den Erwerb dieser Pfeife habe ich keine Mühe und keine Kosten gescheut. Sie wurde aus Bruyèreholz geschnitzt, aus dem Wurzelstock, auf den der große Garibaldi, der Held zweier Welten, sich niedergesetzt haben soll bei seinem so edlen wie vergeblichen Versuch, Rom mit unserem schönen Königreich zu vereinen.«

Ich hatte Dutzende solcher Pfeifen gesehen, die man in Aigues-Mortes den einfältigen Franzosen verkaufte. Ich fragte mich, wie die hier in Carmones Hände gelangt war, wie er darauf hatte reinfallen können. Ich schämte mich ein wenig, für ihn und für Italien. Er war naiv und hatte ein großes Herz. Die noble Geste kostete ihn viel, aber er meinte es ehrlich, wollte mir helfen, ganz sicher, nicht weil er es eilig hatte, weiterzukommen, oder weil er fürchtete, sich mit einem zwölfjährigen Jungen von ungewöhnlichen Proportionen herumschlagen zu müssen. Alberto stimmte zu, und sie besiegelten die Sache mit einem Schluck von einem so scharfen Schnaps, dass es die Luft in dem alten Haus vergällte. Dann stand Carmone auf, ein Schlückchen noch zum Abschied, und bald entfernte sich seine wankende Gestalt im stiebenden Schnee.

Er drehte sich ein letztes Mal um, die Hand erhoben im gelben Schein einer sterbenden Welt, und lächelte mir zu. Die Abruzzen waren weit weg, er war nicht mehr der Jüngste, die Zeiten waren rau. Ich bin später nicht zum Lago di Scanno gefahren, aus Angst, dass es dort keinen Turm auf einem Kugellager gab und auch nie geben sollte.

Ich verdanke den sogenannten »gefallenen« Frauen viel, und mein Onkel Alberto war der Sohn einer solchen. Einer tapferen jungen Frau, die weder Wut noch Scham kannte und sich im Hafen von Genua unter die Männer legte. Sie war die einzige Person, von der mein Onkel respektvoll sprach, mit einem Überschwang, dass es schon an Verehrung grenzte. Aber die Heilige aus den Gassen war weit weg. Und da Alberto weder lesen noch schreiben konnte, wurde seine Mutter mit jedem Tag mehr zu einem Mythos. Ich selbst konnte recht gut schreiben, worüber mein Onkel, als er es bemerkte, hocherfreut war.

Mein Onkel Alberto war nicht mein Onkel. Wir hatten nicht das kleinste Atom Blut gemeinsam. Ich konnte die Sache nie ganz aufklären, aber offenbar hatte sein Großvater bei meinem Großvater in der Schuld gestanden, ein nicht zurückgezahltes Darlehen, dessen moralische Last von einer Generation an die nächste weitergegeben wurde. Auf seine perfide Art war Alberto ehrlich. Als meine Mutter ihn gebeten hatte, mich aufzunehmen, war er einverstanden gewesen. Er besaß eine kleine Werkstatt in einem Vorort von Turin. Da er Junggeselle war und nicht gerade dem Luxus frönte, reichte ein Auftrag hier und da, um den Lebensunterhalt zu bestreiten, oder hatte bis zu meiner Ankunft gereicht. Denn der Krieg – ein Unternehmen des Fortschritts und als solches gepriesen von vielen Schwärmern, die im Übrigen das Wort »Schwärmer« nicht mochten und lieber »Dichter« oder »Philosoph« sagten – hatte Materialien populär gemacht, die billiger waren als der Stein, leicht herzustellen und zu bearbeiten. Stahl war für Alberto der schlimmste Feind, selbst im Schlaf schimpfte er auf ihn. Er hasste ihn noch mehr als die Menschen aus Österreich-Ungarn oder Deutschland. Für einen Tognino, wie man die Deutschen dort nannte, ließen sich noch mildernde Umstände anführen. Mit ihrer Küche und ihren lächerlichen Pickelhauben hätten sie allen Grund, wütend zu sein. Außerdem wüsste niemand, wie man mit Stahl wirklich baute, und wenn erst alles zusammengebrochen wäre, würde man schon sehen, wer zuletzt lachte. Alberto hatte nicht begriffen, dass alles längst zusammengebrochen war. Zugutehalten musste man dem Stahl, dass er nicht ganz unschuldig daran war, dass schöne Kanonen aus ihm wurden.

Alberto sah aus wie ein alter Mann, war es aber nicht. Mit seinen fünfunddreißig Jahren wohnte er allein in einem Zimmer neben der Werkstatt. Seine Ehelosigkeit erstaunte, zumal er, nachdem er geduscht, den Marmorstaub abgewaschen und sich in seinen einzigen Anzug geworfen hatte, gar nicht so wenig hermachte. Er besuchte immer dasselbe Bordell in Turin, wo er die Mädchen mit schon sprichwörtlichem Respekt behandelte. Zu Beginn der Zwanzigerjahre war der Ausdruck »sich benehmen wie Alberto« sehr beliebt in den südlichen Vierteln der Stadt, zwischen Lingotto und San Salvario, ehe er aus der Mode kam, als Alberto umzog und seinen Marmor und seinen Sklaven mitnahm, mit anderen Worten mich. Partner, dass ich nicht lache.

Oft wurde ich gefragt, welche Rolle er im Folgenden gespielt hat. Wenn mit »Folgendem« meine Karriere gemeint ist, keine. Versteht man darunter jedoch mein letztes Werk, ist ein Schimmer von ihm zweifellos darin enthalten. Nein, kein Schimmer, sondern *Stückchen* – ich möchte nicht, dass man denkt, er hätte jemals geglänzt. Zio Alberto war ein Arschloch. Kein Monster, nur ein blöder Sack, was auf dasselbe hinausläuft. Ich denke ohne Hass an ihn zurück, aber auch ohne Wehmut.

Fast ein Jahr habe ich im Schatten dieses Mannes gelebt. Ich habe gekocht, geputzt. Habe geschleppt, ausgeliefert. Hundertmal wäre ich fast von einer Straßenbahn überfahren oder einem Pferd umgestoßen worden, verprügelt von einem Kerl, der sich über meine Größe lustig machte. Der Ingegnere Carmone hätte seine helle Freude gehabt an der elektrisierten Stimmung in unserem Viertel. Jeder Kontakt war ein potenzieller Blitzschlag, eine Bewegung von Elektronen bei der man nie wusste, was sie bewirkte. Wir waren im Krieg mit Deutschland, Österreich-Ungarn, unseren Regierungen, unseren Nachbarn, um nicht zu sagen im Krieg mit uns selbst. Der eine wollte Krieg, der andere Frieden, der Ton wurde rau und rauer, und wer den Frieden wollte, schlug am Ende als Erster zu.

Zio Alberto hatte mir verboten, seine Werkzeuge anzufassen. Eines Tages erwischte er mich, wie ich ein kleines Weihwasserbecken korrigierte, das die benachbarte Pfarrgemeinde Beata Vergine delle Grazie bei ihm bestellt hatte. Ein- oder zweimal die Woche ließ Alberto sich gehörig volllaufen, beim letzten Mal hatte es Spuren hinterlassen. Das Becken war ein plumpes Ding, eine Beleidigung, ein Zwölfjähriger hätte es besser machen können, und das machte er auch, während der andere seinen Rausch ausschlief. Alberto wachte auf und ertappte mich auf frischer Tat, Eisen in der

Hand. Verblüfft besah er sich mein Werk, verdrosch mich und schimpfte mit mir in einer Sprache, die ich nicht verstand, einer Mundart aus Genua. Dann schlief er wieder ein. Als er die Augen erneut aufschlug und sah, dass ich mich kaum noch bewegen konnte, voller blauer Flecken, tat er, als wüsste er von nichts. Er ging zu seinem Weihwasserbecken, stellte fest, dass er nicht unzufrieden war mit seiner Arbeit, und bot gönnerhaft an, es selbst auszuliefern.

Alberto diktierte mir regelmäßig Briefe an seine Mutter, dabei durfte ich auch meiner Mutter einen schreiben – großzügigerweise bezahlte er das Porto. Antonella antwortete nicht immer, sie war ständig unterwegs, auf der Suche nach einer Arbeit, die es ihr ermöglichte, noch eine Woche durchzuhalten, dann noch eine. Ihre violetten Augen fehlten mir. Mein Vater, der Mann, der meine ersten ungeschickten Schläge geführt hatte, der Mann, der mir beigebracht hatte, was ein Zahneisen ist, ein Steinbeil, eine Riffelfeile, er schwand in der Erinnerung.

Im Laufe des Jahres 1917 wurde die Arbeit immer weniger, Albertos Stimmung immer düsterer und seine Trunkenheit immer heftiger. Vor einem dämmrigen Grund marschierten manchmal Kolonnen von Soldaten, in den Zeitungen war nur noch vom Krieg die Rede, vom Krieg, vom Krieg, aber wir verspürten lediglich ein vages Unwohlsein, ein Gefühl des Abgetrenntseins von unserer Umgebung, als wären wir nie am richtigen Ort. Irgendwo dort hinten riss ein scheußliches Tier den Horizont in Stücke. Wir aber führten ein fast normales Dasein, ein Leben von Drückebergern, das allem, was wir aßen, einen Beigeschmack von Schuld verlieh. Jedenfalls bis zum 22. August, als das Brot ausging und es nichts mehr zu essen gab. Turin explodierte. Der Name

Lenin erschien auf den Wänden der Stadt, Barrikaden wurden errichtet, am Morgen des 24. hielt mich ein Revolutionär auf der Straße an und sagte, ich solle aufpassen, ihre Barrikaden seien *elektrifiziert*, für mich ein deutliches Zeichen, dass sich die Welt veränderte. Der Typ nannte mich »Genosse« und klopfte mir auf den Rücken. Ich sah Frauen, die sich beschämten Soldaten entgegenstellten, sah sie auf Panzer klettern und ihre so siegesgewissen wie wütenden Busen präsentieren, auf die sie nicht zu schießen wagten. Zumindest nicht sofort.

Der Aufstand dauerte drei Tage. Niemand konnte sich auf irgendetwas verständigen, außer dass man den Krieg satthatte. Mit Salven aus Maschinengewehren führte die Regierung schließlich die Einigung herbei, fünfzig Tote ließen die erhitzten Gemüter abkühlen. Ich verkroch mich in der Werkstatt. Als eines Abends wieder Ruhe eingekehrt war und mit ihr auch ein wenig Brot, kam Zio Alberto fröhlicher gelaunt als sonst nach Hause. Er tat, als wollte er mir eine Ohrfeige geben, gluckste, als er sah, wie ich unter den Tisch abtauchte, und sagte, ich solle zur Feder greifen, worauf er mir einen Brief an seine Mutter diktierte. Er roch nach dem billigen Wein, den man an der Straßenecke ausschenkte.

Mammina,

ich habe das Geld erhalten, das Du mir angewiesen hast. Damit kann ich jetzt die kleine Werkstatt kaufen, von der ich Dir an Weihnachten erzählt habe. Die ist in Ligurien, also näher bei Dir. In Turin gibt es keine Arbeit mehr. Aber drüben haben sie ein Schloss, da gibt es immer etwas auszubessern, und eine Kirche, an der liegt den Behörden viel, also immer was zu tun. Hier habe ich ver-

kauft, zu keinem guten Preis, aber egal, ich habe unterschrieben bei diesem Geizhals von Lorenzo, und bald mache ich mich auf den Weg, mit Mimo, dieser Rotznase. Ich schreibe Dir dann aus Pietra d'Alba, Dein Dich liebender Sohn.

»Und mach mir eine schöne Unterschrift, *pezzo di merda*«, schloss Zio Alberto. »Eine, die zeigt, dass ich es geschafft habe.«

Wenn ich an damals zurückdenke, wundere ich mich selbst: Ich war nicht unglücklich. Ich war allein, hatte nichts und niemanden, im Norden von Europa pflügte man die Wälder um, verstreute metallgespickte Leiber, dazu ein paar Granaten, die Jahre später unschuldigen Spaziergängern ins Gesicht explodieren sollten, man ersann eine Verwüstung, dass Mercalli erblasst wäre, schließlich hatte er seiner armseligen Skala nur zwölf Stufen zugestanden. Aber ich war nicht unglücklich, das merkte ich jeden Abend, wenn ich zu meinem persönlichen Pantheon von Idolen betete, die im Laufe meines Lebens immer wieder wechselten und zu denen später auch Opernsänger und Fußballspieler gehörten. Meine Tage waren, vielleicht weil ich jung war, schöne Tage. Erst heute kann ich ermessen, was die Schönheit des Tages der ahnenden Nacht verdankt.

Der Abt verlässt sein Arbeitszimmer und steigt die Treppe der Toten hinab, wie sie nicht zu Unrecht genannt wird. Erst dann wird er an das Bett des Mannes treten, der im Nebengebäude im Sterben liegt. Die Brüder haben ihm ausrichten lassen, dass die Stunde naht. Er wird ihm das Brot des Lebens auf die Lippen legen.

Padre Vincenzo geht durch die Kirche, ohne die Fresken zu beachten, passiert das Tierkreiszeichen-Portal und gelangt zu den Terrassen auf der Spitze des Monte Pirchiriano, von wo aus die Abtei auf das Piemont herabblickt. Vor ihm die Ruinen eines Turms. Der Legende nach ist hier einst ein junges Bauernmädchen, die schöne Alda, davongeflogen, um feindlichen Soldaten zu entkommen, geholfen hatte ihr der heilige Michael. Doch dann wollte sie, *vanitas vanitatis*, das Kunststück vor den Dorfbewohnern wiederholen, wollte sie nur beeindrucken, und stürzte in die Tiefe. So wie im vierzehnten Jahrhundert auch ein Teil des Turms einstürzen sollte, der ihren Namen trägt, niedergerissen von einem der vielen Erdbeben, die die Region von Zeit zu Zeit erschüttern.

Ein Stück weiter verschwinden ein paar Stufen im Boden, abgesperrt von einer Kette und einem Schild »Durchgang verboten«. Mit einer Geschmeidigkeit, die angesichts seines Alters Anerkennung verdient, steigt der Abt darüber hinweg. Es ist nicht der Weg zum Nebengebäude, wo der

Sterbende auf ihn wartet. Bevor er zu ihm geht, möchte der Priester *sie* sehen. Sie, die ihm manchmal einen ungemütlichen Schlaf bereitet, denn er fürchtet ein Eindringen, wenn nicht Schlimmeres. Man weiß nie, was alles passieren kann, so wie damals, vor fünfzehn Jahren, als Fra Bartolomeo jemanden überraschte, direkt vor dem letzten schützenden Gitter. Der Mann, ein Amerikaner, hatte sich als verirrter Besucher ausgegeben. Der Abt hatte die Lüge sofort gerochen, er kannte den Geruch zur Genüge, es war der Geruch der Beichtstühle. Kein Tourist konnte versehentlich so tief in die Fundamente der Sacra di San Michele hinabsteigen. Nein, der Mann war gekommen, weil er das Gerücht gehört hatte.

Der Abt hatte richtig vermutet. Fünf Jahre später war derselbe Mann zurückgekehrt, mit einer förmlichen Genehmigung und einer Unterschrift aus den oberen Etagen des Vatikans. Man hatte ihm also Zugang verschafft, und die Liste jener, die sie betrachteten, wurde ein wenig länger. Leonard B. Williams war der Name dieses Professors der Universität Stanford, Kalifornien. Williams hatte sein Leben der Gefangenen der Sacra gewidmet und ihr Geheimnis zu durchdringen versucht, hatte eine Monografie über sie veröffentlicht, ein paar Aufsätze, dann Schweigen. Seine Arbeiten, so brillant sie auch waren, schlummerten in vergessenen Regalen. Ein kluger Schachzug des Vatikans, er hatte die Tore geöffnet, als gäbe es nichts zu verbergen. Jahrelang war es ruhig geblieben. Doch seit ein paar Monaten meldeten die Mönche Touristen, die keine waren. Schnüffler, unter Tausenden zu erkennen. Der Druck nahm wieder zu.

Eine kleine Ewigkeit steigt der Abt hinunter, findet sich mühelos zurecht in dem Labyrinth der Gänge. Selbst im

Dunkeln würde er den Weg finden, so oft ist er ihn schon gegangen. Ein helles Klingeln begleitet ihn, wie von kleinen Schellen – der Schlüsselbund in seiner Hand. Diese verflixten Schlüssel. Für jede Tür der Abtei gibt es einen, manchmal auch zwei, als schlüge selbst hinter dem unerheblichsten Türblatt ein Geheimnis. Als würde das Geheimnis, das sie hier versammelt, die Eucharistie, nicht genügen.

Er ist fast am Ziel. Riecht die Erde, die Feuchtigkeit, den Duft des Granits, Milliarden Atome, niedergedrückt vom eigenen Gewicht und auch ein wenig von diesem Grün der Hänge ringsum. Endlich die Gittertür. Die alte wurde ausgetauscht und hat jetzt eine Fünffachverriegelung. Die Fernbedienung funktioniert nicht auf Anhieb, Padre Vincenzo drückt verzweifelt auf die Gummitasten, *jedes Mal das Gleiche, und das nennt man Fortschritt, wir haben 1986 und schaffen es nicht mal, eine funktionierende Fernbedienung herzustellen.* Er fängt sich wieder, *Herr, vergib mir meine Ungeduld.*

Schließlich erlischt das rote Lämpchen, der Alarm ist deaktiviert. Der letzte Gang wird überwacht von zwei hochmodernen Kameras, jeweils nicht größer als ein Schuhkarton. Unmöglich könnte hier jemand hereinkommen, ohne dass es sofort auffällt. Und selbst wenn es einem Eindringling gelänge – wozu? Er würde sie nicht mitnehmen können. Zehn starke Männer hatte es gebraucht, um sie hinunterzuschaffen.

Padre Vincenzo erschauert. Nicht den Diebstahl muss man befürchten. Er hat diesen spinnerten Laszlo Toth nicht vergessen. Und wieder ermahnt er sich, *»spinnert« verträgt sich nicht mit Barmherzigkeit, sagen wir »psychisch gestört«.* Sie waren nur knapp einer Tragödie entgangen. Aber er will jetzt nicht an Laszlo denken, an das unheimliche Gesicht und die leuchtenden Augen des Ungarn. Die Tragödie hatte abgewendet werden können.

Wir sperren sie ein, um sie zu schützen. Was für eine Ironie, denkt der Abt. *Sie ist da, seien Sie unbesorgt, ihr geht's prima, nur dass niemand sie sehen darf.* Niemand außer ihm, dem Padre, dazu die Mönche, die es beantragen, die wenigen Kardinäle, die sie vor vierzig Jahren dort eingesperrt haben und noch leben, ein paar Bürokraten wohl auch. Etwa dreißig Personen auf der ganzen Welt, höchstens. Und ihr Schöpfer natürlich, mit seinem eigenen Schlüssel. Er konnte kommen, wann er wollte, hat sich um sie gekümmert und sie regelmäßig gereinigt. Ja, denn gereinigt werden muss sie.

Der Abt schließt die beiden letzten Schlösser auf. Er beginnt immer mit dem oberen, ein Tick, der vielleicht so etwas wie Nervosität verrät. Er würde ihn gern loswerden, und genau wie bei seinem letzten Besuch nimmt er sich fest vor, beim nächsten Mal mit dem unteren anzufangen. Die Tür öffnet sich lautlos – der Schlosser hat nicht gelogen, die Angeln sind von hervorragender Qualität.

Er macht kein Licht. Die ursprünglichen Neonröhren wurden, zur gleichen Zeit wie das Gitter, gegen eine sanftere Beleuchtung ausgetauscht, umso besser, das Neonlicht kam einer Misshandlung gleich. Trotzdem sieht er sie lieber im Dunkeln. Der Abt tritt vor, und aus Gewohnheit berührt er sie mit den Fingerspitzen. Sie ist ein wenig größer als er. In der Mitte des runden Raums – ein schlichtes Heiligtum mit romanischem Gewölbe – steht sie leicht gebeugt auf ihrem Sockel, versunken in einem steinernen Traum. Das einzige Licht fällt aus dem Gang herein, in seinem Schein zeichnen sich zwei Gesichter ab, ein gebrochenes Handgelenk. Der Abt kennt jedes Detail der Statue, die dort im Dunkel schläft, er hat sie sich angeschaut, bis seine Augen nicht mehr konnten.

Wir sperren sie ein, um sie zu schützen.

Aber die sie dort hingebracht haben, vermutet der Abt, wollten nur *sich selbst* schützen.

Savona hatte Italien zwei Päpste geschenkt, Sixtus IV. und Julius II. Dabei hätte Pietra d'Alba, gerade mal dreißig Kilometer nördlich der Stadt, dem Land fast einen dritten beschert. Dass es nicht dazu gekommen ist, daran bin ich nicht ganz unschuldig.

Sicher hätte ich gelacht, hätte mir jemand an diesem Morgen des 10. Dezember 1917 gesagt, dass die Geschichte des Papsttums einmal von dem Jungen beeinflusst werden sollte, der dort hinter Zio Alberto herschlurfte. Drei Tage waren wir fast ununterbrochen unterwegs gewesen. Das ganze Land hing an den Nachrichten von der Front, nachdem uns die österreichisch-ungarischen Truppen bei Caporetto eine herbe Schlappe beigebracht hatten. Es hieß, die Stellungen in der Nähe von Venedig seien befestigt. Es hieß aber auch das Gegenteil, eine Landung des Feindes stehe bevor, und dann würde man uns im Schlaf die Kehle durchschneiden oder, noch schlimmer, zwingen, Kohl zu essen.

Ins Licht des Morgens geschlagen, war Pietra d'Alba vor uns auf seiner Felsenspitze erschienen. Eine Täuschung, wie ich bald begriff, denn Pietra erhob sich nicht auf einem Bergsporn, sondern am Rand eines Plateaus. Der Weg zwischen der Mauer, die sich um den Ort zog, und der Kante des Felshangs war kaum breit genug für zwei Menschen nebeneinander. Dann fünfzig Meter Abgrund. Oder pure Luft, angefüllt mit Essenzen von Harz und Thymian.

Man musste erst durchs ganze Dorf hindurch, ehe sich zeigte, wofür es bekannt war: eine weite Hochebene, die sanft auf das Piemont zuwogte, ein Stück Toskana, aus einer geologischen Laune heraus dorthin verschoben. Im Westen wie im Osten wachte Ligurien und erinnerte den Ort daran, es sich nicht allzu bequem zu machen. Es war Gebirge, die Hänge bedeckt von einem Wald, dessen Grün fast so dunkel war wie die dort umherstreifenden Tiere. Aber Pietra d'Alba war ein schöner Ort mit seinem zart rosenroten Stein – tausendfach hatte sich das Morgenrot darin eingebettet.

Wer das Dorf besuchte, egal wie erschöpft oder missgelaunt, dem fielen sofort zwei ansehnliche Gebäude auf. Das erste, eine grandiose Barockkirche, verdankte sowohl ihre Größe als auch ihre Fassade aus rotem und grünem Marmor – kaum zu erwarten so weit im Landesinneren – ihrem Schutzheiligen. San Pietro delle Lacrime war an der Stelle errichtet worden, wo Petrus haltgemacht hatte auf seinem Weg zur Evangelisierung dieses ungehobelten Landes, das einmal Frankreich werden sollte. In jener Nacht, so die Legende, hatte er von seiner dreimaligen Verleugnung Jesu geträumt und geweint. Die Tränen waren in den Fels gesickert und hatten eine unterirdische Quelle gebildet, die fortan ein Stück weiter einen See speiste. Die Kirche hatte man um 1750 lotrecht über dieser Quelle erbaut, und nun trat sie in der Krypta hervor. Man schrieb ihr wunderkräftige Eigenschaften zu, und die Spenden flossen reichlich. Ein Wunder hatte es jedoch nie gegeben, abgesehen vielleicht, dank dem Wasser, von der Verwandlung des Plateaus in ein Stück Toskana.

Der Chauffeur setzte uns direkt vor der Kirche ab, Alberto hatte darauf gedrängt. Auch hatte er unbedingt von Savona aus mit dem Auto kommen wollen, als Eroberer, nicht wie diese Bauerntrampel auf einem Fuhrwerk. Es war eine frühe Werbeaktion, die gleichwohl ins Leere lief. Offenbar hatte das Dorf am Vortag ein ausgelassenes Fest gefeiert, dem Spruchband nach zu urteilen, das noch in einem Brunnen hing und einem Löwen als Schärpe diente, sowie dem Konfetti, das ein verspielter Wind bei jeder Bö aufwirbelte. Alberto bat den Fahrer zu hupen, was nur ein paar Turteltauben zur Kenntnis nahmen. Wütend beschloss er, den Rest des Wegs zu Fuß zu gehen. Die Werkstatt, die er gekauft hatte, befand sich außerhalb des Dorfs.

Erst als wir aus Pietra hinaustraten, sahen wir das zweite Gebäude. Oder es sah uns, denn mir war, als würde es uns trotz der Entfernung taxieren und Besucher als unwürdig einschätzen, sofern sie keine Fürsten waren, keine Dogen, Sultane, Könige oder zumindest Markgrafen. Wann immer ich nach längerer Abwesenheit nach Pietra d'Alba zurückkam, hatte die Villa Orsini auf mich genau diesen Effekt. Sie stoppte meine Schritte an derselben Stelle, zwischen dem letzten Brunnen des Dorfes und ebendort, wo sich die Straße über das Plateau hinabzog.

Die Villa stand am Waldrand, etwa zwei Kilometer von den letzten Häusern entfernt. In einer grünen Gischt waren die wilden, steilen Gebirgsausläufer an ihren Mauern gestrandet. Ein Land der Höhen und der Quellen, dessen Pfade, munkelte man, ihren Platz wechselten, sobald man einen Fuß auf sie setzte. Nur Holzfäller, Köhler und Jäger drangen dort ein. Von ihnen auch stammte die Geschichte von den sich bewegenden Pfaden, so wollten sie ihren Stolz bewahren, wenn sie sich im Wald verlaufen hatten und, abgezehrte, zerzauste kleine Däumlinge, eine Woche später wieder herausfanden.

Vor der Villa erstreckten sich, so weit das Auge reichte, Orangenbäume, Zitronenbäume, Pomeranzen. Das Gold der Orsinis, geprägt und poliert von einem Meereswind, der von der Küste her seine unendliche Milde über diese Höhen blies. Unmöglich konnte man nicht stehen bleiben, so überwältigend war die Landschaft, buntfarbig, pointillistisch, ein nie verlöschendes Feuerwerk in allen Tönen, Mandarine, Melone, Aprikose, Mimose, Schwefelblüte. Im Kontrast zum Wald hinter dem Haus zeigte sich anschaulich die zivilisatorische Mission der Familie, und so stand es auch in ihrem Wappen. *Ab tenebris, ad lumina.* Fern der Finsternis, hin zum Licht. Ordnung, die Gewissheit, dass alles seinen Platz hatte und dass besagter Platz ausnahmslos dem der Orsinis unterstand. Die Familie erkannte nur den Primat Gottes an, ließ es sich aber nicht nehmen, seine Angelegenheiten in dessen Abwesenheit zu regeln. Sodass die beiden ansehnlichen Gebäude in Pietra d'Alba unwiderruflich miteinander verbunden waren und es auch bis zum Ende bleiben sollten, verschwistert, zwei Brüder, die wenig miteinander sprachen, sich aber schätzten.

Noch heute sehe ich mich an diesem Morgen die Reihen der Orangenbäume entlanggehen, im Rücken die uns folgenden neugierigen Blicke. Sehe, wie vor mir die Werkstatt erscheint, ein altes Bauernhaus mit nebenan einer Scheune, dazwischen die große Grasfläche mit einem Nussbaum in der Mitte. Ich weiß noch, wie ich dachte, dass es meiner Mutter dort gutgehen würde, wenn ich erst genug Geld verdient hätte und sie holen könnte. Alberto schaute sich um, die Fäuste in die Hüften gestemmt, die Wimpern mit Raureif gepudert. Er nickte zufrieden.

»Jetzt müssen wir nur noch den richtigen Stein finden.«

1983 wollte Franco Maria Ricci mir unbedingt ein paar Seiten in seiner Kunstzeitschrift *FMR* widmen. Da er ein wenig verrückt war, stimmte ich zu. Das einzige Gespräch, auf das ich mich eingelassen habe. Dabei befragte mich Ricci nicht, wie ich erst dachte, über *sie*. Aber sie war präsent in dem Artikel, zumindest indirekt, so unauffällig wie ein Elefant.

Der Artikel ist nie erschienen. Leute in einflussreichen Positionen bekamen Wind von der Sache, die Auflage war ohnehin gering, und noch vor Erscheinen wurden sämtliche Exemplare in der Druckerei aufgekauft. Die Nummer 14 der *FMR* vom Juni 1983 erschien eine Woche verspätet und mit ein paar Seiten weniger. Ohne Zweifel besser so. Franco schickte mir ein Exemplar, das er vor dem Einstampfen hatte retten können. Nach meinem Hingang wird man es in der kleinen Kofferkiste unterm Fenster meiner Zelle finden. Es ist dieselbe, mit der ich vor siebzig Jahren in Pietra d'Alba angekommen bin.

In dem Gespräch habe ich Folgendes gesagt:

Mein Onkel Alberto war nie ein großer Bildhauer. Deshalb war ich lange Zeit auch nur Mittelmaß. Ich dachte nämlich – seinetwegen und taub gegenüber der einzigen Stimme, die mir das Gegenteil sagte –, dass es den richtigen Stein gäbe. Aber den gibt es nicht. Das weiß ich, weil ich jahrelang nach dem richtigen Stein gesucht habe. Bis ich begriff, dass ich mich nur nach dem Stein bücken musste, der zu meinen Füßen lag.

Der alte Emiliano, ehemals Steinmetz, hatte seine Werkstatt für einen Spottpreis an Alberto verkauft. Wann immer Alberto die Sache erwähnte, rieb er sich die Hände. Er rieb sich die Hände in Turin, rieb sich die Hände auf der Fahrt, rieb sich die Hände beim Anblick von Pietra d'Alba, der Werkstatt und der Scheune. Er hörte erst auf, sich die Hände zu reiben, als wir unsere erste Nacht dort verbrachten und er spürte, wie jemand zu ihm ins Bett kroch und zwei eiskalte Füße an die seinen drückte.

Alberto hatte mir erlaubt, mich in der Scheune einzurichten, was so viel hieß wie, die Werkstatt und das Nebenzimmer waren sein Zuhause. Die Aufteilung war mir nur recht: Wer hat als Dreizehnjähriger nicht davon geträumt, im Stroh zu schlafen? Zu ihm gelaufen bin ich, als ich es kurz nach Mitternacht schreien hörte. Alberto war schon im Begriff, handgreiflich zu werden, zuerst dachte ich, da wäre ein anderer Mann.

»Was hast du hier zu suchen, du kleines Miststück?«

»Ich bin Vittorio!«

»Wer?«

»Vittorio! Siehe Annex zum Vertrag!«

Ich höre noch seine ängstliche Stimme, flatternd zwischen zwei Registern, hoch-tief-hoch. Genau mit diesen Worten stellte er sich vor: *Vittorio, siehe Annex zum Vertrag.* Es wäre ein Verbrechen gewesen, das Geschenk eines solchen Spitznamens auszuschlagen.

Annex war drei Jahre älter als ich. In diesem Land der stämmigen Männer, immer nah an der Scholle, um die es sich zu kümmern galt, fiel er mit seiner Größe aus dem Rahmen. Es war das Einzige, was sein Vater ihm vererbt hatte, ein schwedischer Agronom, von dem niemand je erfuhr, zu welchem Zweck er in die Region gekommen war. Er hatte eine junge Frau aus dem Dorf geschwängert und sich, als sie ihm die Neuigkeit mitteilte, stante pede davongemacht.

Es dauerte einen Moment, bis wir begriffen, dass Annex der Angestellte des alten Emiliano war und dass er immer bei seinem einstigen Meister geschlafen hatte. Einem Spruch zufolge wählte ein Mann, der im Winter in diesen Landen zu entscheiden hatte zwischen einem Sack Gold und einem schönen Feuer, nicht immer das Gold. Wärme war rar, in den Häusern wie in den Herzen. Für Alberto war es ein Unding, dass zwei Männer zusammen schliefen, das hatte er ja noch nie gehört. Mit einem Schulterzucken versprach Annex, in die Scheune zu ziehen, was meinen Onkel noch mehr aufbrachte – er bedauerte schon, dass er das vom Notar übersandte Dokument nicht richtig gelesen hatte. Ich wollte mir die kleine Spitze nicht verkneifen und erinnerte ihn daran, dass er überhaupt nicht lesen konnte. Er war nicht beleidigt und sagte nur, der Notar Dordini hätte ihn warnen müssen. Außerdem, wenn er so darüber nachdachte, hatte der Dottore es vielleicht sogar getan an dem Abend, als sie mit den Burschen von der Zimmermannsinnung einen gehoben hatten. Ein Briefwechsel bestätigte später, dass Annex zu dem Gemäuer gehörte, welches man ihm zum Spottpreis und unter der ausdrücklichen Bedingung übertragen hatte, dass der junge Mann für zehn Jahre ab Unterzeichnung angestellt bleiben sollte – siehe Annex zum Vertrag.

In meinem Leben bin ich selten jemandem begegnet, der für die Arbeit am Stein so unbegabt war wie Annex. Trotzdem war er uns eine wertvolle Hilfe. Er hatte Stehvermögen, bekam einen Hungerlohn und war mit Kost und Logis leidlich zufrieden. Alberto entdeckte an sich, was Annex betraf, eine fast schon zärtliche Ader, als er nach einiger Zeit feststellte, dass er nun einen zweiten Sklaven hatte: eine besser gebaute Version von mir, weniger frech und vor allem ohne jedes Talent.

Am nächsten Tag erschien ein langer Tross, ein Gewimmel von Karren und Pferden, die in der blassvioletten Dämmerung dampften. Es war Albertos Ausstattung, die man ihm aus Turin brachte. Die Männer tranken mit meinem Onkel einen Schluck und machten sich gleich wieder auf den Weg.

Jetzt waren wir bereit für unsere ersten Kunden. Im Dorf hatte es immer nur zwei gegeben: die Kirche und die Orsinis. Alberto beschloss, beiden seine Aufwartung zu machen, und erörterte die protokollarische Reihenfolge, zu wem zuerst, an triftigen Argumenten mangelte es weder hier noch da. Das Rennen machten die Orsinis. Für Albertos Geschmack sprach die Kirche etwas zu viel von Armut, ein ums andere Mal betonte er, er habe Wechsel zu bezahlen, auch wenn das nicht stimmte. Seine Mutter hatte ihm das Geld für den Kauf der Werkstatt geschickt, und uns zahlte er nichts. Kurz nach dem Angelus erschienen wir also, Alberto, Annex und ich, am Dienstboteneingang der Villa. Eine Hausangestellte öffnete, musterte unsere bunte kleine Truppe und fragte, in welcher Angelegenheit wir kämen.

»Ich bin Maestro Alberto Susso aus Turin«, trug mein Onkel vor und schlug einen katzbuckelnden Ton an. »Sie haben sicher von mir gehört. Ich habe die Werkstatt des alten Emiliano übernommen, und ich möchte den hochwohlgeborenen Herrschaften, dem Marchese und der Marchesa Orsini, meine Aufwartung machen.«

»Warten Sie hier.«

Auf die Dienstbotin folgte der Verwalter, und es wurde entschieden, dass wir nicht in die Zuständigkeit der Verwaltung fielen, sondern in die des Sekretärs des Marchese, der bald darauf am Tor in der Mauer erschien. Dahinter war ein leuchtend grüner Park zu erkennen, der dunkle Glanz eines Teichs, ein Dampfen in der morgendlichen Luft.

»Der Marchese und die Marchesa empfangen keine Handwerker«, erklärte der Sekretär. »Sprechen Sie mit dem Verwalter.«

Seine Arroganz spritzte uns ins Gesicht, ging ringsum als Regen nieder, es war der gleiche, der rund um den Globus aufkeimende Revolutionen wässerte. Das Himmelreich war weniger schwer bewacht als die Villa Orsini. Der Sekretär war mir egal, was mich faszinierte, war der Park, ich hatte dort mehrere Statuen bemerkt. Zwischen zwei der Skulpturen spannte sich ein Spruchband, Bedienstete nahmen es gerade ab, ein ähnliches hatte ich bei unserer Ankunft im Dorfbrunnen gesehen.

»Gab es hier ein Geburtstagsfest?«

Der Sekretär musterte mich, eine Augenbraue wölbte sich zu einem perfekten Halbrund.

»Nein, wir haben den Aufbruch des jungen Marchese an die Front gefeiert. Er schließt sich einem Regiment in

Frankreich an, zum höheren Ruhme seiner Familie und des Königreichs Italien.«

Aus heiterem Himmel fing ich an zu weinen. Die Mienen des Sekretärs und von Alberto lösten sich auf, überboten sich an Verlegenheit und Unverständnis, beide hätten sich wohler gefühlt unter einem österreichisch-ungarischen Schrapnell in Caporetto. Selbst Annex, der schon aus dem Land der Kindheit austrat und ins Lager der Männer wechselte, machte ein paar Schritte zur Seite und besah sich, auf einmal höchst interessiert, die Laibung des Tors. Die Hausangestellte, die uns empfangen hatte, vergaß für einen Moment das Protokoll, stieß den steifen Sekretär beiseite und kniete sich vor mich.

»Na, was ist denn mit dir, kleiner Mann?«

Ich war nicht gekränkt, ich spürte, dass dieses »kleiner Mann« auf mein Alter gemünzt war und nicht auf meine Größe. Mir war schleierhaft, warum ich um jemanden weinte, den ich nicht kannte. Was wusste ich mit meinen dreizehn Jahren auch von der Traurigkeit, die man verborgen in sich trägt. Ich konnte nur stammeln:

»Ich wünschte, er würde zurückkommen.«

»Ist ja schon gut«, flüsterte die Hausangestellte.

Sie nahm meinen Kopf und drückte ihn sich zwischen die Brüste. Ich schäme mich zu sagen, dass ich mich sofort besser fühlte.

Eine Woche später zog das ganze Dorf mit Pomp in die San Pietro delle Lacrime ein. Alberto hatte unbedingt dabei sein wollen – *man muss sich zeigen, ist gut fürs Geschäft* –, aber wir saßen in der letzten Reihe. Die Kirche war brechend voll. Aus Savona und aus Genua waren Menschen angereist.

In der ersten Reihe die Orsinis. Direkt dahinter die Magnifici, die Adelsfamilien der Region: die Giustinianis, die Spinolas, die Grimaldis.

Der junge Marchese, der Held von Pietra d'Alba, war ebenfalls anwesend, in der Vierung, umgeben von einem Glorienschein, der ihm herzlich egal war. Gefeiert wurde sein Begräbnis. In dem Moment, als ich mich bei einer Hausangestellten ausgeheult hatte, war er schon zwei Tage tot, gestorben am 12. Dezember 1917. Nicht an der Front, nach siegreicher Eroberung eines feindlichen Postens an der Spitze seiner Kompanie und auf Kosten seines Lebens. Nein, wie so viele Menschen war er auf eine ganz und gar dumme Weise ums Leben gekommen, bei der größten (wie die Armee Jahrzehnte später anzuerkennen bereit war) Eisenbahnkatastrophe, die sich in Frankreich jemals ereignet hatte.

Am 12. Dezember also, ungeduldig darauf wartend, sich beim Generalstab zu melden und abkommandiert zu werden, hatte er zusammen mit einer Truppe von Soldaten auf Urlaub den Zug von Bassano nach Modane bestiegen, weiter ging es mit dem ML 3874 in Richtung Chambéry. Auf der Talfahrt hinunter nach Saint-Michel-de-Maurienne konnte die Lokomotive das Gewicht des dreihundertfünfzig Meter langen Zugs nicht halten, mehr als fünfhundert Tonnen Stahl und Jungs, die froh waren, über Weihnachten nach Hause zu fahren. Ihre Freude wog schwer, die automatische Bremse war deaktiviert, *wir bremsen per Hand*, aber von wegen, gebremst hatte gar nichts. Die Waggons waren entgleist, hatten sich verkeilt, übereinandergeschoben, armdicke Metallträger hatten sich verbogen wie Draht, und dann war alles verbrannt. Der junge Marchese, beim Aufprall hinausgeschleudert, gehörte zu den wenigen Opfern, die man vollständig hatte bergen können. Die meisten anderen, mehr als vierhundert, hatten sich fleischlich mit dem Stahl vereint.

Seither hagelte es Wenns, nur konnten sie das dichte Gespinst des Schicksals nicht entwirren. Und wenn der junge Marchese nicht in den Krieg gezogen wäre? Bei den Magnifici konnte man der Einberufung leicht entgehen. Und wenn er nicht diesen Zug genommen hätte, um früher an die Front zu kommen? Aber Virgilio Orsini hatte den Zug genommen. Er hatte sich freiwillig gemeldet. Also wurde geweint, was blieb anderes übrig. Das heißt, die Dorfbewohner weinten, die Orsinis wahrten ihre Würde, mit herabgezogenen Mundwinkeln, wie es sich gebührte, aber erhobenem Kinn und einem Blick in die Ferne, in die Zukunft der Dynastie.

Die große Orgel erklang und begleitete den Sarg hinaus, uniformierte Männer trugen ihn ins Licht, die Gemeinde ging auseinander. Meine Körpergröße, die Menschenmenge und mein Platz im hinteren Kirchenraum hatten zur Folge, dass ich an diesem Tag keinen einzigen Orsini zu Gesicht bekam, allenfalls als entfernte schwarze Schemen. Nachdem sich die Versammlung zerstreut hatte, dachte ich, ich wäre allein, und blieb noch, um mir eine Statue anzusehen. Irgendetwas zog mich zu ihr hin.

»Gefällt sie dir?«

Ich zuckte zusammen. Don Anselmo, frisch zum Pfarrer von San Pietro ernannt, starrte mich aus feurigen Augen an. Kaum älter als vierzig, das Haar schon schütter, verstörte sein Anblick durch diese Mischung aus Eifer und Sanftmut, die ich später noch bei vielen Priestern sehen sollte.

»Das ist eine Pietà. Du weißt, was das ist?«

»Nein …«

»Eine Darstellung der Mater dolorosa. Einer Mutter, die ihr Kind unter dem Kreuz beweint. Von einem anonymen Meister aus dem siebzehnten Jahrhundert. Und, gefällt sie dir?«

Ich sah mir das Gesicht der Mutter genauer an. Traurige Mütter hatte ich schon gesehen, und nicht nur meine.

»Na komm. Sprich, mein Kind.«

»Ich glaube nicht, dass sie traurig ist. Ein Witz ist das.«

»Ein Witz?«

»Ja. Und da, der Arm von Jesus, der ist viel zu lang. Und der Mantel, der kann gar nicht so weit runtergehen, die Jungfrau würde sich beim Laufen darin verheddern. Das ist nicht *echt.*«

»Ah, du bist der kleine Franzose, der bei dem Steinmetz arbeitet.«

»Nein, Pater.«

»Du bist nicht sein Lehrjunge?«

»Doch, aber ich bin Italiener, kein Franzose.«

»Wie heißt du, mein Junge?«

»Mimo, Pater.«

»Mimo, das ist kein Name.«

»Michelangelo, aber Mimo ist mir lieber.«

»Also, Michelangelo, ich denke, du bist ein kluger Junge. Trotzdem haben wir es hier, wie es aussieht, mit einem hübschen Fall von Sünde des Hochmuts zu tun. Zu behaupten, die Jungfrau könnte über ihren Mantel stolpern, das ist sogar blasphemisch. Unser Herrgott hat sie nicht mit solchen Fährnissen des Alltags beladen. Maria ist voll der Gnade, ihr geschieht keine Ungnade. Wie wäre es mit einer Beichte?«

Ich nahm das Angebot bereitwillig an – was ihn zu überraschen schien. Aber meine Mutter hatte am laufenden Band gebeichtet, ich hatte es auch tun wollen, nur war ich, wie sie sagte, im Herzen zu rein. Um ihn nicht zu enttäuschen, borgte ich mir ein paar Sünden von Alberto, die Don Anselmo zwar zutiefst entsetzten, ihm aber auch das Glück schenkten, sich beim Allerhöchsten für mich verwenden zu dürfen. Während er mir die Absolution erteilte, schweiften meine Gedanken zu den Orsinis, und ich fragte mich, wie sie wohl aussahen. Ob sie edle Gesichter hatten oder vielmehr hässliche. Sie faszinierten mich, als erspürte ich bereits das Chaos hinter der scheinbaren Ordnung, die neue Welt, die dort rumorte, direkt unter der Oberfläche, um die alte zu stürzen.

Nach der Beichte trat Anselmo mit mir durch eine Tür im Chorumgang in die Sakristei, von wo es hinausging in einen barocken Kreuzgang mit einem Garten. Er war umgeben von einem Steinmäuerchen, das die Palmen, Zypressen, Bananenstauden und Bougainvilleen kaum fasste. Der Glockenturm, der über dieses kleine Paradies wachte, schützte es im Winter vor dem Wind, im Sommer vor der Sonne.

»Pater?«

»Hmm?«

»Was bedeutet das, Fährnisse?«

»Zufällige und unvorhersehbare Konstellationen, die Gefahren bergen können.«

Ich tat, als hätte ich verstanden. Hinten im Garten, an der Außenmauer des Kreuzgangs, plätscherte ein muschelförmiger Brunnen. Drei Putten, eine jede auf einem Delfin und mit einer Amphore unterm Arm, füllten seit drei Jahrhunderten das Becken. Ein vierter Delfin hatte seinen Engel verloren. Anselmo tauchte die Finger ins Wasser und machte auf seiner Stirn das Kreuzzeichen.

»Das ist die Stelle, wo Petrus geweint hat«, erklärte er mir.

»Sind das wirklich seine Tränen?«

Der Priester lächelte.

»Das weiß ich nicht. Sehr wohl aber weiß ich, dass es die einzige Quelle auf dem Plateau ist. Ohne sie gäbe es Pietra d'Alba nicht, auch nicht die Obstbäume. Sie ist also eine Art Wunder.«

»Tut sie auch andere Wunder?«

»Es hat nie welche gegeben. Probier's selbst aus.«

Ich steckte die Hand ins Wasser – wofür ich mich auf die Zehenspitzen stellen musste. Mein Wunsch war ein banaler, gewöhnlicher, ich glaubte nicht recht daran, aber man wusste ja nie: *Ich möchte wachsen.* Nichts passierte. Was umso ungerechter war, als sich zur gleichen Zeit ein Österreicher (ein Feind also) namens Adam Rainer anschickte, die Verwandlung zu erfahren, um die ich bat. Der einzige Mensch in der Geschichte, von dem bekannt ist, dass er erst klein war und dann ein Riese. Ich weiß nicht, in welchen Brunnen er seine Finger tauchte.

Anselmo deutete auf den einsamen Delfin, der seinen Reiter verloren hatte. In Wirklichkeit, erklärte er, war der Brunnen nie fertiggestellt worden, der Bildhauer war vor dreißig Jahren gestorben.

»Könnte dein Meister uns ein viertes Engelchen machen? Wir haben eine großzügige Spende erhalten, so können wir verschiedene Arbeiten in Betracht ziehen.«

Ich versprach zu fragen und verabschiedete mich. Es wurde schon dunkel. Bevor ich weiter hinunterging, hielt ich am Ausgang des Dorfes an und warf einen Blick auf die Villa Orsini. In einem der Fenster glaubte ich einen Schatten zu sehen, der sich bewegte, aber ich war zu weit weg und konnte nichts Genaues erkennen. In den hohen Räumen wurde wohl gerade der Tisch gedeckt, alles war bestimmt aus Gold, aus Silber, aber konnte man Hunger haben, nachdem man einen Sohn beerdigt hatte? Vielleicht weinten sie einfach, ohne ihre Teller anzurühren, Tränen aus Gold und aus Silber.

Als ich ankam, saß Zio Alberto mit schon schwankendem Kopf da, vor sich eine leere Flasche. *Die Eindrücke des Tages*, sagte er, *trotzdem, mit zweiundzwanzig zu krepieren, das geht doch nicht.* Ich verkündete ihm stolz, was Don Anselmo angeboten hatte, ein Fehler, den ich nicht ein zweites Mal beging. Er wurde fuchsteufelswild, gab mir eine Ohrfeige, und hätte nicht Annex, der in einer Ecke der Werkstatt hockte und aß, die Stirn gerunzelt, hätte er mich wie in Turin verdroschen. Zio Alberto war außer sich und warf mir vor, ich würde hinter seinem Rücken Geschäfte machen, *was glaubst du, ich wäre nicht in der Lage, Geld reinzuholen? Wenn du so begabt bist, dann nur zu, mach ihn selbst, deinen blöden Engel.*

Worauf er einschlief. Ich hielt die Tränen zurück, nahm einen Hammer, setzte den Meißel an einen Marmorblock, der die richtige Größe zu haben schien, und holte aus zum ersten Schlag, viele weitere folgten.

Alberto ging auf eine mehrtägige Tour durch die umliegenden Dörfer, von wo er ein paar Aufträge mitbrachte. Er kam gleich in die Werkstatt und betrachtete den Engel, ich war schon fast fertig. Er schien erschöpft zu sein, aber nüchtern, was nur hieß, dass er nichts zu trinken gefunden hatte.

»Hast du das gemacht?«

»Ja, Zio.«

Gerne würde ich diese Putte noch einmal sehen. Ich würde bestimmt lachen über meine Jugendsünden. Trotzdem denke ich, dass sie ganz passabel war. Alberto schüttelte den Kopf, streckte die Hand aus.

»Gib mir dein Zahneisen.«

Er ging um den Engel herum, mein Werkzeug in der Hand, setzte an, ein Detail zu korrigieren, gab auf, ein weiteres Detail, gab auf, schaute mich wieder an, fragte noch einmal:

»Hast du das gemacht?«

»Ja, Zio.«

Ohne mich aus den Augen zu lassen, holte er eine Flasche, zog den Korken mit den Zähnen heraus und nahm einen kräftigen Schluck.

»Wer hat dir beigebracht, so zu bildhauern?«

»Mein Vater.«

Mit meinen dreizehn Jahren war ich frühreif, aber so sah man es damals nicht. Die Welt war sehr viel einfacher. Man war reich oder arm, tot oder lebendig. Die Zeiten kannten kein Dazwischen. Mein Vater hatte das gleiche Gesicht gemacht wie Zio Alberto, als ich mit sieben Jahren einmal zu ihm sagte: »Nein, nicht hier«, er wollte den Meißel gerade an einem Trumeaupfeiler ansetzen, den er bearbeitete.

»Du stellst dich nicht schlecht an, das sieht man, aber so welche wie du, die hätte ich in Turin von der Straße aufsammeln können, ich hätte mich nur bücken müssen. Also bild dir nichts ein. Und ein Saustall ist das hier. Wehe, du gehst ins Bett, ohne die Werkstatt vorher zu putzen.«

Dann drehte er meine Skulptur um und schlug sein Monogramm hinein. Mimo Vitalianis erstes Werk, *Engel mit Amphore*, ist signiert von Alberto Susso.

Ich legte mich mit einer Hundelaune auf mein Strohbett. Annex kam etwas später die Leiter hochgestolpert. Er fluchte, gluckste und kroch auf allen vieren in meine Ecke. Er hatte sich ein paar Gläschen von Zio Albertos Fusel genehmigen dürfen.

»Sag mal, der Chef, der war nicht gerade erfreut über die Sache mit dem Engel. Er sagt dauernd, du pupst höher, als dir der Arsch hängt.«

»Ich kann nichts dafür, mein Arsch ist zu weit unten.«

»Hä?«

»Nichts. Gute Nacht.«

»He, Mimo.«

»Hm?«

»Gehn wir zum Friedhof?«

Nur wenige Wörter versprechen so viel Abenteuer wie »Friedhof«, zumindest wenn man dreizehn ist. Ich richtete mich auf dem Ellenbogen auf.

»Zum Friedhof?«

»Ja. Jeder dreht eine komplette Runde, ganz allein. Wer Schiss kriegt, muss die kleine Giordano küssen.«

Giordano war der Gastwirt, seine Tochter eine stolze Schönheit von vierzehn Jahren und neugierig auf alles. Sie zu küssen war an sich keine Strafe, im Gegenteil, aber Giordano war nie weit entfernt von ihr und ein geladenes Gewehr nie weit von Giordano.

Um zum Friedhof zu kommen, musste man zurück in Richtung Pietra d'Alba und vor dem Anstieg zum Dorf nach rechts abbiegen, dort, wo ein Weg quer zur Hauptstraße verlief. Nach einem kurzen Stück durch den Wald erreichte man die schattige Ebene, über die sich der Friedhof zog, für ein Dorf mit fünfhundert Seelen war er erstaunlich groß. Aber in der Region gab es zahlreiche große Familien, und die fanden dieses Fleckchen, weit weg vom Schmutz der Küste, bezaubernd und hatten es zum Ort ihrer ewigen Sommerfrische erkoren. Prachtvolle Grüfte standen neben bescheideneren Gräbern und zelebrierten die Allmacht ihrer Bewohner, auch wenn sie verloren hatten, was ihnen das Kostbarste war. Der Widerspruch störte niemanden. Wer erwartet von Toten schon Aufrichtigkeit.

Das Stück durch den Wald stellte meine Nerven auf eine harte Probe. Den ganzen Tag hatte es geregnet, der Boden dampfte ein wenig. Der Weg hatte etwas von einem Schützengraben mit den Böschungen zu beiden Seiten, kaum zurückgehalten von bauchigen Mauern. Annex fragte mich ständig, ob ich Angst hätte, aber das war bloß Getue, um zu überspielen, wie unwohl ihm war. Mir ging es nicht anders. Ich hatte meinen Vater zu vielen Friedhöfen begleitet, hatte ihn sogar *auf* den Friedhof begleitet – ein leerer Sarg, in den wir ein paar Sachen legten, die ihm lieb gewesen waren. Aber jetzt war mein Vater nicht mehr da und konnte meine Hand nicht mehr halten.

Als wir auf das Tor zugingen, löste sich eine Gestalt aus den Büschen. Ich wäre fast in Ohnmacht gefallen.

»Keine Sorge, das ist Emanuele.«

Was mir als Erstes auffiel, noch vor Emanueles Uniform, war ihre Ähnlichkeit. Der schwedische Agronom musste es geahnt haben, als er sich aus dem Staub machte, denn er hatte nicht nur einen, sondern zwei Söhne hinterlassen. Emanuele war nach seinem Zwillingsbruder herausgekommen, seine Mutter bekam da schon wieder etwas Farbe ins Gesicht, nachdem sie Gott, die Männer und Schweden verflucht hatte. Ganz blau, stranguliert von seiner Nabelschnur, verdankte er sein Leben nur dem Einsatz der Hebamme, einer alten Frau am Ende ihrer Kräfte, die dennoch das kleine Maschinchen wieder in Schwung brachte. Die Mutter hatte die beiden Vittorio und Emanuele genannt, zu Ehren des Königs von Italien, und sogar einen Brief nach Rom geschrieben, um es ihm mitzuteilen. Ein ihr unbekannter Sekretär hatte geantwortet und sie der Dankbarkeit des Monarchen versichert, fast vierzig Jahre hing das Schreiben eingerahmt in ihrem kleinen Kurzwarenladen.

Die dramatische Geburt hatte Emanuele schwer gezeichnet. Seine Bewegungen waren ruckartig und manchmal unkontrolliert. Er sprach mit großer Mühe – nur sein Bruder und seine Mutter verstanden ihn. Zu aller Überraschung hatte er ohne Hilfe lesen gelernt, dabei schaffte er es kaum, sich die Schnürsenkel zu binden. Seine beiden Leidenschaften: Abenteuerromane und Uniformen.

Ich habe Emanuele nie anders als in Uniform gesehen. Kein bisschen dogmatisch, mischte er fröhlich die einzelnen Teile, seien es militärische, zivile (einschließlich solcher rivalisierender Parteien) oder religiöse (einschließlich solcher rivalisierender Parteien), von den Epochen ganz zu schweigen. Die Geschichte mit dem schwedischen Agronomen und dann der Brief des Königs hatten aus einer traurigen Liebelei ein wahres Epos gemacht, und alle Welt oder fast alle kannte Emanuele, von Savona im Süden bis an die Grenze des Piemont im Norden. Regelmäßig erhielt er neue Uniformen, selten vollständig, aber in großer Zahl, wann immer ein alter Mann starb, wann immer ein Dachboden ausgeräumt wurde. Der Krieg war ein Geschenk des Himmels gewesen, und Emanuele freute sich darüber genauso wie die Großindustriellen.

An diesem Abend trug er zwei Second-Empire-Schulterklappen, einen Hut der Bersaglieri aus Leder und Filz mit goldener Kokarde und Hahnenfedern, eine Postuniformjacke mit breitem Gürtel der Askaris, Hose und Stiefel eines Carabiniere. Er schüttelte mir kräftig die Hand und stürzte sich in einen unverständlichen Wortschwall, worauf sein Bruder antwortete, *komm schon, red keinen Unsinn.*

Das Friedhofstor war immer offen. Nachts ging niemand hinein, niemand kam heraus. Annex übernahm die erste Runde. Er verschwand zwischen den Gräbern. Die großen Zypressen, Wächter über die Toten, sperrten einen Teil des Mondlichts aus. Die Gewissheiten und die klaren Linien des Tages wichen trüben Grenzen, einer Welt aus Dunkelbraun und Schatten, darin sich alles bewegte. Fünf Minuten später kam Annex wieder, Hände in den Taschen und vor sich hin pfeifend. Seine roten Wangen verrieten, dass er wie verrückt gerannt war. Dann ging Emanuele los und kam genauso ruhig zurück, nur dass er nicht gerannt war. Jetzt war ich an der Reihe. Ich zögerte.

»Na los«, sagte Annex. »Kein Grund, Angst zu haben. Ich habe etwas knarren gehört, als hätte jemand ein Grab geöffnet, aber sonst nichts. Was ist, hängt dir das Herz schon in der Hose?«

Meine Größe verhinderte, dass mir das Herz allzu tief rutschen konnte. Im Vergleich zu den anderen musste ich immer das Doppelte aufbieten. Ich betrat den Friedhof. Es war kühler dort, oder zumindest kam es mir so vor. Ich glaubte ein Geräusch zu hören und erstarrte. Der Duft der Zypressen erinnerte an den Geruch aus der Werkstatt unseres Nachbarn in Savoyen, eines Geigenbauers. Was mich ein wenig beruhigte. Ich ging weiter, den Blick fest auf den

Boden gerichtet. Die Geräusche wurden immer deutlicher, zurückgeworfen von der eisigen Luft: Knacken, Knirschen, Seufzen. Der schöne grüne Geruch der Zypressen löste sich auf, verdorben vom schwarzfauligen Duft toter Materie.

Wieder musste ich stehen bleiben, nach Luft schnappen. Vor mir zeichnete ein Eckchen des Mondes die Konturen des Gesichts eines Engels, der auf dem Frontispiz einer Gruft saß und eine Trompete schwang. Die Tür stand offen, also nichts wie weg. Aber eine unsichtbare Kraft hinderte mich an jeder Bewegung. Hinter den Zypressen rumpelte der Mond langsam voran, beleuchtete das Innere und den finsteren Glanz einer Granitplatte. Dann sah ich sie.

Die Gestalt erhob sich langsam, riss sich von der Grabplatte los und ging mit zögernden Schritten auf mich zu. Den Kopf gesenkt, das Gesicht verdeckt von einem schwarzen Schleier. Auf der Schwelle schlug sie ihn hoch und starrte mich an mit ihren gespenstischen, tief in den Höhlen versunkenen Augen. Sie war nicht größer als ich. Ihre Haut war sehr blass, aber sie hatte volle rosige Lippen, rosig vom Blut der Lebenden, gewiss diente es ihr jede Nacht als Nahrung, wenn sie sich aus der kalten Umarmung des Grabes löste.

Männer, die sehr viel mutiger waren als ich, wären in Ohnmacht gefallen. Was ich dann auch tat.

Als ich wieder zu mir kam, war ich allein, die Tür der Gruft geschlossen. Ein grimmiger Wind bog die Zypressen. Sie schwatzten in der Nacht, eine unheilvolle und geheime Sprache des Waldes, der zuzuhören ich keine Zeit verlor. Als ich eine feuchte Hand auf meiner Stirn spürte, schrie ich, aber es war nur ein nasses Kastanienblatt. Kaum schaffte ich es aufzustehen, nahm ich die Beine in die Hand. Emanuele und Annex waren verschwunden.

Ich rannte nach Hause und verkroch mich zitternd, noch angezogen, auf dem Heuboden unter meinen Decken. Annex streckte bald den Kopf hervor, mit Stroh im Haar und verschlafenen Augen.

»Wo warst du? Wir haben auf dich gewartet.«

»Habt ihr sie gesehen?«

»Wen gesehen?«

»Sie! Die Tote!«

»Du hast eine Tote gesehen?«

»Sie ist aus einem Grab gestiegen, ganz in Schwarz. Ich schwöre!«

Annex sah mich mit gerunzelter Stirn an, dann lachte er.

»Mensch, Junge, du willst bloß die kleine Giordano küssen.«

Der Wind wehte die ganze Nacht. Erst im Morgengrauen, als der neue Tag meine Ängste zerstreute, schlief ich ein. Ein paar Stunden später weckte mich ein Tritt.

»He, was fällt dir ein, hier zu ratzen? Wofür bezahle ich dich? Beeilung, wir haben Arbeit.«

Zio Alberto sauste die Leiter hinunter. Ich kletterte ihm hinterher und tauchte mein Gesicht in die Tränke, es war eine der Stellen, wo die Wunderquelle aus dem Karst austrat. In diesem ligurischen Hinterland war der Wind genau wie das Wasser, wie das Feuer ein Quell des Lebens oder der Zerstörung. In der Nacht hatte er eine Statue auf der Villa Orsini zerstört, sie war auf eine Seite des Dachs gekracht. Größere Schäden hatte es nicht gegeben, es war nur etwas Wasser in den Dachboden eingedrungen, weil es nachts zwischen zwei Sturmböen geregnet hatte. Ein Zimmermann würde noch kommen. Aber da die Orsinis nun mal die Orsinis waren, galt es zuallererst, die äußere Symmetrie wiederherzustellen und die Statue an ihren alten Platz zu setzen. Ein Bediensteter der Villa war in der Frühe gekommen und hatte es meinem Onkel gesagt.

Meinem Onkel ... Ich konnte mich nie dazu durchringen, ihn anders zu nennen, den alten Drecksack.

Die Arbeiter waren bereits auf den Zitrusplantagen. Tausende Kilometer entfernt, jenseits des Atlantiks – nie hätte ich gedacht, dass ich Amerika einmal besuchen würde –, wurden Menschen reich mit einem schwarzen Öl, das die Erde ausspuckte, einem zähflüssigen Naphtha, das Kriege gewinnen sollte, nachdem es sie ausgelöst hatte. In Pietra d'Alba dagegen kam der Reichtum von Farben, die sich mit der Sonne änderten, von etwas köstlich Bitterem oder einem Gefühl von Süße an einem kalten Morgen. Ich denke wehmütig an die Welt der Orangen zurück. Niemand hat je für eine Orange gekämpft.

Man ließ uns durch das große Tor herein, und endlich

lernte ich die Villa Orsini kennen. Bis dahin hatte ich noch nie Rasen gesehen, von der Kunst des Formschnitts nicht zu reden. Zwei aufeinanderfolgende Terrassen kündigten den Wohnsitz an und besänftigten den Hang, eine steinerne Treppe führte in der Mitte hindurch. Die erste Terrasse, bedeckt von einem Grasteppich, war verziert mit kieselrunden Lorbeerbäumen und kurzen, kegelförmigen Eiben, Figuren eines Spiels, dessen Regeln ich nicht kannte und die irgendwelche Riesen dort zurückgelassen hatten. Die zweite Terrasse, der Villa am nächsten, beherbergte zur Rechten ein Labyrinth aus Buchsbaum und zur Linken einen langen, dunkelblauen Teich. Der Verwalter erwartete uns auf den Stufen vor dem Haupteingang. Über dem Türsturz prangte, in Form eines Medaillons, das Wappen der Orsinis, der nackte Stein zeigte noch einen Rest von Farbigkeit. *D'oro, all'orso di verde sormontato da due arance dallo stesso.*

Gold, mit einem Bären in Grün, darüber zwei Orangen in der nämlichen Farbe. Damit begann die Legende der Familie, der ich mein größtes Leid und meine größte Freude verdanke, der ich, kurzum, mein Leben verdanke, das nun dahingeht.

Niemand wusste, woher die Orsinis stammten. In der Geschichte der großen Genueser Familien fand sich keine Spur von ihnen. Dennoch gab es sie unbestritten. Die Villa Orsini war Ende des achtzehnten Jahrhunderts in Pietra d'Alba erschienen, und ihre Pracht hatte ihr bisheriges Fehlen rasch vergessen lassen. Wer die Dorfbewohner fragte, bekam zur Antwort, sie sei schon immer da gewesen.

Aus Langeweile, Eifersucht oder Lust am Fabulieren hatte man tausend Legenden über die Orsinis in die Welt gesetzt. Sie seien aus Sizilien gekommen, seien Mitglieder der Onorata Società auf der Suche nach einem rechtmäßigen Leben. Doch diese ehrenwerte Gesellschaft, die man später Mafia nennen sollte und von der man noch später erfuhr, dass die Eingeweihten sie Cosa Nostra nannten, gab es zur Zeit des Baus der Villa Orsini nicht. Dann entstammten sie eben den Beati Paoli, einer sagenumwobenen sizilianischen Sekte des Mittelalters, die den Armen gab, was sie den Reichen nahm. Indem sie mit den Reichen verkehrten, und sei es, um sie zu berauben, hätten sie sich von den Sirenen des Komforts betören lassen. Lächerlich, meinten andere, nur weil sie Zitrusfrüchte anbauten, seien sie noch lange keine Sizilianer. Außerdem gebe es in ihrem Wappen einen Bären, und der Name Orsini enthalte das Wort *orso*, Bär. Weshalb die reine Wahrheit – im Tal war es die beliebteste Version – die folgende sei: Die Orsinis entstammten einer Familie von *orsanti*, Bärenzüchtern und Gauklern aus den Abruzzen, die ihre dressierten Tiere in die weite Welt verkauften, ob an die Bärenführer in der Ariège oder die amerikanischen *showmen*. Einhelliger Protest, als jemand im Dorf die Geschichte an der Theke erwähnte: Das habe man noch nie gesehen, dass jemand mit Bären reich geworden sei. Richtig, räumte der Erzähler eines Abends ein, so seien sie auch gar nicht reich geworden. Sie seien losgezogen, um ihre Bären zu verkaufen, und als sie eines Nachts in der Nähe von Pietra d'Alba ihr Lager aufschlugen, seien sie auf einen verborgenen Schatz gestoßen, den Schatz der Tempelritter. Oder der Albigenser. Oder den eines bedeutenden Würdenträgers auf dem Weg zu den Kreuzzügen, der es für ratsamer gehalten habe, sein Vermögen zu vergraben, bevor er auszog, die Ungläubigen zu erschlagen. Wie auch immer, ein Schatz jedenfalls, der es ihnen in kaum mehr als einem Jahrhundert erlaubt habe, zum Inbegriff für Vermögen und Eleganz zu werden.

Eine Stunde später lief ich, vorsichtigen Schrittes, über all diese Geschichten, all diese Legenden. Der Verwalter hatte uns durch einen langen, ein wenig feuchten Dienstbotengang zu einer Luke geführt, die aufs Dach hinausging. Der Sekretär des Marchese hatte darauf bestanden, mit uns hochzugehen. Die Villa bestand im Grunde aus zwei Hüllen: der fürs Auge sichtbaren mit ihrem anisgrün verputzten und von umrahmten Fenstern durchbrochenen Außengemäuer, eine Mischung aus Klassizismus und Palladianismus. Und einer weiteren Konstruktion im Inneren, die kaum kleiner war. Der Raum dazwischen, nur etwa sechzig Zentimeter breit, war ein echtes Labyrinth und führte zu den Empfangsräumen, den Schlafzimmern und dem Wohnbereich der Familie. Die Bediensteten waren gehalten, ihn möglichst zu benutzen, um das Auge eines Orsini nicht zu beleidigen.

Das Dach glänzte, lackiert von den nächtlichen Regengüssen. Die gestürzte Statue verschwand zu einem Drittel in dem Loch, das sie in die Ziegel geschlagen hatte. Selbst zu dritt brauchten wir, Alberto, Annex und ich, eine Weile, bis wir sie wieder aufgerichtet hatten. Ein Arm war bei dem Sturz abgebrochen. Es war eine Frau mit übergeworfener Toga, die rechte Hand anmutig auf der linken Schulter.

»Wir werden sie armieren müssen, damit sie richtig hält«, erklärte Zio Alberto. »Den Arm kriegen wir schon wieder dran, aus der Ferne wird man nichts davon sehen.«

Den ganzen Vormittag ging es für uns rauf und runter, um unsere *ferri* zu holen, unsere Eisen, und die Säcke mit Kalk und Sand zum Anmischen des Mörtels hochzuhieven. Genauer gesagt für Annex und mich. Zio saß auf einer Dachrinne und gab seine Kommandos, in der Hand eine Flasche, die frische Luft machte durstig. Die Arbeit hatte den Vorzug, mich von der gespenstischen Begegnung in der Nacht abzulenken. Nach zwei Stunden in der Sonne war ich mir fast sicher, dass alles nur Einbildung gewesen war. Gegen Mittag hatten wir die Statue wieder auf ihrem Sockel und die Verbindung armiert. Je nachdem, was benötigt wurde, lief ich von einem Ende des Dachs zum anderen und wieder zurück. Ich war kaum dreizehn, aber Zio ließ mich schuften, als wäre ich ein Erwachsener. Finsteren Blicks und mit bebender Unterlippe sah er zu, wie ich mich verausgabte, als wollte er etwas sagen, was er dann aber für sich behielt. Sein ganzes Leben machte er das – ich habe nie erfahren, was er mir sagen wollte.

Unser Beruf war gefährlich. Hätte der Krieg meinen Vater nicht getötet, hätte es die Zinnasche getan, die wir, vor der Oxalsäure, zum Polieren des Marmors verwendeten. Aber von wegen Zinn, das war pulverisiertes Blei. Sollte man nach meinem Tod meine Lunge untersuchen, würde es mich nicht wundern, wenn man dort einen dieser Flecken sähe, die das Schicksal vieler Steinmenschen verdunkelt haben. In den Jahren, in denen ich ein mondänes Leben führte, hatte ich einmal eine Diskussion mit einem genialen Alpinisten, Riccardo Cassin. Da wir beide den lieben langen Tag mit dem Gestein kämpften, vielleicht auch, weil er ebenfalls ohne Vater war, hatten wir uns angefreundet, und mit seiner Bescheidenheit hatte er sich in den Kopf gesetzt, mich davon zu überzeugen, dass mein Beruf gefährlicher sei als seiner. Wir seien denselben Risiken ausgesetzt, sagte er. Selbst du kannst abstürzen.

Es war schon späterer Nachmittag, als der Unfall passierte. Ich hatte zehn Kilo von dem Zeug angerührt, mit dem wir die Statue befestigten. Eine leichte Übelkeit knetete mir den Magen. Kilometerweit war ich über das Dach gelaufen, in der prallen Sonne und ohne etwas zu essen oder zu trinken, abgesehen von einem Schluck Wein, den Zio uns großzügigerweise zugestanden hatte. Ich machte eine Pause und schaute zu, wie in der Ferne die Gestalt des Postboten vorbeiradelte. Mit etwas Abstand trabte ihm jemand hinterher und erstarrte, sobald der Postbote anhielt, sich umdrehte und seine Faust schwang. Das seltsame Spiel hielt mich eine Weile in seinem Bann. An dem goldenen Glanz, den die Sonne dem Läufer entlockte, glaubte ich zu erkennen, dass es Emanuele war.

»He, Annex!«

»Was ist?«

»Sieh mal da drüben. Das ist nicht zufällig dein …«

Meine Beine versagten, ohne Vorwarnung, einfach so. Und ich kippte um, Kopf voran, griff reflexartig nach dem Eimer, *bloß nicht loslassen, sonst kriege ich von Zio Prügel, der ganze schöne Mörtel futsch*. Der Eimer riss mich mit, schnell und schneller, ich hörte wirre Schreie, immer weiter entfernt, sie wurden mir immer egaler. So sauste ich das Dach hinunter, auf einem Lüftungsziegel hob ich ab und landete halb auf einer Zinkrinne. Für einen kurzen Moment klammerte ich mich daran fest, aber wozu, ich war müde, nur müde. Ich ließ los und fiel mit ausgebreiteten Armen in zehn Meter Tiefe.

Die Bewusstlosigkeit dauerte nur eine Sekunde. Dann knallte ich, nachdem ich einen perfekten Bogen beschrieben hatte, gegen die Fassade, nun wieder hellwach. Das Seil hatte gehalten. Im Gegensatz zu Zio und Annex, die dergleichen Vorkehrung nicht für männlich erachteten, sicherte ich mich immer ab, wenn ich hoch oben arbeitete. Eine Vorsichtsmaßnahme, die ich meinem Vater verdankte und die ihren Ausdruck in einem Spruch fand: *Baut man eine Kathedrale, regnet es Bildhauer.*

An der Dachrinne, direkt über mir, erschien Annex' panisches Gesicht. Zio kam kurz darauf zu ihm, eher neugierig als besorgt. Als Annex mich am Ende meines Seils baumeln sah, lachte er schallend.

»Hast du mir vielleicht einen Schreck eingejagt!«

»Jetzt zieh mich schon hoch, verdammt!«

»Kann ich nicht. Steig durchs Fenster ein, rechts von dir. Ich schwinge dich.«

Annex versetzte das Seil in Bewegung. Ich schaffte es, mich ans Fensterbrett zu klammern – das Fenster war offen. Mein Kollege machte mir ein Zeichen, Daumen hoch, und verschwand. Das Seil lockerte sich, und ich ließ mich in ein Zimmer fallen, ein Zimmer in grellen Grüntönen mit einem leisen Duft von Schlaf und Orangenblüte. Um auf die Beine zu kommen, griff ich nach einem Tisch. Eine Schale mit Orangen stand darauf, sie rutschte herunter. Wie durch ein Wunder fing ich die Schale auf, dann jagte ich den verstreuten Früchten hinterher, bis unter die Möbelstücke, unter die sie gerollt waren. Schließlich setzte ich mich auf die Kante des Betts, ich zitterte. Jede Bewegung kam einer Entweihung gleich, meine bloße Anwesenheit einem Sakrileg. In meinem ganzen Leben hatte ich noch keine so hohe Matratze berührt, auch einen Baldachin hatte ich noch nicht gesehen. Das Bettzeug war nicht zerwühlt, nur etwas zerknittert, als hätte jemand darauf gelegen. Ich konnte hier nicht bleiben.

Auf dem Nachttisch stand ein Kärtchen, hochkant, leicht geöffnet. Es begann mit den Worten *Alles Gute zum Geburtstag …*, in eleganter Schrift. Der Verwalter war unmissverständlich gewesen: Unter keinen Umständen durften wir das Haus betreten. Er hatte zwar nichts über die Strafe gesagt, die zu erwarten hätte, wer die Korrespondenz der Bewohner läse, aber ich stellte sie mir unangenehm vor. Ich nahm das Kärtchen trotzdem in die Hand, fasziniert von der Schönheit der Schriftzüge, und las die wenigen Glückwunschzeilen vorwärts und rückwärts: »Wir hoffen, dass Dir Dein Geschenk gefällt.« Ich schnupperte daran – der Karton war leicht parfümiert, ein exotischer, weiblicher Duft, der sich unter den Duft der Orangen mischte. So war das also mit dem Adel. Menschen, die einander mit Tinte geschriebene Kärtchen schickten, die Buchstaben gleichmäßig geneigt, nur um sich *Alles Gute zum Geburtstag* zu wünschen.

Ich legte mich aufs Bett, träumte vor mich hin, das Kärtchen an die Brust gedrückt. Mir hatte man es geschrieben. *Lieber Mimo, wir hoffen, dass Dir Dein neuer Anzug gefällt, auch das Hornmesser, das Du Dir so sehr gewünscht hast.* Ich war es, der heute auf dieser Wolke aus Federn, Wolle und Rosshaar schlafen würde. Ja, zu dieser Welt gehören, für einen kleinen Moment, selbst wenn ich nur so täte, als ob.

Eine Minute nur. Ach bitte. Eine winzig kleine Minute, die niemandem wehtut, gestohlen einem Jahrhundert, in dem alles zu schnell geht.

Padre Vincenzo steigt langsam wieder aus den Tiefen der Sacra herauf. Die Stufen kommen ihm steiler vor als früher. Sein Atem geht schnell, die Muskeln spielen nicht mehr mit, er wird sich Gedanken über seine Nachfolge machen müssen. Er hat sich mit aller Kraft für seine Kongregation eingesetzt, hat das ihm anvertraute Geheimnis geschützt, so gut es ging. Er wünschte sich, er könnte sagen: *Es gibt keinen anderen Schatz an diesem Ort als den Glauben der Menschen, die hier wohnen*, und das, ohne zu lügen. Er wird sich seinen Ruhestand wohlverdient haben. Und endlich tun können, wovon er immer geträumt hat. Wie zum Beispiel … Ihm will nichts Rechtes einfallen. Zu erschöpft, keine Frage.

Er tritt in die Zelle, in der dieses Männlein vierzig Jahre seines Lebens verbracht hat. »Männlein«, das denkt der Abt ohne Herablassung, zumal ihn, wann immer er in seiner Gegenwart ist, ein Gefühl von etwas Gigantischem überkommt, als würde Michelangelo Vitaliani einen riesigen Schatten werfen.

Selbst ausgestreckt auf seinem Bett, gebunden an sein verbleibendes Leben durch nicht mehr als einen Spinnenfaden, beeindruckt ihn dieser Mensch. Ein Griesgram war er, unhöflich wie nur was, aber er hat sich gut mit ihm verstanden. Der Kreis der Mönche öffnet sich, ein beruhigendes Schauspiel. Auch er wird eines Tages ein Anrecht auf einen solchen Kreis haben. Sie werden ihn nicht allein gehen lassen.

Na bitte, jetzt fällt es ihm wieder ein. Wenn er aufgehört und dem Nachfolger seine tausend Schlüssel übergeben hat, würde er gern nach Pompeji fahren. Dann die Amalfiküste entlang. Fantastische Farben, heißt es. Aber was, wenn ihm etwas passiert? Wenn er dort von heute auf morgen stirbt, wie die Leute, die sich zur Ruhe setzen und gleich tot umfallen? Er hätte keinen Kreis. Keinen Wächter, der ihm die Hand hielte und eine Hilfe wäre beim Übergang. Vielleicht bleibt er ja doch. So schlecht geht es einem hier auch nicht.

Er kniet beim Bett nieder. Vor ein paar Tagen noch hatte Vitaliani seine zweiundachtzig Jahre recht gut im Griff. Doch in weniger als einer Nacht hat der Kampf mit dem Tod seine Wangen ausgehöhlt, die Knochen schimmern schon durch.

»Bruder, hast du etwas zu sagen?«

Viele Menschen geben an der Schwelle zum Tod ein Geheimnis preis. Das des Bildhauers hallt seit Jahrzehnten in den Gängen des Vatikans wider und trübt die Nächte der Kardinäle. Die Lippen bewegen sich, ausgetrocknet trotz des Eiswürfels, mit dem ein Novize regelmäßig darüberstreicht. Der Abt hält sein Ohr an sie, die Stimme klingt wie von ferne, wie ein Gespenst fast, ein bloßes Echo. Er richtet sich wieder auf und schaut sich in der Zelle um, die Stirn gerunzelt.

»Hat Signor Vitaliani ein Instrument gespielt?«

»Nein, Padre, warum?«

»Ich glaube, er hat so etwas gesagt wie Violine, Violine, Violine.«

Viola. Viola. Viola.

Ich schlief tief und fest, als mir plötzlich war, als stiege mir ein Duft in die Nase. Es war dieser Duft von Orangenblüte, nur ein wenig markanter. Ich grummelte, aber der Duft verschwand nicht, wurde stärker. Ich stützte mich auf den Ellenbogen. Die Geburtstagskarte lag auf dem Boden, ich hatte sie im Schlaf fallen lassen.

Mit einem Schlag wurde mir bewusst, was ich getan hatte. Ich war in einem Bett eingeschlafen. Einem Bett, das den Orsinis gehörte. Aber das war noch nichts. Eine Lappalie im Vergleich zu dem, was mich erwartete, als ich den Kopf wandte.

Sie war es. Die junge Tote vom Abend zuvor, sie stand neben dem Bett, in einem grünen Seidenkleid. Sie verfolgte mich, würde nie wieder von mir lassen. Ich machte den Mund auf, wollte schreien, aber dann runzelte ich nur die Stirn. Seltsam, dass eine Tote sich umzog oder nach Orangenblüte roch.

»Dich habe ich also gestern auf dem Friedhof gesehen«, sagte sie und kniff die Augen zusammen.

Tote konnten gar nicht sprechen, oder zumindest sagten sie nicht so banale Sachen. Die Schlussfolgerung lag auf der Hand: Das war kein Gespenst. Das Mädchen war in meinem Alter. Ich wusste nicht, ob ich um Mitleid betteln sollte, weil ich auf ihrem Bett eingeschlafen war, oder vor Erleichterung umkippen.

»Du wirst doch nicht wieder ohnmächtig, oder? Einen schönen Schreck hast du mir gestern eingejagt.«

»*Ich* Sie erschreckt? Ich dachte, Sie wären tot!«

Sie starrte mich an, als hätte ich den Verstand verloren.

»Sehe ich tot aus?«

»Jetzt nicht.«

»Außerdem ist das doch absurd. Wozu Angst haben vor den Toten?«

»Äh … weil sie tot sind?«

»Glaubst du, die Kriege werden von den Toten geführt? Dass sie dir am Wegesrand auflauern? Dich vergewaltigen und ausrauben? Die Toten sind unsere Freunde. Du solltest lieber Angst haben vor den Lebenden.«

Ich starrte zurück, völlig baff. So hatte ich noch nie jemanden reden hören. Außerdem hatte ich mich noch nie länger mit einem Mädchen unterhalten, abgesehen von meiner Mutter, aber die war ja eigentlich kein Mädchen, sondern meine Mutter.

»Ich muss wieder hoch aufs Dach.«

»Was hast du hier zu suchen, in meinem Zimmer? Wie bist du reingekommen?«

»Durchs Fenster.«

»Wieso?«

»Ich habe versucht zu fliegen. Es hat nicht geklappt.«

Ihre Reaktion überrumpelte mich. Sie lächelte, ein Lächeln, das dreißig Jahre währte und an dessen Zipfel ich mich hängte, um viele Abgründe zu überwinden. Das Mädchen nahm eine Orange aus der Schale und hielt sie mir hin.

»Für dich.«

Ich hatte in meinem Leben noch nicht viele Orangen gegessen. Sie musste nur mein Gesicht sehen, und sie verstand es sofort. Im selben Moment ging die Tür auf.

»Liebes, wir warten auf dich, um ...«

Meine erste Begegnung mit der Marchesa. Sie war eine große, spröde Frau mit pechschwarzem Haar, hochgesteckt zu einem straffen Dutt. Der scheinbaren Strenge widersprach die Strähne, die aus dem Dutt entwischte und ihr auf die Schulter fiel, allzu geschmeidig, als dass es Zufall wäre, allzu glänzend. Die Marchesa sah mich perplex an, überrascht von meinem Anblick, von diesem Wesen voller Zement, Kalk und Schweiß, das ihre Wohnstatt beschmutzte. Auf meiner Stirn, an der Stelle, wo ich gegen die Fassade geknallt war, machte sich ein Blutstropfen langsam, sehr langsam auf den Weg hinab auf ihren dunklen Holzfußboden.

»Was macht der hier?«

»Er kommt vom Himmel, *mamma*. Vom Dach, meine ich.«

Die Marchesa zog neben einem Vorhang an einer Schnur.

»Arbeiter haben keinen Zutritt zum Haus, es sei denn, sie arbeiten dort. Er kann von Glück sagen, dass er es mit mir zu tun hat und nicht mit deinem Vater.«

In der Wandtäfelung ging etwas auf – eine verborgene Tür –, und zum Vorschein kam ein Diener in schwarzer Livree. Die Marchesa deutete auf mich.

»Der ... junge Mann hier hat sich verlaufen. Er arbeitet auf dem Dach. Sprechen Sie mit Silvio und bringen Sie ihn zurück.«

Als ich an der Marchesa vorbeiging, riss sie mir die Orange aus der Hand.

»Her damit, du kleiner Dieb.«

Als sich die Wandtäfelung hinter uns schloss und wir

eintauchten in die labyrinthischen Gänge, hörte ich die immer fernere Stimme der Marchesa.

»Mein Gott, was war das denn für eine schreckliche Kreatur?«

Die Bemerkung kränkte mich, was sonst. Meine Mutter hatte mir versichert, ich sähe bezaubernd aus, meine Größe ändere daran nichts. Aber wer hört schon auf seine Mutter, wie eine liebe Freundin einmal sagte.

Als ich wieder aufs Dach kam, lehnte Zio Alberto an einem Kamin und schlief, im Mundwinkel ein Spuckefädchen. Annex hatte sich an die Instandsetzung des Arms der Statue gemacht. Ich ging ihm gleich zur Hand, nicht dass es so aussah, als wollte ich mich drücken. Er hatte eine grauenhafte Mischung angerührt, klumpig und mit zu wenig Marmormehl und zu viel Wasser. Wir mussten noch einmal von vorn anfangen.

»Ich glaube, ich habe deinen Bruder gesehen«, sagte ich, während ich einen weiteren Eimer anrührte. »Bevor ich vom Dach gerutscht bin. Es sah aus, als würde er dem Postboten hinterherrennen.«

»Ach ja. Emanuele folgt ihm überallhin, weil er für seine Uniform schwärmt. Der alte Angelo tut so, als würde es ihm auf die Nerven gehen, aber er mag meinen Bruder. Am Ende seiner Tour, wenn ihm die Beine wehtun, gibt er ihm manchmal ein paar Briefe zum Austragen.«

Als Alberto aufwachte, ging die Sonne schon unter. Er hatte einen trockenen Mund, spuckte auf die Dachziegel und schimpfte, er hätte Durst. Dann verschwand er und ließ uns die Werkzeuge allein wieder zurückbringen. Wir brauchten eine weitere halbe Stunde, um den Karren zu beladen, und ich ging noch mal hoch, um das Dach zu kontrollieren und das Seil auszuhängen, an dem wir die Sachen runtergelassen hatten. Danach drehte ich noch eine letzte Runde, hinter der Villa, kehrte um und erschrak, als ich plötzlich dem Mädchen in dem grünen Kleid gegenüberstand. Sie hatte die seltsame Gabe, einem zu *erscheinen*. Mit ihren roten Wangen und den abgebrochenen kleinen Zweigen im schwarzen Haar sah sie aus, als wäre sie aus dem Wald gekommen, der nur ein paar Meter hinter der Rückseite der Villa begann.

»Tut mir leid, meine Mutter will nicht, dass ich mit dir rede. Ein wohlerzogenes Mädchen verkehrt nicht mit Arbeitern. Sie sagt, ich hätte Glück gehabt, dass man mich nicht vergewaltigt hat.«

»Aber ich …«

»Wir gehören nicht demselben gesellschaftlichen Milieu an, du verstehst schon. Wir können *nicht* befreundet sein, fertig, aus.«

»Ich verstehe, ja.«

»Heute Abend, um zehn, auf dem Friedhof?«

»Hä?«

»Wir treffen uns heute Abend um zehn Uhr auf dem Friedhof, ja?«, sagte sie noch einmal mit übertriebener Geduld.

»Aber … ich dachte, Ihre Mutter hätte gesagt …«

»Wer hört schon auf seine Mutter.«

Sie rannte los, blieb plötzlich stehen.

»Wie heißt du?«

»Äh, Mimo.«

»Ich bin Viola.«

Wie in Trance ging ich zurück zu unserem Karren, setzte mich hinten rein und machte den ganzen Weg nicht den Mund auf. Selbst Alberto merkte mir meine Verwirrung an.

»Was ist passiert?«, fragte er mit schwerer Zunge.

»Nichts.«

Aber es war etwas passiert, und es hatte einen Namen, er ging mir im Kopf herum wie diese Melodien, die bei uns die Alten sangen, wenn sie zu viel getrunken hatten, Weisen aus der Heimat, die ihnen ihre zwanzigjährigen Augen zurückgaben.

Viola. Viola. Viola.

Beim Schein einer Sturmlaterne schrieb ich an diesem Abend im Bett einen Brief an meine Mutter. Ich schrieb ihr jeden Tag und erzählte ihr, was ich so machte. Dann verbrannte ich die Briefe. Ich brachte nur einmal im Monat einen zur Post. Ich wollte sie nicht beunruhigen, ausgerechnet, wo sie mich in ihren Briefen »mein Großer« nannte. Sie sorgte sich schon genug um mich, wegen des Geldes, wegen des Essens, wollte wissen, was ich aß oder nicht aß. Ihre Briefe waren alle in einer anderen Handschrift, da meine Mutter Analphabetin war und sich, genau wie mein Vater, helfen lassen musste. Den letzten Nachrichten zufolge hatte sie Savoyen verlassen und in Nordfrankreich eine Arbeit auf einem Bauernhof gefunden. *Die Bauern sind sehr nett. Bald werde ich Urlaub nehmen können.* Ich antwortete, *Zio behandelt mich gut, ich spare, dann kann ich Dich herholen.* Wir schickten uns liebevolle Lügen.

Die Glocke des Kirchturms im Dorf schlug halb neun. Ich wusste nicht, was ich mit Violas Einladung anfangen sollte, schließlich war ich noch nie irgendwohin eingeladen worden, schon gar nicht auf einen Friedhof. Annex' Erfahrung wäre mir jetzt nützlich gewesen, aber er war gleich nach unserer Rückkehr verschwunden. Ich nahm an, dass er trotz aller Risiken losgezogen war, um mit der kleinen Giordano zu schäkern. Auch er hatte auf dem Karren einen verträumten Eindruck gemacht, und in Pietra d'Alba gab es wenig zu träumen. Aus Höflichkeit machte ich mich auf den Weg, überlegte hin und her, weitergehen, umkehren, und als ich mir sagte, dass es absolut unvernünftig wäre, die Toten ein zweites Mal zu stören, erschien im Dunkel der Nacht das offene Friedhofstor. Wieder wehte vom Dorf der Klang der großen Glocke herüber. Im selben Moment kam Viola aus dem Wald, an einer Stelle, wo ich gar keinen Weg sah. Sie lief an mir vorbei, ohne zu mir hinzuschauen, und als sie nach ein paar Schritten merkte, dass ich mich nicht rührte, blieb sie stehen und warf mir einen augenrollenden Blick zu.

»Kommst du jetzt oder nicht?«

Sie ging auf die Gruft zu, aus der ich sie am Abend zuvor hatte herauskommen sehen. Viola konnte einfach nicht stillhalten. So war es fast unmöglich, sie zu beobachten, sie zu beschreiben. Sie war schön, aber auf ihre Art, das heißt im Gegensatz zu der kleinen Giordano. Das Weibliche sprach nicht aus ihren Formen, sondern aus der sinnlichen Strenge von deren Fehlen, aus dieser Kantigkeit, mit der sie sich bewegte, als würde sie ständig, ein Spiel mit Knien und Ellenbogen, unsichtbaren Hindernissen ausweichen. Ihre Augen, fast zu groß unter dem zerzausten schwarzen Haar, und ihre Gesichtszüge, wie in die Knochen gehauen und von dunkelgoldenem Ton, schienen die These von der südländischen Herkunft der Orsinis zu bestätigen.

»Das ist unsere Familiengruft. Virgilio ist jetzt hier.«

»Ihr Bruder, ja?«

»Hör auf, mich zu siezen, das geht mir auf die Nerven. Ja, mein Bruder. Virgilio war sehr intelligent. Ich bin noch nie jemandem begegnet, der so intelligent war.«

»Mein Vater ist auch im Krieg gefallen.«

»Blöder Krieg«, schimpfte Viola. »Wie denkst du darüber?«

»Den Krieg?«

»Ja, ich glaube, der Eintritt der Vereinigten Staaten wird die Lage verändern, und Caporetto war nur ein kurzer Rückschlag, der Grund dürfte eher Cadornas mangelnde Vorbereitung gewesen sein, dazu die Wetterbedingungen. Aber ich misstraue den Versprechungen, deretwegen wir uns der Triple Entente angeschlossen haben. Ich meine, es ist ja nett, dass die Franzosen uns den Anschluss der unerlösten Gebiete versprechen, aber glaubst du nicht, dass Wilson da ein Wörtchen mitzureden hat? Das könnte leicht ins Auge gehen, oder?«

»Äh, ja.«

»›Äh ja?‹«

»Weiß nicht, ich kenne mich da nicht aus.«

»Auf was wartest du, auf die Herabkunft des Heiligen Geistes?«

»Woher weißt du das alles?«, fragte ich ein wenig gekränkt.

»Ich mache es wie die anderen. Ich lese Zeitung. Auch wenn ich das nicht darf, meine Mutter sagt, das trübt den Teint eines jungen Mädchens. Aber wenn mein Vater seinen *Corriere della Sera* wegwirft, gibt der Gärtner ihn mir, für ein paar Lire, und verbrennt ihn erst später.«

»Du hast Geld?«

»Ich klaue es meinen Eltern. Ist ja auch zu ihrem Besten, dann haben sie keine ungebildete Tochter. Soll ich dir mal Bücher leihen?«

»Bücher worüber?«

»Was kennst du denn gut?«

»Bildhauerei.«

»Also über alles außer Bildhauerei. Obwohl … Von wann bis wann hat Michelangelo Buonarroti gelebt?«

»Hmm …«

»1475 bis 1564. Du hast keinen Schimmer von Bildhauerei. Eigentlich weißt du überhaupt nichts. Dann helfe ich dir. Für mich ist das einfach. Wenn ich etwas sehe oder höre, merke ich es mir.«

Ich drückte mir auf die Augen – alles ging viel zu schnell. Viola war im Grunde Futuristin. Mit ihr zu reden war, als würde ich mit Karacho eine Bergstraße runtersausen. Hinterher war ich jedes Mal erschlagen, verstört, überschwänglich, oder eine Mischung aus allem.

Unser Atem kondensierte in der kalten Nachtluft zu weißen Bäuschen. Viola strich sich das Kleid glatt.

»Deine Mutter«, sagte Viola, »wo ist sie?«

»Weit weg.«

»Wonach riecht sie?«

»Hä?«

»Eine Mutter riecht immer nach irgendwas. Wonach riecht deine?«

»Nach nichts. Na ja, doch, nach Brot. Und nach Vanille, wenn sie die Canestrelli backt. Und auch nach Rosenwasser, das hatte mein Vater ihr zum Geburtstag geschenkt. Und ein bisschen nach Schweiß. Und deine, wonach riecht die?«

»Nach Kummer. Also, ich muss jetzt los.«

»Schon?«

»Wenn ich nicht rechtzeitig für die Mette zu Hause bin, setzt es was.«

»Welche Mette?«

»Die Christmette, Idiot.«

Das zweite Weihnachten fern meiner Familie. Diesmal hatte ich es für besser gehalten, es komplett zu vergessen.

»Was hast du dir als Geschenk gewünscht?«, wollte Viola wissen.

Ich musste mir etwas ausdenken.

»Ein Messer. Mit Horngriff. Und ein Modellautomobil. Und du?«

»Ein Buch über Fra Angelico. Das bekomme ich natürlich nicht, ich kriege Anziehsachen geschenkt, als hätte ich nicht schon genug. Magst du Fra Angelico?«

»Ja, sehr.«

»Du weißt nicht, wer das ist, oder?«

»Nein.«

»Begleitest du mich zurück bis zur Straße?«

Sie reichte mir die Hand, und ich nahm sie. Einfach so, mit einem Schritt über die unermesslichen Abgründe der Konventionen und alle Klassenhindernisse hinweg. Viola reichte mir die Hand, und ich nahm sie, eine wahre Großtat, von der niemand je sprach, eine stumme Revolution. Viola reichte mir die Hand, und ich nahm sie, und genau in dem Moment wurde ich zum Bildhauer. Natürlich war ich mir der Veränderung nicht bewusst. Aber in ebendiesem Moment, als sich, eine Verschwörung von Unterholz und Eulen, unsere Handflächen verbanden, regte sich in mir die Ahnung, dass es eine Skulptur zu schaffen gab.

Wir hatten ein Zeichen vereinbart. An der Kreuzung der Straße zum Dorf und der Straße zum Friedhof, aber ein Stück abseits, gab es einen hohlen Baumstumpf. Wir würden ihn als Briefkasten benutzen. Um mir anzuzeigen, dass eine Nachricht für mich darin steckte, würde Viola eine Laterne in ihr Fenster stellen, abgedeckt mit einem roten Tuch, von der Werkstatt aus, einen Kilometer weiter, würde ich es sehen können. Sie versprach, sich bald mit mir zu verabreden. Dann würden wir uns auf dem Friedhof treffen, kein Mensch käme auf die Idee, mitten in der Nacht dort hinzugehen, wir wären also ungestört. An der Abzweigung von der Hauptstraße winkte sie und rief *ciao, caro*. Dann ging sie nach rechts und ich nach links.

Jeden Tag vor dem Schlafengehen spähte ich nach dem dunklen Umriss der Villa Orsini. Abend für Abend blieb Violas Fenster an der westlichen Ecke des Hauses leer. Ich stieg erst hoch auf meinen Heuboden, wenn ich vor Müdigkeit nicht mehr konnte. Das Jahr 1917 ging zu Ende, auf dem Dorfplatz gab es ein Fest, um den Übergang zu feiern von einer Welt im Krieg, in der die Menschen sich abschlachteten, zu einer Welt im Krieg, in der die Menschen sich abschlachteten. Es war die Rede von Soldaten, die erschossen wurden, weil sie mit dem Feind fraternisiert hatten, von Meutereien und Weigerungen, an die Front zu gehen, von Selbstverstümmelungen. Der Krieg schien fern zu sein in Pietra d'Alba, auch wenn die am Eingang des Friedhofs noch sichtbaren Spuren des Wagens, der Virgilio Orsini zurückgebracht hatte, das Gegenteil bezeugten.

Don Anselmo war so begeistert gewesen von dem Engel mit Zio Albertos Signatur, dass er uns eine Reihe kleiner Arbeiten im Kreuzgang der Kirche anvertraute. Der Stein dort war ein Kalkstein, und der Wind, der mit dem Salz vom Meer heraufwehte, ließ es sich nicht nehmen, auf seinem Weg daran zu nagen. Zwischen Weihnachten 1917 und Ende Januar 1918 wechselten wir verschiedene Teile aus, reinigten, restaurierten. Alberto schien das neue Jahr in bester Laune begonnen zu haben – am Silvesterabend hatte er eine reizende Witwe kennengelernt – und schränkte seinen

Weinkonsum ein. Zwei Wochen später verlangte die Witwe Bezahlung »für die Liebenswürdigkeit«, und das Dorf lachte sich eins. Er war auf die einzige Dame vom Fach weit und breit gestoßen. Sie war zwar nicht mehr die Jüngste, wusste aber, wie der Hase lief, und es wurde gemunkelt, manchmal komme ein Graf oder ein Baron aus Savona herauf, um in den Genuss besagter Liebenswürdigkeit zu kommen. Am nächsten Tag erschien Alberto wachsbleich und mit saurem Atem in der Kirche. Ich arbeitete gerade sehr behutsam an einer Heiligenstatue. Er entriss mir den Fäustel und den Meißel, aber seine Hände zitterten. Sosehr er sich auch bemühte, fluchend, schwitzend, sie zappelten nur. Mit einem Brummen ließ er das Werkzeug fallen und ging nach Hause. Fortan sah man ihn auf der Baustelle kaum noch arbeiten, und ich konnte nach Herzenslust meißeln, während er so tat, als würde er mir großzügig Ratschläge erteilen. In den Pausen studierte ich die Pietà in der Vierung, änderte sie in meinem Kopf, wieder und wieder, um ihre Fehler zu korrigieren, dabei versuchte ich zu verstehen, wo der *anonyme Meister*, als den ihn die kleine Tafel ehrte, geirrt hatte.

Violas Fenster blieb zum Verzweifeln stumm. Bis zu jenem Abend im Februar, als ich, auf dem Weg zurück zur Scheune, das leichte Flackern eines roten Lichts sah. Unser Zeichen! Ich rannte durch die Dunkelheit und hielt erst an der Kreuzung an. In dem Baumstumpf befand sich ein Päckchen, eingeschlagen in ein Stück Stoff. Mit klopfendem Herzen lief ich den Weg zurück, stieg gleich hoch auf den Heuboden und machte es auf. Darin steckten ein Brief und ein Buch. In dem Brief stand: »Donnerstag, 11 Uhr. Das musst Du gelesen haben.« Auf dem Einband des Buchs, aus grüner Pappe, war die Abbildung eines Apostels und zweier

Mönche, darüber der Titel *Les peintres illustres No. 17, Fra Angelico, Pierre Lafitte & Cie Éditeurs.* Als ich es aufschlug, überkam mich ein Unwohlsein, von dem ich bis heute nicht weiß, was der Grund war, mein wildes Gerenne durch die Nacht oder der Inhalt dieses Buches aus einer Reihe über berühmte Maler. Ich hatte noch nie so viele Farben gesehen, so viel Zartheit. Ich war jung, arrogant, ich wusste, dass ich begabt war. Mit einem Fäustel und einem Meißel konnte ich Kerle in den Schatten stellen, die dreimal so alt waren wie ich. Aber der hier, Fra Angelico, der wusste etwas, was ich nicht kannte. Ich verabscheute ihn sofort.

Am Donnerstagnachmittag zog ein Gewitter am Himmel auf. Wir arbeiteten im Inneren der Kirche, bei jedem Blitz hinter den Buntglasfenstern unter einer Flut von Gold, Purpur und Granat. Ich war mir nicht sicher, ob ich, wenn es weiter so regnete, Viola treffen konnte. Damit hatten wir nicht gerechnet. Würde sie bei egal welchem Wetter kommen? Ich wusste nichts über die Etikette bei einer beginnenden Freundschaft.

Zum Glück wehte ein Wind von Westen die Wolken fort. Um elf Uhr, mitten in der Nacht, fand ich mich am Friedhofstor ein. Viola erschien fünf Minuten später, sie kam an derselben Stelle aus dem Wald wie beim letzten Mal. Sie nickte mir nur zu, als hätten wir uns erst vor einer Stunde gesehen, und lief an mir vorbei. Ich folgte ihr zwischen den Gräbern zu einer Bank, sie setzte sich.

»Wann ist Fra Angelico gestorben?«, fragte sie.

»18. Februar 1455.«

»Wo?«

»Rom.«

»Richtiger Name?«

»Guido di Pietro.«

Endlich lächelte sie mich an. An ihrer Seite machte der Friedhof einen etwas weniger bedrohlichen Eindruck, auch wenn ich beim kleinsten Knacken eines Zweigs zusammenzuckte.

»Du hast das Buch gelesen. Das ist gut. Jetzt bist du schon ein bisschen weniger dumm.«

»Ich dachte schon, wir würden uns nicht wiedersehen. Wochenlang habe ich nach deinem Fenster gespäht, kein rotes Licht.«

»Ach so, ja. Ich war ziemlich sauer auf dich.«

»Hä? Was habe ich denn getan?«

Sie schaute mich mit erstaunter Miene an.

»Das weißt du wirklich nicht?«

»Äh, nein.«

»Du fängst fast alle deine Sätze mit ›Hä?‹ oder ›Äh‹ an. Das ist unschön.«

»Und deshalb bist du mir böse?«

»Nein. Als wir das letzte Mal auseinandergegangen sind, an der Kreuzung, erinnerst du dich? Da hast du dich nicht umgedreht. Deshalb bin ich dir böse.«

»Wie meinst du das?«

Sie seufzte.

»Wenn du dich von jemandem verabschiedest, den du magst, gehst du ein paar Schritte, und dann drehst du dich um, um ihn noch einmal zu sehen, hebst vielleicht sogar die Hand und winkst. Ich habe mich umgedreht. Aber du bist weitergegangen, als hättest du mich schon vergessen. Also habe ich beschlossen, dass wir uns nie wiedersehen. Dann habe ich nachgedacht und mir gesagt, der Grund ist wohl, dass du ein unbedarfter Bauernlümmel bist.«

Ich nickte energisch.

»Ja! Genau deshalb. Danke, dass du wiedergekommen bist. Und danke für das Buch. Ab jetzt drehe ich mich immer um, das schwöre ich.«

»Das Buch musst du nur wieder in den Baumstumpf legen, dann gebe ich dir ein anderes. Ich habe es aus der Bibliothek genommen, aber ich kann nicht mehr als eins gleichzeitig verschwinden lassen, eigentlich darf ich da sowieso nicht rein … Meine Mutter sagt, ich verplempere nur meine Zeit, wenn ich dummes Zeug über tote Menschen lese. Apropos tote Menschen, gehen wir?«

»Wohin?«

»Den Toten zuhören, Idiot. Was glaubst du, weshalb wir hier sind?«

Viola war eine Seiltänzerin, die auf einer unscharfen, zwischen zwei Welten gespannten Grenze balancierte. Manche sagten, zwischen Wahn und Vernunft. Mehr als einmal habe ich mich mit Leuten angelegt, die ihr vorwarfen, sie sei verrückt.

Den Toten zuzuhören war ihr liebster Zeitvertreib. Sie tat es, erzählte sie mir, seit sie bei der Beerdigung einer ihrer Großmütter versehentlich auf einem Grab eingeschlafen war, damals war sie fünf Jahre alt. Als sie aufwachte, war ihr Kopf voller Geschichten, die ihr nicht gehörten, folglich musste sie ihr jemand von unten zugeflüstert haben. *Dämonische Besessenheit*, hatte Don Ascanio entschieden, Don Anselmos Vorgänger in der San Pietro delle Lacrime. *Hysterie im Kindesalter*, lautete die Diagnose des Mailänder Arztes, zu dem man sie ein paar Wochen später fuhr. Er hatte Eisbäder empfohlen. Wenn die Eisbäder nicht wirkten, müsse eine tiefgreifendere Behandlung erwogen werden. Nach ihrem ersten Eisbad hatte Viola, die alles andere als verrückt war, behauptet, sie sei geheilt. Und fortan ließ sie sich nachts, um aus dem Haus zu kommen, an dem Regenrohr aus Steinzeug hinunter, das an der Rückseite des Hauses gleich neben ihrem Zimmer bis zum Boden führte. Dann legte sie sich auf eines der Gräber, mal auf gut Glück, mal, weil sie die dort Ruhenden kannte. Wie sie eingestand, hatte keiner der Toten je wieder zu ihr gesprochen. Sie legte aber Wert darauf, da zu sein, falls es sich traf, dass einer von ihnen erneut das Bedürfnis verspürte, sich anzuvertrauen. Wer sonst würde ihnen zuhören? Es war Violas Art, ihnen einen Dienst zu erweisen. An dem Abend, als ich sie für ein Gespenst gehalten hatte, hatte sie sich gerade auf das Grab ihres Bruders gelegt. Und da lagen die beiden dann, in einvernehmlichem Schweigen, so wie früher. Sie mussten nicht miteinander sprechen.

Viola war nicht beleidigt, als ich es strikt ablehnte, mich auf ein Grab zu legen. Sie fragte nur:

»Wovor hast du Angst?«

»Vor Gespenstern, wie alle Welt. Dass mir eins erscheint.«

»Dir? Hältst du dich für so interessant?«

Sie zuckte die Achseln und ging zu ihrem Lieblingsgrab. Es war eine kurze Kalksteinplatte, zum Teil moosbewachsen, darauf der Name des Eigners, den sie für mich entzifferte: *Tommaso Baldi, 1787–1797*. Der kleine Tommaso war nun Teil der Dorflegende. Im Jahr 1797 hatte ein Einwohner von Pietra d'Alba, wie er berichtete, aus den Tiefen eine Flötenstimme aufsteigen gehört, von unter seinem Keller. Man hielt ihn für verrückt, aber am nächsten Tag und auch in den darauffolgenden Tagen schworen andere Einwohner, sie hätten eine erhabene Flötenmelodie gehört, unter der Straße, unter dem Boden eines Wohnzimmers, unter der Kirche während der Messe. Dann erschien eine Gauklertruppe, völlig erschöpft. Tagelang schon suchten sie nach einem der Ihren, dem kleinen Tommaso, der sich im Wald verlaufen hatte. Er war, wie so oft, mit seiner Flöte üben gegangen. Seit fast einer Woche hatte ihn niemand mehr gesehen.

Die Männer des Dorfes starteten eine Suchaktion. Sie suchten nach dem Eingang einer Höhle oder einer Kluft im Karst, wo der Junge hätte verloren gegangen sein können. Die Flöte war noch zu hören gewesen, in weiter Ferne, einmal unter dem Brunnen, einmal nahe dem Dorfeingang. Dann nichts mehr. Am nächsten Samstag zog ein Jagdhund seinen Halter unter heftigem Gebell zu einer Lichtung. Ein Junge lag dort im Gras, die Lippen über das weiße Zahnfleisch gestülpt, fürchterlich abgemagert. In den Händen hielt er eine Holzflöte, die er um nichts in der Welt loslassen wollte. Man brachte ihn, die aufgerissenen Augen verbrannt vom Tageslicht, eilig ins Dorf. Kurz nach Mitternacht kam er noch einmal zu sich, murmelte, es tue ihm leid, er habe sich in der großen Stadt unter der Erde verirrt, und hauchte seine Seele aus.

Viola war fest davon überzeugt, dass er nicht deliriert hatte. Ein geheimer und rätselhafter Kontinent lag unter unseren Füßen. Ohne es zu wissen, liefen wir über Tempel und Paläste aus purem Gold, wo ein blasses Volk mit weißen Augen unter einem Himmel aus Erde und Wolken aus Wurzeln lebte. Wer wünschte sich nicht, einen neuen Kontinent zu entdecken? Sie blieb lange auf Tommasos Grab liegen – ihre Füße ragten über die Platte hinaus –, in der Hoffnung, er würde ihr den Weg dorthin zeigen.

Während sie es mir vormachte, wartete ich geduldig auf

einer Bank in der Nähe. Fast eine halbe Stunde rührte sie sich kein Stück, die Kälte kümmerte sie nicht. Meine Fantasie, nicht länger übervoll von Violas Anwesenheit, dem Stakkato ihrer Worte und ihren sich überschlagenden Gedanken, erfüllte die Nacht mit neuen Geräuschen. Ein Dahinkriechen zwischen den Gräbern, Totentänze an den Rändern meines Blickfelds. Im Dorf schlug die Glocke Mitternacht. Liderlose Augen lauerten in den Zweigen. Als Viola aufstand, hätte ich vor Erleichterung fast geweint.

»Hat er zu dir gesprochen?«

»Diesmal nicht.«

Wir gingen zurück zum Tor. Auf der Schwelle blieb ich stehen, ich wollte es wissen.

»Du kommst immer aus dem Wald. Gibt es da Wege?«

»Nicht für dich.«

Und das war's. Sie ignorierte meine fragenden Blicke, bis wir an die Kreuzung kamen.

»Ich bringe dir noch mehr Bücher, ist mir egal, ob sie mich erwischen. Lies sie, auch wenn du sie nicht verstehst. Wie alt bist du eigentlich?«

»Dreizehn.«

»Ich auch. Welcher Monat?«

»November 1904.«

»Ah, ich auch! Stell dir vor, wir wären am selben Tag geboren. Dann wären wir kosmische Zwillinge!«

»Und das heißt was?«

»Dass wir über Zeit und Raum hinweg miteinander verbunden wären, durch eine Kraft, die größer ist als wir und die nichts und niemand jemals brechen kann. Ich zähle bis drei, und bei drei sagen wir zusammen unseren Geburtstag. Eins, zwei, drei …«

Und wie aus einem Mund sagten wir:

»22. November.«

Viola hüpfte vor Freude, umarmte mich und riss mich in einen kleinen Tanz.

»Wir sind kosmische Zwillinge!«

»Unglaublich, oder? Dasselbe Jahr, derselbe Monat, derselbe Tag!«

»Ich wusste es! Bis bald, Mimo.«

»Du lässt mich nicht zwei Monate warten?«

»Seinen kosmischen Zwilling lässt man nicht warten«, sagte sie mit ernster Stimme.

Sie ging nach rechts, ich nach links. Ihre Freude machte meine Schritte leichter, die Nacht heller, und ich nahm es mir nicht mehr ganz so übel, dass ich sie angelogen hatte. Ich war am 7. November geboren. Aber dann hatte ich mich an das Datum auf ihrer Geburtstagskarte erinnert, die ich, bevor ich in ihrem Zimmer eingeschlafen war, rauf und runter gelesen hatte. Eine kleine Lüge, die Freude schenkte, war in meinen Augen keine. Vielleicht konnte ich mich ja Don Anselmo anvertrauen. Eine gute Gelegenheit für eine Beichte.

Während ich weiterging, achtete ich darauf, mich dreimal umzudrehen. Einmal für das vorige Mal, einmal für dieses Mal und das dritte Mal, weil ich nicht anders konnte.

Nach Abschluss der Arbeiten in der Kirche brach für die Werkstatt erneut eine schwere Zeit an. Aufträge waren rar, und Alberto musste wieder auf Tour gehen und die umliegenden Dörfer und Täler abklappern. Er versuchte es sogar bei den Orsinis. Über den Verwalter ließen sie ausrichten, bei Bedarf würden sie nicht zögern, sich an ihn zu wenden.

Statt Däumchen zu drehen, beschäftigten Annex und ich uns, so gut wir konnten. Zios Steinlager war leer, bis auf einen wunderschönen massiven Marmorblock, den er für einen etwaigen größeren Auftrag reserviert hatte. Ich tobte mich also in der freien Natur aus und schuf, wo immer der Fels es zuließ, ein Basrelief. Vielleicht sind einige dieser Versuche noch heute, zur Verwunderung der Spaziergänger, an einer Wegbiegung zu sehen. Annex verbrachte seine Zeit mit der Restaurierung alter Möbel, die ihm die Leute aus dem Dorf brachten, und dabei entdeckte er seine eigentliche Berufung, denn fürs Tischlern war er ebenso begabt, wie er als Bildhauer eine Niete war. Im Frühjahr 1918 sah ich Viola dreimal wieder, immer auf dem Friedhof. Trotz aller Bemühungen schaffte sie es nicht, mich zur Teilnahme an ihren nekromantischen Experimenten zu bewegen – ich weigerte mich schlicht, mich auf ein Grab zu legen. Ohnehin sprachen die Toten immer noch nicht zu ihr. Hätten sie es getan, hätte ich die Beine unter die Arme genommen.

Viola war die jüngste Tochter einer Familie mit vier Kindern. Virgilio, der Älteste und offenbar der Einzige in der Familie, den sie vorbehaltlos liebte, war mit zweiundzwanzig Jahren bei dem großen Zugunglück ums Leben gekommen. Ich bedaure, dass ich ihn nicht kennengelernt habe. »Er war ein bisschen wie du«, erklärte sie mir einmal. »Wenn ich etwas gesagt habe, hat er es geglaubt.«

Dann kam Stefano, zwanzig. Wenn Viola von ihm sprach, kniff sie immer auf merkwürdige Art die Augen zusammen, als hätte sie Angst, er käme aus dem Gebüsch gesprungen. Stefano war der Liebling der Mutter, großgewachsen, große Klappe, begeisterter Jäger und Rennfahrer. Francesco, der jüngste der Söhne, war achtzehn. Er war ein ernster junger Mann mit blassem Teint, ich war ihm mehrmals unbewusst in der Kirche begegnet, als wir nach Weihnachten dort arbeiteten. Er unterhielt sich oft mit Don Anselmo oder kniete stundenlang im Gebet vor der Pietà, die ich so kritisch beurteilt hatte. Viola schien eine zärtliche Liebe für ihn zu empfinden, fast immer gedämpft von einem zynischen »er wird es mal weit bringen«. Francesco wollte Priester werden, sehr zur Freude seiner Eltern. Tatsächlich hat er es weit gebracht, auch wenn er dabei über mich gestolpert ist.

Der Marchese und die Marchesa waren dagegen bloße Schatten in Violas Leben. Zwei Erwachsene fern von allem, was ihren Kopf beschäftigte, und die im selben Haus wie sie wohnten, ihr manchmal auf den Fluren begegneten und zu ihr in einer Sprache sprachen, die sie nicht verstand. Böse waren sie nicht, stellte sie klar. Nie erhoben sie die Hand gegen sie, selbst wenn sie fürchterliche Dummheiten machte. Mit zehn Jahren hätte sie fast die Villa abgebrannt, bei einem missglückten Experiment, mit dem sie auf Basis eines Mimosen-Destillats ihr eigenes Parfüm herstellen wollte. Aus einem ihr unbegreiflichen Grund war das Gemisch explodiert. Viola war weggerannt und hatte sich in einem Schuppen versteckt, während die Vorhänge brannten. Als das Feuer gelöscht war, hatten die Hausbediensteten sie aufgestöbert und zu ihrem Vater gebracht. Der verbot ihr lediglich, wenn auch mit tiefernster Miene, fürderhin die Bibliothek zu betreten, da sie sich das Buch mit den chemischen Experimenten, die zu der Katastrophe geführt hatten, aus der Bibliothek genommen habe. Viola hatte geschworen zu gehorchen, und zugleich hatte sie sich geschworen, es nicht zu tun. Zumal ihr Experiment zum Teil gelungen war, denn aufgrund der Explosion (die ihr die Augenbrauen versengt hatte) roch sie eine Woche lang nach Mimose. Es war nur eine Frage der Dosierung – warum aufhören, wenn man auf einem so guten Weg war?

»Könntest du ein Parfüm nur für mich herstellen?«, fragte ich sie eines Abends, als sie auf dem Grab eines namhaften Genuesen lag.

»Oh, nein, ich beschäftige mich nicht mehr mit Parfüms. Seither habe ich mich anderen Dingen zugewandt. Mich interessieren Explosionsmotoren, Elektrizität, Uhrwerke, ein paar Grundkenntnisse in Medizin. Und die Kunst natürlich. Ich möchte sein wie diese Menschen der Renaissance, die alles über alles wussten.«

»Und wenn du alles weißt?«

»Dann nehme ich mir vor, was wir noch nicht wissen.«

Viola war mit einem Fluch geschlagen, den ihre Eltern zunächst unterhaltsam gefunden hatten: Sie behielt auf Anhieb alles, was sie las, hörte oder sah. Mit fünf Jahren holte man sie mitten in der Nacht, wenn man ein wenig getrunken hatte, aus dem Bett, um es den Gästen, die gerade im Haus waren, vorzuführen. Hinreißend, etwa nicht, wie dieses dünne kleine Mädchen mit den großen Augen auswendig Verse von Ovid deklamierte, die sie eben erst gelesen hatte! Zum Problem wurde es, als Viola auf den Geschmack kam und das Aufgesagte auch verstehen wollte. Dafür musste sie mehr lesen. Und so führte ein Buch zum nächsten, *eine diabolische Spirale*, wie ihre Mutter meinte, gegipfelt hatte es in der Explosion ihres Mimosenparfüms. Die Marchesa, die diesen Duft nicht mehr riechen konnte, ohne sich an ihre von hohen purpurroten Flammen vernichteten Vorhänge zu erinnern, Flammen, in denen sie die Gesichter von Teufeln zu erkennen glaubte, hatte alle Akazien im Park samt Wurzeln ausreißen lassen.

Der Strom der Bücher schwoll nach und nach an. Manchmal fand ich drei auf einmal in dem Baumstumpf, und meinerseits füllte ich ihn mit den Bänden, die ich in der Woche zuvor gelesen hatte. Ich verschlang sie, kaum dass ich im Bett lag, merkte mir Namen, Daten, Hauptstädte, Theorien und Konzepte, wie ein in der Sonne vergessener Schwamm, den man ins Wasser tunkt. Vor Annex hatte ich meine Ausflüge verheimlicht, aber er war nicht dumm. Eines Abends erwischte er mich mit der Nase in einem unverständlichen Buch über Ingenieurwesen. Getreu meinem Versprechen las ich alles von vorne bis hinten. Und egal wie kryptisch eine Abhandlung war, lernte ich zu meiner Verwunderung immer irgendwas. Viola war so klug, zwischen leichten und schwierigen, bebilderten und nicht bebilderten Büchern abzuwechseln. Manchmal schob sie sogar einen Roman ein, da sie bei mir einen »ausgeprägten Fantasiemangel« festgestellt hatte.

»Was liest du da?«, fragte Annex.

»Eine Abhandlung über den Ausbau des Hafens von Genua durch den Ingenieur Luigi Luiggi, geboren 1856.«

»Damit verbringst du deine Abende? Emanuele hat sich schon gefragt, warum du nicht mehr auf den Friedhof gehst. Ich wusste nicht, dass du Häfen bauen willst.«

»Ich will keine Häfen bauen. Viola hat mir das Buch geliehen.«

»Viola? Welche Viola?«

Dann wurde er blass.

»Viola Orsini?«

»Na klar.«

»Viola Orsini?«

»Ja, sie ist meine Freundin.«

»Das Mädchen, das sich in eine Bärin verwandelt?«

Annex hatte mich schon mit den wunderlichsten Legenden über die Orsinis zum Lachen gebracht. So seien die Orsinis etwa derart reich, dass die Bediensteten, wenn einer der Herrschaften mal nieste, das Taschentuch entwendeten, um den Goldstaub herauszuschütteln. Aber die Geschichte jetzt, die hörte ich zum ersten Mal. Und im Gegensatz zu den anderen Erzählungen, die ihn zu faszinieren oder zu amüsieren schienen, jagte sie ihm Angst ein.

»Du darfst dich nicht mit diesem Mädchen treffen.«

»Wieso?«

»Weil sie eine Hexe ist. Frag, wen du willst. Frag im Dorf.«

Später bemerkte ich, dass die Dorfbewohner Viola tatsächlich mieden, zumindest soweit es der Respekt gegenüber der Familie erlaubte. Die Sache lag schon einige Jahre zurück. Eine Gruppe Fremder war für ein paar Tage zum Jagen ins Dorf gekommen. Unter »Fremden« verstand man im Allgemeinen, »wer nicht aus Ligurien, dem Piemont oder der Lombardei ist«. Je nach rassistischer oder fantasiebeflügelter Vorstellung der Person, die die Geschichte erzählte, waren die Jäger Kroaten, Schwarze, Franzosen, Sizilianer, Juden oder, noch schlimmer, Protestanten. Einig war man sich darin, dass Jäger gekommen waren und dass sie sich schlecht benommen hatten, dass sie jeden Abend tranken und mit flinker Hand die Mädchen von Pietra d'Alba begrapschten. Am Tag vor der Abreise waren nur zwei von ihnen auf die Jagd gegangen. Zufällig waren sie auf Viola gestoßen, die allein durch den Wald lief, fast hätten sie sie sogar erschossen, weil sie erst dachten, sie wäre ein Reh. Neugierig beobachteten sie sie aus der Ferne. Viola sammelte Steine, musterte sie auf ihre Rundheit und bot sie der Sonne dar. Die beiden folgten ihr, ohne Böses im Sinn, einfach so, weil sie hübsch war. So sagte es einer der Jäger schließlich auch: »Hübsches Ding, was?« Der andere machte sich lustig über ihn: »Komm schon, wie alt ist sie wohl, zwölf, dreizehn?« Worauf der erste sagte, das sei mehr als alt genug, und wenn sie allein durch den Wald spaziere, müsse sie es ja wohl wollen. Er stürzte sich auf die Kleine, und vor Angst schrie sie. »Jetzt halt schon die Klappe, ich tu dir doch nichts«, sagte er mit einer Miene, die beruhigend wirken sollte, und knöpfte seine Hose auf. Wie durch ein Wunder konnte Viola sich lösen, und sie verschwand im Gebüsch. Der zweite Jäger lachte: »Man könnte meinen, deine Frau.« Der andere sprang ins Unterholz, Viola hinterher, »wollen wir doch mal sehen, du kleine Schlampe«, und dabei hielt er mit einer Hand seine Hose fest. Er stürmte auf eine Lichtung, und dann stieß er einen Schrei aus, den man bis nach Savona gehört haben musste.

Auge in Auge stand er einer Bärin gegenüber. Das Tier hatte sich auf seinen Hinterbeinen aufgerichtet – es überragte den Mann um einen Kopf – und stieß ein ohrenbetäubendes Brüllen aus. Der Speichel, der auf ihn spritzte, schmeckte nach Fleisch.

»Na schön, der Typ ist auf eine Bärin gestoßen«, sagte ich und verdrehte die Augen. »Das heißt nicht, dass sie sich in eine Bärin verwandeln kann.«

»Warte, ich habe ja noch nicht alles erzählt.«

Was Annex mir nicht gesagt hatte und was dem Jäger einen noch größeren Schreck einjagte als die Bärin, war, dass das Tier noch Violas Kleid trug. Das Kleid war zerrissen, der Hut des Mädchens lag auf dem Boden, auf einem Teppich aus Kiefernnadeln. Und wieder brüllte die Bärin. Die eine Hand an der Hose, griff der Jäger mit der anderen nach seinem Messer. Doch Viola, denn so musste man das Tier wohl nennen, schlitzte ihm mit einem lässigen Prankenhieb die Kehle auf. Der Mann ließ die Hose los, konnte es nicht glauben, und unter einer heißen roten Fontäne verblutete er. Mit den Eiern an der frischen Luft, schloss Annex. Sein Jagdfreund war sofort losgerannt, kaum noch bei Verstand, zurück ins Dorf, wo er alles erzählte. Zuerst glaubte ihm keiner, zumal man nichts von dem Vermissten fand, nur einen leeren Schuh. Das Entsetzen im Gesicht des Überlebenden aber befeuerte das Gerede. Einen solchen Schrecken konnte niemand vortäuschen, auch kein Schauspieler, nicht einmal ein Mime vom Kaliber eines Bartolomeo Pagano, des großen Genuesen, der Italien in der Rolle des Maciste verzaubert hatte. Unmöglich konnte der Überlebende die Geschichte erfunden haben. Und wenn man so darüber nachdachte, war das Vermögen der Orsinis schon recht mysteriös, hatten die nicht auch einen Bären in ihrem Wappen? Das Ganze roch doch nach Hexerei. Was bei den Menschen, denen Viola begegnete, zu unmerklichen Versteifungen führte, die bebenden Lippen eiligst verborgen, um die Herrschaften Orsini nicht zu verstimmen, die im Übrigen nicht wussten, dass ihre Tochter sich in eine Bärin verwandeln konnte. Da die Familie der größte Arbeitgeber in der Gegend war, hatte man es für angebracht gehalten, kein Wort über diesen Umstand zu verlieren.

Ich machte mich lustig über Annex, der offenbar fest daran glaubte. Emanuele kam herbei, in einer Husarenjacke, die er offen über dem bloßen Oberkörper trug, einem Tropenhelm und einer knielangen Leinenhose. Sein Bruder nahm ihn als Zeugen und bat ihn, das Erzählte zu bestätigen. Emanuele brauste auf und hielt eine lange Rede, von der ich kein Sterbenswort verstand, worauf Annex mich siegesgewiss ansah:

»Na bitte. Habe ich es dir nicht gesagt?«

Nie wieder habe ich eine Frühlingsmilde erlebt wie in Pietra d'Alba, wenn der Morgen den Tag über blieb. Die Steine des Dorfes griffen nach seinem Rosa und legten es auf alles, was es widerspiegeln konnte, auf Fliesen, Metall, den Glimmerquarz in den felsigen Aufschlüssen, die Wunderquelle, selbst auf die Augen der Bewohner. Das Rosa erlosch erst, wenn die Letzten eingeschlafen waren, denn selbst nach Einbruch der Dunkelheit lebte es fort in dem Blick, den zuweilen ein Junge im Schein der Laternen auf ein Mädchen warf. Am nächsten Tag begann alles von vorn. Pietra d'Alba, Morgenstein.

Zio Alberto kam nach zwei Wochen auf Tour zurück,

ein Muster, das sich in den folgenden Jahren wiederholte. Er war bis nach Acqui Terme gefahren, tief im Piemont, und hatte unterwegs die Dörfer auf Kundschaft abgeklappert, vergeblich. Niemand brauchte einen Steinmetz. Dafür hatte man ihm mehrmals nahegelegt, in die Armee einzutreten, um sein Land zu verteidigen. Erst in Sassello, schon auf dem Rückweg, hatte ihm das Glück gelacht. Ein recht mageres, gerupftes Glück, aber in Zeiten des Mangels besser als nichts. Die Pfarrei Immacolata Concezione hatte ihn mit der Restaurierung von vier Engeln und zwei Schmuckurnen beauftragt, dazu einer Votivtafel. Zio kam also mit seiner Ladung gefallener Engel auf dem Fuhrwerk, helfen lassen wollte er sich beim Ausladen nicht. Er machte sich sofort an die Arbeit, stellte den ersten Engel noch am selben Tag in groben Zügen wieder her und trank den ganzen Abend, so zufrieden war er mit seinem Werk. Am nächsten Morgen mussten Annex und ich übernehmen, da er krank war. Eine Woche lang tat mein Onkel nichts und lag fast nur im Bett, geplagt von düsteren Gedanken, die er in einem Dialekt vertrieb, den kaum noch jemand sprach, außer vielleicht in den Gassen, die zum Hafen von Genua hinunterführten. Erstaunlicherweise blieb er in solchen Phasen nüchtern. Ich kann also getrost sagen, dass Zio Alberto immer dann trank, wenn er glücklich war. Und dass sein Glück irgendwo im Rausch Risse bekam, sodass lange Schattenschlangen hereinfanden. Dann schlug er mich. Ich hatte gelernt, den Schlägen auszuweichen, und da er es halbherzig tat, aus Gewohnheit, war das Leid erträglich. Ein blauer Fleck, vielleicht auch zwei, aber wer hatte die nicht?

Ich brauchte zwei Monate für die Engel. Annex übernahm die Votivtafel, da konnte man nicht viel falsch machen.

Er schaffte es, sie zu zerbrechen, und musste von vorn anfangen.

Auf meine Engel war ich besonders stolz, und als ich sie Zio präsentierte, nahm er sie unter die Lupe.

»Dein Vorname ist ein Fluch«, sagte er. »Du hältst dich für Buonarroti, aber in Wahrheit bist du bloß ein *pezzo di merda*, der wie ein *pezzo di merda* bildhauert.«

Während ein paar Hiebe auf mich einprasselten, ertappte ich mich dabei, wie ich, zusammengekauert in einer Ecke, dachte: Michelangelo Buonarroti, 1475–1564.

Ich war in einer Welt aufgewachsen, in der viel gegrummelt wurde. Sprechen, wenn überhaupt, war ein Luxus und meist belanglos. Man grummelte, um sich zu bedanken, man grummelte, um Zufriedenheit auszudrücken, man grummelte, um zu grummeln. Und wenn man nicht grummelte, machte man ein Zeichen mit den Augen, mit der Hand, »reich mal das Salz rüber«, dafür brauchte man nicht zu sprechen. Mein Vater war so, Zio war so. Ein Männerding. Dagegen sagte Viola oft »im vorliegenden Fall« oder »dessen ungeachtet«. Sie eröffnete mir eine Welt unendlicher Nuancen. Wenn ich meinte: »Der Wind weht«, antwortete sie: »Nicht der Wind, das ist der Libeccio.« Viola kannte alle Winde beim Namen.

Für den 24. Juni 1918, den Johannistag, verabredete sie sich mit mir auf dem Friedhof. Die beste Nacht, um Irrlichter zu sehen. Sie kam wie üblich aus dem Wald, an einer Stelle, die ich mir am helllichten Tag angesehen hatte und wo es, das konnte ich beschwören, keinen Weg gab. Ich machte sofort klar, wie wenig ich geneigt war, auf die Jagd nach Irrlichtern zu gehen, schon gar nicht, wenn es verlorene Seelen waren. Während ich noch sprach, legte Viola mir die Hand auf den Mund.

»Vergiss die Irrlichter. Ich habe etwas Außerordentliches entdeckt.«

»Wirklich?«

Viola hatte mir beigebracht, dass man nicht »ach ja?« sagte, es sei denn, man war ein Bauernlümmel.

»Ich habe entdeckt, dass ich durch die Zeit reisen kann«, rief sie. »Gerade eben bin ich aus der Vergangenheit gekommen.«

»Wie das?«

»Na ja, ich komme von vor einer Sekunde. Wenn T der gegenwärtige Zeitpunkt ist, dann war ich vor einer Sekunde, bei T minus 1, noch nicht hier. Und jetzt bin ich da. Ich bin also von T minus 1 nach T gereist. Von der Vergangenheit in die Gegenwart.«

»Du kannst gar nicht wirklich durch die Zeit reisen.«

»Doch. Sieh mal, gerade habe ich es wieder getan. Ich komme von vor einer Sekunde.«

»Aber du kannst nicht dahin zurück.«

»Nein, die Vergangenheit bringt ja auch nichts. Deshalb reist man von der Vergangenheit in die Zukunft.«

»Zehn Jahre voraus kannst du nicht.«

»Kann ich sehr wohl. Treffen wir uns hier in zehn Jahren, am 24. Juni 1928, selbe Uhrzeit. Ich werde da sein, wirst sehen.«

»Nur dass du dann zehn Jahre dafür gebraucht hast.«

»Na und? Als du aus Frankreich gekommen bist, war es doch egal, ob dein Zug eine Minute gebraucht hat oder einen Tag. Du bist doch aus Frankreich nach Italien gekommen, oder?«

Mit gerunzelter Stirn suchte ich nach einem Schwachpunkt in ihrer Argumentation. Aber bei Viola gab es keinen schwachen Punkt.

»Genauso werde ich am 24. Juni 1928 hier sein, und ich werde in die Zukunft gereist sein. Quod erat demonstrandum. Komm schon, die Toten warten auf uns.«

»Stimmt es, dass du dich in eine Bärin verwandeln kannst?«

Sie war schon ein paar Schritte auf den Friedhof zugegangen. Mit ernster Miene kam sie zurück.

»Wer hat dir das gesagt?«

»Ann… Vittorio.«

»Der Bruder von Emanuele?«

»Ja.«

»Ich mag ihn sehr. Wir haben zusammen gespielt, als wir noch klein waren. Bis zum Alter von fünf Jahren darf ein Mitglied des Adels mit wem auch immer spielen, ohne die Etikette zu verletzen. Was hat er dir noch erzählt?«

»Dass ein Jäger versucht hätte, dich zu … dich zu …«

»Ja, ich weiß, was er versucht hat«, unterbrach sie mich, ihr Gesicht auf einmal streng.

»Also stimmt das? Die Geschichte mit der Bärin? Ich meine, ich weiß ja, dass das unmöglich ist, aber …«

»Ich werde dir die Wahrheit sagen, denn ich werde dich niemals anlügen. Versprich mir, dass *du* mich niemals anlügst.«

»Ich verspreche es.«

»Und dass es unser Geheimnis bleibt.«

»Ich verspreche es.«

»Ich mag es nicht besonders, wenn man Geschichten über mich erzählt. Aber in dem Fall hat Vittorio recht.«

»Du kannst dich in eine Bärin verwandeln.«

»Ja.«

»Du willst mich auf den Arm nehmen.«

»Warum fragst du mich, wenn du mir nicht glaubst?«

»Also gut, ich glaube dir. Du kannst dich in eine Bärin verwandeln. Zeigst du es mir auch?«

Mit einem sanften Lächeln legte sie mir den Finger auf die Stirn, genau in die Mitte.

»Bedien dich deiner Fantasie. Dann hast du es nicht mehr nötig, dass ich es dir zeige. Und wenn du es nicht mehr nötig hast, kann ich es dir vielleicht zeigen.«

Zweiundachtzig Jahre habe ich gebraucht, acht Jahrzehnte der Unaufrichtigkeit und einen langen Todeskampf, ehe ich mir eingestand, was ich längst wusste. Es gibt keinen Mimo Vitaliani ohne Viola Orsini. Aber es gibt Viola Orsini, ohne dass es einer anderen Person bedarf.

Vincenzo zögert. Er steht vor dem hölzernen Schrank in der Ecke seines Arbeitszimmers, vor diesem Schrank, zu dem niemand außer ihm Zugang hat. Und zögert. Er wendet sich ab und stellt sich ans Fenster, von wo aus er so gern auf die Berge hinausschaut – wie oft schon in all den Jahren in seinem Amt? Es hat angefangen zu nieseln. Tief dort unten, direkt unter seinem Zimmer, unter einem Dach mit Schieferplatten, ist die Zelle, die er eben verlassen hat. Er rechnet jeden Moment mit der Nachricht, *nun denn, Padre, es ist vorbei*, aber Vitaliani ist zäh. Wer weiß, welche Bilder lodern hinter dieser Stirn, die ein wenig zu groß ist, welche Kümmernisse oder welche Freude seine Glieder schütteln, die ein wenig zu kurz sind. Der Abt hat das merkwürdige Gefühl, dass sein Gast versucht, ihm etwas zu sagen. Dass er sprechen will, und das genau in dem Moment, da er nicht mehr kann. Vielleicht gerade weil er nicht mehr kann.

Der Abt geht zurück zum Schrank, fast wider Willen. Das Holz ist so tröstlich wie trügerisch, ein Schrank aus Großmutters Zeiten, passend zu dem ehrwürdigen Gemäuer. Der Schrank ist ein Tresor, den Schlüssel trägt er immer bei sich. Hundertmal schon hat er den Inhalt durchgesehen, und nie hat er etwas gefunden, was eine solche Maßnahme rechtfertigte. Zugegeben, die Lektüre der dort verwahrten Dokumente wirft einige Fragen auf. Das ist zweifellos das Problem. Die Kirche mag keine Fragen – sie hat bereits alle beantwortet.

Als Vincenzo sein Amt antrat, hatte er verwundert zur Kenntnis genommen, dass man die Akten nicht im Vatikan aufbewahrte, sondern in der Sacra. Das sei sicherer, hatte es geheißen. Wissen sei eine mächtige Waffe, und zu viele Intriganten hätten sich ihrer in der Stadt Gottes für politische Zwecke bedienen können. *Hatten* sich ihrer für politische Zwecke bedient. Oder hatten diese Akten etwa nicht den kometenhaften Aufstieg des Kardinals Orsini gestoppt, dem man schon den höchsten Stuhl vorhersagte? Kurz darauf waren sie in die Sacra gebracht worden, was durchaus seine Logik hatte, denn *sie* befand sich ebenfalls dort.

Der Abt beschließt, den Schrank zu öffnen, wie schon so oft in den letzten Jahren. Der Schlüssel, ein fälschungssicherer, entriegelt einen komplizierten lautlosen Mechanismus. Im Inneren ist es fast leer, was ihm jedes Mal ein wenig lächerlich vorkommt. Auf einem Brett stehen vier Ordner aus weißer Pappe, nur vier Ordner von einer traurigen Gewöhnlichkeit. Beamtenordner, Buchhalterordner, und das zu einem Thema, das sehr viel Besseres verdient hätte, Ledereinband, Messingbeschlag, Goldschnitt, die ganze Pracht, in die der Vatikan so vernarrt ist. Aber was soll's, eine Stange Dynamit ist auch nicht besser verpackt.

Die Ordner tragen alle dieselbe Aufschrift. *Pietà Vitaliani.* Sie enthalten praktisch alles, was jemals über sie geschrieben wurde, letztlich also nicht viel. Darunter die ersten Zeugenaussagen, die offiziellen Berichte, verfasst erst von einfachen Geistlichen, dann von Bischöfen, schließlich von Kardinälen. Und natürlich die komplette Studie von Professor Williams von der Stanford University. Vincenzo erinnert sich, wie er gedacht hatte, *viel Lärm um nichts*, aber das war früher. Er weiß, was über die Statue alles gesagt wurde, hat die Berichte immer wieder gelesen, hat gehört, wie ihm seine eigenen Mönche bei der Beichte von den seltsamen Träumen erzählten, die an ihrem Schlaf zerrten, nachdem sie sie gesehen hatten. Aber da die Statue ihm selbst nichts getan hatte – vielleicht mangelte es ihm an Fantasie –, hatte er die Sache nicht ernst genommen. Er fand sie einfach schön, sehr schön sogar, da war er ein Kenner. Alles andere? Klatsch und Tratsch.

Bis zu jenem Pfingstsonntag 1972, als er zum ersten Mal den vermaledeiten Namen hörte. *Laszlo Toth.* Diesen Namen, der fortan seine Nächte aufwühlen und dafür sorgen sollte, dass er zehnmal am Tag nach der Stelle über seiner Brust tastete, wo, befestigt an einem Lederband, der fälschungssichere Schlüssel seinen Platz hatte.

Sommer 1918, ein Glutofen. Der Scirocco verbrannte das Plateau, die Bäume litten, die Menschen auch. Tagelang ein Himmel, der nicht blau werden wollte und weiß blieb, wie betäubt. Der Atem der Kanonen, hieß es. Sie hatten so viel geschossen, so viel geheizt, dass man morgens beim Aufstehen den Krieg auf der Haut spürte. Die Stirn in einem Schraubstock, der Rücken bei der kleinsten Bewegung schweißgebadet. In dieser apokalyptischen Atmosphäre gingen die Männer mit nacktem Oberkörper, die jungen Frauen hielten ihre Röcke ein wenig zu spät fest, wenn ein Windstoß sie anhob, und die Hitze nahm noch zu. 1919 gab es zahlreiche Geburten.

Das Geld war knapp, die Lebensmittel abgezählt. Annex übernahm immer mehr Tischlerarbeiten, und als wäre es das Natürlichste der Welt, teilte er seinen Verdienst mit mir, gab mir hier ein Brot, da ein Stück Käse, das alles hinter Albertos Rücken. Der schimpfte, wir seien Schmarotzer, und dabei vertrank er das Geld, das mir meine Mutter gegeben hatte, oder zumindest das, was geblieben war. Er beschloss, seiner eigenen Mutter zu schreiben, einen Brief von meiner Hand.

Mammina,

die Geschäfte laufen nicht gerade toll, aber es geht schon. Was mich wirklich teuer kommt, sind die Schmarotzer, die machen nicht einen Finger krumm, was habe ich dem lieben Gott getan? Aber ich will mich nicht beklagen oder Dich um Geld bitten, ich komme schon zurecht, glaub mir, wir schnallen einfach den Gürtel ein bisschen enger, schließlich haben wir ja Krieg. Dein Dich liebender Sohn.

Ende Juli verschleierte eine Staubwolke den Horizont, löste sich aber nicht wie üblich an der Stelle auf, wo die Straße zum Anwesen der Orsinis abbog. Sie zog weiter, auf uns zu, und eine seltsame Unruhe packte Zio Alberto. Mein Onkel tauchte den Kopf in die Tränke, strich sich das Haar glatt, wechselte das Hemd. Wir postierten uns auf der Straße und blinzelten in die Sonne. Zwischen den Obstplantagen wogte ein Auto hin und her, zeichnete sich immer deutlicher ab. Ein echtes Automobil, ein Züst 25/35 mit langer goldener Front und pompösen Kotflügeln, er kam aus diesem Backofen und hielt direkt vor uns. Der Chauffeur stieg aus und öffnete dem Fahrgast den Schlag, einer rundlichen Dame im Pelzmantel. Es waren fünfunddreißig Grad. Während die Frau auf uns zutrat, griff der Chauffeur zu einem Lappen, um die Beleidigung aus der Welt zu schaffen, die der Staub dem funkelnden Glanz der Motorhaube angetan hatte.

»Du bist immer noch der Hübscheste«, sagte die Frau und kniff Alberto in die Wange.

Es war seine Mutter, das war mir sofort klar, denn Alberto war zwar nicht hässlich, aber sicher nicht der Hübscheste und das auch nie gewesen. Mammina, wie sie auch von uns genannt werden wollte, war nicht mehr das einfache Mädchen vom Hafen. Sie führte ein angesehenes Etablissement – angesehen zumindest in bestimmten Kreisen. Der

Krieg hatte sie zur Königin einer Halbwelt gemacht, in deren dunklen Gassen sie lange Zeit auf und ab gegangen war.

Ihr Chauffeur breitete bald Picknicksachen aus, wohlverwahrt in einer Kühltasche. Dank Mamminas internationaler Kundschaft, die manchmal in Naturalien bezahlte, wurde es ein echtes Festmahl, eine kulinarische Reise von Samarkand bis Turin. Und ich, ein Habenichts von nicht mal vierzehn Jahren, aß zum ersten Mal Kaviar. Zio zeigte sich manierlich und spuckte regelmäßig in die Hand, um eine widerspenstige Strähne über der Stirn zu glätten. Seine Mutter hatte uns, Annex und mich, natürlich eingeladen, und er hatte nicht protestiert.

»Brauchst du Geld, mein Junge?«, fragte sie ihn und unterdrückte, nach dem Genuss einer Schale Erdbeeren, einen Rülpser.

»Nein, Mammina, alles in Ordnung.«

»Aber wenn es Mammina glücklich macht?«

»Also, wenn es dich glücklich macht, ist das was anderes. Wenn du darauf bestehst, kann ich nicht Nein sagen.«

Seine Mutter schnippte mit den Fingern. Der Chauffeur ging zum Auto und kam mit einer Reisetasche zurück. Ein dicker Umschlag kam zum Vorschein, übervoll von Lire – ich dachte schon, Alberto würde anfangen zu sabbern. Bevor sie ihn Alberto gab, nahm sie ein paar Scheine für Annex und mich heraus.

»Für die Kleinen. Nicht zu fassen, die sind ja klapperdürr. Und du da, groß bist du nicht gerade. Wenn du nicht isst, wirst du niemals wachsen.«

»Er ist ein Zwerg, *mamma*«, sagte Zio.

»Ein hübscher Junge vor allem«, sagte sie und zwinkerte mir zu. »Sag mal, magst du die Feige?«

»Ja, Signora, aber hier gibt es nicht viele, außer im Garten der Kirche.«

Alle mussten lachen, selbst Zio. Annex wälzte sich im Staub, und ich erfuhr, dass die Frucht, von der sie sprachen, nicht auf Bäumen wuchs. Mammina stand auf und schwankte ein wenig von den zwei Flaschen Val Polcevera, die sie in sich hineingeschüttet hatte.

»Na dann, auf geht's, der Laden läuft schließlich nicht allein. *Ciao a tutti!*«

Sie ging zurück zum Wagen und winkte mit ihrer beringten Hand. Ich sprang hin, um ihr die Tür zu öffnen, während der Chauffeur den Züst mit der Kurbel startete. Mammina lächelte, beugte sich über mich und flüsterte:

»Was für ein Kavalier. Wenn du mal nach Genua kommst, schau bei mir vorbei. Wir kümmern uns um dich. Das geht auf Mammina.«

Kaum war das Auto mit einem letzten bronzenen Funkeln verschwunden, drehte sich Zio zu uns um und streckte die Hand aus. Wir gaben ihm das Geld, das seine Mutter uns geschenkt hatte.

Es war eine Zeit, in der Viola träumte. Sie hatte mir nichts davon gesagt, aber ich fand sie immer distanzierter. Sie unterbrach mich nicht mehr, antwortete nicht mehr auf ihre eigenen Fragen, manchmal herrschte zwischen uns sogar *Schweigen*. Ich dachte, ich hätte etwas falsch gemacht, und ich achtete sehr darauf, mich jedes Mal umzudrehen, wenn wir auseinandergingen. Wir sahen uns jetzt häufiger, manchmal zwei- oder dreimal die Woche. Wir waren unzertrennlich geworden. Ich wunderte mich, wie leicht es ihr fiel, aus dem Haus herauszukommen, aber in der Villa behielt sie niemand im Auge. Ihr Vater hatte nur die Bewirtschaftung des Gutes im Kopf, erschwert noch durch die drohende Dürre. Er zog obskure Wetterarchive zu Rate, schickte täglich Briefe nach Genua und brachte gar, wenn auch halbherzig, alte Rituale ins Spiel, um es regnen zu lassen, ausgerechnet er, der immer über den örtlichen Volksglauben gespottet hatte. Dagegen verbrachte die Mutter ihr Leben damit, das Vorankommen der Orsinis auf dem Schachbrett der großen Familien Italiens zu kartografieren, zu überwachen und zu bewerten. Ihr Sohn Stefano, nunmehr der Älteste, war eine ihrer Figuren. Er reiste durchs Land, weilte bei »befreundeten Familien« und traf sich mit »wichtigen Leuten«, schließlich würde nicht immer Krieg sein, und man musste an die Zeit danach denken. Francesco, der Jüngere, war im Priesterseminar in Rom. Für Viola hießen diese Abwesenheiten, dass sie sich nach Belieben bewegen konnte. Ihre einzige Angst war, dass man sie in der Bibliothek erwischte, dem Bereich, der ihrem Vater vorbehalten war.

Der Strom der Bücher aber versiegte nicht. Und mit ihnen weitete sich die Welt. Zum ersten Mal in meinem Leben ertappte ich mich, während ich an einer Skulptur arbeitete, bei dem noch undeutlichen Gedanken, dass ich mit dem, was meine Hände taten, nicht allein auf Erden war. Dass tausend andere es vor mir verfeinert hatten und tausend andere es nach mir noch verfeinern würden. Jeder Schlag mit dem Fäustel kam von weiter her und würde noch lange zu hören sein. Ich versuchte es Annex zu erklären. Er sah mich mit großen Augen an, und dann riet er mir, keine Beeren der Tollkirsche mehr zu lutschen.

Hatte mich Violas Stimmungsumschwung zuerst nur verunsichert, beunruhigte er mich nun. Um mir meine ausgedachten Sünden vergeben zu lassen, war ich gegen Ende des Sommers einverstanden, mich auf ein Grab zu legen. Es schien sie zu überraschen, und sie lachte genauso unbekümmert, wie ich es von ihr kannte. Sie wählte zwei benachbarte Gräber, so nah beieinander, dass wir uns an den Händen fassen konnten. Ich musste mich zwingen, meinen Platz einzunehmen, geplagt von abergläubischen Gedanken, irrationalen Ängsten – hofierte ich da meinen eigenen Tod? Dann griff der Himmel nach mir, die Zypressen, Pinsel, getaucht in eine Lasur von Sternen. Violas Hand lag fest in meiner. Ab und zu ließ ich los, so schön war es, sie wieder zu drücken.

»Hast du Angst?«, fragte meine Freundin nach langen Minuten.

»Nein. Mit dir habe ich keine Angst.«

»Bist du sicher?«

»Ja.«

»Umso besser. Das ist nämlich nicht meine Hand, die du hältst.«

Ich stieß einen Schrei aus und sprang vom Grab. Viola lachte Tränen.

»Sehr witzig! Können wir es uns nicht einfach gutgehen lassen, so wie alle anderen? Kannst du nicht weniger seltsam sein?«

Die Tränen flossen weiter. Viola lachte nicht mehr.

»Was ist mit dir? Tut mir leid, ich wollte das nicht sagen, du hast ja recht, das war witzig. Hast du gesehen, wie ich gesprungen bin? Ich Idiot! Du hast mich drangekriegt!«

Sie atmete ein paarmal tief ein, hob die Hand.

»Das ist nicht wegen dir. Sondern wegen mir.«

»Wieso?«

Sie wischte mit dem Ärmel über die Augen und richtete sich auf ihrem Grab wieder auf, die Arme um die Knie geschlungen.

»Hast du keine Träume, Mimo?«

»Mein Vater hat immer gesagt, das bringt doch nichts. Träume werden nicht wahr, deshalb heißen sie ja Träume.«

»Aber du hast welche, oder?«

»Ja. Ich wünschte mir, mein Vater würde aus dem Krieg zurückkommen. Das ist wenigstens ein schöner Traum.«

»Und was noch?«

»Dass ich ein großer Bildhauer werde.«

»Und das lässt sich nicht erfüllen?«

»Sieh mich an. Ich arbeite für einen Kerl, der zu viel trinkt. Ich schlafe im Stroh. Geld habe ich nie gehabt, und die meisten Menschen möchten nur lachen, wenn sie mich sehen.«

»Aber du bist begabt.«

»Was weißt du schon.«

»Don Anselmo hat es meinem Bruder Francesco gesagt. Du machst die ganze Arbeit in der Werkstatt, er weiß Bescheid.«

»Woher?«

»Vittorio erzählt es überall herum.«

»Vittorio redet zu viel.«

»Don Anselmo sagt, dass du sehr begabt bist. Abnorm begabt.«

Da erhielt ich zum ersten Mal ein Kompliment, und man hatte darauf geachtet, das Wort »abnorm« anzufügen.

»Ich habe große Träume für dich, Mimo. Ich möchte, dass du etwas so Schönes machst wie Fra Angelico. Oder wie Michelangelo, schließlich heißt du wie er. Ich möchte, dass alle Welt deinen Namen kennt.«

»Hast du denn auch Träume für dich?«

»Ich möchte studieren.«

»Studieren? Wozu?«

Viola zog ein Blatt Papier aus der Tasche und hielt es mir hin, denn auf diese Frage hatte sie den ganzen Abend gewartet.

Der Artikel ist noch in meiner Kiste unter dem Fenster, zwischen den Seiten der *FMR*-Ausgabe, die nie erschienen ist. Das Papier ist vergilbt, ich habe es lange nicht mehr aufgeschlagen, vielleicht zerfällt es bei Berührung zu Staub. Es ist ein Artikel aus *La Stampa* vom 10. August 1918. Gabriele D'Annunzio hatte gerade die 87. Staffel, die Serenissima, nach Wien angeführt. Ein unmöglicher Flug, mehr als tausend Kilometer, sieben Stunden und zehn Minuten, er hatte die Österreicher völlig überrascht. Doch statt die Stadt zu bombardieren, hatte D'Annunzio Flugblätter abgeworfen, um die Einwohner zur Kapitulation zu bewegen. *Wir Italiener führen den Krieg nicht mit den Bürgern, Kindern, Greisen und Frauen. Wir führen Krieg mit euerer Regierung, dem Feinde der nationalen Freiheit, mit euerer blinden, starrköpfigen und grausamen Regierung, die euch weder Brot noch Frieden zu geben vermag und euch nur mit Hass und trügerischen Hoffnungen füttert.*

D'Annunzio war Dichter und Abenteurer, kein Pilot. Dass er sein Ziel überhaupt erreichte und lebend zurückkam, hatte er Natale Palli zu verdanken. Natale Palli, der einige Monate später an den Hängen des Mont Pourri im Schnee einschlafen sollte, nachdem er notgelandet war und versucht hatte, zu Fuß ins Tal abzusteigen. Aufwachen sollte er nicht mehr. Für immer würde er Teil der Legende von jenen Menschen sein, die sich als Erste der Schwerkraft entzogen. Und genau das wollte auch Viola.

Seit frühester Kindheit wollte Viola fliegen.

»Du willst fliegen?«

»Ja.«

»Mit Flügeln?«

»Ja.«

»Ich habe in meinem Leben noch kein Flugzeug gesehen. Ich habe noch nie jemanden fliegen sehen. Wie willst du das anstellen?«

»Ich werde es studieren.«

»Hast du mit deinen Eltern darüber gesprochen?«

»Ja.«

»Und sie sind einverstanden?«

»Nein.«

Viola strapazierte meine Nerven. Ulkige Schäfchenwolken zogen über den Himmel, mit ihren Schattenfingern wanderten sie durch den Friedhof.

»Wie glaubst du fliegen zu können, wenn du studieren musst und deine Eltern es nicht wollen?«

»Meine Eltern sind alt. Aber ihr Alter ist es gar nicht. Sie sind aus einer anderen Welt. Sie verstehen nicht, dass wir morgen genauso fliegen, wie wir heute reiten. Dass Frauen Schnurrbärte tragen werden und Männer Schmuck. Die Welt meiner Eltern ist tot. Du hast Angst vor den lebenden Toten, dabei solltest du dich vor *ihr* fürchten. Sie ist tot, aber sie regt sich noch, weil niemand ihr gesagt hat, dass sie tot ist. Deshalb ist es eine gefährliche Welt. Sie bricht in sich selbst zusammen.«

»Sollen wir nicht lieber woanders hingehen? Die Wolken sind seltsam.«

»Nicht ›die Wolken‹, das sind Altokumuli. Ich kann meine Eltern nicht davon überzeugen, mich auf die Universität gehen zu lassen, selbst wenn ich sie auf Knien bitte. ›Ich habe nicht studiert‹, hat meine Mutter mir gesagt, ›und du siehst ja, wo ich heute stehe.‹ Sie ist als Baronessa geboren und hat es zur Marchesa gebracht. Das nennt man Ehrgeiz. Nein, ich muss es ihnen zeigen. Ihnen beweisen, dass ich es ernst meine. Ich will *jetzt* fliegen. Oder so bald wie möglich.«

»Wie das?«

»Ich beschäftige mich seit zwei Jahren damit. Ich habe alles gelesen, was ich finden konnte, habe mir die ersten Entwürfe von Leonardo angesehen, und ich denke, es sollte möglich sein, eine Art fliegenden Flügel zu bauen. Er muss gar nicht weit fliegen. Hauptsache, ich fliege, hundert Meter, zweihundert Meter. Das wird ihnen den Mund stopfen. Man wird von mir hören. Und dann lassen sie mich auf eine Männerschule gehen.«

»Kannst du dir nicht etwas anderes aussuchen? Etwas Einfacheres? Ich meine, du reist schon durch die Zeit, du kannst dich in eine Bärin verwandeln, reicht das nicht?«

»Das ist das Gleiche. Alles hängt zusammen.«

»Ich verstehe nicht.«

»Ich brauche nur deine Hilfe. Später wirst du es verstehen.«

»Ich bin Bildhauer, Viola. Ich will dir ja helfen, aber …«

»Hast du nicht gesagt, Vittorio arbeitet mit Holz? Mein Flügel ist aus Holz und aus Stoff. Wir müssen nur das richtige Maß an Steifigkeit und Leichtigkeit finden und ein System entwerfen zur Stabilisierung und zur Kompensation.

Rollen und Seile«, erklärte Viola, als sie meine verdutzte Miene sah. »Der Fehler an Leonardos Konstruktionen war, dass sie physische Kräfte voraussetzen, die den Menschen übersteigen. Schon komisch bei jemandem, der sich mit Anatomie auskannte. Unser Flügel wird auch einfacher zu bauen sein, weil ich leicht bin. Du findest doch auch, dass ich leicht bin, oder?«

»Sehr leicht. Aber deine Idee … die ist vollkommen verrückt.«

»Für die Zeitungen ist D'Annunzios Flug ›der verrückte Flug‹. Also, hilfst du mir jetzt? Hilfst du mir zu fliegen?«

»Ja«, seufzte ich.

»Schwöre.«

»Ich schwöre.«

»Noch mal.«

»Ich schwöre es, das sage ich doch. Sollen wir spucken? Und unsere Spucke vermischen, damit es gilt?«

»Die Erwachsenen vermischen andauernd ihre Spucke. Das hindert sie nicht daran, sich den lieben langen Tag zu verraten und zu erdolchen. Wir machen das anders.«

Sie nahm meine Hand und legte sie sich aufs Herz. Das war einer der erregendsten Momente meines Lebens. Sie hatte keine Brüste und sollte auch nie wirklich welche haben, aber dieses Fehlen füllte meine Hand mindestens so aus wie die Brüste einiger Frauen, die ich später kennenlernte. Dann legte sie mir ihre Hand aufs Herz.

»Mimo Vitaliani, schwören Sie vor Gott, wenn es ihn gibt, Viola Orsini zu helfen, dass sie fliegt, und sie niemals im Stich zu lassen?«

»Ich schwöre es.«

»Und ich, Viola Orsini, schwöre, Mimo Vitaliani zu

helfen, dass er der größte Bildhauer der Welt wird, auf einer Höhe mit dem Michelangelo, dessen Namen er trägt, und ihn nie im Stich zu lassen.«

Für einen kurzen Moment sind Viola und ich gleich groß. Wir sind fast vierzehn Jahre alt. Und genau gleich groß. Das wird nicht so bleiben, sie weiß es, ich weiß es, wir wissen es, denn am liebsten sage ich wir. In einer Sekunde wird Viola weiter wachsen und sich aufmachen in Richtung Himmel. Ich werde hierbleiben, in Bodennähe. Und dann sehen wir uns lange an, Auge in Auge, tief ineinander versenkt. Fast überrascht von dieser Überschneidung, dieser unerwarteten Gleichheit, in einer Nacht auf dem Friedhof und mit Farben, die die Hitze des Tages ausgebrannt hat. Ich ertappe mich bei dem Gedanken, für einen kurzen Moment nur, dass sich nichts ändern wird. Aber schon sind die Kräfte am Werk, die sie antreiben, die Zellen, die sich mehren, die Knochen, die sich in die Länge ziehen, und Molekül für Molekül entfernt sich Viola von mir.

Ein Heiliger weint. Richtig heilig ist er noch nicht, aber das tut nichts zur Sache. Auf einem Plateau, das anders ist als die Täler, durch die er gezogen ist, hat er haltgemacht, vielleicht vor Müdigkeit, vielleicht vor Erleichterung. Er hat nicht mehr geweint seit der Nacht, als sie seinen besten Freund mitgenommen haben, den Freund, für den er bereit war zu sterben. Ja, zu sterben, nur nicht an diesem Tag, denn bevor der Hahn krähte, hatte er ihn dreimal verleugnet.

Seine Tränen sickern in einen Spalt im Gestein. Und weil er nicht irgendwer ist, weil der Freund, den er im Stich gelassen hat, auch nicht irgendwer ist, dringen die Tränen durch den Fels, einen Felsen, wie er ihn schon im Namen trägt, und verwandeln sich in eine Wunderquelle. Auf dem Plateau, wo alles Stein ist, werden bald Menschen leben und Zitrusfrüchte gedeihen. Ein wissenschaftlicherer Ansatz wird auf die karstige Beschaffenheit des Geländes verweisen, ständiger Veränderung unterworfen und das Hervorsprudeln von Quellen begünstigend, wo vorher keine waren, aber die Wissenschaft nimmt dem Wunder nichts, sie spricht davon nur mit der ihr eigenen Poesie. Im Ergebnis bleibt es sich gleich: Wer Pietra d'Alba verstehen will, für den ist die Hydrografie dieser Hochebene von entscheidender Bedeutung. In aller Geduld hat das Wasser das Schicksal des Plateaus ebenso geformt wie das ihrer Bewohner, die dennoch auf die Frage, wozu es diene, geantwortet hätten:

»Zum Trinken und zum Bewässern.« Dabei wäre die richtige Antwort gewesen: »Zum Neiden und zum Zerstören.«

Ob in Pietra d'Alba oder anderswo: Wer das Wasser versteht, versteht den Menschen.

Am Tag nach unserem Schwur auf dem Friedhof machte ich mich auf die Suche nach Annex, um ihm zu sagen, dass wir bald seine Hilfe brauchten. In der Werkstatt war er nicht. Erst zwei Stunden später tauchte er auf, in Schale geworfen – bestehend aus einem sauberen Hemd – und in Begleitung von Anna, der kleinen Giordano. In aller Form hatte er darum gebeten, sie an diesem Tag begleiten zu dürfen. Als ich wissen wollte, wohin, prusteten sie los, natürlich hatte ich keine Ahnung, ich war ja *il Francese*. Ich sprang Annex an die Gurgel, »sag das noch mal, du, selber Francese«, und unter Annas ungeduldigen Augen wälzten wir uns durchs Heu, dann warf Annex mich gegen einen Strohballen. Die beiden waren nicht nachtragend und meinten, ich könne ja mitkommen.

»Wohin denn?«

»Zum See, Idiot.«

Die Wunderquelle führte, nach einem unterirdischen Lauf von etwa fünf Kilometern und unterbrochen von ein paar Austrittsstellen, darunter die Tränke vor unserer Scheune, in einen natürlichen See zu Füßen des Osthangs des Tals. Der See gehörte den Orsinis. Jeden 15. September lud die Familie das Dorf ein, dort zu baden. Ein schöner Tag, in all seiner Einfachheit. Nur dass in Italien und erst recht in Pietra d'Alba niemals irgendetwas einfach war.

Ich hatte nicht das Glück, Caruso auf der Bühne zu sehen – er starb drei Jahre später in seiner Heimatstadt Neapel. Doch durch die Magie einer Technologie, die noch in den Kinderschuhen steckte, der Tonaufzeichnung, hörte ich ihn später die Rolle des Bajazzo singen, der, von seiner Frau betrogen, alles daransetzt, sein Leid hinterm Clownskostüm zu verbergen. *Vesti la giubba. Zieh die Jacke an*, lächle, um den Schmerz zu verbergen, und alles wird gut. Ich kam nicht umhin, mich zu fragen, ob Leoncavallo die Orsinis gekannt hatte. Ob er in ihrem blöden See gebadet hatte, bevor er diese Arie schrieb. *Ridi, Pagliaccio, e ognun applaudirà.* Lache, Bajazzo, und alle applaudieren.

Das Badefest am 15. September war das Lachen des traurigen Clowns. Mehl ins Gesicht geschmissen, um das Publikum zu amüsieren. Denn das Gewässer mit seinem schönen dunkelgrünen Spiegel und zehn Meter Ufer gehörte zwar den Orsinis, doch ringsum war es gesäumt von Feldern, und die gehörten einer Familie aus dem Nachbartal, den Gambales, erklärten Feinden.

Ihrem Ruf getreu, überboten sich die Einwohner von Pietra d'Alba an Einfallsreichtum, um den Streit zwischen den beiden Familien zu erklären. Die Gambales, ehemalige Pachtbauern der Orsinis, hätten diese schamlos bestohlen. Die Orsinis hätten ihre Orangenbäume mit dem Blut der Gambales gepflanzt. Die Rede war von Vergewaltigung, Mord und Verrat. Die Gründe waren unerheblich, die Rivalität war da, seit Urzeiten und von einer Härte, dass selbst der massivste Stein dieser Täler daran zerbrochen wäre. Die Orsinis besaßen einen See, konnten aber kein Wasser zur Bewässerung ihrer Plantagen entnehmen, da die Gambales ihnen das Recht verweigerten, es durch ihr Land zu leiten. Den See konnten sie nur über einen Weg erreichen, der ihnen gehörte und aus dem Wald hinunterführte. Die einzige

Möglichkeit wäre gewesen, das Wasser durch ein System von Rohrleitungen zu pumpen, die diesem Zugang folgten, ein unglaublicher Umweg. Viola erklärte mir einmal, dass das »technisch machbar und wirtschaftlich dumm« sei. Die Wartung der Pumpe, ihre Versorgung mit Kraftstoff und der Steigungswinkel machten das Unternehmen zu kompliziert. Daher begnügten sich die Orsinis zur Bewässerung ihrer Plantagen mit dem Nass der Wunderquelle, die auch auf ihrem Grundstück aus dem Karst austrat, und mit Speicherbecken für das Regenwasser. Das Absurdeste aber war, dass die Gambales, die im Nachbartal Gartenbau betrieben, mit dem See nichts anfangen konnten. Sie ließen sogar die umliegenden Felder verwildern, ihre einzige Aufgabe war es, die Orsinis zu ärgern. Was die derart Düpierten, gute Miene zum bösen Spiel, mit ihrem jährlichen Badefest beantworteten, zu dem das ganze Dorf in einer Prozession durch den Wald zog. An diesem Tag patrouillierten mehrere Männer der Gambales mit ihren Gewehren durch die Gegend, um sicherzustellen, dass niemand einen Fuß auf ihre Felder setzte und die Dorfbewohner den zehn Meter breiten Uferstreifen um den See nicht überschritten. Angestellte der Orsinis, in noch größerer Zahl und ebenfalls bewaffnet, behielten die Angestellten der Gambales im Auge. Die Tradition gab es erst seit zwanzig Jahren. Wie durch ein Wunder war es niemals eskaliert.

Die Dürre des Sommers 1918 vertiefte die Wunde noch. Die Karstquelle der Orsinis war versiegt, und trotz endloser Verhandlungen hinter den Kulissen konnten sich die beiden Parteien nicht verständigen. Da die Welt mit sich im Krieg lag, gehörte es zum guten Ton, es ihr auch hier gleichzutun. Die Gambales schworen, dass zu ihren Lebzeiten kein Tropfen Wasser der Orsinis durch ihr Land flösse. Und sollte der Wind sich unterstehen, etwas hinüberzuwehen, würden sie Hecken aus Zypressen pflanzen. Als Vergeltungsmaßnahme hatten die Orsinis, unterstützt von den großen Familien der Region, verkündet, dass jeder Händler, der auf den Märkten in Genua und Savona Blumen von den Gambales kaufe, den Adel als Kundschaft verliere. Die Blumen vergammelten in den Hallen, die Orangenbäume darbten auf den Feldern. Aber auf beiden Seiten blieb die Ehre unangetastet. Am 15. September wurde gelacht, gesprungen, einander bespritzt und lieb unter Wasser gestreichelt.

Als wir hinkamen, war die Familie Orsini schon da, fast vollständig. Die Orsinis gingen selbstverständlich nicht ins Wasser. Sie betrachteten das Schauspiel mit Wohlwollen und gaben hier und da ein Zeichen, das auf Gefallen oder Missfallen deutete. Viola, in einem hochgeschlossenen türkisfarbenen Kleid, hielt sich ein Stück abseits und schmollte. Ich kannte sie inzwischen, und ich nahm an, dass sie mir nichts von dem Badefest erzählt hatte, weil sie sich schämte. Von den Höhen meiner dreizehn Jahre herab – und ich sage »Höhen« mit diesem Spott, den ich mein Leben lang an den Tag gelegt habe – erfasste ich noch nicht, welche Stürme hinter dem drolligen Spaß lauerten.

Ich rannte los, ließ fallen, was ich anhatte, und stürzte mich hinein, mein ungewöhnlicher Körper, der mir seit meiner Geburt zu eigen war, bekümmerte mich nicht. Das Wasser musste tatsächlich ein Wunderwasser sein, denn kaum war ich ein Stück tiefer im See, sah ich aus wie alle anderen. Unter meinem Kopf, der allein herausragte, war ich groß, kräftig, muskulös. Das Wasser war trotz der Hitze noch kühl.

Die Orsinis saßen unter großen Sonnenschirmen und beobachteten uns, nippten am Wein und bissen in Früchte. Viola strich am Rand des Waldes umher, am Rand dieser Kindheit, aus der sie mit jeder Sekunde weiter heraustrat. Ihr Vater, der Marchese, war ein großgewachsener Herr mit einem Gesicht, das seine seltsame Frisur in die Länge zog, oben ein großes graues Büschel, die Seiten kurzgeschnitten. Stefano, der älteste Sohn, ein dicklicher junger Mann im zu engen Anzug, ballte ständig die Fäuste und öffnete sie wieder, wie um sich einer Kraft zu entledigen, die kein Ventil fand. Er trug einen stolzen Schnurrbart, den abzurasieren ihn seine Mutter ein paar Monate später zwingen sollte, angeblich hätte das etwas von einem »Süditaliener«. Sein tiefschwarzes Haar war gelockt wie das eines kleinen Mädchens, das Unglück seines Lebens, was er durch geduldiges und ausgiebiges Auftragen von Pomade zu verbergen suchte. Nur Francesco, der jüngere Bruder, fehlte, in Anspruch genommen von seinen vatikanischen Ekstasen in sechshundert Kilometer Entfernung.

Pagliaccio, Leporello, Don Giovanni, die kannte ich alle noch nicht, wusste nichts von den Lektionen der Oper. Ich wusste nicht, dass man nur lacht, damit die Tragik glänzen kann. Was Alberto mir immerhin, auf seine eigene, kluge Weise, versucht hatte einzutrichtern, *pups nicht höher, als dir der Arsch hängt*. Und ausgerechnet ihn, Alberto, sah ich nun aus dem Wald herbeieilen, ich schwamm gerade neben einem Mädchen, das mich anlächelte. Annex und ich hatten Zio gefragt, ob er nicht mitkommen wolle, aber er hatte uns mit einer Handbewegung davongejagt, mitten in der Werkstatt versunken in einem Sessel und in seinen düsteren Gedanken. Aus der Ferne schien er mir einen fröhlichen Eindruck zu machen. Er ging auf den Marchese zu, vor lauter Bücklingen fast auseinanderbrechend, was Stefano offenbar aufregte, denn er packte ihn am Kragen und schleifte ihn vor seinen Vater. Zio hielt etwas in der Hand, und gestikulierend überreichte er es dem Marchese. Dann schauten beide, die Hand als Schirm über den Augen, zum See und suchten ihn ab. Und ich Idiot winkte ihnen zu.

Stefano sprang sofort den kurzen Hang zum Ufer hinunter und deutete auf mich.

»Du da!«

Ich kam aus dem Wasser. Unter den Blicken, die sich nun auf mich richteten, schrumpfte mein imaginärer Körper auf die Größe des Körpers zusammen, in dem ich steckte. Stefano nahm mich kurzerhand am Ohr und führte mich zu seinem Vater, er thronte in einem Korbsessel auf einer kleinen Anhöhe. Ich erkannte sofort, was auf seinem Schoß lag. Das letzte Buch, das Viola mir gebracht hatte: eine spätere, aber sehr edle Ausgabe von *De historia stirpium commentarii insignes*, ein pflanzenkundliches Werk von Leonhart Fuchs, einem bayerischen Botaniker aus dem sechzehnten Jahrhundert. Die Schönheit der Illustrationen hatte mir die Sprache verschlagen. So sehr, dass ich ihr das Buch nicht sofort zurückgab, dabei verstand ich kein Wort Latein.

»Das habe ich unter seinen Sachen gefunden«, erklärte Alberto. »Und da war mir klar, dass er es Euer Gnaden geklaut haben muss, als wir auf dem Dach gearbeitet haben, bei mir zu Hause gibt es nämlich keine Bücher, und ich kenne auch niemanden, der welche hat.«

»Ist das so, mein Junge? Hast du dir das Buch bei uns genommen?«

Viola, am Waldrand, war kreidebleich.

»Ja, Herr.«

»Euer Gnaden«, korrigierte Stefano Orsini und gab mir einen Tritt.

»Ja, Euer Gnaden. Ich hatte mir nichts Böses dabei gedacht. Ich wollte es nicht stehlen, nur lesen.«

Das ganze Dorf hatte sich am Ufer des Sees versammelt, um dem Schauspiel beizuwohnen. Triefende Neugier in einem Geruch von Schlamm. Selbst die Gambales waren wie zufällig näher herangekommen, um die Sache zu verfolgen. Der Marchese rieb sich das Kinn. Seine Frau flüsterte ihm hektisch etwas ins Ohr, aber mit einer ungeduldigen Handbewegung unterbrach er sie.

»Es ist nicht verdammenswert, sich durch Wissen aus seinen Verhältnissen herausreißen zu wollen«, bemerkte er. »Dagegen ist es verwerflich, sich das Eigentum eines anderen anzueignen, und sei es vorübergehend. Die Tat muss also bestraft werden.«

Die letzten Worte hatte er lauter gesprochen, damit die Gambales es auch hörten. Das Ehepaar Orsini besprach tuschelnd die Härte des Urteils, vierzig Hiebe mit dem Stock, meinten die Marchesa und Stefano, zehn, meinte der Marchese. Ich nehme an, ihm schmeichelte das Interesse, das ich seiner Bibliothek entgegenbrachte, geduldig zusammengestellt und regelmäßig beliefert von Händlern aus allen Ecken des Landes. Viola zufolge ging er nur selten hinein. Aber wenn es um die Größe ihrer Bibliotheken ging, kannten die Magnifici, die reichen Genueser Familien, keinen Spaß.

Da es galt, vor den Augen der Gambales ein Exempel zu statuieren, einigte man sich auf zwanzig Schläge. Ich hatte nur meine Leinenhose anbehalten, sie klebte mir an den Beinen. Stefano zog sie mit einem Ruck herunter. Viola lächelte mir zu, Tränen in den Augen, und wandte sich um. Stefano brach einen Ast ab, einen biegsamen, befreite ihn von den Zweigen, spuckte in die Hände und begann mit seinem Geschäft, schlug mir auf den Hintern und den unteren Rückenbereich. Zum Glück standen am See nur Kiefern, für eine Peitsche eigneten sie sich schlecht. Ich ließ es über mich ergehen, ohne zu mucksen, und kämpfte an gegen einen fieseren Schmerz. Zu wissen, dass man mich, zur Befriedigung seiner Gier, in dieses ländliche Kolosseum geschleift hatte, als hätte mein Körper nicht schon tausendmal für andere bezahlt. Stefano versetzte mir fünfundzwanzig Schläge, angeblich hatte er sich verzählt. Ich ließ Zio nicht aus den Augen. Er lächelte triumphierend, zumindest am Anfang. Dann erfasste ein nervöses Zucken seinen Unterkiefer. Bei den letzten Schlägen dachte ich schon, sie gingen auf ihn nieder.

Mit einem Mal war alles still. *Und dafür der Aufwand*, dachten die Leute, und gleichzeitig: *Das Ganze noch mal!* Niemand rührte sich. Ich selbst musste den ersten Schritt tun und von der Bühne abgehen, auf dass der Vorhang fiel und mein Publikum frei war, zu husten, sich zu kratzen, sich schön zurückzulehnen, bevor der nächste Akt begann.

Ich zog mir die Hose hoch, die Zähne zusammengebissen. Ich muss zugeben, dass mir zum Weinen zumute war, zumindest für eine Sekunde. *Lache, Bajazzo, und alle applaudieren.* Dann begegnete ich Stefanos spöttischem Blick, und ich beschloss, mich zu rächen. Ich hätte mich den Gambales anschließen können, hätte einem Orsini ein Messer in den Balg rammen können, nachts ihre kostbaren Orangenbäume fällen und ihr Wasser vergiften. Aber Viola hatte recht: Diese Welt war tot. Meine Rache sollte eine aus dem zwanzigsten Jahrhundert sein, eine moderne Rache. Ich würde mich an den Tisch all jener setzen, die mich zurückgewiesen hatten. Würde ihnen eines Tages ebenbürtig sein. Würde sie, wenn ich könnte, übertreffen. Meine Rache würde nicht darin bestehen, sie zu töten. Sondern sie anzulächeln, mit dem gleichen herablassenden Lächeln, das sie mir heute zugeworfen hatten.

Gut möglich, dass ich meine Karriere der Tatsache verdanke, dass ich Pietra d'Alba meinen Hintern gezeigt habe.

Eine der schönsten Statuen aller Zeiten – die schönste, werden manche sagen – lächelt alle ihre Betrachter an, ausnahmslos alle. Und so lächelt sie am 21. Mai 1972 auch Laszlo Toth an, einen Geologen ungarischer Herkunft, der im Vatikan soeben vor ihr stehen geblieben ist. In dem Blick, den die beiden wechseln, liegt etwas Seltsames. Als ob sie es *wüsste*. Und ihr Lächeln wird an diesem Pfingsttag noch verstörender.

Schwer vorstellbar, dass sie einmal ein einfacher Berg war. Der Berg wurde zum Steinbruch von Polvaccio. Man brach einen Marmorblock aus ihm heraus und lieferte ihn einem Mann mit zerknautschtem Gesicht, gezeichnet von einer Rauferei mit einem eifersüchtigen Mitschüler. Seiner Philosophie getreu, machte er sich an den Block, um die Form, die sich bereits darin befand, herauszulösen. Und die Frau erschien, von einer unglaublichen Schönheit und gebeugt über ihren Sohn, der sich auf ihrem Schoß dem Todesschlaf hingibt. Ein Mann, ein Meißel, ein Fäustel, Bimsstein. So wenig, um das größte Meisterwerk der italienischen Renaissance hervorzubringen. Die schönste Statue aller Zeiten, und sie hatte sich bloß in den Tiefen eines Steins versteckt. Michelangelo Buonarroti mochte noch so viel suchen, noch so laut brüllen, in keinem einzigen Marmorblock fand er etwas, was ihr gleichkam. Seine späteren Pietàs ähneln alle den Entwürfen der ersten.

Im Dämmerlicht der Basilika schaut Laszlo immer noch auf die Pietà. Er ist gut gekleidet heute, dem Anlass entsprechend. Er hat sein halblanges Haar geglättet, ist mit dem Kamm durch den Spitzbart gestrichen. Zwar trägt er Fliege, aber man muss zugeben, dass er etwas von einem Erleuchteten hat. Er ist kein Erleuchteter, ganz und gar nicht. Auch ist er erst seit ein paar Tagen in Rom. Er hat mehrmals um eine Audienz beim Papst ersucht, aber Paul VI. begegnet ihm mit unbegreiflichem Schweigen. Laszlo möchte ihn nur treffen, um ihm etwas Wichtiges mitzuteilen: Er ist der auferstandene Christus. Welcher Papst, der dieses Namens würdig wäre, würde eine solche Nachricht nicht gern hören?

Mit einer Bewegung, die man je nach Zeugenaussage als brüsk oder, im Gegenteil, als bedächtig bezeichnen wird, zieht er einen Geologenhammer aus der Tasche. Dann ruft er *Io sono il Cristo!*, springt auf die Statue zu, die seit vierhundertdreiundsiebzig Jahren ihre Betrachter anlächelt, ein Werk von übernatürlicher Schönheit, und schlägt fünfzehnmal auf sie ein. Fünfzehn Schläge, das ist eine lange Zeit, erst dann gelingt es den perplexen Zeugen, ihn unschädlich zu machen, und allein dafür braucht es mindestens sieben Mann. Michelangelos Pietà verliert einen Arm, die Nase, ein Augenlid, ist übersät von Schrammen. Viele in der Menge besitzen nicht die Geistesgegenwart zu reagieren. Sehr wohl aber sind sie geistesgegenwärtig genug, um die abgebrochenen Marmorteile des Opfers aufzusammeln und mit nach Hause zu nehmen. Einige schicken sie später, geplagt von Gewissensbissen, zurück – die meisten nicht.

Laszlo Toth wurde für unzurechnungsfähig erklärt, nicht verurteilt, sondern nach zwei Jahren in einer italienischen Klinik aus dem Land ausgewiesen. Fall abgeschlossen, zumindest für die breite Öffentlichkeit. Denn Experten fragen sich: Welche Verbindung besteht zwischen der Tatsache, dass er sich für Christus hielt, und dem Anschlag auf die Pietà? Der Papst hat Laszlo ignoriert, der könnte es ihm übelgenommen haben. Aber die Frau aus Marmor und ihr toter Sohn haben ihm nichts getan. Es sei denn, klar, man sieht sich hier konfrontiert mit dem absoluten Genius, Gott näher, als Laszlo Toth es jemals sein wird. Es sei denn, er hat diesen unfairen Wettbewerb gespürt, diesen Beweis für seine Hochstapelei – denn wer könnte Gott näher sein als sein eigener Sohn? –, und den wollte er aus der Welt schaffen.

Womit der Teil des Falls beginnt, welcher der breiten Öffentlichkeit unbekannt ist. Die Aufmerksamkeit lässt nach, das Opfer ist aus Stein, wer verbringt schon sein Leben mit der Lektüre eines Untersuchungsberichts, zumal wenn ein paar hochrangige Personen im Vatikan ein paar hochrangige Personen bei der Polizei angerufen haben, um ihnen zu sagen, dass einige Seiten des betreffenden Berichts nicht von Belang seien. Seiten, aus denen hervorgeht, dass Laszlo Toth nicht erst kurz zuvor nach Italien gekommen ist, sondern sich bereits seit zehn Monaten im Land aufhielt. Und dass er sich lange im Norden herumgetrieben und zahlreiche Kirchen in der Gegend von Turin besucht hat. Eine Überprüfung seiner Reisetätigkeit lässt darauf schließen, dass er sich um die Sacra di San Michele herum bewegte, als suchte er nach etwas, dessen genauen Standort er nicht kannte. Als hätte auch er von *ihr* gehört, von dieser Statue, die alle, die sie sehen, so verstört.

Die vatikanische Pietà wurde restauriert, gereinigt – heute muss man schon mit der Nase herangehen, um die Bruchstellen zu erkennen. Seit dem Attentat des ungarischen

Geologen kann man sie nur noch hinter Panzerglas bewundern. Das Drama ist nun Geschichte. Besser informierte Kreise vermuten allerdings, dass sie nicht das eigentliche Ziel war. Dass Toth in seinem Versuch, alles zu beseitigen, was mit seinen Ansprüchen auf Göttlichkeit konkurrierte, die Pietà Vitaliani angreifen wollte. Und da er sie nicht fand, hatte er mit Michelangelos Pietà vorliebgenommen. Zweite Wahl gewissermaßen.

Sollte dem so sein, sollte es auf Erden tatsächlich eine Skulptur geben, die noch göttlicher ist als die von Michelangelo, dann ist diese Skulptur eine Waffe. Und die Männer im Vatikan denken sich: *Wie gut, dass wir sie versteckt haben.*

Viola und ich sind beide fünfzehn. Annex und Emanuele, uns gegenüber, achtzehn. Und dann ist da natürlich noch Hector. Es ist unsere Stunde. Die Stunde der Jugend mit ihren Träumen von der Leichtigkeit. Die Stunde des Fliegens.

Für Oktober ist es noch warm. In der Luft glaube ich das Salz herauszuschmecken. Der Libeccio weht vom Meer her und zieht die schwindelnde Felswand hinauf bis zu der befestigten Mauer von Pietra d'Alba, bis zu dem Weg, der an ihr entlangführt und wo wir stehen, nur wenige Zentimeter vom Abgrund entfernt. Eine Nacht der Piraten und der Verschwörungen. Monate der nächtlichen Arbeit, des Studierens, der unendlichen Geduld. Der Jungfernflug unseres Flügels. Ich war dagegen, dass Viola ihn ausprobiert, zu gefährlich, wir haben uns vor Annex gestritten. Der machte eine bange Miene, wahrscheinlich fürchtete er, sie könnte sich in eine Bärin verwandeln. Aber Viola hat sich nicht in eine Bärin verwandelt und ihren Platz abgetreten. Schließlich haben wir Hector. Ein mutiger Bursche, immer gut gelaunt, immer bereit zu helfen. Hector hatte vor nichts Angst, nicht mal vor einem Sprung in fünfzig Meter Tiefe. Er war vom Schlag dieser Piloten, die keine fünfzig Jahre später, noch im selben Jahrhundert, eine halb flugzeugähnliche, halb raketenartige Maschine auf sechsfache Schallgeschwindigkeit bringen sollten. Kaum fünfzig Jahre zwischen

Gabriele D'Annunzios Doppeldecker und der North American X-15. Das Jahrhundert der Geschwindigkeit – die Futuristen hatten es richtig gesehen.

Wir werfen uns einen letzten Blick zu und wünschen Hector viel Glück.

Hector fliegt los.

Nach meiner öffentlichen Tracht Prügel blieb der Baumstumpf ein paar Tage leer, dann füllte er sich wieder mit Büchern. Viola meinte, ihr Vater würde es nicht merken, wenn in einer Bibliothek mit dreitausend Bänden ein paar fehlten. Hauptsache, ich bewahrte sie nicht länger bei Zio auf. Eines Nachts führte sie mich zu einer verlassenen Scheune an den Westhängen des Plateaus, mitten im Wald. Sie bewegte sich auf eine seltsame Art zwischen den Bäumen, glitt wie eine Welle zwischen grünen Wachposten dahin, und die ließen sie ohne ein Wort passieren, während sie mich in regelmäßigen Abständen piksten und nach mir schnappten, um mich zu begutachten und zu beschnüffeln, *wer ist das denn?* Viola machte jedes Mal geduldig kehrt und befreite mich aus den Brombeersträuchern, den Heckenrosen oder dem wilden Spargel. »Lasst ihn los, er gehört zu mir.« Nach einer Weile konnte ich mich ungehindert in dem dichten Wald bewegen. Fast sehnte ich mich nach der unheimlichen Ruhe auf dem Friedhof.

Die Scheune bestand aus drei groben Steinmauern, die an einer felsigen Erhebung lehnten. Das Ziegeldach war in gutem Zustand, abgesehen von einem Loch, wo ein Felsbrocken hineingekracht war. Viola hatte es mit Ästen und Ölzeug gestopft. Dieser Ort wäre unser Hauptquartier, wenn wir nicht auf den Friedhof gingen, der Ort, wo ich die Bücher ablegen sollte. Der Ort vor allem, wo wir uns treffen würden, um unser gemeinsames Projekt zu besprechen und auszuarbeiten: Fliegen.

Doch ohne Annex ging nichts. Mein Freund hatte in Zios Scheune seine eigene Tischlerwerkstatt eingerichtet, und das Geschäft lief gut. Zio schwieg, eine Großherzigkeit, die auf den Prozenten beruhte, die Annex ihm von seinen Einkünften zahlte. Seither führte ich die meisten der wenigen Bildhauerarbeiten aus, mit denen man uns betraute. Alberto hasste mich, und ich verabscheute ihn, aber wir stützten uns gegenseitig. Ohne mich wäre es mit der Werkstatt vorbei gewesen. Ohne ihn hätte ich Pietra d'Alba verlassen müssen, und Pietra d'Alba war Viola. Was bedeutete es schon, dass er mich schikanierte, mich demütigte, all die *»pezzo di merda«* und »was für eine grausame Mutter, dich Michelangelo zu nennen«, was bedeutete schon der Abzug von einem Lohn, den er ohnehin nie zahlte. Vielleicht waren wir sogar, wie gut die Hälfte der Paare im Dorf und wahrscheinlich auch darüber hinaus, auf unsere Weise glücklich.

Als ich Annex von Violas Plan erzählte, lachte mein Freund mir ins Gesicht, nichts anderes hatte ich erwartet.

»Bist du verrückt? Nie und nimmer arbeite ich für eine Hexe.«

»Sie hat gesagt, sie wäre dir sehr dankbar, wenn du mitmachst. Es wird dich keine große Mühe kosten, du hast doch ein Händchen für Holz.«

»Sag ihr, sie soll sich jemand anderes suchen. Und fliegen, im Ernst? Wäre der Mensch zum Fliegen geboren, hätte der liebe Gott uns Flügel gegeben, meinst du nicht?«

»Ich werde deine Antwort Viola weitergeben. Aber ich kenne sie ein bisschen. Sie wird sich totärgern. Und das letzte Mal, dass sie sich über jemanden totgeärgert hat, das hast du mir selber erzählt, hat man nur einen Schuh gefunden …«

Annex kicherte nervös, aber als er meine düstere Miene sah, hörte er auf.

»Glaubst du wirklich, sie könnte mir etwas antun?«

»Nein«, beruhigte ich ihn sofort. »Natürlich nicht. Aber …«

»Was aber?«

»Na ja, wenn ich du wäre, würde ich den Wald von jetzt an meiden. Vorsichtshalber. Ich weiß, du gehst gerne mit Anna in den Wald … Nachts würde ich auch lieber nicht rausgehen. Oder nicht allein. Wenn du wirklich mal allein rausgehen musst, sag jemandem, wo du hingehst. Für alle Fälle. Passieren kann dir ja nichts. Reine Vorsichtsmaßnahme. Ich gehe jetzt zu Viola. Ich werde versuchen, ihr zu erklären, dass das eigentlich nicht deine Schuld ist, dass du nur nicht mit einer Hexe zusammenarbeiten willst.«

»Warte! Ist ja schon gut, nicht gleich eingeschnappt. Ich helfe euch. Wenn ihr mir das Holz bezahlt. Und Emanuele muss auch dabei sein, ob es euch gefällt oder nicht.«

Wir beschlossen, uns einmal die Woche in der Scheune im Wald zu treffen. Annex, der am Anfang noch misstrauisch war, hatte Viola bald liebgewonnen, und einen Monat später vertraute er mir sogar an, dass er an der Geschichte mit der Bärin langsam zweifle. »Sie ist so klein, so zart, wie könnte da eine Bärin in ihr stecken?« Ich kannte Viola gut, und ich wusste, dass sie es schaffte, mehrere Bärinnen in sich zu fassen, eine ganze Menagerie, einen Zirkus mitsamt Zelt, ein Pulvermagazin, Flugzeuge, Ozeane und Berge. Viola war die Schöpfergöttin unseres Lebens, sie organisierte es, wie es ihr beliebte, mit einem Fingerschnippen oder einem Lächeln.

Viola übernahm das Theoretische, ich die Zeichnungen, Annex und Emanuele die Ausführung. Unser erster Flügel durchlief verschiedene Phasen und Miniaturmodelle. Über Violas Kenntnisse konnten wir nur staunen, dabei war sie gerade mal fünfzehn. Neben Italienisch sprach sie auch Deutsch und Englisch. Sie erzählte uns, dass sie mehrere Privatlehrer in die Ermattung und ihre Eltern mit der Forderung nach qualifizierterem Personal ins Entsetzen getrieben hatte. Doch gerade weil es in Pietra d'Alba keine qualifizierten Lehrer gab und man Viola sonst auf die Universität hätte schicken müssen, gab es unsere Verschwörung. Viola verschlang so viele wissenschaftliche Bücher, wie sie konnte, redete manchmal mit sich selbst und drehte sich im Kreis, wenn eins unserer Modelle in der Luft versagte. Immer wieder hatte sie *Der Vogelflug als Grundlage der Fliegekunst* gelesen, ein Buch von Otto Lilienthal über die technischen Voraussetzungen für die Konstruktion von Flugapparaten. In den 1890er Jahren war es Lilienthal wiederholt gelungen, mehrere hundert Meter weit zu gleiten. Die Vorstellung begeisterte uns, bis Viola uns sagte, dass er dabei ums Leben gekommen war. Sie beruhigte uns, ihr würde das nicht passieren, schließlich habe sie den Schwachpunkt von Lilienthals Flugvorrichtung identifiziert: Ihre Tragfähigkeit sei beeinträchtigt durch das in der Mitte eingebaute Loch für den Flieger. Unser Flügel sollte also eine Mischung aus dem Fluggerät von da Vinci und dem von Lilienthal sein: maximale Tragfähigkeit ohne Durchbrechung der Gesamtstruktur, die Manöver gesteuert durch die Körperbewegungen des Piloten, ohne Zuhilfenahme von Muskelkraft. Der

Flügel sollte leicht sein und steif. Annex kam es zu, Lösungen zu finden. Nach jedem Treffen in der Scheune ging Viola zurück in ihre Welt, wir in die unsere.

Fast ein Jahr sollten wir daran arbeiten, ehe wir in einer Vollmondnacht das Ergebnis unserer Bemühungen betrachteten.

Der Krieg ist aus!

Eines Abends im Herbst kam Emanuele wild gestikulierend in die Werkstatt. Er war im Dorf von Haus zu Haus gerannt, zur Villa Orsini, wir waren die Letzten auf seinem Weg. Ausnahmsweise musste Annex sein Kauderwelsch nicht übersetzen.

Der Krieg ist aus!

Zio Alberto schien die Nachricht nicht zu interessieren. Als ich vorbrachte, dass es mit dem Geschäft vielleicht wieder aufwärtsgehe, sagte er:

»Wenn die Kerle alle von der Front zurückkommen und man für sie Arbeit finden muss, zumindest für die, die noch in der Lage sind anzupacken, dann wirst du sehen, dass nicht vielen daran gelegen ist, uns welche zu geben. Wer braucht schon einen behauenen Stein, wenn er kaum was zu essen hat?«

An diesem Tag bewies Zio Alberto eine seltene Klarsicht. Aber uns war das egal, und wir liefen durch die Novemberkälte ins Dorf, um auf dem Platz zu tanzen, zu grölen und zu singen, *der Krieg ist aus* zu singen, denn alle glaubten daran.

Ein paar Monate vor unserem Jungfernflug, im Hochsommer 1919, wurden die Einwohner von Schreien geweckt. Nahe der Villa Orsini war ein großes Feuer. Annex und ich zogen uns hastig an und rannten hin. Auf den Plantagen brannten Orangenbäume, vor dem Tor des Anwesens war eine Menschenmenge zusammengelaufen. Man hatte Mist gegen die Mauer und das Tor geworfen. Wir brauchten einen Moment, ehe wir begriffen, dass mehrere *braccianti*, Tagelöhner, die Bauern aus der Umgebung gegen ihren Arbeitgeber aufgehetzt hatten. Wir hatten zwar von Aufständen hier und da gehört, aber die dumpfe Wut der Kriegsversehrten hatte nun auch unsere ländliche Gegend erfasst. Die Arbeiter forderten eine Aufteilung des Landbesitzes und bessere Löhne. Auf der Schwelle der Villa standen, mit bösem Blick und einem Gewehr in jeder Hand, der Marchese und sein Sohn Stefano und wichen nicht zurück vor dem sozialistischen Zorn. Zu zweit hielten sie eine Menge in Schach, die sie mühelos hinweggefegt hätte, wäre sie nicht gelähmt gewesen von einem atavistischen Joch, dem der Unterwerfung unter die Mächtigen. Hinter ihnen die Marchesa, würdevoll, aber leichenblass. Viola, neben ihr, betrachtete neugierig das Schauspiel, Hände auf dem Rücken, das Gesicht gerötet von den Orangenbäumen in Flammen. Die Männer berauschten sich an dem seltsam zitrusschaligen Geruch von Verbranntem.

Man wollte den Bürgermeister rufen, aber der hatte sich davongemacht, um nicht Partei ergreifen zu müssen. Um zwei Uhr nachts verließ ein Herr zu Pferd das Haus von der Rückseite aus und verschwand im gestreckten Galopp in Richtung Genua. Die Aufrührer diskutierten unterdessen mit dem Marchese und Stefano über ihre Forderungen. Der Vater war bereit, eine leichte Lohnerhöhung zuzugestehen, der Sohn brüllte, auf dass alle es hörten, dass die Familie keine einzige Lira herausrücken würde, und wer immer sich ihm widersetze, den schleife er persönlich in die Hölle. Man beschimpfte einander, hier als Drückeberger und Kapitalisten, da als bolschewistisches Gelumpe. Kurz vor Tagesanbruch ließ der Schwung nach, Revolution macht müde, man musste sich aufs Ohr legen. Am Morgen wurden die Verhandlungen wieder aufgenommen. Etwa fünfzig Bäume waren verbrannt, und den verblüfften Dorfbewohnern zeigte sich dieser Farbton, den sie nur aus der Zeitung kannten, das Grau der Asche. Die Gambales kamen herbei, Vater Arturo und seine beiden Söhne, und boten sich als Unterhändler an. Stefano Orsini ließ ihnen ausrichten, lieber würde er krepieren, als mit einem Gambale zu verhandeln. Orazio, der ältere der Söhne, trat vor und erklärte, mit Freuden würde er ihm dabei helfen. Ein Staubsturm am Horizont unterbrach den Wortwechsel.

In dem Moment war ich wieder vor Ort, nachdem auch ich mich kurz ausgeruht hatte. Seit meiner Ankunft war Pietra d'Alba für mich ein etwas schwankendes Paradies gewesen, in dem man zwar öffentlich durchgebläut wurde, aber mehr oder weniger geschützt war vor den Erschütterungen, die den Planeten in Stücke rissen. An diesem Morgen wurde ich mir meines Irrtums bewusst. Im Grunde waren meine Mutter und ich gar nicht weit voneinander entfernt. Unsere Fenster gingen auf dieselben Brände hinaus.

Die Staubwolke zog sich in die Länge, und eine Kolonne von einem Dutzend Fahrzeugen erschien, sämtlich motorisiert. Als die Gambales sie erblickten, nahmen sie Reißaus. Die Kolonne bog auf die Straße zur Villa Orsini ein und raste auf die Menschenmenge zu. Einer der Aufrührer, der sich dem ersten Wagen entgegenzustellen versuchte, wurde angefahren. Er rollte zur Seite und stand nicht wieder auf.

Männer sprangen aus den Fahrzeugen, manche in dunklen Hemden: eine der ersten *squadre d'azione*, Kommandos aus Faschisten, Spinnerten und Veteranen, die Italien, da man ihnen den Sieg angeblich gestohlen hatte, schon bald terrorisieren sollten. Stefano hatte in den letzten zwei Jahren gute Arbeit geleistet. Ein Talent konnte man ihm nicht absprechen: Er hatte die richtigen Freundschaften geschlossen.

Die *squadristi* stießen in die Menge der Protestierenden, mit gestrecktem Bajonett. Wieder wurde geschrien, Schüsse knallten. Ich wollte das Weitere nicht sehen und ging. Am nächsten Tag munkelte man im Dorf, es habe acht Tote gegeben, ausschließlich Tagelöhner. Die Leichen wurden nicht gefunden. Man hatte sie, deuteten einige Stimmen an, in den Wald gebracht und einem gewissen Bären zum Fraß vorgeworfen. Für ein paar Tage zog Annex beim Anblick von Viola wieder ein merkwürdiges Gesicht, dann beruhigte er sich. Der Bürgermeister hielt auf dem Dorfplatz eine Rede, in der er die Ereignisse bedauerte, sie seien inakzeptabel nach der Barbarei, von der sich die Welt gerade erst erhole. Der Krieg, donnerte er, habe uns zumindest zu würdevolleren, von Redlichkeit beseelten Menschen gemacht. Es werde eine Untersuchung geben, und der Gerechtigkeit werde Genüge getan.

Der Krieg ist aus! Der Krieg ist aus!

Zu einer Untersuchung kam es nie.

Viola und ich waren beide fünfzehn. Annex und Emanuele, uns gegenüber, achtzehn. Und dann war da natürlich noch Hector. Hector, der sich gerade in die Luft geschwungen hatte, der tapfere, tapfere Hector, der vor nichts Angst hatte, mit seinem breiten, ein wenig dümmlichen Lächeln. Hector flog los, immer schneller, angefeuert von unseren Freudenschreien. Dann fing der Flügel an zu zittern, warf sich in einen Sturzflug, kippte über. Und Hector fiel, verfangen in den Gurten, in die Bespannung. Wir riefen »Hochziehen! Hochziehen!«, klar, aber wozu? Hector war taub, und als gute Ingenieurin wusste Viola längst, dass ihr Flügel nicht fliegen konnte.

Erst am nächsten Tag fanden wir die Leiche. Zum Glück war es Sonntag, die einzige Möglichkeit für Viola, uns tagsüber zu treffen, da niemand auf sie achtete. Der Vater streifte durch seine Ländereien, die Mutter widmete sich ihrer Korrespondenz. Stefano intrigierte in der einen oder anderen Stadt bei Leuten, die so wütend waren wie er. Niemand hätte je sagen können, auf was oder auf wen. Von Geburt an kochte in Stefano die Wut.

Der Flügel lag im Wald unterhalb des Dorfes, zerbrochen in drei Teile, das Leder in Fetzen. Daneben Hector, die Arme ausgestreckt, in einem Duft von Humus und Pilzen. Kein schöner Anblick. Sein Schädel war an einem Stein geborsten. In der Ferne erklang eine Blaskapelle. Irgendwo wurde geprobt für den ersten Jahrestag des Waffenstillstands – ein kümmerliches Requiem für den Verstorbenen. Für Hector, das fünfte Mitglied unserer Gruppe. Traurig, ihn so zu sehen, auch wenn eines seiner besonderen Merkmale, abgesehen von seinem nie versagenden Mut, darin bestand, dass er unsterblich war. Wir hatten Hector gebaut, um Gewicht und Gewichtsverteilung eines Menschen zu simulieren. Sein freundlicher Kürbiskopf, von Viola heimlich aus der familiären Speisekammer entwendet, hatte unsere Arbeiten wochenlang aus einer Ecke der Scheune beäugt. Den Körper hatten wir aus alten Kleidungsstücken und irgendwie miteinander verbundenen Latten zusammengefügt.

Ein Jahr Arbeit für nichts, erklärte Annex. Und mit einer Begeisterung, die mich überraschte, betonte Viola, dass die größten Experimente immer mit Misserfolgen anfingen. Wir täten also gut daran, von Hector zu lernen, sagte sie. Ein neuer Kürbis musste her. Und wieder von vorn.

Zio hatte richtig vermutet, wir hatten wenig Arbeit in den ersten Monaten des Jahres 1920. Die siegreichen Nationen stritten sich um das Aas der Besiegten. Wie eine Plage breiteten sich die Spannungen des letzten Jahres über das Land aus, und das nach einem Muster, wie ich es schon erlebt hatte: Forderungen nach Gerechtigkeit, gefolgt von unerbittlicher Repression durch Gruppen im Sold der noch jungen *Fasci italiani di combattimento*, dieser in Mailand von einem ehemaligen Sozialisten gegründeten Kampfverbände. Viola und ich trafen uns fast jede Nacht, praktisch unter den Augen der Familie. Als ihre Mutter sie einmal im Park erwischte, auf dem Weg zum Friedhof, hatte sie gesagt, sie schlafwandle.

Die Orsinis kamen mir zunächst ein wenig naiv vor, Relikte einer anderen Zeit, aber Viola korrigierte mich. Sie waren gefährlich. Ich habe nie erfahren, ob sie ihre Familie hasste oder ob sie sich in ihrem Schoß nur fremd fühlte. Hinter der unfreiwilligen Komik der Orsinis rauschte, wie bei allen Großen dieser Welt, ein trüber, mächtiger Strom. Viola erzählte mir ungerührt eine Anekdote, die sich unter den Bediensteten der Villa großer Beliebtheit erfreute. Ihr Vater hatte einmal ein Zimmer des Hauses betreten, das nicht in Gebrauch war, und dort gesehen, wie der Gärtner die Marchesa rannahm. Sie beschrieb mir die Szene bis ins Detail, ihre Mutter über einen kleinen Schachtisch gebeugt, den Rock hochgezogen bis über die Hüften, der Gärtner hinter ihr stehend, seine erdverkrustete Hose über den Knöcheln. Beide waren wie versteinert, als sie den Marchese erblickten. Der hatte, mit einem leutseligen Lächeln, nur gesagt:

»Ach, Damiano, da sind Sie ja. Wenn Sie fertig sind, wollen Sie bitte zu mir auf die Orangenplantage kommen, ich fürchte, einige Bäume weisen Anzeichen von Rußtau auf.«

Die Nonchalance des Marchese hatte auf dem Anwesen bald die Runde gemacht. Und im Dorfgasthof hatte man am Abend die Szene als Harlekinade nachgespielt. Der Gärtner ließ sich, nachdem er ein paar Gläser intus hatte, nicht zweimal bitten und spielte noch einmal seine Rolle an einem Tisch, der die Chefin darstellte. Urkomisch, das Ganze, darin waren sich alle einig.

Eine Woche danach fand man Damiano, mit Raureif bedeckt, erhängt an einem Orangenbaum am Eingang des Anwesens, von der Straße aus gut sichtbar. In der Tasche ein Brief, in dem er seinen Freitod mit Geldproblemen begründete, was machte es schon, dass er nicht schreiben konnte. Das war ja gerade die Botschaft.

»Traue niemals einem Orsini«, warnte mich Viola.

»Nicht mal dir?«

»Doch, mir kannst du vertrauen. Du glaubst mir doch, oder?«

»Na klar.«

»Dann hast du nichts verstanden von dem, was ich dir eben erzählt habe.«

Das Jahr zog sich hin zwischen gelegentlichen Arbeiten in der Werkstatt, Grabesnächten, in denen die Toten sich stur weigerten, zu uns zu sprechen, und unseren Versuchen, wieder einen Flügel zu bauen. Auf dem Friedhof legte sich Viola nur noch auf das Grab des jungen Tommaso Baldi, sie war überzeugt, dass er ihr eines Tages den Eingang zu dem unterirdischen Reich, in das er sich mit seiner Flöte verirrt hatte, zuflüstern würde. Manchmal gelang es ihr, mich zu überreden, und ich legte mich zu ihr. Da waren wir uns dann am nächsten, eng aneinander und dahintreibend auf unserem Floß aus Kalkstein. Es kam sogar vor, dass Viola einschlief. Und wenn ich spürte, wie sie an meiner Seite schlummerte, vergaß ich fast, den Zorn der Toten zu fürchten.

Die Scheune im Wald diente uns weiterhin als Werkstatt. Viola dachte sich einen anderen möglichen Flügel aus, Annex eine neue Art, ein Stück Holz zu biegen. Hector machte zwei neue Testflüge, verschied und erstand wieder auf. Emanuele nickte manchmal in einer Ecke des steinernen Schuppens ein, mit einem seligen Lächeln auf den Lippen und erschöpft, weil er den ganzen Tag dem Postboten hinterhergelaufen war, auch vertraute der alte Angelo ihm immer mehr Briefe an.

Viola schoss in diesem Jahr in die Höhe und überragte mich bald um zwei Köpfe. Annex, der seine Bärenpanik vergessen hatte, meinte, sie hätte einen mickrigen Vorbau, vor allem im Vergleich zu Anna Giordano. Viola antwortete – genau mit diesen Worten, daran erinnere ich mich gut –, ein solcher Vorbau mache nichts als Ärger, dabei sei der mit den Jahren unvermeidliche Einsturz nur der geringste. Annex fragte, warum sie nicht so reden könne wie alle Welt.

Viola hatte keinen Busen, das stimmt, aber sie ließ das Jugendalter und alles Kantige hinter sich. Es war die Phase des Schleifens und Polierens, die fast wichtigste in der Bildhauerei. Ihre Ellenbogen, ihre Knie traten nicht mehr hervor, wenn sie sich zum Nachdenken in die Scheune setzte. Ihre Bewegungen nahmen die Poesie einer Kurve an. Ihre Stimmungen dagegen waren wie das Auf und Ab der Berge. Sie war ungeduldig, sanft, wütend, beschwörend, fordernd. Sie war anstrengend.

Im Sommer 1920 wurde Viola immer trübsinniger. Zusammen mit den Zwillingen waren wir inzwischen eine unzertrennliche Gruppe. Viola schaffte es sogar, was mich allerdings irritierte, Emanuele zu verstehen. Wir taten alles, um sie abzulenken, aufzuheitern, vergeblich. Eines Abends ließ sie sich dazu herab, es uns zu erklären:

»Ich werde bald sechzehn. Und ich kann immer noch nicht fliegen. Ich werde niemals Marie Curie sein.«

»Na und? Du bist du, Viola, und das ist auch besser so.«

Viola rollte die Augen und ging hinaus, sie machte sich nicht einmal die Mühe, die Tür der Scheune zu schließen, und wir durften spekulieren über die rätselhaften Eigenschaften dieses mysteriösen Mariküri.

Für die Werkstatt wurde die finanzielle Situation immer schwieriger. Mit ein paar Bittbriefen war es Zio gelungen, seiner Mutter dreimal Geld abzuringen, aber dann versiegte der Strom. In solchen Momenten, wenn wir erneut auf die Großzügigkeit der Dorfbewohner angewiesen waren, auf das, was wir hier und da in einem Gemüsegarten klauten, oder auf unvermutete Einkünfte aus einem Eilauftrag, nahm Alberto mit entschlossener Miene sein Werkzeug und verkündete, er werde wieder anfangen. Jetzt aber wirklich. Und dann stellte er sich vor den Block aus Carrara-Marmor, den er in Reserve gehalten und trotz mehrerer Angebote von Bildhauern aus Genua auf keinen Fall hatte weiterverkaufen wollen. In seinen Adern, schwor er, verberge sich sein *opus maximum*. Worauf er mit entschlossener Miene um den Block herumging, um und herum, den ganzen Tag. Bei jeder Umkreisung sanken seine Schultern ein Stück tiefer, er öffnete eine Flasche, setzte sie direkt an die Lippen, kreiste weiter. Er murmelte etwas in den Bart, stieß leise Flüche aus, und als ich einmal in die Werkstatt kam, um die Flaschenleichen wegzuräumen, glaubte ich ihn sagen zu hören, *diese alte Nutte*.

»Warum guckst du mich so an!«, brüllte er, als er mich bemerkte. »Du hältst dich für was Besseres als alle anderen, oder? Weil du Michelangelo heißt und es schaffst, Sachen in den Stein zu hauen, in denen man irgendwas wiedererkennt?«

Ich wich nur knapp der Flasche aus, die er nach mir warf. Es war noch Wein darin, was bewies, dass er wirklich wütend war. Sie zerschellte an einem Delfin, den Zio vor einem Monat angefangen und dann beiseitegelassen hatte. Es war ein Auftrag von Don Anselmo, nur hatte mein Onkel beschlossen, ihn nicht auszuführen. Im Grunde war er entschieden antiklerikal. Seine Jugend lang hatte ein Priester aus der Pfarrgemeinde San Luca in Genua ihm damit in den Ohren gelegen, seine Mutter sei ein Sukkubus, eine Verdammte, eine verlorene Seele. Vielleicht war es das, was Zio die Hände band. Sein Verstand versuchte immerzu, die beiden Vorstellungen von seiner Mutter in Einklang zu bringen, der Mutter, die er verehrte, und der Mutter, die ihm die anderen Kinder und die weltlichen wie kirchlichen Autoritäten unter die Nase gerieben hatten. *Mammina* oder *dreckige Nutte*, *dreckige Nutte* oder *mammina*. Und in diesem Dazwischen, in diesen Momenten der Erschöpfung oder

der Weisheit, in denen er dachte, *was soll's, ist doch egal, ob Mama ein Sukkubus ist*, nahm er sich einen Steinblock vor oder ging ins nächste Bordell und behandelte die Mädchen wie Königinnen.

Mit einem Mal beruhigte er sich, lief zu dem Schränkchen, in dem er seine Papiere aufbewahrte, und hielt mir das Tintenfass hin.

»Hier, schreib. *Mammina, der Winter steht vor der Tür, und der Hunger ist auch schon da in der Werkstatt, vor allem wegen der beiden Schmarotzer, Du kannst Dir nicht vorstellen, wie viel der Zwerg isst, man fragt sich, wo er das alles hintut. Also, ich bitte Dich um noch ein wenig Unterstützung, es ist das letzte Mal, ganz sicher, denn 1921 wird ein gutes Jahr, das spüre ich, ich halte mich wieder ran, ich habe ein schönes Stück Carrara, mir schwebt auch schon etwas vor, vielleicht Romulus und Remus, ich muss noch drüber nachdenken. Aber zum Nachdenken braucht man was Ordentliches im Magen, also bitte, spiel nicht die alte Zicke und mach Deine Hexenhände ein bisschen locker, Du hast genug Geld für den Rest Deines Lebens, und wer wüsste besser als ich, wie Du es Dir verdient hast, schließlich war ich im Zimmer nebenan, und vielleicht erinnerst Du Dich ja, wer zwischen zwei Kunden geputzt hat, nämlich ich. Dein Dich liebender Sohn.*«

Zwei Wochen später erreichte uns ein Brief von einer Adresse, die wir nicht kannten.

Sehr geehrter Signor Susso,

ich bedaure, Ihnen mitteilen zu müssen, dass Ihre Mutter, Signora Annunziata Susso, am 21. September 1920 in ihrem dreiundsechzigsten Lebensjahr plötzlich verstorben ist. Bitte setzen Sie sich umgehend mit unserer Kanzlei in Verbindung, um den Nachlass der Verstorbenen, ehemals Wirtin des Etablissements Il Bel Mondo, die Sie als Alleinerben eingesetzt hat, baldmöglichst zu regeln.

Mammina war in der Frühe, auf dem Heimweg von ihrem Etablissement, von einer Tram überfahren worden. Fast in zwei Hälften geteilt, hatte sie die Straßen, denen sie schon so viel gegeben hatte, mit ihrem Blut getränkt. Zio riss die Augen auf und sprach mit zittriger Stimme zu mir.

»Ich hoffe, sie hat meinen Brief vor ihrem Tod nicht gelesen. Ich wollte nicht so hart zu ihr sein. Sie war so lieb, Mammina …«

Die Frage sollte Zio bis ans Ende seiner Tage umtreiben, und mit dem Bildhauern war es bald vorbei.

Gleich am nächsten Tag machte sich Alberto auf den Weg nach Genua. Am selben Abend kam Viola hektisch in die Scheune im Wald gerannt. Wir haben uns geirrt, rief sie. Das Gewicht war unser Feind und würde es auch immer sein bei einer Maschine, die allein von Luftströmungen und von menschlicher Kraft abhing. Ihr neues Idol hieß Fausto Veranzio, ein Mann so ganz nach ihrem Herzen, da er alles wusste. Im Jahr 1616 hatte er den Homo volans entworfen, einen schlichten Fallschirm, von dem sie uns Abbildungen zeigte. Auf meine neuen Kenntnisse vertrauend, erinnerte ich sie daran, dass da Vinci bereits eine ähnliche Maschine konstruiert hatte. Sie kicherte und meinte, die Maschine des guten Leonardo hätte ebenfalls ein Gewichtsproblem, denn vorausgesetzt, sie funktionierte, würde sie ihren Piloten garantiert zerquetschen, wenn die achtzig Kilo bei der Landung auf ihn krachten. Meines Wissens war Viola die Einzige, die das größte Genie der Renaissance hätte kritisieren können, ohne arrogant zu wirken. Im Übrigen war sie meines Wissens auch die Einzige, die das größte Genie der Renaissance kritisiert hat.

Viola wollte das Konzept des Homo volans und das von Lilienthals Flugapparat miteinander kombinieren, und zwar sofort. Die Keller der Villa Orsini quollen über von Stoffballen, erworben, um Sofas neu zu beziehen und Anzüge zu schneidern, aber dann änderte sich die Mode, und man hatte sie vergessen. Die Mutter der Zwillinge, die alles mit Wohlwollen betrachtete, was ihre Söhne vom Dorfgasthof fernhielt, lieh uns eine alte Nähmaschine. Das von Viola entworfene Segel war ein Mittelding zwischen Kreis und Rechteck und sollte gesteuert werden über ein System aus Rollen und Seilen. Es wäre zusammenfaltbar und wöge nicht mehr als zehn Kilo. So erfand meine Freundin Viola, vierzig Jahre vor allen anderen, eine einfache Version des Gleitschirms.

Eine Woche lang schafften wir nachts die Stoffballen herbei. Und da es in der Werkstatt keine Arbeit gab, konnten wir tagsüber zuschneiden und zusammennähen. Viola wurde immer ungeduldiger, als liefe ihr die Zeit davon. Mitte Oktober kam Annex auf einmal nicht mehr. Er führte verschiedene Hinderungsgründe an, die ich ihm ohne Weiteres abnahm, aber als er sich eines Abends doch einmal blicken ließ, packte Viola ihn am Kragen und drückte ihn gegen die Wand, dabei war er einen Kopf größer als sie.

»Eine Woche haben wir verloren! Ich will hoffen, du hast eine gute Ausrede.«

Annex ließ die Katze aus dem Sack: Anna Giordano war eifersüchtig. Viola nickte und sagte ihm, er solle am nächsten

Abend mit ihr wiederkommen, was er auch tat. Anna musterte Viola, Viola musterte Anna. Viola begriff, dass Anna kein schlechtes Mädchen war mit ihren runden Apfelbäckchen und dieser Lebensfreude, der nichts etwas anhaben konnte. Anna, bei deren Ausschnitt Emanuele, Annex und ich nur glotzen konnten, kam ihrerseits zu dem Schluss, dass Viola keine Bedrohung darstellte, denn abgesehen von ihrem langen Haar und den großen Augen sah sie eher aus wie ein Junge. Sie bot also an, die Herstellung des Segels zu übernehmen, da sie die Qualität der Nähte für erbärmlich befand, und wurde eine von uns.

Anfang November war Zio immer noch nicht zurück in der Werkstatt. Ich erhielt Post von meiner Mutter, sie teilte mir mit, dass sie wieder geheiratet habe. *Er ist ein bisschen älter als ich, aber er ist sehr nett und behandelt mich gut.* Seit kurzem lebte sie in der Bretagne. Ihre Briefe hatten jedes Mal die gleiche Wirkung auf mich, eine Mischung aus Freude und Traurigkeit, in die sich zunehmend ein dumpfer Groll mischte. Wegen ihrer zu vielen Fehler im Französischen, wegen ihrer zu kleinen Träume. Wegen dieses gesellschaftlichen Milieus, in dem mein Körper noch hauste, wovon der echte Mimo sich aber entfernte, da Viola mich beharrlich in ihre eigene Welt zog, in ihr ungestümes Leben, in dem die Sterne kaum weiter weg waren als unsere ausgestreckten Hände.

Als ich einmal abends vom Friedhof kam, wo Viola sich in der Hoffnung, so ließen sich die Chancen auf eine Verbindung zu den Toten erhöhen, auf ein Familiengrab gelegt hatte, sah ich im Fenster ihres Zimmers ein rotes Licht leuchten. Dabei hatten wir uns eben erst verabschiedet. Ich ging sofort zurück und fand in unserem Baumstumpf einen

Umschlag, darum ein grünes Band. Auf dem Papier, von bester Qualität und mit exquisitem eingeprägtem Muster, stand mein Name in grüner Tinte. Im Umschlag eine einfache Nachricht. *Morgen Mittag, an der Galgeneiche.*

Tagsüber konnte ich Viola nur sonntags sehen, morgen war Donnerstag. In der Nacht tat ich kein Auge zu und ging früh los. Dummerweise begegnete ich auf dem Weg Don Anselmo, der soeben bei den Orsinis eine Plantage mit neuen Orangenbäumen gesegnet hatte.

»Ah, Michelangelo, mit dir wollte ich sowieso sprechen. Dein Onkel ist noch nicht zurück aus Genua, oder?«

»Nein, Pater.«

»Du hast Talent, das weißt du.«

Ein abnormes Talent. Ich biss mir auf die Lippe, wollte nicht riskieren, dass ich zu spät kam.

»Danke.«

»Was hast du vor damit? Bei Alberto verschwendest du nur deine Zeit.«

»Ich weiß nicht. Mir geht es gut hier.«

Don Anselmo lächelte, dann schaute er sich um.

»Ja, das nehme ich an, dass es einem hier gutgeht. Jedem der Platz, den der Allerhöchste ihm zugewiesen hat, nicht wahr? Wenn dein Platz hier ist, wer bin ich, das Gegenteil zu sagen?«

Zum Glück nahmen Don Anselmo und seine metaphysische Gestimmtheit die Richtung zum Dorf, während ich zum Wald hin abbog. Nicht auf der Friedhofsseite, im Westen, sondern auf der Ostseite. Ich lief an den letzten Feldern der Orsinis entlang, den am wenigsten fruchtbaren, dem Dorf am nächsten, dann folgte ich dem Weg hinauf in den Wald. Die Galgeneiche markierte die Kreuzung zweier breiter Trampelpfade und diente gewöhnlich als Ausgangspunkt für Treibjagden. Ihre langen geraden Äste, genau in der richtigen Höhe, waren tatsächlich ideal für eine Erhängung, auch wenn sie in der Erinnerung der Dorfbewohner noch niemand ausprobiert hatte. Ich kam eine Stunde zu früh, setzte mich an den Stamm und schlug die Augen erst nach einer Stunde wieder auf, als Viola mir an die Schulter tippte. Sie sah mich spöttisch an und deutete auf das Spuckefädchen, das mir aus dem offenen Mund lief.

»Das ist ja widerlich«, sagte sie.

»Lass nicht die Marchesa raushängen. Ich bin sicher, du schnarchst nachts. Du wirst nie einen Mann finden, niemanden, der mit dir das Bett teilt.«

»Umso besser, ich suche nämlich weder noch. Ist deine schlechte Laune vorbei? Ich habe ein Geschenk für dich.«

»Ein Geschenk? Für mich?«

Wie jedes Mal drang sie sofort tief ein in den Wald, ohne etwas auf die Pfade zu geben. Die Bäume mussten sich abgesprochen haben, denn sie ließen zu, dass ich ihr folgte. Der Sommer verweilte noch ein wenig an diesem Ort, klammerte sich an die Äste, klebte an dem Harz, das in großen bernsteinfarbenen Tropfen aus den Stämmen quoll. Nach zehn Minuten erschien der Himmel wieder. Wir hatten eine Lichtung erreicht.

»Warte hier auf mich«, sagte Viola. »Das Geschenk, weil wir kosmische Zwillinge sind und weil wir bald Geburtstag haben. Sechzehn, das ist wichtig.«

Während sie sprach, wich sie zurück an den Rand der Lichtung.

»Und nicht vergessen, auf keinen Fall bewegen!«

Sie verschwand, verschluckt von den Bäumen. Eine Minute verging, dann fünf. Ich dachte schon, sie hätte mich dort einfach stehen lassen, einer ihrer Tricks, um zu sehen, ob ich den Weg zurückfand, aber dann war ein Knacken zu hören. Sie kam wieder zwischen den Bäumen hervor.

Ich bin nur zweimal in meinem Leben ohnmächtig geworden, beide Male wegen Viola.

Das erste Mal, als ich sie aus der Gruft ihrer Familie kommen sah und sie für eine Tote hielt.

Das zweite Mal, als sie sich zu meinem Geburtstag in eine Bärin verwandelte.

Die Bärin war riesig. Riesig selbst für Menschen von größerem Wuchs als ich. Auf ihren vier Beinen war sie furchteinflößend. Als sie mich sah, blieb sie stehen, witterte, richtete sich auf. Fast drei Meter braunes Fell und Muskeln, über den Schultern Violas Kleid, es war bei der Verwandlung zerrissen. Wir starrten uns lange Sekunden an, Viola wirkte nicht feindselig. Aber dann gähnte sie, bleckte mächtige gelbe Zähne, und in dem Moment verlor ich das Bewusstsein.

Als ich wieder zu mir kam, stand Viola, nun wieder in ihrer normalen Gestalt, über mich gebeugt.

»Ich habe noch nie jemanden gesehen, der so oft ohnmächtig wird wie du. Bevor ich dich kennengelernt habe, habe ich überhaupt noch nie jemanden gesehen, der ohnmächtig wird.«

Sie half mir auf. Ich zitterte am ganzen Körper.

»Ich hätte nicht gedacht, dass du dich so wenig im Griff hast«, sagte sie.

Ich blickte sie verstört an. Sie gab mir eine Ohrfeige.

»He, Schluss jetzt! Du willst doch nicht noch mal umkippen. Oder hast du geglaubt, ich würde mich wirklich in eine Bärin verwandeln?«

Ihr Kleid war heil. Mein Verstand fing sich wieder. Allmählich verstand ich den Trick, nur alles andere nicht.

»Gehn wir. Aber ganz langsam.«

Diesmal nahm sie mich bei der Hand und führte mich weiter in den Wald. Mein schon geübteres Auge erkannte plattgedrückte Büsche, umgeknickte Äste. Der Boden fiel ab, stieg plötzlich wieder an bis zum Rand einer von Kiefern dicht umstandenen Höhle. Ein paar Bäume waren umgefallen und bildeten fast eine Wand aus Stämmen. Ein heftiger Moschusgeruch stieg mir in die Nase. Am Eingang der Höhle stand die Bärin und kratzte sich in ihrem zerrissenen Kleid. Als wir näher herankamen, erhob sie sich und stellte sich wieder auf ihre Hinterbeine. Viola ließ meine Hand los, sprang auf sie zu und vergrub das Gesicht an ihrem Bauch. Die Bärin hob ihr Maul in den Himmel und knurrte. Unter meinen Füßen bebte die Erde.

Zweiundachtzig Jahre. Ein langes Leben, wer wollte das bestreiten. Erfüllt von Kunst, Hauptstädten, Musik und lichter Schönheit. Aber nichts kam heran an den leuchtenden Anblick dieses Mädchens zwischen den Tatzen einer Bärin. Die ganze Viola geborgen in diesem Moment.

»Wenn ich dir Bianca vorstellen darf. Bianca, sag Mimo Guten Tag.«

Die Bärin fiel wieder auf alle viere. Viola drückte mit der Schulter gegen ihr Hinterteil und schubste sie auf mich zu, ging um sie herum und postierte sich neben mich. Die Bärin hielt mir ihre Nase vors Gesicht, schnupperte und leckte mir über die Wange. Dann ging sie zurück zum Eingang der Höhle, rollte sich auf den Rücken und bot ihren Bauch einem Sonnenstrahl dar.

»Setz dich, du bist ja ganz blass.«

Schließlich erzählte Viola mir alles. Als sie mit acht Jahren einmal durch den Wald gegangen war, hatte sie verzweifelte Laute gehört und in der Höhle ein einsames Bärenjunges gefunden. Eine Woche zuvor hatte ein Jäger eine Bärin erlegt, zweifellos die Mutter. Neben Bianca war ihr Zwillingsbruder verhungert.

»Bären haben oft Zwillinge«, erklärte Viola. »Emanuele und Vittorio fänden das vielleicht lustig, wenn wir es ihnen sagen. Das tun wir natürlich nicht. Niemand darf es *jemals* erfahren.«

Viola hatte alles gelesen, was sie in der Bibliothek ihres Vaters über Sohlengänger hatte finden können. Sie hatte Bianca aufgezogen, war eines Nachts sogar zweimal zu Hause entwischt, um sich zu vergewissern, dass es der kleinen Bärin gutging. Sie hatte mit ihr geweint, hatte über ihre Tapsigkeiten gelacht und ein seltsames Fieber besiegt, mit Pillen, die sie von ihrer Mutter geklaut hatte, sie wusste gar nicht, wofür die gut waren. Wie durch ein Wunder hatte Bianca überlebt.

»Als sie noch ein Junges war, habe ich ihr zum Spaß meine alten Kleider angezogen. Sie war meine einzige Freundin.«

Im Laufe der Jahre war Viola immer mehr auf Abstand gegangen. Wäre sie zu lange mit Bianca zusammen gewesen, hätte es das Tier in Gefahr gebracht. Die Bärin hätte nicht gelernt, Menschen zu misstrauen. Hätte nicht gelernt zu jagen. Bianca war inzwischen acht Jahre alt, und Viola achtete darauf, sie nicht öfter als zwei- oder dreimal im Jahr zu besuchen. Bei einem dieser Besuche, drei Winter war es her, hatte die Legende ihren Anfang genommen. Viola hatte den Nachmittag über mit Bianca gespielt. Ganz hinten in ihrem Bau hatte sie eines ihrer alten zerrissenen Kleider gefunden und ihr übergezogen, um zu sehen, wie groß sie geworden war. Bei dem Anblick hatte sie lachen müssen. Viola war losgezogen, um runde Steine zu suchen und ihr eine Halskette zu machen. Sie war auf die Jäger gestoßen, einer von ihnen hatte versucht, sie zu packen. Sie war gerannt, gerannt, ohne nachzudenken, hin zu Bianca.

»Dann hat deine Bärin ihn ge… ge…«

»Das ist nicht *meine* Bärin. Ja, Bianca hat ihn getötet. Und weißt du was? Es macht mir nichts aus. Das ist das Gesetz der Natur. Ein Raubtier ist in ihr Revier eingedrungen. Das hätte es nicht tun sollen.«

Die Bärin trug nicht einmal das gleiche Kleid wie Viola, aber die Jäger waren blind gewesen. Ich hatte mich genauso täuschen lassen. Wie bei jedem guten Zaubertrick hatten wir nicht richtig hingeguckt.

Dann legte Viola sich den Finger an die Lippen, und wir beobachteten schweigend die Bärin. Bianca schnarchte, die Augen halb geschlossen. Als sich der Horizont rot färbte, streckte sie sich und schob ihre schwarze Schnauze in den Wind. Viola ging zu ihr, legte ihr die Arme um den Hals – ganz kam sie nicht herum – und flüsterte ihr etwas ins Ohr. Bianca brummte und schaukelte zwischen den Bäumen davon.

»Offenbar hat sie einen Verehrer«, seufzte Viola. »Sie hört immer weniger auf meinen Rat. Ich nehme an, das heißt, ich bin eine gute Mutter gewesen.«

»Viola …«

»Ja.«

»Jemanden wie dich habe ich noch nie gekannt.«

»Danke, Mimo. Jemanden wie dich habe ich auch noch nicht gekannt.«

Ich räusperte mich.

»Ich mag dich sehr.«

»Ich mag dich auch sehr.«

»Ich meine, was ich sagen will …«

»Ich weiß, was du sagen willst.«

Sie nahm meine Hand und legte sie sich aufs Herz. Immer noch genauso wenig gepolstert, immer noch so ergreifend wie die Hügel der Toskana.

»Wir sind kosmische Zwillinge. Was wir haben, ist einzigartig, warum es unnötig schwermachen? Ich habe nicht das geringste Interesse an den Sachen, zu denen ein solches Gespräch normalerweise führt. Hast du gesehen, was für ein idiotisches Gesicht Vittorio macht, wenn Anna hereinkommt? Hast du gesehen, wie ihm die Augen übergehen, wenn sie an den Schnüren ihres Ausschnitts fingert? Etwas Angenehmes muss dran sein, klar, wenn es die Leute derart verblödet. Aber ich will nun mal nicht verblöden. Ich habe anderes zu tun. Und du auch. Ein großes Schicksal erwartet uns. Du weißt, warum ich dir Bianca vorgestellt habe, ja?«

»Zu meinem Geburtstag.«

Sie lachte, auf diese besondere, einzigartige Weise, die typisch für sie war, den Kopf nach hinten geworfen, die Arme leicht vom Körper abgewinkelt, als würde sie gleich ein hohes C singen.

»Nein, Mimo. Ich wollte dir zeigen, dass es keine Grenzen gibt. Kein Oben und kein Unten. Kein Groß oder Klein. Jede Grenze ist eine Erfindung. Wer das begreift, stört zwangsläufig diejenigen, die diese Grenzen erfinden, und erst recht diejenigen, die daran glauben, so ziemlich alle Welt also. Ich weiß, was man im Dorf über mich erzählt. Ich weiß, dass meine eigene Familie mich seltsam findet. Das ist mir egal. In dem Moment, Mimo, wenn alle dir das Gegenteil sagen, wirst du wissen, dass du auf dem richtigen Weg bist.«

»Ich würde lieber allen gefallen.«

»Klar. Deshalb bist du heute auch ein Nichts. Zu deinem Geburtstag alles Gute.«

Als Annex an diesem Abend in die Werkstatt kam, stand ich vor Zios kostbarem Block, meine Augen müssen geleuchtet haben.

»Was guckst du so?«

»Violas Geburtstagsgeschenk.«

Er runzelte die Stirn. Sein Blick wanderte vom Marmor zu mir, von mir zum Marmor, dann machte er ein entgeistertes Gesicht.

»Himmel, nein, niemals, Mimo. Zio bringt dich um. In dem Block steckt ein Meisterwerk.«

»Ich weiß. Das sehe ich selbst.«

Meine Miene hatte Annex erschreckt, denn er starrte mich mit offenem Mund an. Dann zuckte er die Achseln und trat ein Stück zurück, ohne den Marmor aus den Augen zu lassen. Der Stein war ein Quader, einen Meter breit, zwei Meter hoch. Perfekt für das, was ich im Kopf hatte. Aber mir blieben nur zehn Tage bis zum 22. November, Violas Geburtstag. Ich nahm Zios Werkzeuge, die besten, die ich nie auch nur hatte anfassen dürfen, womit ich dazu verdammt gewesen war, die Eisen mit den schartigen Schneiden zu nehmen, die Fäustel mit den rissigen Stielen, die einem Splitter in die Hand trieben. Dann holte ich aus zum ersten Schlag, ohne zu zögern, genau an der Stelle, wo er sitzen musste. Annex tat einen lauten Seufzer.

In den nächsten zehn Tagen schlief ich kaum, höchstens zwei oder drei Stunden jede Nacht. Ich ließ Viola ausrichten, ich sei ein wenig krank, und konnte ein Treffen in der

Scheune auslassen, wo der Bau des neuen Flügels dem Ende zuging. Um keinen Verdacht zu erregen, war ich trotzdem einverstanden, mich einmal abends mit ihr auf dem Friedhof zu treffen, und auf dem Grab von Tommaso Baldi, dem kleinen Flötisten, schlief ich sofort ein. Meine Freundin weckte mich lachend – ich hätte geschnarcht, als wollte ich die Toten wecken. Kaum zurück in der Werkstatt, mitten in der Nacht, machte ich mich wieder an die Arbeit.

Am Tag vor Violas Geburtstag kam Emanuele frühmorgens in die Werkstatt, in der Hand einen Brief und angezogen mit seiner Husarenjacke, seinem Lieblingsstück. Er gab Annex den Brief und trat an die Statue heran, an der ich mich gerade mit einem Stück Bimsstein zu schaffen machte. Seit zwei Tagen schliff ich. Der Marmor war voller Blut, das mir aus den Blasen an meinen Händen lief, voller Schweiß, der mir von der Stirn rann. Emanuele griff nach meinem Handgelenk und murmelte etwas, dabei schaute er mir direkt in die Augen. Es war der kürzeste Satz, den er jemals ausgesprochen hatte.

»Er sagt, du bist fertig«, erklärte Annex.

Ich trat einen Schritt zurück, stolperte über einen Holzkeil und schlug der Länge nach hin. Ich stand nicht gleich wieder auf und bewunderte den Bären, der sich über mir erhob. Er ragte auf halber Höhe aus dem Marmorblock heraus, eine Tatze auf den Stein gestützt, als wollte er sich losreißen, die andere zum Himmel hochgereckt. Sein Maul zeigte ebenfalls nach oben, geöffnet zu einem Brummen, das seinem Kopf, leicht zur Seite geneigt, einen weniger bedrohlichen Anstrich gab. Ich hatte nur die obere Hälfte des Blocks behauen, vom Bauch aufwärts und immer detaillierter. Sodass das Auge beim Betrachten, wenn es vom unteren

Teil des Sockels bis hoch zur Spitze der Schnauze wanderte, eine Reise machte vom Groben zum Feinen, vom Unbewegten zum Bewegten. Man mag über meine Arbeit sagen, was man will, aber ich glaube, es lag bereits etwas Göttliches in dieser marmornen Genese, diesem Stein, der zunächst nichts war, ein Konzentrat aus Ecken und Leere, dann aufbrach und in einem Emporschießen von Weiß eine so brutale wie zarte, gequälte Welt hervorbrachte, eine verlassene kleine Bärin, die eine andere begrüßte, Bianca, die mit einem liebevollen Brummen nach Viola rief. Hatte man sich den behauenen Teil angesehen, konnte man gar glauben, in den durchscheinenden Tiefen der roh gelassenen Hälfte die noch verborgene Form zu erkennen.

Zio hatte recht, dieser Marmor war etwas Besonderes. Mein Onkel würde mich umbringen, wenn er sah, was ich getan hatte. Und das war gut so, denn ich wollte schlafen, schlafen und nie mehr aufwachen.

Ein Eimer kaltes Wasser ins Gesicht und ein paar Ohrfeigen setzten meinem Vorhaben ein Ende. Annex und Emanuele hatten mich zur Tränke geschleift.

»Glaubst du, das ist der Moment, um zu schlafen? Er kommt!«

Annex wedelte mit dem Brief vor meiner Nase. Ich wollte die Augen wieder schließen, aber dann folgte ein weiterer Schwall, und ich musste schlucken und richtete mich auf.

»Alberto! Er kommt, verdammt noch mal!«

»Was? Wann?«

»Keine Ahnung. In dem Brief steht, in ein paar Tagen, die Post muss von Anfang der Woche sein, aus Genua. Also vielleicht heute Abend, oder morgen, oder übermorgen.«

Violas Geburtstag war schon morgen. 22. November 1920, der Tag, an dem sie sechzehn wurde. Meine ganze Arbeit, die Menge an abzuschlagendem Stein, die Zeit, die ich zum Schleifen und Polieren benötigte, das alles beruhte auf diesem Datum. Geplant hatte ich, ihr die Skulptur, mein erstes echtes Werk, im Laufe des Tages von ein paar Männern aus dem Dorf bringen zu lassen. Unmöglich konnte ich das Risiko eingehen und noch länger warten. Aber so viel ich auch abgeschlagen hatte, die Statue wog mindestens zwei Tonnen. Ich packte Annex am Ärmel.

»Lauf zur Villa Orsini. Bitte darum, mit dem Marchese persönlich zu sprechen, im Auftrag von Zio. Sag ihm, in der Werkstatt wartet ein Geschenk für seine Tochter Viola.«

Annex nickte und zischte los. Nach einer zögerlichen Sekunde nickte Emanuele ebenfalls und lief ihm hinterher. Ich schleppte mich in die Werkstatt, legte die Werkzeuge an ihren Platz und bemühte mich, so gut wie möglich sauberzumachen. Dann postierte ich mich an der Straße, den Horizont im Blick. Nach einer Stunde tauchten die Zwillinge wieder auf.

»Der Marchese kommt morgen früh.«

»Morgen früh? Das ist zu spät! Alberto könnte vorher da sein!«

»Mimo, um mit dem Marchese auch nur zu sprechen, mussten wir die Hälfte des Personals auf Knien bitten. Als wir an die Tür geklopft haben, dachten sie, jemand wollte wieder mit einer Revolution anfangen, der Sohn ist sogar mit dem Gewehr rausgekommen. Wir haben ihnen gesagt, dass in der Werkstatt ein sehr wertvolles Geschenk steht, aber der Marchese hat Gäste, er kommt morgen früh.«

Trotz Erschöpfung konnte ich die Nacht nicht schlafen.

Bei Tagesanbruch war ich gleich wieder auf den Beinen und suchte den Horizont ab. Die Luft war klar, fast schneidend. Die Sonne ging auf und zog einen feinen Nebel vom Boden ab, der Mistral zerstreute ihn sofort. Es war ein windiger Tag.

Eine kleine Gestalt blinkte am Horizont auf, verschwand in einem Wellental der Straße, näherte sich mit einem goldenen Funkeln. Emanuele. Zehn Minuten später stand er vor mir, außer Atem. Aufgeregt zeigte er mit dem Finger zum Dorf, verzog das Gesicht, ahmte mit den Händen ein Lenkrad nach, trat auf der Stelle und ließ die Schultern kreisen, wieder eine Grimasse, wieder ein Lenkrad. Ich rannte zu Annex und weckte ihn, er sprach mit seinem Bruder.

»Emanuele sagt, dass Alberto ein Automobil hat. Er hat auf dem Dorfplatz gehalten, damit alle es bewundern.«

Zu dritt hielten wir Ausschau nach dem Staub, diesem ländlichen, für Pietra d'Alba so charakteristischen Telegrafen. Die lange Straße, die das Plateau von Norden nach Süden durchquerte, im rechten Winkel geschnitten von jener, die auf der einen Seite zur Villa Orsini führte und auf der anderen zum Friedhof, bot dem, der sie zu lesen verstand, allerlei Informationen. Der morgendliche Staub war der Staub der Arbeiter auf ihrem Weg zu den Feldern. Seine Wolke zeigte die Geschwindigkeit an und damit den sozialen Status der Person, die sie hinter sich herzog. Gegen zehn Uhr erschien die so gefürchtete Nachricht. Ein langer brauner Schweif, der sich vom Dorf herab schneller in die Länge zog, als er in sich zusammenfallen konnte. Ein Automobil.

Zio kam mit einer Vollbremsung vor dem Hof zum Stehen. Er stieg aus dem Wagen aus, einem leuchtend roten Modell, nicht dem der verstorbenen Mammina. Er schlug die Tür zu und klopfte auf die Motorhaube.

»Ansaldo Tipo 4, vier Zylinder in einer Reihe, obenliegende Nockenwellen. Direkt aus einer Fabrik, wo man vor nicht mal zwei Jahren Flugzeugmotoren hergestellt hat. Fehlen nur die Flügel!«

Wieder tätschelte er die Motorhaube, dann verdüsterte sich seine Miene.

»Lasst bloß eure schmutzigen Finger von meiner Karosserie, verstanden? Aber wenn ihr mich lieb bittet, drehe ich eine Runde mit euch.«

Er trug einen Anzug, der ihn trotz aller schneiderlichen Bemühungen nicht ins Bürgerliche hob. Den Daumen in seiner Weste und vor sich hin pfeifend, ging er in die Küche, holte den alten Kaffeekocher hervor und setzte ihn auf. Annex war verschwunden. Ich versuchte mit Zio zu plaudern, ihn zurückzuhalten, aber ich hatte ihm nichts zu sagen, das wurde mir rasch klar, nichts, um auch nur meine Haut zu retten.

»Was für ein elendes Loch«, rief er und schaute sich um. »Hier wird sich einiges ändern. In meiner Wohnung in Genua sieht es anders aus. Ich habe sie vermietet, die Leute sind zufrieden, sie nennen mich Signor Susso, und alles ist frisch gestrichen. Das machen wir genauso. Wenigstens habt ihr nicht alles in Brand gesetzt, als ich nicht da war.«

Mit der Tasse in der Hand ging er in die Werkstatt. Ich hatte den Bären mit einer alten Plane abgedeckt, lässig über den Carrara-Block geworfen, wie zufällig. Zio erstarrte sofort.

»Nimm die Plane runter.«

»Sie ist voller Staub und …«

»Nimm die Plane runter.«

Ich tat es, gab mich geschlagen. Zio zog die Luft durch die

Zähne ein. Dann ging er um den Bären herum, betrachtete ihn von allen Seiten und schüttelte den Kopf.

»*Pezzo di merda* … Nach allem, was ich für dich getan habe. Ich nehme dich auf, gebe dir zu essen, und kaum drehe ich dir den Rücken zu …«

Dann brüllte er.

»Für wen hältst du dich, hm? Du denkst, du bist besser als ich, richtig? Ich werde dir zeigen, wer hier der Beste ist.«

Er schnappte sich einen Hammer und stürzte sich auf die Skulptur. Ich schäme mich zu sagen, dass ich ihm nicht in den Arm gefallen bin, dass ich sie nicht geschützt habe. In seiner Wut verfehlte Zio den Bären und schlug auf den Sockel, ein Splitter sprang ab. Wieder hob er den Fäustel an.

»Maestro Susso?«

Zio versteinerte, als er den Marchese auf der Schwelle erblickte, er kam in Begleitung von Viola und einem jungen Mann in Soutane, den ich als Francesco erkannte, den jüngsten Bruder. Eine ältere Person folgte ihnen, ebenfalls in schwarzer Soutane, um die Taille ein violetter Gürtel. Zio fing sich wieder, ließ den Hammer sinken und verbeugte sich.

»Euer Gnaden, Pater …«

»Exzellenz«, verbesserte ihn der Marchese mit sanfter Stimme und wandte den Kopf zu dem Mann mit dem Gürtel. »Monsignor Pacelli hat uns die Freude gemacht, Francesco an diesem Wochenende zu begleiten, er ist einer seiner Lehrer. Den Orsinis ist es eine Ehre.«

»Für mich ist es eine Ehre, einen vielversprechenden Schüler auszubilden«, antwortete der Bischof und gab Francesco einen freundschaftlichen Klaps auf die Schulter.

Bevor Zio etwas sagen konnte, machte ich einen Schritt auf den Marchese zu.

»Mein Meister hier hat mich anlässlich des Geburtstags Ihrer Tochter gebeten, diese Skulptur zu schaffen, eine Hommage an die Familie Orsini. Großzügigerweise hat er mir einen Block Carrara-Marmor anvertraut, an dem sein ganzes Herz hing. Ich habe das Bärenthema gewählt, wie in Ihrem Wappen.«

Zio war fassungslos, ihm klappte der Mund auf, während die kleine Gruppe näher herantrat. Der Marchese schaute neugierig zu mir.

»Ist das dein Werk, mein Junge?«

»Ja, Euer Gnaden.«

»Wie alt bist du?«

»Sechzehn, Euer Gnaden.«

»Wie Viola. Sieh mal, Liebes, was der junge Mann für dich gemacht hat.«

Viola hielt den Kopf leicht schräg. Ich sah sofort, dass sie einen ihrer schlechten Tage hatte.

»Das ist sehr schön, danke.«

Der Bischof setzte seine Brille auf, beugte sich vor.

»Außerordentlich. Und das von einem so jungen Bildhauer. Aber die Großen der Renaissance haben auch jung angefangen. Die Vollkommenheit der Formen, der Bewegung, das ist wahrlich erstaunlich. Und diese Modernität … Jeder andere wäre versucht gewesen, den unteren Teil des Blocks ebenfalls zu bearbeiten, das Tier als Ganzes zu zeigen. Die Wirkung ist umso frappierender. Bravo, junger Mann. Sie werden es weit bringen. Und vielleicht werden wir Ihnen dabei helfen, wer weiß.«

Viola nickte, sehr langsam, ihre traurigen Augen voller *ich hatte es dir doch gesagt*. Francesco sah uns an, Hände auf dem Rücken, ein freundliches Gesicht.

»Wir schicken Ihnen ein paar Männer, am frühen Nachmittag, sie werden Ihnen beim Transport der Statue helfen. Die Festlichkeiten beginnen mit dem Mittagessen und werden am Abend fortgesetzt. So kann Viola ihr Geschenk bewundern und einen Standort auswählen. Selbstverständlich werden wir uns erkenntlich zeigen für diese großzügige Geste, Maestro Susso.«

»Der junge Bildhauer könnte ja vielleicht zu meinem Fest kommen«, sagte Viola. »Er ist wirklich sehr begabt.«

Der Marchese zog eine Augenbraue hoch, musterte mich und konsultierte mit einem kurzen Blick seinen Sohn. Francesco nickte, fast unmerklich.

»Sicherlich, warum nicht. Es ist schließlich dein Tag. Deine Gäste sind unsere Gäste.«

Am 22. November 1920 zog ich triumphal in die Villa Orsini ein, durch die Dienstbotentür, schon wahr, aber das Tor zum Paradies hätte für mich nicht schöner sein können. Wir hatten die Statue am Nachmittag geliefert und sie bei dem Teich aufgestellt, der sich am Haus entlangzog, direkt vor dem großen Salon. Unter der beträchtlichen Gästeschar war niemand in Violas Alter. Ich wusste noch nicht, dass für eine Frau ihres Standes die Tatsache, sechzehn zu werden, kein Anlass für ein Fest unter Freunden war. Es war ein politischer Akt.

Ich war so eingeschüchtert, dass ich mich in der Küche versteckte. Der Marchese scheuchte mich hinaus.

»Mensch, Junge, was stehst du hier in der Küche. Du bist von Viola eingeladen, du kannst nach Herzenslust herumspazieren.«

Herumspazieren. Normalerweise bewegte ich mich nur

fort, um von einem Punkt zum nächsten zu gelangen, um etwas abzugeben oder zu holen. Meine Schritte waren für den Gebrauch bestimmt. Spazierengehen war ein gesellschaftliches Privileg, eine Kunst, von der ich nichts verstand. Ich hatte nicht die Ungezwungenheit dieser Männer, die, Zigarre im Mund, über den Rasen wandelten und miteinander plauderten, während die Frauen, etwas abseits, unter ihren weißen Sonnenschirmen lachten. Inmitten der Gäste mehrere Prälaten und ein paar Priester. Sie hielten den Kopf gesenkt und sammelten die kleinen Geheimnisse, die ihnen ein Graf oder eine Baronin ins Ohr flüsterte. Unter den hohen Decken der Villa Orsini fühlte ich mich zum ersten Mal in meinem Leben klein. Die Gäste warfen mir neugierige, manchmal auch belustigte Blicke zu, vielleicht dachten sie, ich sei ein eigens engagierter Narr, wie man ihn von den Gastmahlen auf den Gemälden Veroneses kennt.

Veronese. 1528–1588.

Mit den Händen in den Taschen ging ich von Raum zu Raum und bemühte mich, größer zu wirken. Das Grün dominierte, zog sich durch Tapeten, Vorhänge, Raffhalter, Kettenhüllen von Kronleuchtern und Fransensessel in den Tönen Linde, Aventurin und Seladon. Unser fliegender Flügel, den wir vor zwei Tage fertiggebaut hatten und auszuprobieren kaum erwarten konnten, zeigte die gleiche Farbmelange. Ich sah, wie Viola von Gruppe zu Gruppe glitt und die Gäste mit gespielter Anmut begrüßte, eine Liebenswürdigkeit, der ihre schweifenden Blicke widersprachen, ungewöhnlich beweglich, unfähig, sich bei etwas einzuhaken, was auch nur ihr geringstes Interesse weckte. Sie langweilte sich fürchterlich, denn diese Leute waren Lebende, und so hatten sie nichts zu erzählen.

Die Bediensteten gingen unablässig herum und boten auf einem Tablett Champagner an – mir nicht. Als ich in einen der anderen Salons trat, stieß ich auf Stefano. Er war in Begleitung eines Mannes mit kurzgeschorenem Kopf, in seinem altmodischen Anzug hatte er etwas von einem Bergbewohner.

»Ah, Gulliver!«, rief er. »Erst klaust du unsere Bücher, dann machst du eine Statue für meine Schwester und schaffst es auch noch, hier eingeladen zu werden. Du hast den Bogen raus, das muss man dir lassen. Ich mag Menschen, die den Bogen raushaben.«

Ich starrte ihn an, sagte keinen Ton, hin- und hergerissen zwischen Angst und Hass. Stefano beugte sich zu mir herunter und nahm mein Kinn in seine plumpe Hand.

»Vergiss nicht, dass wir alle deinen Arsch gesehen haben, ja?«

Plötzlich stand Viola neben mir und schubste ihren Bruder unsanft zur Seite.

»Lass ihn in Ruhe!«

Sie zog mich durch die Menge, ihre Hand krampfte sich an meinen Ärmel. Wir gingen durch mehrere Räume, sie wurden immer leerer, kamen durch ein Boudoir mit geschlossenen Fensterläden und einem Geruch von Muff. Dann traten wir in die Bibliothek, und ich blieb wie angewurzelt stehen, fasziniert von den vielen Regalen. Das Wissen roch nach Leder und nach Eiche. In der Mitte des Raums erhob sich, eingelassen in einen achteckigen Tisch, ein mit lateinischen Namen überzogener alter Globus. Als ich ihn mir ansehen wollte, nahm Viola wieder meine Hand und zog mich zur Wand. Ein Paneel in der Täfelung drehte sich, und wir drangen ein in die Flure, die dem Personal vorbehalten waren, eine Welt fernab der Welt und durchschritten nur, gekrümmten Rückens, von denen, die zum Dienen geboren waren oder das zumindest glaubten. Dort wurde sich auch fortgepflanzt, hinter einem Treppenabsatz, bei feuchten, fiebrigen Paarungen, während die Herrschaften schliefen. Viola drückte mich gegen die Wand und sah mich eindringlich an, dann schmiegte sie sich an mich. Es gab kein Fenster, nicht die kleinste Öffnung. Ein graues Licht, das von wer weiß wo hereinfiel, rettete ihr Gesicht vor der Gier des Dunkels.

»Danke für den Bären, Mimo. Das ist das schönste Geschenk, das ich je bekommen habe.«

Irgendwo in der Villa ertönte eine Glocke. Viola zuckte zusammen.

»Wir haben nicht viel Zeit, also hör zu. Das alles geht schneller, als ich dachte. Mein Fehler, ich hätte die Zeichen erkennen müssen. Die Anspielungen, die Zahl der Gäste … Aber ich lasse dich nicht im Stich, hörst du? Wir haben es uns geschworen. Ich will dir nur sagen, dass … was du gleich hören wirst … dazu wird es nicht kommen, klar? Du und ich, so wird es immer sein, Mimo und Viola. Mimo, der bildhauert, und Viola, die fliegt.«

Ich hatte sie noch nie in einem solchen Zustand gesehen. Sie machte die Tür wieder auf und rannte los. Ich wollte ihr hinterher, verlor sie aus den Augen, verirrte mich in diesem tückischen Labyrinth, unter den rissigen Blicken einer Galerie von Ahnen. Ich schaffte es, einen Fensterladen zu öffnen, landete an der Rückseite des Hauses, lief um das Gebäude herum und kam mühelos wieder in den großen Salon mit seinen hohen Fenstertüren zum Park hinaus. Die Gäste gingen gerade vom zweiten in den ersten Salon, in einer Atmosphäre gespannter Erwartung. Die Nacht brach herein, doch große Fackeln, eine nach der anderen von den Bediensteten angezündet, sorgten dafür, dass von Dunkelheit keine Rede sein konnte. *Ab tenebris, ad lumina.* Die Orsinis blieben ihrem Motto treu. Fern der Finsternis, hin zum Licht.

Alles drängte sich nun im Tanzsaal. Auf einem Podest hatten sich der Marchese und die Marchesa zu dem kleinen Mann mit dem kurzgeschorenen Kopf gesellt, den ich an der Seite von Stefano gesehen hatte. Seine Gattin, eine hagere Frau, die ihn um einen Kopf überragte, stand neben ihm. Zwischen ihnen ein Junge in meinem Alter, kantiges Gesicht, die Wangen gezeichnet von den Spuren der Pubertät. Er trug den gleichen Anzug wie sein Vater, aus dickem Tweed. Ein Diener läutete eine Glocke, und ringsum wurde es still.

»Liebe Freunde«, verkündete der Marchese, »welch eine Freude, Sie in der Villa Orsini versammelt zu sehen, um gemeinsam den Geburtstag unserer Tochter zu feiern, unserer Viola!«

Applaus. Viola trat auf das Podium, sie war kreidebleich. Sie hatte sich umgezogen und trug ein cremefarbenes Ballkleid.

»Schönes Kleid, nicht wahr?«, sagte Francesco.

Er stand auf einmal neben mir, in seiner bevorzugten Haltung, Hände auf dem Rücken. Er war ein zwanzigjähriger junger Mann mit Gesichtszügen ohne jeden Reiz oder Makel, doch dieses Banale wurde in jeder Sekunde hinweggeräumt vom strahlenden Leuchten seiner Augen, von einem Blau, wie man es selten gesehen hatte. Sein Blick war sanft, eine Sanftheit, bei der ich nie wusste, ob er sie kultivierte, ob sie aufrichtig war oder bloß eine Folge der langen Wimpern, die er mit seiner Schwester gemeinsam hatte.

»Nein«, sagte ich. »Ihr Kleid ist grauenhaft.«

Bis heute frage ich mich, wieso ich eine solche Offenheit an den Tag legen musste. Ob es mein erwachender Sinn für Ästhetik war? Viola war eine wilde Blume, eine Herbstzeitlose, nicht diese Wiener Konditorei, die dort auf die Bühne gestiegen war. Wahrscheinlich hätte sie mir zugestimmt, schließlich hatte sie mich eingedeckt mit Büchern über Mode und Schneiderei und mir erklärt, dass es nichts Minderwertiges gab, dass alles zur Kunst erhoben werden konnte. Aber Francesco reagierte nicht pikiert, er lachte nur, schaute zur Bühne, zog eine Augenbraue hoch und musterte mich erneut.

»Wahrscheinlich hast du recht. Das Kleid steht ihr nicht.«

Für uns war es der Beginn einer eigenartigen Beziehung, die jahrelang Bestand haben sollte.

»Meine kleine Tochter ist keine kleine Tochter mehr«, fuhr der Marchese fort. »Und wir freuen uns, Ihnen heute Abend die Verbindung zweier großer Familien anzukündigen, und das schon sehr bald. In sechs Monaten werden wir die Verlobung von Viola und Ernst von Erzenberg feiern!«

»Nein …«, murmelte ich.

Unter den Hochrufen machte der junge Mann im Tweed einen unbeholfenen Schritt nach vorn und streckte Viola die Hand entgegen. Viola starrte ihn an, atmete schwer, ließ einen panischen Blick über die Menge wandern. Ich würde gern glauben, dass sie in dem Moment nach mir suchte. Mit einem innigen Lächeln schob ihr Vater sie auf den jungen Ernst zu, der ihr weiterhin die Hand hinhielt und ebenso wenig beglückt zu sein schien. Viola nahm sie, ohne ihn anzuschauen.

»Diese Verbindung ist umso wertvoller, als sie die künftige Generation, die Kinder unserer Kinder, zu einer der mächtigsten Familien eines Landes machen wird, dessen Geschicke allzu oft in den Händen der Inkompetenz liegen.«

Ich drehte mich zu Francesco um.

»Sie wollen doch nicht, dass sie diesen Knaben heiratet?«

»Warum nicht?«

»Sie ist erst sechzehn! Sie hat anderes im Kopf!«

»Entschuldige, aber mir scheint, du kennst sie erst seit heute Morgen, oder irre ich mich?«

»Nein. Ich kenne sie nicht. Das ist nur … nur so ein Eindruck.«

»Verstehe. Viola macht immer großen Eindruck.«

»Kraft dieser Verbindung«, hob der Marchese mit lauter Stimme wieder an, »als Symbol auch unserer gemeinsamen Bestrebungen, darf ich Ihnen zu meiner großen Freude bekanntgeben, dass in spätestens zwei Jahren die Elektrizität nach Pietra d'Alba kommen wird!«

Unter anderen Umständen hätte ich mich vielleicht amüsiert über den Kontrast zwischen den Bediensteten, die mit offenem Mund dastanden, und den Gästen, die, herbeigereist zumeist aus den großen Städten des Landes, höflich applaudierten. Für diese Leute hatte der Lichtschalter nichts von einem Mirakel. Dabei konnten sie nicht ermessen, welche technische Herausforderung es bedeutete, ein so abgelegenes Dorf mit Strom zu versorgen, zweifellos, weil sie nichts von Elektrizität verstanden.

»Gott hat seine schützende Hand über unsere Familien gehalten und sie reich gemacht, damit wir etwas zurückgeben«, schloss der Marchese. »Damit wir, und das nicht nur metaphorisch, die uns anbefohlenen Seelen erhellen …«

»Fehlt nicht viel, und mein Vater hält sich für Gott«, flüsterte Francesco mir zu und zwinkerte.

»In zwei Jahren werden wir hier in diesen Gärten unsere erste Laterne einschalten. Bis es so weit ist, wollen wir, zu Ehren unserer Tochter Viola und des jungen Ernst, trinken, tanzen und uns freuen! Ein Feuerwerk wird Ihnen heute Abend dargeboten von der berühmten Familie Ruggieri.«

Ich ging hinaus und setzte mich in den Park. Aus dem Salon wehten die Klänge einer Kapelle herüber, die zu Ehren der Familie im Tweed einen Walzer spielte, ein grässliches Humtata wie auf dem Jahrmarkt an der Donau. Ich hatte keine Ahnung, was diese Verbindung für die Zukunft bedeutete. Nur dass Viola, erst einmal verheiratet, nicht auf die Universität gehen würde. Nicht fliegen würde. Nicht mehr den Toten zuhören. Mich nicht über Wasser halten, nicht ermutigen zu schwimmen, ein bisschen weiter noch zu schwimmen, auf die nahen Ufer zu, an denen wir wie ein Königspaar gefeiert würden. Ich ging schon unter.

Die Nacht war über dem Plateau hereingebrochen und rückte gegen die Mauern des Anwesens vor. Ich war noch nie so nah an Violas Zimmer gewesen, außer damals, als ich dagegengeknallt war. Ihr Fenster rief nach mir, schwarz und verlassen, drei Stockwerke weiter oben.

»Verzeihung, Pater«, sagte ich, als Francesco an mir vorbeikam. »Haben Sie Viola gesehen?«

»Ich bin noch kein ›Pater‹, ich bin nur Seminarist. Und nein, seit vorhin habe ich meine Schwester nicht gesehen.«

Er winkte den Verwalter herüber.

»Silvio, haben Sie die Signorina Orsini gesehen?«

»Nein, Signore. Sie wird bei Ihren Eltern sein.«

Ich suchte die Salons ab, fest entschlossen, mit ihr zu

sprechen. Da ließ ein Knall die Fensterscheiben erzittern. Eine ängstliche Stille trat ein, gefolgt von freudigem Geschrei, am Himmel entfaltete sich eine leuchtende Blütenkrone. Das Feuerwerk hatte begonnen. Alles strebte in den Park und zog mich mit, ob ich wollte oder nicht. Die Ruggieris, die berühmtesten Feuerwerker der Welt, schmückten die Nacht mit glühenden Träumen, mit Blüten aus Licht und purpurnen Pollen, mit blauen und roten und grünen Kelchen, dahinter die Sterne erblassten, und das mit ebenjenem Schwarzpulver, das sie ein Jahr zuvor noch für die Kanonen verwendet hatten. Plötzlich rief, im Schein eines spektakulären Bouquets, eine Stimme:

»Da ist jemand auf dem Dach!«

Die nächste Rakete erhellte eine Gestalt. Die mir liebste Gestalt. Viola, sie stand ein Stück unterhalb des Firstes und war angetan mit dem extravagantesten Abendkleid, das man je gesehen hatte, eine Camaieu in Grüntönen und mit einer riesigen, hier und da moirierten Schleppe, funkelnd unter den Explosionen am Himmel: ihr fliegender Flügel, den sie wer weiß wann aus der Scheune geholt haben musste, vielleicht am Abend vorher. Es war ihre einzige Chance, ihre letzte, es all diesen Leuten zu zeigen, ihnen klarzumachen, dass sie, Viola, zu anderem, Höherem bestimmt war.

Die Gäste starrten einander an, sie waren sprachlos. Ein Geschmack von Pulver und Besorgnis lag in der Luft. Die Stimme des Marchese erscholl, das Ende seines Satzes unterbrochen von einer Explosion in Gold.

»Viola, komm da sofort …«

Viola rief etwas Unhörbares und rannte die Dachschräge hinunter. Die Seile spannten sich, das Segel schleifte über die Ziegel. Es war nicht ausgelegt für eine so kurze Strecke, höchstens fünfzehn Meter, vielleicht zwanzig, wenn man das natürliche Gefälle des Geländes berücksichtigte, doch der Mistral, der seit dem Morgen leise geweht hatte, blies, zu Ehren dieser mutigen Pionierin, auf einmal kräftig. Das Tuch blähte sich. Viola setzte einen Fuß auf die Zinkrinne und warf sich in die Tiefe.

Mit einem Ruck entfaltete sich das Segel über ihrem Kopf, begleitet von den Ohs und Ahs der Gäste, die dachten, sie sei Teil des Schauspiels. Und unter ihrem grünen Fallschirm, inmitten flammender Wirbel, zwischen Kometen und Raketen, segelte Viola dahin, die Feuerwerker hatten sie offenbar nicht bemerkt. Sie glitt durch die Nacht, stieg sogar höher auf und schwebte über einer schweigenden Menge. Ihr Verlobter in spe, so picklig wie verdattert, folgte mit den Augen diesem seltsamen, aus Leinen, Samt und Satin zusammengeflickten Schmetterling. Zwei Freudentränen liefen mir über die Wangen, fast auf der Stelle getrocknet von einem noch heftigeren Windstoß. Der Mistral packte Viola, schüttelte sie, zerrte sie seitwärts von einem Ende des Hauses zum anderen, ließ sie plötzlich um sich selbst rotieren. Trotz der Höhe hörten wir sie schreien. Nicht vor Angst, sondern vor Wut. Dann ein Knattern wie von einem Bettlaken, das man im Wind des frühen Morgens ausschlägt, um die Nacht daraus zu vertreiben. Die Seile des Flügels verhedderten sich, und in der nächsten Sekunde hatte sich das Segel verdreht.

Viola stürzte plötzlich herab, ein herumwirbelnder wütender Ikarus, stieß aus dreißig Meter Höhe hinein in eine Masse von Grün, Orsinigrün, Waldgrün, und verschwand zwischen den Bäumen.

Die Ordner mit der Aufschrift *Pietà Vitaliani* im Tresorschrank von Padre Vincenzo sind wie folgt unterteilt:

- *Der Fall Laszlo Toth*, ein Ordner.
- *Zeugenaussagen*, zwei Ordner.
- *Die Pietà Vitaliani, Monografie, Leonard B. Williams, Stanford University Press*, ein Ordner.

In diesem letzten befindet sich zudem ein schmaleres Dossier mit dem Titel *Bericht C. A.* Schon immer hat sich der Padre gefragt, welcher Spaßvogel einen für Mystik so wenig empfänglichen Geist wie Professor Williams und den gefürchteten Candido Amantini, den obersten Exorzisten des Vatikans, Seit an Seit in denselben Ordner hat stecken können.

Die von Williams zusammengetragenen biografischen Daten sind recht spärlich. Michelangelo Vitaliani kommt am 7. November 1904 in Frankreich zur Welt, Vater Bildhauer. Wahrscheinlich nach dessen Tod kommt Vitaliani 1916 nach Turin. Dort wird er von einem Freund, Onkel oder Cousin seiner Eltern aufgenommen, der nimmt ihn mit nach Pietra d'Alba. An diesem Ort wird Vitaliani sein Berufsleben im Wesentlichen verbringen, mit zwei Ausnahmen: einem Aufenthalt in Florenz, worüber fast nichts bekannt ist, außer dass er im Atelier von Filippo Metti tätig war, und einem Aufenthalt in Rom, worüber allerdings vieles bekannt ist. Einem Gerücht zufolge unternimmt er eine Reise in die USA, was jedoch durch keinerlei Beweis gestützt wird. Vitaliani leidet an Achondroplasie. In mehreren unbelegten Quellen ist die Rede von einem attraktiven Mann mit einem betörenden Wesen. Manche sprechen von einer äußersten, an Naivität grenzenden Sanftheit, andere schildern ihn als verhaltensgestört mit einer Neigung zu Gewalt. Es ist demnach unmöglich, einer dieser Beschreibungen zu vertrauen. Verglichen mit seinen direkten Vorgängern oder seinen Zeitgenossen hat Vitaliani nur sehr wenig hervorgebracht. Weniger als achtzig Originalwerke sind erfasst, kein Vergleich mit den Tausenden von Skulpturen eines Rodin, Moore oder Giacometti. Vitalianis Werke sind zum größten Teil untergegangen, wahrscheinlich aufgrund des politischen Klimas, in dem sie geschaffen wurden. Es ist auch nicht unrealistisch, von vorsätzlicher Zerstörung auszugehen, sei es durch den Künstler selbst, sei es durch Instanzen, denen daran gelegen war, seinen Namen aus den Annalen zu tilgen oder ihn zumindest dem Vergessen anheimzugeben. Die geringe Anzahl trägt noch zu der geheimnisvollen Aura bei, die den Bildhauer umgibt, um nicht zu sagen den Fantasiegespinsten. Vitaliani gehörte nie einer Bewegung an, berief sich nie auf eine bestimmte Richtung. In seinem Fach war er, was Marlon Brando einmal für die Schauspieler sein sollte, Pavarotti für die Sänger und Sabicas für die Gitarre. Ein instinktiver, begnadeter Künstler mit einem angeborenen Talent, das niemand erklären konnte – nicht einmal er selbst. Vitalianis Kunst bedarf keiner theoretischen Grundlage, anders als ein Giacometti, mit dem er einmal einen legendären Streit hatte.

1948 verschwindet Mimo Vitaliani von der Bildfläche – und damit auch jede Möglichkeit einer endgültigen Klärung der Gründe für die Schockwelle, die sein letztes Werk ausgelöst hat, seine Pietà. Zu dem Zeitpunkt, als die Monografie erschien (publiziert 1972 und überarbeitet 1981, kurz vor Professor Williams' Tod), weiß niemand, ob Vitaliani noch lebt. Und wenn ja, wo er sich versteckt.

Padre Vincenzo kennt die Antwort auf beide Fragen. *Vitaliani lebt, aber nicht mehr lange, in der Zelle rechts der Treppe im ersten Stock des Nebengebäudes.* Er denkt kurz daran, was für eine Sensation das wäre, und die Versuchung schnappt nach ihm, sicher könnte er die Meldung zu Geld machen, aber sofort vertreibt er den Gedanken – der Teufel ist wirklich nie arbeitslos. Er wird nichts sagen. Wird Vitaliani in der Abendbrise dahintaumeln lassen, ehe er sanft entschläft und sein Geheimnis mitnimmt. Es gibt nichts Schöneres als ein Mysterium, wer wüsste das besser als er, Padre Vincenzo, schließlich hat er sein Leben dem größten von allen gewidmet.

Man hatte Viola durch eine Dienstbotentür ins Haus getragen und die Gäste zugleich höflich hinausbegleitet, zu ihrem Fahrzeug oder ihrem Quartier. Die Erzenbergs waren nach dem Unfall sofort abgereist, ohne ein Wort. Die Botschaft war klar: Sohn Ernst, ihr Augenstern mit dem Aknegesicht, würde doch keine Verrückte heiraten. Wenn diese Verrückte denn überhaupt noch lebte.

Als man Viola fand, atmete sie noch, hieß es, doch bei ihrer Rückkehr in die Villa waren einige Damen in Ohnmacht gefallen. Das arme Ding, kein schöner Anblick, ging das Gemurmel. Mangels Alternative und da es an motorisierten Fahrzeugen nicht fehlte, holte man den Arzt aus dem Nachbardorf, einen bekannten Trinker. Ich war krank vor Sorge, musste aber zurück in die Werkstatt. Mit seinen neunzehn Jahren verbiss sich Annex die Tränen. Von Anna – sie half bei den Orsinis als Zimmermädchen aus, wenn Gäste im Haus waren – erfuhren wir am nächsten Tag, dass Viola nicht wieder zu Bewusstsein gekommen war. Man hatte sie nach Genua ins Krankenhaus gebracht.

Seit dem Feuerwerk sah Zio mich schief an. Nach drei Tagen wusste immer noch niemand etwas. Kein Orsini ließ sich blicken, alle Anweisungen liefen über Silvio, den Verwalter. Auch das Personal hielt sich bedeckt – selbst wenn sie gewollt hätten, sie verfügten nicht über die kleinste Information. Durchgedrungen war nur, dass der Marchese und die Marchesa lange diplomatische Verhandlungen führten, um ihren Ruf wiederherzustellen, ein rein briefliches Unternehmen, da das Telefon Pietra d'Alba noch nicht erreicht hatte. Die Kuriere kamen und gingen im Stundentakt, ein in der Gegend noch nie gesehenes Treiben.

Eines Morgens deutete Zio auf das Auto und sagte mir, ich solle mein Gepäck holen und mitkommen.

»Mitkommen? Wohin?«

»Ich erkläre es dir unterwegs. Du wirst für mich etwas erledigen.«

Ich war gespannt und stopfte ein paar Sachen in die kleine Kiste, die ich aus Frankreich mitgebracht hatte, sie kam sofort auf den Rücksitz des Ansaldo. Zio brauste los, fuhr hinauf nach Pietra d'Alba, hupte sich durchs Dorf und nahm die Straße nach Savona.

»Du fährst nach Florenz!«, brüllte er über das Motorengeräusch hinweg.

»Ich will nicht nach Florenz! Ich will bei Viola bleiben!«

»Hä? Du willst was?«

»Ich will nicht nach Florenz!«

»Du wirst für mich bei Filippo Metti zwei schöne Carrara-Blöcke aussuchen! Der Marchese hat mir das Dreifache von dem Wert des Blocks bezahlt, den du genommen hast, plus die Arbeit. Alles in allem kein schlechtes Geschäft. Aber wehe, du fängst wieder an. Du nimmst dir die Zeit, die es braucht, nicht dass sie dich übers Ohr hauen!«

Er setzte mich am Bahnhof Savona Letimbro ab und fuhr wieder los, nachdem er mir einen Umschlag für besagten Metti in die Hand gedrückt hatte.

»Die Geldanweisung für ihn, als Bezahlung. Aber *nur*, wenn die Blöcke es wert sind. Deine Rückfahrkarte ist auch drin, gültig für jeden Zug. Und halt dich nicht mit Kleinigkeiten auf. Wenn du einen Tag länger brauchst, nimm dir die Zeit. Achte darauf, dass der Marmor keinen Riss hat. Lass dir keinen französischen andrehen.«

Es war die Zeit, als die Bahnhöfe noch schön waren. Dieser umso schöner, als ein paar Straßen weiter das Meer begann. Vier Jahre zuvor war das Mittelmeer für mich eine blaue Wasserfläche gewesen. Dank Viola überzog sie sich nun mit gestrichelten Routen, spendete das Leben, nahm das Leben, brütete Tornados und Erdbeben aus, Erdbeben, deren zwölf Stufen auf der berühmten Mercalliskala Viola herunterbeten konnte. Sie kannte den Unterschied zwischen einer *Arbacia lixula* und einem *Tripneustes ventricosus*. »Einem Schwarzen Seeigel und einem Weißen Seeigel, Idiot.« Ohne sie war die Welt einfacher, keine Frage. Sie brannte aber auch ein wenig in den Augen.

Ich kann mir gut vorstellen, was alles geflüstert wurde unter den Baldachinen, in den Alkoven, mit vor Empörung verzogenen Mündern im Schutz von Fächern aus Crêpe. *Die junge Orsini wollte sich lieber umbringen, als den pickligen jungen Mann aus Österreich-Ungarn zu heiraten.* Dabei war der picklige junge Mann gar nicht mehr aus Österreich-Ungarn, sondern aus Italien, nachdem ein Jahr zuvor das Trentino und Südtirol dem Land angegliedert worden waren. Außerdem kannte ich die junge Orsini wie niemand sonst. Wir waren kosmische Zwillinge. Und ich weiß, dass Viola in dem Moment, als sie sprang, davon überzeugt war, dass sie fliegen konnte.

Nach acht Stunden Fahrt stieg ich in Florenz aus. Niemand schien auf mich zu warten. Ich geduldete mich vor dem Bahnhof und hüpfte auf der Stelle, um mich aufzuwärmen. Ein rußfleckiger Reif lag auf den Dächern. Die Stadt brummte, ein berauschender Kontrast zu Pietra d'Alba, wo die Bewohner schon die Fensterläden zuschlugen und sich an ein knausriges Feuer hockten. Gegenüber von mir fuhren Autos und Droschken am Grand Hotel Baglioni vor.

Etwas bewegte sich, zog meinen Blick auf sich. Dort drüben, auf der Terrasse eines Cafés, das nicht die Pracht des Baglioni besaß, direkt hinter den Straßenbahnschienen, saß ein Kind im Mantel und winkte zu mir herüber. Ich schaute mich um, deutete fragend auf mich. Das Kind nickte heftig. Ich überquerte die Straße, blieb misstrauisch. Das Kind war keins. Es war ein etwa fünfzigjähriger Mann mit einem spärlichen, angegrauten Bart, der die Aknenarben nur schlecht verdeckte. Vor allem aber war er wie ich. Ein übermütiger Gott hatte bei seiner Geburt den Finger auf ihn gelegt, um ihn am Wachsen zu hindern.

»Maestro Metti?«

»Was?«

»Sind Sie Filippo Metti?«

»Nie gehört. Setz dich, mein Junge.«

»Ich kann nicht, ich warte auf jemanden vor dem Bahnhof.«

»Wir *sind* vor dem Bahnhof. Du kannst genauso im Sitzen warten. Was trinkst du? Einen Glühwein?«

»Nichts, Signore.«

»Du erlaubst, dass ich mir noch was bestelle?«, sagte er, schob drei leere Gläser zur Seite und winkte dem Kellner. »Setz dich einfach.«

Ich nahm auf der Stuhlkante Platz, wandte den Blick nicht vom Eingang des Bahnhofs. Der Kellner brachte ein dampfendes, etwas streng riechendes Glas und stellte es, ohne uns anzusehen, auf den Tisch.

»Suchst du Arbeit, mein Junge?«

»Nein, Signore. Ich fahre morgen wieder.«

»Hm, schade. Ich bin Alfonso Bizzaro. Ja, so heiße ich. Alfonso Bizzaro, Bankert eines spanischen Vaters und einer italienischen Mutter, Eigentümer, künstlerischer Direktor und Hauptdarsteller des Zirkus Bizzaro. Du würdest das Zelt sehen, auf dem leeren Grundstück gleich hinter dem Bahnhof, wenn es nicht gestern unter einer Sturmbö zusammengebrochen wäre. Und du?«

»Mimo. Vitaliani.«

»Und was machst du in Florenz, Mimo Vitaliani?«

»Ich bin beruflich hier. Und wenn noch Zeit bleibt, würde ich mir gern die Fresken von Fra Angelico anschauen. Dann kann ich einer Freundin davon erzählen, sie hat sie noch nie gesehen.«

»Fra Angelico? Wer ist das?«

»Ein Mönch und ein großer Maler der italienischen Renaissance. Geburtsdatum unbekannt, gestorben 1455.«

»Schade, dass du morgen wieder fährst. Ich brauche Leute wie dich.«

»Wofür?«

»Himmel, für meine Vorstellung natürlich! Die Nachstellung eines Kampfes zwischen Mensch und Dinosaurier. Die Dinosaurier sind kostümierte Schauspieler, und Leute wie du und ich spielen die bedrohte Menschheit. Bei dem Größenunterschied ist das beeindruckend. Ich bin jeden Abend *sold out*.«

Innerhalb von vier Jahren hatte Viola mich von Grund auf verändert. Das Ausmaß wurde mir nie so bewusst wie in dem Moment, als ich, *il Francese*, Sohn von Analphabeten, antwortete:

»Die Dinosaurier und die Menschen haben nicht zur selben Zeit gelebt.«

Bizzaro sah mich komisch an, dann pfiff er durch die Zähne.

»Sieh an, du bist ja ein gebildeter Zwerg.«

Ich richtete mich auf, war wütend.

»Ich bin kein Zwerg.«

»Ach nein? Was dann?«

»Ein Bildhauer. Ein großer Bildhauer. Eines Tages werde ich es sein.«

»Notiert. Und bis es so weit ist, weißt du, wo du mich findest, falls du deine Meinung änderst. Du zahlst, ja?«

Er kippte sein Glas hinunter, und mit den Händen in den Taschen ging er vor meinen verblüfften Augen davon. Sofort kam der Kellner und streckte die Hand aus.

»Eine Lira.«

Ich hatte kein Geld, hatte nie welches gehabt, nie welches gebraucht. Er verstand und packte mich am Kragen.

»Mimo Vitaliani?«

Ein Mann trat auf mich zu, er hatte soeben die Straßenbahnschienen überquert. Er war noch jung, nicht mal vierzig, aber in seinen Augen türmten sich weitere Jahrzehnte. Sein rechter Ärmel hing herunter, ohne den starken und gesunden Arm, der ihn einmal ausgefüllt hatte. Er war von der Front heimgekehrt, einer Front, die sich seinem Körper eingeschrieben hatte, den Falten, wie man sie bei einem Mann dieses Alters nicht erwartet hätte, den Albträumen, die in Schwärmen selbst durch seine wachen Stunden wirbelten und ihn unmerklich den Kopf einziehen ließen.

»Ich bin Filippo Metti. Du solltest vor dem Bahnhof auf mich warten.«

»Tut mir leid, Meister. Ich …«

»Eine Lira«, sagte der Kellner noch einmal.

Metti besah sich die vier Gläser auf dem Tisch und zog eine spöttische Augenbraue hoch.

»Du verlierst keine Zeit, wie ich sehe.«

»Nein, ich …«

»Schon gut. Ich bin schließlich zu spät gekommen. Aber eins kann ich dir sagen, in der Werkstatt wird nicht getrunken«, stellte er klar und bezahlte.

Seine Werkstatt war mir egal. Ich wollte so schnell wie möglich raus aus dieser Stadt. Wollte nach Hause, wollte hören, wie es Viola ging, auch wenn mir die Reise erlaubte, nicht an sie denken zu müssen, nicht daran, dass sich kein Mensch von einem solchen Sturz erholte. Ich wollte Schluss machen mit Florenz. Als wäre das möglich. Florenz war Viola, das sollte ich schon bald begreifen: geschunden und maßlos und sanft. *Sie* entschied, wann Schluss war.

Wir durchquerten die Stadt zu Fuß, trotz der Kälte, im Zickzack zwischen Straßenbahnen und Droschken, die eingespannten Pferde mit jammervollen Augen. Jedes Gebäude rief mir zu. Jede Straße, jede Häuserzeile, jede neue Perspektive saugte mich ein und verlieh meinem Gang etwas Schwankendes, was mir einen missfälligen Blick von Metti eintrug. Bei jedem Schritt musste ich mich zwischen zehn verschiedenen Formen von Schönheit, zehn verschiedenen Geschichten entscheiden. Jede Kreuzung bedeutete einen Verzicht. Die Stadt glitt in mich hinein und sollte mich nicht mehr verlassen. Weder die Größe Roms noch der Zauber Venedigs oder der Irrsinn Neapels vermochten es, dass ich

Florenz jemals vergaß. Es war nicht die schönste Stadt Italiens, aber sie war die schönste. Schon wieder Viola.

»Geht's dir wirklich gut?«, fragte Metti.

»Ja, Meister.«

»Du machst so ein komisches Gesicht. Man könnte meinen … dir kommen gleich die Tränen.«

»Ich habe nur an eine Freundin gedacht. Sie liegt im Krankenhaus.«

Er zuckte zusammen, murmelte »Krankenhaus«, erschauerte.

»Das tut mir leid. Na los, beeilen wir uns, es wird schon dunkel.«

»Wo sind die Marmorblöcke?«

»Die Marmorblöcke?«, fragte er überrascht. »Na ja … in der Werkstatt.«

Er warf mir einen verwunderten Blick zu, ging weiter. Wir überquerten den Arno auf dem Ponte di Rubaconte – die Deutschen sollten die Brücke 1944 zerstören, sehr zur Freude des Ponte Vecchio, der so zur ältesten Brücke der Stadt wurde. Auf der anderen Seite liefen wir am Ufer entlang nach Osten, etwa zwei Kilometer, ließen alles Städtische hinter uns und zogen durch bleiche, reifbedeckte Felder. Am Ende eines unbefestigten Wegs schaute ein Gebäude mit seinen kahlen Mauern auf die karge Landschaft herab. Ein majestätischer Torbogen führte in einen Hof, den man zu einem Depot umfunktioniert hatte, überragt von zahlreichen Fenstern. Alles an diesem Ort vermittelte ein Gefühl von Ordnung und Symmetrie, gemischt mit dem bittersüßen Geruch von Aufgegebenem. Eine Melodie von Spitzmeißel und Schlageisen drang aus mehreren Fenstern im ersten Stock, kontrapunktisch unterlegt mit

Rufen, Fragen und Anweisungen, verstärkt noch von unsichtbaren Fluren.

Metti trat in den nördlichen Trakt, stieg mit seinen schweren Schritten hinauf in den zweiten Stock und drückte die Tür zu einem Kabuff auf, darin ein Bett und eine Kupferschüssel voll Wasser.

»So, du schläfst hier.«

»Wann kann ich mir die Blöcke ansehen? Ich möchte so schnell wie möglich zurück.«

»Wovon redest du, welche Blöcke?«

»Die mein Onkel von Ihnen kauft.«

Metti sah mich an, als wäre ich nicht bei Trost, und ich schaute genauso zurück.

»Ich verstehe nicht, was du mit den Blöcken hast, Junge. Mit deinem Onkel ist alles geklärt. Ich leihe mir deine Dienste aus, ich brauche eine Arbeitskraft für die Baustelle am Dom. Er zahlt dir deinen Lohn weiter wie bisher.«

Ich verstand. Nicht alles, nicht die Feinheiten, aber den Kern der Sache: Zio hatte mich loswerden wollen.

»Ich kann nicht bleiben.«

»Wie du willst. Du kannst die Nacht hier schlafen. Wenn du bleibst, heißt es: morgen früh um sieben, beim Zurichten, gleich hinter dem Hauptgebäude.«

Er ging wieder, etwas gebeugt, der Oberkörper seltsam aus der Balance, bei jedem Schritt warf er die rechte Schulter vor, wie um das Fehlen des Arms auszugleichen. Ich ließ mich auf die Strohmatratze fallen, war fassungslos. Dann erinnerte ich mich an die Nachricht, die Alberto mir für Metti mitgegeben hatte, und öffnete hastig den Umschlag. Darin steckte ein weiterer, darauf stand WIWO. Alberto hatte versucht, meinen Namen zu schreiben. In dem zweiten Umschlag war nur ein einziges Blatt mit einer Zeichnung – und er zeichnete gut, der alte Sack, mit einer Anmut, die der Renaissance würdig gewesen wäre –, der Kohlezeichnung eines *digitus impudicus.* Dieser ausgestreckte Mittelfinger war so in Bewegung versetzt, dass es ihn zum Leben erweckte, ich konnte nur wütend grummeln. Tausend Gedanken stürmten auf mich ein. Dass Zio zweifellos ein außergewöhnlicher Maler geworden wäre, aber warum hatte er dann die Bildhauerei gewählt? Dass er mich reingelegt hatte und dass er es, schlimmer noch, unmöglich in der Woche nach seiner Rückkehr hatte einfädeln können. Nicht aus Rache wollte er mich loswerden, wegen der Sache mit dem Bären, den ich geschaffen hatte. Geplant hatte er es schon vorher, einfach weil er mich nicht mochte. Was hieß, dass es nicht viele Menschen auf der Welt gab, die mich mochten, und eine dieser Personen lag im Krankenhaus und hatte vielleicht, je länger ich darüber nachdachte, aufgehört, mich zu mögen.

Ich konnte nicht bleiben. Viola brauchte mich. Alles an diesem Ort atmete Zios Geist. Unmöglich konnte ich bleiben, unmöglich konnte ich gehen. Ich hatte kein Geld. Metti würde Zio für meine Dienste bezahlen, und der würde mich niemals bezahlen. Ich war eingesperrt, ein Gefangener. Im Grunde war ich das immer gewesen, aber fast jeden Abend sprengte Viola meine Ketten. Ich gab mir ein Versprechen. Eine dunkle Verschwörung auf einem eisernen Bett.

Alberto Susso, du Hurensohn. Eines Tages bringe ich dich um.

Aber ich hielt das Versprechen nicht, so wenig wie meine vielen anderen.

Florenz, die dunklen Jahre. Ein guter Titel für meinen Biografen, auch wenn ich noch nicht ahnen konnte, dass man sich eines Tages für mein Leben interessieren würde. Und noch weniger konnte ich ahnen, dass ich, als sich tatsächlich jemand für mein Leben interessierte, alles unternehmen würde, um ihm die Arbeit zu erschweren.

Brüder, sobald ich meinen letzten Atemzug getan habe, diesen letzten, der sich noch nicht einstellen will, tragt mich in den Garten. Begrabt mich unter einem schönen weißen Stein, aus dem Carrara, den ich so geliebt habe. Und vor allem meißelt keinen Namen hinein. Lasst ihn glatt, weich, damit man sich auf ihn legen kann. Ich will, dass man mich vergisst. Michelangelo Vitaliani, 1904–1986, hat alles gesagt, was er zu sagen hatte.

Zugerichtet wurde in einem Wellblechschuppen an der Rückseite des Hauptgebäudes. Als ich mich um sieben Uhr dort einfand, liefen die Sägen bereits. Niemand beachtete mich. Ich ging hier und da zur Hand, und unter dem Marmorstaub verwandelte ich mich bald, genau wie die anderen sechs Beschäftigten, in ein Gespenst. Unmöglich, bei einem solchen Lärm einen Ton zu sagen, außer wenn die Arbeiter zum Rauchen eine Pause machten, auf einem Block sitzend, die Ellenbogen auf die Knie gestützt, Blick ins Leere. Ein ausgemergelter Typ, der offenbar als Chef fungierte und auf den Namen Maurizio hörte, hielt mir eine Toscano hin. Ich zündete sie an, als wäre ich es gewohnt – ich hatte noch nie geraucht –, und mit Tränen in den Augen unterdrückte ich einen Hustenanfall. Maurizio warf mir einen spöttischen Blick zu, in dem jedoch nichts Böses lag. Er selbst rauchte nicht einfach nur, er *atmete* den braunen Rauch, sog ihn ein, kaum dass es aus dem Mund qualmte, sodass er die Zigarre zwei- oder dreimal rauchen konnte. Der Tabak und der Marmorstaub überzogen seine Zunge, seine Zähne, seinen Bart und wahrscheinlich auch sein Körperinneres mit einem gelben Belag. Für mich war es Ehrensache, meine erste Toscano zu Ende zu rauchen, dann ging ich nach draußen und übergab mich.

Ich sah Metti den ganzen Tag nicht, nicht die ganze Woche. Unsere Mahlzeiten nahmen wir gemeinsam im ehemaligen Refektorium ein – das Hauptgebäude war einmal ein Palazzo gewesen, dann ein Kloster, war aufgegeben worden, hatte als Scheune gedient und beherbergte nun Filippo Mettis Werkstatt. Den ersten Stock im nördlichen Trakt belegte die eigentliche Bildhauerwerkstatt, das Atelier, dort arbeitete die Elite der florentinischen Bildhauer. Metti war einer der begehrtesten Künstler der Stadt gewesen, bis zu dem Tag, als er bei einer Explosion in Caporetto seinen Arm vergessen hatte. Und das war wirklich so passiert. Eine Granate hatte den Angriff, den er als Zugführer befehligte, gestoppt und sie gezwungen, sich unter einem tönernen Gewitter zurückzuziehen. Als sie ihren Unterstand erreichten, sagte er: »Das war knapp, hätte böse enden können«, bis ein Soldat ihn fragte, wo er seinen Arm gelassen habe.

Das Zurichten war die Hölle, war der Frachtraum eines Schiffes, die undankbarste Arbeit. Wir sägten die Marmorverblender für die Fassaden zurecht. Manchmal bossierten wir die Blöcke für die Skulpturen, wenn es nicht schon im Steinbruch geschehen war. Metti hatte einen der größten Aufträge in der Region an Land gezogen, die Restaurierung eines Teils des Doms. Es gab so viel zu tun, dass er sogar Leute aus dem Ausland einstellte. Im Refektorium war der Unterschied nicht zu übersehen, hier die Elite, die Bildhauer, immer fröhlich, immer aufgelegt zu einer Essensschlacht, und da »die vom Zurichten«, von Kopf bis Fuß bestaubt, schweigend über ihren Tellern. Aber so arrogant die Bildhauer auch sein mochten, und arrogant waren sie, sie suchten keinen Streit mit uns. Der Platz fürs Zurichten war ein Hort der Hartgesottenen, ehemalige Strafgefangene, Deserteure, Drückeberger, alles, was die Welt an kleinen

Niederträchtigkeiten zu bieten hatte, und die erforderten, wollte man mit ihnen leben, großen Mut.

In dieser ersten Woche schaffte ich es, mir eine Briefmarke schenken zu lassen. Ich schrieb Annex (an die Adresse seiner Mutter, ich sah schon, wie Zio meine Post abfing), und in den Umschlag steckte ich einen Brief für Viola. Jeden Morgen schlug ich mit Angst im Bauch die Augen auf vor einer Welt, von der ich nicht wusste, ob sie meine beste Freundin noch in sich hielt. Ich wurde zu einem Magus, suchte im Lauf des Tages nach tausend Vorzeichen, erfand notfalls welche. *Drei Raben auf dem Schornstein dort drüben, es geht ihr schlecht. Wenn ich es die Treppe bis zum Absatz hochschaffe, ohne zu atmen, wird sie überleben.* Am Abend dann, nach dem Essen, streifte ich am schlammigen Ufer des Arno entlang und berauschte mich an dem Matsch und der kalten Luft, fasziniert vom Schimmer des Mondlichts auf Giottos Campanile jenseits des Flusses. Nicht ein einziges Mal ging ich über die Brücke, ich fühlte mich solcher Eleganz nicht würdig, wollte auch nicht riskieren, auf ein Werk von Fra Angelico zu stoßen, ohne dass Viola es zusammen mit mir sah. Außerdem hieß es, manche Straßen seien nicht sicher, für ein Nichts bekomme man dort die Kehle durchgeschnitten.

Eine Woche nach meiner Ankunft tauchte Metti wieder auf. Ich erkannte ihn an seinem Gang, als er von der anderen Seite des Hofs herüberkam.

»Du bist also geblieben«, sagte er, als ich ihm entgegenlief.

»Ja, Meister. Ich wollte Sie fragen … Warum bin ich beim Zurichten?«

»Weil ich fürs Zurichten Leute brauche, und dein Onkel hat mir gesagt, dass du für so eine Arbeit ein guter Lehrjunge bist.«

»Aber ich kann bildhauern.«

Er stemmte seine heile Faust in die linke Hüfte.

»Davon bin ich überzeugt. Aber du siehst ja, ich arbeite an wichtigen Projekten in der Stadt, nicht an der Ausstattung eines Landhauses. Wenn du gute Arbeit machst, das verspreche ich dir, kannst du bei meinen Lehrlingen lernen, und wenn du dich geschickt anstellst, kannst du aufsteigen. Jetzt zieh ab.«

Er ging um die Skulptur herum, die mitten im Hof stand, und besah sie sich aufmerksam aus der Nähe, ein heiliger Franziskus mit zärtlichem Blick. Und ich kehrte, den Kopf gesenkt, zurück zum Zurichten und in mein Leben eines Gespensts. Meine Gefährten begegneten mir bald mit einem gewissen Respekt. Insgeheim schätzten sie es wohl, dass ich trotz meiner Größe bei der Arbeit nicht murrte. Aber für mich war es Ehrensache, dass ich mit anpackte, egal wie beschwerlich es war. Im Gegenzug beschenkten sie mich mit dem ein oder anderen Glas Bier, Zigarren, all den verbotenen Genüssen, die mir noch fremd waren. Und Briefmarken, meine wertvollste Währung in diesen Wochen.

Zwölf Tage nach meiner Ankunft erhielt ich einen Brief von Annex. Er versengte schon meine Innentasche, als ich ihn in der ersten Pause, der um zehn, endlich öffnen konnte, auf der Schwelle der Werkstatt und in der Wärme eines der seltenen Sonnenstrahlen.

Lieber Mimo,

hier nicht fiel Neues. Alberto ist imer noch so doof und Anna ist imer noch so schön. Du felst uns. Nichts Neues von Viola, nicht mal die Diener wissen was. Einige sagen dass sie tot ist, andere nicht. Ich schike dir neuste Nachrichten sobald ich welche habe. Dein Freund Vittorio.

PS: Emanuele sagt dass er hofft dass du bald zurück kommst weil ohne dich ist es nicht mehr dasselbe.

Ich beschloss, der Familie Orsini zu schreiben, und den ganzen Abend formulierte ich in meiner schönsten Handschrift ein höfliches Bittgesuch, dabei erklärte ich ihnen, dass ich mich in einem angesehenen Atelier in Florenz ausbildete, und ob sie mir, *seien Sie so gut, ich flehe Sie an*, sagen könnten, wie es Viola gehe. Ich zerriss den Brief, fing noch einmal an und ersetzte Viola durch »Signorina Orsini«.

Am nächsten Tag ging die elektrische Säge kaputt, sie war der ganze Stolz des Zurichteschuppens. Um nicht auf die Reparatur zu warten, holten wir eine alte Spannsäge hervor und mussten die Blöcke mit der Hand schneiden. Meine Körpergröße wurde zu einem Problem, denn einige Blöcke waren höher als ich. Also half ich beim Transport, beim Saubermachen, aber mehrmals konnte ich nur im Hof herumschlendern, wo sich die Wege der zur Auslieferung bereitstehenden Statuen und der zur Restaurierung eintreffenden Werke kreuzten. Ich sah Metti wieder vor der Statue des heiligen Franziskus, zu seinen Füßen hatte ein junger Mann mit einem roten Halstuch und einer blauen Schürze soeben zwei Vögel aus Stein abgesetzt. Metti winkte mich herüber.

»Sieh dir die Vögel an, die Neri gemacht hat. Neri wird bald Geselle, er leitet die Lehrlinge im Atelier an. Was sagst du dazu?«

»Sehr schön, Meister.«

Neri zog eine Augenbraue hoch, fragte sich, ob er die Meinung eines Zurichters, wie auch immer sie ausfiel, als

Beleidigung auffassen sollte. Mit einem Schulterzucken nahm er das Kompliment an, auch wenn es nichts galt. Metti tätschelte seinen Arm, Neri entfernte sich.

»Das ist ein Auftragswerk für die Basilika von Assisi«, murmelte Metti. »Eigentlich hätte ich es selbst machen sollen …«

»Dann hätten Sie es besser gemacht.«

»Wie bitte?«

»Das eben war gelogen. Die Vögel da …«

Ich schüttelte den Kopf. Mettis Mund verzog sich zu einer fast komischen Grimasse, die gleichwohl die Wut verriet, die in ihm aufstieg.

»Gefallen sie dir nicht?«

»Nein.«

»Dürfte ich um deine sachkundige Meinung eines Arbeiters beim Zurichten bitten?«

Ich schaute Metti von oben herab an, auch wenn ich dafür hinaufblicken musste. Sechzehn Jahre des bitteren Grimms kamen in dem Moment zum Vorschein, Jahre des heruntergeschluckten, gut abgehangenen Kummers, vermengt mit dieser panischen Angst, als ich meine beste Freundin vom Himmel stürzen sah. Auch ich hatte Anspruch auf meinen Teil Wut.

»Sie können die sachkundige Meinung von einem hören, der viele Vögel gesehen hat. Und die beiden da«, sagte ich und zeigte mit dem Finger auf die steinernen Kreaturen, »werden niemals fliegen.«

»Wieso das?«

»Die Anatomie stimmt nicht. Das sind Truthennen von der Größe eines Spatzen. Und diese Truthennen werden garantiert nicht weit fliegen. Im Übrigen ziehen sie den Blick des Heiligen nach unten, dabei möchten Sie das Gegenteil ausdrücken, oder?«

»Und du kannst das besser.«

»Denke ich, ja.«

Er drehte sich zu einem Lehrjungen um, der gerade vorbeikam, und rief ihn aufgebracht herbei.

»He, du, bring mir eine Werkzeugkiste.«

Und zu mir:

»Siehst du die kleinen Blöcke da? Ich komme gerade vom Polvaccio, das sind zwei Muster. Such dir einen Block aus und mach mir einen Vogel. Dann sehen wir ja, ob er fliegt.«

Ich verdanke alles meinem Vater, unserem viel zu kurzen Miteinander auf dieser Magmakugel. Man hat mir schon Gleichgültigkeit unterstellt, weil ich nur wenig von ihm gesprochen habe. Hat mir vorgeworfen, ich hätte ihn vergessen. Vergessen? In jeder meiner Bewegungen hat mein Vater gelebt. Bis zu meinem letzten Werk, bis zu meinem letzten Schlag. Ihm verdanke ich die Kühnheit meines Meißels. Er hat mir beigebracht, im Auge zu behalten, wo eine Skulptur am Ende stehen wird, da ihre Proportionen davon abhängen, aus welchem Blickwinkel man sie betrachtet, von vorn oder von unten nach oben und auf welcher Höhe. Dann das Licht. Michelangelo Buonarroti hat seine Pietà endlos geschliffen und poliert, um auch noch die kleinste Helligkeit anzuziehen, da er wusste, dass sie an einem dunklen Ort aufgestellt würde. Und schließlich verdanke ich meinem Vater einen der besten Ratschläge, die ich je erhalten habe:

»Stell dir vor, wie dein fertiges Werk zum Leben erwacht. Was wird es tun? Du musst dir vorstellen, was in der Sekunde nach dem Moment, den du festhältst, passiert, und das musst du andeuten. Eine Skulptur ist eine Verkündigung.«

In einer Ecke des Zurichteschuppens machte ich mich an den Block, den Metti mir überlassen hatte. Meine Kollegen sahen neugierig zu mir herüber, angetan von diesem hässlichen Entlein, das ein Schwan zu sein schien, ein wenig krummbeinig vielleicht, aber sie hatten kaum Gelegenheit, sich an etwas zu erfreuen, und wollten nicht kleinlich sein. Der Marmor hatte eine perfekte, homogene Struktur, typisch für den Carrara. Weich, geschmeidig, genau so, wie er sein sollte, kein bisschen abweisend. Ich holte den Vogel heraus, der sich darin versteckt hatte. Er hatte einen Flügel leicht vom Körper abgespreizt, da er in der nächsten Sekunde auffliegen würde, um sich auf den Arm oder die Schulter des Heiligen zu setzen. Der Marmor fing die Kraft des Muskels ein, seine lichte Klarheit, die zarte Natur des Spatzen. Und weil ein Spatz einem Heiligen nicht genügte, hatte ich einen zweiten geschaffen, dicht an dem ersten, halb verkrochen unter seinen Federn, als wären die beiden gerade zum Spaß, aus Langeweile oder im Wetteifer um die franziskanische Gunst über den Boden getollt. Den letzten Tag verwandte ich auf das Polieren, und als ich schließlich einen Schritt zurücktrat, um meine Arbeit zu betrachten, stieß ich mit dem Rücken an die Arbeiter, die sich im Kreis um mich versammelt hatten. Auch Metti erschien, Maurizio hatte ihn geholt.

»Hier, Chef, da sehen Sie, was wir können beim Zurichten. Sie dürfen uns den Lohn gerne erhöhen.«

Ringsum sprudelndes Gelächter, rasch zum Schweigen gebracht von dem gestrengen Blick, mit dem Filippo Metti die Versammlung bedachte. Er trat auf meine Vögel zu, und dann zeigte er diese merkwürdige Reaktion, die meine

Werke mein Leben lang begleitet haben: ein zögerlicher Moment, der Blick ein Hin und Her zwischen der Skulptur und mir, und auch wenn es vielleicht niemand in diese Worte kleidete, besagte es doch, *wie hat dieser Gnom das nur geschafft?* Er besah sich meine Arbeit, streckte die Finger vor, um sie zu berühren, strich von allen Seiten darüber. Während er prüfte, wurde sein Gesicht immer roter. Dann brach es aus ihm heraus:

»Was glaubst du? Ich hätte Platz für einen weiteren Bildhauer im Atelier? Es gibt eine Hierarchie, es gibt Traditionen, und die werden respektiert. Du bist begabt, das stimmt, sehr begabt, vielleicht sogar der Begabteste, der mir je begegnet ist, aber das ändert nichts. Ich verstehe nicht, warum dein Onkel mir gesagt hat, du wärst ein ungelernter Arbeiter, und ich habe keine Lust, mich in eure Familienangelegenheiten einzumischen. Du bleibst beim Zurichten.«

Er ging hinaus, hinter sich bleierne Stille. Sekunden später kam er zurück und setzte mir den Finger auf die Brust.

»Heute Nachmittag fängst du im Atelier an. Aber eins sage ich dir, bezahlen kann ich dich nicht, dafür fehlt mir das Geld. Na gut, vielleicht fünfzig Lire mehr als das, was ich deinem Onkel jeden Monat schicke. Ich gebe sie dir direkt.«

Dann ging er wieder, ich sah ihm verblüfft hinterher. Fünfzig Lire, ein Sechstel von dem, was ein Arbeiter verdiente. Für mich ein Vermögen. Genug, um einen Berg von Briefmarken zu kaufen und nach Pietra d'Alba zu schreiben, an Vittorio, an die Orsinis, an wen auch immer, Hauptsache, ich erfuhr etwas von Viola. Genug, um eines Tages wegzugehen aus dieser viel zu schönen, viel zu harten Stadt und dort weiterzumachen, wo Viola und ich aufgehört hatten.

Bis dahin würde ich ein wenig leiden müssen.

Als ich ins Atelier kam, ein kalkweißer Kobold, empfingen mich die misstrauischen Blicke von einem Dutzend Bildhauer. An ihrer Spitze Neri, noch keine zwanzig Jahre alt. Er sah meine Vögel und hasste mich sofort. Um ihm nichts schuldig zu bleiben und weil ich aus dem Alter raus war, in dem die Märchen einem erzählen, wie sich Hass in wahre Freundschaft verwandelt, hasste ich ihn auf der Stelle zurück. In den folgenden Wochen wurde ich mal verdeckt, mal unverhohlen von Neri und seinen Kumpanen schikaniert. Ich aß weiterhin mit den Burschen vom Zurichten zu Mittag und zu Abend, was meiner Beliebtheit im Bildhaueratelier nicht eben aufhalf, wo sich die dort Residierenden damit brüsteten, eine so seltene wie einzigartige Luft zu atmen, die Luft des Talents, dabei hatte keiner von ihnen welches. Keiner außer Neri. Ich hatte ein wenig hart über seine Vögel geurteilt, sie waren recht gelungen. Aber ich hatte es besser gemacht.

Immer wieder verschwanden meine Werkzeuge. Mein Hocker brach zusammen – ein Bein war angesägt. Trotzdem war ich für kaum jemanden eine Bedrohung, meine Tätigkeit blieb beschränkt auf die am wenigsten noblen Stücke. Für mich die Muscheln, die Pflanzen, die Tiere und der Brunnenschmuck. Niemals die Heiligen, die Apostel, nichts, was dem Göttlichen auch nur im Geringsten nahekam. Nicht zu reden von der Heiligen Familie oder dem Allmächtigen selbst. Die waren Neri vorbehalten und zwei Idioten, die ich Uno und Due nannte (ihre richtigen Namen habe ich mir nicht gemerkt) und die allem beipflichteten, was ihr Chef sagte.

Neri war mir im Grunde egal. Meine Wut richtete sich nicht gegen ihn, sondern gegen die Orsinis. Vielleicht sogar gegen Viola, denn sie musste einfach am Leben sein. Ein Mädchen wie sie war unsterblich. Warum hörte ich von niemandem etwas? Vittorio schrieb mir zwar regelmäßig, aber alle Briefe ähnelten seinem ersten, *ein blöder Sack, dieser Alberto, ich bin verliebt, kein Mensch weiß, was aus Viola geworden ist.*

Anfang Februar 1921, drei Monate nach dem Unfall, scheuchte ein ungewöhnlich mildes Wetter die Florentiner auf die Straßen. Es war ein besonders harter Winter gewesen, und nun wehte mit einer Brise ein Wiesenduft vom Apennin den Arno hinunter. Das Haus leerte sich, aber Neri verbot mir hinauszugehen, jemand müsse auf das Atelier aufpassen. Das traf sich gut, denn eine Stunde später erhielt ich Post mit dem Briefkopf der Orsinis. Mit stockendem Atem faltete ich das Blatt auseinander. Francesco hatte geschrieben, der Seminaristenbruder. Er war ein paar Tage bei seinen Eltern gewesen und hatte meinen Brief gefunden, liegengelassen auf einem Sekretär. Endlich erzählte er mir von seiner Schwester.

Viola hatte sich den Schädel gebrochen, einen Wirbel, drei Rippen, die Schlüsselbeine und beide Beine, ein Lungenflügel war durchstoßen. Drei Wochen hatte sie im Koma gelegen. Spezialisten aus ganz Europa waren an ihr Bett geeilt und hatten Prognosen abgegeben, Zeichen gedeutet, unheilvolle zumeist, und Viola hatte alles getan, um sie zu durchkreuzen. Eines Morgens war sie aufgewacht, und die einzigen neurologischen Folgen waren ein völliger Gedächtnisverlust, was den Unfall betraf, und ein leichtes Lispeln, das laut Francesco aber schon nachließ. In den nächsten Wochen würde sie nach Pietra d'Alba zurückgebracht, um dort weiter zu genesen. »Sie schlägt sich wacker, möchte aber niemanden sehen.« Francesco hatte »niemanden« unterstrichen. Es folgten ein paar Zeilen über meinen Bären, weiterhin an seinem Platz neben dem Teich. »Monsignor Pacelli spricht noch heute von diesem ›jungen Bildhauer von kleinem Wuchs, aber großem Talent‹.« Und als hätte er etwas vergessen, nicht weiter von Belang, fügte Francesco an: »Es ist noch zu früh, um zu sagen, ob Viola angesichts der Schwere ihrer Brüche wieder wird laufen können.«

Viola lebte, das allein zählte, und ich konnte endlich weinen. Drei Raben, die auf dem Schornstein gegenüber saßen, schauten verächtlich zu mir herüber, dann kippten sie in den Wind und flogen davon, hin zum Arno.

Den Frühling über schrieb ich Viola jede Woche. Sie fehlte meinen Stunden, meinen Minuten. Die Arbeiten am Dom nahmen die gesamte Werkstatt in Anspruch, und die Stadt hörte, wenn der Wind in ihre Richtung wehte, unsere Schläge auf den Stein. Ich verließ das ehemalige Kloster nur selten, meine Kopfgespräche mit meiner Freundin waren mir lieber als die Trinkgelage in den Spelunken, die sich am Fluss aneinanderreihten. Metti gab meinen wiederholten Bitten schließlich nach und vertraute mir bedeutendere architektonische Elemente an, manchmal auch eine Nebenfigur aus dem Pantheon. Gut gekleidete Geschäftsleute und Prälaten besuchten mehrmals unsere Arbeitsstätte. Metti und Neri begleiteten sie und beschrieben und erklärten mit unendlicher Geduld die Reise vom Steinblock zum Kunstwerk.

Die Schikanen gingen weiter, kleine Schäbigkeiten, die umso bitterer waren, als kein Ehrgeiz aus ihnen sprach. Ich wurde herumgeschubst, ignoriert, zu sinnlosen Laufereien genötigt. Einmal fand ich abends eine tote Katze in meinem

Bett. Ich vertraute mich Metti an, er tat es mit einer Handbewegung als »Kindereien« ab und sagte Neri, er solle für Ordnung sorgen. Neri war jetzt erst recht sauer auf mich.

Es war das Jahr, in dem ich siebzehn wurde, und ich denke, es war die Zeit, als man anfing, mich als gefährlich einzuschätzen, als unberechenbar. Diesen Ruf sollte ich mein Leben lang mit mir herumtragen, zweifellos, weil ich ihn auch ein wenig pflegte. Im Juni, nach einem Dutzend Briefen an Viola, musste ich mich den Tatsachen beugen: Sie hatte sie nicht erhalten. Was besser war als umgekehrt: dass sie sie erhalten hatte, aber nicht geantwortet. Ich überlegte kurz, ob ich meine mageren Ersparnisse für eine Fahrt nach Pietra d'Alba verwenden sollte, doch wie hätte ausgerechnet ich bei den Orsinis Zutritt verlangen können? Francesco war deutlich gewesen. *Sie möchte niemanden sehen.*

Als ich einmal morgens ins Atelier kam, war die Statue, der ich mich seit einer Woche widmete, enthauptet.

»Wer war das?«

Alle arbeiteten weiter, als wenn nichts wäre. Uno und Due pfiffen vor sich hin, Neri ignorierte mich. Ich ging auf ihn zu.

»Wer war das?«

»Was?«

»Das weißt du genau.«

»Ich weiß von nichts. Wisst ihr was, Jungs?«

»Nein«, sagte Uno.

»Keine Ahnung«, Due.

Ich boxte Uno (oder Due) in den Schritt. Er brach zusammen, riss eine Werkbank mit. Die anderen trennten uns, wir warfen uns Flüche an den Kopf, dann war es auf einmal still, Metti war hereingekommen. Eine halbe Stunde später wurden Neri und ich in sein Büro gerufen, oder in das, was ihm als Büro diente: die ehemalige Klosterküche mit einer Tischplatte auf Böcken vor einem gewaltigen Kamin. Er belehrte uns ein wenig halbherzig über die üblichen Rivalitäten in Künstlerateliers, hoffte, wir würden sie rasch vergessen, und forderte uns auf, uns die Hand zu geben, was wir mit einem geheuchelten Lächeln taten.

»Wart's nur ab«, flüsterte Neri, als wir hinausgingen.

»Noch so ein Ding, ein einziges Mal, und ich bringe dich um.«

In seinen Augen flackerte die Angst. Ich war nicht mehr der zwölfjährige Bengel, der in dieses seltsame und wunderbare Land gekommen war. Ich war Italiener, ein echter, ein Kind der Dürre, der Entbehrungen, des schon Klarkommens. Aber was ihn erschreckte, genau wie all die anderen nach ihm, war die Vorstellung, dass ein Typ wie ich nichts zu verlieren hatte.

Ein paar Tage danach schlug Metti mir vor, ihn in die Stadt zu begleiten. Seit meiner Ankunft war ich kaum jemals in der Stadt gewesen, abgesehen von einer gelegentlichen Besorgung. Er zeigte mir den Dom und führte mich über eine in der Kuppel verborgene Treppe hinauf. Auf der Spitze der Kuppel wehte ein fürchterlicher Wind. Zu unseren Füßen erstrahlte, vom Staub gereinigt, Florenz unter einem emailblauen Himmel.

»Und, was sagst du jetzt?«

»Dass Sie mir die gleiche Arbeit geben sollten wie Neri.«

Metti seufzte, so amüsiert wie verärgert. Wir stiegen wieder hinunter und gingen, steif vor Kälte, zurück in Richtung Arno. Am Ende der Via delle Terme, kurz vor der Piazza di Santa Trinita, standen in einem Raum, der aussah wie eine

Garage, ein paar Tische. Mein Meister musste dort ein und aus gehen, denn kaum hatten wir uns hingesetzt, brachte man uns zwei Kaffee und eine kleine Flasche Schnaps.

»Wie geht es deiner Freundin, Mimo?«

»Meiner Freundin?«

»Von der du mir erzählt hast, an dem Tag, als du gekommen bist. Die im Krankenhaus lag.«

»Ach so, ja, es geht ihr besser. Glaube ich.«

In drei Schlucken hatte er seinen Kaffee ausgetrunken, dann starrte er auf den Boden seiner Tasse.

»Neri ist im Atelier der Chef. So ist das nun mal.«

»Ich will nicht seine Stelle haben. Nur an Projekten arbeiten, die mir angemessen sind, auf der Höhe meines Könnens.«

Bei dem Wort »Höhe« musste er lächeln. Fast unwillkürlich ging sein Blick zu meinen Beinen, die Füße hingen in der Luft.

»Neri ist dir nicht gerade wohlgesinnt«, meinte er.

»Neri ist ein *cazzino*.«

»Er ist auch ein Lanfredini. Seine Familie ist eine der mächtigsten in der Region, und für die Restaurierung des Doms ist sein Vater einer der Hauptgeldgeber. Ich bin nicht naiv. Wenn ich den Zuschlag erhalten habe, dann dank ihm. Weil sein Sohn das Atelier leitet. Und er hat es verdient«, fügte Metti an, ehe ich etwas sagen konnte. »Neri ist ein guter Bildhauer. Zwing mich nicht, mich zwischen dir und ihm zu entscheiden.«

»Ich habe Talent!«

Mettis Miene trübte sich sofort. Er goss ein wenig Schnaps in die leere Tasse, setzte sie an die Lippen, aber dann stellte er sie wieder ab, ohne zu trinken.

»Ich habe auch einmal gedacht, ich hätte Talent. Seither weiß ich, dass man Talent nicht *haben* kann. Talent lässt sich nicht besitzen. Es ist eine aufsteigende Wolke, die du dein Leben lang versuchst festzuhalten. Und um etwas festzuhalten, brauchst du zwei Arme.«

Den Blick nach unten gerichtet, schien er mich vergessen zu haben. An einem nebligen Tag in Caporetto war er mir verloren gegangen. Plötzlich zuckte er zusammen, und mit fiebrig glänzenden Augen schaute er mich an.

»Du weißt, warum Neri ein guter Atelierchef ist, ja? Er ist beständig. Er steht da, fest auf der Erde, er weiß, was er tut.«

»Aber weiter wird er nicht kommen.«

»Nein, er steht vor einer Wand. Aber der Vorteil von Wänden ist, dass man sich daran abstützen kann. Du dagegen rennst und rennst, wie mitgerissen vom eigenen Lauf einen Abhang hinunter, nur dass dein Abhang nach oben führt. In dir steckt ein Genie. Das erkenne ich, denn bei mir war es genauso, ohne falsche Bescheidenheit. Aber das … war vorher.«

Er warf ein paar Münzen auf den Tisch und machte sich auf den Weg, wortlos und mit seinem eigenartigen Gang. Ich holte ihn ein, mit meinem eigenen eigenartigen Gang, und so schaukelten wir schweigend zum Ponte Vecchio. Der Fluss roch frisch und blau, ein Hauch schon von diesem Mittelmeer, wo er ein ums andere Mal seine Tage beendete.

»So werde ich im Atelier nie vorankommen, wenn ich nur mindere Werke schaffen darf«, sagte ich, als wir das Ufer gegenüber erreichten.

»Es kommt nicht darauf an, *was* du schaffst. Sondern *warum* du es tust. Hast du dir die Frage schon mal gestellt? Was es heißt, ein Bildhauer zu sein? Sag mir jetzt nicht: ›Einen

Stein aufzubrechen, um ihm eine Form zu geben.‹ Du weißt genau, was ich meine.«

Aber wie sollte ich die Antwort auf eine Frage kennen, die ich mir nie gestellt hatte. Ich tat erst gar nicht so. Metti nickte.

»Ich wusste es. An dem Tag, an dem du verstanden hast, was es heißt, ein Bildhauer zu sein, wirst du die Menschen mit einem einfachen Springbrunnen zum Weinen bringen. Bis dahin, Mimo, ein Rat. Hab Geduld. Sei wie dieser Fluss, unwandelbar, immer ruhig. Glaubst du, der Arno regt sich über etwas auf?«

Am 4. November 1966 sollte der Arno seine Deiche durchbrechen, über die Ufer schießen und die Stadt verwüsten.

Der Sommer war zurück, fast so sengend wie der Sommer 1919 in Pietra d'Alba, kaum gemildert durch die Nähe des Flusses. Eine brüchige Waffenruhe bestimmte das Leben im Atelier. Ich musste mich weiter mit Restaurierungsarbeiten begnügen und mit kleineren Werken, während Neri den schönsten Stein bekam, die vornehmsten Aufträge. Abends ging ich immer öfter aus und verkehrte in den zwielichtigen Milieus der Burschen vom Zurichten. Ich fühlte mich wohl unter diesen Leuten, die auf alle Konventionen pfiffen und denen es egal war, woher ich kam. Zwischen zwei Gläsern bisweilen fragwürdigen Alkohols erlebte ich Schlägereien, Abrechnungen, Verrat, aber kein einziger dieser gesellschaftlichen Parias nannte mich jemals »Zwerg«. Nicht selten kam es vor, dass der eine oder andere, wenn er ordentlich getrunken hatte, feierlich aufstand. Dann wurde es still, und wir hörten eine Opernarie anheben, die uns die Tränen in die Augen trieb. Die Kerle sangen, weil sie etwas zu sagen hatten und nicht wussten, ob sie es am nächsten Tag noch könnten. An solchen Abenden wurden diese Schankräume mit ihren klebrigen Böden, erfüllt von den hereingeschmuggelten Gesängen eines Caruso, zu den schönsten Bühnen der Welt. Die Bajazzos waren dort tatsächlich verrückt, von den Don Giovannis ganz zu schweigen, denn alle, die da sangen, bumsten und töteten den lieben langen Tag. Wie viele der in diesen Spelunken gestrandeten Schicksale kamen wohl auf einen Caruso, der in diesem Sommer starb? Auf einen Di Stefano, der soeben in Sizilien das Licht der Welt erblickt hatte und sich in seine ersten Stimmübungen warf? Ein falscher Schritt, ein falscher Blick, und statt in der Scala sangen sie *Nessun dorma* vor einem Haufen Säufer, Amputierter, vom Stumpfsinn brotloser Tage Erschöpfter. Aber ich glaube nicht, dass unser Publikum das weniger fachkundige war. Ich möchte sogar behaupten, dass die *loggionisti* der Scala, selbsternannte Fahnenträger des guten Geschmacks, die schon beim kleinsten stimmlichen Ausrutscher buhen, nie wirklich eine Oper gehört haben. Gesualdo war ein Mörder. Caravaggio ebenfalls. Kunst entsteht manchmal unter blutigen Händen.

Mein Nachtleben hatte ein Ziel: nicht an Viola zu denken, von der ich immer noch nichts gehört hatte. Vielleicht ahnte ich schon, dass ich lernen musste, ohne sie zu leben. Annex hatte mir ihre Rückkehr nach Pietra d'Alba bestätigt. Die Fahrt des Krankenwagens, nächtens und im Eiltempo durchs Dorf, war nicht unbemerkt geblieben. Aber seither hatte sie niemand gesehen. Nicht einmal Anna Giordano, die inzwischen ganztags in der Villa arbeitete, wo die Orsinis wieder die feine Gesellschaft empfingen. Viola ging nicht vor die Tür, zeigte sich nicht in der Öffentlichkeit. Nur zwei Hausmädchen, seit Jahrzehnten in Diensten der Familie, kümmerten sich um sie.

Da sie nicht antwortete, nahm ich an, dass die Eltern ihre Post kontrollierten. Über Annex beauftragte ich also Anna, ihr direkt einen Brief zu übergeben. Oder so direkt wie möglich. Einmal in der Woche half Anna beim Großreinemachen in Violas Zimmer, sie selbst verschwand solange in den Tiefen des Hauses. Anna sollte ihr, nachdem sie das Bett gemacht hatte, meine Nachricht unters Kopfkissen legen. Sie erfüllte den Auftrag aufs Wort, und ich wartete. Eine Woche. Zwei. Drei. Der Herbst zog wieder ein mit seinem Gefolge von Nebelschwaden, mit diesem Sprühregen, der einen den Kopf einziehen ließ und den Lärm der Stadt an den Ufern des aufgewühlten Flusses dämpfte. Viola würde nicht antworten. Sie konnte nicht, oder sie wollte nicht, was für mich fast auf dasselbe hinauslief.

Ich schwamm in meiner schlechten Laune, ertränkte meinen Groll in langen Schlucken Bier. Man grüßte mich, kaum dass ich mit Maurizio oder einem der anderen Burschen vom Zurichten über die Schwelle eines unserer Lieblingslokale trat. Ich musste nicht einmal bestellen, schon hatte ich einen Krug in der Hand. Nach dem dritten regte sich mein großzügiges Wesen, und ich spendierte Runde um Runde. Seit zwei Monaten gesellte sich ein neuer Gast zu uns, ein langer hagerer Typ mit dunklen, pockennarbigen Wangen, den sie Cornuto nannten – der Gehörnte –, und ich fragte mich, warum. Natürlich wusste ich, was der Spitzname bedeutete, allein die Vorstellung fiel mir schwer, dass jemand es gewagt haben könnte, einem solchen Typen Hörner aufzusetzen. Ich hatte nicht wenige Ganoven kennengelernt, aber der hier war *wirklich* furchterregend. Doch Cornuto hatte eine der schönsten Stimmen, die zu hören mir vergönnt war. Seine Spezialität war ein Auswandererlied, sein größter Erfolg, *Riturnella*, ein kalabresischer Gesang, den die Leute immer wieder von ihm verlangten, mit leeren Bierkrügen klopften sie auf den Tresen und gaben den Rhythmus vor. In dem Lied war die Rede vom Weggehen, vom Abschiedsschmerz – wir alle erkannten uns darin wieder. Wenn man ihn hörte, konnte man leicht glauben, dass er in diesen Minen gearbeitet hatte, die eingestürzt waren, dass er auf diesen Dampfern gefahren war, die Schiffbruch erlitten hatten, dass er mehrmals verhungert, verdurstet, in Armut gestorben war – sein Äußeres schien es zu bezeugen. An solchen Abenden mit sich drehendem Kopf, Worten voller Zischlauten und einem Gang, der noch heftiger schaukelte als sonst, dachte ich an meine Mutter, an Viola, an meinen eigenen Abschiedsschmerz. Bei Tagesanbruch gingen wir auseinander und schworen uns ewige Freundschaft. Um sieben Uhr war ich im Atelier, an meinen Meißel geklammert wie an ein Floß.

Zwei fast zeitgleiche Ereignisse, vom Zufall in diesen Schmelztiegel des Herbstes 1921 geworfen, ließen mein Leben ein weiteres Mal aus den Fugen fliegen. Am 9. November, ich war gerade siebzehn geworden, gründete Mussolini die National-Faschistische Partei, um die *ras* zusammenzuschließen, all die kleinen Anführer, die das Land terrorisierten. Neri musste es als Botschaft verstanden haben, denn auf einmal verschwanden meine Werkzeuge wieder, Ellenbogen stießen mich, wenn jemand im Refektorium an mir vorbeiging, selbst in mein Bett wurde gepinkelt. Maurizio ertappte Uno einmal dabei, wie er hinter mir herlief und meinen Schaukelgang nachahmte, alle anderen verkniffen sich das Lachen. Er packte ihn an den Haaren, schleifte ihn in den Zurichteschuppen und schlug ihn halb bewusstlos, dann stellte er ihn an die Kreissäge und sagte, das nächste Mal komme er unters Blatt. Metti holte uns alle zu sich, er war stinksauer, Speichel sprühte uns ins Gesicht. Noch so eine Flegelei, und er würde hart durchgreifen. Ich hatte kein Geld – fast alles gab ich bei unseren nächtlichen Touren aus – und nichts, wo ich hingehen konnte. Ich musste also den Mund halten, und Neri machte weiter mit seinen Attacken, schließlich war er unantastbar. Nur Uno spurte und sprach mit niemandem mehr. Ich war Maurizio dankbar, aber ich nahm es ihm auch ein wenig übel. Sein Eingreifen erweckte den Eindruck, ich sei nicht in der Lage, mich selbst zu verteidigen.

Eines Morgens kam der Brief. Ohne Vorwarnung, mit einem Schwall Winter und dem Duft von Kohle. Mein Name und meine Adresse in grüner Tinte, einem Pfefferminzgrün, das nur eine einzige Person auf der Welt benutzte – Viola stellte ihre Tinte selber her, eine Leidenschaft, die ihr aus ihrer »Chemiephase« geblieben war. Ich bewahrte ihn den ganzen Vormittag unter meiner Jacke und rannte zur Essenszeit hoch in mein Zimmer, um ihn, nachdem ich die Tür zweimal abgeschlossen hatte, zu lesen.

Mein lieber Mimo,

ich habe alle Deine Post erhalten. Bitte entschuldige, dass ich Dir nicht früher geantwortet habe. Ich hoffe, Du nimmst mir diese Zeilen nicht übel, aber mir wäre es lieber, wenn Du mir nicht mehr schreibst, zumindest nicht jetzt. Ich hatte viel Zeit zum Nachdenken im Krankenhaus, und mir ist klar geworden, dass ich mich egoistisch verhalten habe. Ich habe Dich in meine Kinderspiele hineingezogen, habe vielen Menschen wehgetan, angefangen bei mir selbst. Es ist Zeit, reif zu werden und das alles hinter uns zu lassen. Ich würde mich sehr freuen, Dich demnächst wiederzusehen, auf einen Kaffee in der Villa vielleicht, wenn es mir besser geht. Wir werden bestimmt lachen über unsere Träume von damals. Heute ist es unschicklich, dass Du mir schreibst, ohne dass ich Dich dazu

aufgefordert habe, ich denke, Du verstehst das. Man muss lernen, erwachsen zu werden.
Viele Grüße
Viola Orsini

Am Nachmittag ging ich wieder hinunter ins Atelier. Ich hatte eine Stunde auf dem Bett gelegen, wie erstarrt, mein Kater tat ein Übriges. Sie hatten Violas Handschrift nachgeahmt. Hatten sie gezwungen, den Brief zu schreiben. Keine der beiden Hypothesen hielt stand. Ich kannte Viola, und ich wusste, dass sie nicht nur in der Lage war, so etwas zu schreiben, sondern auch, daran zu glauben. Was mich seltsamerweise am meisten verletzte, war dieser Nachname, den sie ihrem Vornamen angehängt hatte, das war so kühl, so distanziert, so weit entfernt von unseren gemeinsamen Gräbern und unseren Höhenträumen.

Kaum hatte ich mich auf meinen Hocker gesetzt, kam Neri angerauscht.

»Wo warst du? Du wirst nicht fürs Faulenzen bezahlt.«

»Ich war krank.«

»Ja, das sieht man, dass du krank bist«, sagte er mit einem sarkastischen Lächeln.

Ich hätte es machen sollen wie sonst auch, die Klappe halten, aber ich schwappte schon über meine Deiche.

»Mensch, Neri, im Grunde magst du mich doch, das weiß ich.«

»Ganz bestimmt nicht.«

»Sicher?«

Ich stand auf und trat an einen Apostel heran, den er fast fertig hatte, eine Kopie als Ersatz für das beschädigte Original, das nun im Museo dell'Opera del Duomo stand.

»Das ist doch eine Statue für die Fassadennischen am Dom, oder?«

»Na und?«

»Na ja, hast du noch nie etwas von Perspektive gehört?«

»Wie bitte?«

»Die Statue wird in zwanzig Meter Höhe aufgestellt. Bei einer solchen Entfernung musst du ihre Maße ändern, sie künstlich verlängern, sie quasi strecken, sonst hat sie von unten aus nicht die richtigen Proportionen. Die hier«, sagte ich und tätschelte Neris Werk, »ist richtig proportioniert, wenn man sie von vorn betrachtet. Aber in zwanzig Meter Höhe wirkt sie ein wenig zusammengestaucht. So wie ich. Und da es nicht deine erste Statue ist, könnte man sagen, du hast den Dom mit Zwergen übersät. Ich denke also, dass du mich im Grunde magst.«

Ich hörte ein Prusten. Neri warf einen finsteren Blick in die Runde, alles wurde still. Er beugte sich zu mir herunter und drückte seine Stirn an meinen Kopf.

»Geh zurück an deinen Platz. Oder schreib weiter Briefe an deine Freundin.«

Wenn ich meine Briefe schrieb, hielt ich sie immer gut versteckt. Ich hatte schon mal gesehen, dass eine Ecke umgeknickt war, und es auf meine Unachtsamkeit geschoben. Seine Bemerkung konnte nur eines bedeuten.

»Ihr habt meine Briefe gelesen?«

»Und selbst wenn, was würdest du tun?«

Ich konnte meine Hand nicht gegen ihn erheben. Ich stünde sofort auf der Straße. Ich konnte nichts tun, gar nichts, er wusste es, ich wusste es, und er grinste zufrieden.

Ich rammte ihm meinen Kopf ins Gesicht.

Filippo Metti verzog keine Miene, als er mich mit meiner kleinen Kofferkiste in sein Büro kommen sah. Er war mir dankbar, dass ich es ihm nicht noch schwerer machte. Er bat mich nicht um eine Erklärung, ich gab ihm auch keine, dieses Gespräch hatte längst stattgefunden.

»Was hast du vor?«, fragte er nur.

Ich hatte darüber nachgedacht, als ich meine Sachen packte, und sah keine andere Möglichkeit, als nach Pietra d'Alba zurückzugehen. Dort erwartete mich niemand, aber ich würde in der kleinen Scheune im Wald wohnen, in unserem Verschwörungsnest. So lange, bis ich meine Zukunft geplant hätte, eine Zukunft, die mir im Moment noch unbekannt war. Ich würde nur zurückkehren, um wieder zu gehen. Würde nicht einmal versuchen, Viola zu sehen, da diese Prinzessin erwachsen geworden war und ich nicht.

»Es tut mir sehr leid«, sagte er, als ich nichts antwortete, »aber wir haben Mitte November, und ich kann dir nicht den vollen Monat bezahlen.«

»Ja, klar.«

Ich ging auf die Tür zu, zog die Kiste hinter mir her. Die beiden kleinen Räder quietschten – ich hatte mir fest vorgenommen, sie zu ölen, und es dann vergessen. Es war noch keine vier Uhr, aber die Nacht schmiegte sich schon an die Fenster der ehemaligen Küche. So wie Filippo Metti dasaß, Hände unterm Kinn, allein in diesem Fleckchen Licht von einer Glühbirne, die über ihm hing, sah er traurig aus. Als ich an der Tür war, stand er auf.

»Warte.«

Er nahm ein paar Geldscheine aus einer Schublade, zögerte, zählte noch ein paar zusätzliche ab und steckte alles in einen Umschlag. Dann kam er zu mir und schob ihn mir in die Tasche.

»Für alle Fälle.«

Ich bedankte mich mit einem Kopfnicken. Weder er noch ich neigten zum Überschwang. Wir waren Kinder der Entbehrung, des eng geschnallten Gürtels, selbst die Gefühle waren abgezählt. Auf der Schwelle drehte ich mich ein letztes Mal um. Ich musste an Neris verblüfftes Gesicht denken und wie ihm das Blut aus der Nase quoll. Ich lächelte.

»Trotzdem … die Sache war es wert.«

»Das glaube ich nicht, Mimo.«

Addio Firenze bella, o dolce terra pia, scacciati senza colpa, gli anarchici van via e partono cantando, con la speranza in cuor.

Cornuto hatte noch nie so gut gesungen, und das sollte etwas heißen. Wir alle sangen die Strophe noch einmal im Chor, getragen von seiner kraftvollen Tenorstimme. Als ich vorbeigekommen war, um mich von meinen Freunden vom Zurichten zu verabschieden, hatten sie darauf bestanden, meine Abreise gebührend zu feiern. Eine letzte *sbronza*, ein kleines Besäufnis nur. Mein Zug fuhr erst am Morgen, warum also nicht. Eine Kneipe, dann zwei, in der dritten war Cornuto aufgetaucht. Extra für mich und mit geändertem Städtenamen hatte er *Addio a Lugano* angestimmt, ein Lied von Anarchisten im Exil, von liebenswürdigen Mördern, ihrer Heimat entrissen.

Leb wohl, du schönes Florenz, o süße, fromme Heimat, schuldlos vertrieben ziehen die Anarchisten fort, ziehen singend, die Hoffnung im Herzen.

Nachdem wir zum letzten Mal Abschied genommen und

uns die üblichen Versprechen gegeben hatten, wanderte ich durch die eisige Nacht, taumelnd von einer Wand zur nächsten und darauf wartend, dass der Bahnhof öffnete. Die Zukunft kam mir nicht mehr so düster vor. Mein Optimismus eines Trinkers brachte die Verwünschungen, die der Morgen den Ängstlichen zuraunt, zum Verstummen. Ich blieb stehen, um an eine Wand zu pinkeln.

Zu fünft fielen sie über mich her, ihre Gesichter mit Halstüchern vermummt. Sie waren nicht zufällig da, sie hatten nach mir gesucht. Ich verteidigte mich gut, besser, als sie gedacht hatten. Der Alkohol betäubte den Schmerz, die Wut gab mir Kraft, und ich schlug zwei von ihnen nieder, ehe die drei anderen mich überwältigten. Als ich am Boden lag, tobten sie sich an mir aus, Faustschläge, Fußtritte, dann trugen sie ihre eigenen Verwundeten fort. Erst viele Jahre später sollte ich Neri wiedersehen.

Ich hätte erfrieren können. Ich war nie so nah dran, meine Seele loszulassen, sie in die Novembernacht entschwinden zu lassen, sie dem eisigen Strom des Flusses zu übergeben. Dann nahm ich einen vertrauten Duft wahr, eine Mischung aus Brotteig, Rose und Schweiß. Meine Mutter. Sie richtete mich auf, flüsterte, alles werde gut, sie sehe mich, auch wenn ich sie nicht sähe. Dann waren da andere Düfte, Gewürznelke, Geranie, Sandelholz, Strohblume, Anis, Kummer und Verdruss, der Geruch von tausend empörten Müttern, tausend geisterhaften Müttern, deren Kinder man misshandelt hatte, Müttern, die an mein Bett eilten. Ein paar Sekunden später kam ich wieder zu mir, schnappte nach Luft wie ein Ertrinkender. Ich saß an einer Wand. Die Kofferkiste offen, meine Kleidung verstreut. Es dauerte eine Minute, bis mir einfiel, in meiner Innentasche nach dem Umschlag zu greifen, in dem mein ganzes Vermögen steckte, etwa hundert Lire. Er war verschwunden. Ich würde nicht nach Pietra d'Alba zurückkehren.

Also tat ich, was meine Eltern mir kurz nach meiner Ankunft auf der Erde als das Kostbarste beigebracht hatten. Ich stand auf und lief los.

Das Zirkuszelt stand genau dort, wo er gesagt hatte, auf einem unbebauten Gelände hinter dem Bahnhof. Einer Brache mit den Gleisen zur einen Seite und dem Hof eines Schrotthändlers zur anderen. Vom Grand Hotel Baglioni waren es nur ein paar Minuten zu Fuß, und man stolperte in diese Vorhölle aus Ziegelstein, dürrem Boden und verbogenem Metall. Das Zelt hatte schon bessere Tage gesehen – wahrscheinlich im neunzehnten Jahrhundert. An der Spitze einer Stange, aufgepflanzt vor dem Eingang, trug ein fadenscheiniges Banner den Namen des Inhabers, des einzigen Menschen, den ich in Florenz kannte, wenn man dem Gedanken etwas abgewinnen mochte, dass man jemanden kennt, der einen übers Ohr gehauen hat: ZIRKUS BIZZARO.

Die Planen des Zeltes waren weit geöffnet und gaben den Blick frei auf eine Sitztribüne aus splittrigem grauem Holz, sie zog sich um eine Manege mit einem Durchmesser von etwa zehn Metern. Zwei Wohnwagen, die seit einer Ewigkeit nicht mehr gefahren waren, hatten etwas abseits einen wackligen Stand auf morschen Klötzen. Hinter einer notdürftigen Einfriedung waren ein Pferd, ein Schaf, ein Lama – das erste, das ich jemals sah – und ein Stall aus Rundhölzern. So früh am Morgen war es eine mondartige Szenerie und kündete von den verwaisten Landschaften unter der Wirtschaftskrise. Just in dem Moment tauchte Alfonso Bizzaro aus einem der Wohnwagen hervor, ein wunderlicher Prophet einer kaputten Welt, und wankte zu einem improvisierten Waschplatz, bestehend aus einem Kanister und gespeist von einem Schlauch, der sich im kläglichen Gras verlor. Er hatte mich nicht gesehen. Er spülte sich das Gesicht ab, schnaubte, streckte sich mit einem Gähnen und fixierte den Horizont.

»Da bist du also«, sagte er schließlich, mit dem Rücken zu mir. »Der Zwerg, der kein Zwerg ist.«

»Sie erinnern sich an mich? Nach einem Jahr?«

»Einem Jahr? Wir haben uns seither gesehen. Du hast den ganzen Abend mit mir gesprochen, vor einem Monat, in der Kaschemme am Arno, wo dieser großartige Typ gesungen hat. Weißt du nicht mehr?«

»Nein.«

»Tja, kein Wunder. So viel, wie du intus hattest …«

Mit meiner Kiste und meinem Stolz am Boden steckte ich den Kopf ebenfalls unters Wasser und verzog das Gesicht. Alles tat weh.

»Du siehst ja vielleicht aus. Hat die Bildhauerei dir so zugesetzt? Eine Frau?«

»Beide«, antwortete ich nach kurzem Überlegen.

»Wenn du herkommst, dann weil du Arbeit suchst, richtig?«

»Wenn es welche gibt. Aber an Ihrem entwürdigenden Spektakel beteilige ich mich nicht.«

»Sieh einer an. Was ist für dich daran entwürdigend, mein Prinz?«

»Sich lustig zu machen über … darüber«, sagte ich und deutete auf uns beide.

»Oh, aber wenn du dich als Erster lustig machst, wird sich

danach garantiert keiner mehr über dich lustig machen, er würde sonst als Idiot dastehen.«

»Philosophie eines Säufers.«

Er lachte schallend. Sein Gesicht war gezeichnet von hundert Jahren der Kränkungen, dabei war er erst fünfzig, gedemütigt von der Sonne, der Kälte, den Ungerechtigkeiten. Aber sein Lachen war frisch, es schöpfte aus einer unsichtbaren, nie versiegenden Quelle der Freude.

»Erzähl du mir nichts vom Saufen. Die Alkoholdämpfe schießen dir aus allen Poren. Ich würde mir gern eine Zigarette anzünden, aber ich habe Angst, dass dann alles explodiert.«

»Na schön, haben Sie jetzt Arbeit für mich oder nicht? Ich tu alles, was Sie wollen.«

»*How the mighty have fallen* … Du machst mit bei der Show *Die Schöpfung*, beim Kampf der Menschen gegen die Dinosaurier, und tagsüber putzt du und packst bei allem mit an. Dafür darfst du im Stall schlafen, bekommst zu essen und kriegst achtzig Lire im Monat, plus Trinkgeld, wenn die Leute zufrieden sind. Schlägst du ein?«

Ich gab ihm die Hand. Er nahm mein Kinn zwischen zwei Finger und drehte mein Gesicht zur Sonne hin, sie flimmerte bereits auf der Mauer des angrenzenden Schrottplatzes. Mein rechtes Auge begann zu pochen, ein Geschmack von Eisen haftete mir an den Zähnen.

»Sara bringt das schon in Ordnung«, sagte Bizzaro und deutete auf den zweiten Wohnwagen. »Du musst nur warten, bis sie aufwacht. Sonst hat sie schlechte Laune.«

So kam ich zum Zirkus Bizzaro. Was zum Glück keiner von denen, die sich später für mich interessierten oder mir schaden wollten, herausfand. Bizzaro hatte seinen Zirkus in

Florenz aufgeschlagen, nachdem er jahrelang um die Welt gezogen war, zumindest erzählte er das. Angeblich hatte er mehrere Europatourneen der *Buffalo Bill's Wild West Show* begleitet und William Cody gut gekannt. Er hatte ganz Europa bereist, hatte während des Krieges heimlich Vorführungen gegeben und Fürsten wie Bauersleute unterhalten. Ich habe nie herausbekommen, was erfunden war und was stimmte. Sehr wohl aber kann ich bestätigen, dass er sechs oder sieben Sprachen fließend sprach und ein genialer Gaukler war. Seine Jonglage-Nummer mit Dolchen, die er vor den Augen des Publikums in Curare tunkte (in Wirklichkeit Tee, vermischt mit zermahlener Kohle, was seiner Leistung als Jongleur keinen Abbruch tat), lockte eine beachtliche Menge herbei. An den meisten Abenden drängten sich Menschen vom Rand der Gesellschaft und Gäste des nahen Baglioni, Landstreicher auf der Suche nach einem Dach über dem Kopf und Mitglieder der Oberschicht auf denselben Bänken, Schulter an Schulter.

Das Geschäftsmodell des Zirkus Bizzaro war ein recht vages. Es gab keine Truppe im eigentlichen Sinne, nur einen Haufen abgehalfterter Typen, die Bizzaro am Ausgang des Bahnhofs anwarb. Für einen Abend oder auch hundert schlüpften sie in ein Dinosaurierkostüm, es war die Vorstellung, die ganz Italien sehen wollte (so stand es in den Prospekten, die wir am Eingang verteilten): *Die Schöpfung.* In der Nummer schuf Gott die Dinosaurier, dann die Menschen, und dann sah er zu, wie sie sich bekämpften. Viola wäre entsetzt gewesen, und um sie zu ärgern, auch wenn sie nichts davon wusste, fügte ich mich in meine Rolle als erster Mensch, gejagt von einem tollpatschigen Diplodocus. An manchen Abenden blieb es nicht aus, dass der Allerwerteste eines gefürchteten Sauropoden umkippte, weil der Akteur, der diesen Körperteil bewegte, einen über den Durst getrunken hatte. Solche Zwischenfälle waren das Salz in der Suppe, und die Leute kamen genau deshalb. Zuweilen artete die Vorführung ohne ersichtlichen Grund in eine Massenschlägerei aus.

Die Vorstellungen hätten nicht ausgereicht, die Mägen zu füllen, aber es gab ja noch Sara. Sara ging mit großen Schritten auf die Sechzig zu, sah allerdings zehn Jahre jünger aus, so hart das Leben auf dem Zirkusplatz auch war. Ihre Leibesfülle glättete die Falten, die sich nur zeigten, wenn sie lachte, was oft passierte. Sara, auch bekannt unter dem Namen Signora Kabbala, wie es in roten Lettern auf der Front ihres Wohnwagens stand, war tagsüber Wahrsagerin und übte nachts, manchmal auch zwischen zwei Séancen, dasselbe uralte Gewerbe aus wie Zios Mutter. Die beiden Berufe ergänzten sich hervorragend. Nicht selten verkündete sie einem einsamen Kunden: »Ich sehe einen hübschen Hintern in deiner Zukunft«, worauf sie ihn in den rückwärtigen Teil des Wagens zog und für sein Geld nicht enttäuschte. Der Kunde kam hochbeglückt wieder heraus, auch wenn er zweimal bezahlt hatte, fürs Hellsehen und für den Hintern, und erzählte jedem, der es hören wollte, Signora Kabbala könne wirklich in die Zukunft sehen.

Sara empfing mich an diesem Morgen gegen elf, als sie endlich ins helle Sonnenlicht trat. Sie versorgte meine Wunden recht energisch, aber für mich war es eine Freude, die ich nicht mehr kannte, seit ich Frankreich verlassen hatte. Jemand kümmerte sich um mich.

»Soll ich dir die Zukunft vorhersagen, Kleiner?«

»Nicht nötig, ich reise durch die Zeit.«

»Was?«

»Na ja, ich komme aus der Vergangenheit. Vor einer Sekunde war ich noch nicht da, und jetzt bin ich hier.«

»Wie bitte?«

»Nichts.«

»Noch verrückter als Alfonso«, hörte ich sie murmeln, als ich aus dem Wohnwagen stieg.

Ich war zu einem Clown geworden, einem unheimlichen Clown, kein bisschen lustig. Ich, Mimo Vitaliani, in den einige Menschen, darunter meine Mutter und Viola, so große Hoffnungen gesetzt hatten. Aber meine Mutter und Viola hatten mich verlassen. Auch sie hatten sich geirrt. Für jemanden wie mich gab es in den Sphären, die sie mir verheißen hatten, keinen Platz. Vom Tag meiner Geburt an hatten meine Verächter recht: Mein Platz war in einem Zirkus.

Ich wurde festes Mitglied der Truppe, das einzige neben Bizzaro und Sara. Die anderen kamen und gingen, schliefen Gott weiß wo und tauchten am nächsten Tag wieder auf. Oder auch nicht. Sara spielte in *Die Schöpfung* manchmal Eva, eine mollige unbekleidete Eva, die zum Schluss von einem großflügeligen roten Tier unbestimmter Gattung gefressen wurde. Das Publikum war begeistert. Die Hälfte der Menschen, mit denen ich damals verkehrte, war so groß wie ich. Aber ihre Gesellschaft erleichterte mir das Leben nicht, im Gegenteil, ich fühlte mich unwohl, sicher weil es sie nur unter einem Zirkusdach gab. Sie machte uns zu etwas Besonderem statt zu etwas Normalem. Das Publikum kam, um zu sehen, wie wir Purzelbäume schlugen und übereinander hertrampelten, während wir den Dinosauriern zu entkommen versuchten, die, glaubte man dem Evangelium nach Bizzaro, mit uns Menschen um die Herrschaft über die Erde gestritten hatten. Jeden Abend war ich sauer auf Bizzaro und sagte ihm, er solle sich eine weniger erniedrigende Nummer einfallen lassen. Er zog die Stoffbahn, die den Kulissenbereich von den stets überfüllten Rängen trennte, ein Stück auf und sah mich spöttisch an. Und so erniedrigte ich mich Abend für Abend ein bisschen mehr, schlug Purzelbäume in einem Schmutz, den ich mir mit Alkohol aus dem Leib spülte.

In der ersten Zeit kreisten Sara und ich umeinander und schätzten uns ab wie zwei wilde Tiere. Oft sah sie mich mit ihrem durchdringenden, verstörenden Blick an, als wollte sie hinter diesen Heranwachsenden schauen, der des Nachts in der Stadt die Nähe all jener suchte, von denen man sich besser fernhielt, und am Morgen bleich wie der Tod und mit einem höllischen Brummschädel aufwachte. Ich schätzte ihre beruhigende Aura, die rüde Art, mit der sie uns, Bizzaro und mich, manchmal dirigierte, während ich mich offen über ihre Tarotkarten und Hellsehereien lustig machte, eine hanebüchene Welt, die zu verachten Viola mich gelehrt hatte. Den ganzen Tag suchten wir einander und gingen uns aus dem Weg.

Nachdem ich ihr einmal abends geholfen hatte, Holzscheite in den Wohnwagen zu laden, hielt sie mich zurück. Sie öffnete eine Truhe und nahm eine blaue Schachtel heraus, verschnürt mit einem Band, das sie behutsam löste. Zwei seltsame Früchte lagen darin, auf einem kleinen Bett aus Taft mit Abdrücken von einem Dutzend weiterer.

»Hast du schon mal Datteln gegessen? Ein Kunde bringt sie mir einmal im Jahr. Sie kommen von weit her, ich hebe sie möglichst lange auf. Sie sind gefüllt mit Marzipan. Komm, probier mal, das sind meine letzten.«

»Wenn es doch die letzten sind …«

»Na komm, probier.«

Ich nahm die Dattel, zerdrückte die klebrige Masse zwischen den Zähnen und schluckte den exotischen Schatz fast unzerkaut. Sara schüttelte den Kopf, biss in ihre Dattel und ließ das Stück im Mund zergehen, mit einer sinnlichen Verzücktheit, dass meine Wangen anfingen zu glühen. Ich schaute woandershin. Auf einem kleinen quadratischen Tisch lag ein Kartenspiel, ein Räucherstäbchen brannte.

Als ich mich wieder umdrehte, war die Dattel verschwunden. Sara sah mich erneut mit dieser Miene an, die mir ein solches Unbehagen bereitete.

»Das Tarot fasziniert dich. Stell mir eine Frage.«

»Na schön. Glaubst du wirklich an diesen Quatsch?«

Es schien sie zu überraschen, aber dann nickte sie.

»Von Geburt an tun wir nur eines: sterben. Oder wir versuchen, den schicksalhaften Moment so weit wie möglich hinauszuzögern. Alle meine Kunden kommen aus demselben Grund, Mimo. Weil sie schreckliche Angst haben, egal wie sie es nennen. Ich lege ihnen die Karten und denke mir tröstliche Worte für sie aus. Wenn sie wieder gehen, tragen sie alle den Kopf ein wenig höher, und für eine kurze Zeit haben sie alle ein bisschen weniger Angst. Sie glauben daran, nur das zählt.«

»So gesehen, klar …«

»So gesehen, genau.«

»Und was tust du gegen deine Angst vor dem Tod? Du kannst dich ja nicht selbst belügen.«

»Ich esse Datteln.«

Sie warf einen fast traurigen Blick auf die leere Schachtel, dann legte sie mir ihre Hand auf die Wange.

»Und du, Mimo, hast du keine Angst vor dem Tod?«

»Nein. Jedenfalls nicht vor meinem eigenen.«

»Dann bist du nicht wie die anderen.«

»Im Ernst, das hat noch niemand zu mir gesagt.«

Sara lachte schallend und reihte sich ein in die Riege derer, die meine knurrige Art amüsierte, in die Riege meiner Freunde. Ich machte mich auf den Weg zu meinem Stall, aber kaum war ich ein paar Schritte über den Platz gegangen, erschien sie in der Tür ihres Wohnwagens.

»He, Mimo!«

»Ja?«

»Wenn deine Zeit gekommen ist, und ich wünsche es in weiter Ferne, dann glaub mir: Auch du wirst Angst haben. So wie alle anderen.«

Das Jahr 1922 verging im Rhythmus des Arno, in der fast monochromen Umgebung unseres Zirkusplatzes, wo das Einzige, was die Farbe der Erde auflockerte, das Rot des Ziegelsteins war. Ich lernte, die nahe Zukunft aus dem Marmor der Türme und der fernen Fassaden zu lesen. Glänzten sie, kündigten sie Regen an. Waren sie matt, einen schwülen Tag. Tagsüber verließ ich den Platz nur selten, aus Angst, jemand könnte mich erkennen. In meinen Albträumen hatte dieser Jemand oft das Gesicht von Neri. Oder von Metti. Ich wusste nicht, was ich mehr fürchtete: des einen Freude oder des anderen Enttäuschung.

Nachts gingen Bizzaro und ich in der Stadt auf Beute aus. Mit kleineren Diebstählen und Hehlereien verdiente mein Arbeitgeber sich etwas dazu. Wir besuchten dieselben Spelunken wie früher, wo alle ihn zu kennen schienen. Manchmal traf er Menschen, die ich noch nie gesehen hatte, sonderbare Gestalten, mit denen er sich in einer der zahlreichen Sprachen unterhielt, die er beherrschte, Englisch, Deutsch, Spanisch, das ganz sicher, und in drei oder vier anderen, die mir unbekannt waren. Damals war es schwer, jemandem zu vertrauen, aber ich habe mich nie so wohlgefühlt wie unter diesen Ganoven mit ihrem einzigartigen Ehrenkodex. Niemanden kümmerte es, ob man Faschist war oder Bolschewist, Katholik oder Atheist. Wir hatten Säuferlebern, Säufernasen, hatten einen Knall, waren ein einziges Volk, im Schwanken der Nächte aneinandergeklammert bis zum Morgengrauen, geschützt vor den Stürmen der Zeit.

Als die ersten sonnigen Tage kamen, vermisste ich den Geruch der Wälder von Pietra d'Alba, es war ein fast körperlicher Schmerz, eines Morgens schaffte ich es nicht einmal aufzustehen. Ich schrieb einen langen Brief an Viola, einen Brief voller Beleidigungen, in dem ich sie als Judas Iskariot bezeichnete und alles verleugnete, was wir erlebt hatten. Am nächsten Tag riskierte ich einen Gang in die Stadt und bat auf dem Postamt darum, meinen Brief herauszusuchen und auf keinen Fall abzuschicken. Die Beamten lachten mir ins Gesicht, die Poste Italiane seien der Stolz des Königreichs, und das hätten sie nicht erreicht, indem sie die Briefe warten ließen. Also ging ich wieder und schrieb einen neuen Brief, darin flehte ich Viola an, den ersten Brief zu ignorieren. Ich ließ die Absenderadresse weg – sie sollte nicht erfahren, was ich machte.

Ich habe nur wenige Erinnerungen an dieses Jahr. Die Tage ähnelten sich, von den Nächten nicht zu reden, wir glitten von einer in die andere, ohne dass wir genau wussten, wie. Bizzaro war ein seltsamer Typ, Freund und Vater zugleich, nur dass es unmöglich war, vor ihm die Deckung fallen zu lassen. Nicht selten nannte er mich, wenn wir uns nach einer guten Vorstellung einen schönen Abend machten, plötzlich »mein Zwerg«, worauf ich jedes Mal antwortete, ich sei weder ein Zwerg noch seiner, und dann fehlte nicht viel, und wir wären uns an die Gurgel gegangen. Ein Saufbruder fuhr dazwischen und zwang uns, einander die Hand zu geben, was wir widerwillig taten, ein jeder versuchte mit einem Lächeln auf den Lippen die Finger des anderen zu zerquetschen.

Eines Morgens im Juli wachte ich mit einem beklemmenden Gefühl auf. Ich hatte geträumt, dass ich mitten in der Vorstellung, verkleidet als Urmensch, im Publikum Viola erkannt hatte, gleich in der ersten Reihe. Ich hatte mich hinter den anderen verstecken wollen, aber dann war es dunkel geworden, und ein Scheinwerfer richtete sich auf mich und verfolgte noch die kleinste meiner Bewegungen. Nicht die Erinnerung an diesen Albtraum machte mich traurig, sondern der Umstand, dass Violas Gesicht im Traum ein wenig unscharf war. Seit fast zwei Jahren hatte ich sie nicht mehr gesehen. Das Gesicht verschwamm schon, erodiert vom Wind der Sekunden, der Minuten, von all der Zeit, die zwischen uns wehte.

Kurz darauf kam Sara in den Stall, in der Hand eine Blechbüchse.

»Du bist auf, sehr schön. Eine kleine Gabe für Alfonso?«

Sie schüttelte die Büchse und hielt sie mir hin. Alfonsos Geburtstag stand vor der Tür, und die Truppe legte zusammen, um ihm einen Siegelring zu schenken. Bizzaro liebte Schmuck. Er trug immer einen Ring oder eine Halskette aus reinstem Talmigold, dazu manchmal imposante Stücke unbekannter Herkunft, die gefährlich echt aussahen. Ich steckte ein paar Scheine in die Büchse, aber ich hatte meine eigene Geschenkidee. Die Jungs vom Zurichten, die einzigen, die ich noch traf, hatten mir einen kleinen Marmorblock gebracht, einen Kubus von etwa dreißig Zentimeter Kantenlänge, dazu ein paar alte Werkzeuge. Seit einer Woche bildhauerte ich wieder, zum ersten Mal seit sechs Monaten.

Ein paar Tage darauf blieb die Truppe, statt sich wie üblich zu zerstreuen, nach der Vorstellung noch im Zelt. Sara stieg auf einen Tisch und klopfte auf den Boden eines Topfs. Sie glich einer umgedrehten Birne. Oben füllig, aber mit erstaunlich schlanken Beinen, auf die wir in dem Moment einen unverstellten Blick hatten. Sie hielt eine kleine Rede, in der sie Bizzaro dafür dankte, dass er sie so lange ertragen hatte. Bizzaro bekam seinen Ring, und alle bewunderten ihn gebührend. Ein paar Weinflaschen wurden geöffnet, gingen herum, es gab sogar Gläser, von allen ignoriert, man trank aus der Flasche. Ich wartete, bis Bizzaro mal allein war, und zog ihn am Ärmel.

»Ich habe ein Geschenk für dich.«

»Noch eins?«

Ich schleifte ihn zu seinem Wohnwagen. Er war nie abgeschlossen, das Innere, im Gegensatz zu seinem Besitzer, immer in tadellosem Zustand – Sara kümmerte sich liebevoll darum, auch wenn es keine romantische Verbindung zwischen den beiden zu geben schien. Auf dem Tisch stand meine Skulptur. Wie bei dem Bären für Viola hatte ich die begrenzte Zeit mitbedacht und nur den oberen Teil des Kubus behauen. Es war eine perspektivische Darstellung unseres Zirkusplatzes, leicht erhöht, und ich war nicht wenig stolz darauf. Man konnte den oberen Teil des Zeltes erkennen, die Wohnwagen und ein aus dem Stein ein Stück herausgelöstes Tier. Statt für ein Hochrelief hatte ich mich für ein Flachrelief entschieden. Das Auge schweifte über den Platz an einem Wintermorgen, wenn ein undurchdringlicher Nebel alles bis einen Meter über dem Boden auslöschte. Behauen hatte ich nur, was darüber hinausragte.

Ich fing mir einen dieser Blicke ein, die mich langsam schon irritierten, auch den dazugehörigen Satz.

»Hast du das gemacht?«

»Nein, der Papst. Er konnte nicht kommen, aber er lässt sich entschuldigen und wünscht dir alles Gute zum Geburtstag.«

Bizzaro starrte auf seinen Marmorzirkus, er schien mich nicht gehört zu haben. Seine Augen glänzten. Ich war verlegen, räusperte mich.

»Wie alt bist du noch mal?«

»Zweitausend Jahre, Mimo. Zweitausend, so in etwa. Aber nicht weitersagen.«

Mit der Fingerspitze strich er über sein Zelt. Er schluckte mehrmals, schließlich drehte er sich zu mir um.

»Dann stimmt es also.«

»Was?«

»Du bist Bildhauer.«

»Das habe ich dir schon am ersten Tag am Bahnhof gesagt.«

»Wenn du wüsstest, was mir die Leute am ersten Tag am Bahnhof alles sagen … Die Frage ist, was zum Teufel du hier zu suchen hast.«

Ich spürte, wie er den Halt verlor und seine gallige Laune ihn packte. Einen triftigen Grund gab es nie. Aber ich war kein Kind mehr, würde in diesem Jahr achtzehn, konnte ordentlich saufen und vertrug Alkohol wie die größten

Schluckspechte. Ich ließ mir schon lange nicht mehr auf der Nase herumtanzen.

»Willst du, dass ich gehe? Dann musst du es nur sagen.«

»Nein, ich will nicht, dass du gehst.«

»Umso besser. Dann können wir jetzt zurück und weitertrinken?«

Er kniff die Augen zusammen, besah sich den noch weichen Bart auf meinen Wangen, mein Haar, das ich mir nicht länger schnitt. Er schien eine weitere Frage stellen zu wollen, aber dann klopfte er mir nur auf die Schulter.

»Gute Idee, gehn wir zurück und trinken weiter.«

Von Zeit zu Zeit machten die Carabinieri im Zirkus eine Razzia. Sie wühlten sich in meinem Stall durchs Stroh und stellten Bizzaros Wohnwagen auf den Kopf. Nie fanden sie etwas. Sehr viel freundlicher zeigten sie sich gegenüber Sara und statteten ihr nur einen Höflichkeitsbesuch ab. Ihr Feingefühl verdankte sich offenbar dem Umstand, dass Sara ihnen vorschlug, »sich die Schöpfung anzusehen«, und dann setzte sie sich während der Durchsuchung vor sie hin, zog den Rock über die Knie und spreizte ein wenig zu weit die Beine. Worauf die Carabinieri wieder gingen, erfüllt von Respekt vor den Geheimnissen des Universums, die sie sich weder so mächtig noch so behaart vorgestellt hatten. Manchmal blieb ihr Hauptmann noch etwas länger, für eine »zusätzliche Durchsuchung«, die er so schwungvoll betrieb, dass der Wohnwagen wackelte. Er verabschiedete sich, ohne zu bezahlen, wogegen Sara keine Einwände erhob. Jetzt war der Mann ihr etwas schuldig.

Der Zirkus Bizzaro war so etwas wie eine Freistadt, ein Staat im Staate mit eigener Moral und eigenen Gesetzen.

Aber das galt für jede italienische Provinz, für jedes Dorf, wo die großen Versprechungen des Risorgimento der Erfüllung harrten. Statt eines vereinten Königreichs waren wir immer noch eine Unzahl von kleinen Oberhäuptern, Bandenchefs, Kadis und Kanaillen. Die Stärksten unter ihnen, Faschisten, Squadristen, ehemalige Partisanen, versuchten am 28. Oktober dieses Jahres ihr Glück. Ein bunt zusammengewürfelter Haufen marschierte auf Rom, fest entschlossen, Druck auf die amtierende Regierung auszuüben. Trotz ihres Erfolgs bei der Niederschlagung der sozialistischen Unruhen, wie ich es miterlebt hatte, waren sie schlecht bewaffnet, zögerlich und sich ihrer Sache keineswegs sicher. So wenig, dass ihr wackerer Anführer Mussolini, schlotternd in seinen Pumphosen eines ehemaligen Sozialisten und künftigen Diktators, lieber in Mailand geblieben war. Er hatte es für klüger gehalten, sich dem Marsch nicht anzuschließen, dann konnte er sich, falls es schiefging, in die Schweiz absetzen. Es war das Zeitalter der Feigheit. Und weil es das Zeitalter der Feigheit war, beschlossen die Regierung und dann der König, die Sache laufenzulassen, statt die Armee zu schicken, die sehr wohl bereit war zu handeln. Sodass sich der Etappenhengst aus Mailand von heute auf morgen an der Spitze der Regierung wiederfand, was ihn selbst am meisten überraschte. Und auf den Schulhöfen, in Hinterzimmern, in Frachträumen, überall im Land durften sich die kleinen Tyrannen nun sagen, dass sie immer schon recht gehabt hatten. Ich konnte mir noch nicht vorstellen, was für einen nachhaltigen Einfluss dieser Tag auf mein Schicksal haben sollte, eine unmittelbare Folge hatte er jedenfalls sofort: Bizzaro bekam schlechte Laune, schlechtere noch als sonst.

Sara sagte mir mehrmals, wie besorgt sie sei, so habe sie ihn noch nie gesehen. Dennoch lief der Zirkus wie geschmiert, was sich in den Einnahmen niederschlug. Sara war von einer grenzenlosen Vulgarität und ebendeshalb einer fast mythischen Sinnlichkeit. Aber auch von großem Scharfsinn, und wie alle, die die Zukunft sehen, war sie eine vorzügliche Leserin der menschlichen Seele. Sie hatte sich zu Recht beunruhigt, auch wenn es mir selbst im Nachhinein noch schwerfällt zu verstehen, wie ein Ereignis das andere anstoßen konnte.

Es war ein graupeliger Abend, Ende November. Viola und ich waren soeben achtzehn geworden, und auch wenn ich mich dagegen sträubte, dachte ich immer noch »Viola und ich«. Ich kam mit Bizzaro aus unserer Lieblingskneipe, beide ein wenig deprimiert, weil Cornuto seit einem Monat verschwunden war. Ohne seine Stimme schmeckte der Alkohol bitter, was uns nicht daran gehindert hatte, beträchtliche Mengen hinunterzukippen. Als ich gerade schon das eine Glas zu viel trinken wollte, sagte mein Gefährte: »Es reicht.« Und schleifte mich nach draußen.

Statt den Rückweg zum Zirkus einzuschlagen, ging er raschen Schrittes nach Norden.

»He, wo willst du hin?«

Ich folgte ihm schimpfend und passte auf, dass ich nicht auf der nassen Schneedecke ausrutschte. Wir waren mitten im Zentrum, aber die Straßen kannte ich nicht, ihre Namen waren ausradiert vom eisigen Gestöber. Via de' Ginori. Via Guelfa. Als wir auf einen Platz kamen, legte der Sturm noch zu. Vor uns eine Barockfassade, die mir vertraut zu sein schien, dabei war ich in diesem Viertel noch nie gewesen. Bizzaro ging links um das Gebäude herum in die Via Cavour und klopfte an eine Tür. Nichts passierte, er klopfte noch einmal, lauter.

»Ist ja gut«, grummelte eine gedämpfte Stimme. »Ich komme schon.«

Schließlich öffnete ein Mann. Ein Mann wie wir, von kleinem Wuchs, nur dass er als Mönch gekleidet war. Der Alkohol und die Kälte trugen das Ihre dazu bei, dass ich mir vorkam, als wäre ich in die billige Version eines dieser Schauerromane geraten, die Viola so mochte. Es war das letzte Mal, dass ich an sie dachte, das schwor ich mir.

»Was machen wir hier überhaupt?«, murrte ich. »Es ist arschkalt.«

»Sei still und komm mit. Danke, Walter.«

Mit einer Laterne in der Hand führte uns der Mönch eine Treppe hinauf. Im ersten Stock blieb er in einem Gang stehen und hielt Bizzaro die Laterne hin. Über unseren Köpfen verlor sich die Decke im Dunkeln.

»Eine Stunde, nicht länger. Und vor allem kein Krach.«

Er verschwand. Bizzaro drehte sich zu mir, seine erstaunlich weißen Zähne wuchsen im Spiel der Flamme ins Riesenhafte.

»Herzlichen Glückwunsch zum Geburtstag«, sagte er.

»Das war vor einem Monat, kurz nach deinem.«

»Ich weiß.«

Er lächelte weiter. Ich sah mich um: ein einfacher Gang, die Wände auf beiden Seiten durchbrochen von mehreren angelehnten Türen. Er gab mir die Laterne und sagte noch einmal:

»Herzlichen Glückwunsch zum Geburtstag.«

Ich machte einen Schritt auf eine der Türen zu. Er griff nach meinem Arm und deutete auf eine andere, zur Linken.

»Die hier.«

Ich trat hinein in den Raum. Und die Farben, die sich mir

darboten, stürmten auf mich ein, schlugen auf mich ein, das Gesicht der Jungfrau, von einer Sanftheit, wie ich es noch nie gesehen hatte. Was nicht stimmte, denn ebendiese Jungfrau hatte ich auf den Seiten des allerersten Buches gesehen, das Viola mir geliehen hatte: *Les peintres illustres No. 17, Fra Angelico.* Vor mir verkündete ein Engel mit bunten Flügeln Maria, dass sie dem Schicksal der Menschheit einen anderen Lauf geben würde.

Ich drehte mich zu Bizzaro um, mir fehlten die Worte. Er nickte, lächelte, nahm mich am Arm und führte mich von einer Zelle zur nächsten. In einer jeden leuchtete ein Feuerwerk, gezündet sechshundert Jahre früher, ein Fest der Farben, die niemals aufhörten.

»Woher wusstest du …«, fragte ich.

»Bei unserer ersten Begegnung hast du mir gesagt, dass du diese Fresken sehen wolltest. Ich wusste nicht, ob du die Gelegenheit hattest. Wenn ich dein Gesicht sehe, wohl nicht.«

»Danke.«

»Walter gebührt der Dank. Er hat vor zehn Jahren für mich gearbeitet, dann hat er Stimmen gehört. Ein feiner Kerl, das auf jeden Fall. Das Museum ist tagsüber geöffnet, aber ich dachte mir, es so zu sehen, ganz allein …«

Eine Stunde später waren wir wieder auf der Straße. Es schneite nicht länger. Im Mondlicht glänzte die Stadt wie am helllichten Tag. In mir rumorte es, eine dumpfe Traurigkeit. Das Gespenst unserer Unbekümmertheit schüttelte seine spöttischen Ketten.

»Was ist, warum machst du so ein Gesicht?«

»Nichts. Mir ist nur kalt.«

Bizzaro schien lange nachzudenken, das Kinn vergraben in seinem Kragen.

»Als du zum Zirkus gekommen bist, so lädiert, hast du gesagt, das sei wegen einer Frau. War sie der Grund für deinen Zustand?«

»Viola? Nein. Keine Ahnung. Sie war eine Freundin.«

»Eine Freundin, die du …«

Er machte mit Daumen und Zeigefinger einen Kreis und steckte einen Finger der anderen Hand mehrmals hinein. Ich wurde sofort unleidlich.

»Nur eine Freundin, sage ich doch.«

»Warum ›nur eine Freundin‹? Ist sie hässlich? Ist sie eine *lesbica*?«

Ich blieb abrupt stehen.

»Sie ist nicht hässlich. Ich weiß nicht, was sie ist, aber hör auf, so über sie zu reden.«

»Oha, komm schon, spiel nicht den Zwerg auf der Erbse.«

»Zum letzten Mal, ich bin kein Zwerg.«

»Doch, das bist du. Der Beweis«, und er deutete von sich auf mich, »*nanus nanum fricat*, Zwerg und Zwerg gesellt sich gern.«

»Das war ein so schöner Moment eben. Musst du ihn unbedingt verderben? Suchst du Streit oder was?«

»Ich? Ich suche gar nichts, ich sage dir nur die Wahrheit. Und weißt du, warum? Weil du hinter deinem blöden Getue, deinem *ich bin ein Mensch wie jeder andere*, selber nicht daran glaubst. Würde ich dich einen Riesenkraken von einem anderen Planeten nennen, würde es dir nichts ausmachen, oder du würdest lachen. Aber wenn ich dich einen Zwerg nenne, wirst du wütend. Es macht dir also sehr wohl etwas aus.«

»Na schön, es macht mir etwas aus, war's das?«

»Und wenn nicht? Gibst du mir dann eins in die Fresse?

Mir, deinem lieben Freund Bizzaro? Nur zu, tu dir keinen Zwang an.«

Da er mich schon aufforderte und wir beide getrunken hatten, erfüllte ich ihm den Wunsch. Aus seiner Nase schoss ein Schwall Blut. Für Bizzaro war es nicht die erste Straßenkeilerei, und er war so freundlich, es mir mit der Linken eines Profiboxers zu vergelten. Wir rollten durch den Schnee und brüllten, wir, die wir eine halbe Stunde zuvor noch schluchzend vor Fra Angelico gestanden hatten.

»He, Kinder, was soll das?«

Ein Trupp von vier Männern war in unsere Straße eingebogen. Schwarze Uniform, alle vier, erkennbar unter Tausenden. Eine Miliz.

»Das sind keine Kinder«, sagte einer von ihnen, »das sind Zwerge.«

Bizzaro trat ihm entgegen, das Gesicht aufgeplatzt, die Lippen vorgestülpt.

»Hast du hier jemanden Zwerg genannt?«

Er stampfte dem ersten Mann auf den Fuß und streckte ihn, als der Kerl sich vorbeugte und schrie, mit einer Rechten nieder. Einer der drei anderen zog einen Schlagring aus der Tasche und streifte ihn sich über. Fast im selben Moment erschien in Bizzaros Hand eine Klinge.

»Willst du spielen, du *Schweinehund*?«, fragte er mit einem Grinsen.

Die Klinge schnitt so schnell durch die Luft, dass ich sie erst gar nicht sah. Ein blaues Blitzen, und der Typ mit dem Schlagring brach zusammen und hielt sich den Bauch. Die beiden anderen fielen über uns her. Ich schlug mich, so gut ich konnte, aber dann steckte ich nur noch ein. Eine Trillerpfeife war zu hören, weitere Schreie, und bald wurden wir getrennt von einer Gruppe Carabinieri. Eine Stunde später waren wir auf der Wachstation, drei der Milizionäre – für den vierten ging es ins Krankenhaus oder in die Leichenhalle –, Bizzaro und ich. Bizzaro nahm die Schuld auf sich, die Milizionäre ließen sich nicht bitten und belasteten ihn ebenfalls, und mich warfen sie hinaus, mit meiner blutverkrusteten Nase, einem verrenkten Knöchel und einem geschlossenen Auge. Der Tag brach schon an. Ich humpelte zurück zum Zirkus. Unser Platz schlief unterm Schnee, ein inniges Krippenbild. Zuerst wollte ich Sara nicht wecken, aber dann klopfte ich an ihre Tür. Sie öffnete fast sofort, in einem langen Seidennachthemd und mit einem Tuch um die Schultern.

»*Santo cielo*, was ist passiert?«

Ich erzählte ihr alles, von unserem Besuch im San Marco zu meinem Geburtstag, von Alfonsos merkwürdigem Stimmungsumschwung kurz danach. Sie versorgte mich wie bei meiner Ankunft vor einem Jahr und schenkte mir einen Schnaps ein, von dem ich erst einmal ausgiebig hustete.

»Und, geht's besser? Ich verstehe nicht, wieso ihr euch unbedingt prügeln müsst. Ich meine, ich verstehe Bizzaro nicht. Was dein Problem ist, weiß ich ja.«

Sie goss sich selbst ein Glas ein, leerte es in einem Zug und schwenkte es vor meiner Nase.

»Die Hormone. Die stauen sich in dir und quellen über, wollen raus. Bist du sicher, dass du deinen *cazzo* auch schön eintunkst?«

Ich wurde knallrot. Sie starrte mich an, brach in ungläubiges Lachen aus.

»Jetzt sag nicht, du hast noch nie …«

Sie schüttelte den Kopf und schob mich zu ihrem Bett.

»Nimm es als Geschenk, du hattest ja Geburtstag. Aber das wird sich nicht wiederholen, damit das klar ist.«

Sie schürzte ihr Kleid. Und ich sah verblüfft die Schöpfung, majestätisch, purpurfarben. Sie zog an meiner Hose, und reflexartig, voller Panik, hielt ich sie fest.

»Lass mich machen, Idiot.«

Dann setzte sie sich auf mich, und ich vergaß all meine Schmerzen. Ich hätte ihr, der tapferen Sara, bei meinem ersten Mal gern ein Feuerwerk geschenkt, der Ruggieris würdig. Aber es gab ein technisches Problem, einen Zündfehler. Der Feuerwerker schickte sofort das krönende Bouquet in den Himmel. Mir kamen die Tränen.

Sara legte sich neben mich, drückte meinen Kopf an ihre Brust und strich mir übers Haar. Sara, Mammina, all die vielen anderen davor. Seit diesem zärtlichen grauen Morgen weiß ich eines: Wenn sich eine Frau unter einen Mann legt, im Hafen von Genua, auf der Ladefläche eines Lastwagens oder auf einem Zirkusplatz, dann um seinen Sturz zu mildern.

Dank der Zuneigung, die der Hauptmann der Carabinieri für sie empfand, kam Sara am nächsten Abend mit Neuigkeiten zurück. Gottlob war der Kerl, auf den Bizzaro eingestochen hatte, nicht tot. Aber es war versuchter Totschlag gewesen, mit vier Zeugen. Der Hauptmann, der die Faschisten nicht ausstehen konnte, hatte den Bericht zum Glück geändert. Das Messer gehörte jetzt den Milizionären, und die hatten es zuerst gezogen, ehe Bizzaro es im Verlauf der Auseinandersetzung, im Zustand der Notwehr, an sich riss. Wahrscheinlich käme er nur für ein paar Monate hinter Gitter.

Was zunächst hieß: Der Zirkus machte zu. Und da es

galt, ein Zeichen zu setzen, kamen zwei Beamte und brachten symbolische Siegel am Zelt an, unter den betrübten Blicken einer hellsehenden Liebesdame, einem nicht mehr bildhauernden Bildhauer, einem Pferd, einem Schaf und einem Lama.

Zur Untätigkeit verdammt, streifte ich ein paar Tage umher und mied das offenkundig Unvermeidliche. Ich war Sara ein Klotz am Bein, nur aus Freundlichkeit sagte sie es mir nicht direkt. Ohne die üblichen Zirkusbesucher stand auch die Signora Kabbala mit leeren Händen da. Und selbst wenn ihr übriges Gewerbe ihr ein passables Einkommen sicherte, konnte sie sich nicht um einen achtzehnjährigen jungen Mann kümmern, der so viel aß wie vier und, sobald es Nacht wurde, ebenso viel trank. Die edle Gesinnung verlangte es, ihr zuvorzukommen, ein weiteres Mal meine Kiste zu packen und mich unter dem Quietschen der Räder auf den Weg zu machen. Aber an edler Gesinnung mangelte es mir, und ich hatte nichts, wohin ich gehen konnte. Also wartete ich feige darauf, dass Sara sich entschloss, mich hinauszuwerfen.

Am 1. Januar 1923 kam sie mit einem eisigen Windstoß in den Stall. Seit Bizzaros Verhaftung war ein Monat vergangen. Ich lag mit ausgestreckten Armen da, vom nächtlichen Rausch noch gelähmt. Kurz vor Mitternacht, wir wollten das Jahr 1922 gerade begraben, war Cornuto wieder aufgetaucht. Abgemagert, was mir undenkbar erschienen wäre, hätte ich ihn nicht mit eigenen Augen gesehen. Er hatte keinem erzählt, woher er kam oder wohin er ging. Mehr als sechzig Jahre später sehe ich sein Gesicht noch mit erstaunlicher Klarheit vor mir. Ich erkenne das Siegel des Todes, die Angst vor dem Übergang, ich, der ich heute an demselben

Scheideweg stehe. Aber an diesem Abend hatte niemand darauf geachtet. Wir hatten ihn nur gebeten zu singen, was er auch tat, mit einer Stimme, die weniger kraftvoll war als sonst, weniger vollkommen, mehrmals war sie eingebrochen. Niemandem wäre es eingefallen, sich über ihn lustig zu machen. Wir weinten umso hemmungsloser, ehe wir hinabglitten in den Morgen, denn abschüssig waren alle unsere Nächte.

Sara sah mich vorwurfsvoll an, ihre Fäuste in die Hüften gestemmt. Als ich sprechen wollte, füllte etwas unendlich Bitteres meinen Mund. Ich hob den Finger, um ihr zu bedeuten, sie möge warten, rollte auf die Seite und übergab mich ins Stroh. Schließlich stützte ich mich auf den Ellenbogen und hob, ein verstrubbeltes Gespenst, den Kopf. Meine Stimme war heiser, weil ich die ganze Nacht gegrölt hatte.

»Ich weiß, was du mir sagen willst.«

»Da ist jemand für dich. In meinem Wohnwagen.«

Zehn Minuten später fand ich mich bei Sara ein. Ich hatte darauf verzichtet, mich zu waschen, außerdem war der Wasserschlauch eingefroren. Vor den vier Stufen, die zu ihr hinaufführten, stapfte ein junger Mann in meinem Alter von einem Fuß auf den anderen. Er nickte zum Gruß, ging voraus und öffnete mir die Tür wie einem Prinzen.

Trotz der Soutane erkannte ich den Besucher im Wohnwagen nicht sofort. Vorübergehender Gedächtnisschwund aufgrund meines Zustands vielleicht oder weil sich sein Haar seit unserer letzten Begegnung gelichtet hatte und er nun eine kleine runde Hornbrille trug: Francesco, Violas Bruder. Er musterte mich von Kopf bis Fuß, lächelte. Seine Augen verweilten bei meinem halblangen Haar, meinem

Bart, noch gesprenkelt vom Essen am Tag zuvor. Er schien sich rundum wohlzufühlen, während Sara nervös auf ihrer Samtbank hin und her rutschte.

»Möchten Sie wirklich nicht etwas trinken, Pater?«

»Nein, ich bleibe nicht lange. Du hast dich sehr verändert, Mimo. Damals noch ein Kind, heute ein Mann.«

»Wie haben Sie mich gefunden?«

»Ich bin zu deiner ehemaligen Werkstatt gegangen. Niemand schien zu wissen, wo du steckst. Als ich schon wieder draußen war, kam mir ein staubbedeckter Bursche hinterher, und nachdem er sich vergewissert hatte, dass ich dir nichts Böses wollte, sagte er, wo ich dich finde.«

»Was wollen Sie von mir?«

»Das erkläre ich dir im Hotel. Mein Sekretär, den du draußen gesehen hast, holt sich noch Frostbeulen, wenn ich länger warte. Ich bin im Baglioni. Nimm deine Sachen mit.«

Er stand auf und verneigte sich leicht vor Sara.

»Wünsche Ihnen einen angenehmen Tag, Signora.«

Sara starrte ihn mit großen Augen an, und als er sich schon entfernte, rannte sie ihm nach.

»Pater, Pater!«

Mitten auf dem Platz holte sie ihn ein.

»Ich bin nicht Ihres Glaubens, aber segnen Sie mich trotzdem, Pater.«

Sie kniete sich in den Schnee, und ich hörte, wie Francesco ein paar Worte murmelte, während er ihr, ohne den Handschuh auszuziehen, ein Kreuz auf die Stirn zeichnete. Ich ging zurück in meinen Stall, mir war übel, ich war verwirrt. Francesco ähnelte Viola. Und dieses schlichte Echo, dieses ferne Phantom genügte, um mir ins Herz zu schneiden. Zusammengekrümmt spuckte ich ein Fädchen Galle.

Dann stopfte ich meine spärliche Habe in die Kiste und zählte das Geld, das mir noch geblieben war. Mein Vermögen belief sich auf fünfzehn Lire, ausreichend, um mir erneut einen Anschein von Würde zuzulegen. Kurz vor Mittag verließ ich den Stall. Sara war nirgends zu sehen, die Vorhänge ihres Wohnwagens waren zugezogen. Ich schlug die Gegenrichtung ein, nicht zum Baglioni, nahm die Brücke Santa Trinita über den Arno, lief die Via Maggio hinauf, verirrte mich, fand zufällig die Via Sant'Agostino und die Hausnummer 8, mein Ziel, den Ort, den viele meiner nächtlichen Gefährten aufsuchten: das öffentliche Badehaus von Florenz. Dort wusch ich mich gründlich, kasteite mich mit dem kältesten Wasser, schrubbte mich wie wild ab, um alles Böse auszutreiben, das sich mir in die Falten meiner Haut gefressen hatte. Als ich wieder herauskam, war ich hummerrot und schlotterte, trug das Kinn aber hoch. Ich ging denselben Weg in umgekehrter Richtung, machte beim ersten Barbier halt, ließ mir die Haare schneiden und mich rasieren. Dann blickte ich, ein Rausch von Salben und Puder mit Sandelholzduft, in ein Gesicht, das ich seit zwei Jahren nicht gesehen hatte. Härter, nicht unbedingt weiser, denn eine neue Verrücktheit leuchtete in den Augen. Doch zum ersten Mal in meinem Leben fand ich mich schön. Auf der Straße bot ich meine glatten Wangen einer schüchternen Sonne dar. Ich hatte nichts, um mir Kleidung zu kaufen. Im Badehaus hatte ich mir immerhin meine einzigen halbwegs sauberen Sachen übergezogen.

Mit meiner Kiste im Schlepp trat ich schließlich über die Schwelle des Baglioni, unter dem argwöhnischen Blick des Portiers, der mich seit fast zwei Jahren vor dem Hotel hatte kommen und gehen sehen. Er machte einen Schritt auf mich zu, wie um mich zu stoppen, aber ich blitzte ihn an. Er blieb abrupt stehen, wich zurück. Francesco hatte recht. Ich war nun ein Mann, war Gewalt und Totschlag, kaum zurückgehalten von einem seidenen Faden.

Francesco empfing mich in einem Privatsalon. Sein Sekretär saß in einer Ecke und tippte auf einer Reiseschreibmaschine. Die Decke absorbiert von der Dunkelheit. An der Seite zur Straße hin ließ ein mit Buntglas verziertes Fenster einen bernsteingelben Streif herein. Das Grand Hotel Baglioni hatte diese gedämpfte, düstere Pracht der Paläste früherer Zeiten. Es war dasselbe Hotel, in dem Pirandello, Puccini, D'Annunzio und Rudolph Valentino abgestiegen waren oder einmal absteigen sollten. Es hätte mich einschüchtern müssen, tat es aber nicht, dank dem Alkohol, der noch in meinem Blut zirkulierte und meine Stimmung löste.

Francesco bedeutete mir, mich zu setzen.

»Gut siehst du aus, Mimo. Freut mich, dich wiederzusehen. Einen Kaffee?«

Ich blieb stehen.

»Nein danke. Was wollen Sie von mir?«

Ich hatte ihn immer für seine Sanftheit geschätzt, für sein ewiges Lächeln, auch wenn ich schon den Verdacht hatte, dass er genau wie seine Schwester über die Gabe der Täuschung verfügte, dieses Talent, den Blick dorthin zu lenken, wo er ihn haben wollte. Ich habe nie herausgefunden, ob Francesco vor Ehrgeiz brannte oder ob es ihn einfach nur drängte zu spielen.

»Ich *will* nichts, Mimo, jedenfalls nichts, was mir auf Erden gewährt werden könnte. Aber ich bin hier, weil ich dir vorschlagen möchte, zurückzukommen.«

»Zurück? Wohin?«

»Na ja, nach Pietra d'Alba.«

»Dort könnte ich nirgendwohin.«

»Dein Onkel Alberto hat dir seine Werkstatt vermacht.«

Als ich die Nachricht hörte, sank ich auf das Sofa.

»Alberto ist tot?«

»Oh, nein. Er ist fortgezogen, in die Sonne, irgendwo im Süden. Ich glaube, ihm war langweilig, nachdem er von seiner Mutter eine beträchtliche Summe geerbt hatte. Wir sind an ihn herangetreten in der Absicht, ihm seinen Grundbesitz abzukaufen, aber er wollte nicht. Er legte Wert darauf, ihn dir zu schenken. Dein Freund Vittorio hat dort seine Tischlerei, aber ich bin sicher, ihr werdet euch arrangieren.«

»Warten Sie. Zio hat mir die Werkstatt *geschenkt*?«

»Richtig.«

Dieser alte Drecksack. Warum eine solch noble Geste, ich wusste es nicht. Ein Rest von Menschlichkeit, hochgekommen wie ein Schluckauf zwischen zwei Besäufnissen. Aber wer war ich, ihn zu kritisieren, wo ich ihm so ähnelte.

»Es gibt da oben nicht viel zu tun für einen Bildhauer«, sagte ich.

»Genau deshalb bin ich hier. Ein Notariatsgehilfe hätte dir mitteilen können, dass die Werkstatt dir gehört. Persönlich bin ich gekommen, weil wir dich beschäftigen möchten.«

»Wer, ›wir‹?«

»Wir, die Orsinis. Und wir«, fügte er mit einer ausladenden Handbewegung hinzu, »die wir Gott dienen. Wie du weißt, hat deine Skulptur auf Monsignor Pacelli großen Eindruck gemacht. Monsignor Pacelli ist ein einflussreicher Mann, ihm habe ich es auch zu verdanken, ihm und seinem

Vertrauen in mich, dass man mich zum Minutanten an der Kurie ernannt hat, dabei wurde ich erst vor wenigen Monaten ordiniert. Ich arbeite zusammen mit ihm in der Sektion für Außenbeziehungen des Vatikans. Kurzum, geplant ist noch vor Ende des Jahrzehnts eine große Aktion zur Sanierung der Casina von Pius IV., im Herzen der Vatikanischen Gärten, und wir hätten gern einen Künstler unseres Vertrauens, der die Skulpturen übernimmt. Einige Werke sind neu zu schaffen, andere zu restaurieren, es ist eine große Baustelle. Du kannst von Pietra d'Alba aus arbeiten, oder in dem Atelier, das dir der Vatikan zur Verfügung stellt, wie du magst. Du bekommst selbstverständlich Lehrjungen, die dir in Rom helfen. Wir bieten dir zunächst einen Vertrag für ein Jahr, zweimal verlängerbar, zu zweitausend Lire im Monat.«

»Zweitausend Lire im Monat«, wiederholte ich mit ruhiger Stimme.

Sechsmal so viel wie der Lohn eines Arbeiters, doppelt so viel wie das Gehalt eines Universitätsprofessors. Mehr Geld, als ich je gesehen hatte.

»Die du mit Privataufträgen noch aufstocken kannst, da bin ich mir sicher. Viele Besucher der Villa Orsini waren ebenfalls beeindruckt von deinem Bären.«

»Und … wer zahlt das alles?«

»Eines der Dikasterien des Vatikans. Selbstverständlich ist das Vorhaben auch eine Möglichkeit, ein vorteilhaftes Licht auf die Familie Orsini zu werfen. Wir beteiligen uns in dieser Sache als Mäzene, indem wir dich unterstützen und trotz deines jungen Alters für einen Posten vorschlagen, der dir wahrscheinlich die ein oder andere Eifersüchtelei einträgt.«

»Das bin ich gewohnt.«

»Aufgrund dieser Verbindung zwischen deinem und

unserem Namen wirst du Abstand nehmen müssen von … etwaigen schlechten Gewohnheiten, die du dir während deines Aufenthaltes in Florenz angeeignet haben könntest, ist das klar?«

»Sehr klar.«

»Wäre es vermessen anzunehmen, dass du einverstanden bist?«

Ich tat, als würde ich nachdenken, was er mit der Geduld all jener hinnahm, für die der Maßstab die Ewigkeit ist.

»Einverstanden.«

»Hervorragend. Ich muss morgen zurück nach Pietra, wir fahren zusammen. Dann nimmst du deine neue Arbeitsstätte in Besitz, und wir besprechen, wie wir das alles am besten organisieren. Für die Nacht ist hier ein Zimmer für dich reserviert.«

Er stand auf, strich sich die Soutane glatt und sagte:

»Noch Fragen?«

»Nein. Doch. Hat Vio… Ihre Schwester Sie gebeten, mich zu engagieren?«

»Viola? Nein, warum?«

»Wie geht es ihr?«

»Sie hatte großes Glück. Ein solcher Unfall hinterlässt Spuren, aber sie ist fast vollständig wiederhergestellt. Du wirst dich selbst davon überzeugen können. Meine Eltern erwarten uns übermorgen zum Abendessen.«

Ich schlief schlecht, schreckte beim kleinsten Geräusch hoch, fürchtete, die Tür könnte aufgehen und eine Menschenmenge, empört über meine Anwesenheit an diesem Ort, würde verlangen, mich auf der Stelle zu lynchen oder, noch schlimmer, auf die Straße zu setzen, in die Gosse, in der ich mich gestern noch gesuhlt hatte, eine Menschenmenge, die mich einen Hochstapler schimpfte und schrie, im Grand Hotel Baglioni sei kein Platz für Hochstapler.

Am nächsten Morgen brachen wir früh auf. Nach fünfzig Kilometern fiel mir ein, dass ich mich nicht von Sara verabschiedet hatte, so wenig wie von meinen Freunden fürs Leben oder den tanzenden Schatten meiner heimlichen Nächte.

In seinen einleitenden Worten zu der Monografie über die Statue erklärt Leonard B. Williams, die Pietà Vitaliani sei auf dem besten Weg, ihren Platz einzunehmen neben dem Siegel Salomons, der Bundeslade oder dem Stein der Weisen, mythologischen, esoterischen, dem Blick der Sterblichen entzogenen Objekten, die umso berühmter seien, als niemand sie je gesehen habe. Sodann betont er die Ironie an der Sache, da dies das genaue Gegenteil dessen sei, was der Vatikan zu erreichen versuchte, als er sie in den Tiefen eines Bergs begrub. Es sei schlicht darum gegangen, einen Skandal zu vermeiden und die seltsamen Reaktionen zu verstehen, die das Werk auslöste. Wie auch immer, hätte die Kirche einen Mythos schaffen, Phantasmen befeuern wollen, wäre sie nicht anders vorgegangen. Die Pietà in die Obhut der Sacra und ihrer Mönche zu geben, so Williams, war ein Fehler. Wo es dunkel ist, brodelt das Fieber.

Bevor Williams von der Hysterie spricht, die die Pietà entfachte, als man sie die ersten Male zeigte, widmet er eine knappe Seite ihrer Beschreibung. Zunächst erinnert er daran, dass die Statue ursprünglich Pietà Orsini genannt wurde, zu Ehren der Geldgeber, die in den Jahren nach ihrer Auslieferung gleichwohl alles unternahmen, um diese Verbindung zu kappen. Mit Erfolg, denn heute führen die entsprechenden vertraulichen Dokumente sie nur noch unter dem Namen ihres Schöpfers, Michelangelo Vitaliani.

Die Pietà weist zahlreiche Ähnlichkeiten mit ihrer berühmten Vorläuferin auf, der von Michelangelo Buonarroti, ausgestellt in der Basilika Sankt Peter in Rom. Es ist eine Rundplastik, ein Meter sechsundsiebzig hoch, eins fünfundneunzig breit, achtzig Zentimeter tief. Anders als diese scheint die Vitaliani jedoch nicht dazu bestimmt, erhöht aufgestellt zu werden. Ihr eigentlicher Sockel misst nur zehn Zentimeter.

Traditionell stellt die Pietà die Jungfrau Maria dar, die ihren Sohn nach der Kreuzabnahme in den Armen hält. Auch hier scheint das römische Modell nicht weit zu sein. Christus liegt auf dem Schoß seiner Mutter. Die anatomische Genauigkeit ist frappierend, größer noch als bei Buonarroti. Besser gesagt, die Genauigkeit ist vergleichbar, aber im Gegensatz zu seinem Vorgänger versucht Vitaliani nicht, seinen Christus schön aussehen zu lassen. Die Folgen der Kreuzigung sind erkennbar an der Starre des mit Milchsäure angereicherten Körpers. Paradoxerweise ist es kein Leichtes, das Steife auf ein hartes Material wie Marmor zu übertragen. Es bedarf eines genialen Meißels, denn zum Vorschein kommt es nur durch den Kontrast. Den Kontrast zu der sanften Ruhe des Gesichts, dem Anflug eines Lächelns auf den Lippen der Figur. Vitaliani versucht nicht, seinen Christus schön aussehen zu lassen, nein, aber er ist es trotzdem, mit seinen bartlosen, im Sterben eingefallenen Wangen, den geschlossenen Augen, soeben geschlossen von der lindernden Hand seiner Mutter. Ein verstörender Eindruck von Bewegung geht von der Statue aus, auch hier wieder anders als bei Buonarrotis Werk mit seinem feierlichen Ernst. Ein Eindruck, der nichts Metaphorisches hat: Viele Betrachter, die zu lange auf die Skulptur geschaut haben, schworen, sie hätten gesehen, wie sie sich *bewegte*.

Der Kontrast gipfelt auf spektakuläre Weise in der Figur der Maria. Die Mutter blickt mit einem zärtlichen Lächeln auf ihren Sohn, einer seltsamen Abwesenheit von Angst und Furcht, worin viele nach einer Erklärung gesucht haben für das Mysteriöse und die Hysterie. Die Jungfrau Maria ist nichts als Sanftheit. Unter ihrem Schleier fällt eine Haarsträhne auf ihre linke Wange. Ihr Gesicht zeigt eine tiefe Gelassenheit, erfüllt von diesem Leben, das soeben von ihrem Sohn gewichen ist. Williams korrigiert sich. Mehr als Gelassenheit spreche aus ihren Zügen fast schon *Hoffnung*, eine Regung, die man als Letztes erwarten würde.

Wer immer die Skulptur erblickt, weiß, dass er vor einem Meisterwerk steht, schreibt Williams, es ist einer der seltenen Momente in seiner Monografie, in denen er den Gefühlen freien Lauf lässt. Er selbst hat nach seinem ersten Besuch, wie er zugibt, gezögert, über sie zu schreiben. Dabei hat er in seinem Beruf die meisten großen Werke der Kunstgeschichte aus der Nähe betrachtet. Aber keines hatte eine solche Wirkung auf ihn, eine irrationale, die sich einer Analyse entzieht. Sein Doktorvater hatte ihm, damals, als er mit cum laude promovierte, folgende erstaunlichen Worte mitgegeben: *Sie haben viele Jahre umsonst studiert, Williams. Nichts von dem, was die Kunst ausmacht, das Wahre, lässt sich hier erklären, da der Künstler selbst nicht weiß, was er tut.*

Williams hat genau verstanden, was sein Professor ihm damit sagen wollte. Kunst ist nicht Verstand. Aber Williams ist kein akademischer Gelehrter wie die anderen. Williams hat, auch er, Instinkt. Und dieser Instinkt flüstert ihm zu, dass Mimo Vitaliani, als er seine Pietà schuf, genau wusste, was er tat.

Hör gut zu, was ich dir jetzt sage, schimpfte meine Mutter. Ich war voller blauer Flecken aus der Schule gekommen, wo ich mich geprügelt hatte, um ein paar Kleingeistern zu beweisen, dass ich keine halbe, sondern eine ganze Portion war, und dann beschwerte ich mich, dass ich einfach kein Glück hätte. Ich sei eben anders, sagte meine Mutter. Statt mich groß, schön und stark zu machen, habe der liebe Gott mich klein, schön und stark gemacht. Und auch mein Glück wäre ein anderes. Es wäre nie das Glück der ersten Gelegenheiten, dieses billige Glück wie auf dem Jahrmarkt, wo alle immer gewönnen und deshalb nichts gewönnen. Der liebe Gott halte für mich bereit, was es in Sachen Glück als Bestes gebe. *Du wirst ein Mensch der zweiten Chance sein.*

Als ich nach mehr als zwei Jahren Abwesenheit nach Pietra d'Alba zurückkehrte, hätte ich diesen Unsinn fast geglaubt. Ein dumpfer Wind, dicht über dem Boden, entlockte dem Plateau den Klang einer Panflöte, ein seltsames Heulen, das manchmal, moduliert vom Relief des Geländes, wie das Winseln eines Hundes klang, der sein Herrchen begrüßt. Auf meinen Wunsch setzte Francesco mich am Ausgang des Dorfes ab und fuhr mit seinem Sekretär am Steuer weiter zur Villa Orsini. Kaum kam ich an die Kreuzung zum Friedhof, gab es mir einen Stich ins Herz, und aus einem Reflex heraus schaute ich in unseren Baumstumpf. Die Landschaft passte zu meiner Stimmung. Noch neblig, feucht. Doch hinter dem weißen Schleier vibrierte das Grün des Waldes, es wartete nur auf einen Sonnenstrahl, um sich zu entfalten.

Vor mir erschien die Werkstatt, es war dieselbe und doch eine andere. Der Fassadenstein gebürstet, die Fugen erneuert, die alten Dachziegel ausgewechselt. Die Scheune duftete nach der frischen schwarzen Teerschicht, die das Holz der Wände überzog. Der karge Vorplatz war umgestaltet, die Beete eingefasst mit schnurgerade ausgerichteten Steinen von den benachbarten Feldern. Alles war noch unbepflanzt, aber die dunkle Erde, vor einem Monat umgegraben, würde sich bald schmücken mit Kosmeen und Frühlingsblumen. Weißer Kies bedeckte den gestampften Lehm, den ich immer gekannt hatte, im Sommer rissig von der Trockenheit, im Winter schlammig.

Als ich in die Küche trat, stieß Anna vor Schreck einen Schrei aus, dann erkannte sie mich und lachte. Ihr Bauch rundete sich, und mir blieb gar keine Zeit, sie in die Arme zu schließen, denn Annex kam hereingestürmt, Hammer in der Hand. Auch er lachte, als er mich sah. Sie empfingen mich wie ein Familienmitglied, und um die Kälte zu vertreiben, die uns in der Nase brannte, tranken wir auf der Schwelle des Hauses einen starken, bitteren Kaffee. Annex war schon fast zweiundzwanzig, Anna und er hatten vor drei Monaten geheiratet. Ich kannte mich so wenig damit aus, dass ich aus der Größe ihres Bauches nicht hätte schließen können, ob die Heirat Ursache oder Folge ihrer Schwangerschaft war, es war mir auch egal. Sie waren glücklich und entschuldigten sich, dass sie nach Zios Auszug zwei Monate zuvor das Haupthaus in Beschlag genommen hatten. Ich lehnte es ab, dort mein Quartier zu beziehen, zu unvertraut war mir der

Gedanke, dass ich nun der Besitzer war, wo ich noch vor ein paar Tagen den Geruch der Gossen von Florenz mit mir herumgetragen hatte. Ich würde in der Scheune schlafen, dann sähen wir weiter. Annex und ich wären von jetzt an Partner, die Einzelheiten wären noch festzulegen, ließen sich fürs Erste aber zusammenfassen in »nichts ändert sich«. Er würde seiner Arbeit als Möbeltischler in der Scheune nachgehen, ich übernähme Zios Werkstatt. In dieser Gegend galt kein Vertrag so viel wie ein Handschlag.

Ich schrieb sofort meiner Mutter. Von den vier Briefen, die ich in meinen zwei Jahren in Florenz zu Papier gebracht hatte, hatte ich nur drei abgeschickt, einen hatte ich an einem alkoholschweren Abend verloren. In den Briefen beschrieb ich meinen glorreichen Alltag, die vielen Glückwünsche, die vielen Ermutigungen. Ich hoffte, dass ihre eigenen Briefe, die Beschreibungen des ruhigen Lebens irgendwo am Ende der Welt in der Bretagne, in einem Dorf namens Plomodiern, weniger verlogen waren. Zum ersten Mal konnte ich ehrlich sein: Ich hatte es geschafft. Ich hatte ein Dach über dem Kopf, hatte Arbeit. Ich schlug ihr vor, zu mir zu kommen, wann immer sie wollte.

Am Abend kreuzte Emanuele auf, in der blauen Hose mit roten Streifen eines polnischen Lanzenreiters, einer echten Rarität, und einer khakifarbenen Matrosenjacke. Bei meinem Anblick kamen ihm die Tränen. Dann kniete er sich hin, drückte sein Ohr an Annas Bauch und schenkte dem Baby einen langen Sermon auf Kauderwelsch, worauf Annex die Augen verdrehte und sagte:

»Das hätte gerade noch gefehlt!«

Wir aßen zu viert in der Küche, frisches Brot, eingelegte Tomaten, ein wenig säuerlich, und Sardellen, nur leicht gesalzen und frisch heraufgebracht aus Savona. Ich holte die jüngste Geschichte von Pietra d'Alba nach, zwei Jahre, in denen im Grunde nichts Bedeutendes passiert war. Die Orsinis und die Gambales hassten sich noch immer. Viola hatte sich seit ihrem Sturz nicht mehr in der Öffentlichkeit gezeigt. Man munkelte, sie sei verunstaltet, entstellt, was Francesco mir, wenn es denn stimmte, gewiss nicht verschwiegen hätte, da ich sie am nächsten Tag sehen sollte. Die Elektrizität war bei den Orsinis bis heute nicht angekommen. Eine Krankheit hatte ein Drittel der Pomeranzen hinweggerafft, und der Neroliduft war nicht mehr so intensiv, wenn der Wind von Süden wehte. Niemand war gestorben, nicht einmal der alte Angelo, der Postbote, der gleichwohl jedem, der es hören wollte, sein baldiges Ableben verkündete.

Wie meiner Mutter bot ich auch meinen Freunden eine entschärfte Version meiner Zeit in Florenz, um nicht zu sagen, ich log, dass sich die Balken bogen. Bizzaro, Sara und die anderen waren aus dem Bild dieser zwei Jahre herausgekratzt. Was ich mir im selben Moment vorwarf, dabei war mir nicht einmal bewusst, dass ich mir nur selbst wehtat, wenn ich die Erinnerung an sie beschnitt. Ich war achtzehn, und mit achtzehn will niemand so sein wie der, der er in Wahrheit ist.

Annex rauchte Pfeife, eine lange gerade, und er schlug mir vor, unter der Milchstraße ein paar dieser beißenden Züge zu nehmen. Anna ging hinauf schlafen. Ich beneidete die beiden um ihre innigen Blicke und wie ihre Hände einander suchten, ohne überdrüssig zu werden oder der Gewohnheit zu verfallen. Dann ging ich erschöpft in meine alte Scheune, um durch die Zeit zu reisen bis in den nächsten Tag.

In der Nacht schlief ich, auf einem Bett aus frischem

Stroh, so gut wie seit Monaten nicht mehr, in diesem Wohlgeruch der Halme, die auf dem Weg zum Gold noch einen Hauch von Grün bewahrten. Ich träumte von Sardellen, zu Tausenden strömten sie als quecksilbrige Flüsse durch die Straßen von Florenz. Ein gutes Omen, sagte Anna am nächsten Morgen mit der demonstrativen Selbstgewissheit derer, die keine blasse Ahnung haben. Ich machte mich auf freundliche Art lustig über sie, tat, als würde ich an solche Vorzeichen nicht glauben. Und wiegte mich in der Hoffnung, dass mir das legendäre Glück der Vitalianis – legendär ob ihres Ausbleibens – endlich zuteilwurde.

Am späteren Vormittag erschien Francescos Sekretär in der Werkstatt. Er überreichte mir zwei Briefe. Der erste enthielt einen Vorschuss von zweitausend Lire. Die Hälfte davon gab ich Annex und Anna, sie schauten mit großen Augen auf die Scheine und weigerten sich zunächst. Erst als ich ihnen sagte, das Geld sei für das Baby und für die Installation eines neuen Ofens, der das ganze Haus beheize, nahmen sie es an. Der zweite Umschlag enthielt eine handgeschriebene Einladung auf einer edlen Karte mit aufgeprägtem Wappen der Orsinis. *Der Marchese und die Marchesa Orsini, ihre Söhne Stefano und Francesco sowie ihre Tochter Viola würden sich freuen, Sie am 3. Januar 1923 um acht Uhr dreißig in der Villa Orsini zum Abendessen zu empfangen.*

Der Sekretär setzte mich über die verschiedenen Projekte ins Bild, die mich in diesem Jahr erwarteten: die Restaurierung der beiden Statuen an der Fassade der Casina, die Überprüfung aller Basreliefs und ihre etwaige Restaurierung, schließlich die Gestaltung einer Gruppe zum Thema der Diana als Jägerin für einen Springbrunnen im Zuge einer geplanten Erweiterung. Er gab mir die Adresse meines Ateliers in Rom, nicht weit vom Vatikan, die darüberliegende Wohnung stehe mir zur alleinigen Nutzung zur Verfügung. Ich teilte ihm meine Absicht mit, hauptsächlich von Pietra aus zu arbeiten, da hier meine Freunde lebten.

Bevor er wieder fuhr, nahm er eine Kleiderhülle aus dem Fond seines Wagens. Sie schützte einen Anzug in meiner Größe, offensichtlich hatte Francesco meine Frage vorhergesehen. Annex und Anna lachten sich schief, als ich ihn anzog, und den ganzen Tag nannten sie mich *mein Prinz* und *Eure Hoheit*. Bis auf ein paar Kleinigkeiten, die Anna mit flinker Nadel korrigierte, passte mir der Anzug. In meinem ganzen Leben hatte ich noch keinen getragen, meine Garderobe war eine bunt zusammengewürfelte Mischung aus Jugendklamotten und Erwachsenensachen, umgeändert, verlängert, gekürzt, tausendmal geflickt. Das alles hatte Platz in meiner Kofferkiste auf zwei Rädern.

Der Sekretär holte mich um acht Uhr ab. Meine Freunde sahen mir belustigt nach und winkten. Auf der kurzen Fahrt zur Villa ging ich noch einmal die möglichen Szenarien meines Wiedersehens mit Viola durch. Ob sie kühl reagierte, wie in ihrem letzten Brief vor über einem Jahr? Und wenn ja, wäre das nicht nur eine Art, ihre Gefühle zu verbergen und ihre Freude, mich wiederzusehen? Wie auch immer, ihr Schweigen hatte mich verletzt. Ich würde mich also höflich geben, distanziert, wie es sich geziemte für einen Bildhauer in Diensten des Vatikans. Aber nicht zu sehr, um sie nicht zu kränken, falls sie unsere Entfremdung bedauerte und mich um Verzeihung bitten wollte.

Als wir ankamen, hatte ich sämtliche Möglichkeiten durchgespielt, nur nicht bedacht, dass Viola undurchschaubar war, dass sie sich allen Wahrscheinlichkeiten entzog, den Händen der Jäger, der Schwerkraft und erst recht der Normalität.

»Der Marchese und die Marchesa.«

Die Gastgeber hielten Einzug in den Salon, wo wir schon warteten. Sie in einem himbeerroten Kleid mit weitem Kragen, er in einer Uniform mit Epauletten, Emanuele hätte bei dem Anblick vor Freude geweint. Durch meinen Aufenthalt in der Nähe des Baglioni und den Umgang mit der gehobenen Gesellschaft, die sich auf den Rängen des Zirkus mit dem Volk gemeinmachte, hatte ich Geschmack gefunden an schönen Stoffen. Auch wusste ich, dass Männer abends nicht mehr in Uniform gingen, sie galten sonst als antiquiert, wenn nicht gar als provinziell. Die Frauenmode war schwerer einzuschätzen, so schnell änderte sie sich – die Säume der Kleider wanderten mit einer Geschwindigkeit auf und ab wie die Bilder in diesen Büchlein, die ich als Kind mit dem Daumen abgeblättert hatte. Aber Giandomenico und Massimilia Orsini, Marchese und Marchesa von Pietra d'Alba, trugen ihre Garderobe mit der schönen Steifheit von früher, was der Anmut nicht entbehrte. In Lumpen hätten sie sich Respekt verschafft.

Ich war ein wenig enttäuscht, dass ich nicht der einzige Gast beim Abendessen war – wir waren etwa ein Dutzend. Stefano bedachte mich mit einem Augenzwinkern und einem Grinsen, Francesco stellte mich den anderen vor: einem Herzog und einer Herzogin, zwei Ministerialbeamten, einem mit Orden dekorierten Generalleutnant, einem Mailänder Anwalt und einer Schauspielerin, an deren Namen ich mich noch gut erinnere, Carmen Boni, zum einen, weil sie schön war, und zum anderen, weil ich im Jahr 1963 eines Morgens zufällig las, dass sie mitten in Paris von einem Auto überfahren worden war. Es waren vielleicht noch ein oder zwei andere dort, offenbar haben sie nicht den geringsten Eindruck auf mich gemacht.

Zum ersten Mal in meinem Leben durfte ich Champagner trinken. Ich trank ihn in kleinen Schlucken und mit der gleichen irgendwie müden Miene wie die anderen, dem Gesicht von Menschen, die nichts mehr überrascht. Die Bläschen stiegen mir in die Nase und bescherten mir einen Hustenanfall, den ich mehr schlecht als recht unterdrückte. Bis ich wieder bei Atem war, tat ich, als würde ich ein Gemälde bewundern, auf dem eine nicht eben scheue Nymphe eine Gruppe von Soldaten am Flussufer belauerte. Die Villa hatte sich seit meinem letzten Besuch nicht verändert, konserviert in denselben Grüntönen. Doch zum ersten Mal bemerkte ich die Risse, die sich durch den Stuck zogen, die Spuren von Verschleiß, nur leidlich verborgen von einem Sofakissen, einen blauen Schimmelfleck an der Decke und den schon bröckelnden Kitt um die trüben Fensterscheiben. Es zog, kalte Luft drang noch durch die kleinste Ritze ins Haus. Unter die Klänge des Grammophons, das in einer Ecke lief, mischte sich manchmal ein Knacken und Knirschen. Mit allen Wänden, allen Balken führte die Villa ihren Kampf in den Klauen des Winters. Sie hatte nicht mehr die Geschmeidigkeit, die verspielte Arroganz von früher.

Wir warteten nur noch auf Viola. Ich gönnte mir drei Gläser Champagner. Die allzu lange Bekanntschaft mit Spirituosen in Florenz, destilliert, um den Schmerz der Welt hinwegzunehmen, verhinderte, dass ich betrunken wurde. Schließlich ging die Tür des großen Salons wieder auf. Ich sah zunächst niemanden. Dann kam ein Diener herein und flüsterte dem Marchese etwas ins Ohr.

»Wie es scheint, wird sich Viola heute Abend nicht zu uns gesellen«, verkündete der Marchese in die Runde. »Sie ist unpässlich. Wir können uns also sogleich zu Tisch begeben.«

Mein Blick flog zu Francesco – er runzelte die Stirn. Sofort lächelte er mir zu, zuckte die Achseln, und wir traten durch die Flügeltür ins Speisezimmer. An das Abendessen kann ich mich kaum richtig erinnern, nur dass ich dem Mailänder Anwalt gegenübersaß. Ein gutaussehender Mann mit wachen Augen, recht witzig auch, bis sich zeigte, dass seine Anekdoten sämtlich um ihn selbst kreisten. Er sagte: »Bartolomeo hat mir neulich erzählt …«, und für alle Versammelten, außer mir, war klar, dass er von Bartolomeo Pagano sprach, unser aller Maciste, ehemals Hafenarbeiter in Genua und nun Italiens großer Leinwandheld. Der Anwalt, Rinaldo Campana mit Namen, betrieb nicht nur eine Kanzlei, geerbt von seinem Vater, sondern hatte auch in die Filmbranche investiert. Offenbar war es ein einträgliches Geschäft, der Schnitt seines Anzugs deutete darauf hin, ebenso seine Armbanduhr und diese unerklärliche Aura von Gemütsarmut, die manche Reiche ausstrahlen.

Nach dem Hauptgang war ich dann doch betrunken. Es war eine schwere, stille Trunkenheit, die als Ernsthaftigkeit durchgehen mochte. Vor dem Dessert erhob Francesco sein Glas, um mir zu gratulieren, mir, der ich von heute an die Fackel der Orsinis an ihrer Seite tragen würde, und dann forderte er die beiden Regierungsbeamten auf, mich, sofern es ihnen beliebte, in meinem Atelier zu besuchen, natürlich nur, »wenn Signor Vitaliani einverstanden ist«. Signor Vitaliani war einverstanden, und er war so alkoholisiert, dass er sich nicht einmal wunderte, dass man ihn mit »Signor« titulierte.

Auf der Rückfahrt bat ich den Sekretär, mich an der Hauptstraße abzusetzen, unter dem Vorwand, ich wolle ein wenig zu Fuß gehen. Ich musste insistieren, denn es hatte angefangen zu regnen. Kaum war ich allein, rannte ich zurück zur Villa Orsini, lief querfeldein, kletterte an einer Stelle, wo ein Stück abgebrochen war, über die Außenmauer und schlich unter Violas Fenster. Die Läden standen offen, drei Stockwerke über mir, aber hinter den Vorhängen war nicht das kleinste Licht. Ich warf einen etwas unentschlossenen Stein in Richtung der Fenster, er verfehlte sein Ziel. Ein zweiter, kräftigerer, ging ebenfalls daneben. Der dritte prallte an der Fassade ab und fiel mir auf den Kopf. Der Stein war nicht groß, aber höllisch weh tat es trotzdem. Wütend trat ich gegen eine Kletterrose, welkes Laub ging auf mich nieder. Zwischen zwei Regengüssen zeigte sich der Mond, und in einem Fenster im Erdgeschoss begegnete ich meinem Spiegelbild. An der Schläfe ein Blutfädchen, über der Stirn meine dunkle Mähne, an der Wange ein Blatt. Ich war kein großer Freund von Spiegeln – kein Wunder bei meiner Gestalt – und stellte mich so selten wie möglich vor einen, nicht einmal beim Rasieren. Aber meine Mutter hatte recht. Ich war schön, meine Gesichtszüge von einer Symmetrie, die man nicht erwartet hätte, meine Augen von diesem Blau mit einem Stich ins Lila, das sie mir mitgegeben hatte. Es war das Gesicht eines starken Mannes. Das Gesicht eines Mannes, dem sein Vater das Resignieren nicht beigebracht hatte. Und weil das Resignieren die Welt am Laufen hält, weil es ermöglicht, sich mit den tausend Toten abzufinden, die unsere Träume zerschlagen, war dieses Gesicht auch das eines lächerlichen Mannes. Nass bis auf die Knochen, verstört, ein Mensch, der sich weigert, eine Niederlage hinzunehmen, die schon so lange heraufgezogen ist, dass er sie als Einziger nicht wahrhaben wollte. Ich war nicht naiv. Violas Unpässlichkeit, ausgerechnet an dem Abend unseres Wiedersehens, war kein Zufall. Die Botschaft war klar: Unsere Geschichte war zu Ende.

Ein Maurer übernahm es in den nächsten Tagen, Zios Werkstatt wieder zum Leben zu erwecken, Annex hatte sie seit dem Weggang meines Onkels nicht mehr geöffnet. Die Wände wurden ausgebessert und gekalkt, die wenigen Fensterscheiben – alle gesprungen – ausgetauscht. Annex ließ es sich nicht nehmen, die alte Werkbank aus Eichenholz herzurichten, die sich auf fast fünf Metern an der südlichen Wand entlangzog. Dann verschwand er für zwei Tage und kam am Steuer eines Lastwagens zurück, der den Krieg überstanden hatte, erworben zu einem guten Preis mit dem geschenkten Geld. Jetzt konnte er seine Bestellungen in der ganzen Region ausliefern, und die Welt schrumpfte ein Stück weiter zusammen. Ein Händler kam aus Genua herauf, mit einem Werkzeugkatalog, eine solche Auswahl hatte ich noch nicht gesehen. Zwei Blöcke aus schönstem Marmor trafen ein, ebenso mein erster offizieller Auftrag, unterzeichnet von einem mir unbekannten Sekretär des Vatikans – ein direkter, aber diskreter Auftrag von Monsignor Pacelli, so Francesco, ein Geschenk des Bischofs für die päpstliche Residenz in Castel Gandolfo. Das Thema: *Petrus erhält die Schlüssel des Paradieses.* Die erste Statue, mit der ich wirklich von mir reden machen sollte.

An diesem Abend ging ich nach dem Essen hinaus und sog die Nachtluft ein. Unser Plateau war ein großer Destillierkolben, in dem sich Gerüche aus einem Umkreis von Kilometern verbanden, um den feinsten und geheimsten Duft der Welt hervorzubringen. *Winter in Pietra d'Alba.* Eine kleine Wendung des Kopfes, schon war der Duft ein anderer, immer flüchtig, immer in neuer Zusammensetzung, je nachdem, wie sich die Luft an den Berghängen des Piemont im Norden bewegte oder an den Abhängen, die das Plateau säumten. Neroli und Zypresse, manchmal auch Mimose, es war ein Tanz über einem Fond von Vetiver und verbranntem Holz. Ich zündete die Pfeife an, die mir Annex geliehen hatte, und gab ein wenig von mir hinzu, Aromen von Heu, Räucherwerk und Pferdesattel. *Empyreumatische Noten*, hätte Viola gesagt, weil sie den Begriff vor Jahren bestimmt irgendwo gelesen hatte und sich an alles erinnerte.

Ich hatte seit zwei Jahren kein Buch mehr gelesen. Aber nicht alles stand in Büchern. Ich hatte die Trunkenheit kennengelernt, hatte mit Freuden und mit Abscheu in ihren nächtlichen Seiten geblättert. Trotzdem vermisste ich das Papier, den Geruch von trockenem Holz und Staub der Bibliothek Orsini. *Die Abenteuer des Pinocchio*, die letzte Lektüre, die Viola mir vor ihrem Unfall gegeben hatte. Ohne nachzudenken, tat ich, was ich mir seit Tagen versagte, und blickte in Richtung der Villa.

In Violas Fenster wiegte sich, bedeckt von einem Tuch, der rote Schein einer Laterne sanft in der Nacht.

Im Baumstumpf steckte ein Umschlag. Ich konnte mich nicht erinnern, dass ich die Werkstatt verlassen hätte. Nur dass ich das Licht gesehen hatte, unser Zeichen, und da stand ich jetzt, außer Atem, meine Lunge brannte von der Kälte. Im Umschlag ein einfaches Blatt Papier, Violas Handschrift, gedrängter als früher, kein unnötiger Aufwand, trotzdem erkennbar an der langen Schleife ihres g. *Morgen Abend, Donnerstag, auf dem Friedhof.*

Es war Mittwoch, sie hatte den Brief also heute Abend deponiert. Das war eine Vorladung, mit dieser für Viola typischen Arroganz, denn natürlich nahm sie an, dass ich ihr Zeichen sähe. Als hätte ich nichts anderes zu tun und wartete nur auf einen Wink von ihr.

Ich ging zurück in die Werkstatt, weckte Annex und bat ihn, mich zum Bahnhof von Savona zu bringen, dort würde ich am nächsten Tag den ersten Zug nehmen.

»Den ersten Zug? Den ersten Zug wohin?«

»Rom.«

Wenn Viola glaubte, sie könnte mich zwei Jahre lang ignorieren, einen auf krank machen, wenn ich endlich zurückkam, und mich einbestellen, wie es ihr gerade passte, dann hatte sie sich getäuscht. Ich war nicht mehr der unbeholfene, heimat- und vaterlose *francese*, der in einer kalten Nacht des Jahres 1917 hier angekommen war. Zugegeben, sie hatte mich geformt, geschnitzt. Aber ich war nicht ihr Pinocchio. Ich war nicht ihr Geschöpf. Diesmal würde sie auf mich warten. Und schon war ich auf dem Weg. Genau wie Pinocchio, das wird mir erst heute bewusst.

Einen konkreten Plan hatte ich nicht. Ich würde wahrscheinlich in einem Monat wiederkommen, vielleicht in zwei, dann könnten wir noch einmal von vorn anfangen, von Gleich zu Gleich, denn wir hatten uns beide gekränkt, hatten unsere Freundschaft mit Füßen getreten.

Ich ging fort und konnte nicht wissen, dass ich für die Rückkehr mehr als fünf Jahre brauchen sollte. Genauer gesagt, schließlich kam ich nicht irgendwann, eintausendneunhunderteinundneunzig Tage und siebzehn Stunden.

Wo immer ich gelebt habe – abgesehen von dem Kloster, in dem ich nun die Augen schließe, und Pietra d'Alba natürlich –, habe ich das Bedürfnis verspürt, den Morgen hinauszuschieben. Dem Tag zu entfliehen, der mir anzeigen würde, dass Viola, weilend an ihrem gewohnten Ort, nicht da war. Zum Vergnügen habe ich nie getrunken. Aber auch nicht zu meinem Missvergnügen, so wie alle Matrosen, denen ich an Bord dieser Nächte begegnet bin, schwankende Geschöpfe aus reinem Licht und umso heller lodernd, je näher der Fels des Morgens rückte, an dem sie unvermeidlich strandeten. Zum Glück bedeutete es nicht den Tod, oder nicht den sofortigen, und so ging die Fahrt in der nächsten Nacht weiter. Florentinische Nächte und römische Nächte, sie verschmelzen heute in meiner Erinnerung. Nächte ohne Ziel, unterbrochen von Tagen ohne Viola. Die Gossen in Rom stanken genauso wie die in Florenz. Aber jetzt hatte ich ein Parfüm.

Ich nahm es Viola übel, dass sie diese Löcher in unsere Geschichte gerissen hatte. Dass sie mich zurückgewiesen, ferngehalten hatte, als wir uns nahe waren, so nah, dass kein Atom hindurchpasste. Ich nahm es ihr übel und hatte, um es ihr begreiflich zu machen, nichts Besseres gefunden, als fortzugehen. Aber inzwischen fühlte ich mich schuldig. Ich war, wenn ich sie so behandelte, ihrer Freundschaft nicht würdiger als sie meiner. Viola wurde zu meinem Spiegelbild. Ich beschimpfte sie, schäumte, und ich stellte mir vor, sie würde dasselbe tun, dort oben auf ihrem Plateau, wo sich zu dieser Jahreszeit der Raureif auf die Orangen legte. Die gleichen wütenden Gebärden, die gleichen unnützen Klagen. Wir hatten beide recht, wussten nicht mehr, wer der Spiegel des anderen war. Und je mehr ich es mir selbst verübelte, desto mehr verübelte ich es Viola, dass sie mich zwang, es mir übelzunehmen. Ich schwor mir, sie nicht wiederzusehen, solange sie sich nicht entschuldigte. Als guter Spiegel musste sie es genauso machen, und so gingen wir, ohne es zu merken, einer aus dem Leben des anderen. Allein durch diese höllische Spirale, diesen tragikomischen Uroboros, lassen sich die folgenden Jahre erklären.

Nach Rom kam ich unter einer weißen Sonne, die blendete, aber nicht wärmte. Mein Atelier befand sich in der Via dei Banchi Nuovi 28, eine Viertelstunde zu Fuß zum Vatikan, für mich mit meinen kurzen Schritten ein bisschen länger. Von der Straße ging im rechten Winkel die Via degli Orsini ab. Ich habe nie herausgefunden, ob sie ihren Namen meinen Wohltätern verdankte, denn wann immer ich sie danach fragte, zuckten sie mit so geheimnisvoller wie zufriedener Miene die Achseln. Das Atelier lag im Hinterhof des Hauses, wo vier geduldige Lehrjungen schon strammstanden. Francesco erschien zwei Tage nach meiner Ankunft, er war sichtlich überrascht von meiner kurzfristigen Entscheidung, fragte mich aber nicht nach den Gründen. Der Marmor wartete ebenfalls schon, alles war bereit, und ich machte mich an meinen ersten Auftrag, *Petrus erhält die Schlüssel des Paradieses*. Ich betraute die Lehrjungen mit dem Bossieren und Jacopo, einen vierzehnjährigen Bengel, der mir am begabtesten erschien, mit dem feineren

Aushauen. Ich nannte ihn Bengel, aber ich war nur vier Jahre älter als er.

Meine Wohnung lag direkt über dem Atelier, von den Proportionen her konnte sie es mit der Villa Orsini oder dem Grand Hotel Baglioni aufnehmen. Nach ein paar Tagen merkte ich, dass der viele Platz mir Angst machte, und ich ließ ein Bett mit Baldachin kommen, eine Antiquität, die niemand haben wollte, so hatte ich zum Schlafen einen Raum, der meinen Maßen etwas mehr entsprach. Das Bett trieb wie ein Floß in der Mitte des ansonsten leeren Zimmers, unter einer Decke, an der die Tünche mit dem Ruß im Streit lag.

Während ich an meinem wichtigsten Auftrag arbeitete, beaufsichtigte ich die Restaurierungsarbeiten an der Casina von Pius IV., einem Renaissance-Landhaus im Schatten der Kuppel des Petersdoms. Entworfen als päpstliche Sommerresidenz, dann aufgegeben, umgebaut, harrte sie ihrer neuen Bestimmung entgegen. Monsignor Pacelli wollte, dass sie zu einer der Wissenschaft gewidmeten Forschungsstätte werde, was einige seiner Rivalen in der Kurie mit Argwohn betrachteten, denn alle Wissenschaft, die das einfache Volk brauche, beteuerten sie, beginne mit *Im Anfang schuf Gott den Himmel und die Erde* und höre auf mit *Und Gott sah alles, was er gemacht hatte, und siehe, es war sehr gut.*

Im ersten Jahr verließ ich mein Atelier nur, um eine Baustelle zu besuchen, einen Lieferanten zu treffen oder mit Francesco zu Mittag zu essen, was wir einmal im Monat taten. Wir waren fast Freunde geworden, duzten uns beide. Schließlich hatten wir etwas gemeinsam, Pietra d'Alba, die Entfernung brachte uns einander umso näher. Francesco hatte etwas von seiner Schwester, es war dieselbe seltsame Art, den Kopf leicht schräg zu halten, wenn er mit einem sprach, der plötzlich in die Ferne gerichtete Blick. Das verträumte Wesen eines jungen Mannes von dreiundzwanzig Jahren, hätte man meinen können, nur dass Francesco kein Träumer war. Es war die Haltung eines Adlers, der von einer Tannenspitze aus das panische Dahinstieben von zehn Mäusen gleichzeitig verfolgt, ihre Bahnen berechnet und seine Beute zehn Schritte im Voraus wählt. Er hatte diese rasche Klinge in seiner Stimme, diese Schneide, die schmerzlos tötet. Er entschärfte einen Konflikt, ohne laut zu werden. Ich sah, wie sich gestandene Flegel vor ihm verneigten. Aber er behandelte mich als ebenbürtig. Und heute kann ich ohne Überheblichkeit sagen, dass ich es auch war. Es gab nur eine Person auf der Welt, die uns unbestreitbar übertraf, an Intellekt, an Ehrgeiz, aber wir sprachen ihren Namen niemals aus.

Ein Jahr nach meiner Ankunft in Rom übergab ich schließlich mein Werk *Petrus erhält die Schlüssel des Paradieses* seinem Auftraggeber.

Monsignor Pacelli ging im Atelier gut zehn Minuten um die Statue herum. Ich wartete nervös, meine vier Lehrjungen aufgereiht hinter mir. So nah am Vatikan wunderte sich niemand über den Anblick eines Prälaten, aber das Auto, das draußen wartete, mit einem Kühlergrill wie ein Maul, dazu dieses gewisse Etwas, das Pacelli zu eigen war, es hatte trotz des kalten Windes, der im Februar 1924 durch Rom fegte, zu einem kleinen Menschenauflauf geführt.

Ein paarmal wollte Pacelli etwas sagen, hielt sich aber zurück. Ich wusste, was er empfand. Mein Petrus entsprach nicht dem, was er im Kopf hatte. Aber wozu etwas anfertigen, was die Leute erwarteten? Von meinen Florentiner

Nächten, meinen Besuchen in den Zwischengeschossen mit den bierklebrigen Böden, die man durchquerte, ehe man wiedergeboren wurde oder starb, hatte ich mir ein leicht selbstmörderisches Temperament bewahrt – im künstlerischen Sinne wohlgemerkt –, das mir in meiner ganzen Karriere zugutekam. In diesen Nächten war nichts von Bedeutung, es galt allein, so hell wie möglich zu lodern. Wir hatten vor nichts Angst, der nächste Tag wischte alles fort. Mein Petrus war nicht der pausbäckige, bärtige weise Mann, den man überall sah. Er hatte die Züge von Cornuto. Denn er hatte gelebt, hatte gelitten, wie ein Mensch leidet, der seinen besten Freund dreimal verleugnet hat, ein Verrat, den zu vergessen ihm niemand gestattete, schon gar nicht, wenn das ganze Jahr über in allen Kirchen der Welt davon zu hören war. Er hielt den Schlüssel des Paradieses auch nicht mit der belehrenden Miene all der anderen.

»Der Schlüssel«, murmelte Pacelli schließlich. »Täusche ich mich, oder hat er ihn …?«

»Sie täuschen sich nicht.«

Den Schlüssel hatte Petrus fallen lassen. Er hing vor ihm in der Schwebe, zwischen seiner geöffneten Hand, die noch nach ihm griff und in die Leere fasste, und dem Boden. Ich hatte ihn mit einer fast unsichtbaren Metallverbindung am Mantel befestigt, so streifte er ihn nur leicht. Die Wirkung war erstaunlich. Gott hatte den Mann, der seinen Sohn dreimal verleugnet hatte, dazu auserwählt, seine Kirche zu gründen. Einen Sünder. Und in meiner Vorstellung hätte Cornuto den Schlüssel des Paradieses, wäre er ihm übergeben worden, vor Verblüffung fallen lassen. Statt eines ekstatischen Heiligen, eines wohlgenährten, zu Tode gelangweilten Ruheständlers des Glaubens war mein Petrus einer, der vor Schreck zitterte angesichts seiner Aufgabe und dieses Gegenstandes, der viel zu schwer war für seine Hände, seine alten Hände, die ihn soeben im Stich gelassen hatten. Entsetzt sah er den Schlüssel fallen, vielleicht fragte er sich, ob er zerbrechen würde, ob ein Blitz auf ihn niederginge. Der intensive Ausdruck seines Gesichts hatte mir keine Mühe bereitet. Auch ich hatte einmal etwas Kostbares herabstürzen sehen.

»Das kann ich Castel Gandolfo nicht als Geschenk anbieten«, sagte Pacelli.

Francesco wurde bleich. Dann wandte sich der Bischof zu mir – er hatte Tränen in den Augen.

»Ich werde die Statue für mich behalten. Ich bezahle sie aus eigener Tasche. Dieses Werk ist zu … gewagt für einige von uns. Aber ich verstehe es. Ich verstehe *Sie*, Signor Vitaliani.«

Worauf er ohne ein weiteres Wort zur Tür hinausging. Francesco nickte mir leicht zu, mit einem angedeuteten Lächeln, und folgte ihm.

Mein Auftragsbuch platzte bald aus allen Nähten. Monsignor Pacelli ließ es sich nicht nehmen, meine Arbeit seinen Freunden und Besuchern zu zeigen, und ich glaube, er tat es ohne jede Angeberei. Meine Kundenliste zwang mich, die Belegschaft im Atelier zu verdoppeln, wenn ich die Arbeiten für die Casina von Pius IV. nicht vernachlässigen wollte, und sechs Monate später musste ich weitere Aufträge ablehnen. Sechzehn größere Werke hatte ich angenommen, die Ausführung würde mich sechs Jahre beschäftigen. Zumeist religiöse Statuen oder Kreationen, die auf dem Wappen oder der Geschichte der ein oder anderen Familie beruhten. Meine Lehrjungen machten die Vorarbeiten, Jacopo übernahm das Weitere unter meiner Anleitung, danach ging ich von einem Werk zum nächsten und stellte es fertig. Als sich herumsprach, dass ich keine Aufträge mehr annahm, schnellte mein Kurswert in die Höhe. Endlich war ich begehrt. Man hatte mich bespuckt, ignoriert, mein Leben lang hatte ich um Arbeit betteln müssen. Und von einem Tag auf den anderen war ich jemand, von dem man unbedingt ein Werk haben musste. Bloß weil ich ein neues Wort gelernt hatte. *Nein.* Verrückt, welche Macht diese vier Buchstaben hatten. Je mehr ich ablehnte, je schroffer ich mich gab, desto kniender belagerte man mich, *den Bildhauer der Orsinis*, wie man mich zu nennen begann.

Als ich einmal morgens aus dem Atelier kam, sprach mich ein Mann in Chauffeurslivree an. Er deutete auf ein nagelneues Auto, einen Alfa Romeo RL, er parkte ein Stück weiter mitten auf der Straße. Francesco, auf der Rückbank, winkte mich zu sich.

»Wohin fahren wir?«, fragte ich, als ich neben ihm saß.

»Tja, das weiß ich selber nicht.«

»Was heißt das, du weißt es selber nicht?«

»Ich weiß es nicht, weil das dein Auto ist, und Livio ist dein Chauffeur. Ein Geschenk der Orsinis.«

Er lachte über meine verdutzte Miene, klopfte mir auf die Schulter und stieg aus. Noch am selben Abend schrieb ich einen kurzen Brief an meine Mutter. *Liebe Mama, ich werde dieses Jahr zwanzig, und ich habe ein Auto und einen Chauffeur. Wie gerne hätte ich Euch, Papa und Dich, auf eine Spazierfahrt durch Rom mitgenommen.*

Trotz der vielen Stunden, die ich im Atelier zubrachte, hatte ich wieder angefangen zu lesen. Nicht weit vom Haus gab es eine Bibliothek, und ich bat die zuständige Frau, für mich Bücher auszuwählen, egal welche. Eine Aufgabe, die sie verwirrte und der sie nie mit einer solchen Bravour nachkam wie Viola, aber sie tat ihr Bestes. Nur selten las ich Zeitung, es war ohnehin unmöglich, den aktuellen Meldungen zu entkommen, meine Kunden oder Lehrlinge kommentierten sie den lieben langen Tag – Francesco nie. Mit den Wahlen im April 1924 zog eine übergroße faschistische Mehrheit ins Parlament ein, ein nicht unerwartetes Ergebnis angesichts des Terrors, mit dem die Squadristen ihre Gegner niederhielten. Niemand wagte es, den Mund aufzumachen. Niemand außer einem jungen Abgeordneten namens Matteotti, der die Annullierung der Wahlen forderte. An einem Tag im Juni verschwand er. Mitte August fand man seinen verwesten Leichnam in einem Wald in der Umgebung von Rom. Ich erinnere mich noch an das Foto der Carabinieri, die ihn trugen, an den Polizisten vorne links, der schon andere Tote gesehen haben musste, aber er hielt sich ein Taschentuch vor die Nase. Sechzig Jahre später rieche ich den Gestank dieses Fotos noch immer. Die Faschisten reagierten pikiert, als man sie verdächtigte, und im Januar 1925 erklärte Mussolini: »Wenn der Faschismus eine Verbrecherbande ist, dann bin ich der Anführer dieser Verbrecherbande.« Danach wurde erst recht der Mund gehalten, an Ausreden mangelte es nicht, viele fanden, Matteotti hätte es sich selbst zuzuschreiben, man müsse die Faschisten verstehen, er habe ihren Namen nun mal in den Schmutz getreten.

Ich ließ die Ereignisse gleichmütig an mir vorüberziehen. Ich war Künstler, und nicht ich würde dem Lauf der Dinge eine andere Richtung geben, nicht ich von meinen eins vierzig herab. Ich lieferte eine Statue aus, dann zwei, dann drei.

Meine Lehrjungen konnten nun aufwendigere Restaurierungen übernehmen, stets unter meiner Aufsicht, und ich fand mich bereit für zwei neue Aufträge, die zuzuteilen ich Francesco überließ, so konnte er es sich in seiner eigenen Währung vergüten lassen, in Form von Einfluss. Zwei Dutzend potenzielle Kunden rangen verbissen um das Privileg, in meinem Auftragsbuch zu stehen.

Es gab natürlich auch Frauen. Zunächst Annabella, die Bibliothekarin, die meine Lektüre auswählte. Eine diskrete, recht dünne junge Frau mit einem etwas spitzen Gesicht, die meinen Avancen schließlich nachgab. Ich glaube, Annabella hat mich aufrichtig geliebt. Seit meiner Initiation zwischen Saras weiten Schenkeln hatte ich keine Frau mehr berührt, und beim zweiten Mal schlug ich mich kaum besser. Das Außergewöhnliche an Annabella war, dass sie sich unter meinem Baldachin ebenso wild gab wie in Gesellschaft krankhaft schüchtern. In ihren Armen habe ich alles gelernt. Zwei Jahre ging unsere Liaison. Sie ließ sich immer häufiger im Atelier blicken, die einzige weibliche Person dort, ein Trost für einige der jüngeren Lehrjungen, die weit weg von zu Hause waren. Dann kam der Tag, an dem sie an die Tür meines Büros klopfte, wie immer mit kleinen diskreten Klopfern, als fürchtete sie, gehört zu werden. Wir hatten vor, ins Restaurant zu gehen.

»Ich bin über die Zeit«, sagte sie, als sie hereinkam, sie schaute zu Boden.

»Gar nicht, es ist noch keine sieben Uhr.«

»Nein, ich bin über die Zeit«, sagte sie noch einmal und hielt sich beide Hände an den Bauch.

Ich muss blass geworden sein, denn sie erklärte sofort:

»Ich kenne jemanden, der das in Ordnung bringen kann.«

Ich schloss die Tür. Ich weiß nicht mehr, was ich an dem Abend zu ihr gesagt habe, nur dass ich nicht wollte, dass jemand das in Ordnung brachte. Ein Kind wollte ich aber auch nicht, aus Angst, ihm meine Gene weiterzugeben. Wir trafen die Entscheidung, keine Entscheidung zu treffen. Ich erinnere mich noch an meine feige Erleichterung, als Annabella mir eine Woche später mitteilte, dass sich das Problem »von selbst ausgeräumt« habe. Seit diesem Tag ging ich nicht länger in die Bibliothek und schützte eine wichtige Arbeit vor, die mich daran hindere, sie zu sehen. Und so, wie Annabella in mein Leben getreten war, verschwand sie auch daraus, auf Zehenspitzen.

Dann kamen Carolina, Anna-Maria, Lucia und vielleicht noch ein oder zwei andere, die ich aus meinem Gedächtnis gestrichen habe, denn sonst müsste ich mich daran erinnern, dass ich ihnen das Herz gebrochen habe, außer Lucia, die hat sich mit meiner Brieftasche aus dem Staub gemacht.

Eines Abends im August 1925 nahm Francesco mich mit zum Essen ins Gran Caffè Faraglia. Unter der Kassettendecke des Speisesaals stand zu meiner Überraschung nur ein Tisch, gedeckt für ein Dutzend Gäste, alle anderen Tische waren fortgeschafft. Ein paar Minuten später kam Stefano Orsini herein, zusammen mit einer Gruppe seiner Freunde, alle im Anzug, außer zwei Kerlen in der Uniform der Squadristen. Lautstark nahmen sie Platz. Stefano schüttelte seinem Bruder die Hand, und dann rief er »Gulliver!« und grüßte mich mit einem freundschaftlichen Stoß in die Rippen – alte Kameraden. Ich erstarrte, als sich einer der Schwarzhemden neben mich setzte, aber er erwies sich als fröhlicher und amüsanter Tischnachbar. Irgendwann beschwerte er sich darüber, wie die Presse seine Kollegen behandele, und erklärte, wir hätten ja keine Ahnung, wie übel die Bolschewisten ihnen mitspielten, und nicht von ihrer Seite gehe die Gewalt aus, sondern von der anderen. Sie selbst würden sich nur verteidigen. Der Fall Matteotti? Damit hätten sie nichts zu tun. Sicher irgendwelche Abtrünnigen. *Aber ein bisschen hatte Matteotti es sich auch selbst zuzuschreiben, oder?*

Gegen Mitternacht waren wir alle recht angesäuselt. Die Kellner traten ungeduldig von einem Bein aufs andere und wollten nach Hause, aber einen Tisch wie den unseren löste man nicht einfach auf. Das Personal wusste es, Stefano und seine Freunde wussten es, und so bestellten sie eine weitere Runde.

»Nun denn«, rief Stefano, »aber auf die Braut stoßen wir trotzdem an!«

»Welche Braut?«, fragte ich.

»Na, Viola! Hast du es ihm nicht gesagt, Francesco?«

»Nein. Ich muss gestehen, ich habe nicht daran gedacht. Ja, unsere Schwester Viola heiratet. Du kennst übrigens ihren Verlobten. Rinaldo Campana.«

Ich brauchte ein paar Sekunden, um dem Namen ein Gesicht zuzuordnen. Der Mailänder Anwalt und Filmfreund, den ich kennengelernt hatte, als ich vor zwei Jahren bei den Orsinis zum Abendessen war. Seit einiger Zeit dachte ich nicht mehr jeden Tag an Viola. Der Anblick eines Friedhofs, der Duft von Frühling holten mich nicht mehr sofort zurück nach Pietra d'Alba. Die Nachricht zerriss den Schleier des Vergessens. Und auf einmal war alles wieder da, genau wie vorher. Unsere Schwüre, unser Hand in Hand, die Winternächte, in denen sich die Luft schlürfte wie scharfer Schnaps, in kleinen brennenden Schlucken, alles.

Mehrere Flaschen Champagner kamen. Die Korken knallten, Stefano schüttelte eine, um die beiden Squadristen zu bespritzen. Einer von ihnen öffnete den Mund und hielt ihn hin. Der andere, mein Nachbar, schien wütend zu sein, traute sich aber nicht, ein Wort zu sagen. Was hieß, dass Stefanos Karriere Fortschritte machte, abzulesen auch an seiner Leibesfülle und der leicht blauroten Nase. Er arbeitete inzwischen für die Öffentliche Sicherheit. Genauer gesagt, denn damit hatte er während des Essens geprahlt, für Cesare Mori, den Präfekten, den Mussolini später mit der Ausrottung der Mafia beauftragen sollte. Sein Kopf, glatt rasiert, um die Löckchen zu kaschieren, verlieh ihm das etwas unheimliche Aussehen eines zu schnell gewachsenen Babys.

Francesco, der als Einziger nichts getrunken hatte, stand auf und entschuldigte sich – am frühen Morgen lese er die Messe.

»Soll ich dich zu Hause absetzen, Mimo?«

»Bloß nicht, lass ihn!«, brüllte Stefano. »Der Abend fängt gerade erst an. Nicht wahr, Gulliver? Unser Star der Familie, wir führen ihn ein bisschen aus!«

»Ich bleibe.«

Francesco runzelte die Stirn und verschwand mit einem Schulterzucken.

»Und jetzt, wo der gute Pater schlafen gegangen ist …«, rief Stefano.

Er zog eine kleine Bonbondose aus der Tasche und öffnete sie, darin ein weißes Pulver. Sie machte die Runde um den Tisch. Ich hatte noch nie »Koks« gesehen, der letzte Schrei der damaligen Nächte. Alle taten sich etwas auf den Fingernagel und schnupften es. Ich machte es ihnen nach, nur um normal zu werden, um so zu werden wie sie, groß und mit den richtigen Proportionen. Dann zogen wir los, Rom in Brand zu stecken, für eine Nacht, an die ich mich nicht mehr erinnere. Eine Nacht weniger in meinem Leben. Und als ich an einer Mülltonne vor dem Kolosseum aufwachte, war ich kleiner denn je.

Der Telefonist verband mich sofort.

»Hier bei Orsini, ja bitte?«

Ich hatte nicht lange gezögert. Am Abend war ich, das Gesicht noch zerknittert vom Rausch der letzten Nacht, zum Post- und Telegrafenamt des Vatikans gegangen. Francesco hatte mir jüngst bei einem Mittagessen erzählt, dass die Villa seit kurzem Telefon habe. Der Entfernung und allen Unwägbarkeiten trotzend, ob ausgreifenden Ästen oder verspielten Eichhörnchen, versetzte ein Kupferdraht der Langsamkeit der Welt, in die ich geboren wurde, einen weiteren Schlag. Es war noch nicht lange her, da hatte es fast eine Woche gedauert, bis die Orsinis vom Tod ihres ältesten Sohnes in Saint-Michel-de-Maurienne erfuhren. Die Nachricht war seinem Leichnam gerade noch vorausgeeilt. Heute konnte ich nur wenige Stunden nachdem ich gehört hatte, dass Viola heiratete, anrufen. Und das war gut so. Ich war fast einundzwanzig, nicht in dem Alter, in dem man denkt, früher sei alles besser gewesen. Ich lebte in diesem Vorhinein, dem ich später nachtrauern sollte.

»Guten Tag, ich würde gern mit Signorina Orsini sprechen.«

»Wen darf ich melden?«

»Signor Mimo Vitaliani.«

Ich kam mir lächerlich vor, meinem Namen ein »Signor« voranzustellen, aber es ging darum, den Diener zu beeindrucken.

»Bleiben Sie am Apparat, ich sehe nach, ob sie abkömmlich ist.«

Ich wartete, horchte, in der Hoffnung, etwas von Pietra d'Alba aufzuschnappen, das Rauschen in den Zweigen, wenn das Fenster offen stand, es war ja August. Aber der Lärm von draußen, Glockengeläut, Autos, die in der Via della Posta hupten, es band mich fest an Rom. Ich erstickte in meiner Kabine, das feuchte Ohr am Hörer, und beobachtete das Hin und Her des Publikums, Laien und Prälaten, die in einem anmutigen Tanz über die marmorne Eisbahn des Foyers wirbelten.

Dann ein Rascheln, ein höfliches Husten, und wieder ertönte die Stimme des Hausangestellten.

»Signor Vitaliani? Es tut mir leid, aber die Signorina Orsini wünscht nicht, mit Ihnen zu sprechen.«

Ich hatte mich so auf diese Antwort eingestellt, dass ich sie schon zu hören glaubte, dabei hatte er nichts davon gesagt. Ich hätte beinahe aufgelegt.

»Signor Vitaliani?«, sagte er noch einmal.

»Ja, bitte um Entschuldigung, ich höre.«

»Bleiben Sie am Apparat, ich verbinde Sie mit Signorina Orsini.«

Ein Klicken und Klackern, geisterhafte und verzerrte Stimmen, die durch das lange Kabel brausten. Dann die Stimme von Viola.

»Hallo?«

Ein wenig heiser, vielleicht auch ein wenig tiefer, aber die ganze Viola erklang darin, und Pietra d'Alba flutete meine Kabine mit einem Sommerfeuer, mit dem Duft von Feldern, die in der Sonne knisterten. Ich ließ mich an der Wand hinuntergleiten und setzte mich auf den Kabinenboden.

»Viola, ich bin's.«

»Ich weiß.«

Es folgte eine lange Stille, erfüllt von Kiefernharz, großer Freude und lähmender Angst.

»Schön, mit dir zu sprechen, Mimo, aber ich habe nicht viel Zeit. Ich bin mitten in den Vorbereitungen für meine Hochzeit.«

»Genau deshalb rufe ich an.«

»Ja?«

»Ich wollte dich fragen …«

»Ja?«, sagte Viola noch einmal.

»Bist du dir deiner Sache sicher? *Wirklich* sicher?«

Wieder Stille, diesmal nur sehr kurz.

»Du kannst mir vertrauen, Mimo.«

Dann legte sie auf.

Rom, die Stadt meiner ersten Male. Im selben Jahr mein erster Kinobesuch, *Maciste in der Hölle*, der Film war so gruselig, dass ich mir schwor, mich nie wieder auf ein Grab zu legen. Meine erste Oper, Verdis *Otello*, was habe ich mich gelangweilt. Meine erste Prise Kokain natürlich und mein allererster Auftrag einer weltlichen Behörde. Auf einmal hatte sich die Stadtverwaltung von Rom bei mir gemeldet und wollte eine Statue von Romulus und Remus. Ich wusste inzwischen, dass ich nicht nach Pietra d'Alba zurückkehren würde, und nahm den Auftrag an.

Francesco und ich trafen uns weiterhin regelmäßig. Viola hatte geheiratet, erzählte er mir, Anfang 1926, nur auf Hochzeitsreise sei sie noch nicht gegangen, die Geschäfte ihres Mannes hätten ihn sogleich in die Vereinigten Staaten gerufen. Das Projekt, die Elektrizität nach Pietra zu bringen, war wiederbelebt worden – offenbar war das Vermögen des Anwalts daran nicht ganz unbeteiligt. Ich nickte, während ich aß, wie abwesend, und sicher dachte er, dass mich das alles nicht interessierte, zumal Neuigkeiten von seiner Schwester immer spärlicher kamen.

Erstaunlicher war, dass ich Stefano öfter sah. Ich mochte ihn nicht, aber er verstand es, einen draufzumachen. In der Regierung stieg er immer weiter auf, von 1926 bis 1928 hatte er nicht weniger als drei Posten inne, einer strategisch wichtiger als der andere. Er prahlte damit ohne jede Zurückhaltung, und mir war auch klar, warum, denn eines Abends, er war ziemlich beschwipst, vertraute er mir an:

»Du kannst von Glück sagen, dass du keinen Bruder hast, Gulliver. *Virgilio*, *Virgilio*, *Virgilio*, als Kinder haben wir das den ganzen Tag zu hören bekommen. Virgilio hat dies gesagt, Virgilio hat das gesagt, was für ein Genie, und alles haben sie ihm durchgehen lassen. Aber wenn er schon so ein schlaues Kerlchen war, der Virgilio, kannst du mir verraten, wieso er dann wie der letzte Trottel im Krieg verreckt ist, und nicht mal im Krieg, sondern in einem blöden Zug? Wer bringt denn heute Geld nach Hause? Wer sorgt dafür, dass die Leute strammstehen, wenn sie den Namen Orsini hören? Ich und Francesco, und Campana auch, wo er jetzt einer von uns ist. Wir sind nicht mehr die tumben Bauern, die vertrocknete Orangenbäume anbauen. Und bald, hör gut zu, werden die Orangenbäume nicht mehr vertrocknet sein. Da können die Gambales sich auf was gefasst machen.«

Ich arbeitete von früh bis spät, danach ging ich aus bis zum Morgen. Anfang 1927 übergab ich meine Skulpturengruppe *Romulus und Remus*. Folge war die sofortige Entlassung des Stadtbeamten, der sie in Auftrag gegeben hatte.

Bei meinem Werk gab es weder Romulus noch Remus. Auch keine Wölfin. Es gab nur Wasser. Ich hatte eine Plastik aus Wellen geschaffen, eine stürmische Bewegtheit des Tibers mit lediglich, in einer Vertiefung und kaum zu erkennen, dem Henkel eines Korbs, ebenjenes Korbs mit den beiden Zwillingen. Ich hatte ein Wunder geschaffen, das Überleben zweier Säuglinge, die man ausgesetzt und der Gier eines Flusses überlassen hatte, denn wie in Pietra begann alles mit dem Wasser. Ohne Tiber kein Rom. Ohne Arno kein Florenz. Ich ärgerte mich ein wenig, dass ich zur Entlassung des armen Mannes beigetragen hatte, aber offenbar sah zwei Monate später Margherita Sarfatti, Mussolinis Geliebte und Muse, meine Skulptur und erklärte: »Der neue Mensch, der faschistische Künstler, ist zur Gänze darin enthalten.« Der Beamte wurde wieder eingestellt, ausgezeichnet und befördert.

Eine Besonderheit Roms war, dass die Stadt kaum einen echten Ort zum Feiern bot, abgesehen vielleicht vom Cabaret del Diavolo mit seinen drei unterirdischen Geschossen, die für die Hölle, das Fegefeuer und das Paradies standen. Bei meinem ersten Besuch wurde ich wegen »übermäßiger Trunkenheit« hinausgeworfen. Eine Tautologie, die bewies, dass man dort von Trunkenheit so wenig Ahnung hatte wie von der Hölle. Nur wenige Bars hatten spät noch auf, nur wenige Clubs, Rom war eine alte Dame. Oft aßen wir in einem der guten Restaurants der Stadt, im Fagiano, im Caffè Faraglia – unser Lieblingslokal wegen der Jugendstilfresken – oder im Restaurant des Hotels Quirinale oder des Excelsior. Gefeiert, richtig gefeiert wurde danach in privaten Salons. Dort gelangte die Ausschweifung zu voller Blüte. Im Gegensatz zu vielen anderen ging es mir dabei nicht um

Einfluss oder Reichtum. Davon hatte ich meinen Teil, einen kleinen Teil, er genügte mir. Aber auch hier konnte ich feststellen, dass die Reichen nichts lieber hören als ein *Nein*. Ich war nicht auf neue Aufträge oder Kunden aus. Die Leute lagen mir flehend in den Ohren, bloß um auf die Warteliste zu kommen. *Ich will nur trinken*, sagte ich dann, und schon war mein Kurs gestiegen. An einem dieser Abende machte ich die Bekanntschaft der serbischen Fürstin Alexandra Kara-Petrović. Sie erlag sofort meinem Charme, um nicht zu sagen den Reizen meiner Bekanntheit, meines Autos und meines Bankkontos, das im Übrigen nicht so üppig ausgestattet war, wie die Leute dachten. Ich verdiente gut, aber das war nichts im Vergleich zu den Erben, Opportunisten und Betrügern, mit denen ich verkehrte. Alexandra war wahrscheinlich genauso eine Fürstin wie ich, auch wenn sie mir bis zum letzten Tag schwor, dass sie eine echte sei, und auf Fragen zur Geschichte und zum Stammbaum ihrer Familie nie ins Schlingern geriet. Sie war von unglaublicher Schönheit, so strahlend wie kurvenreich. Wann immer wir gemeinsam bei einer Abendgesellschaft erschienen, sah ich mit Vergnügen, wie die Augen rund und runder wurden und sich in den Köpfen all derer, die uns nicht kannten, drei Wörter formten, sie waren so offenkundig, dass sie es auch hätten hinausschreien können. *Die, mit dem?*

Alexandra war in allem das Gegenteil von Annabella. In Gesellschaft eine Tigerin, im Bett eine Schnarchnase. Sie mochte *das* einfach nicht, oder nicht mit mir. Ich begehrte sie nicht länger, auch wenn sie die schönste Frau war, die ich je gesehen hatte. Nach drei oder vier mühsamen und quietschenden Paarungsversuchen beschlossen wir, dass es besser wäre, in getrennten Zimmern zu schlafen und uns dem zu widmen, woran wir den meisten Spaß hatten: meinerseits, die gehobenen Kreise zu schockieren, und ihrerseits, mein Geld auszugeben, vornehmlich in dem Geschäft von Sotirios Voulgaris, einem griechischen Juwelier, für den sie ein Faible hatte. Skrupel kannten wir nicht.

Mehrmals nahm ich mir vor, meine Mutter zu besuchen. Aus tausend guten Gründen schob ich es immer wieder auf, die Arbeit, die Entfernung – und hatte ich sie nicht eingeladen, zu mir zu kommen, mit Übernahme sämtlicher Kosten? Tausend gute Gründe, außer dem wahren: Ich fand, es sei an ihr, den ersten Schritt zu tun und den Abgrund zu überwinden, den sie zwischen uns aufgerissen hatte, diesen offenen Boden, dessen zerklüftete Ränder seit 1916 auseinanderdrifteten.

Ich könnte jetzt behaupten, ich hinge meinen florentinischen Jahren nach und mehr noch meinen römischen. Könnte so tun, um meine Seele zu erleichtern und dem guten alten Charon, der am Ufer des Styx auf mich wartet, eine bequemere Passage abzutrotzen – Charon, von dem ich einmal eine Skulptur gemacht habe. Aber ich kann meine Vergangenheit so wenig ablegen wie ein Baum seine Jahresringe. Florenz und Rom sind da, in diesem fiebrigen Körper, der im schwindenden Tag, unter den Augen von vier Mönchen, zittert und grummelt. Florenz und Rom sind da und können nicht unterschlagen werden, so wenig wie mein Herz, meine Nieren oder meine Leber, deren Zustand im Übrigen nicht der allerbeste sein dürfte.

Mit meinen Exzessen kam ich 1928 an einen Punkt, an dem es kein Zurück mehr gab. Eines Abends erzählte Stefano einer Versammlung rüpelhafter Schwarzhemden die Episode meiner Züchtigung am See, und dann trällerte er ein Liedchen, in das die kleine Schar sofort einstimmte: *Gulliver, Gulliver, zeig uns deinen Arsch!* Statt mit der gebotenen Würde zu gehen, zeigte ich ihnen meinen Hintern. Um zu beweisen, dass ich genauso war wie sie. Dass ich mich behaupten konnte. Ich zeigte ihnen meinen Hintern, und Stefano rief:

»Er hat sich einen Bart wachsen lassen, aber ich erkenne ihn wieder!«

In Rom wachte ich regelmäßig an den verschiedensten Orten auf, manchmal in fremden Betten und neben einer alten Schachtel mit Alkoholfahne, einer Frau, die mich genauso erschrocken ansah wie ich sie. Als ich einmal kurz nach Sonnenaufgang über die Via Appia schwankte, erblickte ich einen kleinen Zirkus, der sein Zelt auf einem verlassenen Stück Land aufgebaut hatte, zwischen zwei Parks mit eingestürzten Ziegelmauern. Ein kahlköpfiger Mann ungewissen Alters ritt auf einer provisorischen Koppel ein junges Pferd zu. Ich rief ihn herbei.

»Guten Tag, ich wollte nur fragen, ob Sie den Zirkus Bizzaro kennen.«

»Nie gehört.«

»In Florenz, hinter dem Bahnhof …«

»Nie gehört, sage ich doch. Was glaubst du, wir würden uns alle kennen? Kennst du alle Zwerge?«

An einem Pflock hing eine Feldflasche mit Lederriemen. Ich nahm die Flasche, wirbelte sie herum und schleuderte sie in seine Richtung. Es war bloß eine Laune gewesen, nur traf ich ihn mitten ins Gesicht. Anfängerpech. Ich rannte davon, aber die Via Appia ist lang. Eine halbe Stunde später hatten er und drei seiner Freunde mich mit einem Lastwagen eingeholt, sie verfolgten mich weiter durch die Felder und schlugen mich zusammen. Als ich schließlich ins

Atelier kam und mir die Seiten hielt, die Lippe geschwollen, ein Auge gelb umrandet, sagte niemand einen Ton. Fürstin Alexandra, frisch wie der junge Morgen, machte mir einen Kaffee und übernahm es, unseren Kalender fürs Gesellschaftliche umzuplanen. Kurz nach diesem Vorfall rief mich Francesco in sein Büro, um mich zu ermahnen. Er erinnerte mich an mein Versprechen, den Namen der Orsinis würdig zu vertreten. Ich schwor ihm, dass so etwas nicht noch einmal vorkäme. Wieder zu Hause, entließ ich Livio, meinen Fahrer, weil er geplappert hatte, und engagierte einen anderen, Mikael, einen Äthiopier aus der Nachbarschaft, der gut fahren konnte und keine Fragen stellte. Mit meiner Größe und der Farbe seiner Haut wurden wir bald zum auffälligsten Gespann Roms. Ade Diskretion.

An einem anderen Abend erklärte ein sturzbetrunkener Baron, seine ewige Liebe gehöre Verdi. Ich sagte, Verdi mache Zirkusmusik, und er fragte mich, was ich schon davon verstünde, es sei denn, ich hätte in einem Zirkus gearbeitet. Ich verteidigte meine Ehre so energisch wie alle, die keine haben, und verlangte Wiedergutmachung. Die Soiree fand im Haus der Geliebten eines wichtigen Ministers statt, Witwe eines wohlhabenden Industriellen. Jemand hatte die romantische Idee, die alten Duellpistolen zu nehmen, die im Salon an der Wand hingen. Niemand hatte je Duellpistolen aus dem achtzehnten Jahrhundert geladen, und so versuchten wir uns alle an den Waffen, jeder hatte einen Ratschlag zur Hand, der Streit war vergessen, bis sich versehentlich ein Schuss löste und die Witwe am Arm traf, zum Glück war er recht drall. Beim Anblick des Blutes fiel die Witwe in Ohnmacht. Alle zerstreuten sich, und in weniger als einer Minute waren sie in die Nacht entschwunden.

Die Auslieferung meines letzten Werks stand an, bestimmt für einen Großgrundbesitzer, Herr über eines der riesigen Latifundien des Mezzogiorno. Der Mann hatte die Zukunft im Blick, es handelte sich um eine Familiengruft. Vier Engel, jeder in einer Ecke der Kammer, sollten über die Grabplatte wachen, offenbar hatte man sie gerade erst wieder geschlossen. Eines meiner schönsten Werke, die Bewegung in Vollendung. Aber ich war zu oft ausgegangen und hatte es Jacopo überlassen, das Gesicht des letzten Engels fertigzustellen. Mit dem Auftrag war ich ein Jahr in Verzug, unmöglich konnte ich es weiter hinauszögern, zumal der Kunde aus Palermo stammte und die Menschen dort unten empfindlicher reagierten als der Durchschnitt. Zwei Tage vor der Auslieferung präsentierte mir Jacopo seine Arbeit. Ungläubig starrte ich auf den Engel, seinen verkniffenen Ausdruck, die angespannten Züge. Die Anatomie stimmte. Aber hätte Jacopo das Gesicht eines Engels andeuten wollen, der sich beim Schließen eines Grabs die Finger unter einer dreihundert Kilo schweren Steinplatte einklemmt, er hätte es nicht besser machen können.

Mir platzte der Kragen, und ich stauchte ihn zusammen. Schande hatte er über das Atelier gebracht. Hatte mein Vertrauen missbraucht, seine Kameraden verraten, die Bildhauer und überhaupt die ganze Kunst. Ich schrie minutenlang, rot vor Wut, aus den Wohnungen über dem Hof reckten sich neugierige Köpfe.

Als ich mich beruhigt hatte, schaute das ganze Atelier zu mir herüber, mit einer Miene, die ich nur zu gut kannte. Es war die gleiche, mit der ich Zio angesehen hatte.

Um die Schönheit von Michelangelo Buonarrotis Pietà zu beschreiben, haben sich viele auf die Perfektion des

Faltenwurfs kapriziert, die anatomische Korrektheit, die Anmut der Bewegung und weiß der Himmel was noch. Aber ob es den Experten gefällt oder nicht: Michelangelos Genie zeigt sich im *Gesicht*. Er hätte seiner Madonna auch einen Buckel aufsetzen können bei einem solchen Gesicht. Dem Gesicht einer fast bezwungenen Frau, überrascht in einem Moment der Erschöpfung und des Loslassens, in dem die Seele sich ganz und gar hingibt. Überrascht, ja, alles ist darin. Michelangelo hat die Momentaufnahme der Fotografie eingefangen, nur dass er drei Jahre benötigte, um das Bild zum Leben zu erwecken. Drei Jahre des Kampfes, bewehrt mit einem einfachen Meißel und einem Stück Marmor. Das Gesicht ist nicht nur, was das Auge sieht. Es enthält alles, was ihm widerfahren ist, alles, was im Begriff ist zu geschehen. Die Zeit, die es geformt hat, und die Zeit, die noch bevorsteht, der Tod von Millionen von Sekunden und das Versprechen weiterer Millionen. Und ich hatte einem neunzehnjährigen Jungen, der nichts vom Leben wusste, die unmögliche Aufgabe übertragen, ein Engelsgesicht zu schaffen. Jacopo war begabt, aber so begabt auch wieder nicht. Nicht wie ein Buonarroti. Nicht wie ein Vitaliani.

Ich rief Jacopo in mein Büro und bat ihn um Entschuldigung. Dann schlug ich das Auftragsbuch auf. Ein Gesicht lässt sich nicht neu behauen, es musste also der Kopf oder gar die ganze Statue noch einmal gemacht werden. Der Kopf allein wäre ein inakzeptabler Kompromiss gewesen, ein Monster à la Mary Shelley und meiner nicht würdig. Vielleicht konnte ich das Grabmal ja mit drei Engeln liefern und behaupten, ich hätte es so entworfen. Aber das hatte ich nicht. Jeder Engel lebte und, wichtiger noch, *bewegte* sich ausschließlich in Abhängigkeit von den drei anderen.

Ich konnte drei schicken und sagen, der vierte käme später. Aber wann? Ich müsste die Lieferung für einen Mailänder Industriellen, der nicht weniger empfindlich war, entsprechend hinauszögern …

Für jemanden, wie ich es damals war, bestand die beste Lösung darin, nichts zu tun. Am Abend traf ich mich mit Stefano, fest entschlossen, mich zu besaufen. Aber zum ersten Mal trank ich keinen Schluck von dem Glas, das man mir im Caffè Faraglia einschenkte. An der Wand gegenüber hing ein Kalender. Und wie gelähmt starrte ich auf das Datum. 21. Juni 1928.

»He, Jungs, Gulliver macht so ein komisches Gesicht. Alles in Ordnung, alter Knabe?«

21. Juni 1928. Das konnte kein Zufall sein. Alles hatte mich zu dieser Wand geführt. Zu diesem mit schlüpfrigen Karikaturen illustrierten Abreißkalender aus billigem Papier.

»Hast du ein Gespenst gesehen oder was?«

»Ja.«

Jahre des Vergessens fielen in sich zusammen, fortgerissen von einer Erinnerung wie von einer gewaltigen Flut. Mein Verlangen nach Schmutz, meine Gleichgültigkeit gegenüber dem Erfolg, meine Benommenheit vom Alkohol, vom Koks, von serbischen Fürstinnen zogen in einem wirbelnden Strom vor mir dahin. Was folgte, entschied sich jetzt. Wenn ich es noch rechtzeitig schaffte.

Ich sprang auf und rannte hinaus. Eine Stunde später verließ ich Rom, ohne Blick zurück.

Mikael, mein Chauffeur, brauste in Richtung Norden, über staubweiße und bucklige Straßen. Italien war durchzogen von nicht immer logischen Wegen und Abzweigungen, von Pfaden, die nirgendwohin führten, holprigen Überresten aus einer Zeit, in der man sich gern verirrte. Die großen Verkehrsadern zum höheren Ruhme der geraden Linie, des Lärms und des Drecks begannen erst in der Umgebung von Mailand. Der Charme hatte seinen Preis: Dreimal hatten wir eine Panne, zwei Reifen und einmal der Kühler. Nur dank Mikaels Einfallsreichtum konnten wir weiterfahren. Unterwegs erzählte er mir, dass er ein wichtiges Amt in der Verwaltung von Menelik II. innegehabt hatte, dem Negus von Äthiopien, und dass er das Land nur aufgrund einer finsteren Ehebruchsgeschichte verlassen hatte, als eine der mächtigsten Familien des Kaiserreichs ein Kopfgeld auf ihn aussetzte. Nach Rom war er 1913 gekommen, seither schlug er sich durch. Er verfügte über ein enzyklopädisches Wissen. Irgendwo zwischen Lucca und Massa wurde mir bewusst, dass ich weniger intelligent und weniger gebildet war als mein Chauffeur.

Am 24. Juni 1928 verließen wir Savona, weiter nach Norden. Es wurde Abend, und genau in dem Moment, als ein Steinpfosten erschien mit der Angabe »Pietra d'Alba, 10 Kilometer«, platzte der zweite Reifen. Ich starb zehn Tode, die Zeit lief ab, aber wir konnten weiterfahren. Wir rasten durch

Pietra d'Alba. Ich sagte Mikael, er solle an der Kreuzung halten, am unteren Ende des Hangs, der hinter dem Dorf zum Plateau hin abfiel. Es war fast 23 Uhr. Ich rannte los.

Um 23 Uhr 05 Uhr brach ich vor dem Friedhof zusammen, erschöpft von der Fahrt, außer Atem. An das Mäuerchen gelehnt, den Hinterkopf am Stein, atmete ich eine frische und vertraute Luft. Wie verrückt mein Vorhaben war, begriff ich erst jetzt, aber mein ganzes Leben hatte ich instinktiv gehandelt. Der Verstand war also nicht das richtige Messgerät. Ich war dort, wo ich sein sollte, nichts anderes zählte.

Zum ersten Mal verspätete sie sich. Nach zehn Minuten trat sie aus dem Wald, auf ihrem üblichen Weg, und erstarrte bei meinem Anblick. Sie kam von nicht so weit her wie ich, wenn auch nur dem Anschein nach, denn ihre Reise war nicht weniger stürmisch gewesen, nicht weniger anstrengend. Wir gingen langsam aufeinander zu, mitten auf dem kleinen Platz vor dem Friedhof, einem Platz, dem der Wald in einer Umarmung seine natürliche Form gab.

Acht lange Jahre seit unserer letzten Begegnung. Viola war keine Jugendliche mehr, sondern eine richtige Frau. Ihre Züge hatten sich gestrafft. Ich hätte schwören können, dass sich ihr Gesicht, das Gesicht einer Sechzehnjährigen, zur Vollkommenheit gefügt hatte, dabei konnte ich nicht ahnen, welche Geheimnisse ein paar Schläge ihres Schöpfers mit dem Hohleisen noch offenbaren sollten. Viola war eine Lektion in Bildhauerei, umso mehr bedauerte ich diese acht Jahre fern von ihr. Ich hätte so gern die Veränderungen miterlebt, eine nach der anderen, hätte sie so gern studiert, um sie eines Tages nachschaffen zu können.

Ihr Haar war länger als in meiner Erinnerung, genauso

schwarz, nur tadellos frisiert, ihr Teint genauso dunkel. Eine blasse Narbe auf der Stirn verschwand unter einer Strähne. Sie war groß, auch immer noch sehr dünn. Schön, ja, aber nicht auf eine Art wie die serbische Fürstin. Sie hatte nicht die üppigen Formen, nach denen Stefano und seine Freunde – auch ich schon mal, muss ich zugeben – in den Bordellen Roms gesucht hatten. Man musste Viola fest ansehen, wirklich ansehen, um es zu verstehen. Ihre Augen waren ein Tor zu anderen Welten, zu einem Wissen, das an den Wahn grenzte.

»Ich wusste nicht, ob du kommen würdest«, waren ihre ersten Worte.

»Ich habe es nicht vergessen. Du hast dich mit mir verabredet, am 24. Juni 1918. Und ich gebe zu, dass du recht hast. Du reist durch die Zeit.«

»Ja. Aber ich dachte, es würde zehn Jahre dauern.«

Sie sah mich an, legte ihre Hand auf meinen Dreitagebart und sagte:

»Es hat zehn Minuten gedauert. Und in diesen zehn Minuten bist du zum Mann geworden.«

»Viola ...«

Mit dem Finger auf meinen Lippen unterbrach sie mich.

»Bleibst du?«

Ich nickte, dachte erst gar nicht nach, ihr duftender Finger an meinem Mund, in der Nase die ganze Pracht eines Orangenbaums.

»Dann haben wir alle Zeit.«

Schweigend gingen wir zurück zu der Abzweigung. Ich deutete auf den Alfa Romeo, der im Dunkeln wartete, auf der Rückbank lag Mikael und schlief, seine Füße ragten aus dem Fenster.

»Soll ich dich nach Hause fahren?«

»Danke, ich gehe lieber zu Fuß.«

»Ich auch.«

Sie ging nach rechts, ich nach links. Nach ein paar Schritten drehte ich mich um. Viola, ein Stück weiter auf der Straße, lächelte mir zu.

»Papa, Papa, da ist ein Kobold in der Scheune und schläft!«

Ich lernte Zozo, den Sohn von Annex und Anna, wenige Augenblicke vor ihrer Tochter Maria kennen, die gleich herbeigeeilt kam, um zu sehen, wie ein Kobold aussah.

»Das ist kein Kobold, Kinder. Das ist ein Riese. Nur ein kleiner Riese.«

Wir umarmten uns. Anna war so alt wie ich, vierundzwanzig, Annex fast achtundzwanzig. Beide hatten etwas zugenommen. Ihre Kinder waren herzallerliebst, aber anstrengend, wie zwei Krabben hingen sie an mir.

»Jetzt lasst euren Onkel Mimo in Ruhe. Seht ihr nicht, dass ihr ihm auf die Nerven geht?«

»Was sind das, Krabben, Onkel Mimo?«

»Krebstiere.«

»Was sind das, Krebstiere, Onkel Mimo?«

Ich hatte befürchtet, Annex würde mir meine Rückkehr übelnehmen, nachdem er die Werkstatt so lange für sich gehabt hatte. Aber weit gefehlt, Anna und er hatten sich im Hinblick auf diesen Tag schon ein eigenes Haus gebaut, gleich hinter dem Hauptgebäude. Die Geschäfte liefen gut, sie hatten inzwischen zwei Lehrlinge. Anna kümmerte sich ganztags um das Organisatorische der Möbeltischlerei. Zios alte Arbeitsstätte war in demselben Zustand, in dem ich sie verlassen hatte, renoviert, in Schuss und regelmäßig geputzt. Ich musste mich nur mit meinen Sachen einrichten.

»Gibt es hier ein Telefon?«

»Für wen hältst du mich, Rockefeller?«

Ich weckte Mikael, versprach den Kindern, um sie mir vom Hals zu schaffen, eine Fahrt mit dem Auto und bat ihn, mich bei den Orsinis abzusetzen. Als Mikael gerade anfahren wollte, kam Annex noch einmal.

»Übrigens, ich weiß nicht, ob du gehört hast, was mit Violas Vater …«

Zwei Wochen zuvor hatte man den Marchese nackt auf dem Dorfplatz angetroffen. Er wartete, wie er sagte, auf seinen Sohn Virgilio, der in der Nacht mit ihm gesprochen und seine Rückkehr angekündigt habe. Man hatte den Marchese nach Hause gebracht, hatte versucht, ihn zur Vernunft zu bringen, sein Sohn sei tot, aber er hatte darauf beharrt, *nein, nein, das war er, als würde ich meinen Sohn nicht wiedererkennen, er ist auf einem Pferdeskelett geritten, er kommt, er kommt*. Dann hatte er das Bewusstsein verloren. Ein Arzt, diesmal ein richtiger, nicht der aus dem Nachbardorf, hatte einen Gehirnschlag diagnostiziert. Die Marchesa weigerte sich, ihren Mann ins Krankenhaus einliefern zu lassen, und so wurde er zu Hause gepflegt.

Silvio öffnete mir, erkannte mich und lächelte, was noch nie passiert war. Aus Gewohnheit hatte ich an der Dienstbotentür geklingelt, aber er führte mich durch den Park zum Haupteingang. Der Bär, den ich für Viola geschaffen hatte, thronte noch neben dem Teich. Als ich daran vorbeikam, konnte ich nicht umhin, die ein oder andere Entscheidung des sechzehnjährigen Mimo zu kritisieren. Die Bewegung war da, aber übertrieben. Ich war inzwischen in der Lage, mehr auszudrücken, und das mit sehr viel weniger.

»Ich werde die Marchesa benachrichtigen.«

Die Signora Marchesa erschien, das Haar noch genauso schwarz, kaum ein paar Falten mehr. Die Orsinis waren nicht undankbar, sie wussten, dass ihr Ansehen auch auf mir beruhte.

»Ich hole Viola. Sie erinnern sich an meine Tochter, Signor Vitaliani? Sie hatten für sie den Bären gemacht, im Park.«

Nichts überzeugte mich mehr von meinem Aufstieg als dieser Moment, dieser Bruchteil einer Sekunde, in dem ich in den Augen einer Marchesa den Sprung machte von einer »schrecklichen Kreatur«, imstande, ihr kostbares Kind zu vergewaltigen, zu einem Künstler, dem die größten Salons offenstanden.

»Ich erinnere mich, ja. Ich würde mich freuen, sie wiederzusehen. Dürfte ich solange Ihr Telefon benutzen? Ich muss Ihren Sohn Francesco anrufen.«

Die Marchesa führte mich in den »Telefonsalon« und ließ mich unter seinen Stuckaturen allein. Während ich darauf wartete, verbunden zu werden, bemerkte ich, dass die Wände gestrichen waren. Es gab keine Risse mehr und keine Feuchtigkeitsflecken. Der Kitt an den Fenstern war weiß und weich. In dem Licht, das durch die erneuerten Scheiben hereinflutete, stand eine Vase mit einem ganzen Armvoll frisch geschnittener Pfingstrosen, sie ließen schon ihre Köpfe hängen.

Francesco begann das Gespräch mit wütenden Worten, was war los mit mir, ich war verschwunden, ohne etwas zu sagen, niemand wusste, wo ich war, in ganz Rom hatte er nach mir suchen lassen. Ich erzählte ihm von meinem Plan, von Pietra aus zu arbeiten, und er war sofort beruhigt. Er wusste genau, dass es auch für ihn von Vorteil wäre, wenn ich mich von den Versuchungen Roms fernhielte. Als ich spürte, wie sich der Wind zu meinen Gunsten drehte, bat ich ihn, mir eine Telefonleitung zu legen, und versprach ihm eine höhere Produktivität. Außerdem möge er mir bitte neue Marmorblöcke schicken – Carrara war nicht allzu weit entfernt. Und dann brauchte ich einen Lehrjungen, und Jacopo, klar. Ich würde in beiden Ateliers arbeiten, in Rom allerdings nur bei Bedarf. Ob er meinen sizilianischen Auftraggeber vertrösten könnte? Ich benötigte noch ein paar Monate, um den vierten Engel zu liefern. Wäre der Kunde mit dem Ergebnis nicht zufrieden, würde ich ihm das Geld mit Zinsen zurückzahlen und sein Grabmal einem anderen verkaufen, zum doppelten Preis.

»Mimo?«, sagte er, als ich schon auflegen wollte.

»Ja?«

»Du weißt, dass es meinem Vater gar nicht gutgeht.«

»Ich habe es gehört. Das tut mir leid.«

»Er wird es überleben. Aber … geschwächt. De facto wird Stefano das Oberhaupt der Familie sein. Als solchem wirst du ihm Rechenschaft ablegen. Aber solltest du auch nur die kleinste Frage haben, den kleinsten … Zweifel, wende dich an mich, einverstanden?«

»Abgemacht.«

»Wir sehen uns bald in der Villa. Bis dahin sei versichert, dass Monsignor Pacelli und ich alles für dich tun werden.«

»Und ich tue alles für die Orsinis.«

»Nein, Mimo, deine Werke sind zum Ruhm des Allerhöchsten, wir sind nur seine einfachen Diener.«

»Aber ein bisschen von seinem Ruhm strahlt auf deine Familie ab, oder?«, frotzelte ich, Francescos Ernsthaftigkeit irritierte mich.

Francesco seufzte.

»Und wennschon. Wer bin ich, mich seinem Willen zu widersetzen?«

Viola erwartete mich in dem großen Salon, in dem Jahre zuvor die Ankündigung ihrer Verlobung stattgefunden hatte.

»Viola, das ist Signor Vitaliani. Erinnerst du dich? Der junge Bildhauer, der zu deinem sechzehnten Geburtstag diesen Bären gemacht hat.«

»Ich erinnere mich, ja«, antwortete sie mit einem höflichen Lächeln.

»Natürlich, wie dumm von mir, er ist ja auch …«

Fast hätte sie »leicht zu erkennen« gesagt. Aber mit dieser Gewandtheit, die aus der Tochter eines kleinen Landedelmannes eine Marchesa gemacht hatte, schloss sie im selben Atemzug:

»… sehr talentiert.«

»Ich habe Lust auf frische Luft, Mama. Ich gehe im Park spazieren. Wenn Sie möchten, Signor Vitaliani, können Sie mich begleiten.«

Elf Jahre nach meiner ersten Begegnung mit Viola zeigte ich mich mit ihr öffentlich. Elf Jahre der Heimlichkeit. Zum ersten Mal schien die Sonne auf unsere schwankende, abgezehrte Freundschaft, eine nachtschwärmende Freundschaft, die der Tag schließlich adelte. Als Viola ausgehfertig wiederkam, mit einem leichten Umhang um die Schultern, stützte sie sich auf einen hölzernen Stock mit einem silbernen Knauf. Ich tat, als hätte ich es nicht bemerkt.

»Du hast auf meinen Stock geguckt, nicht wahr?«, sagte Viola, kaum dass wir draußen waren. »Ich hasse ihn. Ich benutze ihn nur, wenn es sein muss. Wenn es kalt ist oder die Luft ein wenig feucht. Dann tun mir die Beine weh …«

Sie schüttelte den Kopf.

»Ich mache mir keine Illusionen mehr.«

Sie ging vor mir her zu dem Tor, durch das ich zum ersten Mal den Park betreten hatte, damals waren wir für die Dachstatue zur Villa gekommen. Ein schräg einfallendes Licht schob sich unter den Nebel, hängte sich in rosafarbenen Fäden an die kümmerlichen Äste der einst üppigen Orangenbäume. Einige Bäume trugen noch, doch bei jedem Schritt zeigte sich mir die Verwahrlosung: Die Bewässerungsgräben waren nicht mehr so akkurat gezogen und gesäubert, die Reihen nicht mehr vom Unkraut befreit. Fast ein Drittel der Bäume war abgestorben. An den anderen wuchsen die Triebe ins Wirre, schon lange hatten sie keine Gartenschere mehr gesehen. Ich machte eine entsprechende Bemerkung.

»Ach, die Zitrusfrüchte«, sagte Viola. »Die sind nicht mehr unsere hauptsächliche Einnahmequelle.«

»Aber ihr hattet die besten Orangen, die ich jemals gekostet habe ...«

Viola schaute sich um, zuckte die Achseln.

»Mag sein, aber es ist schwer, Arbeitskräfte zu finden. Was erwartest du, die Städte sind heute zu verlockend. Und dieser dumme Streit mit den Gambales, der verbietet jedes langfristige Planen, wie soll man da investieren. Und jeden zweiten Sommer leiden wir unter der Dürre. Man müsste nur auf die Vernunft hören, zu einer Einigung finden, aber ...«

Wieder zuckte sie die Achseln. Diese Bewegung kannte ich nicht von ihr, sie hieß so viel wie *ich kann es nicht ändern*, dabei konnte die Viola, die ich kannte, alles.

»Woher kommt dann das Geld? Im Haus ist renoviert worden, habe ich gesehen.«

»Von meinem Mann. Er hat die Schatullen wieder aufgefüllt. Er führt eine große Anwaltskanzlei, vor allem aber ist er groß in die Filmbranche eingestiegen. Er sagt, das ist die Zukunft. Wird wohl so sein, es wirft jedenfalls viel ab. Fehlte nur eine Verbindung mit dem Adel, eine Respektabilität, die man mit allem Gold der Welt nicht kaufen kann. Jetzt, wo wir verheiratet sind, ist es geschafft. Kurz und gut, alle sind zufrieden.«

»Und du, bist du zufrieden?«

Achselzucken.

»Natürlich. Rinaldo ist sehr nett.«

Trotz des unebenen Geländes bog Viola auf einen Pfad zwischen zwei Feldern ab, er führte in den Wald.

»Wo ist dein Mann denn im Moment?«

»In den Vereinigten Staaten, geschäftlich. Ansonsten wohnt er in Mailand.«

»Ihr lebt nicht zusammen?«

»Doch, aber er reist so viel, dass ich mich hier wohler fühle als in Mailand. Er kommt oft am Wochenende her. Außerdem versuchen wir, ein Kind zu bekommen, und das ist nicht so leicht. Die Ärzte glauben, die Landluft ist für meine Gesundheit besser als die Stadtluft.«

Wir gingen weiter, schwiegen. Viola warf mir einen Seitenblick zu – ich war es noch nicht gewohnt, den Kopf so weit zu heben, wenn ich mit ihr sprach.

»Was ist?«

»Nichts«, log ich.

»Ich kenne dich, Mimo. Und da du mir am Ende sowieso sagst, was du denkst, weil du nie einer warst, der es nicht tut, kannst du es mir auch gleich sagen.«

»Ich weiß nicht. Das alles klingt nicht nach dir.«

»Das alles?«

»Heiraten, Kinder …«

»Oh, hat Mussolini etwa nicht gesagt, die Rolle der Frau sei es, Kinder zu bekommen und sich um die Familie zu kümmern?«

»Ich weiß nicht, was Mussolini gesagt hat, ist mir auch egal. Aus der Politik halte ich mich raus. Aber ich bin nicht mehr der Dummkopf, den du gekannt hast. Erst versucht deine Familie, dich mit diesem eiterpickligen Knaben zu verheiraten, der, welch Zufall, der Spross einer steinreichen Familie ist, dann sabotierst du ihren Plan, und ein paar Jahre später, sieh an, bist du mit einem anderen Kerl verheiratet, der im Geld schwimmt, und in der Villa gibt es keinen einzigen Riss mehr, keinen Feuchtigkeitsfleck …«

»Ich bin nicht mehr die, die du gekannt hast. Du weißt genau, wohin mich meine Träume geführt haben. Monate im Krankenhaus, genäht mit Dutzenden von Stichen, fast genauso viele Brüche. Man muss lernen, erwachsen zu werden. Ich habe dir gesagt, Rinaldo ist sehr nett und behandelt mich gut. Er hat versprochen, dass er mich irgendwann mitnimmt in die Vereinigten Staaten.«

»Aber …«

Viola blieb abrupt stehen, wir hatten den Waldrand erreicht.

»Ich brauche keine Kritik an meinen Entscheidungen, Mimo. Was ich brauche, ist deine Unterstützung. Oder dass du zumindest so tust, als ob.«

Sie ging mit der gleichen Leichtigkeit wie früher in den Wald, drang aber nicht so tief ein, hielt sich an den Weg. Nach ein paar Minuten blieb sie vor einer Reihe Kiefern stehen und drehte sich zu mir um.

»Hier ist es.«

»Was?«

»Die Stelle, wo ich abgestürzt bin.«

Über unseren Köpfen kitzelte der Wipfel einer Kiefer die Wolken. Dreißig Meter braune Rinde und majestätisches Grün.

»Mein Leben verdanke ich diesem Baum«, murmelte sie und strich über den Stamm. »Jeder Ast, gegen den ich gestoßen bin, hat meinen Sturz gebremst und eine Spur hinterlassen. Am merkwürdigsten ist, dass ich mich an nichts erinnere. Ich bin auf dem Dach, und als ich die Augen aufschlage, liege ich im Krankenhaus …«

Während sie sprach, fasste sie sich, wohl unbewusst, an verschiedene Körperstellen: den Arm, die Beine, die Stirn. Ich erinnerte mich an die Szene, als wäre es gestern gewesen. An den wütenden, trotzigen Schrei zwischen den feuerroten Blütenpinseln. Den wirbelnden Sturz. Und schließlich die Ungewissheit in den Monaten darauf, ihren Brief, in dem sie mich bat, ihr nicht mehr zu schreiben. All das las sie in meinem Gesicht.

»Als ich aufgewacht bin, nach Tagen im Koma, wollte ich dich sehen. Dein Name war der erste, den ich ausgesprochen habe. Zum Glück war an dem Tag nur Francesco an meinem Bett. Niemand sonst weiß, dass du und Annex mir geholfen habt mit dem fliegenden Flügel und dass wir Freunde waren.«

»Francesco weiß davon? Ich habe immer so getan, als würde ich dich nicht kennen, und er schien es zu glauben.«

»Niemand weiß, welches Spiel Francesco spielt«, antwortete Viola mit einem kleinen Lächeln. »Wahrscheinlich weiß er es nicht einmal selbst. Du darfst ihm nur nicht sagen, dass du weißt, dass er davon weiß, schon bist du wieder im Vorteil.«

»Dann solltest besser du in die Politik gehen … Warum hast du mich hergebracht?«

»Weil ich dumme Entscheidungen getroffen habe. Die erste war, dich hineinzuziehen in diese verrückte Idee, fliegen zu wollen.«

»Die war nicht verrückt! Selbst D'Annunzio …«

»Schon klar«, unterbrach sie mich gereizt. »Aber ich bin nicht D'Annunzio, ich bin Viola Orsini. Jedenfalls habe ich im Krankenhaus nachgedacht. Ich stand unter Morphium, und vielleicht war ich nicht ganz beieinander, aber ich bin zu der Überzeugung gelangt, dass ich dich enttäuscht habe. Ich hatte dir versprochen zu fliegen und bin gescheitert. Ich war deine Heldin, und ich hatte Angst, dass du … na ja, dass du mich weniger gernhast, oder auf eine andere Art. Deshalb habe ich dich gebeten, mir nicht mehr zu schreiben. Ich wollte kein Mitleid. Ich wollte nicht, dass du mich so siehst, so kaputt, die Beine im Metallgestänge und mit zusammengeflickten Kieferknochen. Deshalb habe ich auch beschlossen, mich nicht beim Abendessen zu euch zu setzen, als du zwei Jahre später hier warst. Ich hatte Panik. Dann habe ich mich besonnen, habe das rote Licht an mein Fenster gestellt, und ausgerechnet da bist du gegangen.«

Ich schaute mich um, die Kehle zugeschnürt, dann hoch, und ich tat, als würde ich mir durchs Haar fahren, so konnte ich mit dem Ärmel die Augen abwischen. Eine bewährte Schulhoftechnik.

»Siehst du deine Bärin noch?«

»Bianca? Seit fünf Jahren nicht. Ab und zu gehe ich zu ihrer Höhle, aber die ist verlassen. Sie lebt ihr eigenes Leben, und das ist auch gut so.«

Ich nickte, räusperte mich.

»Was genau willst du?«

»Und du, was wolltest du, wenn du zehn Jahre später zurück zum Friedhof kommst? Nicht nur sehen, ob ich durch die Zeit reise.«

»Ich möchte, dass alles wieder so wird wie vorher.«

»Wir sind nicht mehr so wie vorher. Du bist ein geschätzter Künstler, ich bin eine verheiratete Frau. Aber wir können Seite an Seite reisen. Diesmal ohne alles Heldenhafte.«

»Wer möchte schon ein Leben ohne alles Heldenhafte?«

»Fast alle echten Helden.«

Sie hielt mir die Hand hin.

»Abgemacht?«

»Ich bin mir über die Einzelheiten der Abmachung nicht ganz klar ...«

»Unterwegs denken wir sie uns aus.«

Ich lachte und nahm ihre Hand, sie war noch schlanker als früher, und ich achtete darauf, sie nicht zu fest zu drücken. Meine eigenen Hände waren doppelt so groß geworden.

»Ich habe dich vermisst, Viola.«

»Ich dich auch.«

Wir gingen schweigend zurück zum Haus. Der Nebel zerfranste über der Landschaft, sie war braun, grün, orange, verwoben mit dem für Pietra d'Alba so typischen Rosa. An der Schwelle der Villa Orsini drehte Viola sich zu mir um.

»Übrigens, als ich dir den Brief geschickt habe, mit der Bitte, mir nicht mehr zu schreiben ...«

»Ja?«

»Du hättest ja nicht drauf hören müssen.«

Sie schloss leise das Tor. Wind kam auf, wehte die letzten Fetzen Nebel fort. Aber welcher Wind? Der Scirocco? Der Ponente, der Mistral, der Gregale? Oder vielleicht ein anderer, den ich nicht kannte, weil sie mir nichts davon gesagt hatte? Wenn ich Viola erst wiedersähe, wäre alles einfacher, hatte ich gedacht. Aber was ist schon einfach in einer Welt, wo der Wind tausend Namen hat.

Ich bin jetzt vierundzwanzig. Ich bin nicht reich, was nur etwas darüber aussagt, wie reich ich später einmal sein werde, denn im Vergleich zu dem Jungen, der vor zwölf Jahren hier ankam, bin ich ein Maharadscha. Ich habe ein Auto, Angestellte, und sollte es damit aufhören, bliebe mir genug zum Leben für vier oder fünf Jahre. Bei den Orsinis stehen mir alle Türen offen. 1929 kündigt sich an, dann ein neues Jahrzehnt, das, wie ich glaube, von allen erlebten das ruhigste wird. Ein goldenes Jahrzehnt im Zeichen des Fortschritts, des Friedens zwischen den Nationen und, bestechender noch, zwischen Viola und mir.

Dass ich nicht lache.

Padre! Padre! Er hat gelacht.«

Als der Novize in sein Büro gehastet kommt, blickt Padre Vincenzo von den Akten auf, die er seit dem Morgen studiert. Wann immer er den Schrank öffnet, ist es das Gleiche. Er versinkt in diesem ewigen Geheimnis, seziert die Dokumente und erforscht sie mit der Leidenschaft eines Theologen der ersten Tage, eines Rabbiners in einer Jeschiwa, der feststellt, dass jedes Wort sowohl das eine wie auch sein Gegenteil bedeuten kann, dass es aber nur eine Wahrheit gibt, nur eine richtige und zu entschlüsselnde Kombination, und wenn man die hat, ist mit einem Schlag alles verstanden.

Der Novize bleibt vor seinem Schreibtisch stehen, außer Atem. Die Treppen sind ja doch für alle beschwerlich, denkt der Padre.

»Wer hat gelacht?«

»Bruder Vitaliani.«

Vitaliani hat zwar kein Gelübde abgelegt, trotzdem nennen ihn alle »Bruder«, und Vincenzo lässt es durchgehen.

»Er hat gelacht?«

»Ja, als hätte jemand etwas Lustiges gesagt.«

»Ist er wieder bei Bewusstsein?«

»Nein. Der Arzt sagt, seine Vitalfunktionen verschlechtern sich.«

Padre Vincenzo schickt den Novizen mit einem Wink hinaus und schließt das Fenster, das er unvorsichtigerweise offen gelassen hat, dabei ist es eiskalt. Aus einer Truhe – alle Mönche haben eine solche, für ihre persönlichen Sachen – nimmt er eine Wolldecke mit großen Karos und mummt sich darin ein. Dann schlägt er den Ordner auf, der von allen im Schrank fraglos der interessanteste ist.

Zeugenaussagen.

Sein Feuer brannte nicht mehr so lebhaft, und seine Knochen knirschten, wenn er auf die Kanzel stieg. Das ohnehin spärliche Haar war nun noch lichter. Nur ein spröder grauer Kranz in Hufeisenform ersparte ihm die völlige Kahlköpfigkeit. Aber auch jetzt noch, inzwischen über fünfzig, war er mit seiner tönenden Stimme eine einschüchternde Gestalt und überraschte mit diesem seltsamen Sinn für Humor, der ihm vor Jahren Anlass gewesen war, einen Habenichts von ungewöhnlichem Wuchs liebzugewinnen. Don Anselmos aufrichtige Freude, als er mich durch das Mittelschiff der San Pietro delle Lacrime kommen sah, wärmte mir das Herz. Er umarmte mich, und dann sah er mich wortlos an und nickte zufrieden.

Wir setzten uns in den Kreuzgang, unter einen pietrablauen Himmel – dieses Blau, das kein Technicolor und kein Farbenhändler jemals patentierte, es existiert auch nicht mehr –, und dort sprachen wir lange miteinander. Don Anselmo beklagte das Versiegen der pfarrgemeindlichen Einnahmen. Nach zehn Jahren Frieden dachten seine Schäfchen nicht mehr so viel an den Tod, spendeten also weniger. Und der Vatikan war weit weg. Er bat mich, ein gutes Wort bei Francesco einzulegen, der, wenn er zu seinen Eltern komme, nicht einmal die Zeit finde, ihn zu besuchen. Einige Verzierungen und architektonische Elemente müssten dringend erneuert werden. Ich versprach, mich darum zu kümmern, unentgeltlich natürlich, sobald meine Lehrjungen bei mir seien.

Auf dem Rückweg überwältigten mich die Gefühle. Zwölf Jahre zuvor war ich an einem ähnlichen Tag angekommen. Ein Lufthauch kräuselte die sich überlassenen Felder. Der gleiche rosafarbene, seraphische Horizont nahm mich am Ausgang des Dorfes auf. Aber ich hatte zehn Leben gelebt.

Hinter mir hörte ich einen Schrei, dann ein Schleudern. Noch ehe ich mich umdrehen konnte, fuhr ein Fahrrad an mir vorbei, ohne einen Menschen darauf, und landete an der Böschung. Dann umarmte mich jemand, hob mich mehrmals hoch. Emanuele kreischte vor Freude. Er kniff mir in die Wangen, küsste mich auf die Stirn. Er trug die Paradeuniform eines Carabiniere und eine Mütze der Poste Italiane. Sein Kauderwelsch war immer noch genauso unverständlich, aber seine fuchtelnden Arme sagten alles: Er war jetzt der Briefträger von Pietra d'Alba.

Einen Monat danach kam die Elektrizität ins Dorf. Genauer gesagt in die Villa Orsini, aber das war egal, man hätte meinen können, die Elektronen gingen über ganz Pietra nieder und alle bekämen ihren Teil ab. Die Elektrizität bestand zunächst aus einer einzigen Laterne, aufgestellt mitten im Park und feierlich eingeschaltet am 20. Januar 1929 um 16 Uhr 22, exakt in dem Moment, als die Sonne hinterm Horizont verschwand. Das ganze Dorf war zu dem Ereignis eingeladen. Die anfängliche Aufregung wich einer gewissen Ratlosigkeit, denn als die Laterne dann brannte, fragte man sich, wozu die Elektrizität wohl gut war, eine Öllampe tat doch das Gleiche. Der Marchese erschien zum ersten Mal wieder in der Öffentlichkeit, geschoben in einem Rollstuhl mit Korblehne von einem Diener. Die rechte Hälfte seines Gesichts und seines Körpers war gelähmt. Er hielt mit schwerem Mund eine Rede, und am Ende drehte Emanuele sich zu uns um und sprach sein Urteil, von Annex übersetzt:

»Wir verstehen kein Wort von dem, was er erzählt.«

Am selben Abend wurde in der Villa ein Essen gegeben. Ich war natürlich eingeladen, wie es sich gehörte gegenüber dem Bildhauer der Orsinis, Symbol ihres Glanzes, ihrer Frömmigkeit und ihrer Generosität. Seit ein paar Tagen liefen meine Geschäfte wieder auf Hochtouren, sowohl in meinem Atelier in Rom wie auch in Pietra, wo Jacopo und ein junger Lehrling zu mir gestoßen waren. Sie wohnten im Dorf in einem Haus, das leer gestanden hatte, seit der Besitzer in irgendeine große oder andere Stadt gezogen war. Ich hatte Viola mehrmals wiedergesehen, meist auf langen Spaziergängen über die Felder. Wir sprachen weniger als früher. Sie schien gezeichnet von der Blässe des Winters, genau wie die umliegenden Obstplantagen, und nur der Neroliduft, der ihr anhaftete, ihrem Haar, erinnerte an das wilde Mädchen aus meiner Jugend. Sie las noch genauso viel, kommentierte es aber nicht mehr. Manchmal gab ich absichtlich ausgemachten Unsinn von mir, »offenbar stehen die Menschen auf der Südhalbkugel kopfüber«, was in ihren Augen wieder eine wütende Sonne anknipste und mir eine Lektion in Geschichte eintrug, in Physik, eine Reise von Kopernikus über Newton zu Einstein. Dann blieb sie stehen und schenkte mir einen dankbaren Blick, erleichtert über das Ventil, das ich ihr bot, ein Ventil für die Überfülle an Wissen, das sie schon vergiftete.

Das Abendessen war für mich eine Gelegenheit, ihren Mann wiederzusehen, den *avvocato* Rinaldo Campana. Er war soeben aus den Vereinigten Staaten zurückgekehrt und erzählte uns ausführlich von seinen Begegnungen, mit dieser Mischung aus Charme und Selbstgefälligkeit, an die ich mich noch erinnerte, nur dass ihm das Charmante inzwischen abhandenkam. Er war in die Breite gegangen, und sobald er über Geld sprach, blühte er auf. Namen kamen ihm mit großer Lässigkeit über die Lippen, Charlie hat dies gesagt, Charlie hat das gesagt, und wenn jemand ihn fragte, welcher Charlie, machte er ein überraschtes Gesicht und antwortete: »Chaplin natürlich.« Zwei weitere Gäste saßen am Tisch, beide in schwarzen Hemden, dazu Stefano und Francesco, die sich zu diesem Anlass eigens aus Rom herbegeben hatten. Der Marchese, am Kopfende, bemühte sich um die Wahrung seiner Würde und wir darum, nicht zu bemerken, wie ihm das Essen herunterfiel und diesen Mann bekleckerte, der früher einmal seine Rivalen an Orangenbäumen aufgehängt hatte.

Alle Gäste waren als Paar gekommen, mit Ausnahme von Francesco, versteht sich. Die Frauen waren elegant, fein zurechtgemacht, und ich ertappte Viola mehrmals dabei, wie sie verstohlene Blicke in ihre Richtung warf, worauf sie ihre Körperhaltung anpasste. Einer der Männer im schwarzen Hemd – Luigi Freddi mit Namen – war zunächst voller Begeisterung für Campanas Pläne. Er meinte, Italien könne sich durchaus vom amerikanischen Kino inspirieren lassen und die Geschäftsmethoden nutzen, um den neuen, faschistischen Menschen zu preisen, und das ohne die Übertreibungen der sowjetischen Propaganda. Auf seine verquere Art schien er das Kino wirklich zu lieben, und er erwähnte mehrere Szenen aus Filmen, die ich noch nie gesehen hatte. Campana hörte ihm mit einem halben Ohr zu und sagte, er sei für alle Projekte offen, solange sie ihm Geld einbrächten. »Es war ja nicht der Faschismus, der die Stromleitung bezahlt hat«, schob er hinterher, eine Bemerkung, für die er sich einen zornigen Blick von Stefano und Freddi einhandelte. Schon bald fand Freddi zurück zu seinen Tagträumen von einer dem Kino gewidmeten italienischen Stadt.

Ich hörte zu, ohne mich an dem Gespräch zu beteiligen, sicherlich aufgrund meines langen Umgangs mit Francesco, der es auf der anderen Seite des Tisches ebenso handhabte und mir manchmal ein wissendes Lächeln herübersandte, dabei tupfte er sich, nach einem winzigen Schluck Wein, mit der Ecke seiner Serviette die Lippen ab. Stefano kippte immer wie für drei in sich hinein und schenkte mir gleichzeitig nach. Viola machte eine überraschte Miene, als sie mich trinken sah, und bedachte mich mit ihrem schon typischen kleinen Schulterzucken. Dagegen erschauerte sie, wenn Luigi Freddi sprach und Kunst mit Politik verquickte, wie ich es noch nie erlebt hatte, jedes Mal schien sie kurz davor, etwas zu sagen. Er musste es gemerkt haben, denn nach dem Dessert wandte er sich ihr zu und fragte:

»Und Sie, Signora, wie denken Sie darüber?«

Campana legte seine Hand auf Violas.

»Ich bitte Sie, mein lieber Luigi. Unsere Gattinnen interessieren sich nicht für Politik. Wozu sie langweilen mit unseren Gesprächen?«

»Wohl wahr«, schaltete Stefano sich ein. »Gehen wir rüber in den Salon, auf ein letztes Glas, oder auch mehrere, dazu die ein oder andere Zigarre, ich habe sie als Geschenk erhalten, sie wurden, sagte man mir, für den Duce persönlich gerollt! Dann können sich die Damen hier über Dinge unterhalten, die sie interessieren.«

Die Herren steuerten auf die Tür zum Salon nebenan zu. Francesco teilte mit, er gehe zu Bett.

»Kommst du, Gulliver?«, rief Stefano.

Bevor ich mich ihnen anschloss, warf ich Viola einen letzten Blick zu, sie lächelte freundlich zurück. Als ein Diener die Tür gerade hinter uns schloss, beugte sich Freddis Frau, eine schmächtige Rothaarige, zu Viola und fragte:

»Was für ein exquisiter Taft, Ihr Kleid, wo haben Sie ihn gefunden?«

Im Salon knöpfte Stefano den Kragen seines Hemds auf und mit einem behaglichen Seufzer auch die Hose. Er ließ sich in einen Sessel sinken, was Freddi, der weniger getrunken hatte, ihm nachtat, ebenso der andere Squadrist, der den Mund nur aufmachte, um dem, der zuletzt gesprochen hatte, beizupflichten. Campana lehnte sich an das mit Intarsien verzierte Büfett, wo verschiedene Alkoholika schon warteten, und zog nachdenklich an seiner Zigarre, ein Diener hatte sie ihm angezündet.

Nachdem er ein halbes Glas Whisky geleert hatte, ließ Stefano seinen mokanten Blick über die kleine Versammlung schweifen.

»Also, mal ehrlich, diese ganzen Filmsachen, da geht es doch vor allem darum, ein bisschen Frischfleisch unter die Finger zu bekommen, oder?«

Luigi Freddi zog eine missbilligende Augenbraue hoch, Campana grinste.

»Glaub das nicht. Ich habe Rodolfo gut gekannt, vor seinem Tod, und …«

»Rodolfo?«, unterbrach ihn Stefano.

»Ach ja, Verzeihung. Rudolph, so hat er sich schließlich genannt. Rudolph Valentino klang ja auch männlicher als Rodolfo di Valentina. Egal, als Rudolph zum ersten Mal geheiratet hat, hat seine junge Frau ihn in der Hochzeitsnacht aus dem Hotelzimmer ausgesperrt. Wie sich herausstellte, liebte sie nur Frauen.«

»Ich hätte ihr die Liebe zu Männern schon beigebracht.«

»Wohl kaum«, spöttelte Campana.

Stefano runzelte sofort die Stirn und verschüttete, als er sich aufrichtete, den Rest in seinem Glas.

»Was genau soll das heißen?«

»Nichts. Nur, wenn es Valentino nicht gelungen ist …«

»Sagst ausgerechnet du? Wo du es nicht mal schaffst, meine Schwester zu schwängern?«

»Meine Herren …«, ging Freddi dazwischen und warf mir einen besorgten Blick zu.

Dutzende Male hatte ich erlebt, wie Stefano sich über belanglosere Dinge ereiferte. Aber ich hielt mich zurück, aus dem einfachen Grund, weil Campana mir auf die Nerven ging und ich selbst ordentlich getrunken hatte. Außerdem war der Anwalt Manns genug, sich zu verteidigen.

»Ich würde deine Schwester ja schwängern, wie du es nennst, wenn sie ein bisschen mehr Schwung zeigte.«

»Sie sollten respektvoller von Viola sprechen. Alle beide.«

Stefano und Campana drehten sich zu mir um, überrascht von meinem Einwurf.

»Oha«, sagte der Anwalt. »Da spricht ein Galan.«

Er fuhr mit diesem Blick über mich, den ich so gut kannte, diesem Auf und Ab, das von meinem Kopf bis zu meinen Füßen keine große Entfernung zurückzulegen hatte.

»Du hast ein Auge auf sie geworfen, kleiner Mann?«, trieb er es noch weiter.

»Nenn mich noch einmal kleiner Mann!«

Stefano brach in schallendes Gelächter aus und schüttelte sein leeres Glas.

»Ach, die Frauen! Nichts als Ärger! Wir wollen uns doch nicht wegen eines Paars Brüste streiten, schon gar nicht der Brüste meiner Schwester!«

»Richtig, da gibt es nichts, worüber man streiten könnte«, meinte Campana sarkastisch.

Freddi sah, wie sich meine Hand um das Glas krampfte. Er war ein intelligenter Mensch und erahnte die Möglichkeiten, die sich mir anboten, dass ich Campana das Glas ins Gesicht warf zum Beispiel, dann weitere Verzweigungen, unendlich viele, dass sich ihm das Glas in die Wange schnitt oder dass ich ihn verfehlte und mich auf ihn stürzte, um die Sache zu Ende zu bringen, dass ich … Seine Hand legte sich auf meinen Arm, sein Blick hielt mich im Sessel fest. Ein Diener schenkte erneut ein, während Stefano das Feuer im Kamin schürte. Sichtlich erleichtert lächelte Freddi mich an.

»Es heißt, Sie sind ein Bildhauer von großem Talent, Signor Vitaliani.«

»Heißt es«, grummelte ich.

»Die Regierung braucht Leute wie Sie. Dem Volk mangelt es an Vorstellungskraft. Wir müssen ihm etwas geben, was es *sehen* kann. Ihm eine Gelegenheit bieten, den neuen Menschen zu betrachten, zu berühren. Wir haben da ein Projekt, zusammen mit dem großen Marconi, dem genialen Erfinder der drahtlosen Telegrafie. Genaueres kann ich noch nicht sagen, aber ich denke, dass Sie, ja, auch Sie zur Strahlkraft des Landes beitragen könnten. Hätten Sie Interesse, für uns zu arbeiten? Der Duce weiß sich gegenüber seinen Wissenschaftlern und Künstlern großzügig zu zeigen.«

Und weil ich betrunken war, weil mir das Geld am Herzen lag, weil Freddi auf seine Art ein Visionär war, weil er, wie es aussah, Campana nicht mochte und ich ihn genauso wenig, vielleicht aber auch aus keinem dieser Gründe, antwortete ich:

»Warum nicht?«

Am nächsten Tag, kurz nach dem Mittagessen, kam Viola zu mir in die Küche gestürmt, wo Annex und ich, bevor es wieder an die Arbeit ging, noch bei einer Tasse Kaffee saßen.

»Ich möchte Mimo sprechen. Allein.«

Annex stellte seine Tasse ruhig ab und ging zur Tür. Hinter Violas Rücken warf er mir einen stichelnden Blick zu, fuhr sich wie mit einer Messerklinge über die Kehle und verschwand.

»Was habe ich denn jetzt getan?«

»Ach, du weißt also, dass du etwas getan hast?«, sagte sie spitz.

»Du meinst den Streit gestern Abend mit deinem Mann? Ich fand ihn unverschämt. Und nicht nur unverschämt: vulgär.«

»Wenn ich es richtig verstanden habe, hast du viel getrunken, auch du, und du warst nicht eben ein Vorbild. Außerdem hätte ich nie gedacht, dass du einmal anfangen würdest zu trinken. Wo dein Onkel …«

»Bist du gekommen, um mir eine Moralpredigt zu halten?«

Viola tat den Mund auf, schloss ihn wieder, seufzte. Ihre Schultern senkten sich ein wenig.

»Sieh uns doch an. Seit einem Monat bist du wieder da, und schon streiten wir.«

»Dein Mann war mir gegenüber respektlos. Und dir gegenüber auch.«

»Mimo. Ich brauche dich. Aber nicht, um mich zu verteidigen, verstanden?«

Als sie meine trotzige Miene sah, schien in ihrem Gesicht eine tiefe Besorgnis auf. Mit einem Mal stand die zwölfjährige, die sechzehnjährige Viola vor mir, dieses Wesen, das niemanden gleichgültig ließ, die Menschen entsetzte, begeisterte.

»Zwing mich nicht, mich zwischen meinem Mann und dir zu entscheiden.«

»Schon gut, keine Angst.«

»Du bittest ihn also um Entschuldigung?«

»*Um Entschuldigung?* Lieber sterbe ich.«

Am Abend ging ich zur Villa Orsini und entschuldigte mich bei Rinaldo Campana, mein Mangel an Aufrichtigkeit hätte nicht schändlicher sein können. Er nahm die Entschuldigung nicht weniger geheuchelt an, und mit einem Handschlag trennten wir uns. Wir hassten uns mehr denn je.

Luigi Freddi hielt sein Versprechen. Als ich im Mai 1929 eine Zeit in meinem römischen Atelier verbrachte, nahm er es zum Anlass, mich zusammen mit Stefano zu besuchen. Das Regime hatte gerade mit der Errichtung eines spektakulären Gebäudes in Palermo begonnen, es sollte ein Symbol sein für seine Ambitionen, für den neuen Menschen, mit dem mir die Leute den lieben langen Tag in den Ohren lagen und von dem ich nicht wusste, was an ihm neu sein sollte, schließlich trank, pinkelte, mordete und log er genauso wie der alte. Mit dem Palazzo delle Poste, einem Bauwerk aus Beton und sizilianischem Marmor und versehen mit einer dreißig Meter hohen Kolonnade, hatte man den Architekten Mazzoni beauftragt, mit den Fresken im Inneren Benedetta Cappa, die niemand anderes war als die Frau von Marinetti, dem Erfinder des Futurismus. Und der Futurismus war Viola. Freddi schlug mir vor, ein fünf Meter hohes Rutenbündel zu schaffen, das an der Seite des Gebäudes angebracht werden sollte, und bot mir fünfzigtausend Lire, womit sich ein Jahr lang auskömmlich leben ließ. Doch ich hatte nicht umsonst sechs Jahre in Rom gearbeitet, und ich antwortete:

»Das interessiert mich nicht.«

Stefano, hinter Freddi, machte ein fassungsloses Gesicht.

»Aber … aber andere Bildhauer würden für ein solches Privileg töten!«

»Na dann, es wäre mir unangenehm, euch in Verlegenheit zu bringen. Wendet euch an die. Es gibt haufenweise gute Bildhauer im Land. Oder zumindest kompetente.«

»Das verstehe ich nicht. Als wir beim Abendessen zusammensaßen, sagten Sie, Sie wären interessiert.«

»Weil ich dachte, Ihre Regierung besäße Ehrgeiz. Warum nur ein Bündel? Es braucht drei, wie bei der Dreifaltigkeit, da für Ihr Regime, will mir scheinen, zur Darstellung der Macht das Beste gerade gut genug ist. Jedes dieser Bündel sollte zwanzig Meter hoch sein, nicht fünf, Ihr Symbol würde sich sonst lächerlich ausnehmen neben dem Gebäude. Was die Kosten betrifft, weiß ich nicht, ob Sie es sich leisten könnten. Hundertfünfzigtausend Lire. Marmor und sonstige Aufwendungen nicht inbegriffen.«

Freddi starrte mit offenem Mund, aber in seinen Augen glaubte ich einen Schimmer von Bewunderung zu erkennen. Allein entscheiden konnte er nicht, er musste telefonieren und ging in mein Büro. Stefano hielt mir seine Faust unter die Nase.

»Bist du übergeschnappt? Wenn du das vermasselst, Gulliver, bringe ich dich um.«

Er hätte es mit Vergnügen getan, ohne zu zögern, es entsprach dem Wesen unserer Freundschaft. Sie war auf nichts gebaut, konnte bei der kleinsten Kleinigkeit zerfallen, aber sie hatte diesen Glanz alles Vergänglichen, seine Leichtigkeit auch. Stefano war ein Schwein. Er hielt mich für abartig, eine Anomalie. Was wir füreinander empfanden, war der Respekt vor dem Abschaum.

Schließlich kam Freddi zurück und sah mich mit ernster Miene an. Dann lachte er und schüttelte mir voll kindlicher Begeisterung die Hand.

Entgegen meiner Erwartung reagierte Francesco wenig begeistert auf die Nachricht von dem Auftrag. Aber gab es, fragte ich ihn, eine bessere Möglichkeit, das Ansehen der Orsinis zu mehren? Die Hände gefaltet unterm Kinn, mit dieser gespielten Andächtigkeit, die dank dem Anflug von Grau in seinem noch jungen Schläfenhaar weniger komisch wirkte, erklärte er mir, dass die Beziehungen zwischen dem Heiligen Stuhl und der Regierung heikel seien. Man brauche einander, aber Notwendigkeit heiße nicht Liebe. Monsignor Pacelli sei gerade erst zum Kardinal ernannt worden, ein Riesenschritt für einen Mann, den man bereits aufsteigen sehe bis auf die höchsten Stufen. Meine Entscheidungen würden, als Ausdruck der Ergebenheit der Familie Orsini, geprüft und bewertet. Und die Familie Orsini, erinnerte er mich, kenne Ergebenheit nur gegenüber Gott.

Ich fuhr zurück nach Pietra d'Alba und legte meine Arbeitsweise für die kommenden Jahre fest: drei oder vier Reisen nach Rom im Jahr und ebenso viele Besuche auf Baustellen. Das meiste würde ich von meinem Atelier in Pietra aus erledigen, an der Seite von Annex, Anna und natürlich Viola. Mikael, inzwischen meine rechte Hand, kümmerte sich diskret, um nicht zu sagen heimlich um die Verwaltung der beiden Ateliers. In diesen Jahren war es leichter, sich durchzusetzen, wenn man einen Meter vierzig maß, als wenn man dunkle Haut hatte.

Ich ließ drei Blöcke Billiemi-Marmor kommen, einen grauen Stein aus der Nähe von Palermo, und verbrachte vier Monate mit dem Behauen der drei Rutenbündel im Detail, allerdings im kleineren Format, jeweils einen Meter hoch. Die Modelle schickte ich nach Rom, dazu die Anweisungen für die Vorarbeiten, die auszuführen waren, um die Zwanzig-Meter-Bündel herzustellen, zunächst bossiert von meinen Lehrjungen. Jacopo war unterdessen verantwortlich für alle Aufträge, die über Francesco hereinkamen. Früher waren mir diese Aufträge lukrativ vorgekommen, aber meine Rutenbündel, deren Entwürfe Luigi Freddi so entzückt hatten, läuteten eine Ära ungeahnten Wohlstands ein. Eines anmaßenden Wohlstands, umso mehr, als die Zeitungen seit Oktober nur noch von einer verheerenden Finanzkrise berichteten. Gleichwohl schien sie das Haus Orsini nicht zu erreichen, so wenig wie meine weltlichen oder kirchlichen Auftraggeber. Aus eigener Erfahrung wusste ich, dass in Krisenzeiten nur die Armen verarmten.

Viola sah ich regelmäßig, bei langen Spaziergängen durch die Obstplantagen. 1930 verschwand sie für ein paar Monate, um sich in Mailand einer intensiven Behandlung zur Stimulierung ihrer Fruchtbarkeit zu unterziehen. Zurück kam sie mit dunklen Augenringen und zehn Kilo mehr, die sich unglücklich auf ihrem schlanken Körper verteilten. Ende des Jahres hatte sie wieder abgenommen und war dünner denn je, ihre großen Augen untermalt von einem müden Violett, das selbst ihre Pupillen erfasste, sodass sie meiner Mutter ähnelte.

Von meinen Rutenbündeln oder meiner Zusammenarbeit mit Luigi Freddi schien Viola so wenig angetan wie Francesco. Sie missbilligte die Politik des Regimes, und die kannte sie bis ins Kleinste. Zwar kam der *Corriere* nicht mehr nach Pietra, seit der Marchese aufgrund seines Schlaganfalls nicht mehr lesen konnte, aber ich abonnierte ihn auf Geheiß von Viola und steckte ihr die Zeitung diskret zu. Natürlich war es meiner Sache nicht eben förderlich, wenn ich ihr jeden Tag einen neuen Grund lieferte, aus der Haut zu fahren, aber ich muss zugeben, dass ich es schätzte, wie ihre Augen funkelten, wie ihr Mund sich verkniff, das ganze empörte oder ungeduldige Beben von früher, als die Aufwallung ihr Normalzustand war. Ich musste also, wann immer ich mein Projekt für Palermo erwähnte, ihre verächtlichen Blicke hinnehmen. Manchmal brach es in Streit aus.

»Ich will hoffen, du arbeitest nicht länger für diese Dreckskerle, wenn Palermo vorbei ist …«

»Das sind nicht alles Dreckskerle, weit gefehlt. Die Regierung macht vieles sehr gut.«

»Ja, zum Beispiel Menschen ermorden, die gegen sie sind.«

»Wenn du Matteotti meinst, das ist eine alte Geschichte, nichts wurde bewiesen. Und du warst doch auch froh, dass sie euch bei dem Aufstand von 1919 beigesprungen sind, oder irre ich mich?«

Wir sahen uns ein paar Wochen nicht. Dann trafen wir uns mal hier, mal da, sie kam ins Atelier, ich in die Villa, unter einem halbwegs glaubhaften Vorwand, und so machten wir weiter wie bisher. Alle zwei Monate fand bei den Orsinis ein Abendessen statt, bei dem das gesellschaftliche Vorankommen der Familie ins Maß genommen wurde. Unter den Gästen waren immer einflussreichere Mitglieder der Regierung. Francesco nahm teil, sprach aber wenig. An manchen Abenden war der Tisch in Purpur getaucht, und man überbot sich im Lobpreis Gottes, unterließ es jedoch nicht, auch trivialere, dafür nicht weniger wichtige Dinge zu besprechen. Manchmal ließ sich Rinaldo Campana blicken, er saß dann so weit wie möglich von mir entfernt. Viola sah ihren Mann kaum, oft war er auf Reisen in die USA, wohin er sie trotz aller Versprechungen noch nicht mitgenommen hatte. Sobald der Kaffee serviert war, zogen sie sich, unter Stefanos spöttischem Blick, zurück, um die Fruchtbarkeit meiner besten Freundin zu testen, ich hätte am liebsten gekotzt.

Ende 1929 hatte das Regime die Königliche Akademie Italiens eingeweiht, die Leitung wurde 1930 Guglielmo Marconi übertragen. Marconi erklärte: »Ich darf es mir zur Ehre anrechnen, auf dem Gebiet der Funktelegrafie der erste Faschist gewesen zu sein, der Erste, der den Nutzen der Bündelung elektrischer Strahlen erkannte, so wie Mussolini in der Politik als Erster die Notwendigkeit erkannte, die gesunden Energien des Landes zu bündeln, zum höheren Ruhme Italiens.« Wenn ich mich noch an diesen Satz erinnere, dann weil ich ihn auswendig gelernt hatte, um ihn Viola bei einer unserer Streitereien auf perfide Weise zu servieren. Wie konnte sie Marconi verurteilen, wo sie so für die Wissenschaft schwärmte, für den Fortschritt, die Geschwindigkeit? Und wenn der Faschismus für Marconi eine gute Sache war, dann auch für mich, zumal Luigi Freddi mir zugeraunt hatte, dass mein Name als möglicher Kandidat gefallen sei, dass ich mit sechsundzwanzig noch zu jung sei, dass ich, wenn ich meine Karten richtig ausspielte, aber eines Tages eingeladen würde, der Königlichen Akademie beizutreten. Ich, der ich so klein war.

Mit ihren üblichen wortreichen Schlenkern erklärte Viola, ich sei ein Dummkopf, Marconi ein Kretin, und beide zusammen seien wir ein Anschlag auf die kollektive Intelligenz der Nation. Mussolini habe die Königliche Akademie nur ins Leben gerufen als Konkurrenz zur Accademia dei Lincei, zur Akademie der Luchse, einer drei Jahrhunderte zuvor gegründeten Institution, die nicht einmal er aufzulösen wage und welche die klügsten Köpfe der Welt versammle, darunter ein gewisser Einstein. Die Luchse seien intelligent und kein bisschen faschistisch. Ihre Bemerkung ärgerte mich maßlos, und drei Monate ging ich Viola aus dem Weg. Dann kam die Überschwemmung von Palermo, die am 21. Februar 1931 auch die Baustelle des Palazzo delle Poste unter Wasser setzte. Sie hätte beinahe zum Einsturz des ersten Rutenbündels geführt, das wir gerade aufstellten. Kurz danach, an einem Tag mit heftigem Wind, kippte ein Kran um. Er fiel auf ein benachbartes Gebäude und weckte meine abergläubische Ader. Viola war hin- und hergerissen zwischen dieser leicht einzusetzenden Waffe, dem Fluch, und ihrer Verachtung jedweden irrationalen Glaubens. Zwischen den beiden Extremen geriet ihr Kopf in eine Schleife, und bis zur Einweihung 1934 erwähnte sie die Baustelle nicht wieder.

Es gab natürlich auch andere Frauen, die Frage hat man mir oft gestellt. Als wäre das von Belang. Getroffen haben wir uns auf meinen Reisen, in Rom, in Palermo, aber keine dieser matten Umarmungen ist der Erwähnung wert. Den größten Teil meiner Zeit nahm meine Arbeit in Anspruch, den Rest Viola.

Ohne unsere Streitereien hätte ich vielleicht nicht bemerkt, wie sie sich veränderte. Hätte ihren schleichenden Abbau hingenommen, hätte das Gefühl gehabt, sie sei schon immer so gewesen, so wie Don Anselmo kahlköpfig war oder Anna bildschön. Nach unseren Trennungen fiel mir beim Wiedersehen auf, dass sie zunehmend abwesend wirkte. Oft musste ich eine Frage wiederholen, und dabei zuckte sie zusammen, als erwachte sie aus einem langen Schlaf. Der

Behandlung in Mailand folgten weitere, wodurch ihr Gewicht und ihre Augenringe variierten, aber immer fand sie zurück zu ihren scharfen Konturen eines jungen Zweigs, nur ein bisschen abgegriffener. Campana kam jetzt häufiger fürs Wochenende mit seiner Schwester, einer Mailänderin mit breiten Hüften, und ihren drei Jungen im Alter von zwei bis sechs. Erklärtes Ziel dieser Besuche war es – zumindest erklärte er es bei einer Zigarre in kleiner Runde so –, seiner Frau dieses Beispiel vollkommenen Glücks vor Augen zu führen, um ihren »traurigen Bauch« endlich zu ermuntern, wie er es eines Abends formulierte, als nur Francescos Anwesenheit einen weiteren Streit verhinderte. Violas Bauch aber wurde kein bisschen munterer und blieb hoffnungslos flach, trotz der monatlichen, von Mal zu Mal leidenschaftsloseren Überfälle ihres Mannes. Eines Tages, es war schon fast Mitte des Jahrzehnts, sagte sie mir, sie hätten es aufgegeben, ein Kind zu bekommen. Ihr Sturz, meinten manche Ärzte, habe sie offenbar unwiederbringlich geschädigt. Seither wurde Campana noch unangenehmer, zumindest schien es mir so. Seine Schwester kam weiterhin drei- oder viermal im Jahr in die Villa Orsini. Jetzt ging es darum, Viola begreiflich zu machen, was sie verpasst hatte. Eine fragwürdige Strategie, so unausstehlich waren die drei Blagen, so verwöhnt und so dumm.

Meine Rutenbündel brachten mir, kaum ausgeliefert, eine Flut neuer Regierungsaufträge ein. In der Antike bestanden diese Fasces, getragen von den Liktoren, die die Machthaber und höheren Staatsbeamten schützten, aus hölzernen Ruten und darin einem Beil, Symbole der Autorität ihrer Träger und der zwei Arten von Strafen, die sie verhängen konnten, die eine schmerzhaft, die andere tödlich. Für die meinen hatte ich nur die Form beibehalten, sodass sie allein im Gegenlicht auszumachen waren oder anhand ihrer Schatten. Es gab keine Unterscheidung mehr zwischen dem Beil und den Stöcken, nur eine monumentale Form, Symbol einer gewaltigen, aber ruhigen Macht, deren Zorn unvorhersehbar wäre. Es war mein einziges bewusst modernes Werk, falls das Wort überhaupt etwas bedeutet. Die Bündel wurden auf der rechten Seite des Gebäudes aufgestellt, und die Menschen bewunderten sie, applaudierten, beglückwünschten mich. Wenn sie heute, in der Stunde, da ich diese Welt verlasse, nicht mehr dort stehen, dann ist das ausschließlich meine Schuld. Ich habe sie geschaffen und, wenn auch aus Versehen, ein paar Jahre später wieder verschwinden lassen.

Nach meiner Rückkehr aus Palermo gaben die Orsinis ein Abendessen *zu meinen Ehren*. Womit die Rache des Jungen mit dem nackten Hintern, ausgepeitscht fünfzehn Jahre zuvor, vollzogen war. Francesco nahm nun an allen wichtigen Mahlzeiten teil, einschließlich jener, zu denen die Würdenträger des Regimes eingeladen waren. Pius XI. hatte sich schließlich mit dem Duce versöhnt, und der hatte die Souveränität des Vatikanstaates anerkannt und den Katholizismus zur Staatsreligion erklärt. Marconi hatte Pius XI. die erste Radioübertragung einer päpstlichen Botschaft zum Geschenk gemacht, seine Stimme war auf dem ganzen Erdenrund zu hören gewesen. Zu dem Abendessen ging ich in meinem besten Anzug, am Handgelenk eine Uhr von Cartier. Ich trug damals das Feinste, was zu haben war, zu meinem großen Kummer kam es ausnahmslos aus Frankreich, da das Italien dieser Jahre mit Mode nichts am Hut hatte. Cartier war auch der Grund für eine meiner seltenen Auseinandersetzungen mit Annex, ich hatte ihm nämlich eine Uhr geschenkt, wegen ihres Luxus war sie ihm peinlich gewesen. Er gab sie mir zurück und sagte, er wisse nicht, was er damit anfangen solle, da sich die Zeit des Holzes, und die interessiere ihn am meisten, mit einem solchen Gerät nicht messen lasse. Ich hatte ihn einen Hinterwäldler genannt.

Campana wohnte dem Essen bei, vom Tisch getrennt durch einen Bauch, der ihm über den Gürtel quoll. Sein Gesicht erschlaffte zu einem willenlosen, in Auflösung begriffenen Stück Fleisch, im deutlichen Kontrast zu seinen teuren Anzügen und dem Leuchten seiner Augen, dem Blick eines von der Meute umstellten Wolfs. Den ganzen Abend rühmte er sich seiner jüngsten Erfolge und verkündete, er habe ein kleines Mädchen entdeckt, das bald zur italienischen Shirley Temple werde, Miranda Bonansea, so etwas habe man im Film noch nicht gesehen. Seinen Beruf als Strafrechtler praktiziere er kaum noch, es sei denn bei einem Sensationsprozess, bei dem er sich in Szene setzen könne und der Ausgang gewiss sei. Und sollte er das nicht sein, sagte er lachend und rieb seinen Daumen am Zeigefinger, werde man schon dafür sorgen. Viola lächelte höflich, weit weg von sich selbst. Ich wünschte mir nichts sehnlicher, als sie zu schütteln, sie aufzuwecken. Als Campana meinte, er habe in der Scala eine eigene Loge, erst letzte Woche habe er seinen Freund Douglas (Fairbanks) dorthin mitgenommen, sagte ich, nur um ihn zu ärgern:

»Ich würde gern in die Oper gehen.«

»Ich auch«, schloss Viola sofort an.

Campana zeigte ein gequältes Lächeln, er war nun gezwungen, uns für die nächste Woche einzuladen, wenn sein Freund Arturo (Toscanini) *Turandot* dirigierte. Der Marchese, am Kopfende des Tisches, gab einen unverständlichen gurgelnden Laut von sich, von dem niemand hätte sagen können, was er bedeutete. Bei diesen Abendessen hatte er immer den Ehrenplatz inne, neben seiner Frau und assistiert von einer Bediensteten, die abwischte und aufhob, was ihm ein ums andere Mal aus dem Mund fiel. Ein erneuter Schlaganfall, vor einem Jahr, hatte ihm weiter zugesetzt. Nur sein beweglicher Blick, oftmals versunken im Ausschnitt seiner Helferin, legte nahe, dass in dieser toten Hülle noch Leben pulsierte.

Sechs Tage danach waren wir in Mailand. Campana hatte Freunde eingeladen, die Loge war voll. Er saß zwischen Viola und einer kleinen Blonden, seiner Sekretärin, und an den zwinkernden Blicken, die sie wechselten und kaum verbargen, wurde mir rasch klar, dass sie sich nicht nur ums Büro kümmerte. Viola, verschanzt hinter einem Lächeln, schaute stur geradeaus. Die Oper begann, und ich übertreibe nicht, wenn ich sage, dass die Handlung lächerlich war. Eine grausame chinesische Prinzessin, ein paar Rätsel, ein armer Kerl, der nicht einmal merkt, dass seine Dienerin in ihn verliebt ist. Ich saß hinter Viola, beugte mich vor und flüsterte ihr ins Ohr:

»Das halte ich keine zehn Minuten aus.«

Zehn Minuten später erklärte Liù diesem Trottel von Calaf ihre Liebe, und mir kamen die Tränen. Ich musste nur Violas Hinterkopf sehen, und ich wusste, dass unser italienisches Genie sie ebenfalls zu Tränen rührte. Im Schutz der Dunkelheit schob Campana seine Hand auf den Oberschenkel seiner Nachbarin, direkt vor meinen Augen. Auf der Bühne sang Calaf *Nessun dorma*. Ich tat, als würde ich meine Sitzhaltung ändern, und stieß ihm mit dem Knie in den Rücken. Ich entschuldigte mich mit dem engelhaftesten Lächeln.

Als wir die Scala verließen, stimmte ein feiner Nieselregen die ersten Tage des Jahres 1935 und die Straßen von Mailand traurig. Campana wies seine Frau darauf hin, dass sie erschöpft aussehe, und riet ihr, schon mal vorauszufahren, er selbst werde sich noch ein Gläschen genehmigen und Geschäftliches besprechen. Ich erbot mich, sie zu begleiten, was den Avvocato nicht zu stören schien. Er sah mich nicht als Bedrohung – ich wusste nicht, ob ich erleichtert oder gekränkt sein sollte.

Auf halbem Weg sagte ich unserem Chauffeur, er möge anhalten, und öffnete die Tür.

»Was ist los mit dir?«, fragte Viola. »Wo sind wir?«

»Ich weiß nicht genau, aber im richtigen Viertel, das ganz sicher.«

»Wozu?«

»Um einen über den Durst zu trinken.«

Viola hatte noch nie einen über den Durst getrunken. Aber sie folgte mir. Mit dem Instinkt, den ich in Florenz ausgebildet und in Rom geschärft hatte, dauerte es nicht lange, und ich hatte das Riff gefunden, an das sich alle Schiffbrüchigen der Stadt klammerten. Eine Kneipe mit halb heruntergelassenem Rollgitter, eingezwängt zwischen einer Autowerkstatt und einer vorzeiten geschlossenen Wäscherei. Viola trank das erste Glas mit spitzem Mund, ließ sich beim zweiten und beim dritten bitten, bestellte das vierte allein, und der Rest gehörte der Nacht. Für einen kurzen Moment war alles wie früher, Mimo-der-bildhauert und Viola-die-fliegt, was sie gegen drei Uhr morgens auch tat, als sie sich sturzbetrunken vom Tresen in die kuscheligen Arme einer Horde Matrosen warf, die das Meer noch nie gesehen hatten.

Am nächsten Abend rief Campana bei den Orsinis an, um sich zu beschweren. Wegen mir war Viola den ganzen Tag krank gewesen. Er nannte mich einen »abartigen Zwerg«, was Stefano mir fröhlich weitergab. Dem abartigen Zwerg war das egal, er war längst wieder unterwegs. Zu Beginn dieses Jahres 1935 nahm ich eine Reihe von Aufträgen an, die die nächsten fünf Jahre ausfüllen sollten. Kardinal Pacelli wünschte sich als Geschenk für einen Freund, ebenfalls Kardinal, eine Heiligenstatue. Unmöglich konnte ich es ablehnen, Pacelli verdankte ich alles. Ich durfte mir meinen Heiligen aussuchen, durch Francesco ließ er mir nur ausrichten, ich möge »an das Publikum denken« und mich »nicht zu experimentell geben«. Hinzu kamen einige private Aufträge, und dann bestellte einer der Architekten, die den Palazzo della Civiltà Italiana in Rom entwarfen, bei mir zehn der etwa dreißig für die unteren Rundbogen vorgesehenen Statuen. Das Modell des Gebäudes, ein weiteres Sinnbild der Ambitionen des Regimes, faszinierte mich. Ein gigantischer weißer Kubus mit sechs Stockwerken, ein jedes durchbrochen von neun Bogen (sechs wie die Anzahl der Buchstaben in Benito, neun wie in Mussolini, so später die Legende). Ich sagte sofort zu. Der Bau sollte nie ganz vollendet werden, was ausnahmsweise nicht meine Schuld war. Schließlich nahm ich einen Auftrag für den Hof einer Flugschule in Forlì an. Beim Anblick der Mosaike, die die Wände schmückten, grandiose Beispiele für die Kunst der *aeropittura*, musste ich jedes Mal an Viola denken.

Nach Pietra d'Alba kam ich noch im Frühjahr zurück, endgültig frei von allen finanziellen Sorgen. Ich hatte die seltsame Gleichung des Kapitalismus gelöst, und indem ich nur wenige Aufträge annahm, konnte ich es mir leisten, meine Werke zu den absurdesten Preisen zu verkaufen. Irgendjemanden gab es immer, der kaufen wollte. Je weniger ich anfertigte, desto reicher wurde ich. Viola meinte, wenn ich in dem Rhythmus weitermachte, könnte ich mich bald fürs Nichtstun bezahlen lassen. Die Idee gefiel ihr, denn so würde ich die Faschisten ärmer machen, ohne dass ich ihnen im Gegenzug etwas gab. Ich rief ihr in Erinnerung, dass ich nicht nur für die Faschisten arbeitete, außerdem hätten sie mir nichts getan. Sie erzählte mir von den Problemen der Juden in Deutschland, rasselte Namen von Städten und Menschen herunter, sprach von Orten, von Morden, von allem, was sich vor meinen Augen abspielte, was ich aber nicht sehen wollte, und wir hatten einen weiteren unserer zahlreichen Streite, die diese Jahre prägten. Unsere Argumente waren, wie es sich für kosmische Zwillinge gehörte, vollkommen symmetrisch. Sie warf mir vor, dass ich mich am Aufbau dieser anbrechenden Welt beteilige, dass ich einer der Hauptakteure sei. Und ich warf ihr genau das Gegenteil vor. Dass sie die Bühne verlassen habe mit der Ausrede, sie sei einmal in der Öffentlichkeit gestolpert.

Im Juli 1935, im Zenit des Jahrzehnts, erwachte Pietra d'Alba in der Hitze eines Sommermorgens, an dem alles zu sein schien wie immer: die versengten brach liegenden Felder, die vor sich hin darbenden Orangenbäume, der Duft von Neroli, der nicht mehr so präsent war wie früher, aber immer noch da, denn so oft, wie er über den Stein gestrichen war, hatte er sich darin festgesetzt. Und das alles ergreifende Rosa natürlich, ohne das Pietra niemals d'Alba gewesen wäre, niemals der Morgenstein. Die Luft wogte in schweren Wellen, Vorbote dieser Backofenglut der schlimmsten Tage, der Stunden, in denen sich nichts regte, wenn selbst der Marmor, den wir bearbeiteten, es kaum schaffte, seine Frische zu bewahren.

Und auf einmal die Hektik, ein Gelärme, wie unser Dorf es noch nie erlebt hatte und auch nicht wieder erleben sollte. Eine Staubwolke, ein dunkles Gewimmel auf den zwei Kilometern, die den See der Orsinis von ihrem Anwesen trennten, hin zu den Feldern der Gambales. Fünf Lastwagen brausten über die Hauptstraße, knirschten mit all ihren Achsen, die ersten drei beladen mit Rohren, Trommeln, Kanistern, die beiden anderen mit Arbeitern und Schwarzhemden. In einem lautstarken Durcheinander verteilten sie sich über das ganze Terrain. Ein scheinbares Chaos, in dem jeder Militär einen Schlachtplan ausgemacht hätte.

Nach Jahren der Geduld schritt Stefano Orsini zur Tat.

In weniger als drei Wochen zog sich die Rohrleitung durch die Felder der Gambales. Auf der einen Seite tauchte sie ein in den See, auf der anderen ergoss sich das Wasser in ein Becken, das man ein Stück höher eigens angelegt hatte, in dem Wald hinter der Villa Orsini, von wo aus es die Obstplantagen allein durch die Schwerkraft erreichte. Die Schwarzhemden stellten den reibungslosen Ablauf der Arbeiten sicher und hielten nachts Wache, pro forma zumindest. Stefano war ein Grobian, aber nicht so dumm, wie ich gedacht hatte. Die Anwesenheit der Squadristen sollte daran erinnern, wer er war und wer hinter ihm stand. Die Botschaft kam an. Bei aller Wut wagte es keiner der Gambales zu protestieren. Niemand wollte enden wie der Abgeordnete Matteotti, niemand wollte in den Abendzeitungen ein Foto mit seinem Gestank verpesten. In der letzten Woche wurde in der Nähe des Sees eine Pumpe installiert und ein langes Kabel verlegt, um sie vom Anschluss in der Villa aus mit Strom zu versorgen. Stefano beschied sich nicht mit seinem Triumph, er ließ auch noch einen Springbrunnen errichten, einfach weil er es konnte. Meine Lehrjungen hatten ihn unter der Anleitung von Jacopo geschaffen. Ein kleines Fest versammelte die Familie Orsini, alle außer Francesco, der in Rom eingespannt war, dazu ein paar Freunde auf Besuch. Stefano warf Simona, die junge Frau, die sich um seinen Vater gekümmert hatte, mit einem Fingerschnippen hinaus und machte sich den Stuhl des Patriarchen zu eigen. Mit seinen fünfundsechzig Jahren war der Marchese gar nicht so alt, aber seine beiden Schlaganfälle nahmen ihn nach und nach aus dem Bild. Stefano schob seinen Vater vor das Haus, auf die oberste Terrasse, und dort schwenkte er ihn zu den Plantagen hin. Der Springbrunnen sprudelte zwischen den

Bäumen empor, und wo bisher nur Fels und Staub gewesen waren, tanzten jetzt in der Dämmerung funkelnde Lichter in den Farben Pfirsich und Pampelmuse.

»Virgilio hätte das nicht getan, oder?«

Zwei Tränen liefen dem Marchese über die Wangen. Unmöglich hätte man sagen können, ob er vor Freude weinte oder über seinen zerschmetterten Sohn, vielleicht konnte er auch einfach nicht mehr blinzeln. Simona tupfte ihm die Tränen ab und beendete dieses allzu peinliche Schauspiel, bei dem sich einer der Mächtigen des Landes in einem Moment der Schwäche gehenließ.

Im September zeigten die Orangen- und Zitronenbäume, die davongekommen waren, bereits Anzeichen neuer Lebenskraft. Aus einer Baumschule in Genua traf eine große Lieferung ein, und Hunderte von toten, beschädigten und kranken Bäumen wurden ersetzt. Eine leise Freude zog über die Felder, durch Gräben, Rinnen, Straßen, wirbelte im Dorf um die Ecken und berauschte die Bewohner, die sie den ganzen Tag einsogen. Spontan wurden Feste gefeiert. Wir hatten einen Krieg gegen einen mächtigen Feind gewonnen, die Sonne, und in geringerem Maße auch gegen diese verdammten Gambales. Doch die Freude verlor sich, noch ehe ich mein Atelier erreicht hatte. Ich kam von einer Besichtigung der Steinbrüche zurück, kurz nach der herbstlichen Tagundnachtgleiche, im Haus brannte kein Licht, der Ofen war kalt. Nirgends ein Geräusch, und Annex antwortete auf meine Rufe nicht.

Schließlich fand ich ihn, er saß in seiner Werkstatt unter einer Decke, die Wangen verschattet von einem Stoppelbart. Er roch nach einer Mischung aus Alkohol und Tabak, zwischen den Fingern die kalte Pfeife. In seinen Augen glühte das Fieber, aber seine Stirn war trocken. Ich war beunruhigt, und sofort dachte ich an die Kleinen, die mit ihren zehn und zwölf Jahren so klein nicht mehr waren.

»Was ist los? Wo ist Anna?«

»Weg.«

»Weg? Wohin?«

»Zu Cousins in Genua.«

»Sie ist einfach so gegangen, ohne etwas zu sagen?«

Sie war nicht einfach so gegangen. Sie hatten lange darüber gesprochen, über diese immer größere Kluft zwischen zwei Menschen, von denen man denkt, nichts könnte sie trennen. Über diese Splitter, die einem die Zeit unter die Haut treibt und die man ignoriert – wer macht sich schon Gedanken wegen eines Splitters? –, aber dann entzündet sich die Stelle eines Tages. Anna hatte gesehen, wie die Welt eine andere wurde, und wollte mehr. Sie beklagte sich über Annex' mangelnden Ehrgeiz. Drei Tage zuvor, als er von einer Lieferung in einem Nachbardorf zurückkam, hatte er das Haus verlassen vorgefunden. Anna hatte noch am selben Abend angerufen und ihm erklärt, wo sie war, sie hatten ohne alles Feindselige miteinander gesprochen, wie Kämpfer, die erschöpft am Boden liegen. Sie brauche Abstand, hatte sie gesagt, das bunte Treiben der Städte. Sie werde sich eine Wohnung in der Nähe von Savona suchen, nur eine knappe Stunde von Pietra entfernt. Annex könne Zozo und Maria jederzeit sehen oder, wenn er es wünsche, auch für ein paar Tage zu sich holen.

»Glaubst du, mir mangelt es an Ehrgeiz, Mimo? Was ich verdiene, reicht allemal fürs Leben. Aber stimmt schon, verglichen mit dir …«

Auf einmal ärgerte ich mich über meine lässige Hose,

mein Leinensakko und die sündhaft teure Uhr an meinem Handgelenk. Und weil ich mich über mich ärgerte, ließ ich mich nach Genua fahren, um mit Anna zu sprechen. Sie empfing mich mit weniger rosigen Wangen als sonst, während Zozo und Maria vor Freude Luftsprünge machten. Dann schickte sie die Kinder fort, bot mir einen Kaffee an und setzte sich mit mir in die Küche, eine kleine Kammer, die auf eine belebte Straße hinausging. Sie hatte nicht viel Zeit, ihre Cousins würden bald heimkommen, und es war nicht ihr Zuhause. Ich entfaltete mein ganzes Geschick, um sie umzustimmen, erinnerte an unsere Abenteuer, unsere heimlichen Treffen vor fünfzehn Jahren, ihre Begegnung mit Annex und wie sie einander näherkamen und jede Nacht war wie die erste. Je mehr ich redete, desto verschlossener zeigte sich Anna. Am Ende seufzte sie.

»Mimo, du ziehst mit deinen Freunden aus der Oberschicht von einer Stadt in die andere, und wenn du denkst, dass man dich braucht, kommst du zurück und erteilst Ratschläge. Du meinst es gut, ich weiß, aber lass dir eins gesagt sein: Du weißt nichts von uns. Vom Leben im Winter in Pietra d'Alba. Du bist schon viel zu lange weg. Ich habe Kinder, und ich will für sie etwas anderes als dieses Einsiedlerleben. Die Welt verändert sich, ich werde nicht zulassen, dass sie es verpassen.«

Wie jedes Mal, wenn man mich wegen meines Erfolgs kritisierte, spürte ich die Wut in mir aufsteigen. Ich hatte Geld, na und? Als hätte ich es mir nicht verdient! Als wäre es nicht *mein* Verdienst! Nicht ich hatte mich verändert, sondern der Blick der anderen.

»Ich kenne euch ja doch ein bisschen«, sagte ich in selbstgefälligem Ton.

»Ach ja? Wusstest du, dass Vittorio es hasst, wenn du ihn Annex nennst? Dass er sich nur nicht getraut hat, es dir zu sagen?«

Ich fuhr zurück nach Pietra d'Alba, niedergeschlagen und fest entschlossen, mich nicht mehr in anderer Leute Angelegenheiten einzumischen. Schon am nächsten Tag fing ich wieder an. Ich wollte Viola auf einen Spaziergang durch die Felder abholen, bekam jedoch zur Antwort, sie sei unpässlich. Als ich am übernächsten Tag die gleiche Antwort erhielt, ließ ich ihr über eine Hausangestellte einen Zettel überbringen. *Zwinge mich nicht, zu Dir ins Zimmer hochzugehen.* Ich wusste genau, wann Viola log. Nach ein paar Minuten erschien die Bedienstete wieder. Sie gab mir eine Nachricht in schöner grüner Handschrift. *Ich komme zu Dir ins Atelier.*

Sie kam am Nachmittag, ich war gerade in den letzten Zügen mit meinem heiligen Franziskus für Pacelli. Ihre Silhouette zeichnete sich für einen Moment im Türrahmen ab, dann trat sie vor, stützte sich auf ihren Stock. Sie benutzte ihn immer seltener, doch an kalten Tagen konnte sie nicht auf ihn verzichten. Bis zu ihrem Geburtstag war es noch eine Woche. Sie hatte ihn schon lange nicht mehr gefeiert. Viola war dreißig Jahre alt, für ein paar Tage noch.

Sie trug ein Seidentuch um den Kopf und hatte sich geschminkt. Ich drehte mich zu Franziskus um, ohne ein Wort, und polierte weiter.

»Mimo?«

Da ich nicht antwortete, kam sie näher heran, bis an den Rand des Schattens. Ich arbeitete in dem Flecken Licht von einem Fensterchen, das ich im Jahr zuvor oben in der Wand nach Norden hin hatte einbauen lassen.

»Wer hat dir das angetan?«, fragte ich.

Sie zuckte zusammen, fasste sich an die Wange.

»Woher weißt du das?«

»Ich habe es dir tausendmal gesagt, Viola, ich bin kein Zwölfjähriger mehr. Und ich habe brutale Kerle kennengelernt. Manche waren sogar meine Freunde.«

Langsam löste sie das Tuch. Trotz der Grundierung war der blaue Fleck auf ihrer Wange noch zu erkennen.

»Das war Campana, richtig?«

»Das war nicht seine Schuld.«

Sie wandte sich zu der Tür, die auf die Felder führte, trat hindurch und setzte sich auf einen zugeschnittenen Stamm, bestimmt für Annex' Werkstatt. Ich zog mir eine Wolljacke an und setzte mich zu ihr.

»Ich habe ihn zuerst geschlagen, wenn du es genau wissen willst. Wir haben uns gestritten. Ich ertrage den Gedanken nicht, dass er sich mit seinen Geliebten in der Öffentlichkeit zeigt. Ist mir egal, dass er welche hat, ich bin mir sehr wohl bewusst, dass ich ihm nicht bieten konnte, was er sich gewünscht hat. Aber ich habe ein Recht auf Respekt.«

»Wo ist er?«

»Heute Morgen zurück nach Mailand. Es hat ihm leidgetan.«

Ich sprang auf.

»Ich bringe ihn um, dieses Schwein.«

Violas Hand schloss sich mit ungeahnter Kraft um meinen Arm.

»Ich bin alt genug, um mich zu verteidigen.«

Sie zog mich zu sich, ich musste mich wieder setzen.

»Und glaub mir, wenn mir danach ist, ihn umzubringen, tu ich es selbst.«

»Ich begreife nicht, wie es mit dir so weit kommen konnte, verheiratet mit diesem Idioten.«

»Wie es *mit mir* so weit kommen konnte?«

Ihre Augen verbrannten mich zu Asche, so wie damals, vor achtzehn Jahren, als ich es gewagt hatte, beim Abschied zu gehen, ohne mich noch einmal umzudrehen. Vielleicht war das der tiefere Grund für unsere ständigen Streitereien, die Sehnsucht nach unseren Empörungen, nach einer Zeit, in der die Ritter gut waren und die Drachen böse, die Liebe höfisch und jeder Schlag gerechtfertigt durch eine erhabene Sache.

»Ja, Mimo, so weit ist es mit mir gekommen, genau wie es mit *dir* so weit gekommen ist, dass du für eine Bande von Widerlingen arbeitest. Weil man natürlich Laternen und Orangenbäume setzen muss.«

»Aber du könntest ihn verlassen.«

»So einfach funktioniert das nicht.«

Annex, den ich nun tunlichst Vittorio nannte, kam aus der Scheune. Er zuckte zusammen, als er uns bemerkte, schien zu zögern, setzte sich dann aber zu uns auf den Stamm und starrte auf die Felder. Er hatte abgenommen, seit Anna gegangen war. Sein vor der Zeit ergrauter, aber dichter, voller Bart kontrastierte mit seiner Stirnglatze.

»Sieht gut aus mit der Ernte«, sagte er, »dank dem Wasser aus dem See.«

Viola betrachtete die Obstplantagen, ihre Miene war ernst.

»Stefano ist ein Dummkopf. Ja, heute haben wir Wasser, aber in einem Jahr? In zehn?«

»Mit den Gambales ist kein Reden«, sagte ich. »Entweder man zwingt sie, oder man verliert weiterhin Bäume.«

»Reden kann man mit den Leuten immer. Woher kommt diese männliche Gewalt?«

»Männliche oder menschliche?«

»Es gibt keine menschliche Gewalt, nur Männer mit ihrer blöden Gewalt. Also sagt mir, es interessiert mich: Woher kommt eure Gewalt, hm?«

Viola sah uns fest an, als wartete sie tatsächlich auf eine Antwort.

»Weil ihr verlassen wurdet vielleicht? Aber verlassen von wem? Von euren Müttern? Wenn ja, warum behandelt ihr sie auch so, sie und alle zukünftigen Mütter der Welt?«

»Und du glaubst, Frauen sind nicht gewalttätig?«, murmelte Vittorio.

»Natürlich sind wir das. *Gegen uns selbst*. Wir würden nie auf die Idee kommen, jemandem wehzutun, aber irgendwo muss die Gewalt, die wir einatmen und die uns vergiftet, wieder raus.«

Vor dem Haus war ein Reifengeräusch zu hören, dann zweimaliges Hupen. Vittorio sprang auf.

»Ich geh nachsehen!«

Er machte sich davon, genau wie früher, wenn die Diskussion eine allzu ernste Wendung nahm. Als er an der Scheune um die Ecke gebogen war, sprach Viola weiter, ohne zu mir hinzusehen, ihr Blick verlor sich am Horizont.

»Weißt du, was eine Dronte aus Mauritius ist?«

»Nein.«

»Besser bekannt unter dem Namen Dodo.«

»Ach ja. Ein Vogel, richtig?«

»Ein ausgestorbener Vogel. Seine Besonderheit war, dass er nicht fliegen konnte. Ich bin ein Dodo, Mimo. Ich weiß, dass du es mir übelnimmst, dass ich nicht mehr dieselbe bin wie früher, die Viola der Friedhöfe und der Sprünge in die Tiefe. Aber der Dodo ist ausgestorben, weil er vor nichts Angst hatte, nur deswegen. Er war eine zu leichte Beute. Ich muss auf mich aufpassen, wenn ich nicht aussterben will.«

»Ich werde dich niemals aussterben lassen.«

Autotüren schlugen, ein Motor entfernte sich. Im selben Moment erschien Vittorio wieder, die Augen weit aufgerissen.

»Mimo! Mimo!«

Vittorio deutete mit dem Finger aufs Haus. Ein seltsamer Ausdruck knitterte sein Gesicht, als wäre ein unerwartetes Ereignis der Depression in die Quere gekommen, in der zu versinken er fest entschlossen war.

»Da ist jemand für dich!«

Sie wartete vor der Küche auf mich, zu ihren Füßen ein Koffer. Ein Koffer, den ich gut kannte, nur etwas abgenutzter, noch vor seiner Besitzerin hatte ich ihn erkannt. Dazu sei gesagt, dass ich in den letzten zwanzig Jahren, wenn auch immer weniger eifrig, einer Frau von vierzig Jahren geschrieben hatte, einer Frau mit einem von der harten Arbeit gezeichneten Körper und vollem schwarzem Haar. Die Frau, die jetzt vor mir stand, war sechzig und um die Hüften ein wenig breiter. Ihre Locken waren künstlich, die Farbe auch. Das Werk eines schlechten Friseurs konnte ich inzwischen erkennen.

Mit langsamen Schritten trat ich auf die Frau zu, die mich in einer Winternacht dieser rauen Welt übergeben hatte, mich, *il piccolo problema*, den Unbedeutenden, der zu einem Künstler geworden war, um den sich die Leute rissen. Und auf einmal schämte ich mich, schämte mich für das Geld, das kein Mensch meinem Vater je zugestanden hatte, dabei war er, davon bin ich fest überzeugt, noch talentierter als ich.

»Guten Tag, Michelangelo«, sagte sie mit leiser Stimme, die Augen gesenkt. »Du hast gesagt, ich könnte kommen, wann immer ich möchte, und ich habe mir gesagt, wo ich jetzt Witwe bin …«

Das war nicht meine Mutter, die da sprach, denn meine Mutter hatte nie vor irgendwem die Augen gesenkt. Vor mir stand eine Frau, die ein Wunder geboren hatte, Maria nach der Verkündigung des Engels auf dem Fresko von Fra Angelico. Eine Frau, die von ihrem eigenen Sohn beeindruckt war, fast erschrocken.

Der Grund mochte Viola sein, jedenfalls war der erste Satz, der aus meinem Mund kam, nicht das, was ich sagen wollte.

»Warum hast du mich verlassen?«

Sie zuckte zusammen. Sie hatte eine lange Reise hinter sich, war müde, sicher hatte sie einen anderen Empfang erwartet. Langsam blickten ihre Augen auf, verschlangen die meinen mit diesem funkelnden violetten Glanz, der allerdings kein bisschen verblasst war.

»Das Leben, Mimo, besteht aus einer Reihe von Entscheidungen, die wir anders treffen würden, wenn es uns gegeben wäre, mit allem noch einmal anzufangen. Wenn du auf Anhieb die richtigen Entscheidungen getroffen hast, ohne dich jemals zu irren, dann bist du ein Gott. Und trotz all meiner Liebe für dich, obwohl du mein Sohn bist, glaube nicht einmal ich, dass ich einen Gott auf die Welt gebracht habe.«

Meine Mutter weigerte sich zunächst, bei uns zu wohnen. Sie wollte »nicht stören«. Doch schon bald stellte sie fest, dass Vittorio eine weibliche Gegenwart in seiner Nähe brauchte. Als meine Mutter in der Werkstatt das Heft in die Hand nahm, schien er wieder aufzuleben, und sie war einverstanden, sich dort einzuquartieren, bis sie eine eigene Bleibe gefunden hätte. Ihr zweiter Mann war, wie so viele andere, an der Feldarbeit zugrunde gegangen, nur dass er ein hübsches Sümmchen angehäuft hatte, ohne einen Sou davon auszugeben. Antonella Vitaliani – oder Antoinette Le Goff, wie sie nun hieß – hatte die Mittel, um für sich selbst zu sorgen.

Es dauerte ein paar Wochen, bis wir erneut miteinander vertraut waren, für mich ein seltsames Gefühl, da mir ihr ganzes Wesen bekannt war, als wäre ich es selbst, was betretenes Schweigen ebenso wenig ausschloss wie übertriebene Vorsicht oder Gereiztheit auf beiden Seiten. Die Dinge renkten sich ein, als Vittorio mir mit einer Weisheit, die dem Holzschnitzer Geppetto zur Ehre gereicht hätte, erklärte:

»Trotz all deines Geldes, trotz deines Erfolgs und der vielen Frauen, die du in deinen ausschweifenden Nächten entehrt hast, trotz des Alkohols, den du literweise in dich hineingeschüttet hast, trotz all der Abscheulichkeiten, die du begangen hast und weiterhin begehen wirst, bist du für deine Mutter immer noch sechs Jahre alt. Ein Sohn, der ein gutes Verhältnis zu seiner Mutter hat, versucht nicht, sie vom Gegenteil zu überzeugen.«

Ich stellte ihr Viola vor, als wir uns zufällig im Dorf begegneten, und gleich danach fragte mich meine Mutter: »Was hat sie denn, das arme Ding? Man könnte meinen, sie hätte den Teufel mitsamt seinen Hufen verschluckt.« Dann musste ich nach Rom, wo ich in den ersten Tagen des Jahres 1936 mit meinem heiligen Franziskus ankam, ich hatte Wert darauf gelegt, ihn die ganze Strecke zu begleiten.

Der Kardinalspurpur hatte Monsignor Pacelli nicht verändert. Dieselbe runde Brille, die er sein Leben lang trug, derselbe merkwürdige Kontrast zwischen Lippen, die kaum jemals lächelten, und einem sinnlichen Kinn, dem Kinn eines Boxers oder Schauspielers, das nach einem Faustschlag rief oder einem Gelage. Er kam in mein Atelier und besah sich den heiligen Franziskus, während Francesco und ich, so wie früher, auf sein Urteil warteten. Ich hatte gute Arbeit geleistet, hatte mich an die Anweisungen gehalten, oder fast, alles hing an diesem *fast*. Pacelli hatte mich gebeten, beim Motiv zu bleiben und mich zurückzunehmen. Kurzum, nicht ich zu sein. Aber warum hatte er mich engagiert, wenn nicht, weil ich ich war? Ich hatte Franziskus mit erhobener Hand dargestellt, nahe seiner Wange, auf dem Zeigefinger saß ein Vogel. So weit nichts Ungewöhnliches. Aber man ahnte, eine kleine Mutwilligkeit meinerseits, dass der Flügel des Vogels eine Sekunde zuvor seinen Hals gestreift, ihn gekitzelt haben musste, denn der Heilige lächelte. Einen kitzligen Heiligen hatte man noch nicht gesehen, einen lächelnden schon gar nicht. Zumindest nicht in der Kunst der Bildhauerei, da zeigten die Heiligen in der Regel die Mienen göttlicher Beamter, von Fürbitten bedrängt.

Pacelli sah uns an, die Mundwinkel gesäumt von einem Fältchen, das bei ihm für Erheiterung stand, die federleichte Freude des Franziskus hatte ihn angesteckt.

»Wie alt sind Sie, Signor Vitaliani?«

»Zweiunddreißig, Monsignore.«

»Nun denn, ich erkenne darin dieselben Qualitäten wie bei dem Bären, den ich gesehen habe, als Sie halb so alt waren. Den Sinn für Bewegung, die Respektlosigkeit und diese kleine Besonderheit, die nur die Erfahrung mit sich bringt.«

Gemeinhin spricht man bei Künstlern von Perioden, Phasen, Epochen, um die Kundschaft zu beruhigen, sie geriete nur in Panik, beließe man eine künstlerische Existenz in einer Schublade ohne Etikett. Dabei hatte sich Magritte ein paar Jahre vorher darüber lustig gemacht, mit seiner Pfeife, die keine sei, was kein Mensch verstanden hatte, und je weniger das Publikum verstand, desto entzückter reagierte es. Aber wer bin ich, den Lauf der Welt infrage zu stellen. Räumen wir ein, dass es Perioden, Phasen und Epochen gibt.

Und wenn dem so ist, dann markierte Pacellis Bemerkung das Ende meiner ersten Periode.

An diesem Abend betrank ich mich. Allein. Ich wollte Stefano nicht als Zechgenossen dabeihaben, so wenig wie seine Freunde, die zwar alle nett waren und mir nichts getan hatten, von denen ich wegen Viola aber vermutete, dass sie Dreck am Stecken hatten. Francesco hatte mich beglückwünscht und mir mitgeteilt, dass mein heiliger Franziskus schon auf dem Weg zum Familiensitz des mit Pacelli befreundeten Kardinals war, eines weiteren Freundes, der, wenn der Tag gekommen wäre, richtig votieren würde.

Francesco hatte natürlich bemerkt, dass etwas mit mir

nicht stimmte. »Lange Fahrt«, hatte ich gesagt, ehe ich ihn verließ. Pacellis Antwort ging mir wieder und wieder durch den Kopf, in der finsteren Spelunke, in die ich mich geflüchtet hatte, unweit des Tibers, wo mich niemand finden würde, denn so tief sanken nicht einmal die Schwarzhemden. Pacelli hatte mir ein Kompliment machen wollen. Angekommen war lediglich, dass ich derselbe war wie mit sechzehn, nur besser. Wo war *der Mensch*? Der mit dem Finger das Geheimnis der Götter berührt? Hieß es das, erwachsen zu werden? Geld zu verdienen, sich ein bisschen zu verbessern, wenn man es denn schaffte? Da hatte ich Viola kritisiert, und im Grunde war ich nicht viel weiter geflogen als sie.

Trotz meiner Trunkenheit gab es an diesem Abend keine Verkündigung. Kein Engel kam herab, um mir zuzuflüstern, ich solle mich gedulden. Um mir zu erklären, dass ich das Geheimnis der Götter sehr wohl mit dem Finger berühren würde, dass ich dafür allerdings noch zehn Jahre brauchte. Zehn Jahre. Zu lang. Das hätte ich nicht ertragen. Vielleicht gab es aber doch eine Verkündigung, nur kann ich mich nicht erinnern, denn als ich aufwachte, lag ich mit dem Kopf im Gebüsch am Ufer des Flusses, neben mir eine Pfütze Erbrochenes, das in Anbetracht seiner Substanz nicht zu mir gehörte. Ich hatte schon lange nicht mehr so viel gesoffen.

Bis zum Frühjahr blieb ich in Rom. Ich war an diesem seltsamen Punkt angelangt, den man erlebt haben muss, um ihn zu verstehen, diesem Punkt, an dem die Reichen sich für arm halten. Ich verdiente das Zehnfache eines Professors, wurde bezahlt wie der Chef einer großen Firma. Aber ich hatte Angestellte, brauchte einen Chauffeur, musste mich angemessen kleiden, für meine Kunden und zu meinem eigenen Behagen. Was ich verdiente, gab ich aus. Ich musste immer mehr verdienen, was dazu führte, dass ich immer mehr ausgab, und die Balance wollte gewahrt werden, so schnell ging es bergab. Die Art der Gleichung änderte sich erst, wenn man *wirklich* reich wurde und es schwerfiel, das Verdiente auszugeben, auch wenn ich in meinen römischen Jahren der ein oder anderen Person begegnet bin, die dafür ein Händchen hatte.

Ich mischte mich nicht in die Politik ein, nicht in die Religion. Aber wenn man der Religion auch entkommen kann, ist die Politik doch eine verderbte Geliebte, die mich mit ihrem Eifer schließlich einholte.

Ende April, ein paar Tage vor meiner geplanten Rückkehr nach Pietra d'Alba, klopfte es an der Tür meines Schlafzimmers. Es war vier Uhr morgens. Seit fast fünfzehn Jahren hatte ich dieselbe Wohnung in der Via dei Banchi Nuovi 28. Dasselbe dahindriftende Bett unter denselben rußgeschwärzten Kassetten an der Decke – ich hätte unter einem Meisterwerk von Tiepolo schlafen können und es nicht einmal bemerkt. Ich brummelte etwas, weigerte mich zu antworten, bis ein Lehrjunge an mir rüttelte.

»Meister, Meister! Das Telefon, in Ihrem Büro.«

»Ich schlafe, verdammt noch mal.«

»Pater Orsini ist dran.«

Noch nie hatte Francesco mich um diese Uhrzeit angerufen. Ich schlüpfte in die Hose und sprang die Treppe hinunter.

»Hallo?«

»Mimo, kannst du zu Stefano kommen?«

»Jetzt gleich?«

»Jetzt gleich.«

Ob ich mich in die Politik einmischte oder nicht, ich wusste, wann es unklug war, am Telefon zu sprechen. Mein erster Reflex war, Mikael anzurufen, damit er mich hinfuhr, aber Mikael war vor drei Monaten gegangen. Italien hatte Äthiopien angegriffen, und er war zurückgekehrt, um an der Seite seines Volkes zu kämpfen. »Jetzt sind wir Feinde«, hatte er gesagt und mich fest in die Arme geschlossen. Sein plötzlicher Aufbruch hatte mich überrascht, aber dann war am nächsten Morgen die Polizei im Atelier erschienen und hatte sich nach ihm erkundigt. Offenbar hatte es in einer Kneipe in unserem Viertel Ärger gegeben, als ein Mann, auf den die Beschreibung zutraf, eine Gruppe anständiger Italiener attackierte. Sie hatten aus voller Kehle einen der Hits des Jahres gesungen, *Faccetta nera*, ein Lied, das unsere Soldaten, Agronomen und Ingenieure pries, die losgezogen waren, die Abessinier zu befreien. Der Mann hatte ein Messer gezogen, und da Mikael schon verdächtig aussah, konnte es nur er sein.

Schwarzes Gesichtchen, kleine Abessinierin / Wir bringen dich, befreit, nach Rom / Geküsst sollst du werden von unserer Sonne / Und ein Schwarzhemd tragen auch du / Schwarzes Gesichtchen, du wirst Römerin sein …

Ich lief zu Fuß und versuchte die Melodie aus meinem Kopf zu vertreiben, die, zugegeben, ziemlich gelungen war mit diesen fröhlich schmetternden Blechinstrumenten, sie machten einem sofort Lust, in Äthiopien einzumarschieren. Stefano wohnte nur eine halbe Stunde von mir entfernt, gleich beim Hotel de Russie. Der Morgen brach schon an, als ich in den Hauseingang hastete, im selben Moment kamen Stefano und Rinaldo Campana heraus, Violas Ehemann. Campana schlug, was sehr ungewöhnlich war, bei meinem Anblick die Augen nieder. Stefano begrüßte mich mit einem Kopfnicken.

»Gulliver. Francesco wartet bei mir auf dich.«

Francesco saß in Stefanos Salon und nippte an einem Kaffee, die Soutane tadellos, die Brille, fast identisch mit der von Pacelli, auf der Nasenspitze. Ohne mich zu fragen, schenkte er eine Tasse für mich ein und bedeutete mir, Platz zu nehmen.

»Danke, dass du gekommen bist. Wir haben ein kleines … Problem.«

Ich wartete, verbrannte mir die Lippen an einem brühend heißen Kaffee.

»Unser Sportsfreund Campana, geschäftlich in Rom, hat sich gestern Abend zusammen mit Stefano und seinen Freunden amüsiert. Ich hatte Stefano schon mehrfach ins Gewissen geredet wegen seiner nächtlichen Abenteuer, aber nun denn. Gegen elf Uhr haben sie sich getrennt. Offenbar ist Campana nicht in sein Hotel zurückgegangen, sondern hat, wie soll ich sagen, mit einer jungen Frau, die er in einer Bar kennengelernt hatte, gewisse Instinkte befriedigt. Einer Gewerblichen. Ich weiß nicht, was genau passiert ist, ich möchte es auch nicht wissen, aber offenbar ist etwas aus dem Ruder gelaufen, so eine Art … Spiel, und die junge Frau wurde verletzt. Ernsthaft verletzt. Campana hat die Flucht ergriffen. Im Hotel hat dieser Dummkopf dann bemerkt, dass er seine Brieftasche dort hat liegenlassen. Er hat sofort Stefano angerufen.«

»Er hat eine junge Frau getötet?«

»Getötet glaube ich nicht. Ernsthaft blessiert, wie er sagt. Schwere Folgen nicht auszuschließen.«

»Und? Dann übergebt dieses Schwein doch der Polizei.«

»Dieses Schwein ist, auch wenn ich gegen die Bezeichnung nichts einzuwenden habe, mein Schwager. Das wachsende Vermögen der Orsinis in den letzten Jahren, ein Vermögen, auf dem indirekt auch deine Karriere beruht, wäre ohne das Geld aus seiner Tasche nicht denkbar. Wir können uns keinen Skandal leisten. Und es wird auch keinen geben.«

»Nicht?«

»Nein, denn Campana hat den Abend mit dir verbracht.«

Ich stellte meine Tasse langsam ab. Francesco sah mich fest an, die Hände über dem Bauch gefaltet.

»Du kannst mich mal, Francesco.«

»Er hat den Abend mit dir verbracht. Jemand hat ihm seine Brieftasche gestohlen, und der Kerl, der das getan hat, ist für alles verantwortlich. Das Wort einer Prostituierten wird nichts gelten.«

»Und warum kann er den Abend nicht mit dir verbracht haben? Oder mit Stefano?«

»Weil Stefano ein Amtsträger der Regierung ist und ich, wenn alles gutgeht, nächstes Jahr zum Bischof ernannt werde. Außerdem stehen wir Campana zu nahe, um glaubwürdig zu sein, schließlich ist er unser Schwager. Du bist das perfekte Alibi: Du bist mit der Familie verbunden, es ist also möglich, dass Campana am Abend bei dir war, gleichwohl musst du nicht befürchten, durch einen Skandal in Mitleidenschaft gezogen zu werden. Die Sache wird morgen geregelt.«

»Und wenn ich mich weigere?«

»Du wirst dich nicht weigern, Mimo. Und sei es, um Viola zu schützen. Stell dir die Demütigung vor, wenn sich das herumspricht. Außerdem …«

»Außerdem?«, fragte ich in seine Pause hinein.

Francesco stand auf und nahm eine Flasche Grappa aus einem Schränkchen mit Spirituosen. Er goss einen kleinen Schluck in meine Tasse, dann in seine eigene.

»Ich will nicht geschmacklos sein, Mimo, aber du bist es uns schuldig.«

»Was bin ich euch schuldig?«

»Alles.«

»Ich möchte nicht geschmacklos sein«, spöttelte ich, »aber man engagiert mich wegen meines Talents.«

»Richtig, das habe ich nie bestritten und werde es auch nicht. Aber du vergisst, wie alles angefangen hat. Wer hat dich von Florenz wieder nach Pietra d'Alba geholt?«

»Ich soll in deiner Schuld stehen, weil du gekommen bist, um mir persönlich mitzuteilen, dass Zio mir seine Werkstatt vermacht hat? Ein ganz schön teurer Umzug.«

»Hast du wirklich geglaubt, der alte Säufer hätte dir seine Werkstatt vermacht? Dann bist du ja noch naiver, als ich dachte.«

Ich kippte meinen Grappa hinunter. Und sah mir voller Bewunderung diesen Meister auf dem Schachbrett an. »Er wird es mal weit bringen«, hatte Viola gesagt, in grauer Vorzeit.

»Was ist aus Zio geworden?«

»Er hat sich in der Sonne zur Ruhe gesetzt, wie ich es dir gesagt habe. Vor drei Jahren ist er gestorben.«

»Und die Werkstatt?«

Francesco trank einen Schluck von dem Traubenbrand, schleckte sich mit der Zungenspitze den süßen Glanz von den Lippen und stellte die Tasse ab.

»Wir haben sie ihm abgekauft. Wir mussten ihm schwören, sie niemals an dich weiterzuveräußern. Eine Klausel, an die ich mich gehalten habe, denn ich habe sie dir geschenkt.«

»Warum?«

»Zunächst, weil ich immer der Meinung war, dass du Talent hast und dass dieses Talent uns nützlich sein könnte. Vor allem aber, das will ich dir nicht verschweigen, weil Viola mir im Krankenhaus gesagt hat, dass ihr Freunde seid.«

»Das weiß ich, stell dir vor.«

»Ich weiß, dass du es weißt«, antwortete er mit einem Lächeln. »Kurzum, ich ahnte schon, oder ich vermutete, dass Viola eines Tages Hilfe brauchen würde und dass es für die Familie … von Vorteil wäre, einen Freund in der Nähe zu haben.«

»Um auf sie aufzupassen, meinst du?«

Francesco tat einen langen Seufzer.

»Ich liebe meine Schwester, Mimo. Täusch dich nicht. Aber sie ist ein komplizierter Mensch.«

»Im Gegenteil, sie ist sehr einfach.«

»Wärst du ein einfacher Mensch, wenn du dir absolut alles merken würdest, was du gelesen hast, seit du lesen kannst, und das schon mit drei Jahren? Wenn man dich wie ein Zirkustier den Gästen vorführen würde, aus dem Bett geholt um vier Uhr morgens, um sich deiner zu bedienen?«

»Ihr habt *mich* um vier Uhr morgens aus dem Bett geholt, um euch meiner zu bedienen.«

»Jetzt tu nicht so. Das Problem ist auch gar nicht Violas Gedächtnis. Das Problem ist, dass sie das Gelesene verstanden hat, in einem Alter, in dem andere Mädchen nur an Puppen und schöne Kleider denken. Meine Schwester ist zweifellos die intelligenteste Person, die ich kenne, abgesehen von Monsignor Pacelli. Monsignor Pacelli wird wahrscheinlich Papst, wenn er seine Karten richtig ausspielt. Viola kann leider nicht Papst werden, auch kein Flieger oder was immer sie für verrückte Ideen hat. Ich sage nicht, dass es in dreißig, vierzig Jahren nicht einen Platz für sie in dieser Welt geben wird. Aber heute, in unserer Familie, hat sie eine Rolle zu spielen. Auch wenn es nicht die ist, die sie sich erhofft hat. Wir alle haben eine Rolle zu spielen.«

»Worüber beklagst du dich? Sie hat sie ausgezeichnet gespielt.«

»Hat sie, ja. Viola hat es verstanden, erwachsen zu werden. Was nichts daran ändert, dass wir dich heute brauchen und dass es sie genauso betrifft. Campana wird der Polizei erzählen, dass er bei dir war. Tu, was du willst.«

Am nächsten Tag, kurz vor Mittag, klopfte die Polizei an die Tür meines Büros. Ich öffnete, tat erstaunt. Was ich gestern gemacht hätte? »Hm, lassen Sie mich überlegen, ich habe den ganzen Tag gearbeitet, den Abend habe ich dann mit meinem Freund Rinaldo verbracht. Rinaldo Campana, ja, warum?« Die Carabinieri gingen zufrieden davon, und wir sprachen nie wieder über die Sache. Ich machte mir Vorwürfe, dass ich diesem miesen Schwein geholfen hatte, aber im selben Moment redete ich mir ein, dass ich es für Viola getan hatte, um ihr eine weitere Demütigung zu ersparen. Ich hatte es getan aus Angst, der Strom meiner Aufträge könnte versiegen. Weil ich bewahren wollte, was ich aufgebaut hatte, denn nichts durfte meinem Aufstieg in die Quere kommen, so viel hatte er mich gekostet. Womit ich mir meinen verrücktesten, meinen geheimsten Traum erfüllte. Ich war zu einem Orsini geworden.

Also, ich habe die Statue gesehen, ja, und ich fand sie schön, klar, obwohl, was weiß ich schon? Ich war hingegangen, weil in der Stadt davon die Rede war, wie gesagt, ich verstehe nicht viel von Kunst, aber es war Sonntag, wir waren in der Messe, also warum nicht, wo sie schon mal da war. Ich fand sie schön, ja, aber je länger ich hingeguckt habe, desto mehr hatte ich so ein komisches Gefühl, mir wurde heiß, ich musste raus und Luft schnappen. Erst dachte ich nicht, dass es wegen der Statue wäre, aber dann habe ich die Sachen in der Zeitung gelesen, bei anderen war es genauso gewesen wie bei mir, deshalb bin ich auch zu Ihnen gekommen, Pater, wie der Herr Bischof gesagt hat. (Zeugenaussage von Nicola S., Florenz, 24. Juni 1948.)

Der Monografie von Professor Williams zufolge registrierten die kirchlichen Behörden genau zweihundertsiebzehn spontane Beschwerden und, nach Einleitung der offiziellen Untersuchung durch die Kongregation des Heiligen Offiziums, fast das Doppelte an Zeugenaussagen. Wobei zu betonen ist, dass die überwiegende Mehrheit des Publikums, das an der Pietà Vitaliani vorüberzog, in ihr lediglich eine Statue sah. Aber selbst wenn hunderttausend oder gar eine Million Menschen unempfänglich für sie waren, wie könnte man die Aussagen von sechshundert Personen ignorieren? Sechshundert Personen noch dazu, die fast alle von denselben Symptomen berichten. Zuerst eine starke Ergriffenheit, dann eine Art Beklemmung. Herzrasen, Schwindel, manche Zeugen geben an, sie hätten »von ihr geträumt«, andere, sie seien befallen worden von einer tiefen Traurigkeit, nahe an einer Depression. Das Verstörendste an diesen Aussagen aber ist – wofür man sie allerdings gründlich analysieren muss, wie es einige Experten getan haben und Padre Vincenzo jetzt tut –, dass zwischen den Zeilen aufscheint, was ein einziger Zeuge, ein Buchhalter aus Rom, laut auszusprechen wagt. Er gibt an, er habe eine seltsame *Erregung* verspürt. Eine sexuelle, glaubt man zu verstehen, ein nur schwer zu verifizierendes Gefühl, zumal in der damaligen Zeit über solche Dinge nicht gesprochen wurde.

Die Diözese Florenz, wo die Pietà Vitaliani erstmalig ausgestellt wurde, glaubte zunächst an einen Scherz alter Rivalen, da Mimo Vitaliani einige turbulente Monate im Atelier von Filippo Metti zugebracht hatte. Dann dachte man, es sei ein Phänomen von Massenhysterie. Doch als im ersten Monat nach Präsentation der Statue etwa vierzig Beschwerden eingingen, wurde beschlossen, sie an einen anderen Ort zu verbringen. Aufgrund der Qualität des Kunstwerks boten sich die Sammlungen des Vatikans an, doch auch dort fing es nach einigen Wochen wieder an mit den Beschwerden, einschließlich vonseiten ausländischer Touristen, die kein Italienisch sprachen und keine Kenntnis haben konnten von den Reaktionen in Florenz.

Aus dem vorliegenden Material, Angaben von etwa sechshundert Personen, lässt sich nicht die geringste statistische Tendenz ableiten. Weder Alter, Geschlecht noch Herkunft scheinen sich, nach Extrapolation der Daten, in irgendeiner Weise auszuwirken auf die Neigung, von der Pietà Vitaliani in besonderer Weise berührt zu werden oder nicht.

Nach einigen Monaten im Vatikan wurde das Werk, in Erwartung eingehenderer Untersuchungen, ins Lager hinuntergeschafft. Man beauftragte mehrere Kunsthistoriker, Bildhauer, Archäologen und weitere Experten, deren Ergebnisse Professor Williams später zusammentrug und resümierte. Und da man es selbst noch immer am besten kann, wandten sich die kirchlichen Behörden zugleich an einen Experten der etwas anderen Art, an Candido Amantini, den offiziellen Exorzisten des Vatikans.

Nunc effunde eam virtutem quae a te est ...
11. September 1938.

... principalis spiritus quem dedisti dilecto filio tuo Jesu Christo ...

Francesco auf dem Marmorboden liegend, die Arme seitlich ausgestreckt. Monsignor Pacelli blutgetränkt.

... quod donavit sanctis apostolis qui constituerunt ecclesiam per singula loca sanctificationem tuam ...

Und ich mit einem grauen Haar. Unmöglich, an etwas anderes zu denken, trotz der Feierlichkeit des Ortes, trotz der Nähe, nur ein paar Meter von mir entfernt, der schönsten Statue aller Zeiten, der Pietà von Michelangelo Buonarroti. Blödes graues Haar. Dabei bin ich erst vierunddreißig. Konntest du mir nicht wenigstens das ersparen, Herr?

... in gloriam et laudem indeficientem nomini tuo.

Monsignor Pacelli tritt einen Schritt zurück, seine Soutane rot, die Farbe der Passion, rot von dem Blut, das der Erlöser vergossen hat, kaum ein Rascheln. Francesco steht auf, bereit für die Handauflegung zahlloser Prälaten, die Mitra wird ihm auf den Kopf gesetzt, der Bischofsstab in die Hände gegeben, ein Ring an den Finger gesteckt. Er erhebt sich, nimmt Platz auf der Cathedra.

11. September 1938, Francesco Orsini wird in Rom zum Bischof geweiht. Die Diözese Savona wird von nun an geleitet von einem Sohn der Heimat.

Am Abend versammelte ein großes Essen die Familie Orsini. Ich war dabei, da ich inzwischen dachte, aß und lebte wie ein Orsini. Das Caffè Faraglia, das Restaurant, in dem Stefano und ich so viele ausschweifende Nächte begonnen hatten, war seit ein paar Jahren geschlossen, und wir kamen in einem privaten Salon im Hotel d'Inghilterra zusammen, wo die Familie vollzählig abgestiegen war. Der Marchese trotz seines Zustands, auch wenn nicht ganz klar war, ob er etwas verstand. Die Marchesa, Stefano, Francesco, Campana und Viola. Viola hatte einen bewundernden Blick auf die Stadt geworfen, den ganzen Tag, und zu meinem Erstaunen erfuhr ich, dass sie noch nie aus Pietra d'Alba herausgekommen war, außer für ihre Aufenthalte in Mailand, wo sie sehr viel mehr Zeit im Krankenhaus als beim Schlendern durch die eleganten Einkaufspassagen verbracht hatte.

Meine Tochter der Renaissance kannte die Welt nur aus Büchern. Die Orsinis waren am Tag vor der Weihe eingetroffen, und ich zeigte Viola alles, was zu besichtigen vor und nach der Zeremonie möglich war. Doch kaum begannen wir mit unserem Rundgang, hatten sich die Rollen verkehrt. Viola deutete auf das eine oder andere Denkmal, erklärte mir seine Geschichte, und schon folgte ich ihr wie ein Tourist seiner Führerin. Ich hatte die Macht der Bibliotheken unterschätzt, die mich immerhin aus dem Dunkel gerissen und mir gar einen Hauch von zartester Schönheit geschenkt hatten. Ich war undankbar. An wie vielen Abenden hatte ich mir sturzbetrunken wieder und wieder gesagt, dass das wahre Leben hier stattfand, in einer ewigen Stadt, die sich in erasendem Tempo um mich drehte? Fern von zu Hause erteilte mir Viola erneut eine Lektion – das wahre Leben fand in den Büchern statt.

Als wir im Hotel d'Inghilterra in dem Salon Platz nahmen, setzte Viola wieder ihr schlecht gelauntes Gesicht auf.

»Hast du die Zeitung gelesen?«, fragte sie mich.

»Nein. Ich lese keine Zeitung.«

»Ach ja, ich vergaß: Aus der Politik hältst du dich raus.«

Einer der wenigen Momente, in denen es Viola gehörig an Feingefühl mangelte, vielleicht auch der einzige, war, wenn sie Streit suchte. Sie ging es frontal an, ein wütender Stier. Ich lächelte, denn an diesem Abend hatte ich an Streit kein Interesse.

»Was steht denn in der Zeitung?«

»Nichts«, sagte sie. »Gar nichts.«

Mit einer raschen Handbewegung faltete sie ihre Serviette auseinander. Stefano kam in der schwarzen Uniform der Moschettieri del Duce, einer Eliteeinheit, die Mussolini als Leibgarde diente, es war ein Schauspiel, bei dessen Anblick sich Violas Miene noch verdüsterte. Die Tätigkeit eines solch unheimlichen Musketiers war ehrenamtlich und für Stefano ein strategischer Schachzug, da er eine Beförderung ins Innenministerium anstrebte. Trotz allem nahm der Abend einen glücklichen Anfang. Man servierte uns, was immer sich braten, grillen, frittieren ließ, dazu einen ausgezeichneten Montepulciano, denn zwischen zwei Erdbeben hatten die Abruzzen Zeit gefunden, einen guten Wein hervorzubringen.

Seit der »Affäre« war Campana etwas zurückhaltender. Sein Erfolg nahm sich bescheidener aus, was ihn nicht liebenswerter machte. Er saß an der Seite seiner Frau und kaute schweigend, die Lippen glänzend vom Bratensaft, dabei vermied er es, zu mir hinzusehen, und wenn sich unsere Blicke versehentlich trafen, lächelte er verdruckst. Immer wieder schaute er auf die Uhr, als müsste er eigentlich woanders sein – sicher hatte er sein nächtliches Treiben wieder aufgenommen. Viola aß nur wenig, die Augen auf Stefano gerichtet. Ich sah das Drama schon kommen, fürchtete es, denn all ihre Findigkeit verwandte Viola auf die Tragödie.

Kurz vor dem Dessert sprach sie den Kellner an, der unsere Teller abräumte.

»Entschuldigen Sie, lieber Freund. Ich glaube einen kleinen Akzent herauszuhören. Woher kommen Sie?«

»Ich bin Deutscher, Signora.«

»Deutscher. Aha. Sagen Sie, Sie sind nicht zufällig Jude?«

Verblüfftes Schweigen am Tisch. Der Kellner starrte sie irritiert an.

»Nein, Signora.«

»Na, dann umso besser, umso besser. Mein Bruder hier«, sie deutete auf Stefano, »ist nämlich ein einflussreiches Mitglied der Regierung. Und ebendiese Regierung hat vor ein paar Tagen Dekrete gegen die Juden unterzeichnet, insbesondere gegen ausländische Juden, da sie zwei Makel in sich vereinen. Womit die Regierung, wie Sie sehen, erklärt, dass die semitische Rasse der unseren unterlegen ist. Aber dann ist ja alles gut, Sie sind ja kein Jude.«

In der Grabesstille, die sich am Tisch eingestellt hatte, zog sich der Kellner zurück. Stefano stand auf, knallrot, schloss die Tür und stürzte sich auf seine Schwester.

»Was ist in dich gefahren?«

Als er Viola am Arm packte, sprang ich auf. Und im selben Moment, mit einem Schwung, den man nicht erwartet hätte bei einem Mann, der sein Leben dem Gebet widmet, war Francesco bei ihnen.

»Setz dich wieder hin, Stefano. Alles ist gut.«

Der Bruder zögerte, sein Kinn bebte, zuckte nervös, dann nahm er seinen Platz gegenüber Viola wieder ein. Er leerte ein großes Glas Wein.

»Alles ist gut, alles ist gut. Klar doch. Die dumme Kuh weiß nicht mal, wovon sie spricht.«

»Ach, nicht?«, sagte Viola. »Die dumme Kuh hat sich geirrt? Ihr habt also nicht diese Woche zwei Dekrete veröffentlicht unter dem Titel *Maßnahmen zur Verteidigung der Rasse in der faschistischen Schule* und *Maßnahmen gegen ausländische Juden*? Ihr habt nicht Mischehen verboten? Wollt nicht Lehrer ›hebräischer Rasse‹ entlassen?«

»Das ist bloß Politik!«

»Viola, Liebes«, schaltete Campana sich in beschwichtigendem Ton ein, »du verstehst doch gar nichts von Politik.«

»Wir reagieren damit lediglich auf die Haltung Deutschlands«, fuhr Stefano fort, dabei wandte er sich seinem Vater zu, als wollte er ausgerechnet ihn überzeugen. »Wir haben nichts gegen Juden. Alles heiße Luft. Nimm nur Margherita Sarfatti, die ehemalige Geliebte des Duce: eine Jüdin. Und ich selbst habe mit großem Vergnügen mit einigen jüdischen Damen verkehrt. Die Regierung hat nicht die geringste Absicht, gegen Juden vorzugehen.«

»Du lügst«, sagte Viola. »Du weißt es vielleicht nicht mal, aber du lügst. Ihr lügt alle.«

Bei diesen Worten hatte sie sich zu Campana umgedreht. Der richtete sich auf.

»Ich lüge? Ich?«

Viola lachte.

»Wo soll ich anfangen? Die Reise in die Vereinigten Staaten, die du mir versprochen hast? Vor fünfzehn Jahren?«

»Das möchtest du also? Nach Amerika? Na dann.«

Campana schob seinen Stuhl zurück und verließ den Raum, was zu der allgemeinen Verwirrung noch beitrug. Dem Marchese kam ein wenig vom Essen hoch, und auf einmal ging es nur noch um seine Gesundheit, sein Wohlbefinden, alle schauten nur noch zu ihm, er hatte heute ja auch einen wunderbaren Moment erlebt, hieß es, er durfte stolz sein auf seinen Sohn Francesco – »nicht wahr, du bist stolz auf Francesco?« –, und alle überboten sich darin, mit ihm zu sprechen wie mit einem Kind.

Dann kam Campana zurück, er setzte sich und sah Viola fest an.

»In zwei Tagen, halt dich bereit. Noch vor dem Wochenende wirst du über eine waschechte amerikanische Straße laufen, versprochen.«

Viola hatte mit einer solchen Wendung nicht gerechnet. Aus ihren Augen sprach der ewige Kampf eines Kindes, das seine Freude hinausschreien will und sich gerade noch erinnert, dass es wütend ist. Fast aggressiv fragte sie:

»Kann Mimo mitkommen? Er hat Geld genug, um seine Reise zu bezahlen.«

»Mimo kann mitkommen, und er muss nichts bezahlen.«

An diesem Abend kam ich mit einem komischen Gefühl nach Hause, das mir den Magen zusammenkrampfte, die bevorstehende Reise hatte nicht viel damit zu tun. Beim Abschied hatte Viola mir das Titelblatt des *Corriere* in die Hand gedrückt.

Ich stellte mich vor den Spiegel, abgesehen vom Bett war er das einzige Inventar in meinem Schlafzimmer. Vor diesen Spiegel, der mir am Morgen, als ich mich für Francescos Bischofsweihe zurechtmachte, das graue Haar auf meinem Kopf gezeigt hatte. Beim Ausziehen rutschte mir die

Zeitungsseite aus der Tasche und glitt zu Boden. Ich musste den Artikel nicht erst lesen, die Überschrift sagte alles. *Le leggi per la difesa de la razza approvate dal Consiglio dei ministri.* Ich suchte nach neuen grauen Haaren und fand zwei, zu denen sich ein paar gleichfarbige auf meinem Körper gesellten. Im Laufe der Jahre hatte ich fast unmerklich zugenommen. *Die Gesetze zur Verteidigung der Rasse vom Ministerrat verabschiedet.*

Nein, mir gefiel gar nicht, was ich im Spiegel sah.

Zwei Tage danach fuhr ich zu Viola ins Hotel d'Inghilterra. Es war kühl, aber nicht zu kalt. Mein Chauffeur setzte mich vor dem Eingang ab und lud meinen Koffer aus, er war sehr viel luxuriöser als die Kiste, die ich früher durch ganz Italien geschleppt hatte. Viola stand auf dem Bürgersteig und trat vor Ungeduld von einem Fuß auf den anderen. Verständlich. Tausendmal hatte ich von meinen Kunden gehört, wie prächtig die *Conte di Savoia* sei oder die *SS Rex*, die vor ein paar Jahren, sehr zur Freude des Regimes, das Blaue Band für die schnellste Atlantiküberquerung erobert hatte. Italien beherrschte die Meere. Beide Ozeandampfer legten in Genua ab.

Campanas Wagen kam, ein nagelneuer Lancia Aprilia. Viola hatte es so eilig, dass sie das Gepäck selbst einlud.

»Wo ist dein Mann?«

»Er stößt unterwegs zu uns.«

Kaum waren wir eingestiegen, brauste der Wagen los. Wir kamen an einer Schar Kinder vorbei, die, gerade mal zwölfjährig, auf einem Platz sehenswerte gymnastische Übungen vollführten, kleine angehende Faschisten in schwarzen Uniformen und mit blauem Halstuch. Die Mauern der Stadt zogen in roten, weißen, grünen Streifen vorüber, doch sobald wir ein wenig abbremsten, rissen sie auf zu Propagandaplakaten, die den Geist der Nation feierten oder uns geboten, italienische Waren zu kaufen. Jugendliche, die Wangen gerötet vom Laufen, stritten sich in einem Park um das Privileg, einen abgewetzten Lederball zwischen zwei Mülltonnen zu schießen – vor ein paar Monaten hatte Italien dank der magischen Füße von Gino Colaussi und Silvio Piola zum zweiten Mal die Fußballweltmeisterschaft gewonnen. Ich achtete kaum auf das Geschehen ringsum, mich beunruhigte vielmehr, dass wir in Richtung Süden fuhren.

»Ich verstehe nicht, wohin wir fahren«, murrte ich.

»In die Vereinigten Staaten!«, rief Viola, legte sich die Hand auf die Lippen und gluckste. »Was guckst du so? Seit ich dich kenne, schmollst du, Mimo. Schon zweiundzwanzig Jahre«, und sie verzog das Gesicht.

»Ich möchte nur wissen, von wo wir abfahren. Auf welchem Schiff zum Beispiel. Hat dein Mann dir nichts gesagt?«

»Nein. Genieß einfach das Leben!«

Dann kurbelte sie das Fenster herunter und gab einen langen Schrei von sich, was der Chauffeur, der solche Verrücktheiten gewohnt war, geflissentlich überhörte. Wir waren jetzt draußen auf dem Land, und so oft, wie ich Rom durchstreift hatte – jeder Betrunkene ist ein guter Kartograf –, war mir klar, dass wir nicht nach Genua fuhren, nicht einmal aufs Meer zu. Campana wusste etwas, wovon ich nichts wusste.

Vierzig Minuten später bog der Lancia auf einen Feldweg ab. Am Ende des Wegs war statt Horizont eine riesige Mauer. Nur ein Wasserturm ragte, weit in der Ferne, darüber hinaus. Wir hielten an in diesem Nirgendwo, vor der einzigen eisernen Tür, die dort eingelassen war. Die umgepflügte Erde und die Reste von Putzmörtel am Boden ließen darauf schließen, dass man die Mauer erst kürzlich errichtet hatte. Der Chauffeur klopfte, und die Tür ging auf, vor uns stand ein Mann in schmutziger Latzhose. Mit dem Finger auf den Lippen bedeutete er uns, ihm zu folgen. Viola warf mir einen fragenden Blick zu, ich zuckte die Achseln. Ein schmaler Weg verlief zwischen der Mauer, die wir gerade passiert hatten, und so etwas wie einem Gerüst. Die Konstruktion erstreckte sich über etwa hundert Meter nach rechts und nach links. Eine Holzverkleidung dahinter verwehrte uns einen Blick auf das, was sich jenseits davon verbarg. Unser Führer tauchte, Zigarette im Mund, hinein in ein Gewimmel von Stahlrohren, ein Labyrinth, das nur er kannte. Er hatte kein Wort gesagt. Schließlich öffnete er eine in der Verkleidung versteckte Tür, einen Spalt nur, und warf, nachdem er uns zu verstehen gegeben hatte, dass wir uns nicht rühren sollten, einen vorsichtigen Blick auf die andere Seite. Dann machte er Platz und ließ uns durch.

Viola und ich standen in Los Angeles im Jahr 1923, mitten in der Prohibition.

Ein Ford T fuhr an uns vorbei, im Rückwärtsgang die Straße hoch, Gangster mit Thompson-Maschinenpistolen saßen lässig im Fond. Zwei Polizisten in schweren Filzmänteln folgten dem Wagen rauchend. Auf dem Bürgersteig gegenüber, vor dem zersprungenen Schaufenster eines Geschäfts mit dem Schriftzug *Grocery Store*, lagen Leichen in satten Blutlachen. Eine Frau kam auf mich zu, um ihre Schulter hingen mehrere Beutel.

»Welche Rolle? Waren Sie denn noch nicht in der Maske?«

»Die gehören zu uns, Lizzie.«

Campana war gerade aus dem Lebensmittelladen mit den kaputten Scheiben getreten. Er stieg über die Leichen hinweg, stieß versehentlich mit dem Fuß gegen eine, entschuldigte sich. Die Leiche antwortete höflich: »Ist doch nicht schlimm.« Hinter Campana kam Luigi Freddi, dem ich den Großteil meiner Arbeit für die Regierung verdankte, ich hatte ihn seit der Einweihung des Palazzo delle Poste in Palermo vor vier Jahren nicht mehr gesehen. Freddi begrüßte uns herzlich.

»Willkommen in der Cinecittà! Mimo, lang ist's her. Schön, Sie wiederzusehen, Signora Campana. Was sagen Sie zu unseren Studios?«

Luigi Freddi hatte es geschafft. Sein Traum, den Amerikanern Paroli zu bieten, war in dieser Stadt außerhalb der Stadt Wirklichkeit geworden, in dieser ganz der Kunst der Illusion gewidmeten Festung. Hollywood am Tiber, wie die Cinecittà bald genannt werden sollte, war dem Kopf dieses freundlichen, bestens gekleideten und ewig lächelnden Mannes entsprungen. Aber man durfte sich nicht täuschen. Sie war eine Waffe. Die mächtigste des Landes, wie der Duce selbst sagte, der mit allen Ressourcen des Regimes das Projekt gefördert hatte.

»Das Areal ist sechzig Hektar groß. Und wir bieten unseren Teams, wie auch dem Team von Signor Campana, fünfundsiebzig Kilometer Straßen. Am Ende der Straße hier«, erklärte Freddi und deutete auf den Boulevard vor uns, »müssen Sie nur nach rechts abbiegen, und Sie befinden sich mitten im Rom von vor zweitausendzweihundert Jahren. Dort haben wir letztes Jahr *Karthagos Fall* gedreht.«

»Also?«, rief Campana triumphierend. »Habe ich gelogen

oder nicht? Bist du in Amerika oder nicht? Jetzt kannst du allen erzählen, dass du über den Sunset Boulevard gelaufen bist. Und seht mal hier!«

Er ging zu einem Orangenbaum, der auf dem Bürgersteig wuchs, pflückte eine Frucht und warf sie mir zu.

»Die sind echt! Alles hier ist echt, oder fast!«

Eine junge Frau trat mit einem Notizblock in der Hand auf ihn zu und flüsterte etwas. Campana nickte.

»Ein Problem mit einem Schauspieler, was sonst. Käme das Kino ohne sie aus, es wäre das Paradies. Ich lass euch jetzt allein. Viel Spaß, folgt einfach den Anweisungen von Gerhard, wenn irgendwo gedreht wird«, sagte er und deutete auf den Mann in Latzhose, der uns empfangen hatte.

Erst jetzt traute ich mich, zu Viola hinzuschauen. Ihre Augen leuchteten. Nicht vor Bewunderung, nicht vor Aufregung. Vor Wut. Selbst Campana konnte es nicht länger ignorieren.

»Komm schon, das ist doch lustig, oder? Kannst du dir vorstellen, für wie viele Leute es ein Traum wäre, hier zu sein? Wir drehen einen Film über Al Capone.«

»Du solltest mich in die Vereinigten Staaten mitnehmen.«

»Meine Güte, wo hast du deinen Humor. Unmöglich, dir eine Freude zu machen. Ich fahre so oft rüber in die Staaten, da kannst du mir glauben, dort sieht es genauso aus. Unser Bühnenbildner ist Amerikaner. Wozu willst du dir die Strapaze einer Reise antun? Aber na schön, wenn dir so viel daran liegt, nehme ich dich mit.«

»Wann?«

»So bald wie möglich. Versprochen. New York, San Francisco, die echten Städte, was immer du willst. Coney Island, der Grand Canyon, die Studios der Warner Brothers. Wir werden keine Mühe und keine Kosten scheuen. Einverstanden, mein Schatz?«

Er trat auf sie zu, immer noch ein Charmeur trotz des Bauches, der ihm inzwischen vorausging, und nahm ihre Hand.

»Verzeihst du mir? Sag mir, dass du mir verzeihst.«

Viola seufzte, und dann schenkte sie ihm ein Lächeln.

»Ja.«

»Wunderbar. Weißt du was? Siehst du die kleine Straße da drüben? Wir werden sie nach dir umbenennen.«

Er schnippte mit den Fingern nach der jungen Frau mit dem Notizbuch.

»Lassen Sie den Requisiteur kommen. Er soll ein Schild machen für das Gässchen dort, ›Viola Orsini Street‹. Und kein Wort zum Regisseur. Der wird es sowieso nicht merken, dieser Schwachkopf.«

Er entfernte sich, nachdem er seine Frau auf die Wange geküsst hatte. Luigi Freddi sah ihm mit einem skeptischen Blick hinterher, dann führte er uns den Sunset Boulevard hinauf. Was ich für den Himmel gehalten hatte, dort am Ende, war nur eine bemalte Leinwand. Wir liefen an ihr entlang bis zu einer verborgenen Öffnung und kamen, wie angekündigt, heraus im dritten Jahrhundert vor Christus. Freddi führte uns ein wenig durch das antike Rom und verabschiedete sich vor einer Wasserfläche, auf der eine phönizische Galeere trieb.

»Wenn Sie fertig sind, gehen Sie zurück zum Sunset.«

Am späteren Nachmittag setzte uns der Chauffeur wieder am Hotel ab. Viola schien ihren Frieden gemacht zu haben, wirkte nur ein wenig abwesend. Sie aß mit ihrer Familie zu Abend – zwei Tage später fuhren die Orsinis gemeinsam zurück –, ich mit meiner serbischen Fürstin, mit der ich wieder angebandelt hatte. Wir hatten unseren Körpern noch einmal eine Chance gegeben und, zu unser beiderseitiger Überraschung, echte Lust empfunden. Alexandra brauchte kein Geld mehr – sie hatte 1935 einen steinreichen älteren Herrn geheiratet –, aber dann hatte sie gemerkt, dass sie außer mir keine Freunde in Rom hatte. Der Abend endete im Bett, und ich rauchte gerade am offenen Fenster eine Toscano, splitternackt in der Septemberbrise, als es an der Tür des Ateliers klopfte. Es war Mitternacht. Ich fürchtete schon eine erneute Eskapade Campanas, warf mir eine Decke über und ging hinunter öffnen. Es war Viola. Sie sah mich schweigend an, ich sie ebenso, stutzte. Hinter mir erschien Alexandra, völlig unbekleidet.

»Wer ist das, Herrrzchen?«, fragte sie mit diesem vielfach rollenden r, das schon so manchen Mann sein Ehegelöbnis hatte vergessen lassen.

»Nichts. Eine Freundin. Warte im Schlafzimmer auf mich.«

Alexandra tat gekränkt und ging hoch. Auf Violas Lippen lag ein spöttisches Lächeln.

»Du versagst dir nichts.«

»Wenn du wüsstest, wie wahr du sprichst, sie ist eine Fürstin. Was kann ich für dich tun, Viola?«

»Tut mir leid, dass ich dich um diese Uhrzeit störe. Ich sehe ja, dass du … beschäftigt bist, aber ich wollte mich von dir verabschieden. Ich fahre.«

»Ich weiß. In zwei Tagen. Dann können wir uns ja noch treffen.«

»Nein. Ich fahre morgen, niemand weiß davon.«

Ich runzelte die Stirn, zog die Tür hinter mir zu.

»Was heißt das, du fährst morgen?«

»Es ist vorbei, Mimo. Mit diesem Leben. Ich habe es versucht. Campana wird sich niemals ändern. Meine Familie auch nicht. Ich gehe.«

»Wohin?«

»In die Vereinigten Staaten. Ich nehme den Zug morgen früh nach Genua. Es gibt alle drei Tage ein Passagierschiff.«

»Bist du verrückt?«

»Nein, Mimo«, sagte meine Freundin und schaute mir fest in die Augen. »Ich bin nicht verrückt.«

»Aber … mit welchem Geld?«

»Ich habe ein bisschen. Ich hebe es von der Bank ab.«

»Du hast ein Konto auf deinen Namen?«

»Nein.«

Noch nie in meinem Leben hatte ich so schnell einen Plan gefasst.

»Sehr schön. Ich gehe mit dir.«

»Du?«

Ich ließ sie herein, sagte ihr, sie möchte in meinem Büro warten, und entledigte mich Alexandras unter dem Vorwand eines familiären Notfalls, was sie mir nur halb glaubte. Aber Fürstinnen sind nicht eifersüchtig, sie war also vielleicht tatsächlich eine. Ich kochte einen Kaffee und legte Viola meinen Plan dar. Ich hatte Geld. Wir würden zusammen fahren, mit dem ersten Schiff. Sobald sie sich in New York eingerichtet hätte, würde ich zurückfahren und der Familie Bescheid sagen. Viola könnte niemand etwas anhaben.

»New York …«, flüsterte sie, die Augen voller Wolkenkratzer.

Sie umarmte mich, ohne ein Wort, sichtlich gerührt. Am nächsten Tag würden wir uns um sechs Uhr vor ihrem Hotel treffen und von dort direkt zum Bahnhof gehen. Wir dürften nur wenig Gepäck mitnehmen – was wir brauchten, würden wir unterwegs kaufen. Als sie sich schon zur Tür wandte, hielt ich sie zurück.

»Bevor wir nach Genua fahren, möchte ich noch irgendwo anhalten. Ich muss dir etwas zeigen, einverstanden?«

Ich sah, wie sie zögerte, und erklärte:

»Du kannst mir vertrauen.«

Rom schlief noch, versunken in einem Traum von Grandezza, als der Zug uns in Richtung Norden trug. Im Erste-Klasse-Wagen drängte mich Viola, ihr den vorgesehenen geheimnisvollen Zwischenstopp zu verraten. Ich blieb standhaft. In Pisa stiegen wir um, und nach der Einfahrt des Zugs in den Bahnhof von Florenz wartete ich noch ein oder zwei Minuten – ich tat, als würde ich Zeitung lesen, *La Stampa* –, dann sprang ich von meinem Sitz hoch.

»Schnell! Wir müssen hier raus!«

Viola stand auf, verblüfft, panisch, ließ ihren Koffer fallen, brach in Lachen aus, und wir konnten den Zug gerade noch verlassen, die Türen schlossen sich schon mit einem Schnaufen hinter uns. Ich rief nach einem Kofferträger, auch wenn wir beide jeweils nur ein Gepäckstück hatten, und gab ihm die Adresse des Baglioni.

Ich hatte Florenz mit einem pelzigen Gefühl im Mund verlassen, in stinkenden löchrigen Klamotten, beschmutzt von meinen Exzessen und denen anderer. Jetzt kehrte ich als Eroberer zurück. Den Portier vor dem Baglioni kannte ich nicht, aber als er uns erblickte, beeilte er sich, die Drehtür zu schwingen. An der Rezeption bat ich um zwei Suiten, eine für Viola, eine für mich.

»Wir haben nur eine Suite zur Verfügung, Signor Vitaliani. Aber wir haben ein sehr schönes Zimmer, das …«

Mit einer Handbewegung unterbrach ich den Mann.

»Das wird nicht nötig sein. Wir gehen ins Excelsior.«

Die Miene des Rezeptionisten änderte sich sofort.

»Ich werde sehen, was ich tun kann, Signor Vitaliani. Ich könnte Ihnen vielleicht eine zusätzliche Suite geben, wir klären das im Haus.«

Ich stieß Viola diskret mit dem Ellenbogen an und runzelte die Stirn.

»Das verstehe ich nicht. Steht sie nun zur Verfügung oder nicht? Bin ich hier im Baglioni? Oder bin ich versehentlich in einem Stundenhotel gelandet? Das ist hier nämlich genau der Ort, wo früher das Baglioni stand.«

Dem Rezeptionisten war die Verärgerung anzusehen, aber er lächelte.

»Wir bedauern diesen Irrtum sehr, Signor Vitaliani. Ich versichere Ihnen, dass wir sehr wohl zwei Suiten zur Verfügung haben. Erlauben Sie uns, Ihnen eine Flasche Champagner zu offerieren als Entschuldigung für diese Unannehmlichkeit.«

Kaum im Aufzug, mussten Viola und ich schallend lachen. Dann gingen wir einen endlosen Flur entlang, schwankten durch die Gänge dieses mitten in der Stadt gestrandeten Überseedampfers. Unsere Suiten, ausstaffiert mit dunklen Holzpaneelen und senfgelben Vorhängen, ähnelten zwei aufgetakelten älteren Damen, thronend über der Stadt, stumme Zeugen des Zeitgeists. Selbst 1938 verströmten sie noch einen antiquierten Charme. Das Baglioni war insofern einzigartig, als es von Anfang an altmodisch war, Echo einer Epoche, die es vielleicht nie gegeben hatte.

Wir hatten es eilig – gleich am nächsten Morgen würden wir den 8 Uhr 25 nach Genua nehmen. Ich erledigte noch ein paar Telefonate, dann holte ich Viola ab. Sie hatte ihr Kleid für die Reise gegen eine Hose getauscht, ihr halblanges Haar war zu einem Pferdeschwanz gebunden. Ohne diese geschwungene Kontur hätte sie jemand, der ihr nur kurz begegnete, für einen effeminierten jungen Mann halten können. Wir gingen über den Ponte Vecchio, liefen am anderen Ufer nach Osten, eine Strecke, die ich viele Male zurückgelegt hatte. Viola wusste nichts über meine Florentiner Jahre, oder zumindest kannte sie nur das schmeichelhafte und verlogene Bild, das ich in meinen Briefen skizziert hatte.

Im Atelier war kein einziges vertrautes Gesicht. Abgesehen von Metti, der in seinem Küchenbüro saß, vertieft in die Pläne einer Kirche. Ich hatte ihm unser Kommen nicht angekündigt und ließ mir ein paar Sekunden Zeit, sah ihn mir an, meinen alten Meister, den Mann, der seinen Arm in Caporetto vergessen hatte, erst dann klopfte ich an den offenen Türflügel. Er hob den Kopf, verärgert über die Störung, und riss, als er mich erkannte, die Augen auf. Ich dachte schon, ihm kämen die Tränen.

Schließlich ging er um den Schreibtisch herum und drückte mich an sich. Er war kleiner geworden in diesen fünfzehn Jahren, sein Haar vollkommen weiß. Er war noch keine fünfundfünfzig.

»Mimo, was für eine Überraschung! Und das ist die Signora Vitaliani, nehme ich an?«

Viola errötete wie ein Backfisch.

»Nein, ich bin Viola Orsini. Eine Freundin.«

»Ah, das junge Fräulein aus dem Krankenhaus, ja?«

Viola zuckte zusammen, in der Defensive jetzt, dann sah sie ihn für einen Moment an und begriff, dass vor ihr ein Bruder stand, ein Gefährte in weiß gestrichenen Fluren und Äthergerüchen.

Metti aß mit uns zu Abend, im besten Restaurant der Stadt. Er hatte meine Karriere in der Presse verfolgt, die, seit ich angefangen hatte, für das Regime zu arbeiten, eifrig darum bemüht war, ein schmeichelhaftes Bild von mir zu zeichnen. Neri, erzählte er mir, hatte seit ein paar Jahren ein eigenes Atelier in der Nähe von San Gimignano. Ich musste laut lachen, denn die Stadt der Geschlechtertürme, deren Höhe früher einmal die Macht ihrer Besitzer widerspiegelte, passte hervorragend zu diesem eingebildeten Kretin. Sobald das Gespräch ein wenig zu gefährlich abdriftete zu meinen Florentiner Jahren mit ihrem Gefolge von Ausschweifungen, lenkte ich es in eine andere Bahn.

Giottos Campanile schlug elf. Der bronzene Klang schwappte von einer Marmorfassade zur nächsten, ehe er verebbte. Wir verabschiedeten uns unter allerlei Versprechungen, uns wiederzusehen. Nach ein paar Schritten auf der Straße drehte Metti sich noch einmal um.

»Weißt du jetzt endlich, was es heißt, ein Bildhauer zu sein, Mimo?«

»Nein, Meister! Deshalb nenne ich Sie ja immer noch Meister.«

Er lachte, aber es kam nicht von Herzen, dann ging er weiter und schwang seine verwaiste Schulter. In der Ferne grollte der Donner, die Stadt roch nach Regen. Ich führte Viola die Via Cavour hinunter, den Weg war ich nur ein einziges Mal gegangen, aber ich erinnerte mich genau, denn dort hatte ich etwas von meinem Blut gelassen. Als wir zur

Piazza San Marco kamen, erstarrte Viola beim Anblick der Kirche, die sich auf der anderen Seite erhob.

»Die kenne ich …«

Ich hoffte, dass Walter mich nicht im Stich ließ. Drei Schläge ans Holz, und er machte auf, derselbe wie früher, immer noch genauso klein, immer noch genauso Mönch. Der Name des Bischofs Francesco Orsini hatte mir, als ich ihn anrief, die Tür geöffnet. Im Schaukelgang auf unseren kurzen Beinen, nach links, nach rechts, nahmen Walter und ich dieselbe Treppe wie vor sechzehn Jahren, Viola hinterher. Oben reichte Walter mir eine Lampe und sagte exakt dieselben Worte.

»Eine Stunde, nicht länger. Und vor allem kein Krach.«

Mit einem Wink bedeutete ich Viola, in die erste Zelle hineinzugehen. Sie trat über die Schwelle, blieb vor Fra Angelicos *Verkündigung* stehen, und ihr kamen die Tränen, nicht schluchzend, nicht traurig, sie weinte vor Freude über den Engel mit den Pfauenflügeln und die Kindfrau, die die Welt verändern würde.

»Danke, Mimo.«

Das Gewitter brach los, ein bleierner Hagel prasselte auf das Dach über unseren Köpfen. Ich blies die Lampe aus, überließ es den Blitzen, uns von Zelle zu Zelle zu führen. Und für ein paar Augenblicke, in einem Sturm von Gold und Türkis, von Tönen in Orange, Rosa und Blau nahm unsere Freundschaft wieder Farbe an.

Bevor Viola mich an der Tür ihres Zimmers verließ, kniete sie nieder.

»Danke, Mimo. Ich werde diesen Abend nie vergessen. In Amerika haben sie keine richtige Geschichte. Ich aber werde einzigartig sein, denn ich werde eine haben. Bis morgen.«

Zehn Minuten später ging ich noch einmal aus dem Hotel. Es goss in Strömen, doch mir war das egal. Meine Füße fanden ihre alten Spuren wieder, das Pflaster Atom für Atom abgetragen, und dort schmiegten sie sich hinein. Die Straßenbahnschienen glänzten, bei jedem Blitz zeichneten sie einen funkelnden Weg. Sie führten mich zu dem Zirkusplatz, wo das alte Zelt noch stand, noch geflickter, noch verblichener als früher. Das Banner ZIRKUS BIZZARO hing in Fransen und tanzte im Sturmwind. Die beiden Wohnwagen standen ebenfalls noch dort, Saras Wagen im Dunkeln. In Bizzaros Fenster leuchtete ein Licht, für einen Moment ausgewischt von einer dunklen Gestalt. Ich zögerte lange, dann machte ich kehrt. Dieser Teil meines Lebens war vorbei: das Leid, die Armut, alles Fehlende, das ich in meinem Bauch mit mir herumtrug. Ohne Mutter, ohne Viola, ohne Zukunft, Abwesenheiten, die ich in den Spelunken der Stadt versucht hatte auszugleichen. Nie wieder so etwas.

Der Mann an der Rezeption fragte mich, ob alles in Ordnung sei, als er mich unter den tobenden Blitzen und dem fauchenden Mistral hervortauchen sah, von Kopf bis Fuß durchnässt. Ich nahm eine heiße Dusche, hüllte mich in den vom Hotel bereitgelegten seidenen Bademantel – an mir sah er aus wie ein Brautkleid mit langer Schleppe – und in zwei Decken. An Schlaf war nicht zu denken. Und als es gegen drei Uhr leise an der Tür scharrte, öffnete ich sofort. Viola, in dem gleichen Bademantel, kam wortlos herein. Sie deutete auf das große Bett.

»Darf ich?«

Ich legte mich schweigend wieder hin. Sie legte sich auf die andere Seite, dann kuschelte sie sich an mich. Ich wusste, dass ich mich bis zu meinem letzten Atemzug an diesen

Moment erinnern würde. Und seht, Brüder, ich habe mich nicht geirrt.

Nach ein paar Minuten hörte ich Violas Stimme, fast kaum wahrnehmbar, aber doch so laut, dass sie das Donnern des Gewitters im offenen Fenster übertönte.

»Das war Verrat an mir, etwa nicht?«

Die Frage bedurfte keiner Antwort, wir kannten sie beide. Ich mochte das Wort *Verrat* nicht. Aber der Streit um Wörter würde warten müssen.

»Wann fahren wir zurück nach Pietra d'Alba?«, fragte Viola weiter.

»Morgen.«

Im Dunkeln spürte ich, wie sie nickte. Ein seltsames Gefühl, ich vermisste ihre Wut, sah mich zu einer Rechtfertigung gedrängt.

»Was hättest du gemacht, ganz allein in Amerika? Glaubst du, deine Familie hätte dir netterweise Geld geschickt? In den letzten vierundzwanzig Stunden haben wir beide so getan. Aber du wusstest genau wie ich, dass das nur ein kleines Verschnaufen war.«

»Ich hatte gehofft, dass vielleicht …«

»Das war doch absurd. Es gibt andere Lösungen. Ich habe getan, was für dich das Beste ist.«

»Ja, viele Leute tun, was für mich das Beste ist. Wem hast du Bescheid gesagt? Stefano?«

»Francesco. Bevor wir gefahren sind. Ich habe ihn nur um einen Tag in Florenz gebeten. Versuch jetzt zu schlafen. Wir sprechen noch darüber.«

Seite an Seite warteten wir auf den Morgen und stellten uns schlafend. Gegen sechs Uhr brandete eine purpurne Welle über den Arno und vertrieb das teerige Wasser der Nacht. Es klopfte an der Tür. Ich machte auf, im Flur warteten die beiden Gorillas in ihren dunklen Anzügen, um uns nach Pietra d'Alba zurückzubringen. Wir sprachen nicht mehr darüber.

Candido Amantini hat nie dem Bild entsprochen, das die Populärkultur später von dem Exorzisten zeichnete. Padre Vincenzo hatte ihn als junger Priester einmal kennengelernt, und in seiner Erinnerung war er ein freundlicher Herr hinter einer großen Brille, nicht eben jemand, der mit Blitzen hantiert und gegen Dämonen zu Felde zieht. Dennoch war Amantini laut Professor Williams der Erste, den die Kongregation des Heiligen Offiziums zu sich rief, noch vor den wissenschaftlichen Experten. Er schloss sich zum Gebet vor der Statue ein, fast zwölf Stunden am Stück – zwei Schweizergardisten hielten Wache vor der Tür des Lagerraums, wo man die Pietà untergebracht hatte –, ausgestattet lediglich mit »einer Bibel aus dem siebzehnten Jahrhundert, einer Packung Kerzen und einer Schachtel mit weißer Kreide«, wie es im Bericht heißt. Nicht erwähnt wird darin, ob die Gardisten etwas gesehen oder gehört haben. Candido Amantini kam schließlich wieder heraus, und eine Woche später überreichte er sein Urteil. Von Besessenheit könne bei der Statue keine Rede sein, was ihn selbst umso mehr verwirre, da auch er, nachdem er stundenlang zu ihr hingeschaut habe, empfänglich gewesen sei für diese seltsame *Präsenz*, für etwas, was hinausgehe über die Tonnen Marmor, die dort vor ihm im Schein der Kerzen tanzten. Aber die Präsenz, versichert er, sei nicht des Teufels, denn eine solche werde im Moment des Exorzismus zwangsläufig begleitet von einem Geruch nach verbranntem Gras, nach Rost, nach faulen Eiern, als wäre soeben in der Nähe ein Blitz eingeschlagen.

Amantini schwingt sich zu einer Erklärung auf, die für manche später ein Licht wirft auf die Tat des Laszlo Toth, wenn der nach der Pietà Vitaliani sucht, um sie zu zerstören, sie nicht findet und mit Michelangelos Pietà vorliebnimmt: Die Statue komme dem Göttlichen nahe. Sie sei besessen, ja, aber von der Präsenz Gottes. Und als solche sei sie gefährlich. Gott sei zu groß, als dass ihm etwas nahekommen könne, weshalb Petrus trotz seiner Irrtümer erwählt worden sei, eine Institution zu gründen, die als Bindeglied fungiere, die Kirche. Wenn jemand dem Göttlichen so nahe komme, es mit dem Finger berühren könne wie Adam an der Decke der Sixtinischen Kapelle, wozu dann noch die Kirche? In seiner Empfehlung an die Kongregation des Heiligen Offiziums – erst 1908 trat sie an die Stelle der Inquisition – ist Amantini sehr bestimmt. Aus künstlerischer Sicht sei die Pietà ein bedeutendes Werk. Aus theologischer Sicht hingegen sei sie eine unerklärliche Ketzerei. Amantini gesteht sein Scheitern ein bei dem Versuch, es zu verstehen, empfiehlt jedoch, die Statue nie wieder öffentlich zu zeigen.

In einer Fußnote hebt Professor Williams einen Umstand hervor, der nicht ohne Ironie ist: Diese späte Inquisition, die, wenn auch unter anderem Namen, Pater Amantini den Auftrag erteilte, ließ 1573 Veronese befragen, weil er es gewagt hatte, in seinem Gemälde *Das Gastmahl im Hause des Levi* … Zwerge darzustellen. Zwangsläufig groteske, komische Figuren, die der göttlichen Natur der Szene entgegenstanden. Und fast vier Jahrhunderte später wirft ebendiese Inquisition einem »Zwerg« vor, er sei *zu* göttlich.

Dann rückten die Experten an, Naturwissenschaftler und Historiker. Die Statue wurde gewogen, vermessen, geröntgt. Den Aufnahmen war nicht der kleinste Hinweis auf Mikrorisse zu entnehmen, ein Zeichen für die Qualität des Marmors. Man brachte Radioaktivität ins Spiel, oder die Statue würde ein Gas wie Radon emittieren, was die Tests jedoch widerlegten. Bei der Vermessung des Sockels wurde festgestellt, dass ihre Höhe dem Goldenen Schnitt entsprach und dass sich die göttliche Proportion, wenn man bestimmte Punkte der Statue miteinander verband, auch dort wiederfand. Gleichwohl war es unmöglich, daraus irgendetwas abzuleiten, schließlich war die Statue nicht die erste, die sich an dieses harmonische Maß hielt. Die abenteuerlichsten Theorien – Einschlüsse von Meteoritengestein, ionisierende Strahlung, Verstärkung der Erdstrahlen nach Hartmann oder Curry – wurden vorgebracht und verworfen. Alle Fachleute stimmten mit der Schlussfolgerung von Pater Amantini überein. *Wir wissen nichts.*

Nachdem Professor Williams die Theorien der anderen aufgeführt hat, kommt er zu seiner eigenen. Weder die Religion noch die Wissenschaft, schreibt er, würden die Lösung finden. Keiner dieser Experten habe sich die Statue wirklich angesehen. Denn wer sie lange betrachte, könne nur fasziniert sein von dem Gesicht der Jungfrau, von ihren Zügen, von dieser Weiblichkeit und Sinnlichkeit, die sie ausstrahle, trotz der deutlichen Anzeichen für ihr Alter. Im Gegensatz zu Michelangelos Madonna (ungewöhnlich jugendlich für die Mutter Jesu) ist es bei Vitalianis Pietà nämlich kein junges Ding. Maria hat ein Leben hinter sich. Und Williams wagt die Hypothese, das Geheimnis liege in der Beziehung des Bildhauers zu seinem Modell.

Er kannte sie, sagt uns Williams, und dem Wesen dieser Beziehung entspringt das Mysterium.

Leonard B. Williams stirbt 1981, nachdem er die letzten zwanzig Jahre dem Studium der Skulptur gewidmet hat – ohne zu ahnen, dass er recht hatte und völlig falschlag.

Die Orsinis sind auf dem Gipfel ihres Ruhms und wissen es nicht. Dank dem Wasser aus dem See tragen die Orangenbäume wie noch nie. Die Pomeranzen ebenfalls, inzwischen exportiert die Familie einen beträchtlichen Teil ihrer Produktion.

Am 10. Februar 1939 stirbt Pius XI. im Vatikan urplötzlich an einem Herzinfarkt. Und die Gerüchte schießen ins Kraut. Da er im Begriff gewesen sei, eine Rede zu halten, um das faschistische System anzuprangern, heißt es etwa, und da sein Arzt niemand anderes gewesen sei als der Vater von Clara Petacci, Mussolinis aktueller Geliebter, könne dies nur eines bedeuten: Mussolini habe einen allzu unbequemen Papst vergiften lassen.

Am 2. März 1939 große Verwirrung: Der Rauch, der über den Dächern des Vatikans aufsteigt, ist zunächst schwarz, ein technisches Problem, schließlich wird er weiß, trotzdem muss die Nachricht noch über Radio Vatikan bestätigt werden.

Habemus papam.

Um 17 Uhr 30 Uhr wird Eugenio Pacelli Papst. Der Mann, dem ich meine Karriere verdanke. Unter dem Namen Pius XII. kommt er abends in sein Arbeitszimmer, wendet sich an seine Haushälterin, zupft an seiner weißen Soutane und murmelt: »Sehen Sie, wie man mich zugerichtet hat.«

Nach dem Krieg wollte niemand mehr etwas vom Tod hören. Die Zwanzigerjahre waren Jahre des Lebens, eines beschleunigten, rauschhaften Lebens, und mehr als einmal dachte ich, dass die Filme dieser Zeit mit ihren Bildern, ruckartig, sprunghaft, die Wirklichkeit einfingen. Im Laufe der Dreißigerjahre kam der Tod wieder in Mode, mit dieser innigen Neugier, die die Distanz vergönnt. Jede Stadt, die etwas auf sich hielt, jedes Dorf, das ein wenig Ehrgeiz besaß, *musste* einfach sein Kriegerdenkmal haben. Und sosehr es mir widerstrebte, kam es mir zu, das Denkmal von Pietra zu schaffen, das sich durch die kleine Besonderheit auszeichnete, dass nur ein Name darauf stehen würde. Den Militärbehörden war nicht in den Sinn gekommen, in diesem abgelegenen Tal zu mobilisieren, vielleicht hatten sie es auch lieber vermieden, um die Orsinis nicht vor den Kopf zu stoßen, aber ihr Sohn Virgilio hatte nun mal die dumme Idee gehabt, sich freiwillig zu melden, womit er den kurzsichtigen Blick des Schicksals auf sich lenkte. Das Ergebnis war umso tragischer, als Jacopo, nun offiziell meine rechte Hand, auf die martialische graue Stele einen Soldaten stellte, der unterm Kugelhagel eine Fahne aufpflanzt. Unmöglich konnte man beim Anblick dieses einen Namens, verloren auf einer großen leeren Steinplatte, nicht denken: »Was für ein Idiot.« So wurde die Ehrung zur Beleidigung. Die Familie Orsini hasste das Denkmal, der Bürgermeister hasste es, und da auch ich es hasste, hatte ich keine Skrupel, es zu zerstören. Ich arbeitete wieder unter Hochdruck an den Statuen für den Palazzo della Civiltà Italiana, sie beschäftigten mich bis zum Ende des Jahrzehnts.

Seit der Sache in Florenz – mein Verrat, ob ich das Wort mag oder nicht – sprach Viola nicht mehr mit mir. Auch nahm sie nicht an den Abendessen teil, zu denen ich eingeladen war. Begegnete ich ihr im Dorf, etwa wenn Messe war – ich übernahm es weiterhin persönlich, die Kirche instand zu halten, für mich eine Ehrensache –, tat sie, als sähe sie mich nicht. Eine leichte Übung, es genügte, nicht nach unten zu schauen. Sie schaute geradeaus, in diese Leere, die ich ausgefüllt hätte, wäre ich von normalem Wuchs, und ignorierte mich. Es hätte mich gekränkt, hätte ich nicht regelmäßig Zeitungsausschnitte erhalten, überbracht von Emanuele in unfrankierten Umschlägen und von einem Absender, dessen Identität er nicht verraten wollte (offenbar betonte er nachdrücklich das Wort *verraten*). Der erste Artikel erreichte mich im November des Vorjahres, darin ging es um das Manifest der rassistischen Wissenschaftler, auf das Mussolini seine Dekrete stützte. Dann ein Artikel über die Emigration des Nobelpreisträgers Enrico Fermi, dessen Frau Jüdin war und nicht mehr lehren durfte. Fermi sollte fortan für ein anderes Land an den Grundlagen der Kernspaltung forschen. Die Botschaft war klar: Stefano hatte mich angelogen. Und Viola, die es nicht aufgegeben hatte, mich zu bekehren, ließ mich auf diese Weise wissen, dass es mit unserer Freundschaft vielleicht doch nicht ganz vorbei war.

Nach unserer Rückkehr aus Florenz hatte es ein hitziges Treffen mit den Brüdern Orsini, Campana und mir gegeben. Campana hatte getobt, er habe genug von dieser *Übergeschnappten*, diesem *sterilen Brett*. Francesco hatte mir mit einem kurzen Blick klargemacht, bloß still zu sein. Er war der Sekretär von Pius XII. und strahlte eine Aura aus, dass selbst ich gehorchte. Seit dem letzten Jahr erprobten zwei römische Medizinprofessoren, Cerletti und Bini, eine vielversprechende Behandlung auf der Basis von Elektroschocks.

Viola war die ideale Kandidatin, zumal der Mailänder Arzt, der sie nach ihrem gescheiterten Fluchtversuch untersucht hatte, eine Befindlichkeitsstörung diagnostizierte. Und eine gestörte Befindlichkeit hält einem Stromstoß nur schwer stand. Stefano verdrehte die Augen, als Campana erklärte, die Methode sei erfolgreich an Schweinen und auch an einigen Menschen getestet worden. Mit einer Fingerbewegung schloss Francesco diese Lösung aus. Dann war die Rede von Lithium, dem eine gestörte Befindlichkeit genauso schwer standhalte. Ich hatte keinen Ton gesagt und fuhr auf.

»Es wird kein Lithium geben und keine Elektroschocks. Es wird gar nichts geben.«

Ich schaute Campana direkt in die Augen.

»Aber wenn du von *den* Übergeschnappten sprechen willst, nur zu.«

Campana ging türeschlagend hinaus. Der kleine Sieg sagte mir, dass Viola mich zu Unrecht verstoßen hatte, dass sie mir zu großem Dank verpflichtet war. Man arrangiert sich mit seinem Gewissen, so gut es geht.

In diesen Jahren war ich, wenn ich nicht gerade bildhauerte, vor allem mit dem Wiederfinden meiner Mutter beschäftigt. Unsere Gesten von früher funktionierten nicht mehr, wir mussten zu einer neuen Haltung finden, einer neuen Art des Zusammenseins, mussten uns wieder einen gemeinsamen Raum erobern. Oft gingen wir nebeneinanderher und blickten uns nur selten in die Augen. Sie war meine Mutter, und zugleich war sie es nicht länger, die Zeit hatte an zu vielem genagt. Meine Scham bremste jeden zärtlichen Impuls, ihre Geduld nahm es hin.

1940 hob der Krieg wieder an, denn aufgehört hatte er nie. Ich erhielt immer mehr Zeitungsausschnitte, Zitate von

Mussolini, abgeschrieben mit grüner Tinte. Gegen Ende des Jahres fuhr ein Geländewagen beim Atelier vor, ein Fiat 508 CM Coloniale, auf den Kotflügeln zwei kleine italienische Wimpel. Ein Beamter in einem streng geschnittenen Anzug stieg aus, dahinter Stefano, der ein erfreutes Lächeln nur mühsam unterdrückte. Mein Besucher hielt mir einen Brief hin, ich öffnete ihn sofort. Es handelte sich um einen Auftrag für ein monumentales Standbild mit der Bezeichnung *Der neue Mensch*, bestimmt für den zentralen Platz in Predappio, dem Geburtsort des Duce. Das Ersuchen, gab man mir zu verstehen, kam offiziell vom Ministerium für Volkskultur, war aber weiter oben formuliert worden. *Sehr* weit oben, fügte Stefano mit einem Augenzwinkern hinzu, was dem Beamten sichtlich missfiel. Hunderttausend Lire pro Jahr bis zur Fertigstellung der Skulptur, mit einem garantierten Minimum von vierhunderttausend Lire. Eine erkleckliche Summe. Ich wischte die grüne Tinte aus meinen Gedanken und unterschrieb gleich dort, auf der Karosserie des Fiats.

Abends machte ich am Küchentisch einen Entwurf, zwischen zwei Gläsern Wein und zwei leeren Tellern, während Vittorio Geschirr einräumte und meine Mutter in der Ecke strickte. *Der neue Mensch* sollte drei Meter hoch sein, einschließlich Sockel fünf Meter. *Der neue Mensch* war ein Sprinter beim Start, direkt nach dem Schuss, mit einem Fuß nur auf dem Boden. Eine technische Herausforderung. Eine anatomische Herausforderung. Als ich die Zeichnung meiner Mutter zeigte, warf sie einen kurzen Blick darauf, strickte weiter und erklärte:

»So, wie du bist, bist du genau richtig, Mimo.«

»Wie bitte?«

»Ich denke, dein Riese da, mit all seinen Muskeln, dieser ›neue Mensch‹, der stellt dar, was du sein möchtest. Ich sage dir, so, wie du bist, bist du genau richtig. Aber was weiß ich schon, ich bin ja nur deine Mutter.«

Ich ging wütend hinaus, und nach ein paar Schritten über den mondweißen Kies erschrak ich. Viola stand dort und wartete auf mich, in einem dunklen Mantel, nicht viel anders als diese Erscheinung, die mir vor Jahren auf dem Dorffriedhof eine solche Angst eingejagt hatte. Und ein Gespenst war es wirklich. Das Gespenst unserer Kindheit, mit schmalem Gesicht und zu großen Augen, gerötet von einer langen Reihe Männer, zu denen auch ich gehörte.

»Stefano hat mir von deinem letzten Auftrag erzählt. Du weißt, von wem er kommt.«

Es war das erste Mal in fast zwei Jahren, dass sie zu mir sprach. Plötzlich gab es mich wieder, und das, um mir Vorwürfe zu machen. Ich arbeitete wie ein Verrückter, zahlte zehn Löhne, die Orsinis rühmten sich vor jedem, der es hören wollte, dass sie mich entdeckt hatten. Und ich war weder Gesualdo noch Caravaggio. Ich hatte niemanden umgebracht. Meine Skulpturen taten keiner Fliege etwas zuleide.

»Ich interessiere mich nicht für Politik. Das habe ich dir tausendmal gesagt.«

»Ich will nicht, dass du diese Skulptur machst.«

»Du *willst* nicht?«

»Nein.«

»Dann scher dich zum Teufel, Viola.«

Sie drehte auf dem Absatz um, ohne ein Wort, und tauchte ein in die Nacht.

Kurz darauf fuhr ich nach Frankreich, ich hatte keinen Fuß mehr in dieses Land gesetzt, seit ich es an einem kalten

Tag im Jahr 1916 verlassen hatte. Ich war zu einem Empfang in der italienischen Botschaft eingeladen, im besetzten Paris, wo alles, was unser schönes Land an Talenten zu bieten hatte, auflaufen würde. Der Botschafter, dem es darum getan war, den Schein einer Freundschaft mit den *francesi* zu wahren – man wusste ja nie –, hatte keinen einzigen Deutschen eingeladen. Ebendort kam es angeblich zu einer Auseinandersetzung zwischen mir und Giacometti. Ich weiß nicht, wie dieser amerikanische Professor, der später über mich oder, besser gesagt, über meine Pietà schrieb, davon Wind bekommen haben will, in seiner Monografie findet sie jedenfalls Erwähnung. Eine hartnäckige Legende, denn Giacometti und ich haben nie ein Wort miteinander gesprochen.

Ich fand mich recht früh zu der abendlichen Veranstaltung ein. Das Gesellschaftliche behagte mir weniger als das Geschäftliche, aber ich wusste, wie wertvoll eine Begegnung in diesen Kreisen sein konnte, in denen zu bewegen Francesco mir beigebracht hatte. Eine Frage lag der kleinen Versammlung auf den Lippen – ob Elsa Schiaparelli wohl käme? Die Modeschöpferin der Pariser Prominenz kam nicht. Dafür ließen andere Künstler sich blicken, und nicht die schlechtesten. Man stellte mir Brancusi vor. Der Kollege, der aussah wie ein gehobener Clochard, hatte sich dank des italienischen Klangs seines Namens hineingeschummelt. Wir kannten uns vom Hörensagen und wechselten die üblichen Belanglosigkeiten. Seit meinem Eintreffen beobachtete ich aus den Augenwinkeln einen seltsamen Typen mit ausweichendem Blick und mächtigem Wuschelhaar, der mich zu meiden schien. Auch er sah aus wie ein Pennbruder und ging an Krücken. Wann immer sich unsere Wege zu kreuzen drohten in dem Gewoge, das die Gäste neu sortierte, drehte er um und verschwand in der Menge.

Brancusi hatte Gefallen an mir gefunden und füllte immer wieder mein Glas. Ich stupste ihn an.

»Sag mal, wer ist der Typ da drüben? Der mit den Krücken. Ich glaube, er meidet mich.«

»Giacometti? Er hasst dich. Na los, auf ex.«

»Er hasst mich? Warum?«

Brancusi hielt dem Barmann sein leeres Glas hin.

»Weil er dich bewundert, nehme ich an.«

»Wo ist da die Logik?«

»Das ist *sehr* logisch. Warum solltest du jemanden hassen, der dich nicht in den Schatten stellt? Jemanden zu bewundern heißt, ihn ein wenig zu hassen, und umgekehrt. Beethoven hasste Haydn, Schiaparelli hasst Chanel, Hemingway hasst Faulkner. Ergo, Giacometti hasst Vitaliani. Und wo wir schon dabei sind, ich hasse dich auch. Aber wir Rumänen kennen das freundliche Hassen. Also, was trinkst du?«

»Ich glaube, ich habe genug getrunken.«

»Soll das ein Witz sein? Du müsstest mal dein Gesicht sehen. Wenn ein Mann so ein Gesicht macht, gibt es zwei mögliche Gründe. Der erste ist eine Frau.«

»Und der zweite?«

»Eine Frau.«

Wir beendeten den Abend sternhagelvoll und pinkelten in der Rue de Varenne gegen ein deutsches Auto, Beweis dafür, dass ich sehr wohl ein wenig Politik gemacht habe. Bis zu seinem Tod fünfzehn Jahre später schrieben Brancusi und ich uns hin und wieder. Hätte man ihn gebeten, eine Skulptur des Ozeans zu schaffen, er hätte einen Quader aus Marmor blank geschliffen und gesagt, dass es, da sich nicht jede

Welle im Detail nachbilden lasse, genüge, das Gemeinsame darzustellen. Er schuf, was nur das Auge eines Narren, eines Tiers oder eines Teleskops zu sehen vermochte.

Ich blieb einen Monat in Paris, flanierte durch die Stadt und genoss das Leben, nicht immer auf die vernünftigste Art. Die Deutschen vermiesten die Stimmung, hinter verrammelten Türen wurde ausgiebig gefeiert. Eines Morgens hielt mich ein Wehrmachtssoldat in Montmartre an, und ich bekam es mit der Angst, aber er machte nur große Augen und fragte mich, ob ich Toulouse-Lautrec sei. Ich antwortete: »Ja, natürlich«, und gab ihm ein Autogramm.

In den ersten Tagen des Jahres 1941, an einem sehr kalten Abend, kehrte ich zurück nach Pietra d'Alba. Irgendetwas stimmte nicht, das merkte ich sofort. Das Dorf hätte schlafen müssen, im Dunkeln, die Fassaden mit einem flackernden Tupfen Licht, wo ein Fensterladen nicht richtig schloss. Die großartige Stille der Winternächte hätte die Straßen ausfüllen müssen. Aber die Fensterläden waren nicht geschlossen. Der Wind wehte von einem Hang zum nächsten, fegte durch die Gassen, heulte wie toll. Auf dem Platz traten die Leute zur Seite, um uns durchzulassen. Von weit her erschollen Rufe.

Ich sprang aus dem Wagen und rannte zum Atelier. Eine einzige Lampe leuchtete im Fenster der Küche, meine Mutter saß stumm da, neben dem Ofen, und wartete auf mich, ihr Blick verloren im Halbdunkel, eingemummt in ein Wolltuch.

»Ist etwas passiert?«

Meine Mutter erhob sich, setzte den Kaffee auf. Es war etwas passiert.

Viola war verschwunden.

Ein paar Tage vorher war Campana überraschend mit seiner Schwester aus Mailand aufgetaucht, wie immer mit ihren drei Kindern am Rockzipfel. Sie wollten die Weihnachtsferien in der Villa Orsini verbringen. Dann hatte man sich spontan zu einem Ausflug nach Genua entschlossen, Viola hatte sich geweigert mitzukommen. Von Stefano wusste ich, dass die Beziehung zwischen Viola und Campana derart angespannt war, dass sie nicht mehr miteinander sprachen. Die Kinder hatte man für den Abend bei ihr gelassen, und sämtliche Orsinis waren losgefahren, selbst der Marchese mit seinem Rollstuhl, seiner Betreuerin und seinen Spuckefädchen. Trotz mehrerer Stürze, Bronchitis und weiterer Anfälle klammerte sich der gute Marchese ans Leben.

Bei ihrer Rückkehr am frühen Morgen des nächsten Tages fand die Familie die Kinder schlafend im Salon vor, nur der Kleinste war wach und weinte, ringsum verstreut Sachen, die ihre Finger kaputt gemacht hatten, auf den schönen grünen Sofas Spuren von Essen. Hierzu befragt, gestanden die Bediensteten, dass sie sich den Abend heimlich freigenommen hätten in der Annahme, die Signorina Orsini kümmere sich schon. Als ich kam, hatte man Viola seit zwei Tagen nicht mehr gesehen.

Der große Salon war nun umfunktioniert zum Hauptquartier. Ein in die Mitte gerückter Tisch bog sich unter den

Landkarten. Ich hatte mich nicht umgezogen, ich kam direkt vom Atelier. Campana ging in dem Raum auf und ab, Hände im Rücken, eine Zigarre zwischen den Lippen. Er schaute mich nicht an. Über die Karten gebeugt, kommentierten Gruppen von Jägern mit Kennermiene die Wege, die die junge Dame genommen haben könnte, und ließen sich, in den Augen ein feuchter Glanz, immer wieder zu einer nostalgischen Anekdote über das eine oder andere prachtvolle Tier hinreißen, das sie an einem bestimmten Ort erlegt hatten.

Die beiden Brüder Orsini waren nicht dabei, sie dirigierten die Aktionen von Rom aus. Der Hafen von Genua war alarmiert worden, ebenso die Reedereien. An Bord eines Überseedampfers würde Viola nicht gehen können. Man suchte nach ihr in Genua, in Savona, in Mailand. Zwei Tage lang hatte man in sämtliche Brunnen in der Umgebung geschaut, aber gefunden hatte man nur die Tränen des Petrus – die Quelle sprudelte wie noch nie. Die Hunde waren mit hängender Zunge und ohne Beute zurückgekehrt. Niemand nahm es ihnen übel. Darauf waren sie nicht abgerichtet.

Der Marchese schlief in seinem Rollstuhl, unempfänglich für das Treiben ringsum. Die Marchesa saß, die Würde in Person, auf einem Sofa neben einem großen Fleck Tomatensoße. Seit dem ersten Schlaganfall ihres Mannes trug sie Schwarz, und so dünn, wie sie war, dazu mit diesen langen Gliedmaßen, die ihre Tochter geerbt hatte, erinnerte sie an eine Spinne. Auch ihre Schönheit konnte sich damit messen, mit diesen tropischen Arten, die ich einmal in einem Buch von Viola bewundert hatte. Seit einigen Jahren überließ die Marchesa es ihren beiden Söhnen, den familiären Ruhm zu mehren, hielt aber selbst die Fäden des sozialen Netzes in der Hand, das sie im Laufe der Jahre geknüpft hatte. Manchmal fuhr sie allein nach Turin oder nach Mailand, und böse Zungen munkelten, diese noch junge Frau – nicht mal sechzig – hole sich dort die Art Trost, die ihr hier niemand bieten könne. Oder die ihr zu bieten niemand *wagte*, sollte der Marchese doch nicht so vertrottelt sein, wie er aussah.

Nacht und Kälte trotzend, durchkämmten mehrere Gruppen noch immer die Gegend – mit dabei auch Emanuele und Vittorio. Ich konnte nichts weiter ausrichten und ging zu Fuß nach Hause. Beim Gedanken an unseren letzten Streit wurde mir schwer ums Herz. Als ich ankam, fiel er mir plötzlich ein: der einzige Ort, an dem zu suchen wahrscheinlich niemandem in den Sinn gekommen war. Der Friedhof, natürlich. Ich lief sofort los, hin zum Totenacker. Mit siebenunddreißig Jahren schreckte mich dieser Ort nicht mehr. Die Teufel aus *Maciste in der Hölle* zogen nicht mehr durch meine Albträume. Der Friedhof erinnerte mich an Viola, an unsere verschlissene, mehrfach geflickte Freundschaft. Erinnerte mich an die Filme von früher, von denen ich nicht glaube, dass sie, bloß weil sie stumm waren, weniger sprachen.

Die Tür zur Gruft der Orsinis stand einen Spalt offen. Ich ging langsam darauf zu, drückte sie vorsichtig auf. Das Innere verströmte einen Geruch von vergehender Zeit, von Staub auch. Sie war leer. Die Blumen auf dem Altar waren zerfallen – schon ewig hatte niemand mehr einen Fuß hineingesetzt. Ich drehte eine Runde über den Friedhof, langsamen Schrittes, kam schließlich zum Grab des kleinen Flötisten Tommaso Baldi. Beim Anblick der verwitterten Steinplatte überkam mich ein Verdacht, mir stockte das Blut. Und wenn Viola, auch sie, den Eingang zu diesen unterirdischen Tunneln gefunden hatte? Wenn sie seit drei Tagen durch die Dunkelheit irrte? Eine Flöte hatte sie nicht.

Am nächsten Tag war ich unfähig zu arbeiten, so gespielt schwungvoll meine Mutter mich auch ermunterte. Wenn Viola nicht wollte, dass wir sie fanden, würden wir sie auch nicht finden. Ihre Brüder mussten genau wie ich wissen, dass sie nach dem Reinfall mit Florenz nicht mehr aus einer Anwandlung heraus abhauen würde. Dass sie nicht versuchen würde, unter ihrem richtigen Namen an Bord eines Überseedampfers zu gehen. Diesmal hatte sie eine Liste mit allen Hindernissen angelegt, die sich vor ihr auftun mochten, hatte noch die kleinste unserer Reaktionen bedacht, einschließlich solcher, die wir noch nie gezeigt hatten. Wir hatten von vornherein verloren.

Am Abend war die Stimmung in der Villa Orsini nun eine andere. Die Aufregung wich der Erschöpfung. Die Hoffnung, sich als Held hervortun zu können, schwand in der Truppe. Den Männern drang der Pessimismus aus allen Poren, die Gesichter schmutzig, zerkratzt. Campana war nach Mailand zurückgefahren, »in einer dringenden Angelegenheit«.

Als ich am Morgen aufwachte, hatte ich eine schreckliche Ahnung. Viola war tot. Ich war mir sicher, dass eben erst, vor einer Minute, etwas von ihr gegangen war, so sicher, dass ich zunächst nicht aufstehen konnte, ich schaffte es kaum zu atmen. Schließlich schleppte ich mich zur Tränke und tauchte meinen Kopf in das Wasser der Wunderquelle. Der Legende nach hatte der Heilige bittere Tränen geweint. Ich weiß nicht, ob sie bitter waren, aber sie waren eiskalt.

Ein weiterer Tag verging, aus verschiedenen Orten des

Landes erreichten uns die absonderlichsten Personenbeschreibungen, die Hoffnung konnten sie uns nicht wiedergeben. Meine Mutter zwang mich zu essen, als wäre ich ein Kind, und wann immer ich die Gabel sinken ließ, sagte sie: »Noch einen Bissen.« An diesem Abend wurden wir wieder ein wenig zu Mutter und Sohn.

Während ich fröstelnd am Ofen saß, ging ich in Gedanken die Orte durch, die wir zusammen aufgesucht hatten. Aber nichts, wirklich nichts, abgesehen vom Friedhof. Nichts. Nichts. Nichts.

Nichts außer …

»Wo willst du hin?«, fragte meine Mutter, als sie sah, wie ich aufsprang.

Ich rannte schon. Ich hatte keine Lampe genommen, mir nur einen alten Soldatenmantel geschnappt, der auf einem Schrank lag, bestimmt hatte Emanuele ihn vergessen. Trotz der Wolken – Altokumuli – schien der Mond so hell, dass er mich führte. Ich kam zur Galgeneiche, tauchte ein in den Wald, ohne etwas auf die dunklen, schwatzenden Wächter zu geben, die mich kratzend und Beinchen stellend zurückzuhalten versuchten. Diesmal war ich der Stärkere. Und ob Wunder oder höherer Ratschluss, ich fand die Lichtung wieder und schlug mich durch das Dickicht dahinter.

Dort war sie. Ich sah sie, noch ehe ich die Höhle erreicht hatte. Ausgestreckt, reglos. Ich stolperte hinauf, in Panik, weil sie sich nicht rührte. Als ich schließlich am Eingang war, drehte Viola den Kopf zu mir. Eine Wolke glitt über ihre eingefallenen Wangen, und der Mond breitete vor mir aus, was ich zuerst für einen großen dunklen Fleck gehalten hatte: Biancas riesige Gestalt, auch sie ausgestreckt am Boden. Viola schmiegte sich in ihr Fell, angezogen wie für eine Abendgesellschaft zu Hause, das Kleid in einem jämmerlichen Zustand.

»Sie ist heute Morgen gestorben«, flüsterte sie.

Ich kniete mich neben Viola, half ihr auf und schloss sie in die Arme. Biancas großer Kopf lag uns zugewandt, die Augen geöffnet, die Zunge ein Stück herausgestreckt. Viola hatte die Kinder nicht absichtlich allein gelassen. Sie hatte mit ihnen gespielt, und dann hatte sie den herzergreifenden Ruf des Waldes gehört. Ein mächtiges Brummen, das die Wände erbeben ließ und später von keinem Zeugen hatte bestätigt werden können. Angesichts des nahenden Todes rief Bianca nach der Frau, die zugleich ihre Mutter, ihre Schwester, ihre Freundin war. Ohne länger nachzudenken und im Glauben, dass die Bediensteten sich um die Kinder kümmerten, war Viola in den Wald gelaufen. Die ganzen vier Tage war sie bei der Bärin gewesen, hatte ihr Wasser gebracht, mit ihr gesprochen, an ihrer Seite geschlafen. Wäre ich nicht gekommen, davon bin ich überzeugt, wäre sie Bianca auf ihrer Reise gefolgt.

Sie legte sich wieder hin und zog mich an sich. Ich breitete den Mantel über uns und schaute in die Sterne.

»Sie ist fünfundzwanzig Jahre alt geworden«, murmelte sie. »Ein schönes Leben für eine Bärin.«

»Du musst nach Hause. Alle suchen nach dir.«

»Niemand darf davon wissen. Ich erzähle ihnen, dass ich ein Geräusch im Wald gehört habe und rausgegangen bin, dass ich im Dunkeln Angst bekommen habe, dass ich mich verlaufen habe und ein paar Tage herumgeirrt bin.«

Wir rührten uns beide nicht. Ich seufzte.

»Das ist alles so lächerlich.«

»Was ist lächerlich, Mimo?«

»Du, ich. Unsere Freundschaft. Heute lieben wir uns, morgen können wir uns nicht ausstehen … Wir sind zwei Magnete. Je näher wir uns kommen, desto heftiger stoßen wir uns ab.«

»Wir sind keine Magnete. Wir sind eine Symphonie. Und selbst die Musik braucht Pausen.«

Viola bat mich, Bianca zu begraben, und ich sagte es ihr sofort zu, aber als ich mit einer Schaufel zurückkam, bereute ich es. Das war eine Herkulesaufgabe. Und Herkules hatte immerhin den Vorteil, dass er nicht bloß einen Meter vierzig maß. Bei Tagesanbruch wankte ich nach Hause, die Hände blutig, und schlief bis zum Abend. Vittorio weckte mich und verkündete mir die gute Nachricht: Viola hatte sich nur im Wald verlaufen und den Weg schließlich gefunden. Ich tat, als würde ich mich freuen, und schlief wieder ein.

Viola blieb drei Tage im Bett, um sich von ihrem Abenteuer zu erholen. Mit meinen geschundenen Gliedmaßen konnte ich den Rest der Woche nicht im Atelier arbeiten. Am nächsten Samstag kam Campana aus Mailand zurück, die Brüder Orsini trafen aus Rom ein. Ich erhielt eine Einladung zu einem festlichen Abendessen, an dem ich nicht ungern teilnahm. Viola und ich sprachen endlich wieder miteinander, das allein zählte. Erst später begriff ich, dass die meisten Abendessen bei den Orsinis böse endeten, und dieses machte keine Ausnahme.

Etwas schwelte in Campanas Blick, ich hätte es bemerken müssen. Erst recht ich, der Meister der Bewegung, in seinem Gang eines Tigers, ein wenig seitwärts, Kopf nach unten, während wir auf das Essen warteten und ein Glas tranken. Tiger greifen oft von der Seite an.

Viola, die immer noch blass war, warf mir ein Lächeln zu. Ich beglückwünschte Francesco zu seinem neuen Amt bei Pius XII., ehemals Monsignor Pacelli. Wie üblich kippte Stefano Glas um Glas in sich hinein. Violas Schwägerin war ebenfalls da, umgeben von ihrer Bagage. Als Kind hätte ich gezittert, wäre ich in dieses Heiligtum eingefallen. Inzwischen war ich Stammgast, atmete regelmäßig den Goldstaub, der in den Sonnenstrahlen schwebte, und staunte über nichts mehr. Beim Läuten der Glocke gingen wir ins Speisezimmer.

Das Abendessen war eine stille Angelegenheit, nur das Geräusch der im Nebenzimmer spielenden Kinder mischte sich ein wenig hinein. Bis es Zeit war für den Käse. Die Platte ging herum und kam gerade wieder in die Mitte, als Campana mit der Hand auf den Tisch schlug. Selbst der Marchese zuckte zusammen, ehe er wieder in seinem stumpfen Zustand versank.

»So kann das nicht weitergehen.«

»Was kann so nicht weitergehen?«, fragte Francesco höflich.

»Sie!«, rief der Avvocato und zeigte mit bebendem Finger auf Viola. »Wenn ich als Auto einen solchen Schrott gekauft hätte, hätte man mir das Geld längst zurückerstattet!«

»Meine Schwester ist kein Auto«, sagte Francesco, immer noch im selben freundlichen Ton.

Viola hielt den Kopf gesenkt und sagte nichts.

»Erst Florenz, und dann einfach verschwunden im Wald? Sie ist übergeschnappt, das habe ich schon immer gesagt. Ganz zu schweigen davon, dass sie keine Kinder bekommen kann, wahrscheinlich weil sie hier im Haus vom Dach gesprungen ist, was mich, zugegeben, hätte stutzig machen sollen.«

Campana war rot vor Wut, Speicheltröpfchen flogen über den Teller. Er deutete auf seine Schwester.

»Und Eloisas Kinder, hm? Ihnen hätte alles Mögliche passieren können! Welche Frau lässt Kinder schon im Stich, Himmelherrgott! Und hiervon habe ich noch gar nicht gesprochen!«

Er zog ein zerknittertes Blatt Papier aus der Tasche und hielt es Viola vor die Nase, sie wurde sofort kreidebleich. Campana ließ ein spöttisches Gelächter erschallen.

»Was das wohl ist, na? Wir haben es gefunden, als wir nach deinem Verschwinden dein Zimmer durchsucht haben, vielleicht gab es ja einen Brief oder eine Nachricht. Schreibt die Signora jetzt Gedichte?«

Er faltete das Blatt auseinander, räusperte sich. Viola sah ihm direkt in die Augen.

»Lies das nicht vor.«

»Ich lese vor, wozu ich Lust habe. Dann weiß deine Familie wenigstens, wie es in deinem Kopf zugeht, oder?«

»Das habe ich vor langer Zeit geschrieben, als ich im Krankenhaus lag. Das ist die Vergangenheit. Und es ist persönlich.«

»Eine Frau bin ich, die aufrecht steht …«, begann Campana mit dramatischem Tremolo.

Ein nervöses Zucken, so heftig, wie ich es an ihr noch nie gesehen hatte, verzerrte Violas Gesicht.

»Wenn du das vorliest«, sagte sie in ruhigem Ton, »bringe ich dich um.«

»Ach, weil du auch noch eine Mörderin bist?«

Campana ging um den Tisch herum, auf Abstand zu Viola, und las:

»Eine Frau bin ich, die aufrecht steht inmitten der von

euch entfachten Brände / Eine Frau, seht her, die aufrecht steht auf euren Scheiterhaufen, vor den ausgestreckten Fingern eurer Hände / Eine Frau bin ich, die aufrecht steht, was dachtet ihr, ich würde weinen, fände unter euren Pfiffen bald ein Ende / In den Flammen eurer Feigheit, eurer Scheiterhaufen, vor den ausgestreckten Fingern eurer Hände.«

»Es reicht«, murmelte Francesco mit düsterer Miene.

»Warte, mein lieber Schwager!«, rief Campana. »Es geht noch weiter! *Seit ich in den Apfel gebissen, nagt es an mir, wundert euch nur / Ein Verlangen zu tanzen, Raketen zu erfinden, euch zu kurieren / Und ihr wollt mich verbrennen, schlagt mich ans Kreuz / Schwarze Katze, bindet sie, teilt sie in vier, eine Verrückte, sagt ihr, ein bisschen Hexe, oder beides zugleich / In den Apfel gebissen, jawohl, und ich tue es wieder, macht euch bereit / Eine Frau bin ich, die aufrecht steht, ich liege nicht auf den Knien.«*

Campanas Schwester, das Gesicht abgewandt, Hand vor dem Mund, verkniff sich ein Lachen. Ich war erstarrt, der Rest der Tischrunde ebenfalls, wenn auch nicht aus demselben Grund. Die Viola, die ich für tot gehalten hatte, lebte, tanzte in diesem Gedicht aus ihrer Jugendzeit.

»Eine Frau bin ich, die aufrecht steht inmitten der von euch entfachten Kriege / Bin die, nach der ihr ruft, wenn ringsherum die Welt zerbricht / Und dennoch wollt ihr mich verbrennen, kaum ist alles wieder gut, ich könnte ja erkennen, dass gut gar nichts ist / Wollt meine Asche nehmen, sie verstreuen oder es doch glauben, denn kalt ist euer Feuer, kann mir nichts / Eine Frau bin ich, die aufrecht steht, bin tausendmal so viel wie ihr.«

Campana erstickte unter einem Hustenanfall, griff nach dem Glas Wasser, das seine Schwester ihm hinhielt, und bedeutete uns mit der freien Hand, auf den nächsten Teil zu warten.

»Jetzt aber, liebe Freunde, das Beste zum Schluss, die Strophe, von der ich nichts verstanden habe, offenbar fehlt mir dafür die dichterische Ader!«

Viola erhob sich langsam, aus dem Boden eines Friedhofs stieg Nebel auf. Mit kaum hörbarer Stimme trug sie vor:

»An dich, die du noch ungeboren bist, die Wunden nicht kennst, nicht weißt / Was es heißt, aus den Wolken zu fallen, wieder aufzustehn / Wenn sie dir sagen, du sollst aufgeben, dich hinlegen, schlafen gehn / Wenn sie dir zureden, den Mund verbieten, die Waffen nehmen / Eine Frau bin ich, die aufrecht steht, wie vor uns so viele andere / Eine Frau, die aufrecht steht, und aufrecht stehn wirst auch du.«

Totenstille. Campana ging zurück zu seiner Frau, drohend.

»Was soll dieser Satz? *An dich, die du noch ungeboren bist?* Sag mir nicht, dass du eine Fehlgeburt hattest. Oder schlimmer noch, dass du …«

»Eine Fehlgeburt? Ich kannte dich nicht mal, als ich das Gedicht geschrieben habe. Das sind Fantasien einer Sechzehnjährigen. Ich nehme an, ich habe es an *mich* gerichtet, wenn du es genau wissen willst. Das Mädchen, das noch ungeboren ist, bin ich. Das Mädchen, das noch nicht geflogen ist. Ich habe es an mich gerichtet, falls dieses Mädchen mich in einem Paralleluniversum hören konnte.«

»Paralleluniversum?«

Campana wäre beinahe wieder erstickt, diesmal spülte er sich die Kehle mit einem Glas Wein.

»Verrückt bist du, vollkommen verrückt!«

»Im Interesse aller …«, begann Francesco.

Viola ging dazwischen. Mit einer einfachen, sanften Handbewegung, die es geschafft hätte, eine anrückende Armee oder eine Elefantenherde aufzuhalten. Die beiden waren sich ähnlicher, als sie dachten.

»Dir hat es immer an Fantasie gemangelt, Rinaldo. Ist dir nie in den Sinn gekommen, dass nicht alles so ist, wie du es siehst? Dass es, jawohl, Paralleluniversen geben könnte? Oder dass es diese Welt gar nicht gibt? Dass wir vielleicht nur im Traum eines Bären leben?«

Alle starrten Viola mit offenem Mund an, nur ich nicht, ich lächelte. Campana schwoll der Hals, er war puterrot. Viola streckte die Hand aus, und fast reflexartig gab er ihr das Gedicht zurück. Sie faltete es zusammen und ließ es in ihrem Kleid verschwinden, dann wandte sie sich dem Avvocato wieder zu.

»Ich hatte dich gewarnt.«

Und wie aus dem Nichts, ich konnte die Bewegung gar nicht sehen, schnappte Viola sich das nächstbeste Käsemesser von einem Tellerrand und stieß es mit aller Kraft in ihren Mann.

Dramen dehnen die Zeit, was beweist, dass Viola keinen Unsinn erzählte. Niemand am Tisch reagierte, aller Verstand erstarrt in der Sekunde davor, festhängend in einer Ungläubigkeit, die die Rädchen im Kopf verklebte und die Bewegung verlangsamte. Dann brach die Wirklichkeit herein. Campana sah das Messer, das aus seiner Schulter ragte, das Revers seiner Jacke, bespritzt mit Blut, bekleckert mit diesem guten französischen Roquefort, den die Orsinis eigens anliefern ließen, dazwischen ein paar helle Flöckchen, vermutlich Pecorino. Er machte einen Schritt zurück, dann schrie er. Seine Schwester tat es ihm nach und fiel in Ohnmacht. Im Nebenzimmer weinten die Kinder.

Die Orsinis hatten schon anderes erlebt. Stefano kniff sich in den Nasenrücken. Er sah genau, dass die Wunde nicht tödlich war, auch wenn die gebogene Gabelspitze des Messers, die tief im Fleisch steckte, höllisch wehtun musste. Francesco stand in aller Ruhe auf, rief den Diener und bat ihn, den Arzt zu holen. Viola betrachtete die Szene gleichgültig, nicht anders als ihr Vater. Die Mutter war, Serviette vor dem Mund, verschwunden, kaum dass die Tat begangen war. Unmöglich ließ sich sagen, ob Viola absichtlich auf die Schulter gezielt oder das Herz verfehlt hatte.

Zwei Stunden später versammelten wir uns im Salon zu einer Besprechung, Campana, Stefano, Francesco und ich, die Frauen wurden nicht hinzugebeten. Der Arzt hatte Viola ein Beruhigungsmittel verabreicht und sie ins Bett geschickt. Oft habe ich mich gefragt, wieso ich immer wieder in diese Familienangelegenheiten hineingeraten bin, als wäre ich tatsächlich ein Orsini, und ob das nicht eher passierte, weil man mich vergessen hatte, weil die Blicke achtlos, mechanisch über meinen Kopf hinwegglitten. Unter dem noch blutbefleckten Hemd war Campanas Schulter verbunden. Er schwenkte seinen Cognac im Glas und bedachte die beiden Brüder mit einem hasserfüllten Blick.

»Diesmal habe ich die Nase voll. Das geht zu weit. Diese unfruchtbare Verrückte gehört ins Gefängnis. Oder ins Irrenhaus.«

Stefano richtete sich ein Stück auf, zeigte die Zähne, bereit, die Ehre seiner Schwester zu verteidigen. Vielleicht aus den falschen Gründen, aus Stolz, Besitzanspruch, jedenfalls bereit. Wie üblich zügelte der Bruder Stefanos Drang eines Fleischfressers mit einer schlichten Handbewegung.

»Niemand kommt ins Gefängnis«, sagte Francesco mit leiser Stimme. »Wir haben nie geglaubt, ihr wärt Romeo und Julia, ganz bestimmt nicht, aber es ist an der Zeit, dass eure Wege sich trennen.«

Campana wurde bleich. Es war nicht schwer, sich vorzustellen, aus welchem Kalkül heraus er Viola geheiratet hatte: Francesco würde, wie es aussah, niemals Kinder haben, zumindest nicht offiziell. Und Stefano war, mit seiner Liebe zur Nacht und zum Wein, die aus dem dicklichen, aber nicht unattraktiven jungen Mann von einst einen verfetteten Beamten gemacht hatte, ebenfalls nicht auf dem Weg, eine Familie zu gründen. Es war also sehr wohl wahrscheinlich, dass ein Kind von Campana und Viola einmal den Titel erbte. Violas Bauch hatte den Plan durchkreuzt. Die Verbindung mit den Orsinis aber blieb ein Quell des Prestiges, und in dieser Hinsicht hatte Campana das große Los gezogen. Er brüstete sich damit, einen direkten Draht zum Papst zu haben (was stimmte, vorausgesetzt, Francesco wollte diesen Draht auch bemühen) sowie zum Duce (was nicht stimmte, denn Stefano zitterte vor Mussolini). Und trotz der mageren Jahre blieb das Vermögen der Orsinis allein aufgrund der Immobilien beachtlich. Eine Trennung auch nur zu erwägen, kam für Campana nicht infrage. Was er uns klarmachte, als er aus seinem Sessel schoss und wütend mit dem Finger in unsere Richtung wedelte, das Glas noch in der Hand.

»Eine Scheidung wird es nicht geben, habt ihr gehört? Nicht, wo ich so viel in diese Familie investiert habe. Was wäre geworden aus euren Zitrusfrüchten, euren blöden Feldern, euren tollen Orangen ohne mich?«

»Eine Scheidung wird es nicht geben«, bestätigte Francesco. »Aber die Ehe wird für nichtig erklärt. Als Viola einwilligte, dich zu heiraten, litt sie noch unter den psychischen Folgen ihres Sturzes. Infolgedessen war sie dazu nicht in der Verfassung. Die Ehe ist ungültig, die Nichtigkeit wird an höherer Stelle festgestellt werden. Du musst dich um nichts kümmern. Viola geht für ein paar Monate in ein Erholungsheim, um uns das Gerede zu ersparen.«

Ich konnte nicht wie alle anderen, wenn sie empört waren, von meinem Platz aufspringen. Eine Belanglosigkeit vielleicht, die mich aber mein Leben lang ärgerte. Ich rutschte hin und her, kam mit dem Fuß an den Boden und schwang mich hoch in eine aufrechte Position.

»Kommt nicht infrage!«, rief ich mit einiger Verzögerung.

»Ausnahmsweise«, sagte Campana, »hat der Zwerg recht. Kommt nicht infrage, keine Annullierung der Ehe.«

Francesco stand seinerseits auf und strich sich die schwarze Soutane mit violetter Binde glatt. Ungewollt trat der Avvocato einen Schritt zurück.

»Mimo, ich habe eben mit Viola gesprochen. Sie ist einverstanden. Sie hat es sogar von mir verlangt. Ich kenne ein Schwesternheim in der Toskana, ein bezaubernder Ort. Du wirst dich selbst davon überzeugen können, wenn du magst. Was dich betrifft, mein lieber Schwager …«

Er setzte sein Käppchen auf und faltete die Hände in einer irgendwie komischen Gebetshaltung.

»Du tust jetzt genau, was wir dir sagen.«

»Werden wir ja sehen.«

Campana wandte sich zur Tür. Francesco räusperte sich.

»Gehen wir nicht mit diesen Worten auseinander. Wut ist ein schlechter Ratgeber. Nichts zwingt dich, die Nichtigkeit der Ehe zu akzeptieren.«

»Da hat der Herr Pfarrer verdammt recht. Im Übrigen …«

»Aber es wird sie geben«, unterbrach ihn Francesco.

»Wie bitte?«

»Da ist noch diese … unangenehme Sache. Die junge Frau, der du vor ein paar Jahren Gewalt angetan hast. Ich habe gehört, sie hat ein Auge verloren.«

Der Avvocato erstarrte, kam langsam zurück.

»Ich wurde für unschuldig erklärt.«

»Weil Mimo zu deinen Gunsten ausgesagt hat. Aber Mimo könnte seine Aussage zurücknehmen und behaupten, du hättest ihn genötigt, um den Ruf der Familie zu wahren.«

»Dann käme er wegen Falschaussage ins Gefängnis.«

Francesco lachte.

»Für zehn Minuten vielleicht, ja. Nur fürchte ich, dass du dort weitaus mehr Zeit verbringen wirst und viele, *sehr viele* Freunde verlierst. Und was würde deine Schwester von dir denken, Eloisa? Deine Familie? Vor allem aber ist es dieser klare Beweis für eine psychische Labilität, der uns die Nichtigkeitserklärung garantiert. Ich habe dir einen vernünftigen Kompromiss angeboten, sodass Viola es auf sich nimmt, aber da du ihn ablehnst …«

Ich hatte keine Lust auf Gefängnis, auch nicht für zehn Minuten. Aber ich zuckte nur die Achseln. Campanas Unterkiefer verrenkte sich. Mit weit aufgerissenen Augen, leicht glasig, starrte er den jungen Bischof an, als sähe er ihn zum ersten Mal.

»Da die Ehenichtigkeit gewährleistet ist«, fuhr Francesco fort, als wäre das Ganze für ihn erledigt, »musst du uns nur noch wissen lassen, ob du erhobenen Hauptes aus der Sache herauskommen oder nebenher alles verlieren möchtest: deinen Ruf, deine Geschäfte, deine Familie. Für uns ist es im Ergebnis das Gleiche.«

Campana lachte nervös. Schweren Schrittes ging er zur Tür, drehte sich ein letztes Mal um.

»Eine verdammte Drecksbande seid ihr«, polterte er. Stefano, der kein Wort gesagt hatte, stand auf.

»Nein. Orsinis sind wir.«

Bei diesen Worten war ich auf eine lächerliche Weise froh, mit in diesem Raum gewesen zu sein.

Die Feststellung der Ehenichtigkeit erfolgte in Rekordzeit, und wir hörten nie wieder etwas von Rinaldo Campana. Bis Ende der Fünfzigerjahre sah ich seinen Namen im Abspann mehrerer Filme, dann hörte ich, er sei eines Abends auf dem Heimweg verschwunden. Später stellte sich heraus, dass er sich nach einigen geschäftlichen Misserfolgen, die ihm keinen anderen Ausweg ließen, als sich bei irgendwelchen dubiosen Typen zu verschulden, in die USA abgesetzt hatte. Er hatte geschafft, woran seine Exfrau gescheitert war.

Viola hatte tatsächlich darum gebeten, sie in ein Erholungsheim zu schicken. Im Frühjahr 1941 begleitete ich sie persönlich, zusammen mit meinem Chauffeur, zu einem Kloster, das sich in die Hügel der Toskana schmiegte. Zwei mit jungem Weizen bestandene Hänge bildeten ein U, darin eingebettet das Gebäude und ringsherum ein üppig grünender Park. Die Architektur der Anlage, frisch verputzt in Rosa, erinnerte in mancherlei Hinsicht an Mettis Werkstatt – Florenz war nur sechzig Kilometer entfernt. Die Oberin, eine Frau um die vierzig und von großer Sanftmut, empfing uns in einer hellen Stube, junge Nonnen von schwalbenähnlichem Aussehen servierten uns Tee. Das Heim nahm Schwestern auf, die auf dem Weg der Genesung waren, zumeist geplagt von »geistigen Leiden«. Anschließend bekamen wir die Räumlichkeiten gezeigt. Das Zimmer, das man Viola auf Wunsch ihres Bruders, des Herrn Bischofs, zugeteilt hatte, ging nach Süden, war aber geschützt vor der Sonne von einer dunkelgrünen Zypresse mit der Anmutung einer Gitarre.

»Die Signorina Orsini ist bei uns in guten Händen«, versicherte mir die Mutter Oberin mit ihrem sanften Lächeln. »Sie wird im Nu wieder gesund sein.«

Ich ließ Viola sich einquartieren. Zurück in der Stube, gab mir die Oberin ein paar Unterlagen zum Unterschreiben, was ich zunächst blind tat, aber dann zuckte ich bei einer Formulierung, an der mein Auge zufällig hängengeblieben war. *Die Einrichtung übernimmt keinerlei Haftung für etwaige unerwünschte Nebenwirkungen aufgrund der*

Behandlung. Ich fragte die Mutter Oberin nach der entsprechenden Behandlung und welches Ungemach womöglich drohe. Sie führte mich sogleich ins Untergeschoss und zeigte mir, immer noch lächelnd, einen großen Raum in den Kellergewölben, gefliest vom Boden bis zur Decke. Wasserschläuche unter Druck schlängelten sich zu unseren Füßen, es roch stark nach Feuchtigkeit.

»Hier verabreichen wir einigen unserer Heimgäste eiskalte Duschen, wenn sie in der Nacht unruhig werden. Diese natürliche Methode ist eine ausgezeichnete Behandlung, wenn sich die Lust des Fleisches regt oder der Zweifel nagt und die herkömmlichen Methoden versagen.«

»Und was sind die herkömmlichen Methoden?«, fragte ich höflich.

»Wir greifen zu medikamentösen Lösungen, aber vor einer solchen Anwendung empfehlen wir unseren Heimbewohnerinnen, ein paar Nächte im Gebet vor dem Altar zu verbringen. Eine freiwillige Schwester steht der Betenden bei und hält sie mithilfe eines Bambusrohrs vom Einschlafen ab. *Wer den Träumen keinen Glauben schenkt, liebt die Weisheit*, sagt der heilige Johannes Klimakos. Der Teufel erscheint des Nachts, wenn unser Verstand im Schlaf ruht, und flüstert uns ein Verhalten wider die Natur ein. Gegen ihn gibt es kein besseres Heilmittel als Schlaflosigkeit.«

Ich bat die Schwester, in der Stube auf mich zu warten. Dann ging ich hoch zu Viola, die gerade ihre Sachen in den Schrank räumte, und sagte:

»Wir fahren wieder.«

Viola stellte keine Fragen. Mit einem Seufzer und ohne in ihrer Bewegung innezuhalten, packte sie ihre Sachen zurück in den Koffer. Dann gingen wir zur Oberin.

»Wie soll ich Sie nennen?«, fragte ich. »Schwester? Ich möchte keinen Fauxpas begehen.«

»Ehrwürdige Mutter Oberin«, antwortete die Frau, und als sie den Koffer sah, runzelte sie die Stirn.

»Ehrwürdige Mutter Oberin, Ihr Kloster ist kein Erholungsheim.«

»Das ist richtig. Es ist ein Ort des Krieges, eines Krieges gegen den Zweifel, den uns Satan einflößt, und gegen die Versuchungen des Fleisches. Aber mit dem Sieg kommt die Ruhe.«

»Bewundernswerte Logik, ehrwürdige Mutter Oberin. Das ist, als würde man einem großartigen Uhrwerk zusehen. Einer Uhr mit einem so komplizierten Mechanismus, dass sie vergisst, die Zeit anzuzeigen.«

»Ich verstehe nicht …«

»Viola wird nicht hierbleiben.«

»Wie bitte?«

»Viola. Wird. Nicht. Hierbleiben.«

»Hören Sie … *Signore*«, sagte die Nonne und betonte die Anrede, als hätte ich sie nicht recht verdient, »ich weiß nicht, wer Sie sind, aber wie ein Orsini sehen Sie nicht aus.«

»Weil die Orsinis groß sind?«

Sie überging die Frage.

»Folglich haben Sie mir keine Anweisungen zu erteilen. Monsignor Orsini hat mich gebeten, seine Schwester aufzunehmen, und eine gegenteilige Anweisung werde ich nur von ihm akzeptieren.«

»Er wird Ihnen keine gegenteilige Anweisung erteilen.«

»Schön, dann ist die Sache ja geklärt.«

»Nicht ganz. Lassen Sie mich etwas klarstellen, ehrwürdige Mutter Oberin. Natürlich kann ich auch ohne Viola fahren. Sie sollen nur wissen, dass eine Missgestalt wie ich, ein so hässlicher Mensch, den der Herr schon bei der Geburt verlassen hat, äußerst schlechten Umgang pflegt. Wer würde das mehr bedauern als ich, aber niemand kann aus seiner Haut heraus. Wenn ich also ohne Viola fahre, dann komme ich, und jetzt schauen Sie mir gut in die Augen, in zwei Tagen wieder. Und dann brenne ich das Kloster nieder, bis nichts mehr übrig ist. Keine Angst, Ihren Schäfchen wird nichts passieren, Ihnen auch nicht, ich bin kein Unhold, auch wenn ich versucht sein könnte, Sie unter diese Dusche zu stellen, die den Zweifel nimmt. Eins aber ist sicher: Ich werde dafür sorgen, dass hier kein Stein auf dem anderen bleibt.«

Viola schaute mich verblüfft an, aber das war nichts im Vergleich zu dem Gesichtsausdruck der Ordensfrau. Sie fing sich wieder, und ohne ein Wort führte sie uns zur Tür.

Als Francesco eine offizielle Beschwerde der ehrwürdigen Mutter Oberin erhielt, legte er seine übliche Zurückhaltung ab und brüllte mich am Telefon an. Ich riet ihm, eine eiskalte Dusche zu nehmen, und knallte den Hörer auf.

In den folgenden zwei Jahren sah ich Viola nur wenig. Ich hatte meine eigenen Probleme, außerdem war es kurz nach ihrer Rückkehr aus dem Kloster zu einer erstaunlichen Veränderung gekommen. Von heute auf morgen kleidete sich Viola, die sonst kaum etwas auf ihr Äußeres gab, in die schönsten Kleider der größten Pariser Modeschöpfer. Sie bestand darauf, die Mutter auf ihren Freundschaftsbesuchen zu begleiten und die Gastgeberin zu spielen, wenn ihre Eltern empfingen. Bald kamen mir Komplimente über die junge Marchesa zu Ohren, ein *so reizendes Geschöpf*, eine *Frau, die weiß, wie man empfängt*, die *alle Vorzüge ihrer Mutter besitzt* und *eine wunderbare Ehefrau hätte sein können*, wäre sie mit ihren siebenunddreißig Jahren dafür nicht zu alt.

Von allem, was Viola aufbot, um vor sich selbst zu fliehen, schien mir dieser neue Habitus am wenigsten gefährlich. Er besorgte mich nicht, und ich ignorierte die etwas zu steife Höflichkeit meiner Freundin, wenn ich ihr begegnete. Je weiter das Jahr 1941 voranschritt, desto offenkundiger wurde, dass die Weltausstellung in Rom wegen des Krieges nicht stattfinden würde. Egal, sagte das Regime, mit der Macht unserer Waffen brillieren wir an allen Fronten. Ihnen mochte es egal sein, mir nicht. Denn der Palazzo della Civiltà Italiana, gebaut für die schließlich abgesagte Ausstellung, wurde erst gar nicht eröffnet. Jahrelang ragte seine prächtige, leere Hülle vor der Stadt auf. Der Faschismus hatte kein Monument zu seinem Ruhm errichtet, sondern unbewusst sein eigenes Mausoleum. Und ich stand da mit zehn Statuen am Hals – drei Jahre Arbeit, Material, Lehrjungen –, bezahlt wurden sie mir nie. Von einem Tag auf den anderen musste ich, der ich Geldsorgen seit fast zwanzig Jahren nicht kannte und schon vergessen hatte, dass ich einmal arm gewesen war, die Hälfte meiner Mitarbeiter entlassen. Musste mich im Atelier ins Zeug legen, um die laufenden Aufträge zu erledigen, und auch noch kreuz und quer durchs Land fahren auf der Suche nach potenziellen Kunden. Zum ersten Mal in meinem Berufsleben hatte ich Angst, ich könnte aus der Mode gekommen sein. Aber meine Werke gefielen immer noch. Allen außer mir, seit ich erfasst hatte, dass ich nur ein Bildhauer von sechzehn Jahren war, der siebenunddreißig zählte.

Als ich mich einmal abends im Bett wälzte, hin und her geworfen von einem fiebrigen Schlaf, knarrte die Zimmertür. Meine Mutter legte mir die Hand auf die Stirn und sagte leise *psst*, *psst*, und dann sang sie ein altes Kinderlied aus der Heimat. Ich konnte mich nicht daran erinnern, aber ich musste es in einer fernen Vergangenheit gehört haben, in Savoyen, denn mich überkam ein wohliges Gefühl.

»Du musst nicht immer rennen«, flüsterte sie.

Am nächsten Tag empfing sie mich in der Küche, als wäre nichts gewesen. Bis heute frage ich mich, ob ich es nur geträumt habe.

Ein paar Monate später hatte sich die finanzielle Situation so weit stabilisiert, dass ich im Atelier wieder zwei Lehrlinge einstellen konnte. Aber Krieg verpflichtet, und so hatte ich keine zivilen Aufträge mehr, abgesehen von der riesigen Statue *Der neue Mensch*, für die ich mir einen Block von erstaunlicher Reinheit ausgesucht hatte. Inzwischen reservierte man mir, sehr zum Leidwesen meiner Konkurrenten und Kollegen, den schönsten Marmor. Den Lieferanten gegenüber war ich unerbittlich. Die Statue würde jetzt zwar kleiner werden als geplant, aber ich musste den Stein nur sehen, und ich wusste, der sollte es sein. Kaum hatte ich ihn berührt, lief mir ein Schauer über den Rücken. Der Stein hatte zu mir *gesprochen*, was schon lange nicht mehr passiert war. Ich war mir sicher, dass er nicht den kleinsten Riss aufwies. Er gab sich mir rückhaltlos hin.

Dennoch ging ich nicht sofort an die Arbeit, was ein wenig unredlich war, schließlich wurde ich nach Zeitaufwand entlohnt. Aber damit war ich nicht unredlicher als die Leute, die mich für den Palazzo della Civiltà Italiana nicht bezahlt hatten. Francesco hatte mir meine Unverschämtheit verziehen und einen recht eigenwilligen Kunden präsentiert, einen ehemaligen Priester, der sein Vermögen in der Luftfahrt gemacht hatte. Der Mann wollte sich eine spektakuläre Gruft bauen lassen, auf *dem* Friedhof schlechthin, dem Cimitero Monumentale di Staglieno, der größten Nekropole Genuas. In einer Totenstadt, deren Pracht jener der Lebenden in nichts nachstand und die so schön war, dass der Legende nach manche Menschen vor lauter Ungeduld, dort eine Wohnstatt zu finden, die Angst vor dem Tod verloren. Der Kunde jedenfalls legte Wert darauf, dass es ein Werk von meiner Hand wäre, weshalb ich mich vorübergehend wieder in Rom niederließ, denn oft kam er überraschend vorbei, um sich mit eigenen Augen von meiner Arbeit zu überzeugen. Einige Monate später stürzte er über dem Mittelmeer ab, am Steuer eines von ihm entworfenen Prototyps, seine Leiche wurde nie gefunden. Das Grabmal wurde an die Familie ausgeliefert. Ich weiß nicht, was sie damit gemacht haben. Vielleicht steht es heute in Staglieno, ob leer oder belegt von jemand anderem. Aber als Ehrenmann hatte der Flieger mich im Voraus bezahlt.

In dieser Zeit kurz vor Weihnachten 1942 überkam mich eine seltsame Ahnung. Etwas Beklemmendes, eine Regung am Rand meines Gesichtsfelds. Ich wandte mich an Stefano, aber der machte sich über mich lustig, dann an Francesco, der sagte bloß *hmm*. Ich telefonierte mit meiner Mutter, sie sprach mit leiser Stimme, und ich erzählte ihr nur von mir und diesem Gefühl. Sie fragte mich, ob ich nicht zu viel arbeite.

Ich war nicht verrückt, ich arbeitete auch nicht zu viel. Es war nicht jeden Tag so, und ich konnte auch kein Muster erkennen, nichts, was auf eine Logik oder einen Sinn deutete. Aber ich war mir sicher.

Wohin ich in Rom auch ging, jemand folgte mir.

Schneller, immer schneller.

Zu Beginn der Zwanzigerjahre hatte ich zwei Tage gebraucht, um von Pietra d'Alba nach Rom zu kommen. Zehn Jahre später einen Tag. Zehn Jahre später noch einmal halb so lang. Die Raketen hoben schon ab. Und fünf Jahre später sollte die Schallmauer durchbrochen werden. *Die Schallmauer.* Ich hatte Pferde und Karren gekannt, und auf einmal stieß man mir nichts, dir nichts den Schall über den Haufen.

Das Gefühl, verfolgt zu werden, verschwand, kaum dass ich für die Weihnachtstage nach Pietra d'Alba kam. Meine Mutter musste das Bett hüten, nach Luft schnappend, sobald sie ein Wort sagen wollte. Nachdem der Arzt sie abgehört hatte, erklärte er mit besorgter Miene, sie habe »ein Orchester in der Brust, und kein Kammerorchester«. Vittorio wachte Tag und Nacht bei ihr, für ihn war sie seine zweite Mutter, er für sie ihr zweiter Sohn. In den sechs Jahren, die sie im Atelier wohnte, ohne je einmal fortzugehen, waren sie sich sehr nahegekommen. Selbst Anna, die ihr begegnete, wann immer sie mit ihren Kindern heraufkam, hatte sie liebgewonnen. Anna und Vittorio waren seit dem letzten Jahr offiziell getrennt. An einem Abend mit etwas zu viel Wein hatte Vittorio geseufzt: »Am liebsten würde ich alle meine Fehler aufschichten und verbrennen, damit ich wieder der bin, den sie geliebt hat.«

Das Weihnachtsessen fand bei den Orsinis im kleinen

Kreis statt, das heißt mit ihnen, mir, zwei wohlsituierten, mehr oder weniger mit der Familie verbandelten und stocktauben Witwen sowie zwei Cousins, alten Junggesellen, von denen der eine recht senil war. Viola spielte ihre Rolle als junge Marchesa ausgezeichnet, sie ging von einem zum anderen, lachte über ihre abgedroschenen Witze, die Wangen rosig vor Freude, als lebte sie einen Traum. Neben dem Kamin stapelten sich Geschenke, und Viola bedankte sich bei ihrer Mutter mit einer innigen Umarmung, als sie einen Diamanten bekam, einen orangefarbenen, flankiert von zwei Smaragden und in eine Brosche gefasst, Darstellung der von ihr so geliebten Frucht. Ich war überrascht, als Stefano sich über den Stapel beugte, einen Umschlag mit meinem Namen hervorzog und mir zuwarf. Darin steckte eine zugeschnittene Karte mit zwei aufgeprägten goldenen Rutenbündeln: eine Einladung zu einer Abendveranstaltung der Königlichen Akademie Italiens am 23. März 1943, ausgestellt auf den Namen Stefano Orsini. Ich gab sie ihm lächelnd zurück.

»Ich glaube, die ist für dich.«

Stefano zog eine Augenbraue hoch, besah sich die Karte und zuckte mit den Schultern.

»Dann habe ich sie wohl verwechselt.«

Er tat, als würde er in seinen Taschen kramen, fand schließlich einen weiteren Umschlag und hielt ihn mir hin, seine Augen sprühten. Mir stockte das Herz. In dem Umschlag befand sich die Kopie eines Erlasses vom 21. Dezember 1942. *Auf persönliche Empfehlung des Ministers für Volkskultur wird der Bildhauer Michelangelo Vitaliani für seinen Beitrag zur nationalen geistigen Bewegung im Bereich der Künste aufgenommen als ordentliches Mitglied der Königlichen Akademie Italiens.*

Mir stiegen die Tränen in die Augen. Und genau wie damals, als ich, der Dreizehnjährige, hinten am Tor dieses Palazzos geweint hatte, wandten sich alle schamhaft ab, damit ich mich wieder fangen konnte. Man weinte nicht in diesen Kreisen, es sei denn, man war eine Frau. Meine offizielle Aufnahme, sagte Stefano, würde an besagtem Abend des 23. März stattfinden. Der Champagner wurde entkorkt, ein Toast ausgebracht, ein paar weitere noch. Ich vermied es, zu Viola hinzusehen, aber dann kam sie zu mir, sie trug Handschuhe und berührte, ganz leicht nur, mein Handgelenk.

»Glückwunsch. Ich freue mich für dich.«

Beim Abendessen wachte eine der alten Tanten auf und brachte das Gespräch auf die Haltung des Heiligen Stuhls gegenüber Deutschland. Der Champagner hatte seine Wirkung getan.

»Du«, sagte sie zu Francesco, »ob Bischof oder nicht, ich habe dir die Windeln gewechselt und deinen *cazzino* gesehen. Dann sag uns mal, was da unten in Rom los ist. Ich bin jedenfalls nicht für Mussolini, dieses Schwein, und schon gar nicht für dieses Schwein von Hitler, aber ich bin für Gott, und ich würde gerne wissen, was er davon hält.«

Auf seine samtweiche Art versicherte ihr Francesco, dass Seine Heiligkeit sehr besorgt sei über die Schrecken des Krieges und sie mit aller Entschiedenheit verurteile.

»Warum sagt er es dann nicht?«

»Er hat es gesagt, liebe Tante.«

»Ohne die Schuldigen beim Namen zu nennen.«

»Seine Heiligkeit kann sich in dieser Sache … nicht wirklich frei äußern«, erklärte Francesco und warf seinem Bruder einen spöttischen Blick zu. »Er muss Vorsicht walten lassen.«

Viola beugte sich zu ihrer Tante und strich ihr über die Hand, so wie bei mir, als sie mir gratulierte.

»Bitte, Tante, reden wir nicht über Politik.«

»Genau«, setzte Stefano hinzu, er war rot vor Wut.

Der nichtsenile Cousin nahm sich der Tante an, und die schien bald wieder am Tisch vor sich hin zu dämmern. Das Abendessen endete in einer etwas angespannten Stille, dann zogen sich die Gäste zurück, Stefano in den Park, um zu rauchen, Francesco auf sein Zimmer, um ein paar Briefe zu schreiben. Ich blieb, denn Viola saß noch am Kamin. Sie zog eine Pillendose aus der Tasche, nahm zwei rosa Gelatinekapseln und schluckte sie mit einem Glas Wasser.

»Bist du krank?«

»Ach, Mimo, du bist noch da? Nein, ich bin nicht krank. Das ist nur ein Tonikum. Der Arzt hat es mir gegeben, falls ich mal erschöpft bin.«

»Ist bestimmt anstrengend, die perfekte kleine Marchesa zu spielen.«

Ich vergrub mein Gesicht in den Händen und seufzte. Ich hatte zu viel getrunken, auch ich. Viola schien es nicht zu bekümmern, sie hielt mir ihre offene Pillendose hin.

»Willst du eine? Wirst sehen, das entspannt.«

»Tut mir leid. Ich wollte das nicht sagen.«

»Nicht? Im Gegenteil, ich habe das Gefühl, du wolltest genau das sagen.«

»Vielleicht, aber nicht so. Ich weiß, dass du einige meiner beruflichen Entscheidungen missbilligst. Aber die Akademie, das wirst du verstehen … Das ist die Krönung.«

»Ich freue mich sehr für dich.«

»Die falsche Viola freut sich sehr. Die echte würde mich umbringen, wenn sie könnte.«

»Es gibt keine echte oder falsche Viola. Es gibt nur mich.«

»Weißt du, was ich denke? All die Masken, die du dir im Laufe der Jahre übergezogen hast, die waren nur, um mich zu ärgern.«

Viola lachte kurz auf, konnte es nicht glauben, dann stemmte sie die Fäuste in die Hüften.

»Tja, Mimo, man könnte meinen, du hättest die Bücher nicht richtig gelesen, die ich dir früher gegeben habe. Schade, denn sonst hättest du erfahren, dass Giordano Bruno gestorben ist, weil er neben anderen ketzerischen Thesen auch die Idee vertrat, dass sich die Erde nicht um dich dreht.«

Quittiert wurde ihre Bemerkung von einem zischenden Laut. Wir erschraken – in einer Ecke des Zimmers saß noch der Marchese, niemand hatte auf ihn geachtet. Fast auf der Stelle war sein Blick wieder leer. Viola klingelte, eine Hausangestellte kam hereingeeilt und rollte den Patriarchen aus dem Salon.

»Ich habe es mir verdient«, sagte ich, als wir wieder allein waren, und schwenkte den Ernennungserlass. »Ich habe es mir verdient, und das kann mir niemand nehmen.«

»Niemand will es dir nehmen.«

»Du lügst, Viola. Du hasst dieses Regime. Aber zu mir ist es gut gewesen.«

Ich trat einen Schritt vor und zückte meine unfehlbare Waffe. Mit dem Finger deutete ich auf mich.

»Kritisier mich nicht. Du weißt nicht, was es heißt, so zu sein wie ich …«

Viola machte die gleiche Handbewegung und deutete auf sich.

»Und du weißt nicht, was es heißt, so zu sein wie ich.«

Sie drehte sich zum Feuer hin, mit diesem ins Zufriedene

gezogenen Gesicht des Anglers, der ein etwas dämliches Exemplar am Haken hat und wieder in den Fluss wirft, um sich nicht mit kleinen Fischen abgeben zu müssen.

Zu unser aller Erleichterung erholte sich meine Mutter, und ich konnte wieder nach Rom fahren. Es schneite in der Ewigen Stadt. Eine bittere Kälte, vor allem in meiner schlecht geheizten Wohnung, aber nichts konnte meiner guten Laune etwas anhaben. In nicht einmal drei Monaten würde ich die höchste künstlerische Auszeichnung des Landes erhalten. Die Werbung, die damit einherging, wäre ein Garant für neue Aufträge.

Nach einer Woche war das seltsame Gefühl wieder da, von einem Tag auf den anderen. Ich wurde verfolgt, so viel stand fest. Ich wandte verschiedene Tricks an, bog plötzlich in eine enge Gasse ab, durchquerte ein Gebäude, und für ein paar Stunden oder auch Tage verschwand das Gefühl. Ich ging zu Stefano, der im Innenministerium einen hohen Posten bekleidete.

»Für wen hältst du dich, Gulliver?«, fragte er und lachte. »Denkst du, du wärst so wichtig, dass wir dich beschatten lassen? Warum jemanden observieren, den der Duce gerade belohnt hat? Eine treue Stütze der Regierung?«

Er versprach aber, mich noch einmal anzurufen, und gleich am Abend tauchte er im Atelier auf und schwor mir, ich würde nicht beschattet, zumindest nicht von seinen Diensten, ich bildete mir alles nur ein. In den Tagen darauf ließ das Gefühl nach. Ich war entschlossen, aus meiner bevorstehenden Ernennung zum Mitglied der Königlichen Akademie Kapital zu schlagen, und ein paar Wochen vor dem Ereignis reservierte ich den Garten im Hotel de Russie und veranstaltete ein Fest zu meinen Ehren – selbst ist der Mann. Francesco sagte mir die Anwesenheit mehrerer Kardinäle zu, und ich weiß, dass Pacelli gekommen wäre, hätten seine Pflichten es ihm erlaubt. Meine serbische Fürstin, seit kurzem verwitwet, hatte sich einen neuen Liebhaber zugelegt, »einen etwas präsenteren«, wie sie mir sagte. Offen blieb, ob sie damit auf meine häufigen Aufenthalte in Pietra d'Alba anspielte oder auf meine zunehmende Zerstreutheit, wenn ich mit ihr schlief. Aber sie lieh mir bereitwillig ihre Schönheit und kam in Begleitung einer Korona von Verehrern, einige von ihnen hätten ihr zuliebe alles getan, mich gar mit einer Skulptur beauftragt, die sie nicht brauchten. Stefano traf wie üblich mit seinen halbseidenen Freunden ein, denen man jedoch einen gewissen Sinn fürs Feiern nicht absprechen konnte. Die Gruppen blieben voneinander getrennt und erinnerten in dieser großen Hotelanlage an zwei Fußballmannschaften, auf der einen Seite die Roten des Vatikans, auf der anderen die Schwarzen des Regimes. Ein Sfumato von Frauen, eine schöner als die andere, ließ die Grenzen verschwimmen und gab dem Ganzen etwas Fließendes, in Geselligkeit Verbundenes, aber man vermischte sich nicht. Der Champagner floss in Strömen, andere Alkoholika ebenso. Ich sah sogar, wie in der Gruppe der Faschisten Kokain herumging.

Die Fürstin Alexandra Kara-Petrović ließ es sich nicht nehmen, offen mit mir zu flirten, was mich für einige der anwesenden Frauen und wahrscheinlich auch manche Männer auf der Stelle begehrenswert machte. Wenn ein Typ wie der eine Frau wie sie in seinen Bann zieht, dachten sie wohl, und wenn die Königliche Akademie ihn bald in ihre Reihen aufnimmt, muss er etwas Besonderes haben. Ich konnte von der allgemeinen Aufmerksamkeit nicht in dem Maße profitieren, wie ich es mir gewünscht hätte. Seit man mich verfolgte, war ich ständig auf der Hut.

Kurz vor Mitternacht kam der Portier des Hotels zu mir.

»Signor Vitaliani, die Männer von der Sicherheit haben jemanden abgefangen, der versucht hat, sich Zutritt zu verschaffen. Er behauptet, Sie zu kennen, hat aber keine Einladungskarte. Wir vermuten, er will sich einschmuggeln. Oder er ist ein Journalist.«

»Wie sieht er aus?«

Der Portier zog fast unmerklich eine Miene. Aber Gesichtsausdrücke konnte ich im Stein lesen, und waren es erst Menschen aus Fleisch und Blut …

»Am besten sehen Sie selbst.«

Wir gingen hinauf in den ersten Stock. Der Portier deutete auf ein Fenster im Flur und hob den Vorhang an. Unter uns lag der Eingang. Ein Mann wartete in der Kälte, trat auf dem Pflaster von einem Fuß auf den anderen, pustete in die Hände, und im selben Moment verstand ich, dass er es war, der mich seit Wochen verfolgte, anders konnte es nicht sein. Und jetzt verstand ich auch, warum der Portier so verlegen gewirkt hatte, als ich ihn bat, ihn zu beschreiben. Der Mann ähnelte mir – es war Bizzaro. Leicht weißhaarig, leicht gebeugt, aber Bizzaro, ohne jeden Zweifel.

Und mit einem Lächeln, wie Petrus es zwei Jahrtausende zuvor einem allzu neugierigen Soldaten zugeworfen hatte, erklärte ich:

»Den habe ich noch nie im Leben gesehen.«

Um drei Uhr morgens kam ich sehr viel nüchterner als erwartet nach Hause. Ich hatte darauf bestanden, zu Fuß zu gehen, gefolgt von meinem Chauffeur. Ein Akt der Buße wohl, weil ich Bizzaro in der Kälte hatte stehen lassen. Vom Fenster im ersten Stock aus hatte ich mit angesehen, wie die Leute von der Sicherheit ihn verscheuchten. Er hatte ihnen vor die Füße gespuckt und war unter den stiebenden Schneeflocken davongegangen, Kopf eingezogen im Mantelkragen, Hände in den Taschen. Seine Anwesenheit verhieß nichts Gutes. Er hatte nicht wie jeder normale Mensch höflich bei mir angeklopft. Er hatte mich *verfolgt*. Hatte versucht, auf einem Fest aufzukreuzen, wo er nichts zu suchen hatte. Und Bizzaro war zu allem fähig, für einen Freund das Kloster San Marco öffnen zu lassen, ihn in der nächsten Sekunde einen Zwerg zu schimpfen und dann einen Faschisten niederzustechen. Vielleicht wollte er mich erpressen. Ich war wohlhabend, mein Gesicht erschien oft in den Klatschspalten der ein oder anderen Zeitung.

Man muss Rom im Schnee gesehen haben, bevor man behaupten kann, man habe gelebt. Die Kälte befeuerte die Gerüche. Und den Gerüchen der Nacht – sündhaft teure Parfums, verschwitzte Körper – folgten die Gerüche des Tages – das Metall der Laternen, Kaffee, der hinter der beschlagenen Scheibe einer Bar durch die Maschine lief. Ich kam durchgefroren nach Hause und ließ mich, noch angezogen, aufs Bett fallen, ohne auch nur Licht zu machen. In dem Ofen in der Ecke glühte es noch, ich hatte ihn angeheizt, bevor ich ging. Warum sollte ich mir etwas vormachen? Bizzaro beunruhigte mich, aber nicht aus Angst hatte ich ihn ignoriert. Es waren dieselben Gründe, die mich davon abgehalten hatten, ihn in Florenz zu besuchen, als ich mit Viola in die Stadt zurückgekehrt war. Bizzaro und Sara hatten mich mit dem Kopf in der Gosse gesehen. Ich wollte nicht noch einmal jemandem über den Weg laufen, der die schlimmste Version von mir gekannt hatte, nicht dass ich am Ende feststellte, dass diese Version die *echte* war. Denn wenn es die echte war, war der heutige Mimo Vitaliani mit seiner Cartier Tank am Handgelenk und seinen Maßanzügen nur ein Betrüger.

Ein paar Stunden später hatte ich eine Verabredung mit einem Lieferanten. Ich versuchte erst gar nicht einzuschlafen, sank aber in einen Dämmerzustand. Ein feiner Brandgeruch stieg mir in die Nase, herübergeweht mit einem warmen Wind von den Ebenen Anatoliens. Weit weg, traumgleich, dann stärker. Aber ich träumte nicht. Etwas im Zimmer brannte.

»Erkennt da jemand seine alten Freunde nicht mehr?«

Ich schreckte hoch, so heftig, dass ich aus dem Bett fiel. Meine Augen hatten sich an das Halbdunkel gewöhnt, und diesmal sah ich ihn. Bizzaro saß auf dem Boden, in einer Ecke nicht weit vom Fenster. Nahe dem Ofen und doch außerhalb seines orangen Scheins. Er rauchte eine Pfeife, das rötliche Glutnest spiegelte sich in den Pupillen und verlieh seiner Gestalt etwas Unheimliches.

»Mensch, ich hätte fast einen Herzinfarkt gekriegt! Wie bist du reingekommen?«

»Durch die Tür, wie alle. Die Sicherheit lässt zu wünschen übrig.«

Ich fing mich wieder. Das alles war nur ein Scherz unter alten Freunden, was sonst. Ich war Mimo Vitaliani, nichts konnte mir passieren. Ich ging in die Küche und kam mit zwei Gläsern Pflaumenschnaps zurück, stellte ihm eins hin und setzte mich zu ihm auf den Boden – Sessel gab es ohnehin keine im Zimmer.

»Tut mir leid wegen vorhin, aber dieses Fest …«

»Schon gut, Mimo, das verstehe ich.«

»Ist schon eine Ewigkeit her, oder? Wie geht es dir?«

Er lachte.

»Im Ernst? Willst du wirklich von den guten alten Zeiten reden?«

»Na schön. Warum bist du mir gefolgt?«

»Weil ich sehen wollte, mit wem du verkehrst, ehe ich dich anspreche. Einige deiner Freunde machen mir Angst. Die sich schwarz kleiden. Ich musste wissen, inwieweit ihr unter einer Decke steckt.«

»Was hast du vor mit mir?«

»*Mit* dir gar nichts. Ich brauche deine Hilfe. Oder besser gesagt, meine Schwester.«

»Du hast eine Schwester?«

»Ja, ich habe eine Schwester, Dummkopf, du kennst sie sehr gut. Sara.«

»Sara ist *deine Schwester*?«

Ich schaute ihn verdutzt an, spürte den Schmerz und die Schuld bei der Erinnerung an die letzten Momente im Zirkus. An Sara, die mir wie keine andere Trost gespendet hatte.

»Du hast mir nicht gesagt, dass sie deine Schwester ist!«

»Ich habe dir nie etwas anderes gesagt.«

Bizzaro zog an seiner Pfeife. Ich wartete, er schwieg.

»Was ist mit Sara?«

Er nahm langsam ein gefaltetes Blatt Papier aus der Tasche und schob es mir hin. Eine fast unleserliche Bekanntmachung, steif von Feuchtigkeitsflecken und Kleisterresten, offenbar hatte man sie irgendwo angeschlagen, dann abgerissen.

»Was ist das?«

»Der Runderlass Nr. 443/45626. Darin verfügen deine Freunde die Internierung ausländischer Juden und staatenloser Juden. Sara wurde festgenommen. Sie ist seit sechs Monaten im Lager Ferramonti di Tarsia. Hundert Baracken in einem ehemaligen Sumpfgebiet im Süden, mitten im Nirgendwo. Sie hat Glück, es gibt Schlimmeres.«

»Ich wusste nicht, dass ihr Juden seid.«

»Natürlich sind wir Juden. Du hast doch nicht etwa geglaubt, ich heiße wirklich Alfonso Bizzaro? Geboren wurde ich als Isaac Saltiel, in der Nähe von Toledo. Fragt sich, ob das an manchen deiner Entscheidungen etwas geändert hätte. Ich habe deine Karriere verfolgt, mein Lieber. Und ich habe dich kaum wiedererkannt, als ich auf einmal dein Foto gesehen habe, im *Corriere*. Sieh dich doch an, du bist tatsächlich kein Zwerg. Du hast es geschafft.«

»Bist du gekommen, um mich zu beleidigen?«

In Bizzaros Augen lohte wieder diese alte streitlustige Flamme auf. Aber wo sie früher eine reine, flüchtige Essenz entzündet hätte, traf sie jetzt nur noch auf abgestandenes, schlammiges Wasser, und schon war sie erloschen. In seiner Ecke sackte Bizzaro in sich zusammen.

»Nein«, murmelte er. »Oder besser gesagt, ich würde gern, aber ich möchte, dass du Sara rausholst. Du hast die Kontakte, erzähl mir nichts. Ihr Lager ist erträglich, aber es bleibt ein Internierungslager. Und damit hört es nicht auf. Die Repression wird sich noch verschärfen. Ich weiß das, weil ich es gesehen habe.«

»Was heißt das, du hast es gesehen?«

»Ich habe *alles* gesehen. Ich bin der Ewige Jude, Mimo. Ich bin zweitausend Jahre alt. Zweitausend Jahre, die man mich foltert, mich bricht, mich tötet, zweitausend Jahre angespuckt, Ghetto, Flucht in der Nacht. Wo ich auch wohne, und ich habe in der ganzen Welt gelebt, in Venedig, Odessa, Valparaiso, überall findet man mich. Tausendmal hat man mich getötet, aber ich werde immer wiedergeboren, und ich erinnere mich an alles.«

»Du bist ja verrückt.«

»Vielleicht, mein Freund, vielleicht. Also, hilfst du mir?«

»Warum hat man dich nicht festgenommen?«

»Das hätten sie fast. Jemand hat uns gewarnt, aber Sara hat es sich im letzten Moment anders überlegt. Sie wollte nicht mehr weglaufen. ›Sollen sie eben kommen‹, das hat sie gesagt. Und klar sind sie gekommen. Um nichts in der Welt hätten sie es sich entgehen lassen.«

Er schaute mir in die Augen, zog ein letztes Mal an seiner Pfeife. Dann drehte er sie um und klopfte sie am Boden aus, ohne Rücksicht auf mein Parkett.

»Also, hilfst du mir jetzt oder nicht?«

»Und wenn ich mich weigere? Erpresst du mich dann? Erzählst allen, dass ich mit besoffenen Dinosauriern Purzelbäume geschlagen habe? Stichst mit dem Messer auf mich ein?«

»Ach, für Messer bin ich viel zu alt. Wenn du nicht willst, fahre ich allein und bin untröstlich. Und dann sage ich dir nur, dass vielleicht der Tag kommt, an dem dir dein Gewissen mehr gilt als die Uhr an deinem Handgelenk. Und an diesem Tag wirst du merken, dass es das Einzige auf der Welt ist, was du mit deinem ganzen Geld nicht wiedergutmachen kannst.«

Stefano musste die Tür zu seinem Büro schließen, so laut brüllte ich.

»Du hast mich angelogen, du mieses Stück! Du wirst die Frau rausholen aus eurem scheiß Lager!«

Er sagte, ich solle mich beruhigen, er habe überhaupt nichts Böses getan, und das stimmte. Niemand tut jemals etwas Böses, die Schönheit des Bösen besteht eben darin, dass es keinerlei Anstrengung erfordert. Man muss nur zusehen, wie es passiert.

»Das ist eine heikle Sache, Gulliver. Wenn die Person in einem Lager ist …«

»Ich heiße Mimo.«

»Na schön, Mimo. Wenn die Person in einem Lager ist …«

»Jetzt hör mir gut zu. Ich habe nicht wenig getan für deine Familie, als ihr mich gebraucht habt. Du weißt, was ich meine, ja?«

Stefano kniff die Augen zusammen. Sein Gesicht war noch schwerer geworden. Statt bedrohlich zu wirken, ähnelte es einem in der Sonne dösenden Schwein.

»Ist das eine Erpressung?«

»Natürlich ist das eine Erpressung. Oder bist du völlig verblödet?«

Er erschrak – in diesem Ton hatte ich noch nie mit ihm gesprochen. Dann holte er tief Luft.

»Ich werde sehen, was ich tun kann. Solange diese Person kein Verbrechen begangen hat …«

»Sie *hat* ein Verbrechen begangen. Sie ist Jüdin.«

Er schnalzte entnervt mit der Zunge.

»Kann es sein, dass du ein bisschen übertreibst? Die Lager sind nicht, was du denkst. Hier, sieh selbst.«

Er drehte sich um, griff nach einem Ordner und schob ihn auf seinen Schreibtisch. Ein Foto rutschte heraus, Tänzer auf einem Ball. Die Paare waren sämtlich Männer.

»Die Insel San Domino in der Adria. 1938 wurden dort etwa fünfzig Abartige eingesperrt, Homosexuelle. Du wirst es nicht glauben, aber wir mussten die Kolonie schließen, die haben sich dort nämlich prächtig amüsiert, diese Ferkel. Die haben sich wie Frauen angezogen und es wie wild miteinander getrieben … Und das alles auf Staatskosten. Also, deine jüdische Freundin hat es womöglich gar nicht so schlecht getroffen.«

Er lachte, aber dann sah er mein Gesicht, und seine Miene gefror. So oft, wie er mit Mördern verkehrte, erkannte er einen solchen sofort.

»Ich habe Entscheidungen gefällt, Mimo. Und ich bereue keine. Glaub mir, ich habe nichts gegen Juden. Selbst die Typen, die miteinander ficken, sind mir egal. Sie haben mir nichts getan. Aber Befehl ist Befehl. Italien ist größer als unsereins. Du kannst nicht einfach nehmen, was dir gefällt, und wegwerfen, was dir nicht gefällt.«

Mit einem Wink bedeutete er mir zu gehen.

»Ich rufe dich an, wenn es so weit ist.«

Am 3. März 1943 stieg Sara am Bahnhof Rom Prenestina aus dem Zug, der aus Neapel kommend eingefahren war.

Bizzaro und ich warteten am Bahnsteig. Ihr Anblick war für mich ein Schock. Sie war in Ferramonti nicht misshandelt worden, aber die sechzigjährige Frau, die mir die Unschuld genommen hatte, war jetzt achtzig. Sie war immer noch schön, das Haar schlohweiß, und sie hatte abgenommen. Das war nicht mehr die Hellseherin vom Zirkusplatz, nicht die Frau, die Trost spendete, sondern eine Pythia, eine Augurin mit einem Blick in die Ferne und einem Duft von Lorbeer und Mysterium. Sie umarmte ihren Bruder, sah mich und lächelte, nahm meine Hände.

»Mimo, du hast dich nicht verändert.«

»Du dich auch nicht.«

Wir sahen uns lange an, schwiegen. Bizzaro räusperte sich, griff nach dem Koffer, den er mitgebracht hatte, und ging uns voran zu einem anderen Bahnsteig. Die letzten Passagiere stiegen gerade in einen Zug, er half seiner Schwester hinein.

»Wo fahrt ihr hin?«

»Es ist besser für alle, wenn du es nicht weißt.«

Der Kontrast zu dem Bahnhof in Turin, wo ich 1916 angekommen war, hätte kaum größer sein können. Fast die Hälfte der Züge fuhr nun elektrisch. Es gab weniger Qualm, weniger Lärm. Die Abfahrten waren nicht mehr so brachial. Aus dem Waggon warf mir die Priesterin einen Kuss zu, dann verschwand sie. Bizzaro blieb noch auf dem Trittbrett stehen. Ich dachte, er wollte sich bei mir bedanken, aber er sagte nur:

»Ich kritisiere deine Entscheidungen nicht, Mimo. *If you can't beat them, join them*, wie einige meiner Freunde sagen. Wenn du sie nicht besiegen kannst, schließ dich ihnen an. Du hast dir deinen Platz in der Akademie verdient.«

»Danke.«

Wir sprachen noch ein paar Minuten miteinander, bis ein Pfiff ertönte. Mit einem pneumatischen Seufzer setzte sich der Zug in Bewegung. Bizzaro stand weiter auf dem Trittbrett, und ich ging neben ihm her, lief schneller. Der Zug war nicht elektrisch. Zwischen uns wehte ein schwarzer, kompakter, schmieriger Qualm, er roch nach 1916. Der Lärm legte zu, der Zug knirschte, quietschte, kreischte auf seinen Schienen. Ich rannte fast, um auf Bizzaros Höhe zu bleiben.

»Übrigens«, rief er. »Vergiss die Geschichte mit dem Ewigen Juden neulich! Ich hatte ein wenig getrunken, um mich aufzuwärmen!«

Am Ende meiner Kräfte wie auch des Bahnsteigs sah ich einen Teil meiner Jugend verschwinden, hinter sich eine lange Rußschlange.

Zwei Wochen später drängte sich das Publikum der festlichen Abende in der Villa Farnesina, Sitz der Königlichen Akademie Italiens. Ich empfing sie alle an der Tür, noch als schnöder, unbedeutender Niemand. In einer Stunde wäre ich Mitglied der Akademie. Ich bekäme ein monatliches Salär von dreitausend Lire, eine Uniform, vor der Emanuele in blassem Neid erstarrte, dazu das Recht, mit unseren schönen italienischen Zügen erster Klasse zu reisen, gratis, und man würde mich »Exzellenz« nennen. Ich war noch keine vierzig, auch wenn ich inzwischen ein paar graue Haare vorzuweisen hatte.

Die Brüder Orsini waren ebenfalls dabei. Viola nicht. Ich sah Luigi Freddi hineingehen und verschiedene Persönlichkeiten, die ich nicht kannte. Beim Cocktail vor der Zeremonie war ich überrascht, Neri unter den Gästen anzutreffen. Wie aus dem Ei gepellt, kantiges Kinn und charmantes Lächeln, gut gealtert. Er gratulierte mir herzlich, die Vergangenheit war Vergangenheit. Neri hatte Erfolg im Leben und war gekommen, um sich zu zeigen, in der Hoffnung, eines Tages in unsere illustre Institution aufgenommen zu werden. Als er schon weiterziehen wollte, hielt ich ihn am Ärmel zurück.

»Da ist noch die kleine Sache mit dem Geld, das du mir schuldest.«

»Ich schulde dir Geld, ich?«

»Allerdings. Denk mal nach. Florenz 1921, du und deine Kumpane, ihr habt mich zusammengeschlagen und ausgeraubt. Immerhin, für mich ist es nicht allzu schlecht ausgegangen, aber darum geht es nicht. In dem Umschlag waren einhundertsiebenundfünfzig Lire. Macht inklusive Inflation zweitausend.«

Ich streckte die Hand aus. Neri schaute mich ungläubig an, sah, dass ich es ernst meinte. Neugierige Blicke schwenkten zu uns herüber, und er zog mich fort, eine Hand auf meiner Schulter, im Gesicht ein aufgesetztes Lächeln.

»Komm schon, Mimo, das ist doch albern, wir waren noch Kinder.«

»Zweitausend Lire.«

Er biss die Zähne zusammen, holte tief Luft – die alte Wut war nicht weit.

»So viel habe ich nicht bei mir. Höchstens tausend.«

»Deine Uhr ist sehr schön.«

»Spinnst du? Das ist eine Panerai. Die ist dreimal so viel wert.«

»Damit wir uns richtig verstehen, Neri. Entweder du zahlst jetzt, oder ich werde als Akademiker dafür sorgen, dass du nie einer wirst.«

Neri wurde bleich. Er brach in ein gackerndes Lachen aus und nahm seine Uhr schließlich ab.

»Sind wir quitt?«

»Nicht ganz.«

Ich legte die Uhr vorsichtig auf den Boden. Und zertrat sie mit dem Absatz.

»Jetzt sind wir quitt.«

Fürs Wägen der Seelen sei angemerkt, dass ich kein guter Verlierer bin.

Das Essen wurde serviert. Zum ersten Mal seit langem war ich nervös. Die Akademiker in Uniform machten Eindruck. Ganz zu schweigen von den Leuten aus dem Kulturministerium in ihren streng geschnittenen Anzügen und den Carabinieri, deren Aufgabe es offenbar war, in dieser mondänen Räuberhöhle unsere Sicherheit zu gewährleisten. Ein paar Tische weiter, auf dem Platz neben Luigi Freddi, ragte eine Gestalt über die Gästeschar hinaus. Der Mann nahm so viel Raum ein wie zwei. Nach einem der Gänge trat ich an ihn heran und klopfte ihm auf die Schulter, ich konnte es nicht glauben. Es war die schönste Soiree meines Lebens.

»Entschuldigen Sie, sind Sie nicht Maciste? Ich meine, Bartolomeo Pagano?«

Der Riese drehte sich zu mir um und lächelte. Ein müder Riese, der es leid war, all die Bösewichte hochzuheben und aus dem Fenster zu werfen, all die Teufel zurück in die Hölle zu schicken. Er stand auf. Für einen Moment gab es in ganz Italien keinen drolligeren Anblick als diesen Größenunterschied zwischen dem berühmtesten Schauspieler und dem berühmtesten Bildhauer des Landes. Pagano gab mir die Hand, wofür er sein Rückgrat leicht krümmen musste. Ich sah, welche Mühe es ihn kostete.

Wir tauschten ein paar Höflichkeiten aus, dann verzog ich mich. Im Toilettenraum, ganz in Marmor, probte ich noch einmal vor dem Spiegel meine Rede, ich zitterte fast. Vom Ende des Flurs drang Applaus herüber, Stühlerücken. Ich war an der Reihe. Der Präsident der Akademie begrüßte die anwesenden Persönlichkeiten, gab ein paar erheiternde Bonmots zum Besten, kam schließlich zur Tagesordnung, zu mir, herausgerissen, wie er sagte, aus dem Schmutz, in den ich hineingeboren wurde. Ich ging mit schüchternen

Schritten durch die Menge, ließ mich umarmen, mir auf die Schulter klopfen, die Hand schütteln, spürbar errötend, und trat auf die Bühne. Ich weiß nicht, ob man sich für die Villa Farnesina entschieden hatte, um uns einzuschüchtern, aber so wirkte sie. Der Empfang fand im ersten Stock statt, im Saal der Perspektiven. Peruzzis Fresken erweckten, täuschend echt, den Eindruck zweier Loggien, die sich nach Rom hin öffneten. Der Effekt war verblüffend, schwindelerregend, was umso erstaunlicher war, als es an diesem Ort nicht die geringste Aussicht gab, erst recht keine Loggia, sondern nach beiden Seiten hin nur robustes Mauerwerk. Mir schwirrte ein wenig der Kopf, vielleicht hatte ich meine auswendig gelernte Rede zu oft wiederholt. *Danke, liebe Freunde, vielen Dank. Sie können sich vorstellen, was diese Auszeichnung für einen …* Der Präsident reichte mir ein nachtblaues Samtetui, darin eine goldene Medaille. Ich hörte nicht, was er zu mir sagte, und schließlich blickte ich in eine aufmerksame, schweigende Menge. Es waren dieselben Menschen, die mir vor zwanzig Jahre keine Lira gegeben hätten.

»Danke, liebe Freunde, vielen Dank. Sie können sich vorstellen, was diese Auszeichnung für einen jungen Mann wie mich bedeutet, der weit entfernt von diesen Kassettendecken und all dem Gold geboren wurde. Die Bildhauerei ist eine gewaltsame, körperliche Kunst, weshalb ich nie gedacht hätte, ich könnte eines Tages vor Ihnen stehen, denn wie Sie sehen, bin ich nicht gerade wie mein Jugendidol gebaut, Signor Bartolomeo Pagano, der uns heute Abend mit seiner Anwesenheit beehrt.«

Beifall. Pagano erhob sich ein Stück, winkte kurz in die Runde, nickte dankend in meine Richtung.

»Ich will Sie nicht mit langen Reden langweilen. Sehr wohl aber möchte ich all jenen danken, die mich auf meiner Reise begleitet haben, einer Suche, die sich durch etwas auszeichnet, was sie mit den hier gefeierten Künsten gemein hat, denn kaum glaubt man das Gesuchte gefunden zu haben, stellt man fest, dass dem nicht so ist, dass es immer vor uns liegt, sich uns entzieht. Sobald wir einen Schritt darauf zugehen, tut es ebenfalls einen, einen Schritt, von dem wir hoffen, dass er nur ein klein wenig kürzer ist als der unsere, um so die Hoffnung aufrechtzuerhalten, es eines Tages einzufangen. Ein Werk ist somit nur der Entwurf eines nächsten Werks. Mein Dank gilt an erster Stelle meinem Vater, der mir all das beigebracht hat, was ich weiß, und den Orsinis, meinen Förderern. Und so möchte ich mit einer Botschaft der Orsinis und natürlich auch von mir selbst schließen, wobei ich mich der Worte eines Freundes bediene. *Ikh darf ayer medalye af kapores … in ayer tatns tatn arayn!* Verzeihen Sie die Aussprache, das ist Jiddisch. Wörtlich in etwa: ›Platziert diese Medaille im Vater eures Vaters.‹ Oder moderner ausgedrückt, wenn auch weniger poetisch: ›Nehmt eure Medaille und steckt sie euch in den Arsch.‹«

Eine perplexe Stille erfasste die Versammlung. Die Erdachse dürfte sich ein wenig verschoben haben, so heftig war die Schockwelle. Dann brach ein unbeschreiblicher Proteststurm los, gellende Pfiffe. Maciste schaute mich überrascht an, die Arme verschränkt.

»Mit schönen Grüßen von Mimo Vitaliani und den Orsinis, liebe Freunde!«, rief ich laut, um den Lärm zu übertönen. »Nie wieder werden wir für dieses Mörderregime arbeiten!«

Ich wurde festgenommen, noch ehe ich durch die Tür war. Aus den Augenwinkeln sah ich, wie zwei Männer einen konsternierten Stefano in ihre Mitte nahmen und zum Ausgang zerrten. Niemand schlug mich, aber danach wurde alles schwarz, wahrscheinlich weil ich in der Sekunde davor zum ersten Mal seit langer Zeit gestrahlt hatte.

Es war Violas Idee gewesen. Ich hatte sie angerufen, weil ich sie um Entschuldigung bitten wollte, ihr sagen, dass sie all die Jahre recht gehabt hatte, dass ich die Berufung in die Akademie ablehnen würde, aber sie unterbrach meine telefonische Selbstgeißelung.

»Willst du es wiedergutmachen, Mimo? Dann musst du handeln.«

Von allen großen politischen oder militärischen Coups in der Geschichte – wozu ich, aus Sicht des siegreichen Lagers, die Schlacht bei den Thermopylen, bei Trafalgar, bei Austerlitz und bei Waterloo zähle und auch de Gaulles Appell vom 18. Juni 1940 – war Violas vielleicht der genialste, allein schon, weil er nicht von einem Militär oder einem charismatischen Anführer ausging, sondern von einer jungen Frau mit nur leidlich zusammengeflickten Beinen. Viola verschlang inzwischen, ohne es zu verheimlichen, jede Zeitung, die ihr in die Hände kam, und sie erklärte mir, dass die Alliierten in Anbetracht der Niederlagen, die sie uns in Afrika beigebracht hatten, bald in Italien landen würden. Kein guter Moment also, um Faschist zu sein. Sie hatte versucht, es Stefano klarzumachen, vergeblich.

»Schon als Kind hat er in Dummheit gebadet«, schimpfte sie. »Und mit dem Alter ist sein Hirn verschrumpelt. Jetzt ist er nur noch eine hohle Nuss.«

Vor allem aber glaube ich, und Viola konnte es nicht

übersehen, dass dieser Dummkopf sein Leben lang versuchte, die klaffende Lücke auszufüllen, die der Tod seines älteren Bruders hinterlassen hatte, des Bruders, auf dem einmal alle Hoffnungen ruhten. Die Schlussfolgerung hieß: Man musste Stefano zu seinem Glück zwingen.

Viola hatte mich gebeten, im Namen der Orsinis zu sprechen. Stefano würde garantiert festgenommen, ich auch. Francesco dagegen war unantastbar. Der Ältere würde nicht lange im Gefängnis schmachten – Francescos Arm reichte weit.

»Bei dir, Mimo, sieht es anders aus. Das Regime hat dich benutzt. Und du hast von der Tafel dieser Leute gegessen. So einfach werden sie dich nicht davonkommen lassen. Ich kann dich nicht zwingen.«

Militärs sind wie große Kinder, nur tödlicher. Im Februar 1943 hatten die Vorbereitungen für die Operation Husky begonnen, die Invasion Siziliens. Im Juni wurde die Operation Ladbroke eingeleitet, die eigentliche Invasion. Fast hätten diese Typen auch noch einen Namen für die Operation Pinkelngehen erfunden. Aber alles, wirklich alles, was Viola vorausgesehen hatte, traf ein, und die Orsinis verdankten es ihr, dass sie überlebten. Im September 1943 dann die Operation Baytown. Ganz Süditalien wurde besetzt und der inzwischen gestürzte und inhaftierte Mussolini von den Deutschen befreit, die von Norden aus bis nach Rom vordrangen.

Das Land wurde in drei geteilt, und wenn sich mir diese Details eingeprägt haben, dann weil wir im Gefängnis kaum etwas anderes zu tun hatten und sie ständig wiederkäuten. Ein Teil des befreiten Südens wurde der alliierten Verwaltung unterstellt, ein anderer Teil einer neuen Regierung mit

Sitz in Brindisi, auch die, schon im Hinblick auf die Nachkriegszeit, unter alliierter Aufsicht. Der Norden fiel in den Herrschaftsbereich der sogenannten Republik von Salò, Mussolini hatte sie sich, unterstützt von den Deutschen, noch ausgedacht. Danach gönnten sich alle eine wohlverdiente Pause.

Am Abend meines spektakulären Auftritts wurden Stefano und ich in das Regina Coeli überführt, das größte Gefängnis Roms, ein ehemaliges Kloster. Königin des Himmels – ein hübscher Name für eine Haftanstalt. Die Orsinis wurden von den Deutschen unter Hausarrest gestellt. Francesco blieb in Rom und zog den Kopf ein, während seine langen Finger schon ins Getriebe der Zukunft griffen, auf dass sich die Rädchen zu seinen Gunsten drehten. Und wie diese unter einem Stein schlummernden Würmer, die in den ersten Frühlingstagen hervorkriechen, tauchten, kaum war Stefano verhaftet, die Gambales wieder auf. Eine einzige Nacht, und die Wasserleitung war zerstört. Manche sagten, beim Anblick der riesigen Pfützen, die sich auf den Feldern bildeten und bei Sonnenaufgang erglühten, hätten die Orangenbäume geblutet. Dann saugte die Erde das Wasser auf, Gras wuchs über die zerschlagene Leitung, Efeu rankte an der Pumpe, und dabei blieb es. Mehr konnten die Gambales nicht riskieren, zumal Stefano, wie von Viola vorhergesagt, schon nach drei Monaten freikam. Er kehrte zurück nach Pietra d'Alba, passenderweise mit dem Nimbus eines erbitterten Antifaschisten.

»Am Anfang fand ich das eine schöne Idee«, erzählte er jedem, der es hören wollte. »Und dann diese ganzen Gräuel … Auf Ehre und Gewissen, ich konnte nicht schweigen. Die Orsinis konnten nicht schweigen.«

An mir wurde ein Exempel statuiert, weil ich es gewagt hatte, die Hand zu beißen, die mich fütterte. Ich war nun wieder der *francese*, ein ausländischer Agent im Dienste jener, die schon immer die italienische Nation hatten zerstören wollen. Meine Skulpturen, oder zumindest alle, deren die Regierung habhaft werden konnte, wurden vernichtet oder zerlegt und klammheimlich verkauft, wohin auch immer. Der Palazzo delle Poste in Palermo ist nicht mehr flankiert von meinen Rutenbündeln – es gibt nur noch Fotos. Meine beiden Ateliers in Rom und Pietra d'Alba wurden ausgeräumt, geplündert. Vittorio, Emanuele und meine Mutter mussten mit ansehen, wie eine Gruppe ungehobelter Kerle den Raum verschandelte, an die Wände urinierte und Farbe dagegenklatschte. Vor meiner Rede in der Akademie hatte ich jedem meiner Angestellten sechs Monatsgehälter ausgezahlt und den Block von allerfeinstem Marmor, den ich für den *Neuen Menschen* ausgesucht hatte, an einen sicheren Ort gebracht, denn einen neuen Menschen würde es nicht geben. Auch hatte ich Vittorio Geld anvertraut, ausschließlich in bar. Der Betrag sollte es mir erlauben, nach meiner Entlassung ein paar Jahre zu leben, wenn auch bescheiden. Außer dieser Summe hatte ich eine Woche nach meiner Inhaftierung nichts mehr. Eine zwanzigjährige Karriere, mit einem Mal hinweggefegt, ein guter Grund, die Richtigkeit meiner Entscheidung infrage zu stellen, aber das habe ich nie. Ich hatte meinen Weg schon lange vorher gewählt, und auf einem solchen kehrt man nicht um. Führte er durch einen brennenden Wald, musste ich hindurch.

Angesichts des begangenen Verbrechens, einer Rede nur, verbüßte ich eine überlange Gefängnisstrafe, aber ich hatte das Glück, dass man mich im Regina Coeli nicht misshandelte. Francesco hielt aus der Ferne seine schützende Hand über mich, auch plante er bereits den nächsten Schachzug. Als die Deutschen, zur Vergeltung für einen Anschlag, mehr als zweihundert von uns abholten, um sie in den Ardeatinischen Höhlen zu massakrieren, gehörte ich nicht zu der Gruppe, dic Pietro Caruso auswählte, der Polizeichef von Rom. Caruso hatte keinen Grund, mich zu verschonen, im Gegenteil. Aber wie mir später klar wurde, hatte offenbar irgendwo irgendjemand ein »Dossier« über ihn, und dieser Jemand war so entgegenkommend, ihm eine Veröffentlichung zu ersparen.

In meiner Zelle, meinen vier Wänden, dachte ich oft an Bizzaro. Wie ein Adler schwebte ich über fernen Straßen. Welches Land durchquerte er auf der Suche nach einem Ort, an dem man ihn nicht fände und wo er dann doch gefunden würde? Er hatte es richtig gesehen. Nach dem Einmarsch der Deutschen verschärfte sich die Situation in den Lagern. Die Risiera di San Sabba – das Stalag 339 – in Triest stand den schlimmsten Lagern in Polen in nichts nach. Menschen wurden mit den Abgasen aus Lastwagen ermordet. Und ich hatte für diese Typen gearbeitet. Hatte das Böse geschehen lassen. Wenn ich später besser dastand als all die Leute, die jammerten und beteuerten, sie hätten nichts getan, dann weil ich weder jammerte noch irgendetwas beteuerte.

In den drei Jahren, die ich im Gefängnis saß, erhielt ich mehrmals Besuch von Pankratius Pfeiffer, einem deutschen Salvatorianerpater, genannt auch »der Engel von Rom«. Pfeiffer hatte einen wuschigen weißen Haarkranz und trug die gleiche runde Brille wie Pacelli und Francesco – man hätte meinen können, sie kauften sie alle im selben Laden. Er sprach mit mir, mehr nicht, aber seine Stimme hielt mich eine Woche lang warm. Wenn er wieder ging, nahm er jedes Mal etwas von meiner Schuld mit, bis ich eines Tages beim Aufwachen feststellte, dass sie verschwunden war. Ein Rest blieb dennoch, eine kleine Ablagerung auf dem Grund eines Glases, für meine Träume aber war sie kein Anlass mehr, sich unter einem blutroten Himmel im Kreis zu drehen. Pankratius handelte in diesen Jahren die Freilassung mehrerer Gefangener aus und verhalf zahlreichen Juden zur Flucht. Pius XII. wurde später vorgeworfen, er habe sich nicht ausreichend für die Juden eingesetzt, sei allzu bedacht gewesen auf die Neutralität des Vatikans, aber ich habe die Dramen aus der Nähe erlebt, nicht weit vom Heiligen Stuhl, und ich möchte behaupten, dass Pacelli sich hinter den Kulissen aktiv darum bemüht hat, so viele Opfer wie möglich zu retten. Nur wenige Päpste hätten verfolgten Juden die privaten Räumlichkeiten in Castel Gandolfo zur Verfügung gestellt. Aber Pacelli hat eben nie darüber gesprochen.

Viola besuchte mich nicht, nicht ein einziges Mal. Wofür ich ihr dankbar war. Ich verstand jetzt, warum sie mich, als sie im Krankenhaus lag, auf Abstand gehalten hatte. So wie auch ich über diese Jahre nichts mehr sagen werde, denn alle Gefängnisse gleichen sich. Ihre Insassen ebenfalls, schuldig desselben Verbrechens: dass sie an eine Welt geglaubt haben, die es nicht gab, und wütend geworden sind, als sie es merkten.

Die Pietà Vitaliani wurde in der zweiten Hälfte des Jahres 1951 in die Sacra gebracht, das genaue Datum ist nicht bekannt. Die Sacra wählte man wegen ihrer Abgeschiedenheit und der unerheblichen Besucherzahl – so viel hat sich seither verändert, denkt Padre Vincenzo. Für den Transport wurde die Statue dreifach ummantelt, mit einer Metallkonstruktion und zwei Holzkisten übereinander. Trotz des Skandals, vielleicht auch gerade deswegen, war sie von großem Wert, eine der wenigen Statuen Mimo Vitalianis, die ungeachtet der wahrlich phänomenalen Gabe ihres Schöpfers, sich Ärger einzuhandeln, die Zeiten überdauert hatte.

Die Gefahr beim Transport von Werken aus Marmor lauert in versteckten Haarrissen, da sie unter Umständen dazu führen, dass die Statue bei einem Stoß auseinanderbricht. Damals wechselten Kunstwerke nur selten ihren Ort. Und wenn doch einmal, waren Beschädigungen keine Seltenheit. Eine Studie wurde finanziert, um beurteilen zu können, wie sich die Pietà am besten schützen ließ. Ein amerikanisches Unternehmen, Koppers, lieferte schließlich den Prototyp auf Basis eines Materials namens »expandiertes Polystyrol«. Auf dieselbe Studie griff man später auch zurück für den Transport der anderen Pietà, der von Michelangelo Buonarroti, als man sie 1964 zur Weltausstellung nach New York verschiffte.

An einem Tag im Jahr 1951 jedenfalls schloss sich eine unterirdische Tür hinter Vitalianis Statue, womit ihre Geschichte endet. Was folgte, war eine Reihe immer strengerer Sicherheitsmaßnahmen, je mehr Gerüchte über ihre Anwesenheit in Umlauf kamen. Nach der Sache mit Laszlo Toth wurde ein ultramodernes Alarmsystem installiert.

Padre Vincenzo räumt die letzten Dokumente zusammen, legt sie zurück in den Tresorschrank und verschließt ihn. Lautlos bewegt sich der Mechanismus, betätigt Zylinder und Riegel. Der alte Schrank sieht wieder aus wie ein alter Schrank. Vincenzo hängt sich den Schlüssel um den Hals, und als er zum Fenster schaut, erschrickt er. Er hat nicht gesehen, wie es Nacht geworden ist. Sein Büro ist eiskalt. Wann immer er das Thema Heizung anspricht, eine Anlage, die den Namen verdient, heißt es, dafür fehlten die Mittel, und schon regt er sich auf. Der Glaube wärmt, aber es gibt Grenzen.

Vincenzo löscht das Licht, steigt noch einmal die Treppe der Toten hinab. Hinter solchen Mauern sollte es keine Geräusche geben, trotzdem hört man es immer knarren, knirschen, pfeifen. Vielleicht schnarchen die Toten ja. Vincenzo steigt weiter hinunter, orientiert sich mühelos in dem Labyrinth der Gänge, weicht reflexartig, den Kopf einziehend, einem niedrigeren Bogen aus, geht die Treppe wieder hoch und tritt in das Zimmer des Sterbenden.

Vier Brüder wachen weiterhin bei Mimo Vitaliani. Der Arzt ist auch noch da, er winkt ihn zu sich und schiebt unter der weißen Mähne des Bildhauers ein Augenlid zurück. Dann richtet er eine Taschenlampe auf die Pupille – sie bewegt sich nicht.

»Es geht nicht mehr lange.«

»Das haben Sie mir schon heute Morgen gesagt.«

Vincenzo hat ein wenig schroffer als nötig geantwortet – er hebt die Hand, eine Entschuldigung. Aber wenn er diese Gesichtszüge sieht und wie sie sich über den Knochen spannen, die leicht verzogenen Lippen, das stoßweise Atmen, unter dem sie aufspringen und fast verbrennen, wünscht er sich, dass es endlich vorbei ist. Mimo Vitaliani ist für ihn vielleicht tatsächlich, was einem Freund am nächsten kommt.

Er wendet sich den Mönchen zu und bedeutet ihnen, dass er jetzt übernimmt. Die Mönche protestieren: »Padre, das könnte die ganze Nacht dauern, so wie er sich wehrt«, aber er verabschiedet sie mit einem Lächeln. Mimo Vitaliani geht, wenn er geht. Wer weiß, was sich unter diesem etwas zu breiten Schädel abspielt. Wer weiß, ob sich dort überhaupt etwas abspielt.

Padre Vincenzo setzt sich an das Bett, nimmt die glühende Hand des Bildhauers und wartet.

Offiziell entlassen wurde ich Ende April 1945. Mussolini war gerade gefangen genommen, hingerichtet und an einer Tankstelle in Mailand kopfüber aufgehängt worden, an derselben Tankstelle, wo man im Jahr zuvor die Leichen von fünfzehn von den Faschisten erschossenen Zivilisten zur Schau gestellt hatte. Tatsächlich kam ich erst einen Monat später heraus, so lange hatte es gedauert, die Papiere zusammenzubekommen in einem Land, in dem alles drunter und drüber ging. Francesco wartete vor dem Gefängnis auf mich, in einer schwarzen Limousine. Seine Soutane war verziert mit roten Knöpfen, ein goldener Ring mit einem Saphir schmückte seine rechte Hand. Zwischen zwei Bombenangriffen war er Kardinal geworden. Er brachte mich für eine Weile in einer Dienstwohnung des Vatikans unter, einem kleinen Apartment, das auf die Zinkdächer einer Kapelle hinausging und sich mittags wegen der reflektierenden Sonne in einen Backofen verwandelte. Nach meiner Zelle kam es mir riesig vor. Ich hatte fünfzehn Kilo abgenommen. Ein paar Scherzbolde meinten, wenigstens dafür sei das Gefängnis gut gewesen.

Trotz Kriegsende waren die Spannungen im Land nach wie vor heftig. Mit den antifaschistischen Säuberungen ging es zügig voran, es wurde Jagd gemacht und ohne viel Federlesens hingerichtet. Moderate Antifaschisten befürchteten, dieser Bürgerkrieg, der keinen Namen hatte, könnte in eine kommunistische Revolution umschlagen. Als Gegenmaßnahme beschloss man, dem Volk seine Stimme wiederzugeben. Seit 1921 hatte es keine freien Wahlen gegeben, und so wurde für den 2. Juni 1946 ein Urnengang angesetzt. Eine verfassunggebende Versammlung sollte die Führung des Landes übernehmen. Am Tag der Abstimmung waren die Italiener gleichermaßen aufgerufen, sich zwischen einer Monarchie und einer Republik zu entscheiden. Ich beobachtete das Treiben wie unbeteiligt, geblendet von meiner Sonne aus Zink. Jetzt, da die Diktatur zusammengebrochen war, konnte ich es mir erlauben, mich ganz und gar aus der Politik herauszuhalten. Dachte ich zumindest.

Viele Monate führte ich ein Einsiedlerleben. Alles kam mir zu groß vor, zu laut. Alte Freunde nötigten mich, ab und zu vor die Tür zu gehen. »Sonst hättest du auch gleich im Gefängnis bleiben können«, meinte meine serbische Fürstin, die sich neu erfunden hatte und Kriegsfotografin geworden war. Es gebe Schlimmeres, als seine Freiheit zu verlieren, nämlich den Geschmack an ihr. Also schleifte sie mich zu den Abendgesellschaften, auf die es ankam. Und auch wenn es für mich kein Vergnügen mehr war, kam doch der Geschmack zurück, ein Duft von erwachendem Tag, wenn der Morgen anbricht und die Stadt noch schläft. Auch konnte ich feststellen, dass mein Stern, den ich schon erloschen glaubte, heller erstrahlte denn je. Ich war die Verkörperung des Antifaschismus. Man fragte mich nach meiner Meinung. Und vor allem fragte man mich, ob in meinem Auftragsbuch noch Platz sei. Ich log und behauptete, es sei voll. Ich hatte keine Lust mehr auf Skulpturen.

Als ich wieder bei Kräften war, fuhr ich zurück nach Pietra d'Alba, fest entschlossen, mein Dorf nicht mehr zu verlassen. Im März 1946 war das, und ich kam mit demselben Taillenmaß wie vor dreißig Jahren, aber grauem Haar. Wie immer, wenn ich heimkehrte, begrüßte mich Vittorio auf dem kiesbedeckten Platz vor dem Haus. Seine fünfundvierzig Jahre waren ihm nicht anzusehen, außerdem hatte er die Pfunde, die er nach Annas Trennung verloren hatte, nicht wieder zugelegt. Dafür war sein Kopf fast völlig kahl, was ihm gar nicht so schlecht stand. Meine Mutter war mit ihren dreiundsiebzig Jahren noch gut beieinander, auch wenn alles sie anzustrengen schien. Wir sprachen nicht viel.

Das Atelier hatte mein Freund komplett renoviert. Von der einstigen Schändung war nicht die kleinste Spur geblieben. Die Fenster waren ausgetauscht, frische Tünche bedeckte die Wände und die Schmierereien »Bolschewist« und »Judenfreund«.

Die Fahrt hatte mich erschöpft. Ich würde die Orsinis besuchen müssen, Emanuele begrüßen, die Mutter der Zwillinge, Don Anselmo – das alles konnte warten. Ich träumte nur von meinem Bett. Aber die Nachricht von meiner Rückkehr musste mir vorausgeeilt sein, oder sie hatte sich wie ein Lauffeuer verbreitet. Denn als ich mich am Abend aus dem Fenster lehnte, so weit, dass ich wie jedes Mal, wenn ich die Läden mit meinen zu kurzen Armen schließen wollte, fast hinausgefallen wäre, sah ich in der Villa Orsini den Schein eines roten Lichts. Eines warmen, einladenden Lichts, das ich seit zwanzig Jahren nicht mehr gesehen hatte. Das ich ignoriert hatte, als es das letzte Mal aufleuchtete.

Im Gefängnis hatte ich gelernt, mit mir selbst zu sprechen, und ich murmelte:

»Ich komme.«

Im Baumstumpf steckte eine einzige Zeile, hingekritzelt auf einen Fetzen Papier. *Ich warte auf Dich.*

Ich ging den Weg zum Friedhof hinauf, meine Schritte etwas weniger gewandt als früher. Soviel ich auch in meiner Zelle im Kreis gelaufen war, sosehr ich angekämpft hatte gegen die Bewegungslosigkeit, im Ohr all die Empfehlungen meiner Kameraden hinter Gitter, es sollte lange Monate dauern, bis ich zu meiner Gelenkigkeit zurückgefunden hatte. Oder zu dem, was mir mit meinen zweiundvierzig Jahren davon geblieben war.

Wie üblich – ich weiß noch, dass ich es genau mit diesen Worten gedacht hatte, *wie üblich*, und das auf einer Strecke, die ich seit Ewigkeiten nicht gegangen war – kam ich als Erster an. Es war ein milder Abend, der Frühling nahte. Eine Nacht der heimlichen Freuden, des Übermuts, des Lichts, das man erst später löscht. Fünf Minuten nach mir erschien sie. Die Gefühle, die mich ergriffen, kann ich nicht beschreiben. Die dort aus dem Wald kam, war nicht das Mädchen, dessen Vogelträume zu Füßen einer Kiefer zerschellt waren. War nicht die brave Ehefrau des Avvocato Campana. Es war auch nicht die perfekte kleine Marchesa Orsini.

Es war *sie*. Viola.

Ich sah es an der Art, wie sie ging, an dem kleinen süffisanten Lächeln, das anzeigte, dass sie mehr wusste als ich, an ihren verspielten Fingern, die immer in Bewegung waren und auf eine Gelegenheit warteten, sich vorwurfsvoll auf jemanden zu richten oder freudig in die Zukunft. Sie ging auf mich zu und legte mir ihre Hand, die in einem Handschuh steckte, auf die Wange. Ich sah sie lange an. Gewebt in das Schwarz ihres Haars eine Spur von Weiß. In den Augenwinkeln Fältchen, die ich noch nie gesehen hatte. Die Backenknochen traten stärker hervor, das Kinn war nun feiner. Wir hielten die ersten Worte zurück, wussten nicht, ob sie sich banal ausnähmen oder grandios, aus purer Freude, ihren Geschmack so spät wie möglich zu kosten. Ihre Hand glitt über meinen Arm, bis hinunter zu meiner, und dann führte sie mich auf den Friedhof. Ich wusste, wohin wir gingen. Ohne ein Wort legten wir uns auf das Grab von Tommaso Baldi, und ich schwöre, ich habe den kleinen Flötisten einen wohligen Seufzer ausstoßen gehört.

»Ich habe Bartolomeo Pagano kennengelernt«, sagte ich.

»Wie ist er?«

»Groß.«

Über unseren Köpfen floss die Milchstraße träge dahin. Wenn man älter wird, scheint alles kleiner zu werden, nur nicht die Friedhöfe. Der westliche Teil, der früher brach gelegen hatte, war nun bedeckt von neuen Gräbern. Die Zypressen waren gewachsen und erinnerten in unserer kopfstehenden Welt an riesige grüne Mohrrüben auf einem Sternenfeld.

»Ich tu mich immer noch schwer mit der Zeit«, sagte Viola mit leiser Stimme.

»Was hat sie dir denn getan? Du bist noch genauso bezaubernd.«

Viola dachte nicht daran, sich zu bedanken. Sie war nicht unempfänglich für Komplimente, nur scherte sie sich nicht darum, ob sie schön war oder nicht. Aber sie war es nun mal, oder besser gesagt, sie wirkte so. Es war derselbe alte Zaubertrick wie bei der Verwandlung in eine Bärin – das Auge dorthin lenken, wo die Illusionistin es haben will. Ich hatte das Tier derart angestarrt, dass mir nicht aufgefallen war, dass es nicht dasselbe Kleid trug. Wer Viola anschaute, sah nur ihre Augen und vergaß die etwas zu schmalen Lippen, das etwas zu lange Gesicht, das sie von ihrem Vater geerbt hatte, und dachte: *Wie schön sie ist!*

»Gestern«, sagte sie nach längerem Schweigen, »habe ich meinen Bruder Virgilio geküsst, einen hübschen Mann in Uniform, der in den Krieg gezogen ist. Er hat nach Amber gerochen und nach Seife. Heute Abend ist mein Bruder ein Skelett in einer Uniform, die nach Staub riecht. Gestern war vor fünfundzwanzig Jahren. Die Zeit vergeht nicht überall gleich schnell. Einstein hat recht.«

»Das solltest du ihm sagen, er wird sich freuen.«

»Glaubst du?«, fragte Viola mit dem größten Ernst der Welt.

Ich musste lachen, und sie schmollte für einen Moment mit mir. Schließlich stand sie auf und klopfte sich die kleinen Zweige und trockenen Blütenblätter aus dem Kleid.

»Und wenn du morgen zum Abendessen zu uns kommst?«

»Nein, bloß nicht«, brummelte ich. »Wer weiß, was noch alles passiert.«

»Gar nichts wird passieren, Mimo. Nur ein Abendessen.«

»Bei euch ist das nie *nur* ein Abendessen.«

»Sei nicht albern. Du begleitest mich zurück zur Villa, ja? Die Straßen sind zurzeit nicht allzu sicher.«

Auf dem Weg setzte sie mich über die jüngsten Vorfälle ins Bild. Es war keine Übertreibung gewesen, als sie sagte, die Straßen seien nicht sicher. Die Nacht war das Refugium von Grüppchen Ausgehungerter, selbsternannter Partisanen auf der Jagd nach Faschisten. In Wirklichkeit waren es meist Strauchdiebe, die sich zusammengerottet hatten und im Vorfeld der Wahlen die Abwesenheit einer starken Zentralmacht nutzten, um zu plündern und Leute zu überfallen. Es wurde gemunkelt, die Gambales hätten sich mit einigen von ihnen eingelassen. Und wie es der Zufall wollte, brannten bei den Orsinis ein paar Bäume nieder oder wurden gefällt, und dann behaupteten sie, sie hätten nichts damit zu tun, die Banditen seien schuld. Stefano seinerseits trieb sich, an der Spitze einer Gruppe von Männern, die keiner Rauferei aus dem Weg gingen, im Tal der Gambales herum und scheute sich nicht, den ein oder anderen aus der Familie zu verprügeln. Danach behauptete er, seine Männer könnten nichts dafür, sie hätten den Gambale für einen Banditen gehalten.

Selbst im Dunkeln sah ich, dass die Felder seit der Zerstörung der Wasserleitung viel von ihrer Pracht verloren hatten. Sie waren bestellt, sauber, weit entfernt von dem verwahrlosten Zustand nach den vielen Dürren der Zwanzigerjahre. Aber die Produktion ging zurück. Viola sah einen Preissturz bei Orangen voraus, was, wenn sie recht hatte, und sie hatte immer recht, die Sache nicht eben besser machte.

Als wir uns trennten, drehte sie sich noch einmal zu mir um.

»*Sit felix occursus, optime Leo, nam totos tres annos te non vidi.* Gute Nacht, Mimo. Ich mag dein Gesicht, wenn du nicht verstehst, was ich sage.«

Sie ging auf die Villa zu, humpelnd durch die kühle Frühlingsnacht, ihr Tuch fest um die Schultern geschlungen, eine so erhabene wie herzzerreißende Gestalt.

»Viola!«

»Hmm?«

»*Welch glückliche Begegnung, mein lieber Löwe, denn drei ganze Jahre habe ich dich nicht gesehen.* Du hast mir aufgegeben, das Buch von Erasmus zu lesen, wo ein Löwe und ein Bär sich unterhalten. Du hattest dir in den Kopf gesetzt, mir Latein beizubringen.«

Viola sah mich überrascht an.

»Oje, ich erinnere mich nicht …«

Sie ging mit diesem Lachen von früher, dem Mond zugeworfen, und dann verschwand sie durch das hintere Tor. Insgeheim froh darüber, älter zu werden, steifer, weißhaariger, und endlich, endlich etwas *vergessen* zu können.

Als ich am Morgen in die Küche kam, stand ich unversehens einem jungen Mann gegenüber, etwa zwanzig Jahre alt, bärtig, ein echter Herkules. Er sah mich freundlich an, ich brachte keinen Ton heraus. Er lachte.

»Ich bin's, Onkel Mimo. Zozo!«

Ich hatte Vittorios und Annas Sohn gerade mal fünf oder sechs Jahre nicht gesehen, aber die Verwandlung vom Kind zum Mann war beeindruckend. Das war mit mir also auch passiert. Weshalb mich mein erstes graues Haar so erschreckt hatte. Die Veränderung ging allmählich vonstatten, flüsterte einem hinterhältig ins Ohr, dass sich nichts änderte, bis es zu spät war.

Zozo half seinem Vater inzwischen in der Werkstatt. Er war in der Nacht aus Genua gekommen, wo er seine Mutter besucht hatte. Er ähnelte ihr sehr, die gleichen Pausbacken, die gleiche gute Laune in den Augen, auch wenn Annas Gelauntheit hatte einstecken müssen.

Ich machte meine Höflichkeitsbesuche, zum Schluss ging ich zu Don Anselmo. Mit seinen über siebzig war er immer noch rüstig, aber wo war der ungestüme, auch ein wenig einschüchternde Priester geblieben, den ich bei meiner Ankunft im Dorf kennengelernt hatte? Seine Haut war übersät von braunen Flecken, die Hände zitterten leicht. Einmal kurz geblinzelt, und sie alle waren gealtert.

»Ich bin wie diese arme Kirche«, sagte er und schaute hinauf zur Kuppel, wo die Fresken abblätterten. »Überall zieht es.«

Abends fand ich mich bei den Orsinis ein. Am Tisch saßen nur der Marchese und die Marchesa, Stefano, Viola und ich. Der Marchese hatte sich als Einziger nicht verändert, seit er sich in seinen Rollstuhl gesetzt hatte, um nicht mehr aufzustehen, und seine letzten vollkommen verständlichen Worte sprach, *er kommt, er kommt.* Seine bemerkenswerten Züge und das lange Gesicht, weiterhin überragt von dem in die Höhe schießenden Haar, hatten den Jahren getrotzt. Nur das Auge hatte sich geleert und flackerte nur noch selten auf. Wir sprachen über Politik, das Wahlrecht für Frauen – »und was als Nächstes?«, höhnte Stefano, »bald dürfen auch unsere Pferde wählen« – und dass einer der Söhne der Gambales bei den kommenden Wahlen kandidieren würde. Die Marchesa fuhr Stefano an und zeigte sich von einer unerwartet fortschrittlichen Seite. Sie selbst, sagte sie, sehe sich nicht an einer Wahlurne, da sie wie die meisten Frauen nichts von Politik verstehe, aber sie habe nichts dagegen, dass manche besonders gebildeten Frauen wählen dürften. Schließlich sei eine Frau nicht dümmer als ein Mann.

»Vor allem, wenn der Mann du bist«, sagte Viola in Richtung ihres Bruders und grinste übers ganze Gesicht.

Stefano murmelte etwas in den Bart und ertränkte seinen Ärger im Wein. Dann wünschte man die Gambales zum Teufel, ein ewiges Hindernis für das Prosperieren der Plantagen.

Ich glaubte wirklich und aus vollem Herzen, diesmal würde das Essen normal verlaufen, mein Leben wäre endlich ein gewöhnliches. Nur hatte ich nicht bedacht, dass der Esstisch, bei den Orsinis wie überall in Italien, von den Palästen Siziliens bis zu den Bruchbuden Genuas, sehr viel mehr war als ein bloßer Tisch. Er war eine Bühne. Und dort wurde das Drama aufgeführt wie eine Posse. Je ernster die Sache, desto lächerlicher.

Beim Dessert verkündete Viola:

»Ich kandidiere für die verfassunggebende Versammlung. Wenn ich gewählt werde, bin ich eure Abgeordnete.«

Stefano verschluckte sich an dem Süßwein, den er zu seinem zweiten Stück *sacripantina* trank, schnappte nach Luft, wurde rot im Gesicht und schlug sich mit der Faust auf die Brust.

»Soll das ein Witz sein?«

»Dem Dekret 74 nach nicht. Ich habe das Recht zu kandidieren, und das werde ich auch.«

Der folgende Streit war ein denkwürdiger. Die Marchesa, mit einem Mal um fortschrittliche Gesinnung verlegen, beschuldigte ihre Tochter, sie habe den Verstand verloren. Ihr Blut befreie sie davon, sich der Demütigung oder, schlimmer noch, dem Vulgären einer Wahl auszusetzen. Stefano bekam sich kaum noch ein, er konnte nicht begreifen, wie eine Frau, noch dazu seine Schwester, ein solches Amt anstreben wollte.

»Du hast überhaupt keine politische Erfahrung, verdammt noch mal! Ausgeschlossen!«

»Wie alt bist du?«, fragte Viola seelenruhig.

»Bitte? Achtundvierzig. Was hat mein Alter zu tun mit …«

»In achtundvierzig Jahren hast du zwei Kriege erlebt, alle begonnen und geführt von der Elite unserer Politiker. Also, wenn du das meinst mit Erfahrung, dann verzeih mir, wenn ich Lust habe, etwas anderes auszuprobieren.«

Wieder wurde es laut. Die Marchesa sprach laut, Stefano sprach laut. Inmitten des Gebrülls saß Viola unbeeindruckt da, auf den Lippen ein kleines Lächeln, mit diesem friedlichen Ausdruck Mariens unter dem Pinsel Fra Angelicos. Kein Sturm würde von nun an ihrem Schicksal eine andere Richtung geben können. Eingeladen hatte sie mich für den Abend, damit ich es verstand.

Am nächsten Tag waren wir unterwegs auf den Straßen. Die letzten drei Jahre hatte ich ein Leben in Zeitlupe geführt. Und auf einmal fielen die Mauern, der Wind fegte, mir kamen fast die Tränen, so schnell ging alles. Stefano hatte sich noch am Abend ein wenig beruhigt, als ich vorbrachte, die Kandidatur seiner Schwester würde die Gambales ärgern, bisher hätten sie noch keine Konkurrenz. Doch zum Schluss sagte er: »Es wird ihr schon vergehen«, und dann ging er nach draußen, um eine zu rauchen.

Zozo, Vittorios Sohn, chauffierte uns. Wir fuhren kreuz und quer durch die Gegend, klopften an alle Türen. Ich muss gestehen, dass ich, als Viola ihren Entschluss verkündete, genauso skeptisch war wie Stefano. Oder zumindest in abgeschwächter Form, schließlich wusste ich, dass seine Schwester zu allem fähig war. Ich folgte ihr aus Freundschaft, sagte mir, dass zum Fliegenkönnen der Wille allein nicht reichte.

Einen Monat später war ich mir sicher, dass sie gewinnen würde. Viola, die sich nie politisch engagiert hatte, erteilte dem Land eine Lektion. Die eingesessenen Bewohner konnten es nicht fassen. Jemand sprach mit ihnen über sie, über ihre Kinder. Und, erstaunlicher noch, von der Zukunft, diesem rätselhaften Etwas der Reichen. Von der

Möglichkeit, nicht ein ganzes Leben zwischen Wiege und Bahre zu verbringen, sondern in eine große Stadt zu ziehen und sich zu bilden. Zu reisen. Die Türen öffneten sich zuerst nur einen Spalt vor misstrauischen Gesichtern, dann ließ man uns fast nicht mehr gehen. Der Sohn der Gambales, dessen Kampagne darin bestand, morgens aufzustehen und sich im Schritt zu kratzen, war stinksauer. Er hatte nie auch nur die geringste politische Ambition gehabt und nur kandidiert, weil eines Tages Leute aus den Zirkeln der Macht gekommen waren und ihn darum gebeten hatten, in der Region mangele es an Kandidaten. Aber er hatte seinen Stolz, und für diesen Stolz war es ein Schlag, als er begriff, dass ihm eine Niederlage drohte. Die angeblichen Partisanen gingen bei ihren Überfällen immer brutaler vor. Ein Ehepaar auf der Durchreise in die Lombardei wurde ausgeraubt, die Frau vergewaltigt. Die Polizei musste tatsächlich anrücken, nur um festzustellen, dass die Täter unauffindbar waren.

Oft wechselten Viola und ich am Ende des Tages kaum einen kurzen Blick. Da hatten wir geglaubt, unser Leben wäre eines Abends im November 1920, als sie von einem Dach sprang, stehengeblieben. Aber Violas Träume waren von einer ebenso ledernen Natur wie die Träumerin selbst.

»Tramontana, Scirocco, Libeccio, Ponente und Mistral. Das kann doch nicht so schwer sein!«, empörte sich Viola. »Es gibt nur fünf Winde hier.«

»Tramontana, Scirocco, Libeccio … Ponente und Mistral.«

»Noch mal.«

»Tramontana, Scirocco, Libeccio, Ponente und Mistral.«

Ich hatte dummerweise »der Wind weht« gesagt. Viola hatte mir verzweifelt in die Schulter geboxt.

»Die Wörter haben einen Sinn, Mimo. Benennen heißt verstehen. ›Der Wind weht‹ heißt gar nichts. Ist es ein Wind, der tötet? Ist es ein Wind, der etwas sät? Ein Wind, der die Setzlinge erfrieren lässt oder wärmt? Und was für eine Abgeordnete wäre ich, wenn die Wörter keinen Sinn hätten? Ich würde mich nicht von den anderen unterscheiden.«

»Schon gut, schon gut, ich habe verstanden.«

»Dann wiederhol.«

»Tramontana, Scirocco, Libeccio, Ponente und Mistral.«

Ich gab mich bereitwillig Violas Marotten hin, und sei es, um mich unterwegs zu beschäftigen. Zozo fuhr uns an diesem Tag zu einem Dorf im Nachbartal – im Tal der Gambales. Am selben Morgen hatte ein Mann Viola aufgesucht, Hut in den Händen, betretene Miene. Eine halbe Stunde hatte es gedauert, bis er, ermuntert von einem Schluck Grappa, mit der Sprache herausrückte. Er war gekommen, weil alle sagten, dass sie gewählt würde, um die Menschen zu vertreten, unten in Rom, und weil hier im Tal die Rede sei von einer geplanten Autobahn, die würde durch seine Felder gehen, und das wolle er nicht. Eine Stunde später waren wir auf dem Weg zu seinem Dorf.

Viola setzte sich auf den Dorfplatz, während der alte Mann mit der Umtriebigkeit eines Hütehundes einen großen Teil der Bewohner versammelte. Sie sagte ihnen ihre Unterstützung zu, versprach, dass die Autobahn nicht durch ihr Tal führen würde, und schüttelte geduldig Hände. Auf dem Rückweg hielten wir bei jedem Weiler an, auch bei dem der Gambales. Die Atmosphäre spannte sich, als ein Kerl, der auf eine Mistgabel gestützt den Gesprächen zuhörte, in bissigem Ton sagte:

»Die Autobahn ist der Fortschritt! Du bist gegen den Fortschritt, oder?«

Die Stimmen überschlugen sich, Viola beruhigte die Leute mit einer schlichten Handbewegung.

»Die Autobahn ist das Gegenteil von Fortschritt. Ja, alles wird schneller gehen. Aber alles wird *woanders* schneller gehen. Die Dörfer in diesem Tal werden zu steinernen Würfeln zu Füßen einer Brücke. Niemand wird mehr hier anhalten.«

Das Argument traf ins Schwarze, und Mistgabel trollte sich. Als ich mich an diesem Abend schlafen legte, machte ich mir eine Gewohnheit zu eigen, die ich nie wieder ablegen sollte, einen abergläubischen Tick vielleicht, und bevor ich ins Dunkel und ins Vergessen sank, wiederholte ich *Tramontana, Scirocco, Libeccio, Ponente und Mistral.*

Sie haben Emanuele getötet! Sie haben Emanuele getötet!

Es war Mittag. Wir waren auf dem Rückweg von Genua, wo wir Viola offiziell hatten nominieren lassen. Allein diese Fahrt hatte sie auf zehn neue Ideen gebracht, darunter die Verbreiterung der Straße an mehreren strategischen Stellen sowie eine tägliche Verbindung zwischen Genua, Savona und Pietra d'Alba. Bisher musste sich, wer vom Dorf aus hinunterfuhr, von irgendwem ein Auto leihen, und nicht selten ging eine Stunde verloren, weil man hinter einem Esel mit seinem Karren feststeckte.

Sie haben Emanuele getötet! Sie haben Emanuele getötet!

Kurz bevor wir das Dorf erreichten, raste ein entgegenkommendes Auto in vollem Tempo an uns vorbei. Im Fond drängten sich mehrere Personen, zwischen ihnen, wie ich zu erkennen glaubte, eine lange Gestalt. Als wir zum Dorfplatz kamen, sprang uns die Mutter der Zwillinge fast vor die Räder. Zerzaust, verstört, sie sah aus wie eine Verrückte. Dann ging sie um das Fahrzeug herum und donnerte gegen die Scheiben.

Sie haben Emanuele getötet! Sie haben meinen Sohn getötet!

In Pietra d'Alba hatten wir eine ganz besondere Art von Trüffeln, klein und sehr fest, recht spät im Jahr und mit einem so kräftigen Aroma, dass es hieß, man brauche gar keinen Hund, um sie zu finden. Ein Bauer aus der Gegend hatte gerade welche gesucht, in der Nähe der Galgeneiche, und Schreie gehört. Nachdem alles wieder still war, wagte er sich aus dem Wald. Emanuele baumelte in seiner Husarenuniform unter dem dicksten Ast der Eiche. Auf einem Schild um seinen Hals stand »Fashist«, mit einem fehlenden c. Die Pseudopartisanen, die ihn dort aufgeknüpft hatten, hatten beim Anblick seiner Uniform nicht lange gefackelt, hatten ihn geschnappt und nach kurzem Prozess verurteilt. Emanuele musste seine Verteidigung selbst übernehmen, unter panischem Gelalle, und vermochte diesem Ad-hoc-Tribunal nicht zu erklären, dass seine Uniform über hundert Jahre alt war und er nicht gehängt werden sollte, schon gar nicht, solange er seine Tour noch nicht beendet und alle Post ausgetragen hatte.

Sie haben meinen Sohn getötet! Sie haben meinen Sohn getötet!

Aber Emanuele war nicht nur Emanuele. Emanuele war eine *Idee*. Etwas Ungehöriges, ein bisschen wie ich, eine Anomalie. Oder eben Ausdruck einer Normalität, die noch nicht eingetreten war, Vorbote einer Welt, in der Menschen wie er das Wort hätten und Schaden allenfalls anrichteten, wenn sie allzu enthusiastisch umarmten. Und wie allgemein bekannt, lässt sich eine Idee nicht töten. Sie haben Emanuele also nicht getötet.

Und weil er gelernt hatte, sich mit ein paar Atomen Sauerstoff zu begnügen, als ihn die lebensspendende Nabelschnur bei der Geburt strangulierte, vielleicht auch, weil der Waldgänger ihn so schnell nach der Tat gefunden und abgehängt hatte, überlebte Emanuele. Eine Woche später kam er lächelnd aus dem Krankenhaus in Genua zurück, seine Miene lediglich ein wenig verdutzter, aber noch derselbe.

Nur Vittorio sprach von einer Veränderung – er hatte jetzt Schwierigkeiten, ihn zu verstehen.

Man rief nicht einmal die Polizei. Diesmal nahmen die Männer des Dorfes ihre Gewehre, durchkämmten zehn Tage lang den Wald und stießen schließlich bei Sonnenuntergang auf eine Gruppe von vier ausgehungerten Gesellen – ausgehungert und bewaffnet –, die behaupteten, ihr Weg führe sie durch die Gegend. Nein, von der Tragödie hätten sie nichts gehört, sie zeigten Mitgefühl und bekreuzigten sich. Nur dass einer von ihnen eine prunkvolle Auszeichnung trug, den Orden der Eisernen Krone, den Emanuele sich so gern an seine Husarenjacke heftete. Der Mann erklärte, er habe ihn auf dem Boden gefunden, an einem Pfad. In den Bergen waren Schüsse zu hören. Die Dörfler kehrten mit dem Orden zurück und sagten kein Wort. Am unteren Rand der Krone stand die Devise *Gott hat sie mir gegeben, wehe dem, der sie berührt*. Emanuele weinte, als er das gute Stück zurückbekam. Das Einzige, was ihn weiterhin betrübte, war, dass man seine Posttasche nicht wiederfand. Die Täter hatten sie irgendwo im Wald weggeworfen, als sie feststellten, dass sie nichts Wertvolles enthielt.

Am Sonntag nach der Rückgabe des Ordens stieg Don Anselmo auf die Kanzel. Er wetterte gegen die Gewalt, die die Welt beherrsche und nun auf Pietra d'Alba übergegriffen habe. Er geißelte den Trupp, der Selbstjustiz geübt habe, fern der Augen der Menschen und fern der Augen Gottes. Protestierende Stimmen erhoben sich, andere protestierten gegen die Proteste, und der Priester sprach weiter, lauter, um den Lärm zu übertönen. Dann stand Viola auf, und alles wurde still. Der Glaube an Gott war bei ihr nicht ausgeprägter als früher, aber sie begleitete ihre Eltern in die Kirche, um dem Vater zur Seite zu stehen.

»Don Anselmo hat recht«, sagte sie mit fester Stimme. »Wenn diese Leute unschuldig waren, ist das ein Verbrechen.«

»Selbst wenn sie im Fall von Emanuele unschuldig waren, haben sie bestimmt anderes verbrochen!«, rief jemand unter einigem Applaus.

Von seiner Kanzel aus versuchte Don Anselmo, die Ordnung wiederherzustellen. Viola schilderte mir die Szene später, ich war nicht dabei.

»Wenn sie schuldig waren«, erwiderte sie, »haben wir Institutionen, um sie zu bestrafen. Wir leben nicht mehr im Alten Testament, seit zwei Jahrtausenden nicht. Und seit einem Jahr auch nicht mehr in einer Diktatur.«

Mehrere Köpfe senkten sich zerknirscht, aber der Streit nahm nun erst recht Fahrt auf. Don Anselmo machte ein verdrießliches Gesicht, er kam nicht mehr mit, auch hatte ihn die angedeutete Gleichsetzung von Altem Testament und Diktatur getroffen. Da passierte es. Zuerst ein Knirschen und Knacken, das in der ganzen Kirche widerhallte und die Versammelten zum Schweigen brachte. Sie konnten gerade noch hochschauen und sehen, dass sich in der Kuppel von San Pietro delle Lacrime ein Riss gebildet hatte, ein Stein hatte sich bereits gelöst. Er fiel direkt in die Vierung und zertrümmerte die Pietà, die ich so sorgsam studiert hatte. Nach dem ersten Schreck lief alles schreiend hinaus. Zum Glück hatte der Stein niemanden verletzt.

Don Anselmo brauchte keine Sekunde, um sich seiner Jugend zu besinnen. Er kam aus der Kirche gerannt, staubbedeckt, mit hochgezogener Lippe und erhobener Faust. Und mit dem Eifer eines Savonarola, der ob ihrer Verkommenheit auf die Stadt Florenz schimpfte, rief er den wie gelähmt dastehenden Dorfbewohnern zu, dass Gott ihnen soeben ein Zeichen gesandt habe, ein Zeichen seines Zorns. Der Kriege und Verbrechen der Menschen überdrüssig, habe der Herr es ihnen mit einem Schlag gegen sein eigenes Haus kundgetan. Die Zeit sei gekommen, Buße zu tun. Diesmal wagte niemand zu protestieren.

Don Anselmo blinzelte, als erwachte er aus einer Trance, und schaute leicht verwundert in die Menge, die ihm in seinen fünfzig Jahren als Priester zum ersten Mal zuhörte.

Niemand wusste, wie sich die Nachricht so schnell verbreiten konnte, aber zwei Weltkriege hatten nicht nur Millionen Menschen getötet, sondern auch dem Rest an Langsamkeit den Garaus gemacht. Am nächsten Tag erschienen Journalisten aus Genua. Am übernächsten aus Mailand, dann aus Rom. Gleich darauf traf auch Francesco ein. Der Vatikan erwog kurz, eine Untersuchung einzuleiten, sollte es sich um ein Wunder handeln, und holte verschiedene von Don Anselmo einst übersandte (und abgelehnte) Anträge hervor, in denen er, nachdem es längs der Kirche zu kleineren Bodenabsenkungen gekommen war, um zusätzliche Mittel für das Anbringen erforderlicher Verstärkungen ersuchte. Das Wunder war rein geologischer Natur, was jedoch nicht ausschloss, dass sie es hier womöglich mit einem Zeichen zu tun hatten. Einem Zeichen dafür, dass mit dem Ende des Krieges eine öffentlichkeitswirksame Aktion keine schlechte Idee wäre. Ein paar Telefonate wurden geführt, und das Istituto per le Opere di Religione, die Vatikanbank, räumte der San Pietro delle Lacrime eine Kreditlinie ein.

Drei Tage nach dem Vorfall versammelte Kardinal Francesco Orsini die Presse unter der Kuppel mit ihrem zentimeterbreiten Riss. Die arme Pietà war komplett zerstört.

»Liebe Freunde, ich spreche hier als Mensch, als Priester und als Kind aus Pietra d'Alba. Der Herr hat uns ein Zeichen gesandt. Aber der Herr droht nicht. Der Herr ist nicht der Zorn. Was er uns schickt, ist eine Bitte um Versöhnung. Und so darf ich Ihnen mitteilen, dass der Vatikan auf Wunsch Seiner Heiligkeit Pius XII. die Reparaturarbeiten an der Kuppel sowie alle notwendigen Arbeiten zur Befestigung übernehmen wird. Ebenso, dass wir den Bildhauer, der so viel für unsere Familie getan hat, so viel für unser Land, als er der faschistischen Gewaltherrschaft entgegentrat und gar seine eigene Freiheit opferte, Michelangelo Vitaliani, dass wir ihn gebeten haben, eine neue Pietà für unsere Kirche zu schaffen.«

Ich stand in der Menge und konnte meine Überraschung nicht verbergen. Viola trat mir auf den Fuß und bedeutete mir, den Mund wieder zu schließen. Die Leute drängten sich um mich, gratulierten mir. Francesco hatte mich natürlich um nichts gebeten, und ich hatte auch nichts zugesagt, aber solche Kleinigkeiten kümmerten die auf Versöhnung erpichten Dorfbewohner wenig. Es gelang mir, den Journalisten aus dem Weg zu gehen, ein Verhalten, aus dem sie schlussfolgerten – und dann auch druckten –, ich sei bereits mitten im kreativen Prozess und wolle nicht gestört werden. Eine Stunde später ging ich in die Sakristei, wo Viola, die Brüder Orsini und Don Anselmo schon auf mich warteten. Auf dem Kirchplatz erschollen Jubelschreie, begleitet von Gewehrschüssen in die Luft. »Versöhnung!«, die Bewohner hatten nur dieses eine Wort auf den Lippen. »Versöhnung!«

Sie fielen sich in die Arme. Nach allem, was sie in den letzten Jahren erlebt hatten, konnte man es ihnen kaum verdenken. Was mich nicht daran hinderte, es Francesco unter die Nase zu reiben:

»Du hättest mich vorher fragen können, meinst du nicht?«

»Tut mir leid. Ich dachte, du würdest dich freuen, zum Wiederaufblühen dieser Kirche beizutragen.«

»Einer Kirche, die ihr jahrelang ignoriert habt, weil sie deinen Ambitionen nicht von Nutzen war?«

»Komm schon, Mimo, die Wut trübt deinen Verstand. Oder die Müdigkeit, denn ich wüsste nicht, warum du wütend sein solltest.«

»Ich bin wütend, weil ich kein Affe bin. Ich mache eine Skulptur doch nicht auf Zuruf.«

»In den letzten Jahren hast du, wie mir scheint, recht viele Skulpturen auf Zuruf gemacht. Wo wir schon von Ambitionen sprechen.«

Don Anselmo hob die Hände, legte sie uns auf die Schultern. Und wir schauten beide zu Boden, Francesco der Kardinal, Mimo der Künstler, wie zwei ertappte Kinder.

»Kommt, meine Brüder, wir streiten alle für dieselbe Sache. Vergessen wir, wer was getan oder nicht getan hat. Versöhnung heißt, die Vergangenheit zu vergessen und in die Zukunft zu schauen. Mimo, als du noch jung warst, hast du diese Pietà kritisiert, weißt du noch? Du hast gesagt, die Arme wären zu lang oder etwas in der Art. Wer wäre besser geeignet als du, ein Sohn der Heimat, ein Künstler von ungeheurem Talent, um uns eine neue zu schenken?«

»Du wirst gut bezahlt«, schloss Stefano an und zog eine Augenbraue hoch. »Beim Istituto haben sie Geld wie Heu.«

»Mimo wird es nicht fürs Geld machen, da bin ich sicher«, sagte Francesco. »Auch wenn es stimmt, dass man dich entsprechend deinem Talent honorieren wird.«

»Ich glaube, ich habe den Orsinis genug geholfen. Wir sind quitt. Lasst mich in Ruhe.«

Ich ging auf den Ausgang zu.

»Mimo.«

Viola war einen Schritt vorgetreten. Sie wandte sich an den Pfarrer.

»Don Anselmo, könnten Sie uns wohl einen Moment allein lassen?«

»Selbstverständlich.«

Der Priester verließ die Sakristei, seine Sakristei, und überließ mich den Geschwistern. Viola sah ihre Brüder an.

»Jetzt spielt nicht die Unschuldigen, die Gönner. Alles, was euch interessiert, ist der Ruhm der Familie. Vielleicht sogar der Ruhm deines Chefs, Francesco, der Ruhm von Pius XII. Ja, Mimo, du hast recht, meine Brüder denken vor allem an sich selbst. Aber auch ich bitte dich, den Auftrag anzunehmen. Wenn ich die Dinge ändern will, muss ich gewählt werden. Die Menschen wissen, dass wir uns nahestehen. Wenn du annimmst, wird es mir zugutekommen. Zum ersten Mal in meinem Leben wird etwas, was den Orsinis nützt, auch mir nützlich sein.«

Die beiden Brüder nahmen keinen Anstoß an dem Bild, das Viola von ihnen zeichnete. Stefano war viel zu überrascht von ihrer Argumentation. Und Francesco, der genau wusste, dass sie ebenso gut im Argumentieren war wie er, freute sich, dass er das Spiel gewonnen hatte, denn natürlich würde ich Viola nichts ausschlagen können.

»Also gut«, antwortete ich. »Ich mache eure Pietà.«

»Du brauchst einen Stein«, sagte Francesco, »einen, der den Namen verdient. Wir könnten nach …«

»Den Stein habe ich schon.«

Und mit fröhlichen Gesichtern gingen sie, Stefano nach Hause, Francesco nach Rom, Viola mischte sich unter die Menge, die noch auf dem Vorplatz geblieben war. Nach ein paar Minuten erschien Don Anselmo, ich saß auf einer Holztruhe, den Kopf in die Hände gestützt.

»Monsignor Orsini hat mir die gute Nachricht mitgeteilt. Danke, Mimo.«

Dann runzelte er die Stirn.

»Du siehst aus, als wäre dir nicht wohl.«

»Nein, Don Anselmo, es ist alles gut, alles bestens.«

Unmöglich hätte ich ihm gestehen können, dass ich blind geworden war.

Zwei Tage später kam ich nach Florenz, mit dem Zug um 17 Uhr 56. Fast zur gleichen Zeit wie damals, als Zio mich verkauft hatte. Es war nicht mehr Winter, sondern Frühling, und der Eindruck beim Aussteigen war jetzt ein völlig anderer. Die Stadt zeigte sich verführerisch, von einer gespielten Schüchternheit. Sie tat, als wollte sie sich nicht hingeben, und zugleich lockte sie mit subtilen Zeichen – mit einem Sonnenuntergang, einer spaltbreit geöffneten Tür –, in ihre Straßen einzutauchen. Rom war eine Freundin. In Florenz war ich verliebt. War die eine ewig, machte mich die andere selig.

Metti erwartete mich am Bahnhof. Wir gingen denselben Weg wie früher, wieder zu Fuß, fast schweigend. In einer Ecke seines Ateliers zog er an einer Plane und befreite den Carrara-Block, den ich ihm anvertraut hatte, diesen Marmor, den ich für den *Neuen Menschen* erworben hatte. Er hatte sich kurz vor meiner Rede in der Akademie bereit erklärt, ihn zu verstecken.

Ich hielt meine Hand an den Stein. Und er sprach zu mir. Er war von einzigartiger Schönheit und Dichte. Mein Instinkt sagte mir, dass er vollkommen war, kein verborgener Riss würde die Arbeit des Bildhauers ruinieren. Des Bildhauers, der nicht ich wäre. Denn ich konnte ihn noch so lange betrachten, ich sah nichts. Oder besser gesagt, ich sah nur die Vergangenheit, die Dutzende von Statuen, die ich bereits geschaffen hatte.

»Du bist blind, nicht wahr?«, hörte ich Mettis ruhige Stimme hinter mir.

Die Hand am Block, drehte ich mich nicht um.

»Ja.«

»Das ist mir passiert, als ich aus dem Krieg heimgekommen bin. Ich hätte es mit einem Arm versuchen können, hätte einen Weg finden können, eine andere Art zu arbeiten. Aber ich habe nichts mehr gesehen. Nur Steinblöcke ohne etwas darin.«

»Seit zehn Jahren sehe ich nur noch Steinblöcke ohne etwas darin. Für einen Bildhauer muss das kein Hindernis sein.«

»Aber diese Skulptur wirst du nicht machen.«

»Nein. Ich habe genug gelogen.«

»Du wirst überhaupt keine mehr machen, richtig?«

Schließlich drehte ich mich um. Und stieß ein Wort hervor, das mich weniger erschreckte, als ich gedacht hatte.

»Nein.«

»Was hast du vor mit der Pietà? In den Zeitungen nennt man sie schon die Pietà Orsini.«

»Ich werde Jacopo bitten, sie zu übernehmen, ganz diskret.«

»Jacopo?«

»Mein ehemaliger Assistent. Er arbeitet heute in Turin, aber er wird einverstanden sein. Wenn sie fertig ist, in etwas mehr als einem Jahr, wird sich niemand darum scheren, wer sie gemacht hat. Kann er bei Ihnen arbeiten?«

»Kein Problem.«

Mit meiner linken Hand nahm ich die seine und drückte sie.

»Danke. Auf Wiedersehen, Meister.«

»Auf Wiedersehen, Mimo.«

Ich blieb eine Woche in Florenz und rief Francesco an, um ihm zu sagen, dass ich mit dem Bossieren des Blocks begonnen hätte. Falls er, was ihm zuzutrauen war, jemanden zum Überprüfen schickte, würde der Rapport meine Worte bestätigen. Tatsächlich hatten meine Assistenten in Rom den Block schon damals, als ich ihn erworben hatte, bossiert. Die Ecken waren abgeschlagen, die grobe Form, ein Dreieck, zeichnete sich ab. Wie geschaffen für die Pietà.

Bevor ich den Zug nahm, zurück ins Dorf, machte ich einen Abstecher zum Zirkusplatz. Es gab keinen Zirkusplatz mehr, dafür ein im Bau befindliches achtstöckiges Haus, einen Betonklotz mit winzigen Fenstern, als wären es ebenso viele böse Augen.

Bis zu den Wahlen blieb nur noch ein Monat. Die Schnelljustiz der Dorfbewohner hatte zumindest einen positiven Effekt: Mit den Überfällen der Banditen hörte es auf, und die Straßen waren wieder sicher. Wahrscheinlich hatte man die wahren Schuldigen ausgeschaltet. Oder die gewalttätige

Reaktion, so unerwartet in dieser ruhigen Gegend, unerwartet selbst für die, mit denen die Gewalt gekommen war, hatte die anderen abgeschreckt.

Viola konnte nun kreuz und quer über die Straßen ziehen und die entlegensten Winkel ihres Wahlkreises besuchen. Mit dem nahenden Sommer wurden die Tage länger und weckten ein sehnsüchtiges Verlangen. Die Zahl der Bambini, die diesen hesperidischen Nächten entsprangen, schoss in die Höhe.

Von meiner Blindheit erzählte ich Viola nichts. Ich sagte ihr, ich würde mich nach den Wahlen an die Arbeit machen. Erklären würde ich es ihr später, ich wusste, sie würde es verstehen. Die Straße rief nach uns, endlos, fröhlich. Oft schliefen wir aneinandergelehnt auf dem Rücksitz des Wagens, im Vertrauen auf Zozos Wachsamkeit. Wir fuhren in aller Frühe los und kamen spätabends zurück. So sahen wir nicht, wie sich in einer Woche im Mai die Orangen und Zitronen mit dem Staub des Plateaus bedeckten. Einem Staub, den nicht der Wind aufwirbelte, weder Tramontana, Scirocco, Libeccio, Ponente noch Mistral, sondern ein Fiat 2800, der mehrmals bei der Villa Orsini vorfuhr und wieder verschwand.

Seit in der Kuppel der San Pietro delle Lacrime ein Riss klaffte, war der Marchese nicht mehr derselbe. Sobald man ihn sonntags zur Messe in die Kirche schob, wand er sich in seinem Rollstuhl und stieß lange Schreie aus, den noch beweglichen Arm hinaufgestreckt zu dem beschädigten Fresko, genau zwischen Himmel und Hölle. Was sah er dort? Die Reise, die ihn erwartete? Seine Jugendjahre, als diese Kuppel und dieses Fresko, die er früher so oft angeschaut hatte, noch unversehrt waren, diese Kuppel und dieses Fresko, unter denen er, als sie noch unversehrt waren, endlose Gottesdienste lang vor sich hin gedöst, seine Marchesa geheiratet, seine Kinder getauft und von seinem ältesten Sohn Abschied genommen hatte, diese Kuppel und dieses Fresko, die nun verschandelt waren von einem schwarzen Streifen?

Die Instandsetzung hatte begonnen. Die Experten waren zuversichtlich: Nach der Restaurierung wäre von dem Riss praktisch nichts mehr zu sehen. Da die Vierung eingerüstet war, wurde die Messe vorübergehend in einer Seitenkapelle gelesen, die Menschen passten dort kaum hinein. Nachdem der Marchese zwei Gottesdienste mit Rülpsern unterbrochen hatte, beschloss man, ihn nicht mehr mitzubringen. Don Anselmo spendete ihm jede Woche die Kommunion in der Villa Orsini.

Zwei Wochen vor den Wahlen schlug Violas Stimmung

plötzlich um. So oft schon hatte ich erlebt, wie sie in trübe Gewässer abtauchte, dass ich mir Sorgen machte. Sie behauptete, alles sei gut, aber sobald wir unterwegs waren, schweifte ihr Blick über die Landschaft, und sie sagte keinen Ton mehr. Bei den Menschen dagegen, die sie ihre »künftigen Mitbürger« nannte, war sie wieder sie selbst, fröhlich und aufmerksam. Wann immer sie eine Hand schüttelte, gewann sie eine Stimme. Auf dem Rückweg versank sie erneut in ihrer Schwermut. Als ich sie einmal morgens abholen wollte, sah ich, dass sie sich auf ihren Stock stützte. Ich tat, als hätte ich etwas im Haus vergessen, ging zu Stefano und teilte ihm meine Sorgen mit. Er zuckte die Achseln.

»Das ist sicher kein guter Moment im Monat, wenn du verstehst, was ich meine.«

Je näher die Wahlen rückten, desto öfter kam es vor, dass wir, nachdem wir in einem Dorf eine Runde gedreht und an Türen geklopft hatten, zum Wagen zurückkamen und sahen, dass jemand uns Eier an die Windschutzscheibe geworfen hatte oder dass, noch ärgerlicher, ein Reifen platt war. Zozo war uns eine große Hilfe, und jedes Mal brachte er uns zurück auf die Straße. Eine erwartungsvolle Atmosphäre hatte Pietra d'Alba im Griff, der Atem angehalten. Links und rechts der Straße, auf den Feldern, erlahmte das Treiben. Die Arbeiter stützten sich auf ihre Forken und sahen nachdenklich, wie wir vorbeifuhren. Vielleicht fragten sie sich, ob ihnen ihr König – Umberto hatte die Nachfolge seines Vaters Vittorio Emanuele angetreten – nicht doch lieber war als eine Republik, denn darüber würden sie am selben Tag abstimmen müssen.

Als ich ins Atelier kam, sagte mir Vittorio, dass er für zwei Wochen nach Genua fahre und nur zum Wählen nach Hause komme, danach gehe es wieder zurück. Anna und er hatten sich so oft gesehen, wenn sie ihre Kinder, die längst keine mehr waren, von hier nach da brachten, dass es ihnen zur Gewohnheit geworden war, lange gemeinsame Spaziergänge zu machen. Beim Abschied gab es immer einen kleinen verlegenen Moment, ein nie ausgesprochenes »was wäre, wenn«. Vittorio wollte bei der Gelegenheit meine und seine Mutter, die gute Freundinnen geworden waren, ein wenig aus Pietra d'Alba herausholen. Sein eigentliches, wenn auch nur halb eingestandenes Ziel aber war, Anna zurückzugewinnen. Emanuele hatte sich in diesem touristischen wie amourösen Vorhaben einen Platz verschafft. Er hatte Angst, allein zurückzubleiben, denn fast jede Nacht träumte er von einer Bande gesichtsloser Männer, die versuchten, ihn zu erhängen. Ein Junge aus dem Dorf würde in seiner Abwesenheit das Austragen der Post übernehmen.

Meine Mutter weinte beim Aufbruch und vergoss wieder ein paar amethystfarbene Tränen, so wie damals, 1916, als sie mich in einen Zug gesetzt hatte. Ich musste sie daran erinnern, dass sie nur zwei Wochen fort wäre, eine Stunde vom Dorf entfernt, aber in Italien hat jede Reise das Zeug, zu einer Legende zu werden. Vittorio nahm mich noch mit bis zur Kirche, da ich Don Anselmo versprochen hatte, eine Skulptur am Portal gleich vor Ort auszubessern. Viola hatte ohnehin jede Reisetätigkeit eingestellt. Bis zu den Wahlen war es nur noch eine Woche. Die Würfel waren gefallen.

Ich ging zu Fuß zurück zum Atelier. Es war einer dieser wunderschönen Frühlingsabende, an denen die Luft nach einer Mischung aus Blauregen und Jasmin duftet, selbst wenn es ringsum weder Blauregen noch Jasmin gibt. Ich hatte gerade das Dorf hinter mir gelassen, als ein Auto neben mir hielt. Die hintere Tür ging auf, im Wagen saß Francesco.

»Steig ein.«

»Ich dachte, du wärst in Rom?«

»Steig ein, Mimo.«

Ich tat, was er sagte, denn ich war mir sicher, er hatte mich durchschaut. Er wusste, dass ich seine Pietà nicht machen würde, dass ich beschlossen hatte, mich vertreten zu lassen. Aber die ganze Strecke sagte er kein Wort und schaute nur aus dem Fenster. An der Kreuzung bog sein Chauffeur rechts ein und setzte uns vor der Villa Orsini ab. Dort parkte ein weiterer Wagen, ein Fiat 2800, umspült vom Purpur des Himmels. Francesco setzte sein Käppchen auf und ging mir voraus zum Speisezimmer.

Vor Verblüffung stoppte ich in der Tür. Mehrere Personen warteten schon an einem Tisch, der nicht für ein Abendessen gedeckt war. Der Marchese, die Marchesa, Stefano. Ihnen gegenüber der alte Gambale zwischen seinen beiden Söhnen. Francesco nahm neben seinem Bruder Platz, schaute zu mir und deutete auf einen Stuhl am Kopfende.

»Wie geht es voran mit unserer Pietà?«, fragte er höflich.

»Es geht voran.«

Ich setzte mich, traute der Sache nicht, sah schweigend in die Runde. Der Raum roch nach Bienenwachs. Ein Dunst von Schweiß mischte sich hinein, er kam von den Gambales, die den Tag auf ihren Blumenfeldern verbracht hatten. Die Marchesa steckte immer wieder ihre Nase in ein Taschentuch. Aber da war auch ein anderer Geruch, strenger noch, ein Hauch von letztem Akt.

»Wir haben dich kommen lassen«, sagte Francesco schließlich, »um dir etwas Wichtiges mitzuteilen. Die Familien Orsini und Gambale haben sich endlich versöhnt. Ein starkes Symbol am Beginn einer neuen Ära.«

Die Gambales nickten, mit dieser Sparsamkeit an Gesten und Gefühlen der Menschen aus dem Bergland.

»Gratulation. Ich freue mich für euch, auch wenn ich nie verstanden habe, warum ihr euch gestritten habt.«

Es folgte ein langes, etwas betretenes Schweigen, dann erklärte der Vater Gambale mit seiner rauen Stimme:

»Aus guten Gründen jedenfalls.«

»Die Familie Gambale überträgt uns unentgeltlich das Stück Land, das unsere Felder von dem uns gehörenden See trennt. Wir können also nicht nur die Wasserleitung neu verlegen und unsere Ländereien nach Wunsch bewässern, sondern auch eine Hälfte des Bodens nutzen, um ganzjährig tragende Zitronenbäume anzupflanzen und Orangen von der Sorte *Valencia late*, was uns eine Steigerung der Produktion um sechzig Prozent ermöglicht. Auf die andere Hälfte setzen wir Bergamottebäume, sie eröffnen uns den lukrativen Markt des Parfüms.«

»Und im Gegenzug?«, fragte ich.

»Im Gegenzug«, schaltete Stefano sich ein und beugte sich vor, »soll Viola ihre Kandidatur für die Wahlen zurückziehen.«

Ich stand sofort auf. Francesco bedachte seinen Bruder mit einem finsteren Blick und hob beschwichtigend die Hand. Ich setzte mich wieder, atmete schwer.

»Da ist noch ein Problem, Mimo. Orazio«, er deutete auf den ältesten Sohn der Gambales, »kandidiert für die verfassunggebende Versammlung. Er tut es, weil ein Konsortium … von Investoren auf seine Unterstützung für ein Autobahnprojekt im Nachbartal zählt.«

»Und Viola ist dagegen«, sagte ich halblaut. »Und Viola wird gewinnen.«

Orazio kratzte sich grummelnd an seiner bärtigen Wange. Er hatte das Gesicht eines Grobians, und das war er auch, aber seine Marderaugen sprühten vor Intelligenz.

»Viola wird nicht gewinnen, denn sie wird sich zugunsten von Orazio zurückziehen«, stellte Francesco klar. »Unsere beiden Familien werden gestärkt aus diesem Abkommen hervorgehen.«

»Was sagt die Betroffene selbst?«

Stefano grinste, sein Bruder seufzte.

»Du kennst sie. Die gleiche Diskussion hatten wir vor einer Woche mit ihr. Sie beharrt auf ihrem Standpunkt. Unsere einzige Chance ist, dass du sie umstimmst.«

»Ich? Warum sollte ich sie umstimmen?«

Wieder flogen Blicke umher, zögerliche Blicke. Stefano tat den Mund auf, Francesco kam ihm zuvor. Ich ahnte schon, was er sagen wollte.

»Weil die Investoren Leute sind, die man nicht verärgern sollte. Wir leben in unruhigen, aber auch spannenden Zeiten. Die Welt verändert sich. Niemand kommt dagegen an. Wir müssen den Wandel begleiten.«

»Warte, habe ich richtig verstanden, was du mir sagen willst?«

»Es gab Drohungen«, räumte Francesco ein.

Zum ersten Mal sprach Orazio.

»Nicht nur Drohungen. Wenn Ihre Schwester gewählt wird …«

Er fuhr sich mit dem Finger über den Hals. Ringsum war schockiertes Schweigen, ihm selbst schien es peinlich zu sein.

»Wohlgemerkt, wir haben nichts damit zu tun«, fügte der Vater Gambale an. »Wir haben nur eingewilligt, dass Orazio kandidiert, für einen großzügigen Beitrag, von dem unsere Geschäfte profitieren. Es ist nicht unsere Schuld, wenn die in Rom auf einmal beschließen, dass Frauen in die Politik gehen dürfen, und Ihre Schwester kandidiert. Wir wollen ihr nichts Böses und würden ihr nie etwas antun. Es gibt Regeln. Aber diese Typen …«

Er schüttelte den Kopf. Ich war nicht naiv, und ich wusste, dass die im Eiltempo betriebene Einigung eines gerade mal achtzig Jahre alten Landes zwangsläufig zu vielen Enttäuschungen führen musste. Dass bestimmte Gruppen sie sich zunutze machten. Dass ein Krieg und das Danach diesen Gruppen zahlreiche Möglichkeiten boten, sich zu bereichern.

»Campana hatte im Grunde recht. Ihr seid wirklich eine verdammte Drecksbande.«

»Nein, da könnte er nicht falscher liegen. Wir lieben unsere Schwester, und wir werden sie beschützen. Aber es ist eine schwierige Situation, und sie hat eine einfache Lösung.«

Ich musste lachen.

»Ich bin sicher, du planst diesen Coup, seit du acht Jahre alt bist, ob in dieser Form oder einer anderen. Sag mir eins, Francesco: Glaubst du nur an Gott?«

Hinter seiner runden Brille entzog sich Francescos Blick. Nicht aus Feigheit, sondern weil er bereits in die Ferne schaute, sehr viel weiter als irgendwer sonst am Tisch.

»Ich glaube an die Kirche, was auf das Gleiche hinausläuft. Im Gegensatz zu Regimen und Tyrannen vergeht die Kirche nicht.«

»Weil niemand je zurückgekommen ist, um uns zu sagen, ob sie ihre Versprechen gehalten hat oder nicht. Wisst ihr was? Ich habe die Schnauze voll von eurer Familie. Alle übergeschnappt!«

Und weil ich dennoch etwas gelernt hatte in den dreißig Jahren, die ich mit den Orsinis verkehrte, nämlich eine Situation zu meinem Vorteil zu drehen, schloss ich rasch an:

»Ihr bekommt von mir keine Pietà. Sucht euch jemand anderen.«

Und weil Francesco in den dreißig Jahren, die er mit Mimo Vitaliani verkehrte, gelernt hatte, mich einzuschätzen, antwortete er:

»Du findest Viola auf ihrem Zimmer.«

Die Tür stand offen. Sie saß an ihrem Schreibtisch, vertieft in ein Buch, und als sie mich sah, klappte sie es zu. Sie trug eine ovale Hornbrille, die sie gleich ablegte, ich hatte sie noch nie an ihr gesehen.

»Ich wusste nicht, dass du zum Lesen eine Brille brauchst«, sagte ich und nahm sie.

Viola antwortete nichts, sie sah mich nur neugierig an. Ich legte die Brille zurück auf den Buchdeckel, einen ledernen Einband, der Titel aufgeprägt in goldenen Lettern, sie hatte das Buch offenbar frisch aus der Familienbibliothek. *An Essay Concerning Humane Understanding* von John Locke. Das einzige Licht im Zimmer kam von der Lampe, in deren Schein sie las. An den Wänden kroch langsam die Nacht herauf, verschlang das Grün, Papierblumen, Fransen und Troddeln, eine Welt des Zierrats, die Viola in nichts ähnelte und sich seit meinem ersten, krachenden Auftritt in diesem Zimmer nicht verändert hatte.

»Ich habe mich schon gefragt, wann sie dich zu mir raufschicken«, murmelte sie schließlich.

»Viola, ich weiß, was du mir jetzt antworten wirst …«

»Wenn du es schon weißt, verlieren wir besser keine Zeit. Geh runter und sag ihnen, dass du gescheitert bist.«

Worauf sie ihr Buch wieder aufschlug.

»Versteh doch bitte. Sie werden dich umbringen. Oder dir ein solches Leid antun, dass du aufgibst. Es steckt eine Menge Geld dahinter. Sieh mal, vielleicht gibt es ja eine andere Lösung. Zum Beispiel, dass du deine Kandidatur aufrechterhältst, sie aber ihre verdammte Autobahn bauen lässt.«

Viola schaute mich fest an, eine Augenbraue hochgezogen. Ich wurde wütend.

»Ich kann doch nicht einfach zugucken. Das würde ich nicht ertragen. Die sind zu allem fähig.«

Sie sah mich weiter an, sagte nichts. Ich war so aufgebracht, dass ich gegen einen Puff trat, er rollte zum Bett.

»Meine Güte, kannst du nicht normal sein? Einfach normal, ein einziges Mal in deinem Leben?«

Auch in ihr stieg die Wut auf, erfasste ihr Gesicht, ganz kurz nur, sogleich aufgelöst in traurige Fältchen.

»Tut mir leid. Ich wollte das nicht sagen.«

»Nein, Mimo, es stimmt ja. Mein Leben lang habe ich dich gebraucht, um normal zu sein. Du bist mein Gravitationszentrum, deshalb bist du auch nicht immer lustig. Aber da ist eine Abnormität in mir, und selbst du wirst sie nicht behandeln können: Ich bin eine Frau, und es könnte mir nicht egaler sein.«

Sie entglitt mir, das spürte ich, sie war mir immer entglitten. Ich nahm ihre Hand, wollte sie zurückhalten.

»Gehen wir, Viola. Ich habe genug von all der Gewalt.«

»Weggehen wird nichts ändern. Die schlimmste Gewalt ist die Gewohnheit. Die Gewohnheit, die dazu führt, dass eine Frau wie ich, intelligent, denn dafür halte ich mich, nicht über sich selbst bestimmen kann. So oft haben sie es von mir gehört, dass ich dachte, sie wüssten etwas, wovon ich keine Ahnung hatte, irgendein Geheimnis. Aber das einzige Geheimnis besteht darin, dass sie nichts wissen. Und genau das versuchen meine Brüder, die Gambales und alle anderen zu schützen.«

Sie keuchte ein wenig, die Wangen gerötet, als hätte sie ihre Argumente vorbereitet – was sie sicherlich auch hatte.

»Und wenn sie dich umbringen? Was brächte das?«

»Niemand kann mir etwas anhaben. Ich habe alles Leid durchgemacht. Und weißt du, wer mir am meisten wehgetan hat? *Ich.* Weil ich versucht habe, ihr Spiel mitzuspielen. Weil ich mir eingeredet habe, sie hätten recht. Als ich hier vom Dach gesprungen bin, Mimo, hat mein Sturz nicht nur ein paar Sekunden gedauert. Es waren sechsundzwanzig Jahre. Und jetzt ist es vorbei.«

Sie hob den Kopf, und mit einem Lächeln sagte sie:

»Eine Frau bin ich, die aufrecht steht, wie ein Mädchen sagen würde, das ich gut kannte.«

Ich fand das gar nicht witzig, kein bisschen. Und ich bewunderte sie nicht mehr. In dem Moment hatte ich nur Angst.

»Viola, hör mir gut zu. Das war kein Scherz, als ich gesagt habe, ich würde es nicht ertragen, wenn man dir etwas antut. Für dich würde ich mich erschießen lassen, wenn ich könnte, ohne zu zögern, aber wozu? Die nächste Kugel wäre für dich. Ich bitte dich … Nein, ich *flehe dich an*, ein letztes Mal, gib auf. Sei vernünftig, wir werden eine Lösung finden, später. Das haben wir immer.«

»Und wenn ich mich weigere?«

»Ich gehe. Noch heute Abend. Ich meine es ernst. Du wirst mich nicht wiedersehen.«

Sie nickte, ganz langsam. Dann zog sie etwas aus ihrem Buch, was ich zuerst für ein Lesezeichen gehalten hatte, und hielt es mir hin. Es war ein verschlossener Umschlag.

»Wenn mir etwas zustößt, möchte ich, dass du das liest. Nicht vorher. Schwöre.«

»Viola …«

»Du meinst es ernst? Du willst wirklich gehen?«

»Wenn du deine Meinung nicht änderst, ja.«

»Also schwöre.«

Ich nahm den Brief, gab mich geschlagen.

»Ich schwöre es.«

Sie las weiter in ihrem Buch und beachtete mich nicht länger. In meinen römischen Jahren hatte ich an dem ein oder anderen Spieltisch gesessen, viel verloren, aber auch größere Summen gewonnen. Ich gewann, wenn ich va banque spielte, wenn ich vor nichts Angst hatte. Schob man einen Einsatz in die Mitte des Tisches, musste man es lässig tun, als dächte man bereits an etwas anderes, als ginge es nicht ums Gewinnen. Vielen erfahrenen Spielern kam unter meinen Bluffs der Hochmut abhanden.

»Ade, Viola.«

Ich wandte mich zur Tür. Als ich schon hinausgehen wollte, stoppte mich ihre Stimme.

»Mimo?«

Sie legte zum Gruß zwei Finger an die Schläfe.

»So long, Francese.«

Stefano und Francesco warteten im Erdgeschoss auf mich, im Eingangsbereich aus grünem Marmor. Ich ging schnurstracks an ihnen vorbei.

»Ihr könnt mich alle mal.«

Francesco steuerte mit düsterer Miene auf das Auto zu, das draußen auf ihn wartete. Eine Minute später, ich lief hinunter zur Hauptstraße, überholte mich der Wagen in einer Staubwolke und bog ab in Richtung Rom.

Als ich ins Atelier kam, zögerte ich keine Sekunde.

»Wir fahren«, erklärte ich Zozo.

»Aha, und wohin?«

»Keine Ahnung. Irgendwohin.«

»Ich war noch nie in Mailand …«

Es dämmerte schon, als ich meinen Koffer auf die Rückbank warf. Über unseren Köpfen berauschte sich der Himmel an dunkelbauchigen Wolken, erhellt von einer immer wieder aufflackernden Glut. Wir fuhren in Richtung Norden. Es dauerte nicht lange, und das Gewitter brach los, eines der letzten vor dem Sommer, ein Brodeln mit dem Duft von Petitgrain und Tod. Ich hatte mich nicht umgezogen. Violas Umschlag lugte noch aus der Innentasche meiner Jacke, sie lag neben dem Gepäck. Ich nahm ihn heraus, wog ihn ab, versuchte durch das Papier hindurch zu lesen, unmöglich bei der Dunkelheit. Nach langem Ringen mit mir selbst steckte ich ihn zurück. Dann nahm ich ihn erneut und riss ihn auf. Ein in drei gefaltetes Blatt, beschrieben mit ein paar Zeilen in grüner Tinte.

Mein lieber Mimo, ich wusste, dass Du es nicht lange aushalten würdest und den Brief trotz Deines Versprechens öffnest. Ich wollte Dir nur sagen, dass ich es weiß. Ich weiß, dass Du jedes Mal, wenn Du mich verraten hast, in Florenz und auch heute Abend mit Deiner Bitte, ich solle aufgeben, und jetzt wieder mit dem Öffnen des Briefs, dass Du es immer aus Liebe getan hast. Ich habe es Dir nie wirklich übelgenommen. Deine allerliebste Freundin, Viola.

Ich musste laut lachen, ein nervöses Lachen, im Rückspiegel sah ich Zozos beunruhigten Blick. Wir kamen gerade nach Pontinvrea. Die Lichter eines Gasthofs, orange und einladend, leuchteten unter dem Gewitter.

»Halt mal an.«

»Hier? Wozu denn?«

»Um etwas zu trinken.«

Zozo parkte unter einer Platane auf dem Platz vor dem Haus. Wir mussten nur etwa zwanzig Meter laufen, aber als wir hineintraten, waren wir klatschnass. Ich bestellte zwei Bier und stürzte mich gleich auf meins. Vor nicht einmal einer Stunde war meine Wut ein Granitblock gewesen. Schwarz glänzend, mit Ecken und Kanten. Aber das war pure Illusion, eine von Violas Zaubereien. Je weiter wir uns von Pietra entfernten, desto schwächer wurde ihre magische Wirkung, und mein Granitblock zeigte sich als das, was er tatsächlich war: ein bloßer Haufen Sand. Sosehr ich auch versuchte, meine Wut festzuhalten, sie zerrann mir zwischen den Fingern. Nach einem zweiten Glas Bier war nichts mehr übrig.

»Wir fahren nicht nach Mailand, stimmt's?«

Ich lächelte in Zozos betrübtes Gesicht.

»Nein.«

»Soll ich dich gleich zurückfahren?«

»Bleiben wir über Nacht hier. Mir ist kalt, und ich bin müde. Morgen früh fahren wir nach Hause. Trink noch ein Glas.«

Kurz nach Mitternacht, es war der 1. Juni 1946, gingen wir leicht angesäuselt hinauf schlafen. Das Haus, eine alte Mühle aus grauem Stein, stand direkt am Fluss. Zozo nahm das eine Bett, ich das andere. Ich erinnere mich nicht mehr, was ich geträumt habe, es war ein schwerer, zäher Traum, in dem ich versuchte, einer ungreifbaren Gefahr zu entkommen. Es hatte einen Schuss gegeben. Oder eine Explosion.

Als ich die Augen aufschlug, war es stockdunkel. Ich lag nicht mehr in meinem Bett, sondern mitten im Zimmer. Gesicht auf dem Boden, den Mund voll Staub. Meine Hände bluteten. Zozo, auf allen vieren neben mir, hustete. Er wollte etwas sagen, schüttelte den Kopf, hustete wieder. Die Luft mehlig, wie Gips. Wir mussten durchlüften. Mussten raus. Blut lief mir in die Augen. Ich drehte mich zum Fenster.

Da war kein Fenster mehr, keine Wand, nur ein großes Stück Nacht.

Mercalliskala

- I Unmerklich – nur von Messinstrumenten registriert.
- II Sehr leicht – Erschütterung von wenigen Personen wahrgenommen und nur in ruhiger Umgebung.
- III Leicht – Erschütterung von wenigen Personen wahrgenommen, Gegenstände geraten in Bewegung und vibrieren wie bei einem vorbeifahrenden kleinen Lastwagen, nicht allen ist bewusst, dass es sich um ein Erdbeben handelt.
- IV Mäßig – Erschütterung von vielen Personen wahrgenommen, Lampen flackern, hängende Gegenstände schwingen leicht, wie bei einem vorbeifahrenden großen Lastwagen.
- V Ziemlich stark – schlafende Personen erwachen, Gegenstände fallen herunter, Flüssigkeiten werden verschüttet, Türen gehen auf und zu.
- VI Stark – leichte Schäden an Gebäuden, zerbrochene Fensterscheiben, Bäume und Büsche bewegen sich, kleine Glocken fangen an zu läuten.
- VII Sehr stark – das Gleichgewicht lässt sich nur schwer halten, Schornsteine stürzen ein, Schäden an Gebäuden, das Wasser in den Pfützen wird trüb, große Glocken fangen an zu läuten.
- VIII Gewaltig – teilweise Zerstörung einiger Gebäude, Statuen kippen von ihren Sockeln, vereinzelt Opfer.

- IX Zerstörerisch – völlige Zerstörung einiger Gebäude, schwere Schäden an vielen anderen, unterirdische Rohrleitungen bersten, mancherorts zahlreiche Opfer.
- X Verheerend – völlige Zerstörung zahlreicher Gebäude, zahlreiche Opfer, im Erdboden zeigen sich Risse, Brücken werden zerstört, Schäden an Staudämmen, Schienen verbiegen sich.
- XI Katastrophe – Zerstörung von Ortschaften, sehr hohe Zahl an Opfern, Erdrutsche, klaffende Risse im Boden, Flutwellen, Deiche brechen, alle Verbindungen sind gekappt.
- XII Große Katastrophe – Zerstörung sämtlicher Bauwerke, die Landschaft wird verändert, der Boden wellt sich, die Erdkruste verschiebt sich, nur wenige Überlebende.

Am 1. Juni 1946 um 3 Uhr 42 erschütterte ein Erdbeben der Stufe XI auf der Mercalliskala Pietra d'Alba und Umgebung. In dem Gasthof, wo wir angehalten hatten, gab es keine Opfer, wir waren die einzigen Gäste. Die östliche Fassade, zum Fluss hinaus, war eingestürzt, dort sah die Mühle aus wie ein Puppenhaus. Die Wirtin stand auf der Straße und schrie hysterisch. Wir taten unser Bestes, um sie zu beruhigen, dann ließ Zozo den Motor an. Um fünf Uhr fuhren wir los in Richtung Pietra d'Alba. Es hatte aufgehört zu regnen.

Die Straße war an mehreren Stellen unterbrochen, durch kleinere Risse oder Erdrutsche, die wir mit einiger Mühe passieren konnten. Zehn Kilometer vor Pietra war die Fahrbahn auf zwanzig Metern nicht mehr vorhanden. Wir mussten den Wagen stehen lassen, stiegen in ein Flussbett hinunter und auf der anderen Seite wieder hoch. Auf unserem Weg sprachen wir kein Wort. Wir kamen an einem Weiler vorbei, den ich am Abend gesehen hatte. Kein Stein auf dem anderen. Nicht ein Laut, nur ein Huhn, das über die Trümmer lief. Am Nachmittag überraschte uns ein Nachbeben und warf uns mit dem Gesicht auf die Erde. In den Bergen jenseits der Straße zog eine braune Schlammlawine eine Schneise durch den Wald. Die Tannen umgeknickt wie Streichhölzer.

Kurz vor Sonnenuntergang kamen wir nach Pietra

d'Alba. Schmutzig, erschöpft, schlammbedeckt und blutverkrustet. Beim Anblick des Plateaus fing Zozo an zu weinen. Die Luft roch nach gebranntem Ton. Es gab kein Dorf mehr. Nichts außer einer Ecke der Kirche. Das ganze Relief des Plateaus hatte sich verformt. Es war uneben, höckrig, schien sich zu neigen. Ich rannte los, rannte mir die Lunge aus dem Hals, über die aufgebrochene Straße, quer über die Felder, verstauchte mir den Fuß, fiel hin, stand wieder auf, ohne den Schmerz zu spüren. Wir kamen am Atelier vorbei. Die Scheune war nur noch ein Haufen Bretter, die Hälfte des Hauses war eingestürzt, und wo einmal die Tränke gewesen war, sprudelte die Wunderquelle wie ein Geysir. Ich hielt nicht an – Vittorio und meine Mutter waren in Genua – und lief weiter zur Villa Orsini, vorbei an Feldern, die die Hand eines verrückten Gottes umgepflügt hatte. Empfangen wurde ich von dem Bären, den ich mit sechzehn geschaffen hatte, für Viola. Er war fortgeschleudert worden und lag, zerbrochen in zwei Teile, unterhalb der Villa nahe dem Tor.

Die Villa Orsini mit ihren schönen grünen Vorhängen, die Villa Orsini mit ihren raschelnden Volants und dem gebohnerten Parkett, das ich einst mit meinem Blut zu beflecken gewagt hatte, es gab sie nicht mehr. Die Hälfte der Trümmer war bedeckt von Schlamm und von Bäumen. Der Wald hinter dem Anwesen war abgerutscht und nun eine klaffende Wunde unter freiem Himmel, eine Landschaft, die eher an einen Steinbruch erinnerte. Nur etwa hundert Orangenbäume standen noch.

Ich stürzte mich in den Trümmerhaufen, hob die Steine an, die ich anheben konnte, packte einen Balken, der sich kein Stück bewegte, zerrte an ihm, bis ich Zozos Hand auf meiner Schulter spürte. Ich stieß ihn fort, machte weiter, aber dann konnte ich nicht mehr vor Erschöpfung. Ich stolperte über den Schutt hinunter, kaum noch bei Sinnen, schlug mir die Stirn auf. Zozo legte mir seine Jacke über.

»Mimo … Das ist zwecklos. Wir müssen auf die Rettungsleute warten.«

Ich weiß nicht, wie lange es gedauert hat, auch nicht, wie sie es geschafft haben. Wir hatten nichts, wohin wir gehen konnten, und Zozo und ich verbrachten die Nacht eng aneinander in einer improvisierten Hütte, ein paar Bretter nur, die wir über die Steine legten. Zum ersten Mal seit meiner Ankunft auf dem Plateau war die Stille vollkommen. Nicht ein einziger Vogel, nicht ein einziges Insekt. Verwüstetes macht keinen Lärm. In der Nacht ging ein Schauer nieder. Und auf einmal waren sie da. Ein Schwarm von Männern in Uniform, die Befehle riefen, bei unserem Anblick Freudenschreie ausstießen, uns unter dem frühen Himmel des Tages dicke Wolldecken über die Schultern legten. Das Plateau war noch nie so rosa wie an diesem Morgen, als würde der zerbrochene, zerstoßene Stein mit einem letzten Atemzug die Farbe aushauchen, die er so lange zurückgehalten hatte.

Viola wurde als Erste gefunden, kurz vor Mittag. Ihr Zimmer lag im obersten Stock, in dem Teil des Hauses, der bei dem Erdrutsch nicht verschüttet worden war. Als ich die Rufe hörte, rannte ich hin, trotz der Hände, die mich festzuhalten versuchten. Einer von der Pioniertruppe reichte sie weiter an einen anderen, der ein Stück unterhalb eines Trümmerhaufens stand. Er hatte sie gerade in die Arme genommen und war in die Hocke gegangen, um sie abzulegen. Viola war nackt und voller Staub. Ich kniete mich neben sie, strich ihr übers Gesicht. Die Orsinis hatten einen wahrlich seltsamen Pakt mit dem Tod: Er nahm sie, ohne sie zu schädigen. Denn wie ihr Bruder Virgilio, den man neben seinem zermalmten Zug fand, war sie unversehrt. Unversehrt bis auf ein paar Kratzer und die gewaltigen Narben, die auch dreißig Jahre nach ihrem Flug noch ihre Beine, ihre Arme, ihren Oberkörper zeichneten und die ich nie gesehen hatte. Erst beim Anblick all der Schnitte und Nahtstiche konnte ich ermessen, was sie nach ihrem Sturz durchgemacht haben musste. Ihr rechtes Bein war, unterhalb des Knies, ein wenig krumm. Was mich jedoch am meisten verblüffte, war ihr Gesicht. Ich hatte immer gedacht, ihre Lippen wären etwas zu schmal, aber ich hatte mich geirrt. Sie waren voll, gelöst zu einem runden Lächeln, jetzt, da sie die Zähne nicht mehr zusammenbeißen musste. Eine Haarsträhne fiel ihr über das Gesicht, das Gesicht einer Schlafenden, mit dem Finger schob ich sie beiseite. Dann nahm ich einen zerrissenen Vorhang, der dort lag, und breitete ihn über ihren Leichnam. Meine gebrochene Viola. Zozo weinte für mich.

Am Abend zogen die Männer Stefano und seine Mutter unter den Trümmern hervor, ebenso Silvio und die anderen Angestellten der Villa. Der Marchese wurde erstaunlicherweise nie gefunden. Zozo und mich brachte man nach Genua, wo uns Vittorio, Anna und unsere Mütter in Empfang nahmen, alle in Panik. Wegen meiner Kopfverletzung musste ich ins Krankenhaus und zur Beobachtung über Nacht bleiben. Am nächsten Morgen zog ich mich sofort an, ging an der Aufnahme vorbei und lief zum Bahnhof.

Falls Filippo Metti überrascht war, als er mich an diesem Abend mit einem Verband um die Stirn in sein Atelier kommen sah, zeigte er es nicht. Ich ging direkt zu meinem Marmorblock, riss die Plane herunter, schnappte mir ein Eisen und einen Fäustel und holte mit aller Kraft aus zum ersten Schlag. In dieser Nacht weinte ich, endlich, weinte Steinsplitter. Gegen Mitternacht kam ein Teller Suppe herein, ich löffelte sie wie abwesend. Dann machte ich mich wieder ans Werk. Eine Stunde später brach ich an dem kaum in Angriff genommenen Block zusammen.

Hände hoben mich auf, Stimmen flüsterten. Es ging eine Treppe hoch, eine Tür knarrte. Man legte mich auf ein Bett. Ich spürte eine raue, aber sanfte Hand auf meiner Stirn, dann entfernten sich die Schritte. Ich hatte drei Tage fast nicht geschlafen, und nun versank ich in diesem ersten Vergessen, das sich mir bot, in einem Zimmer, in dem ich mehr als ein Jahr wohnen sollte, bei meinem alten Meister, jetzt, da ich das Augenlicht wiedergefunden und meine Pietà gesehen hatte.

Das Erdbeben forderte 472 Opfer. Fast die gesamte Bevölkerung von Pietra d'Alba, aber nur ein kleiner Tropfen im Vergleich zu den geschätzt hunderttausend bei dem Beben von Messina im Jahr 1908 oder den dreißigtausend bei dem Beben von 1915 in der Marsica in den Abruzzen, beide ebenfalls der Stufe XI auf der Mercalliskala. Die Zwillinge, ihre Mutter und meine Mutter verdankten ihrer Fahrt nach Genua, dass sie mit dem Leben davonkamen. Die Familie Orsini wurde ausgelöscht, abgesehen von Francesco, der sich noch am selben Abend auf den Weg nach Rom gemacht hatte. Don Anselmo und alle anderen gaben ihr Leben diesem umgepflügten Plateau zurück, das sie hervorgebracht hatte. Der Riss in der Kuppel von San Pietro delle Lacrime, erklärten die Experten, sei ein Vorbote der Katastrophe gewesen, man hätte die Gefahr erkennen müssen. Nur der Marchese hatte es verstanden, aber niemand hatte *ihn* verstanden. Fassungslos las ich ein paar Monate später in der Zeitung, dass ein Wissenschaftler, alarmiert von den zahlreichen Bodenbewegungen in der Region, an den Bürgermeister des Dorfes geschrieben hatte, um uns zu warnen. Er hatte nie eine Antwort erhalten. Ein Teil von mir, der melancholischste und der poetischste, fragt sich noch heute, ob dieser Brief nicht zufällig in der Tasche steckte, die man Emanuele vor seiner Erhängung gestohlen hatte. Vielleicht findet ihn jemand eines Tages im

Gestrüpp, zerknittert unter dem brüchigen Leder und mit seinem hilflosen Appell.

Die Erschütterung brachte die Reste eines anderen Dorfes zum Vorschein, direkt unter unserem, dem Erdboden gleichgemacht wahrscheinlich bei einem ähnlichen Ereignis, an das die Erinnerung im Laufe des dreizehnten Jahrhunderts verloren gegangen war. Kein blassgoldener Palast und auch kein Volk von Albinos, wie Viola glaubte, sondern ein erstaunlich gut erhaltenes Netz unterirdischer Gänge, in denen sich fünfhundert Jahre später der kleine Tommaso Baldi mit seiner Flöte verirren sollte. Der Friedhof von Pietra war, Ironie des Schicksals, die einzige Stätte, die von dem Beben gänzlich verschont blieb. Es gibt mächtigere Kräfte als das Magma.

Mangels anderer Wahlkandidaten votierten die überlebenden Dorfbewohner für Orazio Gambale. Das Autobahnprojekt aber wurde nach der Katastrophe von Pietra ad acta gelegt – es wäre töricht gewesen, in derart gefährlichen Tälern eine solche Straße zu bauen. Die A6 sollte ab 1960 sehr viel weiter westlich verlaufen.

Am 2. Juni 1946 stimmten meine Landsleute für die Republik. Umberto II. ging ins Exil, und zum ersten Mal in Italien wurden einundzwanzig Frauen ins Parlament gewählt.

Mehr als ein Jahr lang verließ ich Florenz nicht. Tagsüber arbeitete ich an der Skulptur, manchmal auch nachts, ließ mir von niemandem helfen außer von Metti. Eines Morgens hatte er sich zu mir gestellt, und fortan assistierte er mir bei allem, was mit einer Hand zu verrichten war. Wir verstanden uns wortlos, ein Kopfnicken genügte. Und Maria trat aus dem Stein hervor, genau so, wie ich sie gesehen hatte, dann ihr Sohn. Ihre vage Präsenz nahm immer deutlicher Kontur an, immer feiner, geschliffener. An einem Wintertag des Jahres 1947 tat ich einen Schritt zurück und betrachtete mein Werk. Draußen klirrte der Frost, aber ich hatte nur ein Hemd an, war schweißbedeckt, dabei hatten wir den Ofen nicht einmal geheizt. Metti kam mit einem Jungen ins Atelier, vielleicht zwölf Jahre alt, er trug einen Koffer und wirkte verloren – ein neuer Lehrling. Die Hand auf der Schulter des Kleinen, trat er schweigend heran.

Der Schleifklotz, mit dem ich seit Monaten arbeitete, fiel mir aus den steifen Fingern. Metti ging um die Statue herum. Er berührte Marias Gesicht, diese unendliche Sanftheit, die ich gekannt hatte, dann das Gesicht ihres Sohnes. Und nickte, langsam, mehrmals. Seine linke Hand griff, eine Geste der Vergeblichkeit, nach seinem nicht vorhandenen rechten Arm.

»Über manches, was uns fehlt, kommen wir nie hinweg.«

Von allen Menschen, die meine Pietà gesehen haben, war er wohl der Einzige, der sie verstanden hat. Der Junge starrte auf die Skulptur, Kopf hoch, Mund auf.

»Haben Sie das gemacht, Signore?«, fragte er mit banger Stimme.

Er erinnerte mich an mein früheres Ich – im Übrigen auch von der Größe her.

»Eines Tages kannst du das auch«, versprach ich ihm.

»Oh nein, Signore, ich glaube nicht, dass ich das schaffe.«

Ich wechselte einen Blick mit Metti. Dann drückte ich dem Jungen meinen Meißel in die Hand.

»Hör gut zu. Bildhauern ist sehr einfach. Es geht nur darum, Schicht um Schicht abzulösen, alles Unnötige, bis du auf die Geschichte stößt, die uns alle betrifft, dich und mich und diese Stadt und das ganze Land, die Geschichte, die sich nicht weiter reduzieren lässt, ohne sie zu beschädigen. Und genau dann musst du aufhören. Verstehst du?«

»Nein, Signore.«

»Nicht ›Signore‹«, verbesserte ihn Metti. »Du nennst ihn ›Meister‹.«

Zum ersten Mal ausgestellt wurde meine Pietà in Florenz, und das im Dom. Francesco kam und hielt eine Rede. Er wirkte nun ernster. Das Erdbeben hatte ihm eine Leichtigkeit genommen, die ich vorher nie bemerkt hatte. Zunächst passierte nichts. Ich mied die Presse, das letzte Foto von mir ist in einer Lokalzeitung erschienen. Dann stellten sich die ersten Reaktionen ein, schwollen an. Man brachte meine Pietà in den Vatikan, und es wurde noch schlimmer. Was folgte, ist allseits bekannt. Wie man so sagt. Nur wenige Eingeweihte wissen Bescheid, der Vatikan hat die Sache vertuscht.

Immerhin durfte ich in ihrer Nähe leben, in der Sacra, wo sie sie versteckt halten. Tausend Leben hatte ich gelebt, ich wollte nicht noch ein weiteres. Die letzten vierzig Jahre habe ich dort verbracht. Nicht ganz wie ein Mönch, das gebe ich zu. Von Zeit zu Zeit habe ich die Sacra verlassen, um meine Mutter zu besuchen, meine Freunde, manchmal sogar meine serbische Fürstin. Uns in den Armen liegend, haben wir mit mehr oder weniger Erfolg versucht, unsere alternden Körper zu vergessen.

Meine Mutter, meine an- und abwesende Mutter, starb 1971 im Alter von achtundneunzig Jahren an einer Symphonie in der Brust. Ihre Augen waren erblasst. Sie hatten nicht mehr dieses unglaubliche Malvenblau der Dämmerung, sie waren vergissmeinnichtblau. Ich kam noch rechtzeitig ins Krankenhaus. Sie legte mir die Hand auf die Wange und murmelte: »Mein Großer.«

Vittorio und Anna, heute zwei alte Leutchen, leben immer noch in der Nähe von Genua, gemeinsam mit Emanuele. Die Erde musste sich erst verziehen und sie aufeinander zupurzeln lassen, ehe sie endlich wieder zusammenfanden. Zozo ist jetzt dreiundsechzig, ihre Tochter Maria zwei Jahre jünger. Sie werden traurig sein, wenn Padre Vincenzo sich bei ihnen meldet. *Ich rufe an wegen Ihres Freundes Mimo ...*

Der von meiner Pietà ausgelöste Skandal, unwiderruflich verknüpft mit dem Namen der Orsinis, war Francesco nicht eben hilfreich. Als Pius XII. 1958 starb, zog man ihm Monsignor Roncalli vor, und auch bei den folgenden Wahlen hatte er nicht mehr Glück. Seither ist er nur noch ein gebeugter roter Schatten auf den Konzilen und Konklaven. Aber im Grunde, denke ich, hat er sich damit arrangiert.

Außer Metti hat niemand es verstanden. Ich habe die Berichte gelesen, die Gutachten, das ganze wissenschaftlich-mystische Zeug, so delirant wie lächerlich. Dagegen kommt der amerikanische Professor, der auf seine Weise über meine Pietà schrieb, der Wahrheit tatsächlich nahe, wenn er behauptet, ich hätte Maria gekannt. Was stimmt. Aber wie die anderen ist er auf den schönen Trick hereingefallen, den Viola mir beigebracht hatte, als sie sich in eine Bärin verwandelte.

Ihre Blicke dorthin lenken, wo der Zauberkünstler sie haben will. Maria ist nicht Viola. Für Maria habe ich mich an Annas Gesicht gehalten, diesen Ausdruck voll reinster Milde eines Dorfes namens Pietra d'Alba.

Man muss sich Christus anschauen. Muss sich Viola anschauen. Ich habe sie so geschaffen, wie ich sie an jenem Tag in den Trümmern gesehen habe, ihren gebrochenen, ihren erhabenen Körper mit den leicht krummen Beinen, dem nicht vorhandenen Busen, gänzlich zum Verschwinden gebracht in ihrer liegenden Haltung, das Haar über dem Gesicht. Und dennoch ist es eine Frau, die dort liegt, so androgyn sie auch sein mag, mit den Schlüsselbeinen einer Frau, dem Busen einer Frau, den Hüften einer Frau. Das Auge erwartet einen Mann, sieht einen Mann, aber alle Sinne nehmen eine Weiblichkeit wahr, eine umso unbändigere, als sie fast unsichtbar ist, diesen Schwung, der ihr genommen wurde von den Fanatikern, die sie ans Kreuz geschlagen haben. Manche Betrachter lassen es auf sich beruhen und zucken mit den Schultern. Andere, die Empfänglichsten, zeigen eine heftige Reaktion bis hin zum Begehren, was denen, die es nicht verstanden haben, absurd erscheint, unerklärlich, das heißt allen. Sie haben den Teufel bemüht, die Wissenschaft und weiß der Himmel was noch, dabei gab es nur Viola. Viola, die ich, wenn auch ungewollt, derart verraten und verleugnet habe, dass Petrus die Tränen gekommen wären.

Ja, meine Brüder. An jenem Tag, inmitten der Trümmer, habe ich es verstanden, habe es gesehen. Ihr hattet mich mit einer Pietà beauftragt, um euch zu versöhnen. Maria, die den geschundenen Leib Christi beweint. Aber nun denn: Wenn Christus das Leiden ist, dann ist, ob es euch gefällt oder nicht, Christus eine Frau.

Ich wüsste gern, wie es vonstattengeht. Der Hinübergang, der letzte Atemzug. In der Luft hängende Worte, dann nichts mehr, wundervolle Stille, Erleichterung? Oder muss man mich auf meinem Bett festhalten, während mir die Seele aus dem Leib gerissen wird?

Tramontana, Scirocco, Libeccio, Ponente und Mistral, im Namen aller Winde rufe ich nach dir.

Ich habe mein Leben geliebt, mein Leben als Feigling, als Verräter, als Künstler. Und wie Viola mich gelehrt hat, verlässt man nichts, was man liebt, ohne sich noch einmal umzudrehen. Ich spüre, dass jemand meine Hand hält. Ein Bruder, vielleicht gar der gute Vincenzo persönlich.

Tramontana, Scirocco, Libeccio, Ponente und Mistral, mit dem Namen aller Winde rufe ich nach dir.

Ach, Cornuto, Cornuto! Erzähl uns vom Aufbruch. Singen wir ein Liedchen!

Man muss die Fresken von Fra Angelico im Schein der Blitze gesehen haben …

Vincenzo hebt den Kopf, fröstelnd in der Kälte eines Morgens im Piemont. Zuerst denkt er, dass die Dämmerung ihn geweckt hat, aber der Tag ist kaum angebrochen, legt nur einen Hauch von Rosa auf die Fensterscheiben. Dann begreift er. Die Hand des Mannes, bei dem er wacht, drückt fiebrig die seine. Der Atem geht flach, die Augen sind offen – sie sehen nichts mehr.

Unwillkürlich streicht Vincenzo über den Schlüssel an seinem Hals. Später wird er noch einmal zur Pietà gehen. Dann noch einmal und noch einmal, bis er versteht. Vielleicht versucht der Bildhauer ja, es ihm zu sagen, bevor er geht. *Sieh noch mal hin.* Vielleicht hat er ein Detail übersehen, eine dieser winzigen Kleinigkeiten, aus denen die Revolutionen gemacht sind.

Der Griff um seine Hand lockert sich. Ein letzter Pendelschlag, ein letztes Ticktack, gleich bleibt die Uhr stehen. In der Ferne lösen sich die Alpen vom Horizont. Am noch dunklen Himmel zieht ein leuchtender Punkt träge seine Bahn.

Mimo Vitaliani, geboren in einer Welt der Vögel, erlischt unter dem Auge eines Satelliten.

Dank

Mein Dank gilt Alexia Lazat-Lepage, die mir aufs Dach hinaufgeholfen hat, Delphine Burton für die Explosion von Mimosen und fünfundvierzig Jahre Freundschaft, Samantha Bordais für ihr Licht.

Dank auch Roland Baroni und Jean Gouny für die Lateinstunden, die ersten Szenen und Rom im Schnee.

Die Originalausgabe erschien 2023 unter dem Titel
»Veiller sur elle« bei L'Iconoclaste, Paris.

MIX
Papier | Fördert gute Waldnutzung
FSC® C014496

Penguin Random House Verlagsgruppe FSC® N001967

1. Auflage

Neumarkter Str. 28, 81673 München
produktsicherheit@penguinrandomhouse.de
(Vorstehende Angaben sind zugleich
Pflichtinformationen nach GPSR)
Umschlaggestaltung: buxdesign | Ruth Botzenhardt
unter Verwendung eines Motivs
von © plainpicture / Toni Anzenberger
Satz: Buch-Werkstatt GmbH, Bad Aibling
Druck und Einband: GGP Media GmbH, Pößneck
Printed in Germany
ISBN 978-3-630-87800-3

www.luchterhand-literaturverlag.de
facebook.com/luchterhandverlag